K. Q.

HEYNE
BÜCHER

Das Buch

Gail Connor ist Rechtsanwältin in einer renommierten Kanzlei in Miami. Sie arbeitet hart, denn sie würde gern aufsteigen und an der Firma beteiligt werden, und ihre nächsten Fälle könnten für diesen Karrieresprung entscheidend sein. Trotz aller Anstrengung kommt Gails neunjährige Tochter Karen dabei oft zu kurz, und ihre Ehe mit Dave ist kaum noch der Rede wert. Da erfährt Gail vom Selbstmord ihrer Schwester Renée. Obwohl Gail zu Renée, die trotz ihrer Drogensucht und ihres ausschweifenden Lebens der Liebling der Mutter war, kaum Kontakt hatte, ist es nun an ihr, die Hinterlassenschaft der Schwester zu ordnen. Sie sucht nach einer Erklärung für den Selbstmord – und muß feststellen, daß Renée ermordet wurde. Für Gail beginnt ein Kampf, der nicht nur ihre Karriere, sondern sogar ihr eigenes Leben in Gefahr bringt.

»... ein intelligenter Erstling in schwüler Atmosphäre.«

KIRKUS REVIEWS

Die Autorin

Barbara Parker, 1947 geboren, war Staatsanwältin in Florida, ehe sie mit dem Schreiben begann. *Richterin in eigener Sache* ist ihr erster Roman; er erhielt 1995 den Edgar Allan Poe-Preis. Bei Heyne sind von Barbara Parker außerdem *Im Schatten der Wahrheit* (43/53) und *Stunde des Verrats* (01/10302) erschienen.

BARBARA PARKER

RICHTERIN IN EIGENER SACHE

Roman

Aus dem Amerikanischen
von Alexandra von Reinhardt

WILHELM HEYNE VERLAG
MÜNCHEN

HEYNE ALLGEMEINE REIHE
NR. 01/10497

Titel der Originalausgabe
SUSPICION OF INNOCENCE

Das Buch wurde auf
chlor- und säurefreiem Papier gedruckt.

4. Auflage

Printed in Germany 1998
Umschlagillustration: Premium/Sohm
Umschlaggestaltung: Atelier Ingrid Schütz, München
Satz: Alinea GmbH, München
Druck und Bindung: Elsnerdruck, Berlin

ISBN 3-453-13080-4

In Liebe für Jeanne und Bill,
die immer bei mir sind, wenn ich schreibe.

DANKSAGUNG

Ohne den Rat, Sachverstand und Ideenreichtum vieler Freunde, alter und neuer, hätte mir dieses Buch bei weitem nicht soviel Spaß gemacht.

Mein besonderer Dank gilt meiner Verlegerin Audrey LaFehr, die mich ins Hardcover genommen hat, und Les Standiford, dem Direktor des Creative Writing Program an der Florida International University, der freundlich darauf beharrt, daß Romanfiguren überzeugende Charaktere sein müssen.

Sehr dankbar für die Beratung im Strafrecht bin ich Sergeant David M. Rivers vom Metro-Dade Homicide Bureau, der jeden zu einem Geständnis bringen könnte, und Strafverteidiger Lance R. Stelzer, der auch für Sie einen Freispruch erzielen würde. Karen H. Curtis, Partnerin bei Shutts & Bowen (Miami), ist eine Zivilrechtsanwältin, wie ich sie im nächsten Leben sein möchte, und der ehemalige Richter Harold G. Featherstone kennt sich noch immer mit den Tücken des Erbrechts aus.

Für Geschichtsunterricht bedanke ich mich bei Ronnie Jimmie vom Indianerstamm der Miccosukee, beim Historical Museum of Southern Florida, bei dem Historiker und Archäologen W. S. Steele und bei Robert S. Carr vom Archeological and Historical Conservancy (der uns daran erinnern möchte, daß in Grabhügeln außer alten Knochen nichts zu finden ist – wühlen Sie also bitte nicht darin herum!).

Danke, Warren Lee, für die Geschichten über deine sorglose, wilde Jugend in Miami. *Carinos a mis amigos cubanos,* Miriam Cabrera Mier und Carlos Maza, für Einblicke in die kubanisch-amerikanische Kultur. Und bei vielen Einzelheiten hätte ich auf die Hilfe von Ann Ciccarino, Carl Donato, Ray King, Patricia M. Kolski, Christine Kling und Elizabeth Pittinger nicht verzichten können.

Schließlich umarme ich meine Schwester Laura, die das Manuskript sorgfältig gelesen und mir gute Tips für die Handlung gegeben hat.

Prolog

Jimmy Panther drückte den Steuerknüppel nach vorne. Das Luftboot schoß durchs Wasser und machte einen Bogen um eine umgestürzte Palmettopalme. Alle Insassen warf es nach links, dann nach rechts. Das Riedgras verschwamm zu einem grünen Schleier. Marie, die Inhaberin des Geschenkeladens, würde ein Mordsgezeter veranstalten, wenn sie das sehen könnte. Aber schließlich war sie es, die diesen Leuten die Karten verkauft hatte, obwohl sie genau wußte, daß er so früh am Morgen nicht gern hinausfuhr, und montags schon gar nicht. Jimmy hatte die Absicht, diese Tour rasch hinter sich zu bringen: ein paar Kilometer in die Everglades hinein und wieder zurück.

Die vier Touristen saßen im quadratischen Bug, die Kinder zwischen den Knien ihrer Eltern eingeklemmt, so als könnten sie sonst bei sechzig Stundenkilometern über Bord springen. Der Mann hielt seine Schirmmütze fest, und das blonde Haar der Frau wehte um ihren Kopf. Jimmy saß hinter ihnen, knapp zwei Meter über dem Wasserspiegel, auf dem riesigen Motor. Der Propeller machte einen ohrenbetäubenden Lärm, aber Jimmy trug Ohrenschützer, und seinen Fahrgästen hatte er weiße Wattebäusche gegeben, die jetzt teilweise aus ihren Ohren herausschauten.

Das Mädchen drehte sich etwas zur Seite, um über den Arm ihres Vaters hinwegsehen zu können, und lächelte Jimmy zu. Ihre Zöpfe flogen im Wind. Um sie nicht zu enttäuschen, erwiderte er ihr Lächeln.

Jimmy trug eine Baseballkappe, damit seine langen Haare ihm nicht in die Augen fielen. Marie hatte ihm einmal gesagt, daß ein Stirnband authentischer aussehen würde. Er hatte nur gelacht. Wie wär's mit einem Tonto-Kopfschmuck aus Truthahnfedern? Sie bestand allerdings auf einer Miccosukee-Jacke, und er tat ihr den Gefallen und trug ein von seiner Tante angefertigtes langärmeliges Blouson, eine Patchworkarbeit in Rot, Gelb und Blau, geometrische Muster, mit weißen Zickzacknähten verziert.

Er ruckte heftig am Steuerknüppel, und das Luftboot beschrieb eine scharfe Kurve, neigte sich etwas zur Seite und erzeugte eine Welle, die das Riedgras überspülte. Die Kinder duckten sich quiekend. Der Mann und die Frau drückten sie noch fester an sich. Der Klang der Sprache seiner Passagiere ließ Jimmy vermuten, daß es sich um Schweden handelte. Wahrscheinlich kamen sie von einem der Kreuzfahrtschiffe im Hafen von Miami und machten einen Tagesausflug. Ihre Nasen und Wangen waren schon hochrot. Sie waren nicht für diese Breitengrade geschaffen.

Jimmys einheimische Fahrgäste waren meistens jünger und hatten ein bis zwei Kleinkinder bei sich. Die älteren Leute bevorzugten die größeren Propellerboote im Holiday Park, wo sie alle beisammensitzen konnten, ein Dutzend oder mehr, hinter einer Windschutzscheibe aus Plexiglas und unter einem Dach, das die Sonne abhielt. Die Kubaner liebten das kleine Luftboot und steckten Jimmy zusätzlich Geld zu, damit er die Fahrt verlängerte. Schwarze ließen sich aus unerfindlichen Gründen kaum blicken.

Jimmy nahm Gas weg. Das Boot wurde langsamer und tauchte tiefer ins Wasser ein, das hier ziemlich seicht war. Er wollte nicht, daß der Aluminiumboden einen Felsen streifte, manövrierte zurück ins tiefere Wasser und beschleunigte wieder. Riedgras trommelte gegen den Bootsrumpf. Einige Minuten später erreichten sie die offene Prärie, und er lenkte das Fahrzeug in weitem Bogen über die glatte Oberfläche.

Jimmy hatte die Everglades einige Male aus der Luft gesehen, als schimmernden Spiegel, in dem Himmel und Wolken so klar reflektiert wurden, daß man glauben konnte, nach oben und nicht in die Tiefe zu schauen. Dunkle geschwungene Flächen, wo das Land hoch genug aus dem Wasser hervorragte, um als trocken bezeichnet werden zu können. Gerade graue Linien, wo die Straßen verliefen, manchmal gesäumt von Kanälen. Näher bei Miami konnte man lange Narben sehen, wo Erde ausgehoben wurde. Man konnte genau erkennen, wohin die Großstadt ihre Fühler ausstreckte. Das Sumpfland wurde trockengelegt und in ordentliche Rechtecke aufgeteilt, abgetragen bis zum weißen Felsboden, der sich nicht aushöhlen ließ, den man allenfalls sprengen konnte.

In der Nähe einer Baumgruppe stellte Jimmy den Motor ab, und der Lärm verebbte. Er hängte seine Ohrenschützer an einen Haken, der am Sitz befestigt war. Die Frau stand auf, streckte sich und hielt sich lachend an den Schultern des Mannes fest, als das Boot schaukelte. Sie war etwa dreißig, trug Shorts und ein gelbes T-Shirt mit der Aufschrift »Bayside Marketplace«. Sie zog die Wattestöpsel aus ihren Ohren, und der Mann tat es ihr nach, nahm seine Mütze ab und wischte sich mit dem Hemdsärmel den Schweiß von der Stirn. Er lächelte Jimmy zu. »Sehr warm heute.«

Jimmy zuckte die Achseln. Es war erst Anfang März. Diese Leute müßten im August wiederkommen!

Das Boot trieb an Wasserlilien vorbei. Ein pflaumenfarbener Vogel mit rotem Schnabel, etwa von der Größe einer Taube, schwirrte durch die Blumen.

»Was ist das für ein Vogel?« wollte die Frau wissen.

»Ein Purpurhuhn«, antwortete Jimmy langsam und deutlich.

Der Mann drückte auf den Auslöser seiner Kamera. Bevor er ein zweites Foto machen konnte, verschwand der Vogel im Gebüsch.

Jimmy beschrieb mit dem Arm einen weiten Bogen und hielt seinen üblichen kurzen Vortrag – ein Indianer in der Rolle des Fremdenführers.

»Dieses Land wurde vor vielen tausend Jahren besiedelt. Unsere Vorfahren kamen über die Halbinsel hier herunter und ließen sich hier nieder. Sie lebten von der Jagd und vom Fischfang und wohnten auf Inseln, wie die dort drüben.« Er deutete auf eine Hartholz-Bauminsel in einigen hundert Metern Entfernung, ein grüner Fleck, der aus dem Wasser ragte.

»Dort draußen hatten sie ihre Lager. Wenn Sie sich auf dieser Insel umsehen würden, könnten Sie auf Spuren jener Ureinwohner, der Tequesta, stoßen. Vielleicht würden Sie Werkzeuge aus Muscheln oder Scherben von Tongefäßen finden. Es gibt immer noch solche unberührten Fleckchen Erde.«

Vier blaue Augenpaare blickten zu Jimmy empor, der auf seinem Sitz über dem Motor thronte. Sie lächelten und nickten, obwohl sie nichts verstanden. Der Mann wandte sich der Bauminsel zu und machte mit dem Teleobjektiv einige Aufnahmen.

Es war fast halb zehn. Zeit, um allmählich die Rückfahrt anzutreten. Die Schweden würden anschließend bestimmt in die Snackbar gehen und zum Frühstück geröstetes Brot und Froschschenkel verzehren, um ihre Abenteuerlust unter Beweis zu stellen. Jimmy selbst aß solches Zeug nie. Marie führte es für die Touristen, ebenso wie die Artikel im Geschenkeladen, wo es Speere aus Zypressenholz, von den Cherokee in North Carolina angefertigte Mokassins mit harten Sohlen, Gummikrokodile, T-Shirts mit Everglades-Motiven und Ansichtskarten zu kaufen gab. Sogar einen Briefbeschwerer, der einen Schneesturm über Miami auslöste, wenn man ihn kräftig schüttelte. Das naturgetreueste Souvenir im ganzen Laden, hatte er einmal zu Marie gesagt, aber sie hatte die Ironie nicht verstanden.

Jimmy schwang sich vom Sitz, um seine Beine zu strecken. Eine Brise kam plötzlich auf, bewegte die Baumwipfel und verzerrte die Wolkenspiegelung im Wasser. Das Boot trieb langsam dahin, und das Riedgras schabte daran entlang. Das Mädchen streckte die Hand nach einem besonders langen Halm aus und fuhr mit dem Finger an der zackigen Kante entlang.

»Vorsicht! Du wirst dich schneiden.«

Mit einer Holzstange stakte Jimmy sie dorthin, wo das Gras spärlicher wuchs und kürzer war. Jenseits eines Streifens Sumpfkätzchen erstreckte sich ein Naturpark, der aber viel zu klein war, um viele Leute anzulocken.

Der Mann beobachtete jetzt das Wasser. »Gibt es hier Alligatoren?«

Alligatoren. Alle Touristen wollten die Alligatoren sehen.

Jimmy nickte und holte aus einer Schachtel unter dem hinteren Passagiersitz einen Laib aufgeschnittenes trockenes Weißbrot hervor, das er immer mitnahm. »Schauen Sie in jene Richtung. Sie verstecken sich gern in dem Teich dort drüben, unter den Büschen.« Er öffnete die Brottüte und warf eine Scheibe ins Wasser. Sie schwamm auf den Wellen, und Elritzen schnappten danach.

Das Mädchen beugte sich so tief über das bräunliche Wasser, daß ihre Zopfenden die Oberfläche berührten. Ihre Mutter zog sie am T-Shirt zurück.

»Ich sage Ihnen Bescheid, sobald ich einen sehe.« Jimmy klopfte dem Mädchen auf die Schulter und deutete mit dem Daumen auf den Fahrersitz. »Setz dich da oben hin.« Nach sekundenlangem Zögern kletterte das Mädchen hinauf. Ihr Bruder folgte lachend.

Die Frau sah beunruhigt aus und sagte etwas auf schwedisch.

»Nein, ist schon in Ordnung«, versicherte Jimmy, »ihnen kann nichts passieren.« Die Kinder nahmen nebeneinander auf dem gepolsterten Sitz Platz, hielten sich an den Metallehnen fest und spielten mit dem Steuerknüppel. »Ihr dürft nur nicht am Zündschlüssel drehen.«

Jimmy stakte durch das Wasser, wobei er sich schwer gegen das Gewicht des Bootes und seiner Insassen stemmen mußte. Er sah, daß der Mann seine Kamera auf ihn richtete. Der Indianer auf seinem Luftboot. Er würde im selben Album wie das Purpurhuhn landen. Jimmy warf eine zweite Brotscheibe vor das Boot.

Der Mann schwenkte seine Kamera auf das Wasser und wartete darauf, daß die langen dunklen Umrisse eines Alligators aus dem Schatten unter den Mangroven auftauchen würden, silbern durch das Wasser auf das Boot zuschwimmend.

Das war der Hauptgrund, weshalb die Touristen herkamen. Schlitzförmige Augen dicht über der Wasseroberfläche, ein Zischen und riesige Zähne in einem offenen Maul. Man zieht lachend die Hand zurück: *so* dicht ist das Ungeheuer herangekommen!

Jammerschade, daß diese Schweden nicht besser Englisch sprachen, sonst hätte er ihnen von der Dame unten im Nationalpark erzählt. Sie hatte sich mit ihrer Kamera ein bißchen zu weit vorgebeugt, und ihre Lederschuhe waren auf dem Metallboden des Bootes ausgerutscht. Ihr Mann hatte sie nicht mehr auffangen können. Man hatte sie schnell wieder ins Boot gezogen, aber die Alligatoren hatten doch schon einigen Schaden angerichtet.

Jimmy warf noch eine Brotscheibe als Köder aus. Keiner der Touristen sagte jetzt auch nur ein Wort. Eine Wasserjungfer schwebte über den Sumpfkätzchen.

Dann schwankte das Boot ein wenig. Das Mädchen war aufgestanden, hielt sich am Propellerkäfig fest und starrte wortlos in Richtung der Lücke zwischen den Sumpfkätzchen. Das Wasser schwappte gegen die Seiten des Bootes. Das Mädchen blinzelte in der Sonne, blickte zum Ufer hinüber, völlig regungslos.

Der Junge stand nun auch auf, fragte sie etwas.

Ihre Antwort, die Jimmy natürlich nicht verstehen konnte, veranlaßte ihre Eltern, in dieselbe Richtung zu schauen. Die Frau stellte sich sogar auf die Zehenspitzen und schirmte ihre Augen mit der Hand ab. Jimmy stakte näher an die Stelle heran, die seine Passagiere so interessierte.

Jetzt konnte auch er es sehen, etwa sechs Meter vom Bug entfernt. Das Ende des Holzpfads im Naturpark, wo die dicken Bohlen über dem seichten Wasser verwittert und grau verfärbt waren. Offenbar hatte dort jemand eine Dose rostfarbener Farbe verschüttet, die an den Balken und an einem der Pfähle hinabgelaufen war. Und dicht neben dem Pfad schwamm etwas, das wie ein Kleiderbündel aussah. Die vom Boot erzeugten Wellen schwemmten es an die zerklüfteten weißen Felsen heran und wieder zurück. Jimmy starrte hin. Das Wasser plätscherte gegen die Bootswand. Er hörte Fliegen summen. Langsam dämmerte ihm die Erkenntnis.

Der Mann zupfte ihn am Ärmel. »Los, fahren Sie zurück!«

Jimmy riß seinen Arm los. Das Boot trieb seitwärts in die Sumpfkätzchen hinein. Eine Schar Amseln flog aufgeschreckt davon, laut schimpfend.

Es war eine Frau. Er konnte jetzt eine Schulter und einen Arm sehen. Fahle, fleckige Haut. Ein rotes Top. Blonde Haare. Sie schwamm mit dem Gesicht nach oben auf dem Wasser. Nase und Lippen waren nicht mehr vorhanden.

Sie war klein, sah fast wie ein Mädchen aus.

Jimmy Panther biß die Zähne zusammen, um gegen eine plötzliche Übelkeit anzukämpfen.

Er kannte die Frau.

Kapitel 1

Kurz nach 13 Uhr stieß Gail Connor die schwere Messingtür des Hartwell Building auf und wandte sich nach Westen. Miami erstrahlte in der Mittagssonne – weiße Wolken tanzten über die Glaswände der Wolkenkratzer, und die engen Straßen waren in Licht getaucht. Gail kniff die Augen zusammen und holte ihre Sonnenbrille aus der Jackentasche.

Um halb zwei würde sie bei Gericht einen Antrag stellen. Sie war nicht in der Stimmung, nett zum Gegenanwalt zu sein. Ihr letztes Scharmützel gab Anlaß zu der Befürchtung, daß er seine Argumente stotternd vorbringen und so auf seine Akten starren würde, als hätte jemand eine Ausgabe des *Playboy* hineingeschmuggelt. Gail machte andere Anwälte nicht gern zur Schnecke – ein solches Verhalten konnte entsprechende Gegenmaßnahmen auslösen –, aber heute war ihr danach zumute, ihren Kollegen festzunageln. Dieser Fall hätte schon längst erledigt sein können. Oder aber es müßte ein Prozeßtermin anberaumt werden.

Ein kühler Windhauch wehte über ihr Gesicht und über ihren Hals. Die Türen eines Schuhgeschäfts waren weit geöffnet, und die Klimaanlage machte sich bis auf den Gehweg angenehm bemerkbar. Ein Verkäufer in goldfarbenem Seidenhemd und plissierter Hose stand neben einem Wühltisch mit hochhackigen Schuhen. Sein dünner Schnurrbart und die glatten Wangen deuteten darauf hin, daß er noch nicht zwanzig war. Gail sah, daß er sie aufmerksam von Kopf bis Fuß musterte und seine Blicke dann langsam wieder aufwärts wandern ließ.

Er drehte sogar den Kopf, um sie nicht aus den Augen zu verlieren, und als sie vorbeiging, murmelte er: »*Oye, mamacita*«, ganz so, als wäre sie sein Typ – 1,75 Meter groß, knapp schulterlanges dauergewelltes Haar, eine nicht mehr ganz junge Frau in marineblauem Kostüm, die zielstrebig die Flagler Street entlangging.

Ihre Handtasche fest an sich gedrückt, machte sie einen Bogen um eine Gruppe japanischer Touristen und bahnte sich sodann einen Weg vorbei an zwei Missionarinnen, dunkelhaarigen Frauen in weißen Trachten mit hohen, spitzen Hauben, die religiöse Traktate in spanischer Sprache verteilten. Obstverkäufer boten auf Karren ihre Waren feil, und ein Duft von süßem reifem Obst erfüllte die Luft – Pfirsiche, Trauben, Mangroven und andere seltsame tropische Früchte, deren Namen sie nicht kannte und die sie nie probiert hatte.

An der Miami Avenue schaltete die Fußgängerampel gerade auf Rot. Gail warf wieder einen Blick auf ihre Uhr. Zehn nach eins. Nicht schlecht.

In fünf Minuten würde sie sich beim Gerichtsdiener im zwölften Stock eintragen. Wie die übrigen zwei- oder dreiunddreißig Richter der Zivilkammer, so würde auch Arlen Coakley gut zwei Dutzend Fälle auf dem Programm stehen haben, und die Anhörungen fanden in der Reihenfolge statt, in der die Anwälte ihre Akten abholten. Mit etwas Glück würde ihr Fall als erster oder zweiter drankommen. George Sanchez war ein Hispanic – ein Kubaner der zweiten Generation, um genau zu sein –, aber so pünktlich wie ein Yankee-Bankier. Vielleicht würde er noch nicht dasein, wenn sie sich eintrug, aber zur Stelle sein, wenn der Fall aufgerufen wurde.

Die Ampel schaltete auf Grün, und die Menschenmenge überquerte hastig die Kreuzung.

Das Dade County Courthouse – das Gerichtsgebäude – nahm einen ganzen Block ein: Eine breite Treppe führte zu einer Schieferterrasse empor, die den ganzen Bau umgab und auf der Vorder- und Rückseite mit korinthischen Säulen geschmückt war. Graue Granitblöcke türmten sich dreiundzwanzig Stockwerke hoch und endeten in einer Stufenpyramide, die mit Antennen gespickt war. Auf der Spitze hockten wie immer Geier; in Miami wurde gern gescherzt, daß dies die Geister verstorbener Anwälte seien. Sie saßen zusammengeduckt da, bis sie sich dann urplötzlich erhoben und sich den Luftströmungen auslieferten. Im November, etwa zu Beginn der Touristensaison, tauchten sie von irgendwo in Ohio auf und verschwanden vor Anbruch des Sommers wieder.

Gail betrat durch die Drehtür die geflieste Halle, die von Stimmen widerhallte. Sie legte ihren Aktenkoffer zur Durchleuchtung aufs Fließband und reihte sich in die Schlange vor dem Metalldetektor ein – Routine in den Gerichten von Miami.

Im zwölften Stock war weniger Betrieb. Nur eine Handvoll Anwälte wartete vor den Räumen von Richter Coakley am Ende des Korridors. Auf Gails Uhr war es 13.16 Uhr. Sie würde nicht als erste drankommen, aber doch ziemlich bald.

»Gail Connor!« Die rauhe Frauenstimme kam von dem offenen Wartebereich gegenüber von den Aufzügen. Gail schaute sich um und sah Charlene Marks, eine grauhaarige Frau im rotweiß getüpfeltem Kleid.

»Hi, Charlene.«

»Du wirst es nicht glauben, aber ich wollte dich heute nachmittag anrufen.« Charlene ließ ihren Aktenordner auf einen Holzstuhl fallen.

Auf dem Nebenstuhl saß eine junge Blondine, die nervös ein Kleenex zerknüllte. Sie trug ein weißes Lederkleid mit Flauschfedern am Ausschnitt, dazu weiße Fransenstiefel. Eine Scheidungsklientin, daran bestand für Gail auf den ersten Blick kein Zweifel. Charlene war auf Scheidungen spezialisiert, besonders bei reichen oder exzentrischen Personen.

Diese Klientin hier schien beiden Kategorien zu entsprechen. Sie sah mit gerunzelter Stirn auf. »Warten Sie! Was, wenn wir nun aufgerufen werden? Wohin gehen Sie denn?«

»Nur kurz in die Halle dort drüben, okay?« Charlene tätschelte ihr die Schulter. »Zwei Minuten.«

Gail blickte zur Tür von Richter Coakley hinüber, während Charlene sich eine Zigarette anzündete, möglichst unauffällig, weil Rauchen hier eigentlich verboten war.

»Ich habe einen Fall für dich, wenn du interessiert daran bist.«

»Ich bin immer interessiert«, erwiderte Gail. »Aber du mußt dich einen Moment gedulden. Ich will mich schnell bei Eddie eintragen.«

Der Gerichtsdiener saß gleich hinter der Tür und schaute von einer gefalteten Zeitung auf, als sie sich an seinen Schreibtisch lehnte. »Welchen Fall vertreten Sie, Ms. Connor?«

»Darden gegen Pedrosa Development«, sagte Gail. Sie deutete auf das Computer-Printout, das vor ihm lag. »Da steht's, unten auf Seite 1.«

Eddie drückte auf seinen Kugelschreiber. »Ist Sanchez draußen?«

»Nein, noch nicht, aber ...«

»Ich kann Sie nicht eintragen, bevor auch der Gegenanwalt da ist.«

»Kommen Sie, Eddie, er wird rechtzeitig dasein.«

»Tut mir leid. Neue Vorschrift.« Eddie machte einen kleinen Haken neben Gails Namen. »Sie können die Akte aber schon mitnehmen, wenn Sie möchten.« Zwei große Aktenstapel lagen auf seinem Schreibtisch.

Gail öffnete den Mund zu einem weiteren Überredungsversuch, aber ein anderer Anwalt schob sich schon an den Schreibtisch heran und gab an, welchen Fall er vertrat. Verärgert ließ sie die Akte Darden, die aufgrund der vielen Schriftsätze, Verfügungen und Anträge sehr umfangreich war, in dem Stapel liegen.

Die Uhr auf dem Schreibtisch der Sekretärin zeigte 13.19 Uhr an. Gail bat sie um zwei Aspirintabletten und holte sich einen Pappbecher Wasser aus dem Kühlautomaten.

»Was hast du?« fragte Charlene Marks, als Gail zurückkam.

»Eddie will mir erst eine Nummer geben, wenn auch der Gegenanwalt hier ist.«

»Und wer ist das?«

»George Sanchez.«

»Kenne ich nicht.« Charlene stieß seitwärts eine blaue Rauchwolke aus. »Vielleicht arbeitet er nach kubanischer Zeit.«

»Er macht das absichtlich, das weiß ich.« Gail beobachtete neidisch, wie andere Paare von Anwälten sich vor der Tür hintereinander aufstellten.

»Freu dich doch – wenn er nicht vor Gericht erscheint, gewinnst du automatisch.«

»Nein, dieses Glück wird mir nicht zuteil. Er wird höchstwahrscheinlich behaupten, auf dem Weg hierher überfallen worden zu sein, und dann wird er einen neuen Termin beantragen.«

Charlene lachte laut, deutete mit ihrer Zigarette auf die exzentrische Blondine und sagte mit gesenkter Stimme: »Das Mädchen dort drüben – meine Klientin.«

»Das Großstadt-Cowgirl?«

»Sei nicht so gehässig. Sagt dir der Name Marcanetti etwas?«

Nach einer Schrecksekunde murmelte Gail: »Ist das dein Ernst?«

Die Miami Dolphins hatten Dennis Marcanetti soeben erst fallengelassen, weil er schon zum drittenmal wegen Trunkenheit am Steuer verurteilt worden war. Diesmal war er mit seiner Corvette in die Biscayne Bay gerast und in weitem Bogen über ein Fischerboot hinweggeflogen, das unglückseligerweise ausgerechnet den französischen Konsul an Bord hatte. Marcanetti lag jetzt im Jackson Memorial und hatte beide Beine in Streckverbänden. Gail hoffte für Charlene, daß er vor diesem Unfall seine Unterschrift unter die Scheidungsvereinbarung gesetzt hatte.

»Missy hat da ein Problem mit ihren Geschäftspartnern«, erklärte Charlene.

Gail blickte über Charlenes Schulter hinweg. Die baldige Exfrau von Dennis Marcanetti wippte nervös mit dem Fuß, wobei die Fransen an ihrem Stiefel auf und ab tanzten. »Ich wette, daß Missy ihr richtiger Name ist.«

»Gut geraten«, sagte Charlene. »Sie und Dennis und ein anderes Ehepaar haben in eine Boutique an der South

Beach investiert.« Charlene zog ein letztes Mal an ihrer Zigarette und drückte die Kippe in einer pulvertrockenen Topfpalme aus. Grinsend fuhr sie fort: »Postindustrieller Schick, so hat sie's mir beschrieben.«

»Eine dieser Boutiquen, wo man für einen BH aus metallenen Küchensieben hundert Dollar blechen muß?«

»Aha, du kaufst also dort ein! Dennis hat Missy seinen Anteil an der Boutique überlassen – das gehörte zu den Scheidungsvereinbarungen –, aber die beiden anderen versuchen sie auszubooten. Ich bin im Handelsrecht nicht sehr bewandert, sonst würde ich den Fall selbst übernehmen.«

»Wie geht das Geschäft?« fragte Gail. »Wirft es Profit ab?«

Charlene schwenkte ihre Hand hin und her. »Es wird Wein serviert, und die Kundschaft ist reizend. Die Männer lieben besonders jene Lederhosen mit den Löchern an den wichtigen Stellen.«

Gail löste ihren Blick von Missy, die in einer Ausgabe von *The Florida Bar Journal* herumblätterte, vermutlich auf der Suche nach Bildern. »Ich weiß nicht so recht ... Hört sich eher nach einem Fall für eine kleinere Kanzlei an.«

Sie drehte sich um, als der Liftgong ertönte. Ein Büroangestellter, der einen Wagen mit Akten vor sich herschob, stieg aus, dann eine Studienkollegin von Gail und zuletzt ein großer Hispanic um die vierzig in teurem Anzug und mit einer glänzenden Aktentasche aus dem Leder irgendeiner vom Aussterben bedrohten Reptilart. Er sah sich um, so als müsse er sich hier erst orientieren. Von dem verdammten George Sanchez noch immer keine Spur!

»Wir versuchen uns auf größere Körperschaften zu beschränken, weil die unsere Honorare leichter bezahlen können.«

»Himmel, nimmst du denn nie einen Fall einfach aus Spaß an der Freude an?« Charlene tat so, als würde sie schaudern. »Du Ärmste, in dieser Riesenfirma! Ich habe meine eigene Kanzlei und kann meine Arbeitszeit selbst bestimmen. Wenn ich einen Nachmittag oder auch zwei blaumachen will, ist das meine eigene Sache.«

Ihre sorgfältig nachgezogenen Brauen hoben sich plötzlich, während sie an Gails Schulter vorbeiblickte. Gail drehte sich um. Es war der Mann mit der extravaganten Aktentasche.

Charlene reichte ihm die Hand. »*Cómo andas, mi amor?*«

»*Bien, bien. Y tú?*« Er bückte sich etwas und streifte Charlenes Wange, die sie ihm hinhielt, mit den Lippen.

»Was führt denn dich in diese Hallen?« fragte Charlene. »Dies ist doch nicht das Kriminalgericht.«

Sein voller Mund verzog sich zu einem breiten Lächeln, wobei eine Reihe weißer Zähne zum Vorschein kam. »Ich bin gezwungenermaßen hier, aber deine Anwesenheit macht es zu einem Vergnügen.«

Gail hätte am liebsten die Augen verdreht.

Lachend zog Charlene ihn näher zu sich heran. »Alter Süßholzraspler!«

Endlich nahm er auch von Gails Existenz Notiz und musterte sie abschätzend. Der dezente Duft irgendeines teuren Parfums haftete ihm an. Sie lächelte ihm mechanisch zu.

»Gail, dies ist Tony Quintana«, stellte Charlene vor. »Er hat letztes Jahr zwei meiner übleren Klienten verteidigt.«

Die dunkelbraunen Augen glitten rasch über ihr Gesicht, so als wollten sie eine Bestandsaufnahme machen. Gail war davon überzeugt, daß die Sexualität bei einem Hispanic unterschwellig immer mitschwingt, auch wenn er noch so perfekte Umgangsformen haben mochte, aber sie hatte im Grunde nichts dagegen, denn diese Männer waren meistens eine Augenweide.

Gail reichte ihm die Hand, bevor er Anstalten zu einem Wangenkuß machen konnte. »Guten Tag.«

»Meine Freundin Gail Connor, von der Kanzlei Hartwell Black & Robineau.«

Sein Blick blieb höflich, veränderte sich aber unmerklich. »Ah, Ms. Connor, nach Ihnen habe ich Ausschau gehalten.«

Gail hätte sich ohrfeigen mögen, weil sie nicht sofort geschaltet hatte. *Der* Quintana. »Ich nehme an, daß George Sanchez verhindert ist.«

»Leider. Ihm ist unerwartet etwas dazwischengekommen, und deshalb hat er mich gebeten, mich dieses Falles anzunehmen.« Quintanas spanischer Akzent war kaum wahrnehmbar. Er lächelte, schon wieder der Charme in Person. »George hofft, daß wir zu einer gütlichen Einigung kommen können.«

»Oh? Wie optimistisch von ihm!«

»Dieser Fall ist doch mit Sicherheit keinen Streit wert. Für eine Kanzlei wie die Ihrige dürfte sich allein schon der Zeitaufwand nicht lohnen.«

Gail hätte wetten können, daß Anthony Luis Quintana nicht nur George befohlen hatte wegzubleiben, sondern daß er sich auch noch in der Herrentoilette versteckt hatte, um sicherzustellen, daß der Fall Darden als allerletzter drankommen würde. »Ich versichere Ihnen, Mr. Quintana, daß es *nicht* um die Anwaltshonorare geht.«

»Nein?« Er zuckte leicht mit den Schultern. »In Ihrem Antrag verlangen Sie aber, daß mein Klient Ihr Honorar bezahlt.«

»In der Tat. Aufgrund Ihrer Verzögerungstaktik ...«

»Meiner?«

»Nun gut – der Ihrer Kanzlei. Ihres Klienten.«

Er hob unschuldig die Brauen. »Aber ich bin doch ganz pünktlich zur Stelle.«

Gail lächelte ihm zu. »Würden Sie sich jetzt vielleicht beim Gerichtsdiener melden?«

Nachdem er sich entfernt hatte, sagte sie zu Charlene: »Mein Gott, den müßte man mal ordentlich durchprügeln!«

Charlenes Mund verzog sich zu einem Grinsen. »Ich muß gehen. Höchste Zeit, um Missy zu beruhigen. Ruf mich an.«

Sie suchten sich Plätze im hinteren Teil des schmalen Saales: Quintana setzte sich auf einen Stuhl in Türnähe und stellte seine Aktentasche neben sich auf den Boden, während Gail an der Fensterfront stehenblieb. Richter Coakleys großer Schreibtisch nahm fast die ganze Wand am anderen Ende des Raumes ein. Im rechten Winkel dazu stand ein langer Konferenztisch mit je sechs Stühlen auf beiden Seiten. Alle waren besetzt, wobei die jeweiligen Gegenanwälte einander gegenübersaßen. Der Richter schaukelte in seinem braunen Ledersessel hin und her, und die Federn quietschten leise. Selbst wenn man ihm eine Dose Maschinenöl in die Hand drücken würde, dachte Gail, würde er sie höchstwahrscheinlich nicht ölen. Bei Anhörungen trug er ein kurzärmeliges Hemd mit Krawatte und ließ seine Robe auf einem Holzbügel an der Tür hängen. Er hatte buschige Augenbrauen, und sein ehemals kastanienbraunes Haar war zu rostigem Weiß verblichen.

»Guten Tag, meine Damen und Herren«, sagte er. »Ich muß um drei für Richter Potter bei einer Verhandlung einspringen. Verlieren wir also keine Zeit.«

Gott sei Dank, dachte Gail. Sie lehnte ihren Aktenkoffer an die Wand und schaute mit verschränkten Armen aus dem Fenster, wo in dieser Höhe außer blauem Himmel nichts zu sehen war. Die Scheiben waren schmutzig. Ein schwarzer Schatten flog langsam vorbei und drehte nach oben ab. Ihr Blick schweifte zu den Fotos an den Wänden, von denen viele schon ganz vergilbt waren. Auf einem war der Richter zusammen mit Gouverneur LeRoy Collins vor dem Kapitol in Tallahassee zu sehen. Hinter ihnen stand auf der Treppe ein halbes Dutzend anderer Männer, darunter auch Gails Großvater, John B. Strickland. Alle waren Weiße, und alle trugen Anzüge mit schmalen Rockaufschlägen und schmalen Krawatten.

Gail ließ ihre Schultern kreisen und grub ihre Finger in die Nackenmuskeln. Ihr Schädel schien in Höhe der Augenbrauen explodieren zu wollen, und sie nahm die Stimmen im Raum kaum noch wahr. Der Grund für diese rasenden Kopfschmerzen lag auf der Hand: Sie hatte bis kurz vor drei Uhr nachts wach gelegen und die Geburtstagsparty ihrer Mutter am Samstagabend immer wieder im Geiste Revue passieren lassen. Es hätte sich durchaus um ein Stück von Tennessee Williams handeln können, aufgeführt von miserablen Schauspielern eines Kleinstadttheaters. Ihre Mutter, die nicht zugeben wollte, daß sie siebenundfünfzig geworden war. Ihre Schwester Renée in der Rolle des betrunkenen kleinen Luders, das mit einem tief ausgeschnittenen Top provozieren will. Und Gails Ehemann Dave als grübelnder Schwiegersohn, der sich lächerlich macht. Über ihre eigene Rolle war sich Gail nicht ganz im klaren; im Grunde sah sie sich nur als Zuschauerin, die diesem langweiligen Melodram gezwungenermaßen beiwohnen mußte.

Sie bemerkte plötzlich, daß Anthony Quintana mit gerunzelter Stirn in der dicken Gerichtsakte *Darden gegen Pedrosa* blätterte. Wollte er sich in letzter Minute über den Fall informieren? Sie bezweifelte, daß er wußte, worauf er sich eingelassen hatte, nämlich auf einen Ringkampf zwischen Bauherr und Hauskäufern, die um den Titel »Ekel des Jahres« zu wetteifern schienen.

Gail vertrat die Käufer. Als Nancy und Bill Darden im Miami Herald eine Anzeige für eine Parzelle namens Cotswold Estates gesehen hatten, wußten sie nicht, daß der Bauherr ein Kubaner war. »Ist das nicht eine Art von Betrug?« hatte Nancy ihre Anwältin gefragt. Sie hatten den Vertrag unterschrieben, weil die Häuser im Prospekt »so schick« waren, und auch, weil der Baugrund nur fünf Minuten von dem neuen medizinischen Zentrum entfernt war, in dem Bill arbeitete, am Rand von West Kendall, wo sich auf dem kurz gemähten und besprengten Rasen mitunter noch immer ungezähmte Tiere aus den Everglades tummelten.

Als der Rohbau fertiggestellt, die Betonauffahrt angelegt und der Swimmingpool ausgehoben war, mißfiel den Dardens das Dach. »Es ist so leicht«, jammerte Nancy. »Ich habe Fotos davon gemacht. Hier, sehen Sie selbst. Mein Gott, beim ersten Hurrikan fliegt es einfach davon.« Außerdem waren die Türrahmen nicht aus schwerer Eiche wie bei dem Modell, sondern aus hellem Fichtenholz. Eiche wäre teurer, erklärte ihnen der Beauftragte von Pedrosa Development. Bill sagte, er bestehe auf Eiche, ohne Mehrkosten. Daraufhin wurde vom Bauherrn eine billigere Küchenausstattung installiert. Als Nancy die Aluminiumspüle sah, erklärte sie, rostfreier Stahl sei wohl das mindeste, was sie verlangen könne. Der Handwerker nickte, aber er verstand kein Englisch und installierte statt dessen eine Emailspüle für dreihundertfünfzig Dollar. Die Termine wurden nicht eingehalten, und beide Seiten stellten wütende Forderungen.

»Sie versuchen, uns übers Ohr zu hauen, das weiß ich genau. Diese verdammten Kubaner!« hatte Bill Darden zu Gail gesagt, taktloserweise, während Gails Sekretärin, Miriam Ruiz, ihnen Kopien der Dokumente übergab.

»Es geht mir nicht einmal so sehr um das Geld«, sagte Bill, »obwohl ein Verlust von dreihunderttausend Dollar natürlich kein Pappenstiel ist.« Er griff nach Nancys zarter braungebrannter Hand mit dem diamantverzierten Armreif. »Nancy will das Haus nicht mehr. Wenn diese Typen schon jetzt so ein Theater machen, weiß man nicht, was auf einen zukäme, wenn man dort wohnen würde.«

Gail hatte den Bauherrn wegen Vertragsbruchs und nicht eingehaltener Termine verklagt. Daraufhin hatte er prompt eine Gegenklage eingereicht. Anträge waren hin und her gegangen. In den vergangenen zwei Monaten hatte Gail versucht, Einsicht in die Bilanzen der Gesellschaft zu nehmen und die Geschäftsinhaber zur Vernehmung vorzuladen. Aber sie wurde unter allen möglichen Vorwänden immer wieder hingehalten.

Welcher Irrsinn, so fragte sich Gail oftmals, trieb Ferrer & Quintana dazu, einen derartigen Starrsinn an den Tag zu legen? Lateinamerikanisches Machotum? Fette Honorare?

Was auch immer die Kanzlei Ferrer & Quintana erhalten mochte – es war mehr, als Gail erwarten konnte. Nancy war die Tochter von Senator Douglas Hartwell, dessen Großvater die Kanzlei gegründet hatte. Deshalb auf Anwaltshonorare zu verzichten, war natürlich nicht ganz koscher, aber die Firmenpartner waren um der guten

Beziehungen willen dazu bereit, und Gail, die beharrlich einen Aufstieg zur Partnerin anstrebte, mußte zähneknirschend lächeln und unzählige unbezahlte Arbeitsstunden hinnehmen.

Sie hörte ein leises Klicken. Anthony Quintana holte seine Kanzleiakte aus der Tasche hervor. Sie erkannte Georges nervöses Gekritzel auf dem Deckel. Quintana begann ruhig darin zu blättern, und er strich dies und jenes mit einem goldenen Kugelschreiber an.

Anthony Luis Quintana war größer als der durchschnittliche Kubaner, fast 1,80 Meter. Sein mittelbraunes, glatt nach hinten gekämmtes Haar war dicht und glänzend. Für eine Anhörung beim Zivilgericht war er ein wenig zu elegant gekleidet, fand Gail. Das Sakko seines waldgrünen Anzugs war nicht zugeknöpft, so daß die abstrakt gemusterte Seidenkrawatte gut zu sehen war, die mehr als ein Abendessen bei *Chez Vendôme* gekostet haben mußte. Seine Schuhe waren auf Hochglanz poliert, mit Quasten verziert und tief ausgeschnitten, und er trug dunkelgrüne Socken mit dezentem braunem Muster.

Quintana klappte den Aktenordner zu, schaute auf und bemerkte, daß sie ihn beobachtete. Gail lächelte kühl und wandte ihren Blick rasch den beiden Anwälten zu, deren Fall gerade verhandelt wurde.

Ralph Matthews, ein Schwarzer, der eine Bank in der Innenstadt vertrat, saß einem jungen Anwalt gegenüber, der mit seiner Klage allem Anschein nach unterliegen würde.

In Richter Coakleys Stimme schwang eine Mischung aus Ungläubigkeit und Belustigung mit. »Mr. Aguilar, was erwarten Sie eigentlich von diesem Gericht? Soll es etwa gegen eine gesetzlich zugelassene Bank eine einstweilige Verfügung erlassen? Wollen Sie, daß ich persönlich zu den Leuten gehe und ihnen sage, daß sie ihre Pforten nicht öffnen dürfen?«

»Euer Ehren, was wir verlangen …«

»Ich weiß, was Sie verlangen, Mr. Aguilar.«

Gail fiel die falsche Aussprache des Namens auf: *Ag-will-ar* statt *Ag-i-lar.*

»Wir haben uns ans Staatsgericht gewandt, weil das Klagebegehren …«

»Sie haben sich an uns gewandt, weil Sie verdammt gut wissen, daß Sie beim Bundesgericht in den nächsten achtzehn Monaten keinen Termin bekommen werden, weil die dortigen Kollegen mit Rauschgiftdelikten völlig überlastet sind.«

Die Augen höflich auf einen Punkt oberhalb des Kopfes seines Gegners gerichtet, saß der Anwalt der Bank seelenruhig da, sein Kinn auf die gefalteten Hände gestützt.

Der Richter streckte eine Hand in seine Richtung aus. »Mr. Matthews, haben Sie eine Verfügung?«

Der Anwalt zog sie aus der Akte. »Ja, Euer Ehren.«

Richter Coakley nahm einen vergoldeten Füllfederhalter zur Hand. »Ich bin für diesen Fall nicht zuständig, Mr. Aguilar, und ich kann Ihnen nur raten, sich damit möglichst schnell an das Bundesgericht zu wenden, denn dorthin gehört er.«

Er gab Matthews die unterschriebene Verfügung zurück. »Ich kann im Namen des Staatsgerichts nur sagen – byebye.« Er wedelte mit der Hand. »Nächster Fall, bitte.«

Matthews stand auf. »Danke, Euer Ehren. Ich werde dafür sorgen, daß Mr. Aguilar eine beglaubigte Kopie erhält.«

»Tun Sie das. Nächster Fall.«

Es war 14.25 Uhr, als Gail gegenüber von Quintana am Tischende Platz nahm, um nach und nach aufrücken zu können. Die Federn von Coakleys Sessel quietschten in langsamem gleichmäßigem Rhythmus. Wie junge Ratten, dachte Gail, der das Geräusch Schauder über den Rücken jagte, die ihren dröhnenden Kopf vollends zu sprengen drohten.

Sie rutschte nervös auf ihrem Stuhl hin und her.

Quintana trommelte mit seinen langen Fingern auf die Akte. Er trug an der rechten Hand einen Goldring mit einer diagonalen Reihe von Diamanten, der aber nicht protzig wirkte. Ihr Blick schweifte an seinem Ärmel entlang, über die Schulter zum Gesicht. Er schaute aus dem Fenster. Seine Wimpern waren lang und gebogen. Der Mund verführte geradezu zum Küssen. Ihre Schwester würde auf diese Art von Mann fliegen. Ja, er wäre genau Renées Typ.

Gail stützte ihre Stirn auf die Hände und massierte sie. Ungewollt tauchten Szenen von der Geburtstagsparty ihrer Mutter vor ihrem geistigen Auge auf, so als würde sie gezwungen, sich Dias anzusehen.

Klick. Renée mit ausgebreiteten Armen an der Haustür. Ein Tusch! Gail hatte sie monatelang nicht gesehen und vermutete, daß ihre Schwester sich nur blicken ließ, um ihre Mutter um ein weiteres Darlehen zu bitten. Renée hatte beteuert, ihr Geschenk für Irene müsse noch graviert werden.

Klick. Irene, die Renée ins Wohnzimmer zog und ihrem ganzen Freundeskreis präsentierte, so als wäre ihre jüngere Tochter soeben von einer Missionstätigkeit in Belize zurückgekehrt.

Klick. Renée, die Dave überredete, sich ans Klavier zu setzen, obwohl er jahrelang nicht mehr gespielt hatte. Renée, die »The Way We Were« sang, jenes Lied, mit dem sie zehn Jahre zuvor in die Endausscheidung der Wahl zur »Miss Miami« gekommen war. Renée lallte den Text etwa bis zur Hälfte und ließ sich sodann auf Daves Schoß fallen. Beide lachten schallend, der Klavierhocker fiel um, und aus dem Gewirr von Armen und Beinen blitzte Renées Slip hervor. Dave hatte sie, immer noch lachend, auf die Wange geküßt und ihr auf die Beine geholfen.

Gail und Dave hatten vergangene Nacht noch einmal darüber gestritten. Kein lautes Gebrüll, nur ein kühler Wortwechsel, der in kaltem Schweigen endete. Gail war mit ihrem Kopfkissen aufs Sofa umgezogen. Dave mußte sie heute morgen dort liegen gesehen haben, hatte sie aber verschlafen lassen, und als sie aufgewacht war, zeichnete sich das Muster des Sofapolsters auf ihrer Wange rot ab, so als wäre sie geschlagen worden.

Gail schob ihre Manschette hoch und warf einen Blick auf ihre Armbanduhr. Sobald dies hier überstanden war, würde sie Miriam anrufen müssen. Völlig ausgeschlossen, jetzt noch die Beweisaufnahme um drei zu schaffen.

Als der Anwalt zu ihrer Rechten aufrückte, nahm Gail seinen Stuhl ein.

Quintana hatte seine Hände locker um einen Schreibblock gelegt. Gail konnte sehen, daß er seine Notizen in spanischer Sprache gemacht hatte, vermutlich, damit sie nichts verstehen konnte. Ihr Spanisch war kaum der Rede wert.

Seine Fingernägel fielen ihr ins Auge – sorgfältig manikürt, zu mattem Glanz poliert. Ein zweiter Ring an der linken Hand – Gold mit dunkelgrünen Steinen. Eine schmale Uhr mit schwarzem Eidechsenarmband kam unter der strahlend weißen Manschette gerade noch zum Vorschein. Und am rechten Handgelenk – sie wäre überrascht gewesen, wenn es gefehlt hätte – ein schweres goldenes Gliederarmband, das niemand für das Schmuckstück einer Frau halten konnte. Wahrscheinlich trug er auch eine Kette um den Hals, mit einem religiösen Medaillon daran. Der Schutzpatron von Kuba, wer auch immer das sein mochte, in schwarzem Brusthaar versteckt.

Auf der linken Manschette konnte sie verkehrt herum die Initialen ALQP entziffern, in winzigen roten Buchstaben gestickt. Gails neugierige Überlegungen, wofür das »P« stand, wurden gestört, als sie zum nächsten Stuhl aufrücken mußte. Sie blickte auf, und Quintana sah sie wieder an. Er lehnte sich auf seinem Stuhl zurück und ließ seine Hände in den Schoß fallen.

Endlich rückte sie dankbar zum letzten Stuhl vor und hörte Richter Coakley sagen: »Nun, sieht ganz so aus, als wären Sie beide die Schlußlichter.«

»Gail Connor von Hartwell Black für die Kläger.«

»Wie geht's, Gail?«

Quintanas Augen ruhten auf ihr, während er dem Richter die Akte überreichte. Die vertrauliche Anrede war ihm nicht entgangen.

»Anthony Luis Quintana, Euer Ehren. Ferrer & Quintana, für den Beklagten.«

»Guten Tag, Mr. Quintana.« Gail registrierte automatisch die nasale falsche Aussprache. *Kwintana.*

»Kintahna«, korrigierte er lächelnd.

»Wie bitte? Okay, tut mir leid. Ich sollte wohl *español* lernen.« Richter Coakley lehnte sich zurück, und die Federn quietschten. »Kintahna.« Er schlug die Gerichtsakte auf. »Antrag auf Abweisung. Informieren Sie mich bitte.«

Bestürzt setzte sich Gail aufrecht und starrte Quintana über den Tisch hinweg an.

»Pedrosa Development beantragt, die Forderung der Kläger auf Einsichtnahme in bestimmte Finanzunterlagen abzuweisen aufgrund ...«

»Halt!« Gail hätte fast laut gelacht. »Welcher Antrag auf Abweisung? Wir haben keinen solchen Antrag erhalten.«

Quintana blickte mit gerunzelter Stirn auf seine Kopie. »Nein? Er ging bei uns aber schon vor zwei Wochen hinaus, und dem Gericht liegt er in der Akte vor.«

»Unmöglich.« Sie sah den Richter an, der einen Blick auf das oberste Blatt der dicken Akte warf.

»Da steht's – Antrag auf Abweisung.« Er kicherte. »Die Post streikt wieder einmal.«

»Offenbar«, sagte Gail. »Jedenfalls liegt er mir nicht vor, und er ist auch draußen auf der Computerliste nicht aufgeführt. Mr. Quintanas Antrag kann erst zur Anhörung gelangen, sobald er ihn in korrekter Form gestellt hat.«

Quintana klopfte mit seinem goldenen Kugelschreiber gegen die Handfläche. »Ms. Connor möchte die kostbare Zeit des Gerichts doch bestimmt nicht für eine weitere Anhörung in Anspruch nehmen, wenn wir diese Angelegenheit gleich jetzt erledigen können.«

»Wir hatten keine Möglichkeit, uns mit diesem Antrag zu beschäftigen, Euer Ehren.«

Coakley blätterte in der Akte. »Weshalb sind Sie dann hier, Ms. Connor? Ich sehe keine neuen Unterlagen von Ihrer Kanzlei.«

Gails Magen krampfte sich zusammen. »Wir beantragen Sanktionen aus zweierlei Gründen, Euer Ehren. Zum einen geht es um die Honorare. Zum anderen wird uns die Einsichtnahme in wichtige Dokumente verweigert, und wir versuchen seit über zwei Monaten vergeblich Ernesto und Carlos Pedrosa zu vernehmen und …«

»Euer Ehren«, fiel Quintana ihr ins Wort. »Ernesto Pedrosa hat mit diesem Fall nichts zu tun. Ihm gehört die Gesellschaft, ja, aber nur dem Namen nach, und das ist der Anwältin der Kläger auch bekannt.«

»Ich ziehe es aber vor, das bei der Vernehmung aus seinem eigenen Munde zu hören«, sagte Gail, den Blick auf den Richter gewandt, der immer noch in den Dokumenten blätterte.

»Ah, da steht es ja«, murmelte er und schlug die Akte an der entsprechenden Stelle auf.

»Eine derartige Offenlegung der Bilanzen der Gesellschaft würde weit über die vom Gericht vorgeschriebene zwangsweise Mitteilung von Tatsachen an den Prozeßgegner hinausgehen«, wandte Quintana ein. »Das Zivilrecht von Florida …«

»Verschonen Sie mich damit.« Coakley blickte gequält drein. »Dieser Fall zieht sich ja schrecklich in die Länge. Können Sie den Streit nicht endlich beilegen?«

»Wir haben einen vernünftigen Vergleich vorgeschlagen, Euer Ehren. Die Kläger …«

Gail unterbrach ihn. »Was der Herr Anwalt ›vernünftig‹ nennt, ist nichts anderes als eine totale Kapitulation.« Sie bemerkte, daß der Richter auf seine Uhr schaute, und zwang sich, wieder zum eigentlichen Thema zu kommen. »Nachdem wir auf meinen Antrag hin hier sind, möchte ich dem Gericht erklären …«

»Nein.« Coakley klappte die Akte zu. »Ich treffe folgende Entscheidung. Mr. Quintana, Ihre Klienten müssen die auf der Liste aufgeführten Unterlagen nicht der Anwältin der Kläger übergeben. Diese Liste ist viel zu lang. Und Sie, Ms. Connor, Sie laden beide Pedrosas vor. Es ist mir egal, ob Sie ein Treffen um zwei Uhr nachts im Orange Bowl vereinbaren, aber erscheinen müssen die beiden Herren. Tun sie das nicht, werden Sie wieder bei mir vorstellig, und ich werde veranlassen, daß sie eine Strafe in der Höhe zahlen, die Sie für angemessen halten. Sind beide Seiten damit einverstanden?«

Quintana sah erfreut aus. »Ja, Euer Ehren.«

»Und wenn Ernesto und Carlos Pedrosa zur Vernehmung kommen, können sie ja alle Unterlagen mitbringen, und Ms. Connor kann sie durchsehen und entscheiden, welche sie benötigt.«

Quintanas Lächeln verschwand. »Alle Unterlagen? Meine Klienten können doch unmöglich sämtliche finanziellen Daten …«

Der Richter erhob sich, durchquerte den Raum und nahm seine schwarze Robe vom Haken. »Ich bin nicht gewillt länger zuzuhören. Ms. Connor weiß, welche Unterlagen sie benötigt.«

Gail verstaute ihre Akte im Aktenkoffer. Vor Erleichterung hätte sie am liebsten gelacht. »Soll ich eine diesbezügliche Verfügung aufsetzen?«

Anthony Quintanas goldenes Armband funkelte im Licht, während er ihr die Lifttür aufhielt. Er drückte auf den Knopf zum Erdgeschoß. Sie waren in dem Aufzug allein. »Ich würde die Verfügung gern sehen, bevor Sie sie dem Gericht zur Unterschrift vorlegen.«

»Ja, das sehe ich ein.« Verschmitzt fügte sie hinzu: »Vielleicht werde ich Sie anrufen müssen, damit wir uns eindeutig darüber klarwerden, wie seine Befehle nun eigentlich lauteten.«

Quintana lächelte, wobei sich die Falten um seinen Mund vertieften. Sie hätte gern den Namen seines Eau de Cologne gewußt, um Dave eine Flasche davon kaufen zu können. »Willkommen beim Zivilgericht«, sagte sie. »Werden Sie diesen Fall auch in Zukunft anstelle von George bearbeiten?«

»Warum nicht? Ich kenne mich mit dem Geschworenengericht gut aus.«

»Geschworene? Für diesen Fall?«

»Wir haben in unserer Gegenklage ein Geschworenengerichtsverfahren beantragt.«

»Vergessen Sie's.«

Er schüttelte langsam den Kopf. »Soll ich das Schicksal meiner Klienten etwa Richter Coakley anvertrauen?«

»Sie machen Witze. Wir bekommen nie im Leben einen Geschworenenprozeß. Und Sie können das unmöglich ernsthaft anstreben.«

Die Lifttür öffnete sich. »Dann stimmen Sie endlich einem Vergleich zu.« Er ließ ihr höflich den Vortritt.

»Den Dardens geht es ums Prinzip«, sagte Gail. »Sie wollen nicht für etwas bezahlen, das sie nicht bekommen haben.«

»Das sagt sich leicht, wenn die Prinzipien einen nichts kosten.«

»Was wollen Sie damit sagen?«

»Ich kenne Douglas Hartwell, und ich weiß, wer seine Tochter ist.« Quintana blickte durch die Glastüren des Gerichtsgebäudes auf die Flagler Street hinaus. »Ich könnte wetten, daß die Kanzlei Hartwell Black sich in diesem Fall besonders engagiert.«

»Dann stimmen *Sie* doch endlich einem Vergleich zu.«

»Das ist nicht so einfach.«

Sie wartete ab, ob er das näher erläutern würde. Nach kurzem Schweigen fuhr er tatsächlich lächelnd fort: »Pedrosa Development gehört meinem Großvater, Ernesto Pedrosa, und Carlos ist mein Cousin.«

»Das ist es also! Ich wußte, daß Ihre Hartnäckigkeit einen besonderen Grund haben muß. Ein Honorar bekommen also auch Sie nicht. Wissen Sie, das ist lächerlich.«

»Ich weiß.« Er seufzte. »Darf ich Sie zu einer Tasse Kaffee einladen? Wir könnten gemeinsam nach einer Lösung suchen.«

Gail betrachtete ihn nachdenklich. Sie bezweifelte, daß er für ihre weiblichen Reize empfänglich war. Ihr Trauring würde ihn allerdings bestimmt nicht von Annäherungsversuchen abhalten. Vielleicht hatte er wirklich nichts Besseres zu tun als mit Kaffeetrinken eine Stunde zu vertrödeln, aber das konnte sie sich eigentlich nicht vorstellen. Vielleicht ging es ihm tatsächlich darum, den Fall endlich aus der Welt zu schaffen.

Er hob die Brauen. »Ich muß etwas Komisches gesagt haben.«

»Nein, überhaupt nicht. Ich hätte gegen eine Tasse Kaffee nichts einzuwenden, aber im Augenblick muß ich schleunigst zurück in mein Büro.« Sie lächelte ihm wieder zu. »Vielleicht nächstes Mal.«

Er nickte kurz. »Ich freue mich darauf.«

Sie blickte ihm nach. Er ging durch die Drehtür und lief leichtfüßig die Treppe hinab. Sein glattes braunes Haar glänzte in der Sonne.

Ach ja, natürlich, dachte sie. Der Buchstabe »P« auf seiner Manschette. Pedrosa, wenn Ernesto Pedrosa sein Großvater mütterlicherseits war. Spanische Namen konnten ganz schön verwirrend sein. Anthony Luis Quintana Pedrosa. Der Mädchenname seiner Mutter stand am Ende.

Sie ließ eine Münze in den Fernsprecher neben den Aufzügen fallen und wählte.

»Hartwell Black & Robineau.«

»Hi, Gwen, hier spricht Gail. Ich mache mich gerade auf den Rückweg. Könntest du ...«

»Bleib dran. Miriam möchte mit dir sprechen.«

»Nein, sag ihr einfach ...« Zu spät. Gereizt lauschte Gail einigen Takten Mozart.

Ein Klicken, dann Miriams Stimme. »Gail, deine Mutter hat vor kurzem angerufen. Du sollst sie zurückrufen.«

»Gut, tu ich, sobald ich dazu komme. Sind die für fünfzehn Uhr bestellten Leute schon aufgetaucht?«

»Noch nicht. Ich glaube, du solltest deine Mutter gleich anrufen. Sie hörte sich irgendwie komisch an.«

Etwas in Miriams Stimme jagte Gail einen kalten Schauder über den Rücken. Sie hängte ein und wählte die Nummer ihrer Mutter.

Das Telefon klingelte sechsmal, bevor sich jemand meldete. »Hallo?«

Gail kannte die Frauenstimme nicht. »Ist das der Anschluß Connor?«

»Ja.«

»Hier spricht Gail Connor. Könnten Sie Irene bitte an den Apparat holen?«

Am anderen Ende der Leitung wurde nach kurzem Zögern »Moment, bitte« gemurmelt. Die nun folgende tiefe Stille deutete darauf hin, daß die Sprechmuschel mit der Hand zugehalten wurde.

Gail preßte den Hörer dichter ans Ohr. Außer einem leisen Summen in der Leitung war zunächst nichts zu hören.

»Liebling?« Das war die Stimme ihrer Mutter, kaum mehr als ein Flüstern. »Kannst du herkommen? Bitte.«

»Was ist los? Ist etwas passiert?« Der Lärm in der Halle erschwerte die Verständigung. »Mutter, was ist passiert?« rief sie wieder.

»Sie hat sich umgebracht ... oh, Gail ... mein Baby ist tot ...«

Später erinnerte sich Gail an die unterschiedlichen Empfindungen, die sie in dichter Folge hatte, in jenen Sekunden, nachdem sie erfahren hatte, daß ihre Schwester tot war. Ein flüchtiger Moment ungläubigen Schreckens, als sie mit geschlossenen Augen die Worte ihrer Mutter zu begreifen versuchte. Sie hat sich umgebracht ...

Dann eine merkwürdige Anwandlung von Zorn. Renée hatte sogar noch durch ihren Selbstmord ihren Egoismus unter Beweis gestellt, indem sie keinen Gedanken an den Schmerz verlor, den sie anderen damit zufügen würde.

Dann ein gehässiger Gedanke: Renée hatte genau das bekommen, was sie verdiente.

Und dann endlich nahm Gail die Verzweiflung ihrer Mutter bewußt zur Kenntnis. Sie hörte Irene ins Telefon schluchzen und wußte, daß ihre Tränen nicht so leicht versiegen würden, denn sie weinte ja um Renée, derentwegen sie schon immer geweint hatte. Gail würde versuchen sie zu trösten, aber das würde nur zu weiteren

Tränenströmen führen. Viel mehr Tränen, als wenn es sich um Gail gehandelt hätte …

Irene konnte ihr nur die allerwichtigsten Tatsachen mitteilen: Renée war an diesem Morgen in einem Park in der Nähe der Everglades gefunden worden. Sie hatte sich die Pulsadern aufgeschnitten. Ein Sergeant von der Metro-Dade Police, ein sehr netter freundlicher Mann, hatte Irene aufgesucht.

Nach einem Blick auf ihre Uhr versicherte Gail ihrer Mutter, daß sie so bald wie möglich kommen und sich um alles kümmern würde. »Ja, ja, ganz bestimmt, du kannst dich darauf verlassen.«

Gleichzeitig überlegte sie jedoch angestrengt, wer jetzt wohl die Beweisaufnahme um fünfzehn Uhr übernehmen könnte, wie zum Teufel sie jeden verdammten Gerichtstermin in dieser Woche verlegen und wie sie Karen abholen sollte.

Sie hängte ein, lehnte sich mit weichen Knien an die Wand der Telefonzelle und atmete mehrmals tief durch. Am anderen Ende der Halle lachte jemand. Ein Mineralwasser wurde vom Automaten in der Nähe der Drehtür ausgespuckt.

Schuldbewußt stellte sich Gail der Erkenntnis, daß ihre erste Reaktion nicht Trauer gewesen war.

So vieles war ihr in jenen ersten Minuten durch den Kopf geschossen, aber die Nachricht hatte sie nicht überrascht. Renée hatte seit Jahren selbstzerstörerisch gelebt, und nun war sie endlich am Ziel angelangt.

Kapitel 2

»Armes Ding! So ein Schock!«

Die Frau blickte an Gails Schulter vorbei zu Irene Connor hinüber, die auf der anderen Seite der Aussegnungshalle auf einem der langen Sofas saß, eine kleine Gestalt in Schwarz. Ihre Schwester Patsy war an ihrer Seite; andere Trauergäste standen in Grüppchen im Raum herum.

»Welches Glück, daß sie dich hat, Gail«, flüsterte die Frau. »Jemand muß einfach stark sein. Weißt du, mein Bruder Kenny ist letztes Jahr gestorben. Krebs. Für ihn war der Tod eine Erlösung, aber unser Vater ist völlig zusammengebrochen und war außerstande, irgend etwas zu erledigen. Ich mußte mich um alles kümmern.«

Gail hatte keine Ahnung, wer diese Frau war. Sie rang sich mühsam ein Lächeln ab. »Wir sind sehr froh, daß Sie kommen konnten.« Unter dem Vorwand, in der Menge jemanden begrüßen zu müssen, entfernte sie sich nach einer hastig gemurmelten Entschuldigung. Seit siebzehn Uhr waren sie nun schon hier, in diesem schwach beleuchteten Raum, dem der kalte, süßliche Geruch eines Blumenladens anhaftete. Gail vermutete, daß ein Teil der Blumen von Renées Freunden stammte, aber die Namen an den Gebinden sagten ihr nichts. Dann waren da natürlich die obligatorischen Kränze und Gestecke von Verwandten und Freunden der Familie. Aber sie wußte, daß die meisten Blumen im Grunde nicht Renée zugedacht waren, sondern ihrer Mutter. Irene Strickland Connor, ein Teil der Stadtgeschichte, Enkelin einer der Pionierfamilien von Miami. Sogar der Bürgermeister hatte einen Kranz geschickt.

Manche der Leute, die hier waren, hatte Gail jahrelang nicht gesehen. Sie hatten Irene die Hand gedrückt und in alten Erinnerungen gekramt oder auch einfach ihre Phantasie bemüht, um ein paar nette Worte über Renée zu sagen. Dann waren sie zwischen den Stuhlreihen hindurch zu der Nische mit dem Sarg gegangen. Glänzendes Holz und Messing. Noch mehr Blumen. Ein Kruzifix auf einem Mahagonisockel war dahinter aufgestellt worden, und an den vier Ecken flackerten Kerzen in großen roten Glasbehältern. Gail hatte die bestürzten Gesichter der Trauergäste gesehen. Wahrscheinlich hatten sie erwartet, Renée im offenen Sarg liegen zu sehen, mit Schminke zu jungfräulicher Unschuld zurückverwandelt, die blonden Haare in perfekten Wellen auf einem Satinkissen dekoriert, die

Lippen zu einem traurigen Lächeln geformt. Vielleicht hatten sie insgeheim auch gehofft, die schwarzen Narben an ihren Handgelenken sehen zu können, die vom Lilienbukett nicht ganz verdeckt wurden.

Niemand hatte Gail gefragt, warum der Sarg geschlossen war. Vielleicht wußten sie es.

Nervös schob sie eine Kleenex-Packung auf einem Tisch zurecht. Es kam ihr so vor, als wäre ihre Uhr um halb sieben stehengeblieben. Sie überlegte, ob sie Karen noch einmal anrufen sollte, die in Irenes Haus von einem Teenager, der Tochter von Nachbarn, beaufsichtigt wurde.

Eine Bewegung im Türrahmen veranlaßte Gail aufzublicken. Ben Strickland, Irenes Lieblingscousin, betrat den Raum, strich sich über die weißen Haare und wirkte ein wenig verloren. Als Gail auf ihn zukam, breitete er die Arme aus. »Hallo, Liebling, geht's halbwegs?«

»Ja, ich glaube schon.« Gail lehnte sich einen Moment lang an ihn und legte ihre Stirn an seine Schulter, entzog sich der Umarmung aber gleich wieder, um nur ja keine Schwäche zu zeigen. »Ben, würdest du mir einen Gefallen tun?«

»Natürlich. Alles, was du willst.«

»Es wäre mir sehr lieb, wenn du dich um Renées Nachlaß kümmern würdest.« Ben hatte vor sechs Monaten seinen Posten als Bezirksrichter vorzeitig aufgegeben und arbeitete jetzt in einer kleinen Anwaltskanzlei in der Flagler Street.

»Du willst, daß ich als Anwalt tätig werde? Gail, Liebling, ich war nie beim Nachlaßgericht. Ich dachte, daß Irene *dich* um Hilfe bitten würde.«

»Wir haben noch nicht darüber gesprochen, aber wie du ja weißt, bin ich auch nicht auf Erbrecht spezialisiert.«

»Das stimmt, aber in eurer Kanzlei gibt es genügend Leute, die dir behilflich sein könnten.« Als sie den Kopf schüttelte, fragte er: »Du möchtest dich nicht damit beschäftigen, stimmt's?«

Gail blickte zu Irene hinüber. »Du weißt doch, daß Irene und ich uns wegen Renée oft in den Haaren lagen und schließlich übereinkamen, nicht mehr über sie zu sprechen.«

»Jammerschade, daß ihr zwei – deine Schwester und du – nicht miteinander ausgekommen seid.«

»Nun, jetzt läßt sich daran nichts mehr ändern. Mir wäre bei dieser Aufgabe jedenfalls nicht ganz wohl zumute, und ich glaube auch nicht, daß Mutter hell begeistert wäre.«

Ben dachte darüber nach. »Ich müßte einen der anderen Anwälte bitten, den Papierkram für mich aufzusetzen.« Sein Blick schweifte zum Sarg hinüber. »Mein Gott, mein Gott«, murmelte er und konnte nicht verhindern, daß seine Lippen zitterten. Dann lachte er verlegen und holte tief Luft. »Tut mir leid. Ich hätte so etwas nie für möglich gehalten. Gott sei ihr gnädig ... Also gut, ich werde mit Irene darüber sprechen, wenn du willst.«

Sie drückte ihm die Hand. »Danke, Ben.«

Irene begleitete gerade eine Freundin vom Sarg zurück, Arm in Arm. Ihre Schwester Patsy lachte über etwas, und Irene rang sich ein schwaches Lächeln ab. Sie war immer noch hübsch, ein zierlicher Rotschopf mit strahlend blauen Augen, die heute aber geschwollen waren. Und sie bewegte sich heute auch so, als wäre etwas in ihr zerbrochen.

Als sie Ben sah, schlang sie ihre Arme um ihn, und sie standen eine Weile schweigend da, ihr Gesicht in seiner Halsbeuge vergraben. Schließlich flüsterte sie: »O Ben, warum nur? Warum hat sie das gemacht? Könnte mir jemand das erklären?«

Er tätschelte ihr unbeholfen den Rücken. »Schscht. Ich weiß es auch nicht.« Er führte sie zur vordersten Stuhlreihe. »Komm, setz dich ein bißchen.«

Gail betrachtete den Sarg mit fest zusammengepreßten Lippen. Renée hätte wenigstens den Anstand haben können, einen Abschiedsbrief zu schreiben. *Liebe Mom, das Leben ist einfach zu schwierig. Außerdem bin ich schwanger und weiß nicht, wer der Vater ist. Verzeih mir. Es ist nicht Deine Schuld.*

Gail hatte den Leichnam identifizieren müssen – das, was davon noch übrig war. Und der Gerichtsmediziner hatte ihr mitgeteilt, daß Renée schwanger gewesen war. Im zweiten Monat, an der Schwelle zum dritten. Das hätte Renée allerdings bestimmt nicht zur Verzweiflung getrieben. Sie war alles andere als ein leicht errötendes katholisches Schulmädchen gewesen. Trotzdem hatte Gail nicht die Absicht, ihrer Mutter von dem Baby zu erzählen.

Sie hob den Wasserkrug auf einem der Tische auf. Leer. Als sie ins Büro des Leichenbestatters spähte, kam dessen junger Assistent herausgeeilt, die Hände auf der Brust gefaltet. Owen Finney trug einen dunklen Anzug und eine gestreifte Krawatte, die vor gut fünf Jahren modisch gewesen sein mochte.

»Ja, Madam?«

Sie gab ihm den Krug. »Könnten wir bitte noch etwas Eiswasser bekommen?«

»Selbstverständlich«, sagte er so leise, als hätte sie ihm ein totes Kätzchen überreicht. »Ich kümmere mich gleich darum. Auch Pappbecher?«

»Ja, danke.«

»Kein Problem.«

Auf dem Rückweg durch die Vorhalle entdeckte Gail ihren Mann in einem Sessel in der Ecke. Er starrte den türkisfarbenen Teppich an. Über seinem Kopf hing ein mittelmäßiges Landschaftsgemälde: schneebedeckte Berge. Eine seltsame Dekoration für Florida, dachte Gail. Vermutlich sollten die Lichtstrahlen, die durch die Wolken brachen, zur Inspiration anregen.

Sie blieb neben seinem Sessel stehen. »Dave?«

Er schaute auf.

»Sieht es nicht etwas komisch aus, wenn du hier draußen sitzt? Du solltest bei der übrigen Familie sein.«

»O Gott, was wird Tante Patsy nur dazu sagen!«

Gail setzte sich neben ihn. »Nicht, Dave.«

»Entschuldigung.« Ihre Hand lag auf dem Tischchen zwischen den beiden Sesseln, und Dave umschlang ihre Finger. »Wie geht es Irene?«

»Patsys Valium hält sie aufrecht.«

Er nickte. »Ich dachte gerade, daß wir Karen herholen sollten.«

»Eine Neunjährige hat bei einem Begräbnis nichts verloren.«

»Ich war fünf, als ich zum erstenmal einer Beerdigung beiwohnte.« Er zog seine Hand zurück.

»In einer Stunde ist alles vorbei. Wozu also?«

Die Eingangstür schwang auf, und zwei Leute traten ein. Die Frau – Mitte Zwanzig, mit einem kecken Pferdeschwanz – trug hohe Stöckelschuhe und ein Strickkleid, das ihren runden Bauch betonte. Immerhin war das Kleid schwarz, was darauf hindeutete, daß sie nicht versehentlich in das Bestattungsinstitut geraten war. Ihre Beine waren muskulös und braungebrannt.

Ihr Begleiter, ein untersetzter Hispanic, trug einen königsblauen Anzug mit aufgekrempelten Ärmeln und hatte keine Krawatte umgebunden. Er war schnurrbärtig, und eine lange Haarsträhne hing ihm wie ein schwarzes Schwänzchen über den Kragen.

Die Frau warf einen Blick auf das kleine Schild mit Renées Namen und deutete nach links. Lange silberne Ohrringe schaukelten gegen ihren Hals. »Sie ist dort drüben aufgebahrt, Julio.« Sie trugen sich in das Kondolenzbuch ein und gingen den Korridor entlang.

»Du lieber Himmel!« murmelte Gail. »Was war das denn?«

»Freunde von Renée, nehme ich an.«

»Eine schwangere Stripteasetänzerin und ein Zuhälter. Wunderbar!«

»Mein Gott, Gail, du bist auf ihrem Begräbnis!«

Gail stützte ihre Stirn auf die Hand. »Tut mir leid. Paß auf, daß ich nicht so etwas sage, wenn Irene in der Nähe ist. Ich weiß selbst nicht, warum ich das tue.«

»Weil du Renée gehaßt hast.«

Sie hob den Kopf. »Das ist doch absurd.«

Achselzuckend stand Dave auf. »Ich glaube, daß wir uns jetzt drinnen sehen lassen sollten.« Er wartete. »Kommst du?«

»Gleich.«

»Verdammt, du warst es doch, die Wert darauf legte, daß wir uns zusammen sehen lassen.«

Gail trommelte mit den Fingern auf die Sessellehne, erhob sich dann aber und folgte ihm in die Aussegnungshalle. Er begann eine Unterhaltung mit Ben, und sie erspähte ihre Mutter und Patsy in der ersten Stuhlreihe. Irene griff nach ihrer Hand, als sie neben ihr Platz nahm. »Patsy sagt, daß sie noch ein paar Tage hierbleiben kann.«

Patsy nickte. »Ich habe Kyle gesagt, er soll morgen allein zurückfahren. Ich nehme dann am Mittwoch ein Flugzeug nach Tampa. Allerdings wird mich jemand zum Flughafen bringen müssen.«

Gail hoffte inbrünstig, daß Patsy sie nicht direkt bitten würde, das zu tun. Die Berge von Arbeit, die in ihrem Büro auf sie warteten, machten sie ganz beklommen, sobald sie nur daran dachte. Sie hatte sich diese Woche auf Telefon und Faxgerät verlassen, aber das genügte nicht. Der Seniorpartner ihrer Abteilung fragte sich allmählich, ob er einige ihrer Fälle vorübergehend anderen Anwälten übertragen sollte.

Patsy lehnte sich zurück, um Gail an Irenes Kopf vorbei sehen zu können. »Ich kann Taxis nicht ausstehen, und ich werde nicht zulassen, daß Irene in ihrer Verfassung irgendwohin fährt. Ich schwöre dir, die Leute hier fahren alle so, als wären sie high und ...«

Sie verstummte und starrte auf etwas hinter Gail. Die drehte sich um, um zu sehen, was los war. Auch die anderen Leute im Raum unterbrachen ihre Gespräche und guckten voll Neugierde.

Es war ein Indianer. Jedenfalls sah er wie ein Indianer aus. Er trug eine Patchworkjacke – kleine Quadrate und Dreiecke in Rot, Gelb und Blau. Ein halbes Dutzend Halsketten baumelte an seiner Brust.

Langsam ging er den Gang entlang, den Blick starr nach vorne gerichtet. Sein langes, mit Silberfäden durchzogenes schwarzes Haar war mit einem schmalen Lederriemen zusammengebunden.

Er stand länger als eine Minute am Sarg, bevor er sich Irene zuwandte. Sie lächelte zu ihm empor. »Hallo, Jimmy!«

Er legte ihr eine Hand auf die Schulter. »Mein Herz ist Ihretwegen voller Trauer, Mrs. Connor.«

»Wie lieb von Ihnen.«

»Renées Körper liegt dort drüben im Sarg, aber ihr Geist weilt bei der Mutter der Erde.«

Gail tauschte einen Blick mit Patsy. Wo hatte er diese Routine gelernt, in alten Western? Der stoische Indianer, der ohne den Anflug eines Lächelns mit tiefer Baßstimme über Tod und Geister sprach. Alle, die in Hörweite standen, beobachteten ihn fasziniert.

»Kennen Sie meine ältere Tochter Gail?« fragte Irene.

Der Indianer sah Gail an und neigte höflich den Kopf. »Ich freue mich, Sie kennenzulernen.«

»Gail, das ist Jimmy Panther. Ich habe dir doch von ihm erzählt, weißt du noch? Wir kennen uns aus dem Historischen Museum.«

»Ach ja. Guten Tag«, murmelte Gail.

»Und das ist meine Schwester Patsy«, fuhr Irene fort. »Sie lebt in Tampa.«

Nach einem unmerklichen Zögern lächelte Patsy. »Hallo! Mir gefällt Ihre Jacke. Eine Arbeit der Seminole, stimmt's?«

»Der Miccosukee.« Er schüttelte ihre ausgestreckte Hand.

Dann griff er unter seine Haare und nahm eine der Halsketten ab. Sie klirrte leise. Zartes Glockengeläut. Er hielt die Kette aus winzigen weißen Muscheln Irene hin. In der Mitte hingen drei Silberglöckchen.

»Meine Großmutter hat sie gemacht, nach dem Modell jener Ketten, die Coacachee – bekannt unter dem Namen Wildkatze – aus der Geisterwelt zurückbrachte, nachdem er von seiner toten Schwester dorthin gerufen worden war.«

Die Muscheln schillerten im Licht, als er sie in Irenes Hand fallen ließ. Sie betrachtete die Kette verständnislos.

»Das Weiß symbolisiert Reinheit und Frieden. Die Glöckchen sind die Stimme der Toten. Sie wird Ihnen helfen, sich an Renée zu erinnern.«

Irene hielt die Kette hoch, und die Glöckchen klingelten zart.

»Wenn Sie im Geiste Besuch von Renée bekommen, müssen Sie sie willkommen heißen. Und weinen Sie nicht um sie, denn das würde ihren Geist traurig stimmen.«

»Ich werd's versuchen«, flüsterte Irene.

Patsy unterdrückte ein Schluchzen und preßte ein Kleenex an ihre Nase.

Jimmy Panther nickte. »Für uns alle kommt die Zeit zu sterben, und es ist ein Glück, wenn wir den Ort selbst wählen können. Renée liebte die Everglades. Das ist ein guter Ort zum Sterben, wenn die Zeit gekommen ist.«

Die Kette umklammernd stand Irene auf und schlang ihre Arme um seinen Hals. »Danke«, murmelte sie, und er ließ sich von ihr auf die Wange küssen und legte ihr für einen Moment beide Hände auf die Schultern. Dann wandte er sich schweigend ab und durchquerte den Raum. Alle blickten ihm nach, bis er verschwunden war.

Gail trat in die Vorhalle hinaus und sah, wie die Eingangstür hinter ihm zufiel. Sie hatte nicht gewußt, daß Renée und er befreundet waren. Wahrscheinlich hatten sie sich im Historischen Museum kennengelernt, als Renée dort volontierte. Hingegen wußte Gail nur allzugut, daß ihre Mutter für Jimmy Panthers Geschichtszentrum schon erhebliche Summen gespendet hatte, was denkbar unvernünftig war. Soviel Gail gehört hatte, befand sich dieses geplante Zentrum immer noch im Stadium aufgestapelter Betonblöcke neben dem Tamiami Trail, dem Highway, der durch die Everglades in westliche Richtung führte.

Irene war gutmütig und weichherzig, und sie ließ sich von Typen wie diesem Jimmy Panther mit seinen Halsketten und seinem blöden Gerede über Renées Geist leicht einwickeln.

Ein brauner Transporter fuhr vom Parkplatz auf die

Straße hinaus, und Gail sah den Indianer am Steuer sitzen. Er hatte seine Patchworkjacke ausgezogen und einen Ellbogen auf den Fensterrahmen aufgestützt. In seinem kurzärmeligen blauen Hemd sah er nicht mehr so exotisch aus.

Gail wollte gerade wieder in die Aussegnungshalle gehen, als Dave herauskam. Er holte die Autoschlüssel aus seiner Tasche. »Ich hole jetzt Karen«, verkündete er.

»Dave, wir hatten doch beschlossen …«

»*Du* hattest das beschlossen.« Er ging zur Tür. »Ich werde rechtzeitig zum Gottesdienst zurück sein. Es wird Karen guttun.«

Gail folgte ihm über die Schieferterrasse und die Stufen hinab. »Willst du, daß sie Renée so in Erinnerung behält? Aufgebahrt, im Sarg? Sie kann sie ja nicht einmal sehen.«

»Spielt das eine Rolle?«

»Langweilst du dich so sehr?«

Er wirbelte herum und funkelte sie zornig an. »Ich bin alles andere als gelangweilt, Gail.«

Gail lehnte sich an ihren Buick. Sie schwitzte in dem dunklen Kostüm. Der Himmel war noch immer wolkenlos und strahlend blau, und die Palmen auf dem Parkplatz rauschten im Wind. Sie strich sich die Haare aus der Stirn.

Dave spielte mit dem Schlüsselbund. »Karen mochte Renée, das weißt du doch.«

»Verdammt, das ist doch nicht der Grund, weshalb ich sie zu Hause gelassen habe!«

Er schloß die Tür auf und wartete darauf, daß sie beiseite treten würde. Sie tauschten einen kalten Blick, dann gab Gail nach. »Aber du bist für sie verantwortlich, während sie hier ist.«

Dave stieg ein, drehte den Zündschlüssel, legte den Rückwärtsgang ein und gab Gas. Der Buick setzte in schnellem Tempo zurück, während ein silbergraues Mercedescoupé genauso rasant von der Straße auf den Parkplatz einbog.

»Dave!«

Beide Fahrer traten hart auf die Bremsen. Der Mercedes geriet dabei leicht ins Schleudern, fing sich aber sofort wieder. Dave hupte wild, blickte wütend über seine Schulter hinweg und hob den Mittelfinger.

Die dunkel getönte Fensterscheibe des Mercedes wurde heruntergedreht. Gail konnte jetzt den Fahrer sehen, einen bärtigen Mann mit goldgeränderter Sonnenbrille. Er lehnte sich aus dem Fenster und schrie etwas auf spanisch, aber Dave hatte fast schon die Straße erreicht. Der Mercedes parkte ein, und das Fenster wurde geschlossen.

Das goldene Mercedes-Emblem auf der Motorhaube hatte die Größe eines Tellers. An jedem Scheinwerfer war ein kleiner goldfarbener Scheibenwischer angebracht. Die Wagentür öffnete sich.

Der Fahrer schob seine Krawatte unter das dunkelblaue Sakko. Er war jung – nicht viel älter als dreißig – und etwas untersetzt. Seine Haare lichteten sich ein wenig, aber der kurze Bart war sehr dicht.

Er schloß die Tür ab, erblickte Gail und grinste ihr zu. Die Scheinwerfer blinkten, und unter der Motorhaube kam ein hohes Zirpen hervor. Die Schlüsselbundkette um einen Finger geschlungen, ging er lässig auf den Eingang zu.

Ein Drogenhändler. Oder ein Autodieb, der seinen eigenen Besitz sorgfältig behütete. Andererseits – die meisten Luxuswagen waren in Miami mit Alarmanlagen ausgestattet, die bei jedem Donnerschlag losheulten wie verängstigte Kinder.

In der Vorhalle warf Gail einen Blick ins Kondolenzbuch. Zuletzt hatten sich einige Frauen aus der Kirchengemeinde ihrer Mutter eingetragen, die kurz vor dem bärtigen Mann gekommen waren. Er selbst hatte auf diese Formalität verzichtet.

»Ms. Connor?«

Es war Owen Finney. »Ich habe eine Nachricht für Sie«, flüsterte er.

»Oh?«

»Pater Donnelly hat angerufen, um Bescheid zu sagen,

daß er vielleicht zu spät kommt.« Gails Miene veranlaßte ihn, hastig zu erklären: »Er hat eine falsche Autobahnausfahrt benutzt. Aber er kommt mit Sicherheit.«

Sie warf einen Blick auf ihre Uhr. Noch nicht ganz sieben. »In Ordnung. Danke.« Eigentlich mußte sie dankbar sein, daß überhaupt ein Priester kam. Es war verdammt schwierig gewesen, einen aufzutreiben.

Gail hatte zuerst mit Pater Hagen von Irenes Kirchengemeinde gesprochen. Der Priester war ein magerer Mann mit tiefliegenden Augen, und seine Theologie war noch trockener als sein Händedruck. Er hatte Gail sein Beileid ausgesprochen, aber erklärt, er könne es nicht mit seinem Gewissen vereinbaren, den Trauergottesdienst zu zelebrieren. Gail wußte, daß Renées Selbstmord nicht der wahre Grund für seine Weigerung war. Vielmehr hatte er Renée nie verziehen, daß sie ihm mit siebzehn gesagt hatte, er könne sie mal ... Irene hatte nie etwas davon erfahren.

Gail hatte argumentiert, es sei nicht Renée, die ihn brauche, sondern Irene, und Pater Hagen starrte gut zwei Minuten an die Decke, während er über ihre Worte nachdachte. Schließlich sagte er, sie solle sich mit einem Pater Eamon Donnelly in Verbindung setzen, einem Iren, der bis zu seinem Ruhestand eine Landpfarrei betreut hatte und dann von der Erzdiözese von Miami angeworben worden war.

Pater Hagen erklärte, die Kirche stecke in einer Krise, weil die älteren Priester allmählich wegstürben, während gleichzeitig immer mehr lateinamerikanische Katholiken ins Land strömten. Und dazu noch die Haitianer – wie solle der Erzbischof diese Aufgabe nur ohne Kreolisch sprechende Priester bewältigen? Zum Glück habe Pater Eamon Donnelly in Madrid etwas Spanisch aufgeschnappt und eigne sich deshalb als Seelsorger für die Wanderarbeiter in den Tomatenfeldern bei Homestead.

Pater Hagen entschuldigte sich zwar, als er Gail die Telefonnummer seines Mitbruders überreichte, aber in seinen Augen konnte sie deutlich eine gewisse Befriedigung über die späte Rache erkennen.

Am nächsten Tag hatte Pater Donnelly gesagt, er werde selbstverständlich kommen. Eine Opfergabe für die Armen sei üblich. Zweihundert Dollar, am liebsten in bar. Nach einem Moment verblüfften Schweigens akzeptierte Gail das Angebot. Als er Auskünfte über Renée wollte, gab sie ihm Irenes Telefonnummer.

Was für ein Witz, dachte sie jetzt: ein katholisches Begräbnis für eine Atheistin. Blumen von Leuten, die auf der Straße nie ein Wort mit Renée gewechselt hätten.

Als sie sich gerade vom Fenster abwenden wollte, fiel ihr ein sportlicher grauer Cadillac auf, der in die Auffahrt einbog und hinter der Ecke des Gebäudes verschwand. Die Tür zum Büro des Direktors war geöffnet, und hinter seinem Schreibtisch gab es ein Fenster, das auf den Parkplatz hinausging. Sie machte einige Schritte ins Zimmer hinein, bis sie den Cadillac sehen konnte. Der Fahrer war ihr irgendwie bekannt vorgekommen.

Der Wagen hielt neben einer Palmengruppe an. Die Bremslichter gingen aus. Die Tür wurde geöffnet, und ein schwarzer Herrenschuh kam als erstes zum Vorschein.

Es war Anthony Quintana. Sie hatte sich also beim ersten flüchtigen Blick auf den Fahrer nicht getäuscht. Allerdings konnte sie sich beim besten Willen nicht vorstellen, was er hier machte. Er ging auf das Gebäude zu, blieb aber plötzlich stehen. Gail versteifte sich unwillkürlich, bis sie begriff, daß er auf jemanden wartete, der soeben um die Ecke gebogen war.

Sie sah einen Bart und einen blauen Anzug. Der Drogenhändler – falls er einer war – sagte etwas zu Quintana. Sie wechselten über eine gewisse Distanz hinweg einige Sätze, ohne auch nur einmal zu lächeln. Dann eilte der jüngere Mann auf seinen Mercedes zu, während Quintana dem Bestattungsinstitut zustrebte, wobei er so dicht am Fenster vorbeikam, daß Gail das dezente Muster seiner Krawatte erkennen konnte. Heute keine leuchtenden Farben. Sein Anzug war stahlgrau, konservativ geschnitten. Vielleicht war der Bärtige einer seiner kriminellen Klienten. Aber warum war Anthony Quintana überhaupt hier?

Auch wenn der Gedanke verlockend war, so bezweifelte Gail doch, daß er ihretwegen gekommen war. So weit ging Höflichkeit normalerweise nicht. Hatte er Renée gekannt?

Sie hörte Schritte hinter sich. Es war der Direktor des Bestattungsinstituts – mager, mit Stirnglatze und indigniert hochgezogenen Brauen. »Kann ich Ihnen irgendwie behilflich sein?«

Gail murmelte eine Entschuldigung und eilte hinaus.

In der Aussegnungshalle versperrte ihr zunächst eine Gruppe von Frauen aus dem Country Club die Sicht, doch dann erspähte sie Anthony Quintana. Er stand mit geneigtem Kopf am Sarg, eine Hand auf dem Betstuhl. Anstatt des Diamantrings trug er heute einen silbernen Ring mit schwarzen Steinen.

Endlich drehte er sich um, und sie ging ihm ein Stück entgegen. »Danke, daß Sie gekommen sind, Mr. Quintana.«

»Bitte nennen Sie mich Anthony.« Er griff nach ihrer Hand. »Die Nachricht vom Tod Ihrer Schwester hat mich sehr betrübt. Wir alle werden sie vermissen.«

»Sie haben Renée gekannt?«

»Ja, von der Grundstückstitelversicherungsgesellschaft her.«

Als Gail ihn verständnislos ansah, erklärte er: »Meine Anwaltskanzlei besitzt eine Grundstückstitelversicherungsgesellschaft, und Renée hat dort gearbeitet, in der Abteilung für Abschlüsse. Ich dachte, Sie wüßten das.«

»Nein, ich ...« Sie versuchte, sich ins Gedächtnis zu rufen, was sie von Irene und Ben gehört hatte. »Ich wußte zwar, daß Renée einen Job bei irgendeiner Versicherungsgesellschaft hatte, aber nicht, bei welcher.« Sie ging neben ihm her. »Sie haben Renée neulich, als wir uns kennenlernten, gar nicht erwähnt.«

»Hätte ich das tun müssen?«

Gail überlegte kurz. »Nein, eigentlich nicht.«

»Würden Sie mich bitte Ihrer Mutter vorstellen? Ich möchte ihr mein Beileid aussprechen.« Anthony Quintana hatte perfekte Umgangsformen.

Sein Name sagte Irene nichts, aber sie strahlte, als er ruhig sagte: »Wir werden sie vermissen, das versichere ich Ihnen. Renées Sinn für Humor. Ihr Mitgefühl für die Sorgen anderer Menschen.« Er griff in die Sakkotasche. »Dies hier stand auf ihrem Schreibtisch. Es sind noch einige andere Dinge da, die ihr gehörten, aber nichts so Persönliches.«

Irene klappte den zweiteiligen vergoldeten Fotorahmen auseinander und betrachtete die beiden Aufnahmen. Auf der einen war Renée im Heck eines Fischerboots zu sehen, mit einem karibischen Hafen als Kulisse. Das andere Bild veranlaßte Gail, ihre Hand auszustrecken.

»Mutter, kann ich mal sehen?«

Irene gab ihr die Fotos und wandte sich wieder Anthony Quintana zu.

Gail hielt den Rahmen näher an die Lampe. Sie sah zwei kleine Mädchen in Shorts und Turnschuhen auf einer Gartenschaukel. Das kleinere saß mit vorgestreckten Beinen auf dem Brett, das größere stand zurückgelehnt darauf und hielt sich an den Ketten fest.

Gail hörte plötzlich wieder das Quietschen von rostigem Metall, spürte die Sonne auf ihrem Gesicht und das Kribbeln im Bauch, wenn die Schaukel den höchsten Punkt erreichte und dann wieder nach unten schwang, der Erde zu. Renée lachte und lachte. Ein Schatten fiel aufs Gras – der Schatten des Mannes, der die Aufnahme gemacht hatte. Wahrscheinlich war es ihr Vater gewesen. Die Farben waren jetzt verblaßt, und eine Ecke des Fotos war eingerissen.

Gail starrte den Schnappschuß an, bis Irene ihr den Rahmen aus der Hand nahm.

»Ganz herzlichen Dank, Mr. Quintana.« Irene lächelte ihn an. »Es war sehr nett von Ihnen, das mitzubringen.«

»Keine Ursache.«

Gail begleitete ihn zur Tür.

»Rufen Sie mich am Montag an, wenn es irgend möglich ist«, sagte er. »Vielleicht fällt uns gemeinsam ein, wie man jenen leidigen Fall aus der Welt schaffen kann.«

»Ach ja.« Gail schüttelte den Kopf. »Ich bin leider noch nicht einmal dazu gekommen, die Verfügung aufzusetzen.«

Er betrachtete sie lange. »Das Foto hat Sie verstört.«

»Nein. Oder doch, ein bißchen. Ich hatte es seit Jahren nicht gesehen.«

»Sie sehen sich auf dem Bild so ähnlich«, sagte er. »Sie hatten damals die gleiche Haarfarbe.«

»Ich war natürlich viel größer.« Sie lachte. »Wir waren magere Heringe, stimmt's? Der Schnappschuß wurde in unserem Garten aufgenommen.«

»Ja, das hat Renée mir erzählt.«

»Tatsächlich? Haben Sie sie gut gekannt?«

»Wir haben uns vor etwa einem Jahr kennengelernt.«

»Ms. Connor?« Owen Finney tauchte plötzlich mit gefalteten Händen hinter ihr auf und säuselte: »Pater Donnelly ist eingetroffen und möchte mit Ihnen sprechen.«

Gail wandte sich wieder Quintana zu. »Tut mir leid, aber ich muß mich jetzt verabschieden.«

»Wir unterhalten uns nächste Woche weiter«, sagte er.

Sie folgte Owen Finney den Korridor entlang zu einem kleinen Büro. Pater Donnelly hängte gerade sein schwarzes Sakko über eine Stuhllehne. Ein weißer Chorrock lag quer über dem Schreibtisch.

Er drehte sich um, als sie eintrat, lächelte ihr zu und nickte. »Mrs. Connor, nicht wahr?«

Sie zögerte kurz. Eigentlich Mrs. Metzger, aber sie benutzte Daves Familiennamen nicht. »Ja«, bestätigte sie deshalb einfachheitshalber.

Der Priester ging ihr entgegen und nahm ihre Hände in die seinen. Sein Atem ging schnell, und sein Gesicht mit den vielen geplatzten Äderchen war hochrot. Eine feuchte graue Haarsträhne hing ihm in die breite schweißnasse Stirn. Gail bemerkte unwillkürlich, daß er beim Rasieren einige graue Stoppeln an der linken Wange übersehen hatte. »Gott tröste Sie in dieser schmerzvollen Zeit«, sagte er und drückte ihre Hände.

»Danke.« Ihr Blick fiel wieder auf den Chorrock, den sie

für überflüssig hielt. Viel zu feierlich für ein Bestattungsinstitut. Der schwarze Anzug und eine schlichte Stola hätten ihrer Ansicht nach völlig genügt.

Er wischte sich mit einem Taschentuch den Schweiß von der Stirn. »Bitte entschuldigen Sie meine Verspätung, Mrs. Connor. Ich habe mich verfahren. Und dann dieser Verkehr!«

Sein irischer Akzent fiel ihr jetzt noch mehr auf als bei dem Telefonat am Vortag. Sie holte den Umschlag mit der verlangten Opfergabe aus der Tasche.

»Oh«, murmelte er, nahm den Umschlag entgegen, so als hätte er keine Ahnung, was sich darin befinden könnte, und schob ihn sodann hastig in die Sakkotasche. »Es tut mir leid, Sie mit solchen Dingen belästigen zu müssen.«

Ohne etwas darauf zu erwidern, wandte sich Gail zum Gehen. »Sagen Sie bitte dem Direktor Bescheid, wenn Sie fertig sind.«

»Nein, warten Sie. Warten Sie.« Der Priester schob seine Daumen unter die Hosenträger, die seinen Bauch betonten. »Ihre Schwester ist ein schwieriger Fall. Sehr unglückselig. Aber ich bin froh, helfen zu können. Sie hatte irgendwelche Lasten zu tragen, nicht wahr? Wie wir alle, wie wir alle. Ich frage mich – soll ihr der Himmel verschlossen bleiben, nur weil sie diesen Lasten nicht gewachsen war und strauchelte?«

Die Spätnachmittagssonne streifte das schmale, hohe Fenster. Gail konnte das Stahlgitter hinter den geschlossenen Vorhängen erkennen.

»Pater Donnelly … wollten Sie noch etwas mit mir besprechen?«

»Setzen Sie sich doch bitte. Ich bin in ein bis zwei Minuten fertig.« Er nahm seinen weißen Chorrock zur Hand. »In Irland hatte ich eine eigene Gemeinde. Eine kleine Gemeinde, und ich kannte jede Familie. Das war in Clonmel. Habe ich Ihnen das am Telefon erzählt?«

»Ja.«

Er nickte und schob seine Arme in die weiten Ärmel.

Der weiße Stoff bauschte sich ein wenig, bevor er in weichen Falten über die schwarze Hose fiel. »Jetzt habe ich keine eigene Gemeinde mehr«, fuhr er fort, »aber ich möchte trotzdem gern etwas über die Menschen wissen, für die ich bete. Ich habe so viele Begräbnisse vollzogen, daß ich den Gottesdienst mit geschlossenen Augen zelebrieren und dabei an mein Abendessen denken könnte. Aber das wäre natürlich nicht richtig.« Er zog den Reißverschluß des Chorrocks bis zum Nacken hoch.

Gail runzelte leicht die Stirn. »Ich dachte, meine Mutter hätte Ihnen etwas über Renée erzählt.«

»Das hat sie auch, aber ...« – Pater Donnelly errötete und lächelte einfältig – »... ich habe mir während des Telefonats mit Ihrer Mutter sogar Notizen gemacht, aber ich scheine den Zettel verloren zu haben.« Er schob seine Hand durch einen Schlitz des Chorrocks in die Hosentasche. »Oder habe ich ihn vielleicht ...« Er seufzte. »Nein, da ist er auch nicht. Na, macht nichts. Erzählen Sie mir von ihr. Ich werde im Gedächtnis behalten, was Sie sagen. Sie war ... eine junge Frau, nicht wahr?«

Gail zuckte resigniert die Achseln. »Sie war neunundzwanzig, ledig, keine Kinder. Ich bin ihre einzige Schwester. Unser Vater starb, als wir noch ziemlich klein waren.«

Durch die offene Tür hörte sie, daß aus der Aussegnungshalle Musik ertönte. Streicher und eine Flöte. Sie sah den Priester an. »Was möchten Sie über meine Schwester wissen?«

»Erzählen Sie mir, wer sie war«, sagte er. »Was sie arbeitete, was sie gern tat.« Er nahm eine schmale purpurfarbene Stola zur Hand und küßte das gestickte Kreuz in der Mitte, wobei er Worte murmelte, die sie nicht verstehen konnte.

Gail fühlte sich plötzlich eingesperrt, so als wäre der Raum zu klein geworden, so als wäre sie in die Vorbereitungen eines Totenritus eingedrungen, der mit ihr nichts zu tun hatte. Pater Donnelly legte die Stola behutsam um seinen Hals, glättete den Satin, zupfte die Ecken zurecht.

Er warf ihr einen forschenden Blick zu. »Wie war sie?«

»Wie sie war?« Die Sekunden schienen sich zu Stunden zu dehnen. Gail suchte verzweifelt nach irgendeiner Antwort. Wollte er Informationen, die er in seine Gebete einfügen konnte, oder wollte er die ganze Wahrheit? Ihre Lippen verweigerten jede Bewegung.

Und doch war es unmöglich, nichts zu sagen. So als würde ihr Schweigen gewogen und verurteilt werden.

»Renée hatte eine sehr schöne Stimme, jedenfalls früher. Sie hätte eine professionelle Sängerin werden können. Aber sie ... na ja, ihr Lebensstil ... sie scheute Anstrengungen, könnte man sagen.«

Gails Lächeln verschwand, als Pater Donnelly sie weiterhin ernst betrachtete. »Und ihre Arbeit?«

»Sie ... sie hatte einen Job bei einer Grundstückstitelversicherungsgesellschaft.« Gail wußte selbst, wie banal sich das anhörte. »Ich kann Ihnen nicht sagen, ob diese Arbeit ihr Spaß machte oder nicht.«

Er stand in seinem Chorrock regungslos da, wartete einfach ab.

Ihr Mund war trocken. »Ich weiß nicht, was ich Ihnen erzählen soll. Ich weiß es wirklich nicht.«

Der Direktor des Bestattungsinstituts klopfte an die offene Tür. »Entschuldigung. Alles ist bereit.«

Gail nickte. »Ja, ich komme.«

Sie wandte ihren Blick wieder dem Priester zu. Seine Hände lagen auf der Brust, und er hielt die Ecken seiner Stola mit Daumen und Zeigefinger fest. Die Nägel waren gefurcht, die Haut war pergamentartig. Die Hände eines alten Mannes, dachte sie, und erst jetzt fiel ihr auf, wie anmutig sie waren.

»Renée war schwanger«, sagte sie.

»Ich verstehe.«

»Meine Mutter weiß nichts davon, und ich möchte auch nicht, daß sie es erfährt.«

»Hat Renée sich Ihnen anvertraut?«

»Nein, der Gerichtsmediziner hat es mir gesagt. Sie hat mir nichts ... wir standen uns nicht sehr nahe.«

Er nickte langsam.

»Früher war das anders ... ich meine, als wir Kinder waren. Dann, als wir älter wurden, haben wir uns entfremdet, ich weiß auch nicht, warum.«

Pater Donnelly nahm das Buch mit dem Begräbnisritus vom Schreibtisch – ein dünnes schwarzes Buch mit eingerissenen Ecken, unter denen der Pappeinband zum Vorschein kam.

Gails Kehle schnürte sich plötzlich zusammen. »Manchmal dachte ich, daß wir einen Neuanfang machen sollten, allein schon wegen unserer Mutter, aber ... aber es kam nie dazu.«

Er blätterte in dem Buch, fand die richtige Stelle und klemmte seinen Daumen dazwischen.

»Ich glaube«, sagte er schließlich, »daß uns allen in unserer letzten Stunde vergeben wird.« Er lächelte ihr zu. »Nehmen Sie drüben Ihren Platz ein. Ich werde einfach sagen ... Renée Michelle, geliebte Tochter und Schwester. Das genügt.«

Die Stuhlreihen vor dem aufgebahrten Sarg waren besetzt. Ben hatte einen Arm um die Schultern ihrer Mutter gelegt, und Dave saß neben Karen, deren Haar zum Pferdeschwanz zusammengefaßt und mit einem Band geschmückt war. Gail nahm zwischen ihrer Tochter und Irene Platz.

Nach einem leisen Surren in der Lautsprecheranlage erklang »Ave Maria«, von einer Sopranistin in lateinischer Sprache gesungen, klangvoll und ergreifend.

Karen zupfte an Gails Ärmel. »Mommy!«

»Pssst!«

»Mommy, beuge dich mal zu mir rüber.«

Gail erfüllte ihr den Wunsch und flüsterte: »Was ist los?«

»Ist Renée dort drin?«

Gail nickte.

»Warum können wir sie nicht sehen?«

»Weil ... Ich erklär's dir später.«

Karen saß mit gekreuzten Füßen ruhig da und schaukelte nur leicht vor und zurück. Gail warf einen Blick zu Dave hinüber. In seinen Augen glänzten Tränen, und seine Kiefermuskeln waren angespannt. Sie verspürte flüchtig den Wunsch, über Karens Schoß hinweg nach seiner Hand zu greifen, aber eine solche Geste des Mitgefühls wäre eher von seiner Seite her angebracht gewesen, denn immerhin war Renée ihre und nicht seine Schwester gewesen.

Ihr ging durch den Kopf, daß sie alle in einem surrealistischen Stück gefangen waren und irgendwelche Rollen spielten, mit dem Sarg als Bühnenrequisit. Sie preßte die Hände zusammen, um ein hysterisches Lachen zu unterdrücken. Die Sopranistin auf der Kassette erreichte mühelos die letzten hohen Noten, und ihre melodische Stimme durchflutete den Raum wie Licht.

»Mommy!« Während der kurzen Stille rückte Karen näher an ihre Mutter heran. »Warum hat sie sich getötet?«

Gail warf ihr einen tadelnden Blick zu, und sie setzte sich wieder aufrecht hin, doch dann legte Gail ihrer Tochter einen Arm um die Schultern.

Sie hörte wie aus großer Ferne, daß Pater Donnelly mit dem Trauergottesdienst begann, während Karens Frage in ihrem Kopf widerhallte.

Warum? Bei genauem Hinsehen waren genügend Gründe vorhanden. Depression, Wut. Eine fast dreißigjährige Frau, die nichts vorzuweisen hatte. Zu viele Lasten, wie der Priester gesagt hatte. Nicht schwer zu verstehen, wenn man Renée gut kannte.

Allmählich kam ihr zu Bewußtsein, daß Pater Donnelly die Fürbitten sprach, und sie lächelte über seinen irischen Akzent. »Wir bitten, daß Gott unsere Schwester Renée Michelle vor ewiger Strafe und Todesfinsternis bewahren wolle.«

Die Trauergäste respondierten gedämpft im Chor: »Herr, erhöre uns, und erbarme Dich.«

Gail konnte nicht sprechen.

»Wir bitten, daß Gott ihr in Seiner Gnade alle Sünden vergeben wolle.«

»Herr, erhöre uns, und erbarme Dich.«

»Gib ihr die ewige Ruhe, und das ewige Licht leuchte ihr.«

»Herr, erhöre uns, und erbarme Dich.«

Gail starrte den Sarg und die flackernden Kerzen an.

Als ihr Vater gestorben war, mußte es wohl Juni gewesen sein, denn die tropischen Bäume im Park auf der gegenüberliegenden Straßenseite entfalteten ihre volle Blütenpracht. Ein Meer blutroter Blumen. Renée war mit wehenden Haaren plötzlich über die Straße gerannt. Irene hatte gerufen, sie solle zurückkommen, aber Renée war schon im Park verschwunden und hatte vom niedrigsten Zweig eine Handvoll Blüten abgerissen. Ben hatte sie zurückgetragen, geküßt und hochgehoben, damit sie die roten Blumen in den Sarg ihres Vaters fallen lassen konnte. Die dreizehnjährige Gail hatte die Szene trotzig beobachtet und insgeheim verzweifelt gewünscht, sie und nicht Renée wäre auf die Idee mit den Blumen gekommen.

KAPITEL 3

Gail bemerkte gar nicht, daß der Himmel vor ihrem Fenster im dreizehnten Stockwerk das Grau der Morgendämmerung mit einem strahlenden Blau vertauschte, denn sie konzentrierte sich ausschließlich auf ihre Arbeit. Die Papiere und Aktenordner auf ihrem Schreibtisch waren ordentlich gestapelt, die wichtigsten zuoberst. Einen Mikrokassettenrecorder in der einen Hand, blätterte sie mit der anderen in den Unterlagen.

»Miriam, schick im Fall *Ewing gegen Southeast* Kopien von Klage und Gegenschriftsatz an Dan Mursten mit einem kurzen Begleitschreiben: ›Wie gewünscht, übersende ich Ihnen als Anlage usw. Sollten Sie die Absicht haben, als Nebenkläger aufzutreten, nehmen Sie zuvor bitte Kontakt mit mir auf.‹«

Gail griff nach dem Block, auf dem sie ihren Zeitaufwand notieren mußte, und füllte aus, um welchen Fall es sich handelte, unter welcher Nummer und welchem Code er geführt wurde. In die Spalte für Zeitaufwand trug sie 0,3 ein. Drei Zehntel einer Stunde, achtzehn Minuten – soviel Zeit hätte sie benötigt, wenn sie die Akte noch einmal überflogen und sodann den Brief Wort für Wort diktiert hätte. Kein Anwalt, der seine fünf Sinne beisammen hatte, würde das tun. Nur die Naiven und Senilen würden vielleicht so vorgehen – oder aber Leute, die nicht unter dem Druck standen, vierzig wöchentliche Arbeitsstunden zu je einhundertfünfundsiebzig Dollar vorweisen zu müssen. Vierzig Stunden, in denen weder Besprechungen noch Telefonate mit potentiellen Klienten, weder die Lektüre juristischer Neuveröffentlichungen noch die Durchsicht von computererstellten Dokumenten enthalten waren, ganz zu schweigen von der Zeit, die man auf der Toilette verbrachte oder mit Kollegen verplauderte.

Niemand, der bei Hartwell Black & Robineau zum Partner aufsteigen wollte, konnte sich eine wöchentliche Arbeitszeit von nur vierzig Stunden leisten. Die wirklich Strebsamen brachten es auf fünfzehn zusätzliche Stunden, indem sie an fünf Tagen von acht bis siebzehn Uhr durcharbeiteten und an den Wochenenden weitere zehn Stunden ihrem beruflichen Fortkommen opferten. Wenn man das nicht schaffte, wurde man entlassen. Früher oder später hieß es dann unweigerlich: Suchen Sie sich einen anderen Job.

Fest entschlossen, die in der vergangenen Woche verlorene Zeit wieder aufzuholen, war Gail an drei Tagen hintereinander noch vor Einbruch der Morgendämmerung in die Firma gekommen, hatte sich bei dem schläfrigen Nachtwärter in der Eingangshalle eingetragen, war mit einem leeren Aufzug nach oben gefahren und hatte mit ihrem eigenen Schlüssel aufgeschlossen. Die Anwaltskanzlei Hartwell Black & Robineau nahm die zwei obersten Etagen eines großen Granitbaus aus den dreißiger Jahren ein. Der Empfangsraum im dreizehnten Stock war einem englischen Herrenhaus nachempfunden: tiefe Ledersessel, Landschaftsgemälde und eine auf Hochglanz polierte Wendeltreppe, die in die vierzehnte Etage emporführte. Eine Standuhr schlug jede Stunde melodisch, und die Kanzlei beschäftigte sogar einen Butler, einen älteren Mann, der stets weiße Handschuhe trug und wichtige Klienten durch das Labyrinth von Korridoren geleitete oder einen Servierwagen schob, wenn die Partner zur Teestunde eine Besprechung abhielten.

Doch trotz dieser eindrucksvollen Fassade besaßen nur die Partner geräumige Büros. Alle anderen mußten in kleinen, mit alten Möbeln vollgestopften Räumen arbeiten. Die Einrichtung von Gails Büro bestand aus ihrem Schreibtisch, dem dazugehörigen Stuhl, einer Kredenz, einem Bücherregal und zwei Stühlen für Klienten. Diese Möbel aus hellem Holz hatte sie selbst gekauft, und zusätzlich sorgten Topfpflanzen und gerahmte Drucke tropischer Blumen für eine freundliche Atmosphäre.

Sie riß den Durchschlag vom Block ab und schob ihn in die Akte – die letzte, die heute unbedingt erledigt werden mußte, wenn sie nicht in Teufels Küche kommen wollte. Bis Freitag würde sie vermutlich alle Versäumnisse aufgeholt haben. Der Aktenordner wanderte in eine Schachtel auf dem Fußboden neben ihrem Schreibtisch.

Gail zog einen Stapel von Briefen, Notizen und Mitteilungen näher zu sich heran und starrte die obenauf liegenden Karten an. Beileidskarten.

Gestern hatte sie eigentlich vorgehabt, diese Karten mit nach Hause zu nehmen und den Absendern, von denen die meisten auch Blumen zum Begräbnis geschickt hatten, kurze Dankesbriefe zu schreiben, doch als sie ihr am Abend, als sie endlich das Büro verlassen wollte und gerade die Hand nach dem Lichtschalter ausstreckte, wieder eingefallen waren, hatte sie sie auf dem Schreibtisch liegengelassen. Sechzehn Karten mit sinnigen Texten wie *In der Zeit Ihres Schmerzes ... Gottes Hand ... Mit aufrichtiger Anteilnahme für Ihren Verlust ...* Pastellfarbene Sonnenuntergänge, offene Gartentore, die Gott weiß wohin führten, Jesus Christus mit einem Lamm auf dem Arm ...

Gail starrte sie an, als wären sie versehentlich auf ihrem Schreibtisch gelandet. Gestern abend hatte Irene sie ohne einen besonderen Grund zu Hause angerufen und dabei Renée erwähnt, und Gail war plötzlich zu Bewußtsein gekommen, daß sie sich nicht mehr daran erinnern konnte, wie ihre Schwester ausgesehen hatte – ein seltsames Phänomen, das sie Irene lieber verschwiegen hatte.

Sie schaltete ihren Kassettenrecorder ein. »Miriam, was diese Beileidskarten angeht ... Mein privates Briefpapier liegt irgendwo hier herum. Gib deinem PC einige Dankesworte ein, etwas ganz Schlichtes. Und verwende bei der Anrede die Vornamen. Keine Grußformel. Ich setze dann meine Unterschrift darunter.«

Gail legte die Karten beiseite.

Von den telefonischen Anfragen wanderten die ersten sechs sofort in den Papierkorb: Diese Angelegenheiten waren gottlob bereits erledigt worden. Als nächstes hatte Miriam einen Anruf von Nancy Darden notiert – es war schon der fünfte gewesen, und Gail konnte sich die vorwurfsvolle Stimme und den klagenden Ton ihrer Klientin lebhaft vorstellen. Bestimmt hatte sie zu Miriam gesagt: »Ms. Connors Schwester ist gestorben? Oh, wie schrecklich! Aber was unternimmt sie eigentlich in unserem Fall?«

Ms. Connor kümmert sich schon darum, nur keine Sorge. Ms. Connor wird Ende der Woche höchstwahrscheinlich ein Vergleichsangebot vorlegen können.

Klick. »Miriam, ruf Nancy Darden an, und sag ihr, die Verfügung sei dem Gegenanwalt am Montag zugeschickt worden ...« Gail stoppte die Kassette per Knopfdruck. Nein, es half alles nichts, sie würde Nancy selbst anrufen müssen, denn diese würde sich naserümpfend weigern, ihren wichtigen Fall mit einer kleinen Sekretärin zu diskutieren. Gail hatte noch nicht mit Anthony Quintana telefoniert, weil sie die ganze Akte zuvor noch einmal durchsehen wollte. Vielleicht würde sie das in der Mittagspause machen; dann könnte sie Nancy am Nachmittag anrufen. Sie spulte die Kassette ein Stück zurück und löschte die letzte Instruktion.

Die nächste Notiz: Ein Sergeant Frank Britton von der Metro-Dade Police hatte gestern zweimal angerufen. Gail kannte keinen Frank Britton. Sein Name wurde in keinem ihrer Fälle als Zeuge erwähnt.

»Ach ja«, murmelte sie plötzlich vor sich hin. Ihr war eingefallen, daß sie vor einigen Jahren etwas für die Police Benevolent League oder die Police Athletic League oder so was Ähnliches gespendet hatte, und seitdem kamen die Leute immer wieder, noch schlimmer als die Zeugen Jehovas. Sie schickte den lästigen Typen jedesmal einen Scheck und erhielt dafür eine Leuchtplakette für die hintere Stoßstange ihres Wagens. Der diesjährige Bettelbrief war vor kurzem eingegangen, samt frankiertem Rückumschlag.

»Miriam, dieser Britton von Metro-Dade. Ich vermute, daß er für die P. B. A. sammelt. Ruf ihn an, und frag, was ich letztes Jahr gespendet habe. Wenn er es nicht weiß, sag ihm, ich würde fünfzig Dollar schicken. Und stell bitte den Scheck aus.«

Sie überlegte kurz, spulte die Kassette wieder ein Stück zurück und hörte sie bis zur richtigen Stelle ab. Dann korrigierte sie: »Ruf ihn an, und sag, ich würde fünfundzwanzig Dollar schicken.« Bei der gegenwärtigen Geschäftslage von Metzger Marine war übertriebene Großzügigkeit fehl am Platz.

Daves Unternehmen war in Schwierigkeiten. Nein, ihr *gemeinsames* Unternehmen. Dave hatte vor fünf Jahren einen ganzen Posten Motorbootzubehör aller Art gekauft mitsamt Laden, Reparaturwerkstatt und Anlegeplatz. Dabei waren nicht nur alle Ersparnisse draufgegangen, sondern sie hatten auch ihr Haus mit einer zweiten Hypothek belasten müssen, und jetzt wurden diverse neue Gläubiger allmählich ungeduldig.

Gail lehnte sich zurück und massierte ihren Brustkorb. Der starke Kaffee, den sie sich vor einer halben Stunde aus der Kantine geholt hatte, brachte ihr Herz aus dem Takt. Leichte Stiche, dann wieder lautes Pochen. Vergangene Nacht hatte sie beim Zubettgehen die gleichen Beschwerden gehabt.

Am Sonntag hatte Dave sich beschwert, daß er sein übliches Doppelmatch verpassen würde, weil Gail arbeiten wollte und vergessen hatte, für Karen einen Babysitter zu besorgen. Mit vorwurfsvoller Stimme hatte er gesagt: »Verdammt, wie lange soll denn das noch so weitergehen?«

Gail war explodiert. »Frag mich das, wenn ich nicht mehr gezwungen bin, die ganze Last allein zu tragen. Frag mich das, sobald du mehr Zeit an deinem Arbeitsplatz als auf den Tennisplätzen verbringst.« Sie hatte die Tür hinter sich zugeschmettert. Später hatte sie Gewissensbisse verspürt und ihn vom Büro aus angerufen, aber es hatte lange Gesprächspausen gegeben, weil beide nicht so recht wußten, was sie sagen sollten.

Gails Familienleben hatte derzeit große Ähnlichkeit mit ihrem Arbeitszeitnachweis: Pizza bestellen und abholen – 0,4 Stunden; Hausaufgaben der Tochter durchsehen – 0,5; mit Ehemann schlafen – 0,3. In letzter Zeit schien es aber sowieso mehr Pizzen als Liebesspiele zu geben.

Gail schob die restlichen Notizen neben ihr Telefon. Sie würde um neun, also in einer Stunde, mit den Rückrufen beginnen. In knapp zwei Minuten überprüfte sie vier Endabrechnungen, die an vier Körperschaften geschickt werden sollten. Sie benötigte fünf Minuten, um ein Memorandum zu überfliegen, das eine der Sekretärinnen vorbereitet hatte, und eine Viertelstunde, um notwendige Korrekturen zu diktieren.

Als nächstes war da eine firmeninterne Mitteilung: Stanley Birken, einer der Partner in der Abteilung Bankwesen, hatte das Wochenende in Palm Beach verbracht und die dortigen Polo-Matches besucht. Ein Ponyzüchter aus Paraguay, ein gewisser Señor Oswaldo Hoffman de Armas von Asuncion, Schwager des Präsidenten, hatte großes Interesse an einer Expansion nach Südflorida bekundet und suchte Investoren. Wenn die Mitarbeiter Lust hätten, am kommenden Dienstagabend eine Cocktailparty bei Stanley und Margot Birken auf Grove Isle zu besuchen …

Gail warf die Einladung in den Papierkorb. Eine elegante Tupper-Party, weiter nichts.

»Guten Morgen, Ms. Connor!« rief eine melodische Stimme vom Korridor her.

Gail drehte lächelnd ihren Stuhl zur Tür.

Miriams Gesicht war leicht gerötet; sie legte den Weg von der Metrostation zur Firma immer in flottem Tempo zurück. Gail hatte eines Morgens beobachtet, wie die schulterlangen braunen Haare der Kubanerin wippten, während sie fast hüpfend daherkam.

»Buenos dias, chica«, sagte Gail, absichtlich mit dem starken amerikanischen Akzent, der Miriam normalerweise zum Lachen brachte.

An diesem Morgen klappte das jedoch nicht. Miriam sah sie mit geradezu mütterlicher Sorge an. »Warst du heute wieder in aller Herrgottsfrühe hier?«

»Na ja …« Gail stellte die Schachtel mit Akten und Papieren auf ihren Schreibtisch, nahm die Kassette aus dem Recorder und legte sie obenauf.

»Tu eres loca.« Miriam kam herein, um die Schachtel an sich zu nehmen. Es gab eine Anweisung, daß in der Firma kein Spanisch gesprochen werden sollte, aber sie setzte sich gelegentlich darüber hinweg.

Gail suchte in ihrem Schreibtisch nach einer neuen Kassette. Als sie aufschaute, stand Miriam noch immer mitten im Zimmer, und ihre großen braunen Augen, die mit schwarzem Lidstrich umrandet waren, schimmerten feucht. »Du bist so tapfer«, sagte sie. »Wenn ich meine Schwester verloren hätte, wüßte ich nicht, was ich täte. Sie ist meine beste Freundin.«

Diese jugendliche unkomplizierte Güte! Miriam war mit einem zweiundzwanzigjährigen Sanitäter verheiratet, der für die Hialeah Fire Rescue arbeitete. Das Hochzeitsfoto stand auf ihrem Schreibtisch, neben Schnappschüssen ihres Babys, das tagsüber von ihrer Mutter betreut wurde. Ihr Vater besaß ein Schuhgeschäft. Miriams jüngere Schwester Naomi wurde in dieser traditionell kubanischen Familie noch immer liebevoll bevormundet, und sogar Miriam rief ihre Mutter mindestens zweimal am Tag an.

»Mir geht es gut, danke.«

»Soll ich dir eine Tasse Kaffee holen?«

»Lieber nicht. Ich habe schon zwei Tassen getrunken.« Miriam hob die Schachtel hoch. »Warte. Hast du unsere Aushilfskraft heute morgen schon gesehen?«

»Cindy? Wir haben uns im Aufzug getroffen.«

»Für wen arbeitet sie diese Woche?«

»Für Bob Wilcox, glaube ich.«

»Ich werde dafür sorgen, daß sie dir heute nachmittag hilft.« Wilcox war ein Neuling, und es gab gewisse Vorteile, wenn man auf der Leiter einige Stufen höher stand: Im Notfall konnte Gail sein Bonbonglas plündern, und er mußte wohl oder übel gute Miene zum bösen Spiel machen.

Gail dankte immer wieder dem Himmel, der ihr Miriam Ruiz beschert hatte. Das Mädchen hatte mit einundzwanzig mehr auf dem Kasten als die meisten langjährigen Sekretärinnen der Kanzlei. Leider zählte beim Gehalt das Dienstalter jedoch mehr als Intelligenz. Gail glich diese Ungerechtigkeit aus, indem sie Miriam heimlich Geld zusteckte.

Die Schachtel mit Akten unter den Arm geklemmt, ging Miriam in ihr winziges verglastes Zimmer auf der anderen Seite des Korridors.

Jemand klopfte an Gails offene Tür.

»Guten Morgen.« Es war Lawrence Black, ihr unmittelbarer Vorgesetzter. Obwohl er erst achtunddreißig war, wurden seine Haare allmählich grau, und sein langes schmales Gesicht wurde von einer hohen Stirn beherrscht. Hartwell Black, einer der Firmengründer, war sein Großvater gewesen, und Gail dachte oft, daß das für Larry ein großes Glück war, denn von den intellektuellen Fähigkeiten seiner Vorfahren hatte er nicht viel geerbt.

Sie fragte sich sofort, was er wohl auf dem Herzen hatte, denn er suchte sie nur auf, um über irgend etwas zu meckern, während Besprechungen eine Etage höher in seinem prächtigen Büro stattfanden.

»Hi, Larry, setz dich.«

Er nahm auf einem der Besucherstühle Platz und stellte seinen Kaffeebecher auf der Ecke ihres Schreibtischs ab. Gail bezweifelte stark, daß er in den letzten Jahren einen Gerichtssaal von innen gesehen hatte. Das hatte er auch gar nicht nötig. Er und die übrigen fünfzehn Partner mußten in erster Linie Geschäftsverbindungen pflegen.

»Ich komme leider erst jetzt dazu, mich zu erkundigen, wie es dir geht«, sagte er. »Kann ich irgend etwas für dich tun?«

Sie schüttelte lächelnd den Kopf. »Nein, danke, ich komme gut zurecht.«

»Deedee läßt dir ausrichten, daß sie Schnappschüsse von der Schulaufführung hat. Die Mädchen sehen großartig aus. Ich bringe dir Abzüge von den Fotos, auf denen Karen mit drauf ist, wenn du möchtest.«

Ihre Töchter besuchten dieselbe dritte Klasse der Biscayne Academy, die vergangenen Monat *Winnie the Pooh* aufgeführt hatte.

»Das wäre nett.« Gail unterdrückte mühsam den Impuls, auf ihre Uhr zu schauen.

Larry trank einen Schluck Kaffee und hielt den Becher mit beiden Händen auf den Knien fest. »Ich hatte gestern eine kurze Unterhaltung mit Jack Warner.«

»Ja?« Warner leitete die Rechtsstreitabteilung.

»Ihm ist aufgefallen, daß der Fall, den wir für Doug Hartwells Tochter durchfechten, uns sehr viel Zeit kostet.«

Darum ging es also! Gail richtete ihren Kassettenrecorder an der Schreibtischkante aus. »Ich habe dir letzte Woche ein Memo geschickt, Larry.« Das hatte er offenbar völlig vergessen. »Ich könnte Jack eine Kopie davon geben.« Damit wäre die Angelegenheit am schnellsten vom Tisch, aber vielleicht wäre es trotzdem nicht die klügste Lösung. Gail hatte schon vor Jahren gelernt, daß die Partner nur sehr selten unter Zeitdruck zu stehen schienen, im Gegensatz zu den niederen Chargen. »Nein, noch besser –

ich schaue heute nachmittag kurz bei ihm rein und informiere ihn.«

»Ausgezeichnet.« Larry nickte zustimmend und erhob sich. »Die Pflicht ruft – wieder eine dieser verdammten Sitzungen.«

Gail begleitete ihn zur Tür.

Er winkte jemandem zu, der gerade den Korridor entlangging, und wandte sich dann wieder Gail zu. »Ich esse um zwölf mit Jack zu Mittag – oben im Speisesaal. Willst du uns nicht Gesellschaft leisten?«

Im obersten Stockwerk hatte die Firma einen privaten Speisesaal, der von einem Vier-Sterne-Restaurant mit versorgt wurde. In diesem Speisesaal gab es einen Bereich für normale Mitarbeiter und einen eleganteren für die Partner und deren Gäste.

Sie lächelte. »Gern.«

Innerlich grinsend, schloß sie hinter ihm die Tür und lehnte sich dagegen.

Drei Ölgemälde in Goldrahmen hingen in der Empfangshalle – Porträts der Männer, die in den zwanziger Jahren, als Miami groß in Mode kam, die Anwaltskanzlei Hartwell Black & Robineau gegründet hatten. Die Kanzlei hatte den Börsenkrach, Wirbelstürme und Wirtschaftskrisen ebenso überlebt wie die Einwanderungswellen von Süden und Norden, die Miami – einst verschlafene Kleinstadt – zur inoffiziellen Hauptstadt der Karibik machten. Prunkvollere und größere Anwaltskanzleien hatten sich in den gläsernen Wolkenkratzern an der Flagler Street oder Brickell Avenue niedergelassen, aber was Langlebigkeit und Tradition betraf, konnte es niemand mit Hartwell Black & Robineau aufnehmen.

Gail arbeitete seit acht Jahren für diese Kanzlei; sie war schon in den Sommerferien vor ihrem letzten Studienjahr als Kontoristin eingestellt worden, obwohl es sehr viele Bewerber gegeben hatte. Niemand hatte je Richter Ben Strickland erwähnt, aber natürlich wußten alle Bescheid. Seitdem hatte sie aber verdammt hart gearbeitet, und sie konnte ihre Leistungen anhand von Klienten und erfolgreich abgewickelten Fällen auch nachweisen.

Elf von den insgesamt siebenundsechzig Anwälten waren Frauen, was für eine konservative Kanzlei gar keine schlechte Quote war. Doch nur zwei hatten es geschafft, Partner zu werden. Gail wollte um jeden Preis die Dritte im Bunde werden.

Sie nahm wieder an ihrem Schreibtisch Platz, legte die neue Kassette ein und widmete sich den Schriftsätzen, die seit Freitag eingegangen waren. Miriam hatte ihr versichert, keiner davon sei so dringlich, daß darauf noch am selben Tag erwidert werden müsse. Gail arbeitete die ersten vier durch und starrte dann den fünften fassungslos an.

»Das gibt's doch nicht! So ein hirnverbrannter Blödsinn ...«

Es war ein Antrag im Fall *Darden gegen Pedrosa Development:* Richter Arlen Coakley solle den Fall wegen Befangenheit abgeben. Das Schreiben der Kanzlei Ferrer & Quintana trug die Unterschrift von George Sanchez.

Ungläubig las Gail die Begründung: »... die engen geschäftlichen und persönlichen Beziehungen sowohl zwischen Gericht und Kläger als auch zwischen Gericht und Anwältin der Kläger schränken das Recht des Beklagten auf einen gerechten und unparteiischen Urteilsspruch erheblich ein.« Das war zweifellos Georges farbloser Stil. Diesem Antrag lag ein Gesuch auf eine spezielle Anhörung bei. Das allein würde eine Verzögerung von drei bis sechs Wochen bedeuten.

Natürlich kannte sie den Richter persönlich, aber deshalb würde er noch lange nicht zu ihren Gunsten entscheiden. Und Coakley würde sich auch niemals von der Tatsache beeinflussen lassen, daß er ein alter Freund von Senator Hartwell war. Der Antrag würde ihm nur ein Kopfschütteln entlocken.

Oder doch nicht? Es war immerhin nicht ganz auszuschließen, daß er den Fall tatsächlich abgeben würde, wenn man ihm Befangenheit unterstellte.

»Verdammt!« Gail warf wütend ihren Kugelschreiber auf den Schreibtisch. George hatte den Antrag formuliert – aber war er gerissen genug, um auf eine solche Idee zu kommen?

Sie griff nach dem Telefonhörer und wählte eine Nummer. Anthony Quintana hatte von einem Vergleich gesprochen. Er war zum Begräbnis erschienen und hatte Irene die Fotos mitgebracht. Wie nett von ihm! Und jetzt das!

Nach dem zweiten Klingeln meldete sich eine Frauenstimme – ein zweisprachiger Anrufbeantworter. Gail trommelte mit den Fingern ungeduldig auf der Stuhllehne herum, während sie der kurzen Ansage lauschte.

»Hier ist die Anwaltskanzlei Ferrer & Quintana. *Esta es la oficina de Ferrer & Quintana.* Sie können nach dem Pfeifton eine Nachricht hinterlassen. *Deje su mensaje al sonido electronico. Gracias.*« Piep.

»Hier spricht Gail Connor von Hartwell Black. Mr. Quintana soll mich bitte anrufen, sobald er im Hause ist.« Sie gab ihre Telefonnummer an, legte wütend den Hörer auf und warf einen Blick auf ihre Armbanduhr. Zehn vor neun.

Nachdem sie pflichtbewußt 0,2 Stunden auf ihrem Block notiert hatte, heftete sie den Durchschlag an die Akte. Als ob die Firma auch nur einen Dollar kassieren würde!

»Ms. Connor?« Miriam klopfte an und öffnete gleich darauf die Tür. »In der Empfangshalle ist jemand, der Sie sprechen möchte.« Manchmal siezte sie Gail noch.

»Ich habe für heute vormittag mit niemandem einen Termin vereinbart.«

»Ich weiß, aber Gwen sagt, es sei ein Indianer namens Panther oder so ähnlich …«

»Jimmy Panther?«

»*Imaginate!* Und er hat zu Gwen gesagt, es sei wichtig.«

»Nein.« Gail lachte müde. »Er soll mir einen Brief schreiben oder nächste Woche wiederkommen.«

»Er sagt, es gehe um deine Schwester.«

»O Gott!« Gail seufzte schwer. »Wahrscheinlich will er ... Ach was, ich habe keine Ahnung, was er will.«

»Aber wenn es etwas mit deiner Schwester zu tun hat ...«

Gail verdrehte die Augen. »Also gut, er soll herkommen. Mehr als fünf Minuten sind aber nicht drin. Das ist mein voller Ernst.«

Ohne die schwache Beleuchtung im Bestattungsinstitut und ohne die flackernden Kerzen konnte Jimmy Panther seine Rolle als mystischer Schamane nicht so überzeugend spielen. Trotzdem starrten zwei Mitarbeiter, die gerade den Korridor entlanggingen, ihn neugierig an, als Miriam ihn in Gails Büro führte.

Er trug eine blaue Arbeitshose und ein kurzärmeliges beiges Hemd, das den Blick auf seine dunklen muskulösen Unterarme lenkte. Diesmal baumelte nur eine einzige Kette an seiner Brust – grüne Glassteine mit einem Amulett, das bei jedem Schritt leise klirrte.

Gail streckte automatisch die Hand aus. »Guten Morgen, Mr. Panther.« Es kam ihr merkwürdig vor, ihn so förmlich anzureden. »Nehmen Sie Platz.«

»Danke.« Als er ihre Hand losließ, sah sie den Elfenbeingriff eines Messers, das er in einer Scheide am Gürtel trug. Nur ein kleines Stück glänzenden Stahls ragte aus dem gut fünfundzwanzig Zentimeter langen harten braunen Lederfutteral hervor.

Er folgte ihrem Blick und lächelte breit, wobei leicht schiefe Zähne zum Vorschein kamen. »Miami ist ein gefährlicher Ort. Ich bin einmal auf dem Parkplatz vor dem Historischen Museum angegriffen worden.«

»Tatsächlich? Ich male mir lieber nicht aus, was Sie mit ihm gemacht haben.«

»Damals trug ich das Messer noch nicht mit mir herum.« Jimmy Panther setzte sich in den Stuhl am Fenster und stützte seinen Ellbogen auf den Sims. »In letzter Zeit hatte ich keine Probleme.«

Miriam stand immer noch im Türrahmen. »Mr. Panther, möchten Sie vielleicht eine Tasse Kaffee? Oder Tee?«

»Tee wäre nicht schlecht. Mit Süßstoff, bitte. Ich versuche, auf mein Gewicht zu achten.« Er zog seinen langen Pferdeschwanz über die Schulter nach vorne.

Miriam wandte sich fragend Gail zu.

»Danke, ich möchte nichts trinken. Und schließ bitte hinter dir die Tür, Miriam.«

Jimmy Panthers leicht orientalische Augen glitten aufmerksam über die Bücher, Aktenordner und Möbel.

»Renée hat mir erzählt, daß Sie Anwältin sind. Was ist Ihr Spezialgebiet?«

»Handelsrecht. Manchmal übernehme ich auch dingliche Rechtsfälle, wenn die Firma sie mir überträgt.«

Er beugte sich nach links und warf einen Blick aus dem Fenster, das nach Norden hinausging. Gail wußte, was er sah: Ventilatoren auf den silberfarbenen Dächern heruntergekommener Läden und Büros, ein College, das Gerichtsgebäude und in östlicher Richtung einen schmalen Streifen der Biscayne Bay. Die Partner hatten eine schönere Aussicht, bis hin zum Atlantik.

Jimmy Panther klopfte leicht an den Metallrahmen. »Läßt sich nicht öffnen.«

»Mr. Panther, Sie wollten mich wegen Renée sprechen?«

»Nennen Sie mich Jimmy, okay? Zunächst einmal – tut mir wahnsinnig leid, was da passiert ist. Ich mochte Renée. Wir waren gute Freunde. Ich hätte nie gedacht, daß sie so etwas tun würde, aber ich bin froh, daß ich sie gefunden habe, daß es wenigstens kein Fremder war.«

Gail brauchte einen Moment, um diese Neuigkeit zu verarbeiten. »*Sie* haben Renée gefunden?«

»Ich war mit dem Luftboot unterwegs. Habe einigen Touristen schon früh am Morgen die Everglades gezeigt.« Er wartete einige Sekunden, als überlegte er, ob Gail Näheres wissen wollte. Dann fuhr er fort: »Renée liebte das Boot. Ich habe sie manchmal mit rausgenommen, in die Umgebung von Shark Valley.«

»Ich verstehe.«

»Wir haben uns im Museum kennengelernt. Ich hielt dort Vorträge über das Leben der Indianer, und sie führte die Kindergruppen im Museum herum. Sie konnte sehr gut mit Kindern umgehen.«

»Renée?«

»Ja. Wir führten lange Unterhaltungen über Geschichte. Sie kannte sich wirklich gut aus, wahrscheinlich, weil Ihre Familie schon seit einiger Zeit hier ansässig ist.« Er lächelte wieder, wobei seine schwarzen Augen sich zu Schlitzen verengten. »Ich mußte ihr sagen, daß meine Familie hier schon sehr viel früher ansässig war.«

Es klopfte leise an der Tür, und Miriam kam mit einer Styroportasse ins Zimmer, stellte sie mit einer Papierserviette als Unterlage auf dem Schreibtisch ab und legte ein kleines blaues Tütchen und ein Umrührstäbchen daneben.

»Vielen Dank«, sagte Jimmy.

Hinter seinem Rücken warf Miriam Gail mit hochgezogenen Brauen einen fragenden Blick zu, bevor sie hinter sich die Tür schloß.

Jimmy Panther tat den Süßstoff in die Tasse, schob die Ecke, die er abgerissen hatte, in die kleine Tüte und faltete sie sorgfältig. Seine Hände waren schwielig und mit Narben übersät.

Gail schaukelte mit ihrem Stuhl.

Ihre Ungeduld blieb Jimmy nicht verborgen. »Ich habe gestern Ihre Mutter angerufen, und sie sagte, ich solle mich an Sie wenden.«

»Mr. Panther, bevor Sie weiterreden – falls es um eine Spende in Renées Namen geht …«

»Nein.« Er sah überrascht aus. »Nein, darum geht es nicht. Ich hatte Renée etwas geliehen, und das muß ich zurückhaben.«

»Oh?«

»Es ist eine Maske, die meine Großmutter angefertigt hat.«

»Eine Maske?«

»Ja, eine Tonmaske.«

»Ist das dieselbe Großmutter, die auch die Halsketten angefertigt hat?«

»So ist es. Sie hatte einen Brennofen, stellte Aschenbecher, Keramikalligatoren und ähnliches Zeug für die Touristen her.« Nach kurzem Schweigen fuhr Jimmy fort: »Die Maske gefiel Renée, deshalb habe ich sie ihr geliehen. Es ist ein Rehkopf. Etwa so groß.« Er hielt seine Hände etwa zwanzig Zentimeter auseinander. »Von rötlicher Farbe. Mit großen Ohren und schlangenförmigen Linien rund um die Augen. Vielleicht haben Sie die Maske in Renées Wohnung gesehen.«

Renée hatte in Coconut Grove eine Eigentumswohnung gehabt, in einer schattigen Straße, wo die Häuser hinter Eichen und Feigenbäumen halb verborgen waren. Gail war nur ein einziges Mal dort gewesen, um nach irgendeinem Kleidungsstück zu suchen, das Renée im Sarg tragen konnte. »Nein«, sagte sie, »ich kann mich nicht daran erinnern. Aber es ist gut möglich, daß ich die Maske übersehen habe.«

»Ihre Mutter sagte, Sie hätten Renées Sachen noch nicht ausgeräumt. Ich könnte Sie in der Wohnung treffen.« Er blies in die Teetasse und trank einen Schluck.

»Nun, ich bezweifle, daß ich selbst noch einmal hingehe«, sagte Gail. »Entschuldigen Sie bitte die Frage, aber können Sie beweisen, daß die Maske Ihnen gehört?«

»Nein, Sie haben nur mein Wort.« Jimmys Augen waren unergründlich. »Meine Großmutter lebt nicht mehr, und ich besitze nur wenige Erinnerungen an sie.«

Gail blickte ihn weiterhin forschend an.

»Irene hat gesagt, sie hätte nichts dagegen, wenn ich mich in der Wohnung umschaue, aber ich solle vorher mit Ihnen sprechen.«

»Das hat sie gesagt?«

»Ja.« Er lächelte. »Ich habe ihr erklärt, es wäre so, als würde ein Teil des Geistes meiner Großmutter umherschweifen. Er kann erst Ruhe finden, wenn die Maske wieder bei mir ist. Doch davon einmal ganz abgesehen – Renée hatte versprochen, mir die Maske vergangene Woche zurückzugeben. Dann ist dieses Unglück passiert.« Er trank seinen Tee.

Gail strich sich eine Locke hinters Ohr und wandte den Blick ab, um ihren Verdruß zu verbergen. Sie hatte keinen Grund, Jimmy Panther die Maske nicht zurückzugeben. Vielleicht war sie ja tatsächlich von seiner Großmutter modelliert worden.

»Warum haben Sie Renée die Maske geliehen?«

»Sie dachte, daß indianische Masken sich in den Läden in Coconut Grove gut verkaufen lassen würden, und sie zeigte die Maske als Muster herum. Wir haben nicht viele Möglichkeiten, um Geld zu verdienen, abgesehen von unserer Hände Arbeit.« Nach kurzem Schweigen fügte er hinzu: »Ich sage Ihnen das ganz im Vertrauen. Ich möchte nicht, daß diese Sache publik wird.«

»Ich werde keiner Menschenseele davon erzählen, darauf können Sie sich verlassen.« Gail nickte lächelnd. »Also gut. Soviel ich weiß, will meine Mutter am Wochenende Renées Wohnung auflösen. Vielleicht komme ich auch hin, aber das kann ich noch nicht mit Sicherheit sagen. Jedenfalls werden wir nach Ihrer Maske Ausschau halten.«

»Das weiß ich sehr zu schätzen.«

»Ich habe allerdings eine Bitte – falls Sie weitere Fragen haben sollten, rufen Sie bitte *mich* an. Meine Mutter sollte nicht gestört werden.«

Er stellte seine leere Tasse auf dem Fenstersims ab, holte einen Zettel aus seiner Hemdtasche hervor und gab ihn Gail. »Sie können mir unter dieser Nummer eine Nachricht hinterlassen. Das ist der Souvenirladen, wo mein Boot liegt.«

Gail begleitete Jimmy Panther auf den Korridor hinaus, und Miriam zeigte ihm den Weg zurück zur Empfangshalle.

Die Indianer hatten entlang dem zweispurigen Highway einige Touristenläden, aber Gail wußte nicht, womit sie ihren Lebensunterhalt verdienten. Sie hatte die Wohnwagen und schäbigen Blockhäuser am Tamiami Trail gesehen, in der Nähe der Miccosukee-Reservation. Weiter östlich, in Richtung Stadtmitte, an der Kreuzung Krome

Avenue, hatte der Stamm ein Stück ödes Land für eine Bingohalle gepachtet, ein Gebäude von der Größe eines Footballfeldes. Gail hatte es sich einmal aus reiner Neugier angesehen. Die Manager hatten italienische Namen, und die Angestellten trugen schwarze Jacken und Spitzenhemden. Von Indianern keine Spur, abgesehen von einigen wenigen, die neben den Touristen und Pensionären an den Bingotischen saßen.

Daß Renée sich in einem Propellerboot wohl gefühlt hatte und mit einem Miccosukee auf du und du gewesen war, wollte Gail einfach nicht in den Kopf.

Sie machte sich daran, die wichtigste Korrespondenz zu erledigen, und hatte fast alle Briefe auf Band diktiert, als die Sprechanlage summte. Sie nahm den Hörer ab. »Ja, Miriam?«

»Anthony Quintana sagt, du hättest um seinen Anruf gebeten.«

»So ist es.« Gail kramte den Antrag auf Befangenheit unter anderen Unterlagen hervor. »Und bring mir doch bitte die Darden-Akte.«

Diese Angelegenheit mußte geklärt sein, bevor Jack Warner ihr beim Mittagessen forschende Blicke zuwerfen würde, während er sein Rippchen mit Salat verspeiste. Gail drückte auf den Knopf und lehnte sich in ihrem Stuhl zurück. »Mr. Quintana, raten Sie mal, was ich heute morgen auf meinem Schreibtisch gefunden habe.«

»Hmmm. Keine Ahnung, was denn?«

»Einen Befangenheitsantrag.«

»Ach so. George hat mir gesagt, daß er ihn am Montag aufgegeben hat. Offenbar hat er Sie nicht angerufen.« Die Überraschung, die in seiner weichen Stimme mitschwang, nahm Gail ihm nicht ab.

»Nein, er hat mich nicht angerufen. Wer bearbeitet eigentlich diesen Fall, Sie oder George?«

Quintana ließ einige Sekunden verstreichen. »Sie wollten mit mir sprechen, und ich bin gern bereit, Ihnen Rede und Antwort zu stehen.«

Miriam brachte die Akte und ging wieder hinaus.

»Mr. Quintana, ich gehe jetzt einmal davon aus, daß dies Ihr Fall ist, okay?« sagte Gail langsam. »Ich weiß nicht, wie das beim Kriminalgericht ist, aber ich kann Ihnen versichern, daß Richter Coakley keine Anwälte mag, die solche Sperenzchen machen. Das ist eine faire Warnung. Zwingen Sie mich nicht, diese Tatsache notfalls auszunützen.«

»Verlangen Sie von mir, den Antrag zurückzuziehen? Bis es zu einem Vergleich kommt, wird der Fall weitergeführt. Und wir wissen beide, wie das läuft.«

»Ganz wie Sie wollen.« Gail drehte das Telefonkabel um ihre Faust und wünschte sich, es wäre seine Seidenkrawatte. »Sie hatten ja mittlerweile bestimmt Gelegenheit, die Verfügung durchzulesen, die ich aufgesetzt habe. Ein Kurier kann das Original noch heute nachmittag dem Richter überbringen. Und wenn wir schon beim Thema sind – vielleicht könnten wir gleich Datum und Uhrzeit für die Vernehmung von Ernesto und Carlos Pedrosa festlegen.«

Sie glaubte, ihn seufzen zu hören. »Hören Sie zu, Ms. Connor – nein, lassen wir die Formalitäten –, hören Sie zu, Gail. Wir können natürlich einen endlosen Papierkrieg führen, doch jetzt reden wir beide miteinander – zwar nur am Telefon, aber immerhin. Ich hatte gehofft, daß wir unsere Gegnerschaft auf den Gerichtssaal beschränken könnten.«

Der Mann war geschmeidig, das mußte man ihm lassen. »Im allgemeinen ist mit mir nicht schwer auszukommen«, sagte sie, »aber ich schätze es nicht, wenn irgendwelche Anträge plötzlich wie vom Himmel fallen.«

»Das kann ich gut verstehen. Wie wär's, wenn wir heute nachmittag alles besprechen? Lassen Sie sich von mir zu der Tasse Kaffee einladen, die Sie neulich abgelehnt haben. Ich muß heute sowieso bei einer Vernehmung in Ihrem Gebäude zugegen sein, deshalb würde es mir gut passen.«

Gail strich mit dem Daumen über die Plastikreiter, die aus der Darden-Akte herausragten. »Ich will ehrlich zu

Ihnen sein – meine Klienten sind nicht geneigt, großzügig zu sein.«

Anthony Quintana kicherte. »Wir müssen uns beide vor unseren Klienten in acht nehmen. Um wieviel Uhr?«

»Ich muß vorher mit den Dardens sprechen. Kann ich Sie Anfang nächster Woche anrufen?«

»Selbstverständlich. Bis dann.«

Gail legte den Hörer auf und starrte mit gerunzelter Stirn die dicke Akte auf ihrem Schreibtisch an. Sie reagierte allergisch, wenn jemand sie unter Druck setzen wollte. Die meisten Anwälte, die das versuchten, erlebten eine totale Bauchlandung, selbstverständlich ohne persönliche Animositäten. Wenn alles vorbei war, kam es zum gegenseitigen Händeschütteln, und man genehmigte sich zusammen einen Drink. Das waren die üblichen Spielregeln. Aber Quintana spielte ein anderes Spiel: Er setzte seinen Charme ein, um ans Ziel zu kommen, doch wenn sein Lächeln nicht verfing, arbeitete er mit harten Bandagen.

»Versuch's nur, Freundchen!« murmelte sie vor sich hin, während sie 0,4 auf ihrem Zeitnachweis notierte. Wenn sie in diesem Fall nur eine Rechnung verschicken dürfte – dann würden die Dardens kniefällig um einen schnellen Vergleich bitten!

Sie schlug eine Zwangsvollstreckungsakte auf und fluchte leise, als die Sprechanlage summte.

»Dieser Britton von Metro-Dade ist da«, meldete Miriam.

»Wer?«

»Der Polizeibeamte, den ich anrufen sollte.«

»Er ist hier?«

»Ja, und ich glaube nicht, daß er für die P. B. A. sammelt.«

Ein typischer Bulle in Zivil, dachte Gail, als Miriam hinter ihm die Tür schloß. Kariertes Sakko in gedämpften Blautönen, dunkle Krawatte, kurzes braunes Haar, goldgeränderte Brille. Ein Mann Ende Dreißig, der um die

Taille herum etwas Fett ansetzte. Er hätte auch Aushilfsverkäufer bei Sears sein können. Nur daß er ihr eine weiße Karte mit Golddruck überreichte: Metro-Dade Police Department.

»Ms. Connor, mein Name ist Frank Britton. Guten Morgen.«

Sie reichte ihm über den Schreibtisch hinweg die Hand. »Nehmen Sie Platz, Sergeant. Worum geht es?«

Er hatte ein sympathisches Gesicht. Sie kannte solche Gesichter von Sachverständigen, die an ihren Sakkos herumzupften, wenn sie in den Zeugenstand gerufen wurden.

Gail legte die Karte auf den Schreibtisch. »Hier steht Morddezernat.«

»Ja, Madam, ich untersuche den Tod Ihrer Schwester.«

Sie setzte sich. »Ich verstehe nicht ...«

»Als Anwältin müßten Sie eigentlich wissen, daß das Morddezernat auch bei Selbstmord eingeschaltet wird, ebenso wie bei jeder anderen unnatürlichen Todesart.« Brittons gedehnte Sprechweise deutete darauf hin, daß er nicht aus Miami, sondern aus Nordflorida stammte.

»Wir haben vergangenen Montag morgen am Tatort ermittelt – die Umgebung abgesucht usw. Am selben Vormittag haben wir uns auch in ihrer Wohnung umgesehen, aber ...«

»Ist das Routine?«

»Aber ja. Wir stellen fest, ob sich jemand in der Wohnung befindet. Man kann ja nie wissen – möglicherweise liegt dort ein Verletzter oder Toter herum. Und wenn der Verstorbene mit jemandem zusammenlebte, wollen wir die Personalien des- oder derjenigen aufnehmen.« Er vergewisserte sich mit einem forschenden Blick, daß Gail seine Ausführungen verstanden hatte, bevor er hinzufügte: »Ich möchte die Wohnung noch einmal durchsuchen. Ihre Mutter hat gesagt, ich solle Sie anrufen.«

»So? Warum denn das? Ich meine ... sie ist die Nachlaßverwalterin.«

»Davon hat sie nichts erwähnt. Und ich dachte, daß Sie

sich um die Angelegenheiten Ihrer Schwester kümmern würden.«

»Nein. Und sie hat mir nichts von dieser ... dieser Ermittlung erzählt.«

»Vielleicht hat sie es vergessen«, sagte er. »So etwas kommt vor. Die Menschen denken eben nicht gern über den Tod nach.«

»Aber Renée hat doch Selbstmord begangen. Steht das nicht auch auf der Sterbeurkunde?«

»Nein, Madam. Die Todesart steht noch nicht endgültig fest, und aus diesem Grund möchte ich mich noch einmal in der Wohnung der Verstorbenen umsehen. Letztes Mal hat uns der Hausverwalter hineingelassen, aber wenn wir noch einmal hingehen, brauchen wir einen Durchsuchungsbefehl, es sei denn, daß ein Familienmitglied uns begleitet.«

»Ich sehe in alldem keinen Sinn. Renée wurde doch mit aufgeschnittenen Pulsadern im Nationalpark aufgefunden.«

»Ja, Madam, ein Polizist kommt einfach an und beginnt Fragen zu stellen, wenn jeder gerade versucht, irgendwie über den Tod des geliebten Menschen hinwegzukommen. Ich weiß, daß das ein Schock sein kann.«

Mit dem Anflug eines Lächelns betrachtete Gail seine Karte und richtete sie exakt an der Schreibtischkante aus. »Mir kommt das so unwirklich vor. Machen Sie das bei allen Selbstmorden?«

»Gott bewahre, dazu fehlt es uns an Personal. Es ist eine Ermessensfrage, normalerweise, nachdem jemand uns gebeten hat, uns die Sache näher anzusehen.«

»Das kann dann nur meine Mutter gewesen sein.«

Seine hellblauen Augen hinter den Brillengläsern verrieten Mitgefühl. »Sie müssen ihren Standpunkt verstehen. Ihre Schwester hat keinen Abschiedsbrief hinterlassen, und sie hatte auch keine tödliche Krankheit. Die meisten Menschen, die Selbstmord begehen, sind depressiv, und Ihre Mutter glaubt nicht, daß Ihre Schwester in dieser Gemütsverfassung war.«

»Hat sie Ihnen erzählt, daß Renée schon einmal einen Selbstmordversuch unternommen hatte? Mit einer Rasierklinge.«

»Wann war das?«

»Vor etwa vier Jahren.«

»Hmmm«, sagte Britton. »Na ja, wir müssen uns trotzdem noch einmal in ihrer Wohnung umsehen. Wann können Sie dort sein und uns hineinlassen?«

»Hören Sie, Sergeant, ich möchte Ihnen wirklich keine Steine in den Weg legen, aber ich habe einfach keine Zeit dafür.« Das Licht spiegelte sich in seinen Brillengläsern.

»Dann werden wir uns eine Vollmacht besorgen oder aber Mrs. Connor bitten müssen, uns zu begleiten.«

Gail ließ einige Sekunden verstreichen »Also gut, ich kann Sie am Samstagmorgen in die Wohnung lassen.«

»Freitag wäre besser.«

»Von mir aus, aber frühestens um fünf Uhr nachmittags. Vorher geht es beim besten Willen nicht.«

Nachdem Britton gegangen war, wies Gail Miriam an, keine Anrufe durchzustellen. Mit untergeschlagenen Beinen saß sie nachdenklich am Schreibtisch.

Irene hatte möglicherweise sogar den Sheriff von Dade County eingeschaltet. Und falls er nicht gewußt haben sollte, wer Irene Strickland Connor war, würde sie ihn an den Oberbürgermeister von Miami verwiesen haben. Natürlich konnte man nicht jeder verstörten Mutter zu Diensten sein, aber in diesem speziellen Fall …

Vor einigen Jahren hatte Gail ihre Mutter zum Mittagessen besucht, und Irene hatte am Küchentisch gesessen und in einer Broschüre für einbruchsichere Fenstergitter geblättert, obwohl ihre Wohnanlage durch eine hohe Mauer, ein Wächterhaus und Wachpatrouillen bestens gesichert war. Gail hatte über die Ursachen für diese übertriebene Vorsicht gerätselt, bis ihr eingefallen war, daß Irene sich in der nächsten Woche einer kleineren Operation unterziehen mußte. Nach geglückter Operation waren die Gitter nie mehr erwähnt worden.

Gail machte sich Vorwürfe, weil sie ihre Mutter in den vergangenen drei Tagen nicht mehr besucht hatte, aber andererseits – sie hatte an diesen Tagen von früh bis spät geschuftet, und sie waren so schnell verflogen, daß sie sich an irgendwelche Einzelheiten nicht erinnern konnte.

Sie stand auf und trat ans Fenster. Jimmy Panther hatte seine Teetasse auf dem Sims stehenlassen. Er behauptete, daß Renée versprochen hatte, ihm die Tonmaske vergangene Woche zurückzugeben. Wenn er die Wahrheit sagte, könnte das ein Licht auf Renées Gemütsverfassung werfen. Wenn! Jimmy Panther konnte behaupten, was immer er wollte. Und Renée hatte im Laufe ihres Lebens unzählige Versprechen nicht gehalten.

Gail warf die Tasse in den Papierkorb.

KAPITEL 4

Irene Strickland Connor wohnte einige Kilometer nördlich der Innenstadt, in einem Viertel namens Belle Mar, wo es sowohl Häuser im mediterranen Stil der zwanziger Jahre als auch ultramoderne Bauten aus Holz und Glas gab. Am Haupteingang schaltete Gail den Blinker ein und bog vom Biscayne Boulevard in die Seagrape Lane ein. Die kleinere Straße war von Palmen und blühendem Hibiskus gesäumt und teilte sich an einem kleinen Wächterhaus. Vor zehn Jahren hatten die Bewohner, besorgt über Krawalle und Immigranten, eine zwei Meter hohe Schutzmauer errichten lassen.

»Öffne das Tor, Liebling«, sagte Gail zu ihrer Tochter. Karen saß auf dem Beifahrersitz des Buick und drückte auf einen Knopf der Fernbedienung. Die gestreifte Holzschranke schwang nach oben.

Karen klappte das Geographiebuch zu, in dem sie während der Fahrt gelesen hatte.

»Hast du das Kapitel beendet?«

»Fast.« Karen verstaute das Buch in ihrer Schultasche.

»Fast? So wirst du deine Einser nicht behalten. Du kannst das Kapitel beenden, während ich mit deiner Großmutter rede, okay?«

Ben hatte sie heute nachmittag im Büro angerufen. Er hatte die Nachlaßpapiere vorbereitet, die Irene jetzt nur noch unterschreiben mußte, und Gail sollte sie notariell beglaubigen. *Nein, nein, ich will nichts davon hören, daß du viel zu beschäftigt bist,* hatte er gesagt. *Bring Dave mit. Wir werden alle zusammen zu Abend essen. Außerdem sagt Irene, daß sie dich die ganze Woche nicht zu sehen bekommen hat.* Irenes Hang zum Melodrama! Gail hatte sie vor drei Tagen besucht.

Die Seagrape Lane schlängelte sich an Feigenbäumen und Jacarandas vorbei und endete schließlich in einem Kreis. Gail fuhr Irenes Auffahrt hinauf; Eicheln von der ausladenden alten Eiche knackten unter den Reifen. Das einstöckige Haus war unregelmäßig angelegt, hatte eine Backsteinfassade und ein weißes Ziegeldach, das von Schimmel verunziert wurde. Eine orangefarbene Katze lag auf der Veranda und leckte sich die Pfoten. Eine Tigerkatze betrachtete die Ankömmlinge von einem Fenstersims aus.

Gail öffnete die Haustür mit ihrem eigenen Schlüssel und betrat die Halle. Karen folgte ungestüm, und ihre Schultasche polterte gegen die Windfangtür, deren Dekoration – ein Flamingo aus bemaltem Metall – an losen Nägeln klapperte.

»Irene! Wir sind's!«

Eine gedämpfte Stimme rief: »Ich bin in der Küche.«

Irene war damit beschäftigt, Plastikbehälter und in Folie verpackte Teller aus dem Kühlschrank zu holen. »Ihr seid früh dran«, sagte sie, während sie eine Kasserolle so schwungvoll auf den Tisch stellte, daß der Glasdeckel klirrte. »Ich wollte das Abendessen fertig haben, bis ihr kommt, und jetzt seid ihr schon da.« Ihre rauhe Stimme weckte in Gail die Vermutung, daß ihre Mutter schon einiges getrunken hatte.

Karen warf ihre Schultasche auf einen Stuhl. »Hi, Omi.«

Irene ließ die Kühlschranktür weit offenstehen und breitete ihre Arme aus. »Komm her, Süße.« Sie drückte das Mädchen an sich. »Du meine Güte, wie groß du schon bist!«

Karen vergrub ihr Gesicht für Sekunden in Irenes geblümter Bluse. Gail registrierte erstaunt die übrige Aufmachung ihrer Mutter – eine papageigrüne Hose und goldfarbene Ledersandalen, die mit Rheinkieseln verziert waren, dazu auch noch ein buntes Tuch in den roten Locken, hinter einem Ohr zur flotten Schleife gebunden.

Gail war sich nicht sicher, ob diese farbenfrohe Kleidung bedeutete, daß Irene die schlimmste Trauer überwunden hatte oder daß sie leicht übergeschnappt war. Gereizt schloß sie die Kühlschranktür.

»Hast du Hunger, Baby?« fragte Irene, während sie Karens T-Shirt über den Jeans zurechtzupfte.

Karen schnitt eine Grimasse. »Ich bin kein Baby.«

»Stimmt. Entschuldige bitte.« Irene legte eine Hand auf ihren Busen, und Gail sah, daß sie die weiße Muschelkette trug, die Jimmy Panther ihr geschenkt hatte.

Karen streichelte die graue Katze, die sich auf einem Küchenstuhl zusammengerollt hatte. »Aber ich habe schrecklichen Hunger.«

»Wir essen, sobald Ben hier ist«, sagte Gail. »Inzwischen könntest du draußen deine Hausaufgaben fertigmachen.«

»Ach, laß das Kind doch etwas essen. Es braucht doch nicht auf uns zu warten.«

Gail fand im Obstkorb einen Apfel und gab ihn ihrer Tochter. »Raus mit dir. Ich möchte mit deiner Großmutter reden.« Karen warf ihr einen vorwurfsvollen Blick zu, seufzte übertrieben und ließ den Apfel in ihre Schultasche fallen. Am Swimmingpool gab es Tische und Stühle, da konnte sie arbeiten, wenn sie sich nicht von der Aussicht ablenken ließ. Boote kreuzten in der Biscayne Bay; die meisten steuerten um diese Zeit schon die Anlegeplätze an. Die fernen Motorengeräusche vermischten sich mit dem Zwitschern der Spottdrosseln in Irenes Garten.

»Bleib auf der Veranda«, mahnte Gail. Die Katze huschte hinter Karen durch die gläserne Schiebetür ins Freie.

Irene griff nach ihrer Zigarette, die sie in einem schweren Kristallaschenbecher abgelegt hatte, und ließ ihren Blick über den Tisch schweifen. »Ich finde, wir sollten dieses Zeug aufessen, damit ich das Geschirr zurückgeben kann.«

Gail erkannte Kasserollen und Platten wieder, die Nachbarn vergangene Woche gebracht hatten, aber von den Speisen waren nur noch klägliche Reste übrig. Einige Scheiben Roastbeef, an den Rändern schon ziemlich ausgetrocknet. Ein Stück Hackbraten. Überbleibsel von grünen Bohnen, Bratkartoffeln, Mais, eingelegten Pilzen, Lasagne, ein halber Zitronenkuchen und andere Speisen, die unter den Folien nicht zu sehen waren.

»Wo ist Dave?« fragte Irene.

»Zu Hause«, erwiderte Gail. »Er bereitet noch einige Papiere für den Rechnungsprüfer vor, der morgen kommt.« Das stimmte, aber Gail hatte ihm auch gesagt, daß sie mit Irene unter vier Augen sprechen müsse.

Irene zog ein letztes Mal an ihrer Zigarette und drückte sie aus. »Laß uns im Eßzimmer essen, mit dem guten Porzellan. Wir könnten auch ein, zwei Flaschen Wein trinken.« Sie lachte. »Was paßt denn zu Sülze?«

»Mutter, wir müssen miteinander reden.«

»Oooh, das hört sich aber ernst an.« Irene nahm ein Glas zur Hand, warf einen Blick auf die halb geschmolzenen Eiswürfel, die nicht mehr in Alkohol schwimmen konnten, und holte eine kleine Flasche Smirnoff aus einem Unterschrank. »Was kann ich dir anbieten?«

»Nichts, danke.«

»Du bist wirklich nicht amüsant«, schimpfte Irene. Sie hielt ihr Glas unter den Eisspender, der leise knirschend Eiswürfel ausspuckte.

»Ein Sergeant Britton vom Morddezernat hat mich heute im Büro aufgesucht. Er will sich in Renées Wohnung umsehen.«

Irene öffnete die Wodkaflasche und schenkte sich

großzügig ein. »Ja. Hoffentlich stört es dich nicht, daß ich gesagt habe, du würdest ihn einlassen.«

Gail hatte gedacht, daß Irene Erklärungen abgeben oder einfach lachend sagen würde: *Oh, das alles hört sich jetzt so töricht an!* Aber sie holte nur eine Zitrone aus dem Kühlschrank, legte sie auf ein Schneidebrett und zerteilte sie sorgfältig in zwei Hälften. Starker Zitronengeruch erfüllte die Luft.

»Warum hast du die Polizei gebeten, Ermittlungen anzustellen?« fragte Gail.

Irene drückte eine Zitronenhälfte aus. »Wer weiß – vielleicht finden sie etwas heraus.«

»Renée hat Selbstmord begangen. Warum machst du der Polizei etwas anderes weis?«

»Ich habe nur gesagt, daß die Sache mich beunruhigt. Was macht es denn schon aus, wenn die Polizei sich ein bißchen in der Wohnung umschaut?«

»Du hättest vorher mit mir reden können«, sagte Gail.

»Du warst beschäftigt.«

»Jetzt mach aber mal 'nen Punkt, Irene. Für ein Gespräch mit dir habe ich mir immer Zeit genommen, oder etwa nicht?« Als sie keine Antwort erhielt, fuhr sie fort: »Von mir aus kann die Polizei die Wohnung mit Pinzette und Mikroskop durchsuchen. Aber daß du sie überhaupt eingeschaltet hast, ist mehr als merkwürdig.«

Irene schwenkte ihr Glas. »Ich habe dir nichts davon gesagt, weil du versucht hättest, es mir auszureden. Du brauchst ja für alles eine logische Begründung. Ich wußte einfach ... ich *spürte* einfach, daß sie so etwas nie getan hätte.«

»Aber sie *hat* es getan. Du mußt endlich einmal den Tatsachen ins Auge sehen. Sie hat das College nicht beendet. Sie mußte schließlich einen Teilzeitjob als Bürokraft annehmen, obwohl sie immer geschworen hatte, daß so etwas für sie nicht in Frage käme. Sie konnte nie einen Mann halten. Sie war drogensüchtig. Sie trank. Und das, nachdem sie in dem Glauben aufgewachsen war, alles haben zu können, was sie nur wollte.«

Irene riß eine Schublade auf; das Besteck darin klirrte. »Ich nehme an, daß du als nächstes sagen wirst, an alldem sei ich schuld, weil ich sie verwöhnt habe.«

Gail spürte plötzlich, wie müde sie war. »Ich wünschte, du würdest ausnahmsweise einmal die Dinge so sehen, wie sie wirklich sind.«

Irene drehte sich mit einer Handvoll Messer und Gabeln um. »Hier, bring das ins Eßzimmer.« Als Gail ihr das Besteck nicht gleich abnahm, warf sie es auf den Tisch. »Die Sets sind im Büfett.«

»Ich weiß, wo du deine Sachen aufbewahrst.« Gail sah zu, wie ihre Mutter Teller aus dem Schrank holte und geräuschvoll auf die Anrichte stellte.

Irenes Stimme übertönte das Geklapper. »Ausgezeichnet. Ich sehe die Dinge nicht, wie sie sind. Ich habe meine eigene Tochter nicht gekannt. Du hast dir nie die Mühe gemacht, sie wie deine Schwester zu behandeln, sonst wüßtest du, daß Renée nicht so war, wie du glaubst.«

Nun erhob auch Gail die Stimme, plötzlich außer sich vor Zorn. »Tatsächlich? Der Gerichtsmediziner hat mir gesagt, daß sie fast zwei Monate schwanger war, als sie starb.«

Irene drehte sich mit drei Weingläsern in den Händen um und stellte sie langsam nacheinander ab. »Du … du hattest … kein Recht … kein Recht … mir das bisher zu verschweigen.«

Ein langes Schweigen trat ein. Schließlich nickte Gail gequält. »Mom, du hast recht. Ich hätte es dir sagen müssen. Tut mir leid.«

Irene griff nach einem Geschirrtuch und rieb von einem der Gläser einen Fleck ab. »Ich nehme nicht an, daß du weißt, wer der Vater ist … war.«

»Nein.«

Sie ließ das Geschirrtuch auf die Anrichte fallen und preßte ihre Finger an die Augen. Ein leises Schluchzen entrang sich ihrer Kehle. Gail stand rasch auf und nahm sie in die Arme. In den flachen Sandalen war Irene so zerbrechlich wie ein Kind.

»Ich habe mir solche Mühe mit Renée gegeben. Wirklich.«

Gail drückte sie noch fester an sich.

»Ich kann einfach nicht mehr darüber nachdenken.« Irene schob Gail von sich, durchquerte die Küche und schneuzte in eine Papierserviette.

Gail folgte ihr. »Mutter, laß mich dir mit Renées Nachlaß helfen. Du solltest das nicht alles auf dich nehmen. Wenn du ihre Sachen jetzt nicht durchsehen willst, lasse ich sie einfach verpacken und einlagern.«

»Nein, du brauchst dich um nichts zu kümmern.«

»Ich möchte es aber.«

Es klingelte, und Irene blickte zum Wohnzimmer hinüber. »O Gott, das ist Ben!« Sie tupfte sich mit der Serviette die Augen ab. »Sehe ich halbwegs vorzeigbar aus?«

»Du siehst großartig aus.« Gail rückte Irenes Schleife etwas zurecht.

»Du hast ihm doch nichts von der Polizei erzählt, oder?«

»Nein.«

»Ich möchte auch nicht, daß er etwas davon erfährt, sonst hält er mich noch für ein hysterisches Weibsbild.« Sie ging zur Tür.

Gail blieb mitten in der Küche stehen und lauschte. Irenes Freudenschrei hörte sich an, als wäre Bens Besuch eine totale Überraschung. Als die Stimmen näher kamen, öffnete sie die Schiebetür und rief, Karen solle ins Haus kommen und sich vor dem Abendessen die Hände waschen. Das Mädchen ließ verstohlen ein halb zusammengesetztes Lego-Mondfahrzeug in der Schultasche verschwinden, bevor es in die Küche lief.

Ben fuhr Karen mit den Fingern durchs Haar. »Hi, Kleines.«

»Hi, Ben.« Karen schlang die Arme um seine Taille.

Er trug ein verblichenes blaues Golfhemd und hatte eine Ledermappe mit Reißverschluß unter den Arm geklemmt. Sein Blick schweifte skeptisch über das Essen auf dem Tisch, und dann grinste er Gail zu.

»Was ist denn das? Irene, willst du eine Cafeteria eröffnen?«

»Ach, halt den Mund!« Lachend holte sie ein Glas aus dem Schrank und gab Eiswürfel hinein. Ben trank vor dem Abendessen immer einen Schluck Wild Turkey.

Gail schob Karen in Richtung Tür. »Geh und wasch dir die Hände, Liebling.« Gleich um die Ecke gab es ein Gästebad.

»Wo ist Dave?« fragte Ben.

»Er konnte nicht mitkommen, weil er noch zu arbeiten hat.«

»Du hättest ihm heute abend freigeben sollen.« Als Gail nur lächelnd mit den Schultern zuckte, hielt Ben seine Aktenmappe hoch. »Also dann – nimm deinen Notariatsstempel zur Hand. Wir können den geschäftlichen Teil sofort hinter uns bringen, wenn wir auf diesem Tisch etwas Platz schaffen.« Er setzte sich und stellte einen Teller mit aufgeschnittenen Tomaten neben das Roastbeef. »Irene, Liebling, komm her.«

Irene stellte seinen Drink auf eine Papierserviette und beobachtete, wie er den Reißverschluß der Mappe öffnete. »Nicht jetzt«, sagte sie.

Ben schaute auf.

Sie kramte in einer Schublade nach Kerzen. »Zuerst das Abendessen, dann das Geschäft. Nehmt euch einfach, was ihr wollt, und wir schieben es in die Mikrowelle.«

Gail tauschte einen Blick mit Ben und verstaute das Stempelkissen und den schweren silberfarbenen Stempel wieder in ihrer Handtasche.

»Na gut.« Ben nippte an seinem Bourbon. »Dann also später. Wie wär's, wenn wir auf der hinteren Veranda essen würden? So eine Art Picknick.«

Irene drehte sich mit langen gelben Kerzen in der Hand um. »Ich wollte im Eßzimmer decken. Karen mag den Leuchter so.«

»Nein, nein, da drin hört man doch nur das Ticken der verdammten Uhr. Gehen wir raus.«

»Von mir aus, wenn es dir lieber ist.« Sie legte die Kerzen in die Schublade zurück.

Gail wollte eigentlich protestieren, machte sich aber statt dessen auf die Suche nach Karen. Ben würde ja doch nur lachend sagen, er brauche keine Strafpredigten von einer Person, die nicht einmal den Familiennamen ihres Mannes benützte.

Karen war nicht im Bad, aber eines der bestickten blauen Handtücher hing schief über der Stange. Gail ging den Korridor entlang, der die Küche mit dem übrigen Teil des Hauses verband. Sie kam an der Tür vorbei, die in den Fernsehraum führte – früher war hier das Arbeitszimmer ihres Vaters gewesen. Dann erweiterte sich der Korridor zu einer Art kleinen Halle, wo Irene gerahmte Familienfotos aufgehängt hatte. In einer großen Vitrine standen Porzellanvögel, die so natürlich aussahen, daß Gail als kleines Mädchen einmal einen davon in die Luft geworfen hatte, um zu sehen, ob er fliegen konnte.

Die Tür zum Schlafzimmer ihrer Mutter war halb geöffnet, und Gail warf einen Blick hinein. Die Satintagesdecke war auf den Boden geglitten, Kleider lagen achtlos auf dem Bett verstreut, und Schuhe standen in wildem Durcheinander auf dem Vorleger. Auf dem Nachttisch entdeckte Gail die beiden Fotos, die Anthony Quintana mitgebracht hatte. Der Fernseher lief, aber der Ton war abgestellt.

Die Tür zu Gails früherem Zimmer war geschlossen. Jetzt diente es als Gästezimmer mit Schlafcouch. Beim letzten Zimmer angelangt, lehnte sie sich mit verschränkten Armen an die geöffnete Tür. »Hier steckst du also«, sagte sie.

Karen saß auf dem Hocker vor dem Toilettentisch, und Gail konnte im Spiegel sehen, daß ihre Tochter schuldbewußt grinste, während sie eine Hand hob. »Schau mal! Ich habe meine Nägel lackiert.« Der grelle pinkfarbene Lack sah an ihren kleinen Fingern grotesk aus. Das Fläschchen war geöffnet, der Pinsel lag quer darüber.

Es überraschte Gail nicht im geringsten, daß Karen in Renées Toilettentisch alten Nagellack aufgestöbert hatte. Die Schubladen waren voll mit allem möglichen Krimskrams: Haarclips, billiger Schmuck, eine Lockenschere, ein kaputter Walkman. Renée war hier so oft ein- und ausgezogen, bevor sie sich endgültig selbständig machte, daß Irene ihr Zimmer nie ausgeräumt hatte. Das Bücherregal war noch immer mit Liebesromanen und Modezeitschriften vollgestopft. Wenn Gail den Schrank öffnen würde, würde sie zweifellos Schachteln mit Renées alten Klamotten finden, und wenn sie die Vorhänge öffnen würde, könnte sie sich davon überzeugen, daß das Fenster nie repariert worden war. Renée hatte den Griff absichtlich abgebrochen, um nachts unbemerkt kommen und gehen zu können. Gail hatte ihrer Mutter nie etwas davon erzählt in der stillen Hoffnung, daß Renée einmal auf frischer Tat ertappt würde, aber das war nie geschehen.

»Schraub den Nagellack zu«, sagte sie. »Das Abendessen ist fertig.«

»Es sieht aber albern aus, wenn nur die Nägel einer Hand lackiert sind«, protestierte Karen, gehorchte aber, die Finger der linken Hand gespreizt, um den Lack nicht zu verschmieren. »Darf ich ihn mit nach Hause nehmen?«

»Nein. Komm jetzt.«

Karen wippte mit den Füßen. »Wer bekommt das ganze Zeug?«

»Was meinst du damit?«

»Renées Sachen.«

»Das weiß ich nicht.«

»Kann ich sie haben?«

»Ganz bestimmt nicht«, sagte Gail resolut. »Los, sie warten auf uns.«

»Warum nicht?«

»Karen, raus mit dir, aber dalli!« befahl Gail. »Und du wirst den Nagellack entfernen, bevor du morgen zur Schule gehst.«

Obwohl sie seit Jahren nicht mehr daran gedacht hatte,

fiel Gail plötzlich jener Samstag ein, als Irene sie gebeten hatte, Renée beim Einkaufen von Schulkleidern zu begleiten. Eine Woche zuvor hatte Renée Geburtstag gehabt, und Ben hatte sie gefragt, was sie sich wünschte. Sie hatte die Arme um seinen Hals geschlungen und mit einem Schmollmund gebettelt: *Etwas zum Anziehen, bitte, bitte, bitte, Ben, alle meine Sachen sind mir viel zu klein, Mom hat kein Geld, und ich sehe in der Schule wie eine Vogelscheuche aus.* Er schenkte ihr fünfhundert Dollar, und Renée bestand darauf, in Dadeland Mall einzukaufen, ganz am anderen Ende der Stadt. Mit ihren vierzehn Jahren ließ Renée sich als allererstes für fünfzig Dollar lange rote Acrylnägel auf ihre eigenen abgebrochenen Nägel kleben, während Gail schimpfend vor dem Geschäft auf und ab lief. Und dann schlenderte Renée von einer Boutique zur anderen und fand alles toll. Gail trieb sie wütend zur Eile an. Endlich fand Renée einen Laden, der ihr gefiel, mit freiliegenden Luftschächten und schwarz gekleideten Verkäuferinnen. Von irgendwoher ertönte schrille Musik. Renée blieb in einiger Entfernung vor den Kleiderstangen stehen und deutete nur mit ihren langen roten Fingernägeln auf die Sachen ihrer Wahl. *Das dort und das dort. Nein, nicht das.* Die Verkäuferinnen hasteten hin und her, und die Kleidungsstücke stapelten sich auf ihren Armen. Renée probierte nichts an, weil sie befürchtete, ihre prächtigen Nägel abzubrechen. Sie zog die Hälfte der gekauften Sachen nie an und machte sich auch nicht die Mühe, sie umzutauschen.

Gail schloß die Tür von Renées Zimmer und folgte Karen.

Die langen braunen Haare der Kleinen wippten auf ihrem schmalen Rücken, während sie den Korridor entlanghüpfte. Mit ihren neun Jahren wußte sie schon genau, wer sie war, dachte Gail. Sie holte ihre Tochter ein und legte ihren Arm um ihre Schultern. »Ich werde fragen, ob du den Nagellack haben kannst, okay?«

»Danke«, strahlte Karen. »Den Schmuck auch?«

Gail lachte. »Von mir aus. Frag deine Großmutter.«

Sie trugen ihre Teller auf den Patio hinaus und setzten sich an einen Glastisch neben dem Swimmingpool. Jenseits der Bucht wurden die Gebäude von Miami Beach von der untergehenden Sonne in rötliches Licht getaucht. Dahinter zogen dicke weiße Wolken am Horizont dahin.

Irene legte eine Hand auf Karens Schulter. »Siehst du die kleine Insel dort drüben?«

Karen drehte sich auf ihrem Stuhl um. »Welche?«

Irene deutete darauf. »Die mit dem abgebrochenen Baum. Siehst du sie? Ein Pelikan ist dort gerade gelandet.« Als Karen nickte, erzählte Irene: »Früher, als ich ein Mädchen war, ruderten wir oft hinüber und veranstalteten dort Picknicks. Großvater brachte unser Dinghi zum Bootssteg runter, und auf ging's. Ein ganzes Boot voller Vettern und Kusinen. Weißt du noch, Ben?«

Ben schob seinen Teller zurück und griff nach seinen Zigaretten. »Schöne Zeiten, Irene. Unwiederbringlich dahin.«

»Daddy nimmt mich manchmal in unserem Boot mit raus«, berichtete Karen stolz.

»Das glaube ich dir gern, Kleines.« Ben zog eine Zigarette aus der Packung und hielt sein abgenutztes Feuerzeug hoch, damit Karen es sehen konnte. Eine schnelle Bewegung von Daumen und Zeigefinger, und ein leichter Benzingeruch stieg Gail in die Nase. Als sie ein kleines Mädchen gewesen war, hatte Ben ihr die Handhabung gezeigt – den Feuerstein, das Rädchen und die plötzlich aufflackernde Flamme.

Eine Brise von der Bucht her ließ Irenes Tuch flattern. Sie lachte auf und hob ihr Glas. »Ben, weißt du auch noch, wie wir alle aus dem Olympia-Theater rausgeworfen wurden? Wir waren auf dem Balkon, und du hattest eine Wasserpistole und hast dir ausgerechnet die Glatze eines Mannes als Zielscheibe ausgesucht.«

Karen klatschte begeistert in die Hände. »Das ist lustig!«

Gail begann den Tisch abzuräumen. »Diese Geschichte habe ich noch nie gehört«, sagte sie, während sie die Teller auf ein Tablett stellte.

Irene lachte jetzt so, daß ihre Schultern bebten. »Er hatte immer den Schalk im Nacken. Ich könnte dir Sachen erzählen ...«

Ein Lächeln spielte um Bens Mundwinkel, aber er blickte nur schweigend auf die Bucht hinaus, einen Ellbogen auf den Tisch gestützt, mit seinem Feuerzeug spielend. Die Haare an seinen muskulösen Armen mit den kräftigen Gelenken wurden weiß.

Aus heiterem Himmel sagte er: »Ich werde die Ranch verkaufen.«

Irene blinzelte. »Was?«

Er warf das Feuerzeug auf den Tisch. »Verdammt, Irene, warum denn nicht? Allein schon das Hundefutter und die Instandhaltung des Zaunes kosten ein Heidengeld, und das ist mir die Sache einfach nicht mehr wert.«

Gail war seit Jahren nicht mehr auf Bens Ranch gewesen – über achthundert Hektar Wald und Sumpfgras südwestlich der Stadt. Dieses Land hatte den Stricklands schon gehört, als es noch keine gepflasterten Straßen dorthin gab. Die Bezeichnung »Ranch« war allerdings irreführend; seit den vierziger Jahren waren auch die letzten Viehweiden verwaist. Ben und seine Freunde gingen dort auf Wildschwein- und Fasanenjagd, ohne sich an die Jagdsaison zu halten. Der County-Sheriff gehörte nämlich selbst zu Bens exklusivem Klub.

Gail nahm wieder Platz. »Wann hast du diesen Entschluß gefaßt?«

»Ich trage mich schon seit geraumer Zeit mit dem Gedanken.« Er zog an seiner Zigarette. »Man hört den Verkehrslärm von der Krome Avenue, Motorsägen kreischen, und entlang der Zufahrt laden die Leute ihre ausrangierten Kühlschränke und ihre alten Reifen ab. Früher hörte man nur Vögel und Frösche, am Kanal vielleicht noch ein, zwei Alligatoren.« Er lächelte Karen zu. »Weißt du, wie sie sich anhören? Womp, womp, womp.« Das Mädchen lachte über die gutturalen Laute.

»O Ben, das ist wirklich schrecklich!« jammerte Irene.

Er winkte ab. »Ich werde eine schöne Stange Geld verdienen. Ein kubanischer Bauspekulant glaubt vergeblich, mich übers Ohr hauen zu können. Du kennst ihn übrigens, Gail. Jedenfalls weiß er, wer du bist. Ein gewisser Pedrosa.«

»Soll das ein Witz sein?« Sie lachte. »Carlos Pedrosa?«

»Er sagt, ihr hättet miteinander zu tun.«

»*Gegen*einander wäre treffender. Ich habe ihn verklagt, damit Doug Hartwells Töchterchen ihr Geld zurückbekommt.«

Irene stand auf und stellte das übrige Geschirr aufs Tablett. »Ihr zwei könnt euch weiter unterhalten.«

Gail ließ Ben nicht aus den Augen. »Wieviel will er dir denn bezahlen?«

»Er will nicht das ganze Land, nur hundertzwanzig bis hundertfünfzig Hektar, zu je zweitausend Dollar. Ich verlange aber knapp das Doppelte. Er will sich auf jeden Fall das Vorkaufsrecht sichern.«

Gail schob ihren Stuhl näher an den Tisch heran. »Was will er denn damit? Es ist doch größtenteils Sumpfland. Und er wird sich am Bürokratismus der Umweltschutzbehörden die Zähne ausbeißen.«

»Da kennst du die Pedrosas schlecht.« Ben streifte die Zigarettenasche ab. »Der alte Herr hat Freunde in allen Behörden, auch beim Bauaufsichtsamt.«

»Wer, Ernesto?« Gail beugte sich verwirrt vor. Sie dachte daran, was Anthony Quintana ihr erzählt hatte. Ernesto Pedrosa. Nicht nur Carlos' Großvater, sondern auch Anthonys.

»Mommy, darf ich die Fische füttern gehen?« Karens Absätze trommelten rhythmisch an die Stuhlbeine.

Gail unterbrach widerwillig ihre Unterhaltung mit Ben. »Aber ja, Liebling. Frag deine Großmutter, ob sie altbackenes Brot hat.«

»Jede Menge«, sagte Irene, die Ben ein zweites Glas Wild Turkey on the rocks brachte. »Ich hol's gleich.«

Karen rannte über den Rasen, auf den Damm zu. Die Sonne war inzwischen untergegangen, und der Himmel verlor seine strahlende Farbe.

Gail wandte ihre Aufmerksamkeit wieder Ben zu. »Erzähl mir von Ernesto Pedrosa.«

Ben blies eine Rauchwolke in die Luft. »Er ist ein einflußreicher Mann in der kubanischen Kommunität. Hat – oder hatte – Kontakte zu Anti-Castro-Terrorgruppen. Anfang der siebziger Jahre entging er nur deshalb einer Anklage wegen Bombardierung einer Funkstation in Miami, weil das CIA ihn heimlich unterstützte und finanzierte. Jedenfalls habe ich das gehört. Der Alte kann allerhand erreichen, wenn du verstehst, was ich meine.«

»Nicht so ganz.«

»Na hör mal, Mädchen, lebst du eigentlich hinterm Mond? Diese Hispanics ziehen doch in Scharen hierher und glauben, Korruption und Vetternwirtschaft wie in ihrer alten Heimat betreiben zu können.«

Gail lachte. »Politische Korruption war in Miami doch von jeher an der Tagesordnung. Das ist hier doch geradezu ein beliebter Zeitvertreib.«

»Wenn du mich fragst, ist Miami total vor die Hunde gegangen.« Ben stellte seinen Drink ab. »Sag mal, möchtest du die Verhandlungen mit Carlos für mich führen?«

Gail war froh über den Themenwechsel. Sie haßte es, mit Ben zu streiten. »Ich kann nicht mit Carlos verhandeln. Er ist mein erbitterter Kontrahent im Fall Darden.«

Ben zwinkerte ihr zu. »Das eine hat doch mit dem anderen nicht das geringste zu tun.«

Sie zuckte die Achseln. »Vielleicht hast du recht. Ich werde mal mit Larry Black darüber reden.« Gail wußte natürlich, daß auch einer der Anwälte in der Kanzlei, der Ben sich vor kurzem angeschlossen hatte, diese Verhandlungen für ihn führen könnte, aber familiäre Beziehungen bedeuteten ihm sehr viel, und deshalb wollte er ihr den Fall zuschanzen.

»Ruf mich an«, sagte er. »Ich schicke euch dann die Unterlagen rüber.«

Sie leerte ihr Glas. Der Eistee war warm und wässerig

geworden. »Wie bist du überhaupt mit Carlos Pedrosa ins Gespräch gekommen?«

Ben stand auf, streckte die Arme und ließ seine Schultermuskeln spielen. Dann warf er einen Blick auf seine Uhr. »Renée hat die Bekanntschaft vermittelt. Sie hatte erfahren, daß er Land kaufen wollte, und gab ihm meine Telefonnummer. Viele seiner Geschäftsabschlüsse laufen über diese Grundstückstitelversicherung, in der Renée gearbeitet hat.«

Gail nickte. Und diese Gesellschaft gehörte Anthony Quintanas Anwaltsfirma. »Kennst du auch Pedrosas anderen Enkel, Anthony Luis Quintana? Er ist Strafverteidiger.«

»Ich glaube nicht.« Ben blickte zur Veranda hinüber. »Irene!« Sie kam gerade mit einer Plastiktüte voll Brot aus dem Haus. »Es ist fast acht Uhr, und ich muß mich allmählich auf den Heimweg machen. Wie wär's, wenn du jetzt die Papiere unterschreibst?«

Irene beobachtete Karen, die im Gras Radschlagen übte. »Ich weiß nicht.«

»Was weißt du nicht?«

»Ob ich sie unterschreiben will. Soll Gail es doch tun.«

Ben und Gail tauschten einen fassungslosen Blick. Er ging um den Tisch herum auf Irene zu. »Hör mal, was soll das heißen?«

»Ich habe darüber nachgedacht und einen Entschluß gefaßt. Gail kann die Nachlaßverwalterin sein.«

Ben sah Gail wieder an, die Stirn in tiefe Falten gelegt. »Ich werde alle Papiere neu ausfertigen müssen.«

Gail spreizte nur hilflos die Hände.

»Also gut«, seufzte er. »Ich kann die Erbschaft ohnehin noch nicht beantragen. Wir haben immer noch keine Sterbeurkunde. Ich weiß nicht, was da schiefgelaufen ist.«

Gail hätte ihm sagen können, daß Frank Britton an der Verzögerung schuld war, aber sie fragte nur: »Was habe ich jetzt zu tun?«

Er strich sich nachdenklich über die Wange. »Ich fertige die neuen Papiere aus und bringe sie dir ins Büro.

Willst du mal einen Blick auf meine bisherige Aufstellung werfen? Vielleicht kannst du sie irgendwie ergänzen.«

Ben ging ins Haus, holte seine Aktenmappe und machte auf der Veranda Licht. »Ich habe mehrmals mit Irene telefoniert, und sie hat die Angaben gemacht, anhand derer ich Renées Besitz für die Eingabe summarisch aufgeführt habe. Ein Inventarverzeichnis können wir nachreichen.« Ben öffnete den Reißverschluß. »Vielleicht könntest du einmal in ihrer Wohnung vorbeischauen und ein Verzeichnis der Möbel und sonstigen Sachen erstellen.«

Gail nickte. »Ja, wird gemacht.«

»Nur so im großen und ganzen. Du brauchst nicht jede Kleinigkeit zu notieren, es sei denn, du stößt auf etwas besonders Wertvolles.« Er legte drei oder vier Blatt Papier auf den Tisch – juristische Vordrucke, wie Gail sehen konnte. »Bring mir ihre Scheckhefte und Sparbücher, damit ich die Gesamtsumme eintragen kann.«

Gail warf einen Blick auf die Petition, die Ben ihr hinschob. *In Sachen: Besitz der verstorbenen Renée Michelle Connor. Alter: 29 Jahre. Nutznießer: Irene Strickland Connor. Grundeigentum: Eigentumswohnung 202, Cocobay Condominium. Bewegliches Eigentum: ein 1991er Toyota Celica, Kleidung und Schmuck, verschiedene Haushaltsartikel, verschiedene Bankkonten …*

Gail wendete das Formular. »Ihr Treuhandvermögen ist nicht aufgeführt. Sie kann es doch unmöglich verschleudert haben.«

»Sie konnte es vor ihrem dreißigsten Geburtstag überhaupt nicht angreifen. Genausowenig wie du das bei deinem Anteil konntest.«

»Und warum ist es dann nicht aufgeführt?« Nach kurzem Zögern gab Gail zu: »Da siehst du, wie wenig ich von Erbschaftsformalitäten verstehe.«

»Das Treuhandvermögen gehörte ihr vor dem dreißigsten Geburtstag nicht«, erklärte Ben. »Natürlich konnte sie über die Zinsen verfügen, aber das Kapital erbst jetzt du. Keine Sorge, es ist unangetastet.«

Gail starrte ihn an, während sie diese Neuigkeit zu verarbeiten versuchte und schließlich stammelte: »Ich?«

Er hob die Brauen. »Ich dachte, du wüßtest das.«

»Aber ich habe meinen Anteil doch schon erhalten. Die andere Hälfte fällt Irene zu, ist es nicht so?«

»Hast du die Bestimmungen der Treuhand nie gelesen?«

Gail schüttelte dumpf den Kopf. »Vielleicht habe ich sie mal überflogen, aber nicht wirklich zur Kenntnis genommen.«

»Nun, euer Großvater hat es so gewollt. Wenn eins von euch beiden Mädchen stirbt, soll das andere alles bekommen.«

»Mein Gott!« Das war so absurd, daß sie lachen mußte. »Vor drei Jahren habe ich über zweihunderttausend Dollar erhalten.«

Ben nickte.

Gail beobachtete Irene und Karen, die Brotstücke ins Wasser warfen. Ernüchtert fragte sie: »Weiß Mutter Bescheid?«

»Wir haben vergangene Woche darüber gesprochen.« Als Gail schwieg, fügte er hinzu: »Sie grollt dir nicht. Schließlich weiß sie ja, daß ihr, Dave und du, geschäftliche Probleme habt.«

Gail war sich fast sicher, daß Irene das im Ton stillen Märtyrertums vorgebracht hatte. All das viele Geld, das sie für Renée ausgegeben oder ihr geliehen hatte – jetzt mußte sie es endgültig abschreiben. Daß Irene diese Angelegenheit mit keinem Wort erwähnt hatte, bewies nur allzu deutlich, wie tief ihr Groll im Grunde war. Ein derartiges Geschenk – schrecklich und wundervoll zugleich – konnte nur Probleme verursachen.

Gail blieb in der hereinbrechenden Abenddämmerung auf der Veranda sitzen, bis Irene und Karen mit der leeren Brottüte zurückkamen.

Kapitel 5

Gail wartete, bis Karen schlief, bevor sie in die Garage ging, um mit Dave zu sprechen. Wenn es zu einem Streit käme, sollte ihre Tochter das nicht hören.

Dave hatte gesagt, er wolle Tennisschläger spannen. Von der Küchentür aus konnte sie sehen, daß er sich über den Spanner beugte. Er zog die Saite durch ein Loch im Holzrahmen, wobei die Muskeln an seinem rechten Unterarm hervortraten, der viel kräftiger als der linke war.

Ende der siebziger Jahre war Dave der zweitbeste Tennisspieler der University of Florida gewesen, aber ihm fehlte die Energie – der Ehrgeiz oder was auch immer dazu erforderlich war –, um ins Profilager überzuwechseln. Nach dem Studium hatte er den Tennisschläger ins Futteral gesteckt, und erst vor zwei Jahren hatte er wieder einen Tennisplatz betreten. Seitdem betrieb er diesen Sport aber mit derselben Intensität wie ein Mann, der seine erste große Liebe wiedergefunden hat.

Beim Nach-Hause-Kommen klebten ihm oft die Haare am Kopf, und seine Beine zitterten. Vergangenen August hatte er Gail einmal gezeigt, wie sehr er schwitzte: Er wrang seinen Slip im Bad über dem Waschbecken aus. Sein Haar war in der Sonne zur Farbe von Hanf verblichen. Schräge Fältchen gingen von seinen Augen aus, die bei der gebräunten Haut heller als sonst wirkten. Sein Gewicht hatte sich von fünfundneunzig Kilo auf attraktive zweiundachtzig Kilo reduziert. Als er sich einen Bauchmuskel zerrte, fragte Gail ihn, warum er das alles machte, und er antwortete, daß es auf einem Tennisplatz, anders als im wirklichen Leben, klare Linien gebe. Der Ball sei entweder drin oder draußen.

Im College hatte sie ihm gern beim Spielen zugesehen, und seine Kraft und Behendigkeit hatten ihr imponiert. Jetzt brüllte er los, wenn er sich provoziert fühlte, und zielte mit den Bällen direkt auf den Kopf seines Gegners. Gail schämte sich für ihn, wenn er verlor, und er wußte das und entzog sich ihren teilnahmsvollen Bemerkungen.

Sie ging nur noch zu Turnieren, wenn er sie ausdrücklich dazu einlud.

Gail schloß die Küchentür, durchquerte barfüßig die Garage, staubte eine Trittleiter ab und setzte sich darauf. Dave blickte auf. Er trug seine Arbeitsklamotten – Khakihose und ein weißes Strickhemd mit der Aufschrift »Metzger Marine«. Die Tasche war mit einer kleinen Stickerei verziert – ein Fischerboot auf stilisierten Wellen.

»Verrätst du mir jetzt, was so schlimm daran ist, zweihunderttausend Dollar zu bekommen?« Er zog die Saite straff an. »Schließlich können wir das Geld gut gebrauchen.«

»Das weiß ich auch«, sagte sie, »aber darum geht es nicht. Renée dachte bestimmt, daß Irene das Geld bekommen würde – falls sie überhaupt darüber nachdachte.«

»Irene erbt doch Renées Wohnung und alles andere, oder etwa nicht?«

»Ja, aber die Wohnung ist mit einer riesigen Hypothek belastet. Ben, Irene und ich haben darüber gesprochen, und sie sagte, sie wolle keinen Cent von dem Geld. Ihr Vater hätte seine Gründe gehabt, weshalb er die Treuhandschaft so und nicht anders abgefaßt hätte, und sie würde seinen Willen respektieren.«

»Vernünftig von ihr.«

»O Dave, es klang sowenig überzeugend! Opa hat meinen Vater immer für einen Versager gehalten, und Irene glaubt, er hätte sein Geld Renée und mir – und nicht ihr – hinterlassen, um ihr das unter die Nase zu reiben. Sie saß heute abend da, nippte an ihrem vierten Wodka mit Tonic und bemühte sich, edel auszusehen. Mit mir hat sie kaum gesprochen, als hätte ich etwas mit der Sache zu tun. Als wäre ich glücklich über diese Regelung. Du weißt ja, wie frostig sie sein kann.«

Dave schwenkte den Spanner herum und machte sich an den Quersaiten zu schaffen. »Ich wäre glücklich. Ehrlich gesagt, ich bin es. Zweihunderttausend Dollar können einen schon glücklich machen, finde ich.«

Gail stützte ihre Ellbogen auf die Knie. »Diesen zusätzlichen Unfrieden hätte es wirklich nicht gebraucht. Renée lieferte uns schon zu Lebzeiten genügend Grund zum Streit. Ich hatte gehofft, wir könnten nun endlich eine halbwegs normale Mutter-Tochter-Beziehung herstellen, aber offenbar war es zuviel verlangt.«

Dave blickte seine Frau über den Spanner hinweg an. »Du solltest wegen deiner Mutter keine Schuldgefühle haben. Wetten, daß sie jede Menge Rücklagen hat – von den Investments deines Vaters. Sie hat es ja seit dreißig Jahren nicht mehr nötig zu arbeiten.«

»Sie arbeitet schwer, das weißt du genau.«

»Was denn? Dieses Wohltätigkeitsgetue?« Dave zog die Saite durch den Griff des Schlägers. »Und wann können wir über das Geld verfügen?«

»Ben sagt, ich müsse der Bank eine beglaubigte Kopie der Sterbeurkunde bringen. Und das ist nicht so ohne weiteres möglich. Ich habe heute erfahren, daß die Polizei die Urkunde erst nach einer gründlichen Durchsuchung von Renées Wohnung freigeben will. Ich soll sie am Freitag dort treffen.«

»Wozu soll denn das gut sein?«

»Es ist absolut unsinnig, aber Mutter hat sie darum gebeten. Sie ist in einem schlimmen Zustand, schlimmer, als ich dachte. Ich weiß nicht, was in ihrem Kopf vorgeht. Jedenfalls will die Polizei Renées Wohnung auf den Kopf stellen. Ich vermute, daß die Formalitäten bezüglich der Treuhandschaft spätestens eine Woche danach erledigt sein könnten.«

Dave spielte mit dem Saitenende. »Hör mal, Gail, es tut mir wirklich leid, daß wir auf diese Weise an soviel Geld herankommen, aber es ist nun einmal passiert. Wenn Irene es nicht haben will – was können wir schon machen? Und wir brauchen es jedenfalls mehr als sie.«

Gail sah ihn eine Zeitlang an, bevor sie langsam sagte: »Ich habe auf der Rückfahrt darüber nachgedacht. Renée schuldete meiner Mutter einiges, und zumindest dieses Geld sollte sie zurückbekommen. Ich habe keine Ahnung, wieviel Renée ihr im Laufe der Zeit abgeschwatzt hat, aber es müssen Tausende oder sogar Zehntausende Dollar gewesen sein.«

»Abgeschwatzt?«

»So ist es. Das ganze Geld, das sie bekam – das waren keine Geschenke. Renée versprach immer: ›O Mom, ich zahl's dir in ein paar Wochen zurück, das schwöre ich dir.‹ Manchmal tat sie's, manchmal auch nicht. Aber früher oder später borgte sie sich wieder etwas, immer höhere Beträge. Was glaubst du denn, womit sie ihre Wohnung bezahlt hat? Doch nicht von ihrem Gehalt. Sie war kaum imstande, einen Job zu behalten.«

»Jetzt hör mal, Gail – das Mädchen hatte Probleme.«

»O ja, arme Renée!« Gail sprang auf und klopfte ihre Hose ab. »Das war einer der Gründe, weshalb Renée bei Irenes Geburtstagsparty auftauchte, falls du es nicht gewußt hast – sie wollte Mutter wieder einmal anpumpen.«

»Habt ihr euch deshalb so angebrüllt, Renée und du?«

»Wir haben uns nicht angebrüllt«, widersprach Gail. »Ich habe ihr nur gesagt, es wäre an der Zeit, daß sie endlich erwachsen würde und ihre Probleme zur Abwechslung selbst zu lösen versuchte.«

»Ich bin sicher, daß sie diesen Rat zu schätzen wußte.« Dave nahm seinen Tennisschläger aus dem Spanner und klopfte mit dem Handrücken auf die Saiten, ohne seine Frau anzusehen.

Gail sah schweigend zu, wie er den Schläger in einem Futteral verstaute und einen anderen zur Hand nahm, dessen Saiten x-förmig verzogen waren. »Ich habe außerdem beschlossen«, sagte sie, »die zweite Hypothek und unsere Schulden zu bezahlen, aber kein Geld mehr in das Geschäft zu investieren.«

Dave drehte sich abrupt um. »Wie bitte?«

»Du hast richtig gehört. Ich habe schon fast hunderttausend Dollar hineingesteckt, und was ist dabei herausgekommen? Wir stecken bis zum Hals in Schulden.«

»Halt, halt.« Dave hob abwehrend die Hand. »Darüber haben wir doch schon gesprochen, und wir waren uns einig, daß wir jemanden brauchten, der in unseren Betrieb investieren würde. Okay, jetzt können wir das selbst tun. Atlantic Marine bietet einen Hebeprahm zum Verkauf an. Wir könnten uns in die Höhe ausdehnen und auf diese Weise auch den kleineren Booten Anlegeplätze anbieten.«

»Tatsächlich? Wie simpel! Und wo bringen wir die Boote unter?«

»Wir bauen ein Bootshaus. Im Umkreis von vier Kilometern gibt es kein einziges Trockendock.«

»Dave ...«

»Nein, hör zu, ich habe mir alles überlegt ...«

»Hör lieber du mir zu. Anstatt auch noch einen Hebeprahm zu kaufen und ein Bootshaus zu bauen, sollten wir mit dem, was wir schon haben, Gewinne erzielen. Die Rimessen sind ein Witz.«

Sein Gesicht lief rot an. »Ich liebe es besonders, wenn du dich als Syndikus aufspielst. Ich zermartere mir das Gehirn, und du weißt alles besser.«

»Ich habe nicht die Absicht, mein Geld weiterhin sinnlos zu verpulvern.«

»*Dein* Geld?«

»Ja.«

Dave wühlte in seinem Werkzeugkasten herum. »Wenn du schon deiner Mutter Renées Schulden zurückzahlen willst, könntest du deine Großzügigkeit auch mir zuteil werden lassen. Ich habe Renée ebenfalls Geld geliehen.«

Nach langem Schweigen fragte Gail: »Wann?«

»Letzten Winter. Sie wollte Irene nicht wieder anpumpen, und dich konnte sie ja nicht fragen.«

»Wieviel?«

Er zuckte die Achseln. »Fünftausend.«

»Was?«

»Etwas in dieser Größenordnung. Irgendwo habe ich es mir notiert.«

»Wofür denn?«

»Möbel. Anderes Zeug für ihre Wohnung. Was weiß ich!«

»Du warst in ihrer Wohnung.« Es war keine Frage, sondern eine bestürzte Feststellung.

»Gewiß.« Er schnitt die beschädigten Saiten des Tennisschlägers ab. »Hätte ich dich um Erlaubnis fragen sollen?«

Gail starrte ihn an, und ihr fiel plötzlich ein, wie Renée sich bei Irenes Geburtstagsparty in Daves Arme geworfen hatte, wie er sie lachend geküßt und wie er bei ihrem Begräbnis geweint hatte.

»Hast du mit meiner Schwester geschlafen?«

Dave blickte von seinem Tennisschläger auf.

»Hast du mit ihr geschlafen?« wiederholte Gail lauter.

Sein Mund verzog sich zu einem leichten Lächeln, während er seine Aufmerksamkeit wieder den Saiten zuwandte. »Ich wußte, daß du eifersüchtig bist, Liebling, aber diese Unterstellung ist wirklich lächerlich.«

Sie riß ihm den Tennisschläger aus der Hand. »Sag mir die Wahrheit.«

»Verdammt, gib den Schläger her!«

»Ich will die Wahrheit hören.«

»Ich hätte sie bumsen sollen. Von dir werde ich ja nicht gerade verwöhnt.«

Gail schleuderte den Schläger quer durch die Garage. Er rutschte über die Motorhaube ihres Wagens und prallte mit lautem Knall von der Wand ab.

»Hol dich der Teufel!« Dave packte sie an den Oberarmen, wirbelte sie herum und preßte sie gegen den Spanner. Sie schrie auf, als die scharfe Ecke sich in ihren Rücken bohrte. Beide atmeten schwer. Dann machte seine Wut jähem Bedauern Platz.

»O Gail, es tut mir leid.« Er legte seine Stirn auf ihre Schulter. »Mein Gott, es tut mir wahnsinnig leid.«

Sie schlang ihre Arme um seine Taille und registrierte unwillkürlich die harte Rückenmuskulatur.

»Ich habe nicht mit ihr geschlafen«, sagte er. »So etwas würde ich nie tun.« Sie spürte seinen heißen Atem durch ihr T-Shirt hindurch. »Es tut mir leid, daß ich ihr Geld geliehen habe, aber sie brauchte es, und ich gehörte immerhin zur Familie. Wen hätte sie sonst schon bitten können?«

»Du hättest es mir sagen sollen.«

»Nein. Du wärst total ausgeflippt, so wie eben, und völlig grundlos. Ich habe dich nie betrogen. Kein einziges Mal. Und Renée – ich mochte sie einfach. Ist es ein Verbrechen, jemanden gern zu haben? Außerdem tat sie mir leid.«

»Sie hat dich ausgenutzt, Dave, begreifst du das nicht?«

Er löste sich von ihr. »Okay, sie hat Fehler gemacht. Ist *dir* nie im Leben ein Fehler unterlaufen? Ich habe nicht mit ihr geschlafen. Wir haben ein paarmal zusammen zu Mittag gegessen. Weiter nichts.«

»Zu Mittag gegessen?« Gail hatte das Gefühl, hinter einer wohlbekannten Tür ein Zimmer zu entdecken, von dessen Existenz sie nichts geahnt hatte. »Wo?«

»In Restaurants. Glaubst du, wir hätten uns in einem Hotel verabredet? Wir trafen uns normalerweise montags, es sei denn, einer von uns war aus irgendwelchen Gründen verhindert. Nichts Romantisches, keine Rosen oder Geigen. Ich habe sie einige Male zu Hause besucht und ein paar Sandwiches mitgebracht. Manchmal saßen wir auch einfach an einem Tisch im Peacock Park. Verdammt, es waren keine Rendezvous!«

»Wann hat das angefangen?«

»Das weiß ich nicht mehr. Ich glaube, wir sind uns bei der Bootsausstellung in Dinner Key Marina zufällig begegnet.«

»Das war vor fast zwei Jahren!«

Dave schwieg eine Weile. Endlich murmelte er: »Ja. Sie war damals in ziemlich mieser Verfassung. Kokainsüchtig. Außerdem trank sie zuviel. Ich habe ihr ins Gewissen geredet, sehr eindringlich. Vielleicht hat es etwas geholfen. Nach ihrem Selbstmord wage ich das nicht mehr zu beurteilen.«

»Worüber habt ihr euch unterhalten?«

»Über nichts Besonderes. Ich habe ihr von unserem Geschäft erzählt, von meinen Plänen. Wir alberten herum, erzählten einander die neuesten Witze. Einmal habe ich ihr eine Geburtstagskarte geschickt. Und ich habe ihr gesagt, sie solle sich an mich wenden, falls sie etwas brauche.«

»Hat sie dir erzählt, daß sie schwanger war?«

»Nein.« Er schüttelte den Kopf. »Das habe ich nicht gewußt.«

Gail hörte, daß vor dem Nachbarhaus ein Auto hielt. Türen wurden zugeschlagen, und ein Teenager lachte.

»Nur für den Fall, daß du das jetzt vermuten solltest – sie war nicht von mir schwanger. Wir hatten eine Abmachung getroffen – kein Sex. Wahrscheinlich hört sich das für dich verrückt an, aber so war es nun einmal. Sex hätte unsere Beziehung zerstört.«

Gail stand regungslos da, atmete schließlich tief aus, eine Art Seufzer, der in ein müdes Lachen überging. Sie verschränkte ihre Arme über der Brust und starrte den Betonboden an.

»Was ist?« fragte Dave. »Glaubst du mir nicht?«

»Doch.«

»Was hast du dann?« Er legte seine Hand auf ihre Schulter, aber sie schüttelte sie ab. »Gail?«

»Laß mich allein. Bitte.«

»Willst du die ganze Nacht hier verbringen?«

Sie wandte ihm den Rücken zu und starrte den Ventilator am Fenster an. Kurze Zeit später hörte sie, wie die Küchentür geschlossen wurde.

Vor vierzehn Jahren hatte Gail Dave in den Osterferien nach Hause eingeladen. Sie war damals eine neunzehnjährige Studentin im zweiten Studienjahr gewesen, während er das Studium schon fast abgeschlossen hatte und sich mit dem Gedanken trug, zum M. B. A. zu promovieren, weil er die Aussichten für einen Tennisprofi sehr realistisch einschätzte. Irene hatte nichts dagegen, daß er in ihrem Haus übernachtete – sie kannte seine Eltern –, aber natürlich würden Gail und er getrennte Zimmer haben. Das war Gail ganz recht, denn sie war sich nicht sicher, ob sie Dave heiraten wollte oder nicht. Er hatte ihr zwar noch keinen Antrag gemacht, aber sie wußte, daß er es bald tun würde.

Renée war fünfzehn, und sie hatte ihre blonden Haare seitlich mit einem pinkfarbenen Schmetterlingsclip zusammengefaßt. Ihre verblichenen Jeans waren so eng, daß sich alles darunter abzeichnete. Sie sagte, Dave sei eine Wucht, und sie lachte über seine Späße und machte ihm weis, sie wolle Tennis spielen lernen. Beim formellen Sonntagabendessen konnte Gail nicht umhin zu bemerken, daß Daves Blicke immer wieder zu Renée schweiften.

In jener Nacht schlich Gail sich in sein Zimmer, und am nächsten Morgen waren sie verlobt.

KAPITEL 6

Renée hatte in Coconut Grove gewohnt, in einer schmalen, von Feigenbäumen gesäumten Straße. Gail mochte die Grove nicht mehr und kam normalerweise nur mit Besuchern von auswärts hin, die diese älteste Siedlung der Gegend unbedingt sehen wollten. Für Gails Begriff war sie viel zu laut und »in« geworden, eine einzige Straßenparty mit zu vielen reichen Betrunkenen und zu vielen Sportwagen mit heruntergeklapptem Verdeck. Alle waren auf ein schnelles Vergnügen, auf Nervenkitzel aus, und dazu gehörte auch, freilich mit geschlossenem Verdeck, ein kurzer Abstecher ins Schwarzenviertel der Grove mit seinen schiefen Holzhäusern, den heruntergekommenen Bierkneipen und den Waschanstalten, wo Maschendraht vor die Fenster gespannt war.

Am Freitag nachmittag fuhr Gail kurz nach fünf den Bayshore Drive entlang, bog am Grand Bay Hotel in nördliche Richtung ab und mußte wenig später vor *Cocobay Condominium* hart auf die Bremse treten. Die Einfahrt zur Wohnanlage war wegen der mit Bougainvillea bewachsenen Mauer leicht zu übersehen. Zwei Skateboardfahrer rasten am Straßenrand vorbei, ein junges Pärchen mit grünen Knieschützern an den langen braungebrannten Beinen. Eine Schar Papageien flog aufgeschreckt auf, empört kreischend.

Renées Wohnung befand sich in einem südländisch anmutenden Gebäude mit dekorativen Markisen. Am Ende des Parkplatzes sah Gail einen weiß-grünen Transporter mit der Aufschrift *Metro-Dade Crime Scene Investigation.* Eine Limousine mit Blaulicht auf dem Dach stand auf Renées Stellplatz. Gail parkte daneben und stieg aus.

Frank Britton und zwei andere Männer – ein schnauzbärtiger Schwarzer und ein rosiger blonder Weißer – warteten im Innenhof auf sie. Britton trug ein braunes Sakko, die anderen hatten Sporthemden mit offenem Kragen an; ihre Dienstmarken waren an die Gürtel geheftet.

»Ich habe mich etwas verspätet«, entschuldigte sich Gail nach einem Blick auf ihre Uhr.

»Das macht nichts. Der Freitagsverkehr ist grauenhaft.« Britton deutete auf seine beiden Begleiter. »Officer Thomas und Officer Wooten von der Spurensicherung.«

»Guten Tag.« Gail lächelte automatisch, während sie ihren Aktenkoffer abstellte, um Renées Schlüsselbund aus der Handtasche holen zu können: fünf Schlüssel und ein goldenes »R«.

»Warten Sie einen Moment«, sagte Britton. »Ich möchte Ihnen etwas zeigen.« Er deutete auf einen roten Klebestreifen, etwa zwanzig Zentimeter lang und fünf Zentimeter breit, der in Augenhöhe diagonal von der Türfüllung zum Rahmen aufgeklebt und am Anschlag zerrissen war.

»Den habe ich an dem Tag, als Ihre Schwester gefunden wurde, angebracht. Jemand muß in der Wohnung gewesen sein.«

Gail trat dichter an den Klebestreifen heran, auf dem ein Datum – 8. März – und eine Nummer stand, daneben die mit Kugelschreiber hingekritzelten Initialen FJB. Sie erinnerte sich plötzlich wieder. »Ja, ich bin ein paar Tage vor dem Begräbnis hergekommen, um ein Kleid für die Tote zu holen. Ich bin sicher, daß alles in Ordnung ist. Jedenfalls habe ich die Schlüssel seitdem nicht aus der Hand gegeben.«

»Ms. Connor, Sie hätten uns anrufen sollen«, tadelte Britton. »Auf dem Streifen steht doch ausdrücklich: ›Beweismaterial. Nicht öffnen.‹«

Gail warf ihm einen leicht gereizten Blick zu. »Nun, ich habe dieses Ding einfach übersehen. Es war Abend, und ich hatte nur den einen Wunsch, die Sache möglichst schnell hinter mich zu bringen. Ich bin sofort nach oben gegangen und dürfte kaum mehr als fünf Minuten in der Wohnung verbracht haben.«

»Und seitdem waren Sie nicht mehr hier?«

»Nein.«

»Sie haben nur ein Kleid mitgenommen?«

»Ja, Sergeant, ein hellblaues Leinenkleid. Ach ja, und dazu passende Schuhe.«

»Okay.« Er deutete auf die Tür. »Schließen Sie auf.«

Es waren zwei Schlösser, das übliche im Türbeschlag aus Messing und darüber ein Sicherheitsschloß. Gail stieß die Tür auf und trat beiseite. Thomas und Wooten gingen mit ihren Taschen als erste hinein, doch Britton ließ Gail den Vortritt.

Einer der Männer von der Spurensicherung drückte auf einen Lichtschalter, und die hinter Blenden verborgenen Lampen erhellten den Flur, der geradeaus in den Wohnbereich überging, während eine Tür auf der rechten Seite in die Küche führte. Im oberen Stockwerk gab es zwei Schlafzimmer. Es roch muffig. Die Luft war drückend, und Gail schauderte trotz der Hitze.

Der blonde Beamte – Wooten – schlug vor: »Schalten wir die Aircondition ein« und suchte nach dem Thermostaten. Der Schwarze spähte die Treppe hinauf, einen Kaugummi zwischen den Vorderzähnen.

»Nehmt euch als erstes die Küche vor«, wies Britton die beiden Männer an, die sich sofort an die Arbeit machten mit präzisen, geübten Bewegungen. Gail dachte, daß sie wohl möglichst schnell fertig werden wollten, um anschließend ein Bier zu trinken. Sie folgte Britton in den Wohnraum.

Ein Tisch mit Glasplatte und sechs Stühle bildeten den Eßbereich. Am anderen Ende des großen Zimmers stand ein weißes L-förmiges Sofa, und die Eichenregale der Schrankwand waren mit allen möglichen elektronischen

Unterhaltungsgeräten und einem Farbfernseher gefüllt. Auf einem Beistelltisch prangte ein pinkfarbenes Neontelefon. An den Wänden hatte Renée ungerahmte Reiseposter aufgehängt – die Rocky Mountains, Paris, Jamaika.

Gail hob ihre Haare im Nacken an. Eine angenehme Brise kam vom Ventilator. Sie stellte ihren Aktenkoffer auf den Eßtisch. »Was glauben Sie, wie lange das hier dauern wird?«

»Nicht allzu lange.« Britton hängte sein Sakko über eine Stuhllehne. Gail hatte damit gerechnet, eine Pistole im Halfter zu sehen zu bekommen, aber er trug nur ein gestreiftes beiges Hemd und einen braunen Gürtel. »Nehmen Sie doch Platz.« Er rückte ihr einen Stuhl zurecht. »Während Sie warten, können Sie mir von Ihrer Schwester erzählen.«

Gail holte Kugelschreiber und Notizblock aus ihrem Aktenkoffer, um jene Liste der Einrichtungsgegenstände zu erstellen, um die Ben sie gebeten hatte. »Ich glaube kaum, daß ich Ihnen viel helfen kann«, sagte sie. »Renée und ich, wir haben uns seit Jahren nicht mehr regelmäßig gesehen.«

Britton ging zur Schrankwand hinüber und zog Schubladen auf. »Warum? Sind Sie nicht miteinander ausgekommen?«

»So könnte man es wahrscheinlich ausdrücken.« Als er ihr einen forschenden Blick zuwarf, fügte sie achselzuckend hinzu: »So was kommt eben vor.«

Er öffnete die Schublade unter dem Fernseher. CDs, kunterbunt hineingeworfen. Videokassetten. Gail konnte einige Titel lesen: Erotika. Seltsamerweise war ihr das peinlich, fast so, als würde Britton Renées Unterwäsche durchwühlen.

Er schloß die Schublade und öffnete eine andere. »Kennen Sie Renées Freunde?«

»Nein, tut mir leid. Sie hat bei einer Grundstückstitelversicherungsgesellschaft gearbeitet, *Vista* heißt sie, glaube ich, irgendwo in Coral Gables. Vielleicht kann Ihnen dort jemand weiterhelfen.«

Während er den Raum durchsuchte, hielt Gail nach der

Rehmaske Ausschau, die Jimmy Panther beschrieben hatte. Sie war nirgends zu sehen. Unter dem Beistelltisch fiel ihr ein Paar Schuhe auf, türkisfarbene weiche Mokassins mit Schleifen, offenbar achtlos von den Füßen gestreift und einfach liegengelassen. Renée hatte kleine weiße Füße mit hohem Spann gehabt. Ein Bild stieg vor Gails geistigem Auge auf: Renée im Bikini auf der Gartenmauer am Meer, Wattebällchen zwischen den Zehen, damit beschäftigt, ihre Fußnägel zu lackieren.

Britton ging langsam von einem Ende der Regale zum anderen und las mit schiefem Kopf die Titel einiger Unterhaltungsromane. Das Licht, das zwischen den vertikalen Sonnenblenden einfiel, spiegelte sich in seinen Brillengläsern.

»Ihre Mutter meint, daß Renée nicht besonders deprimiert gewirkt hat«, sagte er plötzlich.

»Es fällt meiner Mutter sehr schwer zu akzeptieren, was geschehen ist, Sergeant. Deshalb hat sie Sie auch um diese Ermittlung gebeten.« Gail schob den Kugelschreiber in ihre Jackentasche, setzte sich endlich und schlug die Beine übereinander.

Britton schob einen vertrockneten Farn beiseite, rückte den Topf aber gleich wieder an die richtige Stelle. Gail nahm sich vor, die Pflanzen auf den Hof hinauszustellen, damit sie etwas Regen abbekamen.

»Ich kann ihre Gefühle gut verstehen. Schrecklich, ein Kind auf diese Weise zu verlieren. Ihre Mutter ist eine großartige Frau. Es tut mir wirklich leid, daß Sie beide das durchmachen mußten.«

»Danke.« Gail wunderte sich, daß er bei seinem Beruf noch immer so unschuldige blaue Augen hatte. Sie lächelte ihm freundlich zu.

Britton hob eine aufgeschlagene Zeitschrift – *Cosmopolitan* – vom Tisch auf. »Ich habe mich heute morgen mit ihr unterhalten. Sie rief mich an und sagte, wir sollten uns die Mühe einer Durchsuchung ersparen, sie bedaure, unnötigen Wirbel verursacht zu haben. Sie sagte, Sie hätten sie um diesen Anruf gebeten.«

»Das nicht gerade, aber ich habe es ihr vorgeschlagen.«

»Warum?«

»Weil das alles so völlig überflüssig ist.«

»Das lassen Sie mal meine Sorge sein.« Er erwiderte Gails Lächeln.

»Ich wollte nicht unhöflich sein«, sagte Gail. »Ich weiß, daß Sie Ihren Job tun müssen.«

Aus der Küche waren leise Männerstimmen zu hören. Ein Lachen. Schubladen wurden geöffnet und geschlossen.

Sie stand auf. »Sergeant Britton, während ich hier bin, muß ich eine Aufstellung von Renées Sachen machen und nach ihren Kontoauszügen, Sparbüchern und ähnlichem Zeug suchen.« Sein fragender Blick veranlaßte sie hinzuzufügen: »Ich bin die Nachlaßverwalterin.«

»Sagten Sie neulich nicht, Ihre Mutter sei die Nachlaßverwalterin?«

»Wir hielten es dann doch für vernünftiger, daß ich diese Aufgabe übernehme.« Gail griff nach ihrem Aktenkoffer. »Ich bin oben.«

»Bleiben Sie bitte hier, wenn es Ihnen nichts ausmacht.«

»Es macht mir aber etwas aus.« Gail schaute auf ihre Uhr. »Meine Tochter wartet zu Hause auf mich.«

»Bleiben Sie hier, Ms. Connor. Bitte.«

»Ich nehme bestimmt nichts mit, ohne Ihnen zuvor Gelegenheit gegeben zu haben, einen Blick darauf zu werfen.«

Er nickte. »Darauf lege ich tatsächlich größten Wert.«

Nach sekundenlangem Zögern stellte Gail ihren Aktenkoffer wieder auf den Tisch. Britton ging zur Küchentür. »Seid ihr da drin fertig?«

Gail sah, daß der Schwarze eine Plastiktüte hochhielt, in der sich ein Cocktailglas befand. »Wir nehmen einige davon ins Labor mit, wegen der Fingerabdrücke. Möbel und Geräte haben wir bestäubt. Nichts Besonderes im Mülleimer.«

»In Ordnung.«

Die beiden Beamten gingen mit ihren Taschen die Treppe hinauf. Gail folgte Britton in die Küche. »Sergeant, könnten wir uns jetzt vielleicht Renées Papiere ansehen?« fragte sie ungeduldig. »Dann könnte ich nämlich nach Hause fahren, und Sie schließen hier ab, wenn Sie fertig sind.«

Er drehte sich um. »Ich weiß, daß Sie eine sehr beschäftigte Dame sind, aber Sie werden mit uns hier ausharren müssen.« Er deutete auf einen kleinen Tisch am Fenster.

Gail setzte sich. Eine halbvolle Tasse Suppe, von Schimmel überzogen, stand auf einem Teller, neben Resten von Kartoffelchips. Sie schob ihn angewidert beiseite. Über ihrem Kopf hallten Schritte, und gedämpfte Stimmen waren zu hören. Britton öffnete rasch eine Schublade nach der anderen, so daß der Inhalt klirrte und klapperte. Die hellgrauen Kunststoffschränke waren um die Griffe herum schmutzig. Gail wunderte sich über die Spuren von schwarzem Puder, bis ihr einfiel, daß Thomas und Wooten nach Fingerabdrücken gesucht hatten.

Sie kritzelte in ihren Notizblock: Küchentisch, vier Stühle, verschiedene Elektrogeräte, ein Uhrenradio, Töpfe, Pfannen etc.

Als Britton den Kühlschrank öffnete, sah Gail im Türfach die üblichen Flaschen und Gläser mit Gewürzsaucen. Ansonsten enthielt er Pakete mit chinesischen Gerichten, mehrere angebrochene Flaschen Wein, Reste in Plastiktüten. Britton holte zwei dicke Steaks in Folienverpackung heraus und hielt sie ans Licht.

»Sie können sie gern mitnehmen, Sergeant«, sagte Gail, »aber wahrscheinlich sind sie verdorben.«

Er lachte. »Nein, ich habe mir nur das Verfallsdatum angesehen.« Er zeigte ihr das Etikett. »Zehnter März. Wenn man einige Tage zurückrechnet, könnte Renée sie am siebten gekauft haben.«

»Ist das wichtig?«

»Nicht besonders.« Er legte das Paket in den Kühlschrank zurück und schloß die Tür.

»Wahrscheinlich fragen Sie sich, warum Renée an dem Tag, als sie den Entschluß zum Selbstmord faßte, über zwölf Dollar für Filets ausgegeben hat. Aber sie war sehr impulsiv, dachte selten voraus.«

Britton betrachtete Gail eindringlich. »Sie hat zwei gekauft. Filets halten sich nicht lange, und sie war eine winzige Person. Wissen Sie, für wen das zweite bestimmt war?«

Nun ja, dachte Gail, vielleicht wollte sie meinen Mann am Montag zum Mittagessen einladen. »Ich habe keine Ahnung«, sagte sie statt dessen.

»Sie wissen auch nicht, wer ihr Geliebter war? Dem Autopsiebefund nach war sie schwanger.«

Gail hatte den Eindruck, als wollte er feststellen, ob das für sie eine Neuigkeit war. »Das wurde mir berichtet. Aber ich weiß wirklich nicht, mit wem sie befreundet war.«

»War Renée der Typ Mensch, der ein Tagebuch führt?«

»Als Teenager hat sie es nie getan.«

Britton stand eine Weile schweigend da, an die Anrichte gelehnt. In seiner Brille spiegelten sich winzige Fenster.

Die Fettspritzer über dem Herd hatten ein seltsames Muster, und Gail fiel plötzlich ein, daß sie es schon einmal gesehen hatte. Bevor sie das Kleid holte, war sie kurz in der Küche gewesen, neugierig gemacht durch den Gestank nach Abfällen und die leise Rap-Musik aus dem Radio auf der Anrichte. Sie hatte sich flüchtig umgesehen, hatte eine eigenartige Befriedigung beim Anblick der Unordnung verspürt und dann das Radio abgeschaltet.

Sie stand auf. »Darf ich mal einen Blick in die Schränke werfen? Ich suche eine Indianermaske aus gebranntem Ton. Ein Freund von Renée hatte sie ihr geliehen und möchte sie jetzt zurückhaben.«

»Natürlich, suchen Sie ruhig.« Er trat beiseite, und Gail öffnete die Türen der Anrichte. »Ich dachte, daß Sie keinen der Freunde Ihrer Schwester kennen.«

»Dieser Mann hat mich aufgesucht.« Gail bückte sich und spähte unter die Spüle. »Sein Name ist Jimmy Panther. Ein Miccosukee-Indianer.« Sie schaute in die übrigen Schränke. Von einer Rehmaske keine Spur.

»Wie gut hat er Renée gekannt?« fragte Britton.

»Das müßten Sie ihn schon selbst fragen. Übrigens muß sein Name irgendwo in Ihren Akten stehen. Er hat nämlich ihre Leiche gefunden.«

»Tatsächlich?« Britton deutete auf die Küchentür. »Wollen Sie sich jetzt um die Papiere kümmern?«

Sie ging vor ihm die Treppe hinauf. Aus Renées Schlafzimmer kamen Stimmen. Gails Schritte wurden langsamer. Sie kam sich wie ein unbefugter Eindringling vor, während sie den Korridor entlangging und in der offenen Tür stehenblieb.

Als sie neulich abends hiergewesen war, hatte ihre Aufmerksamkeit eigentlich nur dem Einbauschrank gegolten, aber unwillkürlich waren ihr doch einige Dinge aufgefallen. Ein Spitzen-BH und ein Slip auf dem Boden, ein Satinbody achtlos über einen Stuhl geworfen, mehrere Spiegel, ungemachtes Bett, zu viele Kissen, pink und schwarz. Parfumduft. Iris in einer großen Kristallvase.

Jetzt sah sie, daß das Wasser in der Vase grünlich und trüb war. Ein übler Geruch erfüllte den Raum. Thomas beugte sich über Renées Toilettentisch und bürstete mit einem weichen Pinsel Puder ab.

Wooten stand mit dem Rücken zur Tür vor einem Nachttisch, hatte Latexhandschuhe an und warf den Schubladeninhalt aufs Bett. Eine schwarze Seidenschnur ringelte sich auf den Laken, die mit pink- und purpurfarbenen Orchideen gemustert waren. Tuben und Tiegel lagen zwischen den Blumen.

Wooten öffnete die nächste Schublade. Gail konnte nicht sehen, was er hervorholte, hörte ihn aber lachen. »He, schau dir nur mal die Größe dieses Dings an! Das Mädchen hat sich's gutgehen lassen.«

Thomas drehte sich um und grinste breit, bis sein Blick zufällig auf die Tür fiel. Nun bemerkte auch Wooten, daß Gail im Türrahmen stand. Hastig beförderte er den Plastikphallus in die Schublade zurück. »Entschuldigung«, murmelte er verlegen.

Gail trat mit gesenkten Augen den Rückzug an.

»Nehmen Sie's den Jungs nicht übel«, sagte Britton leise. »Sie haben es nicht böse gemeint.«

»Ich bin nicht schockiert.« Gail ging hinter ihm den Korridor entlang. »Nichts, was Sie hier finden, kann mich überraschen.«

Im nächsten Moment bereute sie ihre Antwort. Zum einen hatte sie demonstrieren wollen, daß sie nicht prüde war, zum anderen hatte sie sich deutlich von Renée distanzieren wollen – eine Mischung aus Feigheit und Illoyalität. Gleich darauf sagte sie sich aber, daß es ihr eigentlich völlig egal sein sollte, was er denken mochte.

Das kleinere Schlafzimmer war mit einer Bettcouch und einem Sammelsurium anderer Möbelstücke eingerichtet. Gail erkannte einen mit Chintz bezogenen Lehnstuhl wieder, der ihrer Großmutter gehört hatte. Am Fenster stand ein Schreibtisch mit Stuhl, an der gegenüberliegenden Wand ein Bücherregal. Sie notierte alles auf ihrem Block, während Britton die Schreibtischlampe einschaltete und die Schubladen durchzusehen begann.

Gail öffnete den Schrank. Kleider hingen dicht an dicht, darunter standen Schuhkartons. Auf dem oberen Fach entdeckte sie eine etwa dreißig Zentimeter lange und fast genauso breite Schachtel. Sie holte sie herunter, stellte sie auf die Couch und las den Versandaufkleber. Eine Firma in Kalifornien, die Geschenkartikel herstellte, hatte die Schachtel an Trail Indian Gifts geschickt, unter Angabe einer Schließfachnummer in Miami. Gail nahm den Deckel ab, entfernte eine weiche Plastikhülle und betrachtete die Rehmaske.

»Was haben Sie gefunden?« Britton stand schon hinter ihr, als sie sich mit der Maske in der Hand umdrehte. »Sieht komisch aus«, kommentierte er. »Ist es das, wonach Sie im Auftrag des Indianers gesucht haben?«

»Ich nehm's an.« Gail zeigte ihm die lange dreieckige Maske. Große Ohren – eines war abgebrochen – standen nach außen ab. Die leicht schrägen Augen waren von zarten Schlangenlinien umgeben. Die Stirn war mit einem Basrelief – einem Halbmond – verziert. Reste von Farbe –

die Maske war offenbar ursprünglich rot gewesen – bröckelten von der Oberfläche ab.

»Wenn Sie nichts dagegen haben, würde ich sie gern mitnehmen.«

»Keine Einwände.«

Während sie die Maske wieder in der Schachtel verstaute, kehrte Britton zum Schreibtisch zurück. »Jede Menge Zeug«, stellte er fest. »Wissen Sie was? Sie notieren sich erst mal alles, was Sie an Informationen benötigen – Banken, Kontonummern etc. Ich nehme den ganzen Papierkram mit, schaue mir im Büro alles in Ruhe an und bringe es Ihnen zurück. Was halten Sie davon? Es würde Ihnen Zeit sparen.«

»Sie haben hier das Sagen.«

Britton nahm einen unlinierten Schreibblock vom Schreibtisch, hielt ihn schräg ins Licht und legte ihn zur Seite. Als er Gails erstaunten Blick bemerkte, erklärte er: »Die Jungs im Labor können feststellen, was auf den vorherigen vier oder fünf Bogen geschrieben stand.«

Gail lächelte. »Ich kann einfach nicht glauben, daß Sie das alles machen.«

»Setzen Sie sich.« Britton rückte ihr den Schreibtischstuhl zurecht, schob sich den Lehnstuhl heran und nahm auf der Kante Platz, wobei sich ein Hosenbein etwas nach oben verschob, so daß das schwarze Halfter hervorlugte, das an seinem Knöchel festgeschnallt war. Er öffnete die oberste Schublade und zog eine Handvoll Papiere heraus.

Gail konnte ihren Blick nur mühsam von der Pistole losreißen.

Er schaute einen Stapel Rechnungen durch. »Wie ich Ihnen schon neulich in Ihrem Büro gesagt habe, würden wir keine Ermittlungen anstellen, wenn Ihre Mutter nicht so verstört gewesen wäre. Verstörte Angehörige sind bei einem Selbstmord keine Seltenheit. Manchmal brauchen solche Leute einfach irgendeinen emotionalen Halt, und deshalb bitten sie uns zu überprüfen, ob es nicht auch etwas anderes gewesen sein könnte.«

»Sie machen sich einen Haufen Arbeit, nur damit meine Mutter sich etwas besser fühlt.« Gail öffnete das Scheckheft, das er ihr gegeben hatte. Schecks waren eingetragen, nicht aber Saldo. Renées Buchführung war offenbar genauso chaotisch wie ihr Haushalt gewesen. Gail notierte sich den Namen der Bank und die Kontonummer.

Britton balancierte die zweite Schublade auf seinen Knien und kramte in losen Kontoauszügen. »Einige Dinge haben mich etwas stutzig gemacht«, berichtete er. »Auf dem Parkplatz, beispielsweise. Renées Handtasche lag auf dem Sitz, und die Wagentür war abgeschlossen. Würden Sie Ihre Handtasche so liegenlassen?«

»Manchmal tu' ich's«, gestand Gail.

»Meine Frau auch, und sie schlägt meine Warnungen, wie gefährlich so was in Miami ist, mit dem Argument in den Wind, sie komme ja gleich zurück.« Er schob die zweite Schublade in den Schreibtisch zurück und öffnete die letzte. »Außerdem macht mir die Rasierklinge ziemlich zu schaffen. Wir haben sie etwa zweieinhalb Meter vom Ende des Pfades entfernt gefunden, in dreißig Zentimeter tiefem Wasser. Der Boden ist dort sehr weich, der Polizist hatte einfach Glück.« Er sah Gail an und fügte erläuternd hinzu: »Wir versuchen immer, das Tatinstrument zu finden, um zu überprüfen, ob es mit der Wunde übereinstimmt.«

Gail nickte, eifrig bemüht, keine Gefühlsregung zu zeigen. Bisher hatte sie über den Ablauf des Geschehens nicht nachgedacht. Daß Renée tot aufgefunden worden war, genügte ihr vollkommen; an grausigen Einzelheiten war sie nicht interessiert.

Britton fuhr fort: »Es war eine funkelnagelneue Rasierklinge, kein bißchen rostig. Keine Fingerabdrücke, aber das ist nicht verwunderlich. Das Problem besteht vielmehr darin, daß ein Mensch, der sich selbst umbringt, die Tatwaffe normalerweise nicht zweieinhalb Meter von sich schleudert.«

»Nein?« Gail behielt eine sachlich interessierte Miene, obwohl sie eine Gänsehaut bekommen hatte.

»Nein, man läßt sie einfach fallen.« Britton imitierte die Bewegung mit gespreizten Fingern. »So …«

Das alles ist ein Spiel für ihn, dachte Gail. Ein Puzzle, das man zusammenfügen kann, auch wenn man von vornherein weiß, welches Gesamtbild sich zum Schluß ergibt. Während sie die Nummern von Renées Kreditkarten notierte, fragte sie: »Sergeant Britton, haben Sie jemals erlebt … wie lange sind Sie schon beim Morddezernat?«

»Acht Jahre. Sie meinen, ob ich jemals erlebt habe, daß aufgeschnittene Pulsadern etwas anderes als Selbstmord waren?«

»Ja.«

Er nickte. »Doch, so etwas kommt durchaus vor. Wir hatten da so einen Fall: Ein Mann wollte uns weismachen, seine Frau hätte sich umgebracht. Die Schnitte verliefen jedoch in der falschen Richtung.« Britton streckte die linke Hand aus und fuhr mit einem Finger von rechts nach links über das Gelenk. »Das gibt es einfach nicht, es sei denn, man benutzt ein elektrisches Brotschneidegerät oder so was Ähnliches.«

Gails Atem stockte unwillkürlich.

»Außerdem schneiden Selbstmörder im allgemeinen zunächst nicht tief genug«, führte er weiter aus. »Einer hatte mehr als fünfzig leichte Schnittwunden an den Handgelenken. Aber bei Ihrer Schwester konnte der Gerichtsmediziner keine Spuren eines Zögerns entdecken. Beide Handgelenke waren bis zum Knochen sauber durchtrennt, mit ein, zwei Schnitten.«

Gail schloß die Augen.

»Entschuldigung.« Britton legte ihr eine Hand auf den Arm. »Ich hätte es wissen müssen.«

Sie atmete tief durch und schob die Papiere beiseite. »Ich kann das auch später erledigen. Wir können sowieso nichts unternehmen, bevor wir die Sterbeurkunde haben.«

Britton setzte eine bedauernde Miene auf. »Ich könnte Ihnen eine vorläufige Sterbeurkunde besorgen, wie wäre das? Darauf steht dann die Todesursache, aber nicht die Todesart. Die muß ich im Augenblick noch offenlassen.«

Gail zwang sich ein Lächeln ab. »Ich verstehe den Unterschied nicht.«

»Nein? Renée ist verblutet. Das ist die Todesursache.« Langsam, so als sei er sich nicht ganz sicher, wieviel Gail noch verkraften konnte, fuhr er fort: »Es gibt sehr viele Todesursachen, aber nur vier Todesarten. Ein natürlicher Tod, beispielsweise an Krebs. Oder man kommt bei einem Unfall ums Leben. Oder Selbstmord. Oder aber Mord.«

»Ich verstehe.«

Er nahm ihr sanft die Papiere aus der Hand. »Sie haben keinen Abschiedsbrief von Renée bekommen? Und Sie haben, als Sie neulich hier waren, auch keine Nachricht gefunden, die wir möglicherweise übersehen hatten?«

»Nein, wie schon gesagt – ich habe nur schnell das Kleid geholt. Ich wollte mich nicht lange hier aufhalten.«

»Das kann ich gut verstehen. Und Sie haben die Schlüssel niemandem geliehen?«

»Nein.«

»Kennen Sie jemanden, der einen Grund gehabt hätte, Ihre Schwester zu töten?«

»Nein.«

Er beugte sich vor, die Ellbogen auf die Knie gestützt. »Besaß sie außer dieser Wohnung etwas von besonderem Wert?«

Gail schüttelte den Kopf.

»Hatte sie ein Testament gemacht?«

»Ich glaube kaum.«

»Die meisten jungen Leute denken nicht daran«, seufzte er.

»Haben Sie das alles nicht schon mit meiner Mutter besprochen?«

»Doch, aber ich könnte ja etwas übersehen haben. Tut mir leid, daß ich Ihnen soviel Fragen stellen muß. Ich weiß, daß Sie es eilig haben, nach Hause zu kommen, zu Ihrer Familie.«

»Ob Sie's glauben oder nicht« – Gail lachte nervös –, »nicht einmal ich habe ein Testament gemacht, und ich bin Anwältin.«

Er lächelte ihr zu. »Hatte Renée eine Lebensversicherung abgeschlossen?«

»Nein. Es gab niemanden, dem sie etwas hätte zukommen lassen wollen.«

»Glauben Sie, daß sie wegen des Babys verzweifelt war? Ich meine – als unverheiratete Frau und all so was.«

»Das bezweifle ich.«

»Warum?«

»Renée hatte schon zwei Abtreibungen hinter sich, die erste mit sechzehn. Sie bat mich damals, sie zu begleiten, und ich habe auch bezahlt – von meinen Ersparnissen.«

»Und das zweite Mal?«

»Das war ... Renée war fünfundzwanzig.« Renée hatte sie wieder um Hilfe gebeten, aber sie hatte sich geweigert. »Einige Monate später hat sie den ersten Selbstmordversuch unternommen. Wir – meine Mutter und ich – ließen sie in ein psychiatrisches Krankenhaus einweisen.«

»Wie lange war sie dort?«

»Ein paar Wochen, und im Anschluß daran wurde sie monatelang ambulant behandelt.«

Die beiden Männer von der Spurensicherung unterhielten sich im Bad. Einer betätigte die Toilettenspülung. Das Arzneimittelschränkchen wurde geöffnet; die quietschenden Türen hätten dringend geölt werden müssen.

Gail strich sich die Haare aus der Stirn.

»Sind Sie soweit okay?« fragte Britton besorgt.

»Ja.« Sie lachte. »Vielmehr – nein. Wir hatten einen Streit, als ich sie zuletzt sah. Wir haben uns gründlich die Meinung gesagt. Das geht mir jetzt dauernd im Kopf herum.«

Er tätschelte ihre Hand. »Nein, wegen eines Streits begeht niemand Selbstmord.«

»Sergeant, wir sind fertig.« Der Schwarze stand auf der Schwelle. »Oder haben Sie sonst noch etwas für uns zu tun?«

»Nein, wir nehmen nur diesen ganzen Papierkram mit.

Packt ihn ein, und ich stelle eine Empfangsbestätigung für Ms. Connor aus.«

Gail stand auf. »Ich bin im Bad – wenn das erlaubt ist.«

»Aber selbstverständlich.«

Sie schloß hinter sich die Tür und putzte sich mit Toilettenpapier die Nase. Gott sei Dank hatte sie nicht geweint. Sie haßte es, vor Fremden die Fassung zu verlieren. Ein Blick in den Spiegel bewies ihr, daß ihrem Gesicht keine Gemütsbewegung anzumerken war. Sie zupfte ihre Frisur zurecht.

Weil sie nicht ins Gästezimmer zurückkehren wollte, begab sie sich in Renées Schlafzimmer. Einen guten Vorwand hatte sie ja: Sie mußte aufschreiben, was an Möbeln und Kleidungsstücken vorhanden war.

Auf dem Bett lag nichts mehr herum – als Konzession an das Schicklichkeitsgefühl der Verwandten hatten die beiden Beamten offenbar alles wieder im Nachttisch verstaut.

Langsam ließ Gail ihren Blick durch den Raum schweifen, fasziniert und abgestoßen zugleich. Die Farben und Stoffe ließen auf hemmungslosen Sex schließen. Über dem verwühlten Bett mit den vielen dicken Kissen hing ein riesiger Druck, ein Gemälde von Georgia O'Keeffe: eine offene Orchidee mit weichen zerknitterten Blütenblättern.

Die Sonne war weiter nach Westen gewandert, fiel durch die Blenden am Doppelfenster und zauberte schräge Streifen auf den dicken pinkfarbenen Teppich. Die Kristallvase auf dem Toilettentisch warf Lichtsplitter in den Raum.

Gail setzte sich an den Toilettentisch und bewegte die Vase hin und her. Regenbogen huschten über die Wände.

Einige Monate vor dem Tod ihres Vaters las Gail in Renées Zimmer, während Renée mit ihren Barbiepuppen spielte. Buch und Puppen wurden aber bald weggelegt, weil die Erwachsenen laut stritten. Die Mädchen hörten die schrille Stimme ihrer Mutter und die wütenden Antworten ihres Vaters. Eine Tür wurde zugeschlagen, geöffnet, wieder zugeschlagen. Renée machte große Augen, schlang ihre Arme um die Knie und schaukelte vor und zurück, das Gesicht vor Aufregung leicht gerötet.

Dann war aus dem Wohnzimmer lautes Klirren zu hören, mehrmals hintereinander. Die Haustür wurde zugeschmettert, und das Auto ihres Vaters brauste die Auffahrt hinab.

Sie schlichen auf Zehenspitzen ins Wohnzimmer. Irene stand mitten im Raum. Das Kristall aus ihrer Etagere – Schalen, Vasen, Briefbeschwerer – lag in Scherben vor dem Kamin. Gail rannte weinend auf ihre Mutter zu. Unter Renées Sandalen knirschte es auf dem Teppich. Diamanten, rief sie begeistert. Überall Diamanten!

Gail drehte die Vase auf dem Toilettentisch hin und her und beobachtete, wie das Licht vom grünlichen Wasser reflektiert wurde. Renée hatte die Lichtreflexe an der Decke bestaunt, die den Raum mit winzigen Regenbogen füllten. Gail hatte Angst gehabt, aber nicht wegen der Glasscherben. Ihr Vater war erst nach Mitternacht nach Hause gekommen, und sie hatte gehört, wie die Schlafzimmertür geöffnet und geschlossen wurde. Dann gedämpfte Stimmen und das heisere Lachen ihrer Mutter. Gail hatte sich mit dem Kissen die Ohren zugehalten.

Jemand klopfte an die offene Tür. Britton betrat das Schlafzimmer und legte eine Empfangsbestätigung auf den Toilettentisch. »Wir sind jetzt fertig. Kommen Sie mit und schließen ab?«

Sie stand auf. »Ich würde gern noch etwas hierbleiben.«

»Kein Problem.« Er betrachtete sie sekundenlang, bevor er sagte: »Ich rufe Sie an, sobald ich Ihnen Renées Papiere zurückgeben kann.«

Nachdem die drei Männer gegangen waren, schloß Gail die Sonnenblenden. Sie wollte hier etwas Ordnung schaffen, damit Irene das alles nicht zu sehen brauchte. Vor allem würde sie die welken Blumen wegwerfen und den Nachttisch leeren.

Kapitel 7

Paul Robineau, der leitende Geschäftsführer, hatte am Mittwochmittag alle Anwälte der Kanzlei zu einem kalten Büfett in den großen Konferenzsaal gebeten. Die zuerst kamen, fanden am langen Mahagonitisch Platz. Andere, darunter auch Gail, mußten mit Stühlen an den Wänden vorliebnehmen und ihre Teller auf den Knien balancieren.

Es hatte geheißen, daß man über die Zusammenarbeit von Anwälten und sonstigen Mitarbeitern bei der Ausstellung von Rechnungen sprechen wolle, aber Gail stellte rasch fest, daß es in Wirklichkeit darum ging, den Firmenangehörigen zu erklären, warum kein neues Computersystem angeschafft werden konnte. Genauer gesagt, warum das Budget-Komitee überall das Skalpell ansetzte. Das vergangene Jahr war für Hartwell Black & Robineau nicht gut gelaufen. Daß auch alle anderen Anwaltsfirmen Probleme hatten, konnte die Stimmung nicht heben. Gail sah überall um sich herum nur grimmige Gesichter.

Während sie an der Kruste ihrer winzigen Quiche nagte, fragte sie sich, was das ganze Essen gekostet haben mochte, und dann überlegte sie, was an diesem Tag noch alles anstand: Einige Dokumente mußten überprüft, Telefonate erledigt und ein Vernehmungsprotokoll durchgesehen werden. Und dann war da noch Anthony Quintana. Er wollte um zwei Uhr herkommen, um über den Fall Darden zu sprechen. Gail wußte nicht so recht, was sie ihm sagen sollte. Vielleicht sollte sie sich ihm einfach zu Füßen werfen, auf seine teuren italienischen Schuhe, und um Gnade winseln.

Als die Besprechung zu Ende war, schob sie ihren Stuhl zurück und ging auf die Tür zu, wo der Butler und eine Frau mit gestärkter Schürze schon darauf warteten, aufräumen zu können. Inmitten der Menge, die aus dem Raum strömte, entdeckte sie Lawrence Blacks Sekretärin, die ihr durch Zeichen zu verstehen gab, daß sie auf dem Korridor warten würde.

»Mr. Black fragt, ob Sie kurz raufkommen könnten«, berichtete die Sekretärin gleich darauf.

»Er muß gleich zum Flughafen, deshalb sollten Sie sich beeilen.«

Auf der Treppe zur obersten Etage ging Gail hinter Maxine Canady her, die früher Redakteurin bei der *Harvard Law Review* gewesen war und es jetzt als Spezialistin für Steuerrecht zur Partnerin in der Anwaltsfirma Hartwell Black & Robineau gebracht hatte. Maxine war nicht bei der Besprechung gewesen. Sie konnte sich so etwas gelegentlich leisten. Ihr strenges Kostüm und die schwarzen Pumps waren das ideale Outfit für Diskussionen über Steuergesetze.

Maxine warf einen Blick über ihr Schulterpolster, lächelte und blieb stehen, um auf Gail zu warten. »Gerade habe ich an dich gedacht«, sagte sie. »Louis und ich haben beschlossen, unser Boot in Zahlung zu geben.«

»Den morschen alten Kahn? Gute Idee.« Gail kannte das Boot – eine Zwölf-Meter-Jacht mit Aircondition.

Maxine lachte über den Scherz. »Na ja, Louis will ein Boot, mit dem er nächsten Winter in die Karibik schippern kann. Die Kinder sollen mit. Meiner Vorstellung vom Paradies entspricht es nicht, zwischen den Inseln herumzugondeln, auch nicht, wenn ich Zeit hätte, aber er hat nun mal sein ganzes Herz daran gehängt.«

»Männer!« kommentierte Gail.

»Glaubst du, daß Dave ihm einen Rat geben könnte? Wir hätten gern ein gutes gebrauchtes Boot, wenn wir so was finden. Ein neues können wir uns beim besten Willen nicht leisten.«

Arme Maxine, dachte Gail. Sollten tatsächlich auch für sie schwere Zeiten anbrechen? »Ich sage Dave, daß er euch anrufen soll. Vielleicht könntet ihr eure Jacht einfach für längere Fahrten umrüsten lassen.«

»Gute Idee. Schau doch nächste Woche mittags mal bei mir rein, dann gehen wir zusammen essen.«

Gail blickte Maxine nach, die in ihr Büro eilte. Na, so was, ein Mittagessen mit Maxine Canady. Diese Frau lud im allgemeinen keine normalen Mitarbeiter ein. Gails Stimmung hob sich etwas.

Sie klopfte an Larrys offene Tür und trat ein.

Larry hatte ein atemberaubendes Büro, fünfunddreißig Quadratmeter, ausgestattet mit dicken Teppichen und antiken Möbeln. An den Wänden hingen einige kubistische Gemälde, Werke minderer, aber durchaus respektabler französischer Künstler, die Larrys Großvater, Reginald Black, in den vierziger Jahren erworben hatte. An der Fensterfront stand ein Teleskop, weil Larry es liebte, die Passagierdampfer beim Auslaufen aus dem Hafen zu beobachten. Dieses Büro hatte er schon gehabt, lange bevor er zum Partner aufstieg – aber diese Beförderung war bei seiner Abstammung sowieso eine reine Formalität gewesen.

Larry stand an seinem Schreibtisch und schloß seinen Aktenkoffer, bevor er sich ihr zuwandte.

»Gail! Gerade noch rechtzeitig. Ich muß nach Tallahassee fliegen, aber vorher wollte ich noch mit dir reden. Schließ doch bitte die Tür.«

»Was gibt's denn?«

Er deutete auf die gestreifte Polsterbank unter den Fenstern und nahm neben ihr Platz. »Ich habe gestern abend zufällig Doug Hartwell getroffen.«

»So?« Jetzt war ihr klar, worum es ging: natürlich um Nancy Darden, Hartwells Tochter.

»Ja, Doug ist von Washington D. C. runtergeflogen, auf Einladung eines Geldgebers für den Kongreß. Von unserer Firma waren auch ein paar Leute bei der Veranstaltung, und hinterher gab's im Hyatt Regency eine Riesenparty.«

Gail lächelte höflich. »Wie aufregend.«

Larry schlug die Beine übereinander. »Doug sagt, Nancy sei etwas besorgt über ihren Fall. Er hat gefragt, ob ich nicht nach dem Rechten schauen könnte.« Larrys graue Augen verrieten Gail, daß Ärger ins Haus stand, daß er aber auf gar keinen Fall der Prügelknabe sein wollte.

»Habe ich das richtig verstanden?« sagte sie langsam. »Nancy Darden hat über meinen Kopf hinweg mit ihrem *Vater* gesprochen?«

»Ich weiß, ich weiß.« Larry hob begütigend seine lange, schmale Hand. »Ich habe Doug gesagt, du hättest in letzter Zeit familiären Verpflichtungen nachkommen müssen, weil du deine Schwester verloren hast.«

»Der Tod meiner Schwester hat meine Arbeit in keiner Weise beeinträchtigt«, erwiderte Gail. »Wenn Nancy Darden besorgt ist, könnte sie wenigstens den Anstand haben, es mir direkt zu sagen.«

»Ich mache dir ja keine Vorwürfe. Ich will nur verstehen, worin das Problem besteht.«

»Du kennst das eigentliche Problem genausogut wie ich. Senator Hartwells verhätschelte Tochter braucht keinen Cent Anwaltshonorar zu bezahlen. Sie schickt mich in die Arena, und sie selbst schaut gemütlich von einem Hügel aus zu – mit Sonnenschirm und Lunchpaket.«

Larry machte einen Schmollmund, und Gail bereute sofort, einen Scherz gemacht zu haben. Diesem Mann fehlte jeder Sinn für Humor.

Sie begann von vorne. »Wie ich dir und Jack Warner letzte Woche beim Mittagessen erklärt habe, hat uns die Gegenseite monatelang Knüppel zwischen die Beine geworfen. Jetzt ist es mir endlich gelungen, einen Termin für die Vernehmungen anzuberaumen, aber möglicherweise kommt es schon vorher zu einem Vergleich.«

Seine hohe Stirn legte sich in Falten. Gail fuhr hastig fort: »Nancy und ich haben uns tagelang am Telefon verfehlt. Heute morgen habe ich dann endlich Bill Darden in seinem medizinischen Zentrum erreicht, und er meinte, es sei völlig richtig, mit dem Gegenanwalt eine vernünftige Lösung auszuhandeln. Was kann ich denn noch mehr tun, Larry? Sag mir das, bitte. Möchte Nancy sich vielleicht mal ansehen, wieviel Zeit dieser Fall mich schon gekostet hat?«

Er fühlte sich sichtlich unwohl in seiner Haut. »Die Einbuße an Honoraren ist tatsächlich ein Problem. Das wird sich negativ auf die Jahresschlußbilanz unserer Abteilung auswirken.«

»Hör zu, wenn es Nancy Darden nicht gefällt, wie ich den Fall handhabe, kannst du ihn gern Bob Wilcox übertragen. Mich stört das überhaupt nicht.«

Larry verzog den Mund. »Es ist tatsächlich geäußert worden – wohlgemerkt, nicht von mir –, daß ein Mann im Umgang mit Hispanics mehr Erfolg haben könnte.«

Gail lachte. »Na großartig. Übernimm den Fall doch selbst. *Buena suerte.*«

Larry schwieg eine Weile, dann fragte er: »Du sagst, daß auch die Gegenseite stur ist?«

Sie nickte.

Er zupfte an seinem Ohrläppchen. »Ich glaube, wir sollten auf diesen Pedrosa etwas Druck ausüben. Will er nach wie vor Richter Stricklands Land kaufen?«

»Soviel ich weiß, ja. Warum?«

»Und es gibt noch keinen Vertrag?«

»Nein. Ben weiß selbst noch nicht so recht, wieviel er dafür haben will.« Gail stutzte. »Hör mal, wenn du vorschlägst, daß wir diese beiden Transaktionen miteinander verknüpfen sollen ...«

»Wenn Ben über alles informiert würde, wäre es durchaus erwägenswert.« Er wartete mit hochgezogenen Brauen auf Gails Reaktion.

So etwas verstieß eindeutig gegen die Spielregeln, das wußte Gail. »Ich würde mich dabei nicht wohl fühlen«, sagte sie, »und ich bin sicher, daß der Gegenanwalt einige treffende Worte über Berufsethos etc. äußern würde.«

»Man müßte eben subtil vorgehen.« Larrys Augen glitten über die Fransen seines Orientteppichs. »Kubaner haben auch ihr Gutes – sie verstehen selbst die subtilsten Andeutungen. Ein sehr pragmatisches Volk. Carlos Pedrosa ist nicht der einzige Kaufinteressent, und das sollte er auch wissen.«

»Laß uns erst mal abwarten, was ich heute nachmittag mit dem Gegenanwalt aushandeln kann, bevor wir in Panik geraten.«

»Man darf Ethik nicht so eng sehen«, erklärte Larry. »Du mußt immer daran denken, daß du im Recht bist. Gewiß, deine Klienten sind schwierig, aber sie sind im Recht. Das ist die Grundlage des Berufsethos – zu wissen, daß man das Richtige tut.«

Sie blickten einander lange in die Augen, und schließlich bedachte er sie mit einem gönnerhaften Lächeln. Zum erstenmal fiel ihr auf, daß seine unteren Zähne viel zu dicht und etwas schief standen.

»Weißt du, Gail, wir Anwälte geraten nun mal bisweilen in schwierige Situationen. Dafür werden wir schließlich bezahlt, habe ich recht? Für unsere Fähigkeit, auch solche Situationen zu bewältigen. Und wir dürfen unsere Entscheidungen nicht aufgrund abstrakter Theorien treffen. Wir müssen uns mindestens genausosehr auf unsere Erfahrungen in der realen Welt wie auf unsere inneren Überzeugungen verlassen. Kannst du mir folgen?«

»Ich werde mein Bestes tun, Larry.«

»Ich setze großes Vertrauen in deine Fähigkeiten.« Er schob seine Manschette zurück. »Nun, ich muß los.« Er klopfte Gail auf die Schulter. »Halt mich auf dem laufenden.«

Gail konnte keinen klaren Gedanken fassen, während sie den Korridor entlanglief, vorbei an den Büros anderer Partner. Die meisten Türen waren geöffnet, und sie konnte einzelne Gesprächsfetzen, ein Diktat und sogar ein perlendes Lachen hören. Sie kniff die Augen fest zu und holte tief Luft. Der Korridor schien sich in einen endlosen Tunnel verwandelt zu haben.

»Allmächtiger, wie bin ich nur zu diesem Beruf gekommen?« murmelte sie vor sich hin.

Sie wählte die Abkürzung durch die Bibliothek, und zwischen den Regalen mit juristischen Fachzeitschriften kam ihr plötzlich die Idee, diesen verdammten Fall einfach hinzuschmeißen. Sollte doch Jack Warner, Seniorpartner der Rechtsstreitabteilung, höchstpersönlich entscheiden, was zu tun war. Allerdings durfte sie Larry keinesfalls bloßstellen, auch wenn er ein Vollidiot war.

Larry würde ihr das nie verzeihen, und immerhin war er es, der die monatlichen Gutachten über ihre Leistungen schrieb.

Sie blieb mit dem Absatz an der obersten Stufe hängen und konnte sich in letzter Sekunde am Treppengeländer festhalten. Ihr Herz pochte laut, und sie spürte auch wieder die Stiche, obwohl sie ganz ruhig zu atmen versuchte.

Selbst wenn sie zu Jack Warner ginge – er würde von ihr erwarten, daß sie den Fall Darden selbst abschloß. Das war seine Methode – Erprobung eines Mitarbeiters durch Plackerei. Sie war in einer Grube gelandet, und er würde abwarten, ob sie aus eigener Kraft herausklettern konnte. Ihn um ein Rettungsseil zu bitten wäre der größte Fehler, den sie überhaupt machen konnte. Zum Partner stieg man nur durch eiserne Willenskraft auf.

In der Kanzlei kursierten Gerüchte, daß von dem halben Dutzend Mitarbeiter, die für eine Partnerschaft in Betracht kamen, nur zwei diesen Sprung tatsächlich schaffen würden. Das war eine durchaus glaubhafte Einschätzung der traurigen Situation, in der Juristen sich heutzutage befanden: Viel zu viele Anwälte versuchten auf einem gesättigten Markt Fuß zu fassen. Gut zu sein genügte nicht, begriff Gail plötzlich. Sie würde mehr als nur gut sein müssen. Sie würde brillant sein müssen.

Miriam telefonierte, als Gail am Sekretariat vorbeikam.

»... *toda la noche,* und ich habe kein Auge zugetan. *El niño me vuelve loca,* sage ich dir. Man sieht schon, wo der Zahn durchbrechen wird, *tu sabes,* eine kleine Wölbung, und in ein paar Tagen wird er okay sein, sagt meine *mami. Pobrecito, cómo llora.*«

Gail klopfte an die Glaswand, und Miriam winkte. »*Te llamo despues,* okay? Wiedersehn!« Miriams Lächeln erstarb, als sie Gails Miene sah.

»Haben wir nichts Besseres zu tun, als mit unseren Freunden zu telefonieren?« Gail machte auf dem Absatz kehrt und verschwand in ihrem Büro.

Miriam folgte ihr und knallte einen Stapel Akten auf den Schreibtisch. Ihre braunen Augen funkelten zornig. »*Qué te pasa?* Ich lasse mich nicht gern in diesem Ton anreden. Schließlich mache ich meine Arbeit, oder?«

Gail ließ sich erschöpft auf ihren Stuhl fallen. »Ja, tut mir leid. Du machst deine Arbeit sehr gut. Aber denk bitte daran, daß ich nicht die einzige bin, die du hier zufriedenstellen mußt, okay?«

Miriam reckte trotzig das Kinn vor und warf Gail einen hochmütigen Blick zu, bevor sie nachgab. »Okay.«

Gail wollte ihren Anraunzer wiedergutmachen. »Ist Berto krank?«

»Nein, er zahnt nur.« Miriam lachte, schnell versöhnt. »Er hat so laut gebrüllt, daß Danny letzte Nacht auf der Couch schlafen mußte – das war das erste Mal, daß wir seit der Hochzeit getrennt geschlafen haben. Er sagt, er würde Berto eine Zahnprothese kaufen.«

»Davon möchte ich dann ein Foto haben.« Lächelnd zog Gail den Aktenstapel zu sich herüber. »Irgendwelche Anrufe?«

Miriam hielt vier pinkfarbene Zettel hoch. »Dieser Polizeibeamte von Metro-Dade, Frank Britton, bittet um Rückruf.«

»Er wird warten müssen.«

»Und der Indianer, Jimmy Panther. Er hat nicht gesagt, was er wollte.« Gail nickte nur, und Miriam fuhr fort: »Ben Strickland sagt, er hätte die Papiere zur Unterschrift fertig. Und dein Mann kann Karen heute nicht vom Ballettunterricht abholen.«

Gail stöhnte leise. »Na großartig!«

Sobald Miriam gegangen war, wählte Gail wütend die Nummer von Metzger Marine und verlangte Dave zu sprechen. Als er sich meldete, sagte sie: »Gail hier. Du kannst Karen nicht abholen?«

»Richtig. Ich muß oben in Lauderdale einen Kostenvoranschlag machen.«

»Wir hatten aber vereinbart, daß du sie abholst. Ich komme hier einfach nicht so früh weg.«

»Warum, hast du eine Gerichtsverhandlung oder so was Ähnliches?«

»Das nicht, aber ich habe feste Termine und jede Menge Arbeit, die unbedingt noch heute erledigt werden muß.«

»Frag doch Irene, ob sie uns nicht helfen kann.«

»Irene ist nicht in der Verfassung, in Miami herumzufahren. Sie verläßt das Haus nicht einmal, um Lebensmittel einzukaufen.«

»Herrgott, ich muß jetzt Schluß machen, ich habe einen Kunden hier.«

»Verdammt, Dave!«

»Ich bin nicht der Chauffeur der Familie. Du bist ihre Mutter, und du kannst die Verantwortung nicht immer auf andere abwälzen.«

»Das weiß ich selbst.« Gail fuhr sich mit den Fingern durch die Haare. »Okay, kannst du sie mitnehmen?«

»Was?«

»Hol sie ab, und nimm sie mit nach Lauderdale. Sie fährt gern mit dem Transporter. Ich hole sie dann später bei dir draußen ab.«

Nach langem Schweigen knurrte Dave: »Also gut. Versuch aber, vor sieben hierzusein. Ich spiele heute abend Tennis.« Er legte auf.

Gail warf den Hörer auf die Gabel. Was in aller Welt würde sie machen, wenn er sie verließ?

Diese Möglichkeit bestand durchaus, wie sie sich plötzlich fröstelnd eingestand. Ihre Ehe war alles andere als harmonisch; sie könnte zerbrechen. Und das Traurige war, daß sie sich nicht etwa fragte, wie sie diese Ehe noch retten könnte, sondern daß sie nur an die Auswirkungen dachte, die eine Trennung auf ihren Terminkalender hätte.

Sie schüttelte heftig den Kopf, so als könnte sie dadurch die trüben Gedanken abschütteln. »Ich kann jetzt nicht darüber nachdenken.« Sie wollte sich entschlossen den Akten zuwenden, doch dann fiel ihr ein, daß sie Ben anrufen mußte.

Turner, Brown, Widdeman, Young & Strickland.

Die Messingbuchstaben von Bens Namen glänzten mehr als die anderen, weil sie erst vor kurzer Zeit auf dem Holzschild vor der Kanzlei im fünften Stockwerk angebracht worden waren. Die anderen Anwälte waren alte Freunde von Ben, Männer, mit denen er angelte oder Baseballspiele besuchte.

Erhitzt vom Laufen öffnete Gail die Tür zum Wartezimmer, das leer war, abgesehen von einem UPS-Boten, der sich durch das kleine Fenster mit einer der Sekretärinnen unterhielt. Der Raum war mit dunkelgrünen vinylbezogenen Stühlen und einem Bücherregal ausgestattet, in dem nur alte Ausgaben von *American Jurisprudence* lagen. über dem langen Sofa hingen gerahmte Drucke von britischen Strafverteidigern in Perücken und wallenden schwarzen Roben. Im *Bar Journal* hatte Gail eine Anzeige gesehen, die für diese Bilder warb.

Als der Bote vom Fenster zurücktrat, nahm sie rasch seinen Platz ein, bevor die Sekretärin die Mattglasscheibe schließen konnte. »Ich bin Gail Connor und möchte zu Richter Strickland.« Ben war zwar kein Richter mehr, aber er liebte diese Anrede.

Der unverbindlich freundliche Blick der Sekretärin verriet deutlich, daß sie sich an Gail nicht erinnern konnte, obwohl diese nicht zum erstenmal hier war. »Ich sage ihm Bescheid. Nehmen Sie bitte Platz.« Sie schob das Fenster mit einem Finger zu.

Gail lehnte sich an den Schalter und las die Überschriften der Broschüren, die in Plastikhaltern ausgestellt waren. *Soll ich ein Testament machen? Was tun, wenn ich verhaftet werde? Welchen Schutz gewährt eine Hausratsversicherung?*

Ben behauptete, wenn er gewußt hätte, daß eine Anwaltskanzlei eine so feine Sache sei, hätte er seinen Richterstuhl schon vor Jahren geräumt. Gail fragte sich oft, wen er davon überzeugen wollte. Sie wußte genau, daß er seine Position beim Bezirksgericht genossen hatte. Jetzt war er nur noch einer von fünf älteren Anwälten, die nur selten mit wirklich interessanten Fällen betraut wurden.

Die Innentür wurde geöffnet. »Gail, komm rein.« Ben trug kein Sakko und hatte seine Krawatte gelockert. Mit langen Schritten führte er Gail am Sekretariat vorbei zu seinem Büro.

Als sie ihn angerufen hatte, hatte er gesagt, daß er ihr die Nachlaßpapiere ohne weiteres per Kurier schicken könne, aber sie hatte erwidert, sie sei ganz froh, für ein paar Minuten aus ihrem Büro rauszukommen; außerdem wolle sie etwas mit ihm besprechen.

Sie nahmen einander gegenüber am Schreibtisch Platz, Gail auf einem schweren Eichenstuhl, der um die Jahrhundertwende Geschworenen als Sitz gedient hatte, Ben in seinem schweren Ledersessel. Er hatte die Einrichtung seines Richterzimmers mitgenommen, als er vom Gerichtsgebäude in diese Kanzlei umzog – dunkle Möbel, durch den langen Gebrauch abgenutzt.

Über dem Schreibtisch hatte er – quadratisch angeordnet – seine vier Lieblingsgemälde in schweren Goldrahmen aufgehängt. Früher hatten sie sein Wartezimmer geschmückt. Es waren Landschaftsbilder von Florida: Sonnenuntergang und endloser Himmel über der Riedgrasprärie; Truthähne in den Wäldern von Mittelflorida; ein weißer Fischreiher zwischen Sumpfzypressen; und Bens Besitz in Southwest Dade – ein Landhaus, Kiefern und Palmengestrüpp.

Er öffnete die Akte und schob einige Dokumente über den Schreibtisch. Es waren die gleichen Formulare, die Gail auf Irenes Veranda gelesen hatte, nur war jetzt sie selbst als Nachlaßverwalterin aufgeführt. Ben reichte ihr einen Füller.

»Ich habe mit Irene gesprochen«, sagte er. »Sie hat mir erzählt, daß die Polizei Renées Wohnung durchsucht hat, auf ihre Bitte hin, wie sie zugeben mußte. Ich schwöre dir, die Frau macht mir Sorgen.«

Gail unterschrieb den »Antrag auf Nachlaßverwaltung« und die »Eidesstattliche Versicherung des Nachlaßverwalters«. Ohne von den Papieren aufzuschauen, sagte sie: »Ich glaube, allmählich begreift sie selbst, wie unvernünftig das war. Sie wollte nicht, daß ich es dir erzähle, weil sie dachte, du würdest sie für hysterisch halten.« Das noch nicht ausgefüllte Inventarverzeichnis vor Augen, berichtete sie: »Oh, das hätte ich fast vergessen – die Polizei hat Renées ganzen Papierkram mitgenommen.«

»Wozu denn das?«

»Keine Ahnung. Frank Britton – das ist der Beamte, der die Ermittlungen leitet – hatte mir versprochen, dir eine vorläufige Sterbeurkunde zu schicken. Hast du sie erhalten?«

»Nein, bisher nicht. Britton – das muß der Kerl sein, der Irene vorgestern abend aufgesucht hat.«

»Was wollte er denn?«

»Sie sagt, sie hätten sich über Renée unterhalten.«

»Ich wünschte, er würde aufhören, sie zu belästigen.«

Ben lächelte. »Oh, ich glaube, Irene genießt diese Aufmerksamkeit. Sie sagt, Britton sei ein sehr netter Mann. Sie hat ihm sogar Tee gemacht.«

»Das wird allmählich lächerlich. Könntest du vielleicht irgendwie in Erfahrung bringen, was das alles soll?«

»Ich könnte es versuchen. Ich kenne einige Leute, die Britton fragen könnten.«

»Ben, glaubst du, daß an der Sache etwas dran sein könnte?« fragte Gail zögernd.

»Oh, ich würde mir da keine Sorgen machen. Irene hat einfach überreagiert, weiter nichts.«

»Sei ganz ehrlich.«

Sein Gesicht wurde ernst, und seine Stirn legte sich in tiefe Falten. »Ich weiß es nicht, Gail. Ich habe lange darüber nachgedacht. Ein Mädchen wie Renée hätte in alles mögliche verwickelt sein können. Drogen, Geschlechtskrankheiten, perverse Sexpraktiken.« Er warf Gail einen forschenden Blick zu. »Schockiert? Tut mir leid.«

Gail zuckte die Achseln. Es kam ihr seltsam vor, daß Ben überhaupt über Sex redete, pervers oder nicht. »Nein, ist schon in Ordnung«, sagte sie. »Ich wollte ja deine Meinung hören.«

»Mit Irene würde ich natürlich nicht über so was sprechen, verstehst du? Sie ist ganz schön altmodisch, und sie glaubt immer noch, Renée wäre einfach ein Mädchen gewesen, das möglichst viel Spaß haben wollte und noch nicht ganz erwachsen war.« Ben fuhr mit dem Daumen an der geschnitzten Schreibtischkante entlang. »Ich hingegen glaube, daß sie erhebliche Macken hatte. Bei Irenes Geburtstagsparty schien sie total den Verstand verloren zu haben. Ich weiß nicht, wie ich es anders ausdrücken soll.«

Er sah Gail verlegen an und drehte seinen Sessel in Richtung der Fenster. »Herrgott, das ist schwer zu ... ich habe Renée auf die hintere Veranda geführt ... besser gesagt, ich habe sie am Arm gezogen ... und ich habe ihr gesagt, sie solle sich zusammennehmen ... ich habe ihr gesagt, sie mache sich total lächerlich ... und sie ... sie hatte so etwas Wildes, Zügelloses an sich ... wir standen da draußen im Dunkeln, und sie lachte und ... sie ...«

Gail saß regungslos da.

»Sie ... sie begrapschte mich ... und sie sagte ...« – Ben schüttelte den Kopf – »... na ja, egal, was sie sagte, egal ... sie war nicht ganz richtig im Kopf ... Ich war dreißig Jahre älter, und außerdem war ich ihr Cousin. Vielleicht war ihr Benehmen ihr später peinlich, das weiß ich nicht. Ich werde sie aber nicht *so* in Erinnerung behalten, sondern so, wie sie als Mädchen war, jedenfalls versuche ich es. Aber ich finde, du solltest Bescheid wissen. Du hast mich gefragt, ob ich glaube, daß Britton eine falsche Spur verfolgt, und ich sage – ja, ich glaube, er liegt völlig falsch.«

Ben schlug auf die Sessellehnen. »Genug davon. Hast du alles unterschrieben?«

Gail war noch etwas benommen, und sie brauchte ein paar Sekunden, um sich zu fassen. »Nein.« Sie unterschrieb das letzte Papier und schob alle zu ihm hinüber.

Ben verstaute die Unterlagen in der Akte und warf Gail

einen aufmunternden Blick zu. »Du sagtest, du wolltest etwas mit mir besprechen.«

Im ersten Moment wollte ihr nicht einfallen, was das gewesen war, doch dann murmelte sie: »Ach ja. Carlos Pedrosa.«

Auf Bens Kredenz stand eine alte Uhr, ein sich aufbäumendes Bronzepferd auf einem Sockel, in den das weiße Zifferblatt eingearbeitet war. Diese Uhr zeigte 13.42 Uhr an. »Ich werde mich kurz fassen müssen«, sagte sie. »Erinnerst du dich noch daran, daß ich dir erzählt habe, Carlos Pedrosa sei mein Kontrahent?«

Ben griff nach seinen Zigaretten und dem Feuerzeug. »Natürlich erinnere ich mich daran – du vertrittst Hartwells Tochter.« Er zog eine Zigarette aus der Packung und hielt sie fragend mit zwei Fingern hoch. Gail schüttelte den Kopf – nein, es störte sie nicht, wenn er rauchte. »Ben, das muß zwischen uns bleiben. Okay?«

»Selbstverständlich. Worum geht es denn?«

»Carlos widersetzt sich einer Offenlegung von Tatsachen, und er will auch keinem vernünftigen Vergleich zustimmen. Meine Klienten allerdings auch nicht, um die Wahrheit zu sagen.« Nach kurzem Zögern fuhr sie fort: »Larry Black hat vorgeschlagen, ich solle deinen Grundbesitz als Köder benutzen.«

»Und was hast du gesagt?«

»Ich hielt es für eine schlechte Idee, aber jetzt bin ich mir nicht mehr so sicher.«

Ben zündete seine Zigarette an, inhalierte und warf das Feuerzeug auf den Schreibtisch. »Welcher Richter ist denn für diesen Fall zuständig?«

»Arlen Coakley.«

»Ich werde mit ihm reden.«

»Ben …«

»Arlen und ich kennen uns seit einer Ewigkeit. Wir haben zusammen die Elementarschulbank gedrückt.«

»Auf gar keinen Fall. Das will ich nicht.«

Ben streifte die Asche in seinen schweren Zinnaschenbecher ab. »Du würdest Hilfe nicht einmal dann annehmen, wenn du bis zum Hals in einem Sumpf stecken würdest.«

»Ich wollte von dir nur wissen, ob ich das Richtige tue.«

Er lächelte mit einem Mundwinkel. »Ja, meine Liebe, es ist das Richtige. Ich bin stolz auf dich.«

Gail war so gerührt, daß ihre Augen brannten. Sie warf wieder einen Blick auf die Bronzeuhr und stand auf. »Ich muß los. Pedrosas Anwalt kommt um zwei. Wir wollen einen Vergleich aushandeln.«

Ben sah sie an. »Sag mir Bescheid, wenn du Hilfe mit Pedrosa benötigst.« Er erhob sich und begleitete sie zur Tür. »Ich schwanke ohnehin noch, ob ich verkaufen soll oder nicht. Der Kerl ist mir nicht sympathisch, und ich hätte mich mit ihm bestimmt nicht mal unterhalten, wenn nicht Renée die Bekanntschaft vermittelt hätte. Und mit seinem Renommée scheint es auch nicht weit her zu sein, sonst könnte er einen Kredit aufnehmen und mich bar bezahlen. Letztes Wochenende bin ich zufällig an seinem Baugelände vorbeigefahren, und dort war nicht viel los. Vielleicht sollte ich ihm lieber doch eine Absage erteilen, um nicht auf die Schnauze zu fallen.«

Gail drehte sich um. »Hat Carlos Pedrosa finanzielle Probleme?«

Ben lachte über ihre verdutzte Miene. »Keine Ahnung. Das war nur ein Tip, was du ihm sagen könntest. Laß ihn ruhig ein bißchen schwitzen.«

»Woher weißt du, daß er scharf genug auf dein Land ist, um dafür zu schwitzen?«

Ben lächelte verschmitzt und sah plötzlich wieder jung und vital aus. »Carlos Pedrosa wäre ein lausiger Pokerspieler.«

Während sie durch den dichten Verkehr, der nur langsam vorankam, die Flagler Street überquerte und den Auspuffgestank einatmete, dachte Gail an die Ranch – an den Kieferngeruch, an die Wolken, die sich in Pfützen spiegelten, an den Wind, der in den Bäumen seufzte.

Das Gemälde in Bens Büro stimmte mit ihren Erinnerungen überein, aber sie wußte, daß die Realität anders aussah. Der Künstler hatte weder die Aircondition verewigt, die eines der Fenster des Landhauses verunzierte, noch die Moskitos noch das wuchernde Unkraut. Auch keine Menschen.

Bevor sie das Interesse daran verloren, hatten sich die Nachkommen der Stricklands jeden Winter auf der Ranch versammelt, das Unterholz gerodet, notwendige Reparaturen erledigt und anschließend ein Barbecue mit viel Bier veranstaltet. Gail war kurz vor dem Abschlußexamen am College zuletzt dort gewesen, irgendwann um Weihnachten herum. Nur wenige Familienmitglieder hatten sich eingestellt – ein Cousin mit Frau und Kindern, Irene, Renée und Dave, mit dem Gail damals verlobt war und den sie im Frühjahr heiraten wollte. Natürlich war auch Ben mit von der Partie gewesen, er und seine Frau Shirley, die – was damals noch niemand wissen konnte – im nächsten Jahr an Krebs sterben sollte. Ihre beiden erwachsenen Söhne lebten schon damals im Norden der USA. Ben hatte alte Jeans und Cowboystiefel getragen, und seine dunkelbraunen Haare wiesen nur wenige graue Strähnen auf.

Renée vertraute Gail an, daß sie überhaupt nicht gekommen wäre, wenn Irene sich nicht in den Kopf gesetzt hätte, mit ihrer jüngeren Tochter anzugeben, die immerhin schon zwei Semester am Miami-Dade Community College geschafft hatte. Renée lachte. *Tolle Leistung, was? Gar nicht zu vergleichen mit den Einsern, die meine perfekte Schwester an der verdammten University of California einheimst!* Sie schlang Dave einen Arm um die Schultern, nahm ihm seine Bierflasche aus der Hand, leerte sie und wischte sich mit den Fingern den Mund ab. *Wißt ihr was? Ben schenkt mir ein Auto. Aber eigentlich darf ich das noch gar nicht wissen.*

Nach dem Mittagessen brachte Irene dann einen Schokoladenkuchen mit der Aufschrift »Herzlichen Glückwunsch« an, und Ben und Shirley händigten Renée einen Wagenschlüssel aus. (Sechs Monate später kam das

Auto – eine gebrauchte Plymouth-Limousine, die Renée auf den ersten Blick verabscheut hatte – auf der I-75 ins Schleudern und rammte um drei Uhr morgens eine Mauer. Die Polizei sagte, es sei ein Wunder, daß Renée bei dem Unfall unverletzt geblieben war.)

Doch an jenem Nachmittag auf der Ranch vollführte Renée Freudensprünge und quiekte wie ein kleines Mädchen. Als jeder an dem langen Holztisch einen Pappteller mit Kuchen vor sich stehen hatte, verkündete Gail ganz beiläufig, sie würde – statt eine Stellung als Managementtrainer bei der Southeast Bank anzunehmen – Jura studieren. Sie wolle in Bens Fußstapfen treten und dem Gemeinwesen dienen, genauso wie er das tue.

Ben nickte geschmeichelt. Der Cousin lobte ihren Mut, Dave starrte sie verdutzt an, und Renée redete an jenem Nachmittag kaum noch ein Wort mit ihr.

Jahrelang hatte sich Gail an jenes letzte Barbecue auf der Ranch mit angenehm nostalgischen Gefühlen erinnert. Jetzt stellte jener Tag sich ihr plötzlich in ganz anderem Lichte dar: Damals hatte sie ihre Berufswahl getroffen – und zwar aus niedrigen Beweggründen heraus.

KAPITEL 8

Sobald Gail wieder an ihrem Schreibtisch saß, schaltete sie die Sprechanlage ein. »Ist Anthony Quintana schon da?«

»Wie bist du denn hereingekommen?« fragte Miriam.

»Durch den Hintereingang. Ist er hier?«

»Ja, Gwen hat mich vor ein paar Minuten aus der Halle angerufen. Ich werde ihn abholen.«

»Nein, wart noch ein wenig.« Gail zog die Darden-Akte in die Mitte ihres Schreibtischs. »Ich will vorher noch kurz telefonieren.«

Gail wählte Charlene Marks Nummer. Falls Wangenküsse und charmantes Wortgeplänkel im Gerichtsgebäude etwas zu bedeuten hatten, kannte Charlene Anthony Quintana gut genug, um Gail einige Fragen beantworten zu können.

Zu ihrer großen Erleichterung war Charlene in ihrer Kanzlei und meldete sich sofort.

»Nein, meine Liebe, das Gerichtsgebäude ist nicht mein Hauptwohnsitz«, lachte Charlene. »Was gibt's denn?«

»Anthony Quintana«, sagte Gail. »Ich habe da eine Frage.«

»Ja, er ist ein Single.«

Nun mußte auch Gail lachen. »Nein, darum geht es nicht. Ich dachte, du könntest mir vielleicht sagen, ob er wirklich nur Strafverteidiger ist oder auch Teilhaber irgendwelcher Unternehmen, die Ernesto Pedrosa gehören. Das ist sein Großvater.«

Als ihr der Fall *Darden gegen Pedrosa* übertragen wurde, hatte sie einige Erkundigungen eingezogen, um zu erfahren, mit wem sie es zu tun haben würde. Ernesto Pedrosa war zweiundachtzig Jahre alt, er hatte Kuba nach der Revolution verlassen und hatte es in Miami zu erstaunlichem Wohlstand gebracht. Ihm gehörte – zusammen mit seiner Frau Digna und einigen anderen Pedrosas, die kleinere Anteile besaßen – nicht nur Pedrosa Development, sondern auch eine Chevrolet-Niederlassung, ein McDonald's an der Calle Ocho, ein Einkaufszentrum in Hialeah, zwei Bürohäuser, jede Menge Land, der Hauptanteil an vier Banken, die er – einst Bankier in Havanna – selbst gegründet hatte. Carlos Pedrosa war als Manager von Pedrosa Development eingetragen. Auf den Namen Anthony Quintana war Gail hingegen nirgends gestoßen. Falls er aber doch an der Gesellschaft beteiligt war, wollte Gail darüber Bescheid wissen.

Charlene schwieg lange, bevor sie murmelte: »Oh, ich weiß, wer Ernesto Pedrosa ist.«

»Und?« Gail spürte, daß Charlene nicht mit der Sprache herauswollte. »Nun komm schon, Charlene. Was ist mit Quintana?«

»Ich kann dir darüber keine Auskünfte geben. Ich habe Tony bei seiner Scheidung vertreten.«

»Ach ja?« Gail wußte natürlich, daß es gegen das Berufsethos verstieß, über Aktiva und Passiva eines Klienten zu sprechen. »Wann war das?«

»Oh, ich glaube, vor etwa drei Jahren. Warum willst du das alles eigentlich wissen?«

»Er ist der Gegenanwalt in einem meiner Fälle – Nancy Darden hat Pedrosa Development verklagt. Habe ich dir das nicht erzählt?«

»Ach ja, das Prinzeßchen unseres hochverehrten Senators Hartwell.« Charlene seufzte, und Gail konnte sich lebhaft vorstellen, wie sie in ihrem Büro hin und her lief, den Hörer zwischen Schulter und Kinn geklemmt. »Na ja, soviel kann ich dir verraten – Anthony Quintana ist an keinem von Ernestos Geschäften beteiligt, auch nicht an der Baufirma. Seine Exfrau wollte das nicht glauben, aber es ist so.«

»Aber warum? Anthony ist doch sein Enkel.«

»Vor Jahren muß es zwischen ihnen zu einem Zerwürfnis gekommen sein. Ernesto will offenbar, daß sein anderer Enkel alles übernimmt. Ich habe seinen Namen vergessen.«

»Carlos Pedrosa?«

»Richtig. Jedenfalls hat Tony alles aus eigener Kraft erreicht, nicht dank dem *abuelito.* Ernesto ist ein richtiger Schweinehund.«

Gail fiel ein, was Ben ihr erzählt hatte: Ernesto Pedrosa war in alle möglichen Anti-Castro-Aktivitäten verstrickt gewesen. »Weißt du zufällig etwas über Anthony Quintanas politische Einstellung?«

»Nein, ich habe ihn nie danach gefragt.«

»Noch etwas – mir wurde zugetragen, daß es Carlos finanziell nicht gerade glänzend geht.«

»Das ist eigentlich schwer zu glauben, nachdem er Ernestos Geld im Rücken hat. Aber heutzutage kann man das nie so genau wissen. Was sagt denn Tony zu alldem?«

»Ich werde ihn fragen. Wird er mit offenen Karten spielen?«

»Ich habe ihn nie bei einer Lüge ertappt, wenn du das meinst.« Nach einer kurzen Pause fügte sie hinzu: »Andererseits wird er dir wahrscheinlich nicht mehr als unbedingt notwendig erzählen.«

Nachdenklich legte Gail den Hörer auf. Dann öffnete sie eine Schreibtischschublade und holte Schminkzeug und Spiegel heraus. Für keinen anderen Anwalt hätte sie sich die Mühe gemacht, ihr Make-up aufzufrischen, aber sie wollte auf Nummer Sicher gehen. Mit kubanischen Männern hatte sie keinerlei Erfahrungen.

Gail blätterte in der Darden-Akte, bis sie Schritte vor der Tür hörte. Miriam führte Anthony Quintana herein, preßte hinter seinem Rücken beide Hände an die Wangen und tat so, als würde sie gleich in Ohnmacht fallen. Er sah wirklich attraktiv aus, das mußte auch Gail zugeben: glänzendes dunkles Haar, zweireihiger Anzug, hellbraun wie *café con leche,* und dazu die extravagante schwarze Aktentasche mit den Goldschlössern. Als er sich umdrehte und Miriam mit einem freundlichen Nicken dankte, setzte sie rasch ihr übliches unverbindliches Lächeln auf.

Gail warf ihr einen tadelnden Blick zu.

»Soll ich die Tür schließen?« fragte Miriam honigsüß.

»Bitte.« Gail stand auf und reichte Quintana über den Schreibtisch hinweg die Hand. »Anthony, ich freue mich, Sie wiederzusehen.« Sie trug Schuhe mit hohen Absätzen und war dadurch fast so groß wie er. »Wollen Sie sich nicht setzen?«

Er blieb stehen und lächelte entschuldigend. »Könnten wir uns vielleicht unten unterhalten? Ich habe in der Halle eine Cafeteria gesehen. Wissen Sie, ich hatte heute vormittag zwei Verhandlungen und bin nicht zum Mittagessen gekommen. Jetzt sterbe ich vor Hunger.«

Auf ihrem Schreibtisch lag die umfangreiche Akte, und sie hatte vorgehabt, ihm die Aufstellungen der Baukosten, den ursprünglichen Vertrag und die nachträglich daran vorgenommenen Änderungen zu präsentieren. Sie konnte all diese Unterlagen unmöglich auf der Essenstheke ausbreiten, während sie auf einem der rot gepolsterten Barhocker saß.

»Lassen Sie das Zeug hier«, schlug Anthony vor. »Ich habe einen Block dabei, falls wir uns Notizen machen wollen.« Er stellte seine Aktentasche auf einem Stuhl ab.

»Dann können wir ja gehen.« Sie betrachtete die Tasche. »Was ist das für ein Leder?«

»Schlangenleder. Ein Klient hat sie mir geschenkt.« Anthony strich mit den Fingern darüber, hob sie hoch und hielt sie Gail hin. »Bei unserer letzten Begegnung, bevor er die Kaution sausen ließ und ins heimatliche Panama verduftete. Mir wäre der Rest meines Honorars wesentlich lieber gewesen als die Tasche.«

Die Oberfläche war erstaunlich glatt. Gail zog ihre Hand zurück. »Tss, tss, tss! Ich bringe meinen Klienten bei, eine Kaution *niemals* sausen zu lassen.«

Er warf ihr einen amüsierten Blick zu. »Ein weiterer Grund, warum ich mich mehr mit Zivilrecht beschäftigen sollte.«

Sie wollte die Tür öffnen, aber er kam ihr zuvor und hielt sie ihr auf. »Danke«, murmelte sie verblüfft, nicht gewöhnt an solch altmodische Höflichkeit. Als sie an ihm vorbeiging, stieg ihr wieder jener unwiderstehliche Duft seines Eau de Cologne in die Nase.

Sie waren allein im Aufzug. Er drückte auf den Knopf zum Erdgeschoß, lehnte sich an die Seitenwand und stützte seine Hände auf die Messingstange, während er Gail betrachtete. Unter dem offenen Sakko lugte ein Hosenträger hervor, braun-grün gemustert, passend zu seinem Brusttuch.

Gail beobachtete die blauen Ziffern, die anzeigten, in welcher Etage sich der Lift befand. Ihre geschliffenen Argumente wollte sie erst vortragen, wenn der Kaffee bestellt war, aber über die grundsätzliche Vorgehensweise könnten sie ohne weiteres schon jetzt sprechen. Sie glaubte sich dabei im Vorteil, denn als Strafverteidiger kannte er sich im Zivilrecht bestimmt nicht so gut aus wie sie.

Sie drehte sich um und setzte zum Sprechen an.

»Wie geht es Ihrer Mutter?« fragte er.

»Meiner Mutter?« Sie starrte ihn verwundert an, bis ihr einfiel, daß Lateinamerikaner gern Höflichkeitsfloskeln über Gesundheit oder Familie austauschten, bevor sie zum eigentlichen Thema kamen.

»Wie nett, daß Sie sich nach ihr erkundigen«, sagte sie. »Es geht ihr den Umständen entsprechend nicht schlecht.«

Er nickte. »Und Ihnen?« Seine großen braunen Augen ruhten neugierig auf ihrem Gesicht.

»Danke, wir versuchen beide irgendwie zurechtzukommen.« Er fragte zweifellos nicht aus echtem Interesse, sondern nur, weil es zu seinen Vorstellungen von guten Umgangsformen gehörte, aber sie sollte sich trotzdem revanchieren.

»Leben Ihre Eltern in Miami?« erkundigte sie sich.

»Meine Mutter hat hier gelebt, ist aber vor zwei Jahren gestorben. Mein Vater lebt noch in Kuba, in einer Kleinstadt namens Cascorro.« Er rollte das »r«.

Gail fragte sich, warum Quintana senior auf Kuba geblieben sein mochte und auch, ob Anthony ihn jemals dort besucht hatte. Weitere indiskrete Fragen drängten sich ihr auf, aber sie stellte nur eine harmlose: »Wann sind Sie nach Miami gekommen?«

»1965. Ich war – warten Sie mal – fast dreizehn. Sprach natürlich nur Spanisch.« Er lachte. »Aber eine einfache Unterhaltung konnte ich auch in russischer Sprache führen.«

»Können Sie das heute auch noch?«

»Gott bewahre! Russisch war das erste, was ich im Hause meines Großvaters verlernt habe.«

Die Aufzugtür ging auf, und sie traten in die Halle. Durch die Glastüren, die auf die Flagler Street führten, konnte Gail über dem Warenhaus gegenüber einen schmalen Streifen blauen Himmel sehen.

»Wollen Sie die Wahrheit über die Cafeteria in diesem Gebäude hören?« fragte sie. »Für ein Sandwich muß man acht Dollar berappen, und die Kellnerinnen sind ausgesprochen mürrisch.«

»Eine halbwegs genießbare Suppe müßte man doch trotzdem bekommen können.«

»Sie Optimist! Kommen Sie, ich kenne ein gutes Restaurant am Biscayne Boulevard. Um diese Zeit wird es nicht überfüllt sein.« Dort würde wenigstens ein Tisch zwischen ihnen sein. Es würde sie irritieren, Ellbogen an Ellbogen mit ihm zu sitzen.

Anthony folgte ihr durch die Halle. »Ist das eine Taktik von Ihnen, um Ihre Gegner zu schwächen?«

»Wenn Sie vor Hunger ohnmächtig werden, trage ich Sie.«

Sie stieß gegen seinen Arm, als er – wieder Kavalier – die Tür aufmachen wollte. »Danke.« Sie trat als erste in die Sonne hinaus und blinzelte im grellen Licht. Sie wandten sich nach links und gingen in östliche Richtung, auf die Bucht zu, Anthony zwischen Gail und der Straße. Diese Umgangsformen!

»Könnten Sie eigentlich meine Neugier befriedigen und mir verraten, was aus George Sanchez geworden ist?«

»Er arbeitet nach wie vor bei Ferrer & Quintana.«

»Aber nicht mehr an diesem Fall.«

»George kennt sich phantastisch mit Rechtsansprüchen und Liegenschaften aus, aber ich fühle mich bei Gericht wesentlich wohler als er.«

Während des Telefonats mit Charlene war Gail eingefallen, warum Anthony den Fall *Darden gegen Pedrosa* von Sanchez übernommen haben könnte. Vielleicht hoffte er, auf diese Weise eine Versöhnung mit seinem Großvater herbeiführen zu können. In diesem Fall würde er bestimmt lieber einem Vergleich zustimmen als das Risiko eingehen, einen Prozeß zu verlieren.

»Für Ihren Großvater ist es natürlich durchaus angenehm, daß sich jetzt ein Familienmitglied mit diesem Fall befaßt«, sagte sie.

Anthony nickte. »Das auch.« Er blieb plötzlich stehen und berührte ihren Arm. »Entschuldigen Sie mich einen Moment.«

Unter einer Palmengruppe stand ein weißer Kasten auf Rädern, mit fest montiertem Sonnenschirm und langen Griffen zum Schieben. Die Aufschrift an der Seite verriet Gail, daß es bei dem Schwarzen, der ein gelbes Hemd trug und eine orange Baseballkappe aufhatte, jamaikanische Fleischpasteten zu kaufen gab. Anthony zückte sein Portemonnaie und drehte sich nach ihr um.

»Ich kenne diesen Mann«, erklärte er. »Früher hat er diese Dinger vor dem Justizpalast verkauft. Möchten Sie eine?«

Der Jamaikaner – falls er denn einer war – grinste ihr zu und entblößte dabei seine strahlend weißen Zähne. »Was für Art Sie wollen, schöne Dame?«

»Nein, danke, ich möchte keine.«

»Nicht?« Anthony zuckte die Achseln. »Dann nur eine. Heiß.« Er gab dem Mann einen Dollar und erhielt eine halbrunde Teigtasche, in weißes Papier eingepackt. Aus einem an den Kasten geschraubten Metallbehälter zog er eine Serviette.

Sie gingen weiter, langsamer als Gail lieb war. »Haben Sie mit Ihren Klienten gesprochen?« fragte er unvermittelt.

»Ja. Sie mit den Ihren auch?«

»Selbstverständlich.« Er führte die Fleischpastete zum Mund und seufzte genüßlich. »*Riquisimo.* Keiner macht sie so wie dieser Mann.« Er biß hinein, die Augen halb geschlossen, leicht vorgebeugt, um seinen Anzug nicht zu beschmutzen. Ein intensiver Geruch von stark gewürztem Hackfleisch stieg Gail in die Nase. Anthony fuhr sich mit der Serviette über die Lippen.

Gail richtete ihren Blick auf die rötlichen quadratischen Platten, mit denen der Gehweg gepflastert war.

»Was schwebt den Dardens denn so vor?« erkundigte sich Anthony zwischen zwei Bissen.

»Sie wollen einen vernünftigen Vergleich. Aber darüber können wir reden, wenn wir erst mal gemütlich sitzen.«

»Und warum nicht gleich jetzt?« Er bog das weiße Papier zurück und biß wieder von der Fleischpastete ab. »Ich kann beim Gehen genauso vernünftig sein wie im Sitzen.«

Sie schaute ihn nun doch wieder an und erkannte plötzlich, was er tat: Er flirtete mit ihr, keineswegs aufdringlich, aber doch so, daß sie abgelenkt wurde.

Gail rief sich energisch zur Ordnung. »Wie Sie wollen«, sagte sie. »Reden wir nicht davon, wen mehr Schuld an dem ganzen Schlamassel trifft, Ihre Klienten oder meine. Die wichtigste Frage ist – was kommt bei einem Prozeß heraus? Ich bin sicher, daß keine Seite ungeschoren davonkommt. Aber Pedrosa ist keinesfalls in der stärkeren Position, nicht, was die Fakten betrifft, und nicht mit Richter Coakley. Ihr Antrag auf Befangenheit wird ohne Erfolg sein. Er wird diesen Fall nie abgeben.«

Anthony schüttelte die Serviette aus, wischte sich noch einmal den Mund ab und warf sie in einen Abfallkorb. »Und wenn wir Geschworene haben?«

»Beantragen Sie's.« Sie lächelte ihn an. »Sie haben mir ja gesagt, daß Sie ein Experte im Umgang mit Geschworenen sind. Aber Sie sollten zweierlei bedenken. Zum einen haben Sie es auch dann noch mit Coakley zu tun, und zum anderen dürfte ich mich mit Zivilprozessen besser auskennen als Sie.«

Er blieb stehen, sie notgedrungen auch, und alle anderen Fußgänger mußten einen Bogen um sie machen. Die Sonne schien Anthony ins Gesicht, warf Schatten, verlieh seiner Haut einen matten Schimmer. »Dann sollten wir vielleicht jeden Gedanken an einen Vergleich begraben und den Prozeß wagen. Was halten Sie davon?«

Gail dachte, daß er diese Worte bestimmt nicht mit einer solch samtweichen Stimme gesagt hätte, wenn sie ein Mann wäre. Sie blickte ihm direkt in die Augen. »Wenn Sie ganz sicher sind, daß Sie dieses Risiko wirklich eingehen wollen – von mir aus gern.«

»Würden Sie Kleinholz aus mir machen?« Anthony schenkte ihr ein Lächeln. »Es wäre bestimmt hochinteressant, mit Ihnen die Klingen zu kreuzen.«

Bevor ihr eine schlagfertige Antwort einfiel, schüttelte er den Kopf und ging weiter. »Nein, ich habe dazu keine Zeit«, sagte er. »Zivilfälle dauern viel zu lange, und mir fehlt dafür die Geduld.« Er unterstrich seine Worte mit Gesten. »Kriminalfälle haben den einen Vorteil, daß sie meistens in relativ kurzer Zeit über die Bühne gehen, weil die Fakten weniger verworren sind. Selbst Mordprozesse ziehen sich selten länger als ein Jahr hin.«

»Sie sagten doch, Sie wollten das Strafrecht aufgeben.«

»Habe ich das wirklich gesagt? Nein, ganz gebe ich es bestimmt nicht auf. Es macht mir Spaß.«

»Und Sie sind ein guter Strafverteidiger?«

»Ja. Im allgemeinen gewinne ich die Fälle, die wirklich gewonnen werden sollten, und in den restlichen Fällen erhebe ich Einspruch.«

»Aber Ihre Klienten! Mörder, Vergewaltiger, Drogenhändler ...«

»Sie sind nicht immer schuldig – jedenfalls nicht jenes Verbrechens, das der Staat ihnen zur Last legt. Nicht einmal der Mörder, der auf den Abzug drückt.«

»Warum nicht? Das Opfer ist doch tot.«

»Gail, ich bin sehr erstaunt.« Ihm war anzusehen, daß er die Situation genoß. »Was war das Motiv? Ein plötzlicher Wutanfall oder kalter Vorsatz? Wenn ich die Geschworenen davon überzeugen kann, daß es ersteres war, ziehe ich den Hals meines Klienten aus der Schlinge. Und außerdem – wer kann schon einen scharfen Trennungsstrich zwischen Schuld und Unschuld ziehen? Sogar bei einem Strafprozeß ist das Urteil oft nur eine reine Ermessensfrage. Und im Laufe seines Lebens macht sich ohnehin jeder Mensch irgendwie schuldig.«

»Das ist eine sehr zynische Einstellung.«

»Keineswegs. Wenn Sie an Ihre eigenen Klienten denken, an die Bankiers und Geschäftsleute – glauben Sie immer an die Reinheit der Motive dieser Leute?«

Sie mußte unwillkürlich lachen. »Mr. Quintana, in diesem Fall vertrete aber nicht ich einen Geschäftsmann, sondern Sie. Carlos Pedrosa ist doch der arrogante Bauherr, dem es ganz egal ist, ob ein Haus beim ersten Windstoß in sich zusammenfällt, solange er nur Profit macht. Glauben Sie wirklich, daß Richter Coakley ihn für unschuldig halten wird? Oder auch Geschworene, die selbst Hausbesitzer sind?«

Anthony verlangsamte seine Schritte, und sein Gesicht strahlte, so als wäre ihr Argument eine Fleischpastete, die er genußvoll verzehren würde. »Nun ... Ms. Connor ... wenn ich bei der Beweisaufnahme jeden der dreiundsiebzig Änderungswünsche vortrage, die Ihre Klienten verlangt haben, gewinnen die Geschworenen vermutlich ein ausgewogeneres Bild.«

Sie bogen auf den Biscayne Boulevard ab. Ein Windstoß wirbelte Gails Rock hoch. Sie strich ihn wieder herunter und bemerkte dabei, daß Anthony ihre Beine begutachtet hatte.

Vorsichtshalber hielt sie den zusammengerafften Stoff mit einer Hand fest. »Dann schlage ich vor, daß wir nächste Woche endlich die Vernehmungen hinter uns bringen. Ich bin besonders gespannt darauf, Carlos kennenzulernen.«

»Aber Sie kennen ihn doch schon.« Ein neuer Windstoß fuhr in Anthonys Sakko. Dem Sitz seiner Krawatte, die mit einer goldenen Nadel festgesteckt war, konnte die Brise jedoch nichts anhaben.

»Nein«, sagte Gail. »Ich würde mich sonst bestimmt an ihn erinnern.«

»Er hat Renée die letzte Ehre erwiesen.«

»Carlos Pedrosa?«

»Ja, kurz bevor ich eintraf.«

Gail runzelte die Stirn. »Ich habe gesehen, wie Sie sich auf dem Parkplatz mit einem Mann unterhielten, der einen silberfarbenen Mercedes fuhr. Etwa dreißig, bärtig.«

»Das war Carlos.«

»Ich dachte, es wäre einer Ihrer Klienten.«

Anthony lachte. »Das müßten Sie ihm mal sagen.«
»Entschuldigung«, murmelte Gail.
»Wundert es Sie, daß er gekommen ist?«
»Da er Renée ja gekannt hat – nein. Sie waren schließlich auch da.« Sie dachte daran, wie Carlos Pedrosa seinen Schlüsselbund um den Finger geschlungen und ihr zugegrinst hatte. Unwillkürlich fragte sie sich, wie gut er Renée gekannt haben mochte.
»Wie haben die beiden sich kennengelernt, in dieser Grundstückstitelversicherungsgesellschaft?« So hatte Ben es dargestellt, aber sie wollte hören, was Anthony dazu zu sagen hatte.
»Ja. Mein Partner Raul Ferrer hat Renée eingestellt. Er ist der Geschäftsführer.« Er las Gails nächste Frage von ihrem Gesicht ab und fügte hinzu: »Renée und Carlos waren Freunde.«
Sie sah ihn weiterhin fragend an.
Er zuckte die Achseln. »Belassen wir's dabei. Carlos ist mein Cousin.«
»Renée war meine Schwester.«
»Trotzdem.«
Zwischen den hohen Gebäuden war es jetzt fast windstill, aber die großen bunten Fahnen am Bayside Marketplace, drei Blocks weiter nördlich, schienen sich von ihren Stangen losreißen und davonfliegen zu wollen.
»Ich habe versucht, mir Renée hinter einem Schreibtisch vorzustellen, wie sie mit Hilfe einer Rechenmaschine Abschlußrechnungen erstellt, und ich schaff's einfach nicht. Es paßt so gar nicht zu ihr.«
»Ich habe nie Klagen über ihre Arbeit gehört.«
»Seit wann war sie dort beschäftigt?«
»Seit etwa einem Jahr. Anfangs als Teilzeitkraft, später ganztags. Sie hat für Carlos manchmal sogar Abschlüsse getätigt. Viele Käufer sprechen nicht Englisch.«
»Renée konnte Spanisch?«
»Sie sprach es nicht fließend, aber ganz ordentlich. Wußten Sie das nicht?«
Gail schüttelte den Kopf.

»Erinnern Sie sich an das Foto, das ich Ihrer Mutter gebracht habe?«

»Natürlich. Was ist damit?«

»Ich habe Renée einmal gefragt, wer das andere kleine Mädchen sei. Sie hat mir von Ihnen erzählt.«

»Ich frage lieber nicht, was.«

»Sie sagte: ›Das ist meine schöne, brillante Schwester. Das Luder erreicht einfach alles.‹« Anthony lächelte. »Renée hat das als Kompliment gemeint.«

Gail lachte. »Das wage ich zu bezweifeln, aber trotzdem danke.«

»Nein, ich glaube, Renée hat alles, was sie sagte, ehrlich gemeint. Sie war einer der aufrichtigsten Menschen, die mir je begegnet sind.« Er blieb wieder einmal stehen und runzelte die Stirn. »Wollen Sie *hier* essen?«

Er deutete auf ein kubanisches Restaurant. Im offenen Fenster stand ein Vier-Liter-Wasserkühler, daneben ein Glas mit Gebäck. Ein Mann trank vor dem Fenster schwarzen Kaffee aus einer winzigen Tasse. Durch die Tür konnte Gail einige Tische sehen. Die meisten waren nicht besetzt.

»Hier? Ehrlich gesagt, ich habe es noch nie bewußt wahrgenommen. Aber wenn Sie möchten ...«

»Weil ich Kubaner bin?« Er schüttelte den Kopf. »Ich habe als Junge kubanisches Essen im Übermaß genossen. Bis ich achtzehn war, kannte ich nichts anderes. Wenn ich meine Tanten besuche, esse ich, was sie kochen, aber ansonsten rühre ich keine kubanischen Speisen an.«

»Wie merkwürdig«, kommentierte Gail, als sie weitergingen.

Anthony zuckte nur die Achseln.

Gails Neugier war noch nicht befriedigt. »Haben Sie mit Ihrem Großvater zusammengelebt, als Sie nach Miami kamen?«

»Ja. Mit Großvater, Großmutter, Mutter, einer jüngeren Schwester, zwei Tanten, einem Onkel und drei oder vier Cousins, darunter auch Carlos.«

»Wie ist Ernesto Pedrosa denn so?«

»Nun, Sie dürfen nicht glauben, daß er unkultiviert ist, nur weil er jeden Tag *arroz y frijoles* ißt. Er hat in New York studiert und die ganze Welt bereist. In Havanna ging er oft ins Ballett und in die Oper. Meine Mutter hat mir erzählt, daß sie einen französischen Koch hatten. Das war natürlich vor der Revolution. Seit er in Amerika lebt, ißt er zu Hause nur noch kubanische Gerichte.«

Anthony blieb an einem Obststand stehen und lächelte entschuldigend. »Wir haben zuviel vom Essen gesprochen!« Er redete in so schnellem Spanisch mit der Verkäuferin, daß Gail nur ein einziges Wort – *dos* – verstand. Er holte sein Portemonnaie hervor.

Die Verkäuferin – eine dralle rothaarige Frau in engen Hosen – überreichte ihm plaudernd zwei Becher mit Stücken tropischer Früchte.

»Einer davon ist doch hoffentlich nicht für mich bestimmt?« sagte Gail.

»Wenn Sie ihn nicht wollen, halten Sie ihn bitte für mich.« Anthony spießte mit der kleinen Plastikgabel ein Stückchen Ananas auf. Sie beobachtete ihn beim Kauen. Er trug diesmal wieder einen anderen Ring, Gold mit einem braunen gestreiften Katzenauge. Ihr fiel auf, wie wohlgeformt seine Hände waren, und sie konnte sich gut vorstellen, daß die weiblichen Geschworenen ihn fasziniert anstarren würden, statt Gails Schlußplädoyer zu lauschen.

Aber es würde sowieso nicht zu einem Prozeß kommen. Alle Beteiligten waren schließlich halbwegs vernünftige Leute, und sogar Nancy Darden würde insgeheim über einen Vergleich froh sein. Gail atmete tief durch und hielt ihr Gesicht in die Sonne.

Anthony konzentrierte sich auf seinen Fruchtbecher, sagte aber plötzlich: »Ich kann Ihre Neugier in bezug auf meinen Großvater gern befriedigen und Ihnen mehr über ihn erzählen. Sein Haus in Coral Gables weist mit der Front nach Süden. In seinem Arbeitszimmer steht ein großer Schreibtisch, und darüber hängt eine kubanische Flagge, von Kugeln durchlöchert.« Er stocherte in seinem

Becher herum, bis er ein fast quadratisches Stück Mango fand. »Dieser Schreibtisch ist nach Südwesten ausgerichtet« – er machte mit der Mango auf der Gabel eine kreisende Bewegung – »so daß Ernesto José Pedrosa Masvidal, wenn er am Schreibtisch sitzt, in Richtung Havanna blickt. Er sagt immer: *Veo mi Habana querida.*«

Anthony verspeiste die Mango und deutete mit der Gabel auf den zweiten Becher. »Ich hätte drei kaufen sollen«, lachte er.

Gail aß ein Stück Melone. »Oh, Entschuldigung.«

»Nein, nein, ich habe ihn ja für Sie gekauft.«

»Na dann.« Sie fischte ein weiteres Fruchtstück heraus und betrachtete es mißtrauisch. »Was ist denn das?«

»Papaya.«

Sie schob es in den Mund und schnitt eine Grimasse.

Er grinste. »Haben Sie noch nie eine probiert?«

»Nein. Schmeckt eigenartig.«

»Sie verbringen zuviel Zeit in Ihrem Büro.«

»Wie wahr!« Gail lachte leise und strich sich die Haare aus der Stirn. »Was für ein herrlicher Tag! Ich war vorhin schon kurz draußen und habe es nicht einmal bemerkt.«

»Dann müssen wir uns auch in Zukunft immer im Freien unterhalten.«

Seine Augen waren so dunkel und die Wimpern so dicht, daß sie Pupille und Iris kaum voneinander unterscheiden konnte. Was für ein faszinierendes Gesicht, dachte sie und versuchte gleich darauf zu ergründen, warum das so war. Vielleicht lag es an seinem leicht fremdartigen Aussehen, am Kontrast zwischen Dunkel und Hell. Dichtes braunes Haar, weißer Hemdkragen. Dunkle Augen, helle Haut. Nein, nicht hell, eher goldfarben, aber heller als Daves Haut, und dazu der dunkle Bart.

Das alles ging Gail innerhalb weniger Sekunden durch den Kopf. Dann zwang sie sich, ihren Blick wieder auf den Gehweg zu richten. Sie wünschte sehnlichst, den halbvollen Becher unauffällig in einen Abfallkorb werfen zu können. Der süße Obstsaft war an der Gabel herabgelaufen, und nun hatte sie klebrige Finger.

»Ich glaube, wir sind ein bißchen vom Thema abgekommen«, sagte sie.

»Ja. Sie haben damit gedroht, am Montag die Vernehmungen durchzuführen.«

»Nein, ich wollte nur demonstrieren, daß es doch noch auf einen Prozeß hinauslaufen wird, wenn wir uns nicht wenigstens auf einen Vergleichsentwurf einigen. Und im Grunde wollen wir beide keinen Prozeß.«

Sie machten einen Bogen um ein Taxi, dessen Kofferraum vom Fahrer gerade mit Gepäck beladen wurde. Eine Familie – der Aussprache nach britische Touristen, die sich alle einen Sonnenbrand geholt hatten – stand wartend daneben.

Anthony spießte das letzte Obststück in seinem Becher auf. »Gut, dann sagen Sie mir, was Sie verlangen.«

»Pedrosa Development erstattet den Dardens den Kaufpreis, und sie geben die Immobilie zurück.«

»Wir wollen den Besitz nicht zurückhaben«, sagte Anthony. »Aber wir würden ihnen beim Endpreis entgegenkommen, beispielsweise den Swimmingpool nicht extra berechnen.«

Gail schüttelte den Kopf. »Sie müssen begreifen, daß in dieser Angelegenheit Emotionen ausschlaggebend sind. Bill und Nancy haben erst vor kurzem geheiratet und wollen eine Familie gründen. Sie wollten ein gemütliches Heim, und ihr Traumhaus hat sich in einen regelrechten Alptraum verwandelt.«

»Man könnte fast glauben, Sie hätten den Richter vor sich und nicht mich.«

»Carlos kann das Haus doch irgend jemand anderem verkaufen.«

Anthonys Lächeln war verschwunden. »Sie verlangen zuviel, Gail.«

»Ich bin bereit, auf die Darlehenszinsen zu verzichten. Vielleicht.«

»Nein. Ihre Klienten sollen das Haus behalten, und Pedrosa Development senkt den Preis. Dann können sie einen anderen Unternehmer mit der Fertigstellung beauftragen.«

»Ihr jetziger Vorschlag unterscheidet sich kaum von jenem, den Sie mir vor fast zwei Wochen unterbreitet haben.«

»Der Ihre auch nicht.«

Gail blieb stehen. »Dann führen Sie eben einen Prozeß.«

Anthony sah sie eindringlich an und deutete dann auf den Becher in ihrer Hand. »Sind Sie fertig?«

Sie warf einen Blick hinein. »Ja.«

Er warf beide Becher in einen Abfallkorb. »Ich möchte Ihnen etwas zeigen.« Er griff in die Brusttasche seines Sakkos. »Einen Brief. Das Original liegt in meiner Akte.«

Es waren vier Seiten, und Gail erkannte die verschnörkelte Schrift sofort. Ein Blick auf die Unterschrift bestätigte ihr, daß es ein Brief war, den Nancy Darden vor sechs Monaten, als der Konflikt sich zugespitzt hatte, an Carlos Pedrosa geschrieben hatte.

Zunächst machte sie einfach ihrer Wut und Empörung Luft. Dieser mit Ausrufezeichen gespickte Anfang war noch relativ harmlos, doch dann kam es knüppeldick: Sie beschimpfte Carlos Pedrosa als Lügner und Ganoven, der illegale Ausländer beschäftige. Sie schrieb, dies sei immer noch Amerika, und alle Ausländer, auch Carlos, sollten doch dorthin gehen, wo sie hergekommen seien. Kubaner seien ja sowieso als Juden der Karibik verschrien – das erklärte ihrer Ansicht nach alles! –, aber ihr Vater sei Senator der Vereinigten Staaten und werde sich des Falles persönlich annehmen …

Gail verwünschte Nancy Darden insgeheim, während sie den Brief wieder zusammenfaltete und Anthony hinstreckte. Dieses blöde arrogante Geschöpf!

»Behalten Sie ihn«, sagte er. »Vielleicht möchte Mrs. Darden ihn noch einmal lesen.« Sein lockeres, ungezwungenes Auftreten hatte stählerner Entschlossenheit Platz gemacht.

Gail schob den Brief in die Tasche ihres Kleides und kaschierte ihre Unsicherheit mit Indignation. »Was wollen Sie damit anfangen?« fragte sie kalt. »Für die Sachlage ist dieses Schreiben völlig irrelevant. Es ist in einem Zivilprozeß nicht zulässig.«

»Ich finde, Sie sollten mit Ihren Klienten darüber sprechen. Der Brief könnte für sie zum Problem werden.«

Natürlich, dachte Gail, er könnte in *El Herald* publiziert werden. Und die kubanischen Rundfunksender, berüchtigt für ihre Angriffe gegen Politiker, würden triumphieren. Sie hatten für Douglas Hartwell nie etwas übrig gehabt, auch wenn er ein Republikaner war. Und die jüdischen Wähler mochten ihn auch nicht. Und wen hatte Nancy sonst noch alles beleidigt? Hartwell mußte sich im Herbst einer Wiederwahl stellen, und da konnte sogar eine so geringfügige Sache wie dieser Brief zum Zünglein an der Waage werden.

Anthony Quintana hatte das alles offenbar gut durchdacht, und jetzt wartete er seelenruhig auf ihre Reaktion. Er würde einen hervorragenden Pokerspieler abgeben.

»Was erwarten Sie von mir, Mr. Quintana?«

»Wie schon gesagt, ich habe weder die Zeit noch die Geduld für Zivilprozesse. Ich möchte einen Vergleich.«

»Zu wessen Bedingungen?«

»Machen Sie ein Angebot.«

Gail fühlte sich plötzlich sehr verletzbar und hätte sich wegen ihrer Nachlässigkeit ohrfeigen mögen. Nancy hatte ihr erzählt, daß sie Carlos Pedrosa geschrieben hatte, aber Gail hatte nie um eine Kopie des Briefes gebeten. Es war nur ein schwacher Trost, daß die allermeisten anderen Anwälte das ebenfalls nicht getan hätten. Wenn sie diesen Fall verlor, würde ihr keine Entschuldigung etwas nützen.

Sie wußte, was Larry Black an ihrer Stelle täte. Würde sie, wenn sie seinen Rat befolgte, die Dardens oder aber sich selbst damit retten wollen?

Jeder macht sich irgendwie schuldig, hatte Anthony gesagt.

Aber Gail konnte nur lachen, und sie sah die Überraschung auf seinem Gesicht. Sie starrte über den breiten Boulevard hinweg den grasbewachsenen künstlichen Hügel auf der anderen Straßenseite an.

»Nachdem Sie ja Offenheit schätzen« – sie wandte sich ihm wieder zu –, »das sagten Sie jedenfalls, als wir über meine Schwester sprachen ...« Er reagierte nicht, und sie fuhr fort: »Ich mag keine Drohungen. Machen Sie mit dem Brief, was Sie wollen. Ich tue jetzt einfach mal so, als hätte ich ihn nie gesehen. Und ich tue so, als hätten wir es nicht mit gräßlichen Klienten zu tun. Vielleicht können wir auf diese Weise doch noch zu einer gütlichen Einigung kommen. Und wenn nicht« – Gail hob die Hände –, »wenn nicht, bedanke ich mich für das Obst, und wir sehen uns vor Gericht wieder.«

Anthony betrachtete sie lange. »Gräßliche Klienten?« Sie schwieg. »Das Haus ist mehr als zur Hälfte fertig, Gail. Sie wissen genausogut wie ich, daß das Gericht den Vertrag nicht annullieren wird.«

Ihre Hände waren schweißnaß, sie verschränkte sie auf dem Rücken. »Ja, ich weiß. Wir werden den vertraglich vereinbarten Preis bezahlen, aber nur Arbeit und Materialien, keine Gemeinkosten, keinen Profit.«

»Und das soll vernünftig sein? Was ist mit den ganzen Extras, die sie verlangt haben? Den Eichenböden? Dem Jacuzzi? Und so weiter und so fort.«

»Also gut, aber nur die tatsächlich angefallenen Zusatzkosten, ohne Gewinnaufschläge.«

»Einverstanden.«

»Wir müssen ihre Warenrechnungen einsehen können.«

»Selbstverständlich.«

»Und Pedrosa Development bezahlt die Darlehenszinsen.«

»Die Hälfte. An der Verzögerung sind beide Seiten schuld.«

»Also gut, die Hälfte.«

»Und die Dardens können eine andere Baufirma mit der Fertigstellung ihres Hauses beauftragen.« Ein leichtes Lächeln spielte um Anthonys Mundwinkel. »Vielleicht irgendeine amerikanische Gesellschaft, bei der jeder die englische Sprache perfekt beherrscht.«

»Sonst noch etwas?«

Er winkte ab. »Unwichtige Details. Werden Ihre Klienten zustimmen?«

»Das werde ich Ihnen sagen können, nachdem ich mit ihnen gesprochen habe.«

»Rufen Sie mich an.«

»Verraten Sie mir etwas«, bat sie. »Was hätten Sie mit dem Brief gemacht?«

Er überlegte kurz, zuckte dann die Achseln. »Wahrscheinlich nichts.«

Sie sahen einander an. »Wir sind gar nicht bis zu dem Restaurant gekommen«, sagte Gail.

»So war es doch viel schöner, finden Sie nicht auch?«

Sie erwiderte sein Lächeln. »Bis auf die Papaya.«

Anthony faßte sie kurz am Ellbogen, eine dezente Aufforderung, daß sie sich auf den Rückweg machen sollten.

Während sie nebeneinander her gingen, fragte Gail: »Angenommen, daß unsere Klienten mit diesem Vergleich einverstanden sind – wann könnte ich Kopien der Warenrechnungen bekommen? Ich verlasse mich darauf, daß Sie Carlos dazu bewegen, mir auch wirklich alles zu schicken.« Als Anthony schwieg, warf sie ihm einen Seitenblick zu.

Seine Augen ruhten auf ihrem Gesicht. »Kommen Sie nächste Woche in meine Kanzlei. Ich werde Carlos bitten, alle Unterlagen mitzubringen, und dann können wir sie zu dritt durchsehen.«

»Einverstanden. Die Vernehmungen waren ja ohnehin für Montag anberaumt. Diese Zeit können wir nutzen.« Sie strich eine Haarsträhne hinters Ohr.

Er sah sie immer noch an. »Kommen Sie möglichst früh, dann können wir anschließend die Einzelheiten beim Mittagessen besprechen.«

»Gute Idee. Wir können den endgültigen Vergleich aufsetzen – falls wir uns tatsächlich über alles einig werden.«

»Das halte ich für sehr wahrscheinlich.«

Später am Nachmittag lauschte Gail dem Freizeichen im Telefon der Dardens. Normalerweise war Nancy gegen vier zu Hause. Sie unterrichtete im Kindergarten einer Montessori-Schule.

»Hallo?«

»Nancy? Hier ist Gail Connor. Ich habe heute mit dem Gegenanwalt gesprochen, und wir haben einen vorläufigen Vergleich ausgearbeitet.«

Gail erklärte, daß der Fall sich noch monatelang hinziehen würde, wenn es zu einem Prozeß käme. Und daß niemand den Ausgang dieses Prozesses vorhersagen könne. Der Vergleich sei nicht perfekt, aber durchaus annehmbar. Sie sei davon überzeugt, daß Lawrence Black und sogar Douglas Hartwell ihn billigen würden. Und sie erinnerte Nancy – mit wohldosiertem Bedauern in der Stimme – an die unbedachten Äußerungen in ihrem Brief an Carlos Pedrosa.

Während Gails Ausführungen herrschte am anderen Ende der Leitung zunächst Totenstille, gefolgt von diversen »Uh-huh« und ungeduldigen Brummlauten.

Schließlich explodierte Nancy erwartungsgemäß.

»Diese Leute verdrehen doch alles, was ich geschrieben habe. Ich möchte wissen, was aus dem Recht auf freie Meinungsäußerung in diesem Land geworden ist.«

Gail seufzte hörbar ins Telefon. »Ich weiß, was Sie meinen, aber wir tun unser Bestes.«

»Nun, mir gefällt es nicht, wie Sie vorgegangen sind. Tut mir leid, aber ich bin nicht zufrieden. Ich finde, Sie hätten vorher mit uns beiden sprechen und unsere Einwilligung einholen müssen. Mag ja sein, daß Bill Ihnen gesagt hat, Sie sollten mit dem Gegenanwalt reden, aber mich haben Sie überhaupt nicht gefragt. Ich hatte keine Ahnung, was Sie treiben.«

»Nancy, dürfte ich Sie vielleicht daran erinnern, daß dieser Rechtsstreit sich nun schon fast fünf Monate hinzieht. Es wird wirklich Zeit, daß wir ihn zu den Akten legen.« Gail hörte leises Klopfen am anderen Ende der Leitung, wahrscheinlich von Nancys langen, perfekt manikürten Fingernägeln.

»Ich finde, sie sollten die gesamten Darlehenszinsen übernehmen. Wenn Sie das erreichen könnten …«

Gail stand auf. »Es ist keine gute Idee, mit Carlos Pedrosa um jeden Cent zu feilschen. Er ist von einem Vergleich sowieso nicht hell begeistert.«

»Entschuldigen Sie bitte, aber es geht nicht um Cents, sondern um über zehntausend Dollar!«

»Um fünftausend. Die Hälfte.«

»Ich sage Ihnen noch Bescheid«, verkündete Nancy. »Vorher möchte ich den Rat einiger Leute einholen, wenn Sie nichts dagegen haben.«

»Selbstverständlich«, sagte Gail. »Aber ich rate Ihnen, das sehr bald zu tun.«

Mit einem leisen Schnauben legte Nancy den Hörer auf.

Am Schreibtisch stehend, glättete Gail den verhängnisvollen Brief und legte ihn in die Faltmappe mit der Korrespondenz im Fall *Darden gegen Pedrosa.* Schließlich hatte dieser Brief durchaus sein Gutes. Nancy Darden hatte dem Vergleich zwar noch nicht zugestimmt, aber sie würde es zähneknirschend tun, und mit etwas Glück würde dieser Fall am Montag endlich abgeschlossen sein.

Sie schob die Faltmappe in die dicke braune Akte und stellte den Ordner in das Bücherregal neben der Tür. Sie wollte sämtliche Unterlagen noch einmal durchsehen, aber nicht heute abend. Ganz oben auf dem Regal lagen drei andere Fälle, die sie an diesem Abend nach Hause mitnehmen wollte.

Sie warf einen Blick auf ihre Uhr: 16.52 Uhr. In wenigen Minuten erwartete sie einen Klienten. Eigentlich müßte sie es – wenn der Verkehr nicht zu dicht war – schaffen, Karen nach dieser Besprechung noch vor sieben abzuholen. Dave konnte machen, was er wollte.

Gail trat ans Fenster, blickte auf die Gebäude und Bäume hinaus und dachte an den kommenden Montag.

Sie wußte, daß Anthony Quintana nicht beabsichtigte,

auch Carlos zum Mittagessen einzuladen, und sie wußte, daß das Restaurant klein und ruhig sein würde. Und daß man alle Details des Vergleichs schon vorher telefonisch besprechen könnte. Das war natürlich Anthony genauso klar. Aber sie wußte auch, daß zwischen Männern und Frauen manches besser unausgesprochen blieb.

Sie beugte sich vor, bis ihr Kopf an die Scheibe stieß, und spähte auf die Straße hinab. Aus dieser Höhe betrachtet, wirkten die Palmen sehr klein. Sie schwankten im Wind. An der Kreuzung schob ein Schwarzer einen Kasten vor sich her. Vielleicht machte sich der Fleischpastetenverkäufer auf den Heimweg. Von oben sahen die gelben und orangefarbenen Streifen seines Sonnenschirms wie eine exotische Blume aus.

Kapitel 9

Als Gail am Samstag aufwachte, war es kurz nach halb neun. Sie setzte sich abrupt auf und griff nach dem Wecker.

»Verdammt!« Jemand hatte ihn abgestellt. Sie sprang aus dem Bett und zog rasch ein Baumwollhemd und eine Hose an.

Dave und Karen frühstückten in der Küche. Er beobachtete Gail über den Sportteil der Zeitung hinweg.

»Du hast mich verschlafen lassen«, warf sie ihm vor.

»Hi, Mom!« rief Karen. »Daddy hat mir französischen Toast gemacht.« Ihr Mund glänzte von Sirup.

»Das sehe ich.« Gail erinnerte sich plötzlich daran, daß es der Geruch von Speck, Toast und Kaffee gewesen war, der sie geweckt hatte. »Irgendein besonderer Anlaß?«

»Darf ich meiner eigenen Tochter denn kein Frühstück machen?« Dave faltete den Sportteil zweimal zusammen und legte ihn auf die übrige Zeitung, die – ebenfalls ordentlich gefaltet – neben seinem leeren Teller lag.

»Ich habe nicht gesagt, daß du das nicht darfst, aber

normalerweise stellst du ihr nur eine Schüssel und eine Packung Cornflakes hin.«

Es war nur noch eine halbe Tasse Kaffee übrig. Gail goß diesen Rest in einen Becher, stellte Karens Strandtasche vom Stuhl auf den Boden und nahm Dave gegenüber Platz. Sie stibitzte ein Stück Toast von Karens Teller und küßte ihre Tochter auf die Wange.

»Es ist sonnig. Du wirst braten wie ein Spiegelei. Hast du wenigstens ein Sonnenschutzmittel dabei?« Karen wollte mit einigen Mädchen ihrer Pfadfindergruppe an den Strand.

»Weiß ich nicht. Daddy hat die Tasche für mich gepackt.«

Dave stapelte einige Teller aufeinander. »Ja, Gail, sie hat Sonnenschutzcreme dabei und zwei Handtücher und auch etwas zum Anziehen. Ich habe alles im Griff. Marilyn holt sie in zehn Minuten ab.«

»Ich bin beeindruckt«, kommentierte Gail. Sie goß etwas Milch in ihren Kaffee. Erst jetzt fiel ihr auf, daß Dave seinen Pullover mit der Aufschrift »Metzger Marine« trug. »Fährst du heute morgen zum Bootsanlegeplatz raus?«

»Ja, ich habe dort einiges zu erledigen.«

Dave räumte Besteck, Saftgläser und Teller zusammen. Er hatte sich einen Sonnenbrand geholt, weil er seinen Arbeitern mit nacktem Oberkörper geholfen hatte, ein Segelboot mit einem neuen Deck aus Teakholz auszustatten. Im Zweifelsfall hatte er lieber Sägespäne als Tintenkleckse an den Fingern.

»Hoffentlich hast du die Absicht hierzusein, wenn Karen vom Strand zurückkommt.«

»Das weiß ich noch nicht genau.«

Gail warf ihm einen gereizten Blick zu. »Ich hatte dir doch gesagt, daß ich heute arbeiten muß! Deshalb wollte ich ja auch früh aufstehen.«

Er stellte das Geschirr in die Spüle. »Ich komme vielleicht erst später. Warum holst du sie nicht einfach bei Marilyn ab?«

»Weil Marilyn kein Babysitter ist.« Gail betrachtete nachdenklich ihre Tochter, die das letzte Stück Toast durch eine Siruppfütze zog. »Also gut, ich bin spätestens um drei wieder hier, und früher bringt Marilyn die Mädchen bestimmt nicht zurück.«

Das Telefon an der Wand neben dem Kühlschrank klingelte. Dave nahm den Hörer ab.

Gail wischte einen Siruptropfen von Karens pinkfarbenem T-Shirt ab. »Wir könnten uns für heute abend ein Video ausleihen. Wie wär's mit *Die kleine Seejungfrau?*«

»Mom!« stöhnte Karen. »Das ist ein so alberner Film.«

»Gail, für dich.« Dave streckte ihr den Hörer entgegen.

»Wer ist es denn?«

»Jimmy Panther.«

Gail stand mit schlechtem Gewissen auf. Sie hatte ihn die ganze Woche anrufen wollen, war aber nie dazu gekommen.

»Guten Morgen, Jimmy.«

»Hallo.« Seine Stimme war sogar am Telefon tief und klangvoll. »Ihre Mutter hat mir die Nummer gegeben. Ich wollte mich erkundigen, ob Sie die Rehmaske in Renées Wohnung gefunden haben.«

Gails Blick schweifte zur Anrichte hinüber, die als Trennwand zwischen Küche und Wohnzimmer diente. Sie hatte die Maske aus der Schachtel genommen, um sie Karen zu zeigen, und nun lag sie seit einer Woche dort unverpackt herum.

»Ja, ich habe sie gefunden. Tut mir leid, daß ich Sie nicht darüber informiert habe.«

»Ich würde sie gern bei Ihnen abholen. Allerdings brauche ich etwa eine Stunde, um hinzukommen.«

»Wir müssen alle gleich weg, aber ich könnte die Schachtel auf die Veranda stellen. In dieser Gegend wird nichts gestohlen.«

»Nein, lieber nicht.« Nach kurzem Schweigen murmelte er, so als würde er nur laut denken: »Später kann ich nicht rauskommen und am Sonntag auch nicht. Höchstens am Sonntagabend.«

»Ich weiß etwas Besseres«, sagte Gail. »Ich könnte sie Ihnen morgen nachmittag vorbeibringen, und Sie verkaufen uns dann zwei Karten für Ihr Luftboot. Meine Tochter ist noch nie mit einem gefahren, und ich selbst seit Jahren nicht mehr.«

»Es wird mir eine Freude sein. ›Everglades Adventure‹, am Tamiami Trail, etwa sechs Kilometer von der Krome Avenue entfernt. Aber Sie brauchen nicht zu bezahlen, ich lade Sie ein. Ihre Tochter heißt doch ... Karen?«

»Ja, aber woher wissen Sie das?«

»Renée hat es mir erzählt.«

Als sie den Hörer einhängte, drehte Dave sich zu ihr um. »Was wollte der Indianer denn? Seine Rehmaske?« Gail hatte ihm von ihrer Unterhaltung mit Jimmy Panther erzählt.

»Ja, ich bringe sie ihm morgen raus. Ich habe gar nicht erst gefragt, ob du auch mitkommen möchtest, weil ich annehme, daß du Tennis spielst.«

»So ist es.«

Auch recht, dachte sie.

Sie nahm die Maske zur Hand, blies den Staub ab und setzte sich wieder an den Tisch. Der Rehkopf war kunstvoll modelliert.

»Das Ding sieht wirklich alt aus«, meinte Karen.

»Ist es ja auch.« Gail strich mit dem Zeigefinger über den Halbmond auf der Stirn des Tieres. »Eine alte Indianerin hat diese Maske gemacht, vielleicht, als sie noch fast ein Mädchen war.«

Dave räumte Karens Teller ab. »Mich würde es gar nicht wundern, wenn er sie in irgendeinem Souvenirladen gekauft hätte«, kommentierte er. »Dreh sie mal um, vielleicht steht ›Made in Taiwan‹ hinten drauf.«

Karen schaute nach. »Nein, steht nicht drauf. Heißt er wirklich Jimmy Panther?«

»Keine Ahnung«, sagte Gail. »Ich weiß so gut wie nichts über ihn, nur daß er Renées Freund war.« Dave ließ heißes Wasser über das Geschirr laufen. »Hast du diese Maske früher schon mal gesehen?« fragte Gail.

»Bevor du sie mitgebracht hast? Nein«, antwortete er über die Schulter hinweg. »Aber Renée hat mir einmal eine Geschichte über ihn erzählt. Sie sind zusammen am Fluß spazierengegangen, Richtung Stadtmitte, und mitten auf einem Parkplatz ist Panther stehengeblieben, hat sich auf den Asphalt gekniet und gelauscht. Er hat gesagt, er könne sein Volk weinen hören. Vor dreihundert Jahren seien an dieser Stelle viele Indianer von den Spaniern umgebracht worden.«

»Das hast du mir nie erzählt.«

»Renée sagte, ich solle es für mich behalten, aber jetzt spielt das wohl keine Rolle mehr.«

Ihre Blicke trafen sich kurz, bevor er sich wieder der Spüle zuwandte und das Geschirr in die Spülmaschine einzuräumen begann.

Was mochte Renée ihm bei den Montag-Mittagessen sonst noch alles erzählt haben, fragte sich Gail. Und wieviel Sorgen mochte er ihr anvertraut haben? Oder hatten sie nur miteinander gelacht? Vielleicht hatte Dave ihr seine Lieblingswitze erzählt, noch bevor Gail sie zu hören bekam. Wahrscheinlich saßen sie immer in der hintersten Ecke eines Restaurants und flüsterten miteinander, während der Kellner so tat, als würde er nicht bemerken, daß nur der Mann einen Ehering trug. Bestimmt hatte Dave die Rechnungen bar bezahlt und beim Verlassen des Lokals eine Sonnenbrille aufgesetzt. Ob sie miteinander geschlafen hatten oder nicht, war nebensächlich: Worte konnten intimer sein als Sex.

Und weil sie das wußte, schweiften ihre Gedanken unwillkürlich immer wieder zu Anthony Quintana. Er hatte sie am Freitag angerufen, und sie hatten vereinbart, sich am Montag zu treffen, um die Vereinbarung des Vergleichs zu unterschreiben. Beim Mittagessen könnten sie dann ja den Entwurf durchsehen, hatte Anthony vorgeschlagen. Und dann hatte er gesagt, daß er sie in ein kubanisches Restaurant einladen würde, wo man aber ebensowenig mit Reis und Bohnen abgespeist würde wie in Paris mit Pommes frites. Ob sie schon einmal im *Yuca* gewesen sei, in Coral Gables? Nein? Aber sie wisse doch bestimmt, daß das Restaurant sogar von der *New York Times* empfohlen worden sei? Nein? Er hatte ihr erklärt, daß Yuca der Name einer tropischen Pflanze sei, zugleich aber auch ein Akronym: Young Urban Cuban-American. Mit seinen einundvierzig Jahren sei er zwar nicht mehr allzu jung, aber das Essen ... Er hatte genußvoll geseufzt und hinzugefügt, sie müsse die kubanische Küche unbedingt kennenlernen, schließlich lebe sie ja in Miami.

Gail zuckte zusammen, als es laut an der Küchentür klopfte. Karen wirbelte auf ihrem Stuhl herum. Ihr Ellbogen streifte die Maske, die auf die Tischkante zu rutschte. Gail konnte sie im letzten Moment auffangen. »Karen!«

»Polly ist da!« Karen stürzte zur Tür.

Pollys Mutter, Marilyn, schob ihre Sonnenbrille ins blondierte Haar hinauf. Sie trug ein langes Strandhemd und Sandalen. »Hallo allerseits!« rief sie fröhlich.

»Wo ist Polly?«

»Karen, geh und putz dir die Zähne«, sagte Gail.

»Mom, ich muß los!«

Marilyn trat ein. »Schon gut, ich warte.« Sie hatte perfekte Nägel und eine ideale Bräune, die sie – wie Gail vermutete – einem Sonnenstudio verdankte. »Ratet mal, wer vierzig wird?« Sie tat so, als gäbe sie ein wichtiges Geheimnis preis. »Ryan. Der Ärmste ist darüber so deprimiert. Ich will nächsten Sonntagnachmittag eine Überraschungsparty für ihn veranstalten. Ihr kommt doch?«

»Sehr gern.« Gail warf Dave einen fragenden Blick zu.

Dave lehnte sich mit verschränkten Armen an die Anrichte. »Wenn Gail sagt, daß wir kommen, wird's wohl so sein.«

Marilyn blickte verunsichert von einem zum anderen.

»Wir sagen dir noch Bescheid«, murmelte Gail hastig. »Zur Zeit haben wir beide wahnsinnig viel zu tun.«

»Oh, das kann ich gut verstehen.« Marilyn rang sich ein Lächeln ab.

Ein betretenes Schweigen trat ein.

Dann kam zum Glück Karen angerannt, und Dave

hängte ihr die Strandtasche über die Schulter und zog sie in seine Arme. »Wiedersehn, Prinzessin. Sei Daddy zuliebe ein braves Mädchen.« Er hielt sie mit geschlossenen Augen fest an sich gedrückt.

Karen zappelte herum. »Daddy, ich muß los.«

Er küßte sie auf den Kopf. »Ich hab dich lieb, Prinzessin.«

»Ich dich auch. Wiedersehn, Dad, Wiedersehn, Mom.«

Die Küchentür schlug hinter ihr zu. Gail sah durchs Fenster, wie sie über den Rasen rannte und in Marilyns neuen Minibus stieg, in dem schon drei oder vier Mädchen herumtobten.

Gail drehte sich um. »Warum hast du so was zu Marilyn gesagt?«

Dave schwieg einige Sekunden. »Gail ...«

Sie durchquerte die Küche. »Ich muß jetzt zur Arbeit.«

»Nein, warte, ich muß mit dir reden.«

Sie blieb stehen.

Er verkrampfte seine Finger und verschränkte sodann die Arme. »Ich habe mir überlegt, daß ich eine Weile draußen im Geschäft bleiben sollte.«

»Warum? Was soll das heißen?«

»Weißt du, ein Jachtbesitzer verbringt den ganzen Sommer in New York, und ich habe ihm gesagt, er könne sich die Dockgebühren sparen, wenn ich dafür in seiner Kajüte schlafen darf.«

Gail starrte ihn entgeistert an.

»Du weißt doch selbst, daß es in letzter Zeit mit uns beiden nicht so recht klappt. Daran ist niemand schuld, es passiert einfach. Partnerschaften haben ihre Höhen und Tiefen. Vielleicht müssen wir die Spinnweben entfernen, um zu sehen, was darunter hervorkommt.«

Sie trat dicht vor ihn hin. »Ich verstehe nicht, was du damit meinst.«

»Ich glaube, daß eine zeitweilige Trennung uns beiden guttun würde.« Die Hände in die Hüften gestemmt, atmete er tief aus. »Na komm, mach's mir nicht so schwer, okay?«

»Dave, mein Gott!« Sie lachte. »Und was sollen wir Karen sagen? Daß Daddy ausgezogen ist, um sich selbst zu finden?«

»Ich weiß nicht ... Sag ihr, ich hätte viel Arbeit.«

»Das mußt du ihr schon selbst sagen.«

Er schwieg.

»Dave, das ist doch lächerlich. Ich weiß, daß wir Probleme haben, aber auf diese Weise werden wir sie bestimmt nicht lösen. Einfach weglaufen und sich in einer fremden Kajüte verkriechen? Ich kann einfach nicht glauben, daß du so etwas tun würdest.«

»Willst du behaupten, daß das alles für dich eine große Überraschung ist?«

»Aber du hast nie etwas *gesagt*.« Gail fuhr sich mit beiden Händen durch die Haare. »Okay, ich weiß, daß es mit unserer Ehe nicht zum besten steht. Aber daran sind wir alle beide schuld. Wir sehen einander ja kaum noch. Wenn ich nach Hause komme, ziehst du die Tennisschuhe an. Wann haben wir Zeit zum Reden?«

Er lachte müde. »Ich verkrafte das einfach nicht mehr.«

»Versuchst du's überhaupt?« Als er keine Antwort gab, fuhr sie fort: »Wir dürfen es uns nicht so einfach machen.«

»Gail ...« Dave wandte sich ab und vergrub sein Gesicht in den Händen, die Ellbogen auf die Anrichte gestützt. »Ich habe das Gefühl zu sterben. Ich kann mich nicht bewegen. Ich kann nicht atmen.«

»Es hängt mit Renée zusammen, stimmt's? Seit ihrem Begräbnis bist du irgendwie verändert.«

Er hob den Kopf und lächelte gequält. »Du meinst, es wäre eine Depression oder so was Ähnliches? Etwas Vorübergehendes?«

»Wir könnten uns an jemanden wenden«, schlug sie vor.

»Du meinst – an einen Eheberater?«

»Ja.«

»Möchtest du das wirklich?«

Gail zögerte. »Es könnte uns weiterhelfen.«

»Aber *willst* du es wirklich?« Seine blauen Augen fixierten sie.

»Wir sollten es wenigstens versuchen.«

Dave ging zum Tisch, griff nach seinem Kaffeebecher und vergewisserte sich, daß er leer war. »Ich verrate dir etwas, das mir in letzter Zeit klargeworden ist. Tu nichts, was du nicht wirklich tun willst.«

Gail hatte oft gedacht – speziell dann, wenn sie nach einem Streit kein Wort miteinander wechselten –, daß sie allein genauso glücklich wäre. Und in der allergrößten Wut hatte sie manchmal sogar gewünscht, sein Boot würde explodieren und im Atlantik versinken. Aber die Realität war eben doch etwas ganz anderes.

Sie setzte sich. »Wirst du an diesem Wochenende hiersein?«

»Das weiß ich noch nicht.« Dave spülte seinen Becher kurz aus und stellte ihn in die Spülmaschine. »Wahrscheinlich nehme ich heute morgen ein paar Sachen mit runter. Wie wär's, wenn ich am Sonntag zum Abendessen komme?«

»Okay.«

»Wenn es dir lieber ist, könnten wir auch zu dritt irgendwo essen gehen.«

Gail schlug die Beine übereinander und wippte mit dem Fuß. »Wie lange hast du das schon geplant?«

Er schloß den Geschirrspüler und tat so, als müßte er sich auf die Knöpfe konzentrieren. »Ich hätte eher mit dir darüber reden müssen, das weiß ich. Tut mir leid.«

»Wir haben letzte Nacht miteinander geschlafen, zum erstenmal seit zwei Wochen!«

Er schien um eine Antwort verlegen zu sein. »Ich mag dich, Gail, und das wird immer so bleiben.«

»Du hast mit mir geschlafen, obwohl du genau wußtest, was du mir heute früh eröffnen würdest!«

Er zog seine Wagenschlüssel aus der Tasche. »Ich rufe dich heute abend oder morgen an.«

»Sehr schön, aber das gemeinsame Sonntagsessen lassen wir doch lieber.«

Er mied ihren Blick. »Wenn du keine Lust hast, kann ja Karen mit mir irgendwo essen.«

»Vielleicht kannst du ihr bei dieser Gelegenheit alles erklären.«

»Ich mache mir um Karen keine Sorgen«, sagte er. »Sie wird das ohne weiteres verkraften. Glaubst du, sie hat nicht längst gemerkt, was los ist? Sie ist ein intelligentes Mädchen, und wenn wir nur ihr zuliebe zusammenbleiben, werden wir ihr viel mehr Schaden zufügen.«

»Aus welchem populärwissenschaftlichen Psychologiebuch hast du denn diese Weisheit geschöpft?«

»Hör zu – stell mich nicht als Bösewicht hin. Ich werde dich nicht im Stich lassen. Ich werde das Geschäft weiterführen und zu den Haushaltskosten beisteuern, soviel ich kann. Und ich will Karen so oft wie möglich sehen. Ich bin überzeugt, daß wir zu einer vernünftigen Einigung kommen werden.«

Gail schwieg einige Sekunden. Dann konstatierte sie ruhig: »Du hast schon mit einem Anwalt gesprochen. Mit wem?«

»Das brauchst du nicht zu wissen.«

»Mit wem?«

Nach kurzem Zögern sagte er: »Joseph Erwin.«

Sie lachte laut auf. »Joe Erwin? Er ist ein Scheidungsanwalt mit gewaltigem Appetit auf Mäuse. Wie ich gehört habe, verlangt er zehn Riesen, bevor er einen Fall überhaupt übernimmt. Wieviel mußtest du für eine Konsultation berappen?«

Daves Stimme bekam einen drohenden Klang. »Zwing mich nicht zu einer Konfrontation mit dir, Gail.«

»Wenn du keine Konfrontation willst, hättest du nicht zu Joe Erwin gehen dürfen. Was hat er dir geraten? Daß du abwarten solltest, ob du weiteres Geld für *Metzger Marine* rausholen kannst, bevor du verduftest? Es war *mein* Geld, von dem das Unternehmen gekauft wurde, glaub also nicht, daß du es dir so einfach unter den Nagel reißen kannst!«

»Du liebst das, nicht wahr?« brüllte er. »Menschen zu beherrschen. Ich kenne dein Motiv. Du willst mich dafür bestrafen, daß ich mit Renée befreundet war.«

»Befreundet?« brüllte Gail zurück. »Du bist zwei Jahre mit ihr essen gegangen. Du hast ihr Geld geliehen. Du hattest ein schlechtes Gewissen, sonst hättest du mir diese Sache nicht verschwiegen. Du hattest eine Frau und eine Geliebte, aber dir fehlte der Mumm, mit beiden zu schlafen.«

Er stützte sich schwer auf den Tisch. Sein Gesicht war nur wenige Zentimeter von dem ihren entfernt. »Verpiß dich, Gail! Du kotzt mich an!«

Gail sprang so heftig auf, daß der Stuhl umfiel. Sie zitterte am ganzen Leibe. »Mir ist egal, was du machst. Hau ab! Verschwinde! Geh zum Teufel! Wenn ich nach Hause komme, will ich hier nichts mehr sehen, was dir gehört.«

»Meine Sachen nehme ich mit, wann *ich* will.« Er ging neben ihr her, als sie das Wohnzimmer durchquerte. »Rühr ja nichts an! Und versuch nicht, *Metzger Marine* an dich zu reißen, Gail.« Speicheltropfen trafen ihre Wange. »Versuch's nicht, ich warne dich!«

»Am besten sprichst du am Montag mit deinem verdammten Anwalt«, sagte sie kalt. »Ich habe keine Lust, mit dir darüber zu debattieren.«

Wie durch dichten Nebel hörte sie die Türklingel – mehrmals hintereinander. »Ich bin nicht da«, sagte sie und ging ins Bad.

»Verdammt, ich bin doch nicht dein Dienstmädchen!« schrie er hinter ihr her.

Sie warf die Tür zu, tränkte ein Gästetuch mit kaltem Wasser und rieb sich damit das Gesicht ab. Dann ließ sie sich schwer atmend auf den Toilettendeckel fallen und legte den Kopf auf die Knie. Sie hörte, daß es wieder klingelte. Langsam stand sie auf und betrachtete sich im Spiegel. Ohne Make-up wirkten ihre Augen ausdruckslos. Ihre Haut war fleckig, das dauergewellte Haar noch vom Schlaf verdrückt.

Lautes Pochen an die Badtür ließ sie zusammenfahren. »Gail, du hast Besuch bekommen!«

»Um Himmels willen …«

»Es ist der Bulle.«

Sie öffnete die Tür. Dave hielt ihr mit zwei Fingern eine Visitenkarte unter die Nase. Frank Britton, Morddezernat.

Dave betrat hinter ihr das Wohnzimmer, ging aber sofort weiter.

Britton erhob sich vom Sofa. Die Garagentür wurde zugeschmettert, und der Polizist warf einen Blick in jene Richtung, bevor er seine Aufmerksamkeit Gail zuwandte.

»Guten Morgen, Ms. Connor«, sagte er höflich. Auch an diesem Morgen trug er ein unauffälliges Sportsakko. Zu seinen Füßen stand eine große Schachtel, und darauf lag ein dicker Ordner, mit einer Schnur zusammengebunden.

Sie nickte nur, beim besten Willen nicht in der Stimmung, sein Lächeln zu erwidern. »Sergeant, ich würde Ihnen ja gern eine Tasse Kaffee anbieten, aber ich muß gleich aufbrechen.«

»Tut mir leid, Sie am Samstag belästigen zu müssen. Ich habe in Ihrem Büro eine Nachricht hinterlassen, daß ich vorbeikommen würde.«

»Tatsächlich? Das muß irgendwie untergegangen sein. Es war eine anstrengende Woche.«

»Ich weiß, wie das ist.« Er deutete auf das Sofa, so als wäre sie die Besucherin und er der Gastgeber.

Sie blieb stehen. »Ich bin wirklich sehr in Eile. Was haben Sie mitgebracht – Renées Papiere? Wenn Sie sie einfach dalassen könnten …«

»Das geht leider nicht. Wir müssen einige Sachen zusammen durchgehen. Wenn Sie jetzt keine Zeit haben, müßte ich Sie bitten, ins Dezernat zu kommen. Tut mir leid, soviel Mühe zu bereiten.«

Mit einem Lächeln und einem Anflug von Bedauern in der Stimme versuchte er die harten Worte etwas abzumildern. Im Grunde brauchte sie sich überhaupt nicht mit ihm zu unterhalten, sie hatte keine Lust, sich auf lange Diskussionen mit ihm einzulassen.

»Also gut, ich mache uns Kaffee.«

Die halbe Tasse, die sie sich vor einer Weile eingeschenkt hatte, war kalt, die Kanne leer. Sie machte sich mit Filter, Kaffeepulver und Teelöffel zu schaffen. Diese alltäglichen Handgriffe hatten etwas Beruhigendes für sie. Ihre Hand, die den Löffel hielt, zitterte kein bißchen. Der Sturm, den Dave hervorgerufen hatte, tobte jetzt nur tief in ihrem Innern, und das würde während Brittons Besuch auch so bleiben. Anschließend würde sie ins Büro fahren und sich einige Stunden mit Arbeit betäuben. Erst danach würde sie entscheiden, was jetzt zu tun war. Wahrscheinlich würde sie Charlene Marks anrufen und fragen, ob sie sich mit der Scheidung einer Freundin befassen wolle. Ihr Herzschlag setzte für den Bruchteil einer Sekunde aus, und sie schnappte nach Luft.

Britton hatte den Ordner auf den Tisch gelegt, stand mit den Händen in den Taschen da und beobachtete sie.

»Wie trinken Sie Ihren Kaffee?«

»Schwarz, danke.«

Sie holte einen Becher aus dem Schrank über der Kaffeemaschine und stellte ihn neben den ihren. Die Becher paßten nicht zusammen, registrierte sie gleichgültig: Ihrer war mit einem Cartoon geschmückt, der andere war ein Souvenir von der Coconut Grove Boat Show.

»Sie und Renée hatten denselben Vater, oder?« fragte Britton unvermittelt. Als sie ihn verwundert ansah, erklärte er: »Sie sind viel größer.«

»So groß nun auch wieder nicht – einsfünfundsiebzig. Unser Vater war etwa einsfünfundachtzig. Renée ist unserer Mutter ähnlicher. Wollen Sie sich nicht setzen, Sergeant?«

Erst jetzt fiel ihr der umgeworfene Stuhl auf, und sie machte einige Schritte darauf zu, um ihn wieder aufzustellen, während sie sich fragte, wieviel Gebrüll er mit angehört hatte, bevor er klingelte.

Britton kam ihr zuvor. »Lassen Sie, ich mach das schon.« Lächelnd stellte er den Stuhl auf und setzte sich. Dann griff er nach der Rehmaske, die immer noch auf dem Tisch lag. »Sieht ganz wie die aus, die Sie aus Renées Wohnung mitgenommen haben.«

»Das ist sie auch. Ich liefere sie morgen ab.«

»Waren Sie inzwischen noch einmal in der Wohnung? Ist alles ausgeräumt?«

Gail schüttelte den Kopf. »Meine Mutter wollte das heute morgen erledigen mit einer Freundin und einem Helfer.« Sie schenkte Kaffee ein und goß etwas Milch in den Becher mit dem Cartoon. Britton schob seinen Ordner etwas beiseite, als Gail ihm schräg gegenüber Platz nahm.

»Sie beteiligen sich nicht an der Wohnungsauflösung?« fragte er.

»Nein.« Gail hatte nicht insistiert, als ihre Mutter erklärt hatte, sie komme auch ohne ihre Hilfe zurecht.

Britton nippte an seinem Kaffee. »Mrs. Connor will die Kleidungsstücke offenbar verschenken, und die Wohnung will sie verkaufen. Coconut Grove ist ja zur Zeit auch wirklich ein sehr gefragtes Viertel.«

»Sie scheinen ja sehr gut über die Pläne meiner Mutter Bescheid zu wissen, Sergeant.«

»Wir haben uns einige Male unterhalten. Sie erinnert mich an eine Tante, die ich als Kind in Ocala hatte. Das ist meine Heimat. Floridas Pferdeland. Sind Sie jemals dort gewesen?«

Gail lächelte höflich. »Ja, aber das ist lange her.«

»Nun, auch dort hat sich viel verändert. Fast food und dichter Verkehr.«

Sie wartete ungeduldig darauf, daß er endlich zum Thema kommen würde.

Britton trank wieder einen Schluck Kaffee. »Ich habe mich am Dienstag mit Ihrer Mutter unterhalten, und sie erwähnte das Geld, das Renée Ihnen hinterlassen hat. Wieviel ist es gleich noch – so um die zweihunderttausend Dollar? Ich hätte nicht gedacht, daß Renée soviel Geld hatte.«

»Hatte sie auch nicht. Es war ein Treuhandvermögen.« Das mußte Britton auch wissen, wenn er mit Irene gesprochen hatte.

Er lehnte sich zurück und tat so, als wäre er verwirrt. »Ich habe mich gewundert, warum Sie nichts von diesem Geld erwähnt haben.«

»Bitte?«

»In Renées Wohnung, als wir uns über ihren Besitz unterhalten haben.«

Nach kurzem Sehweigen sagte Gail: »Ich hab's vergessen.«

»Vergessen?«

Gail warf ihm einen scharfen Blick zu. »Jawohl, vergessen. Meine Schwester hat Selbstmord begangen, da ist es doch wohl verständlich, daß ich nicht als erstes an ihr Treuhandvermögen denke.« Sollte er daraus machen, was er wollte, dachte sie gereizt.

Britton stellte seinen Becher ab, knotete die Schnur um den Ordner auf und schlug die Klappen zurück. »Ich habe Ihnen etwas mitgebracht. Auf mein Drängen hin hat der Gerichtsmediziner eine vorläufige Sterbeurkunde ausgestellt.« Er schob ihr ein mit Schreibmaschine ausgefülltes Blatt Papier hin.

Gail überflog die ersten Zeilen. *Renée Michelle Connor. Alter: 29. Todesursache: Ausblutung infolge von … Schwebende Ermittlung.*

Sie legte die Urkunde mit der Rückseite nach oben auf den Tisch. Britton warf ihr einen besorgten Blick zu. »Das wirkt so kalt«, murmelte sie.

»Ja, Madam. Aber Sie benötigen diese Urkunde doch für den Nachlaß.«

Sie nickte. »Danke, daß Sie sie mir gebracht haben. Und Sie brauchen mich wirklich nicht mit ›Madam‹ anzureden. Ich bin jünger als Sie, und ich komme mir dabei komisch vor.«

Lachend lehnte sich Britton wieder zurück. Der Stuhl knarrte unter seinem Gewicht. »Okay, kommen wir zur Sache. Ihr Cousin Ben Strickland hat letzte Woche den Captain angerufen und angeregt, daß wir die Ermittlungen abschließen sollten. Warum macht er so was?«

Gail dachte an ihre Unterhaltung mit Ben. »Nein, das ist

bestimmt ein Mißverständnis. Wenn er angerufen hat, so nur, um herauszufinden, worum es eigentlich geht.«

Britton runzelte die Stirn. »Ich habe aber etwas anderes gehört. Haben Sie ihn nicht um diesen Anruf gebeten?«

»Ja, ich wollte, daß er in Erfahrung bringt, wie lange das noch so weitergehen soll. Diese netten Plauderstündchen, die Sie mit meiner Mutter verbringen, tun ihr nicht gut. Sie muß endlich einen Schlußstrich unter diese Geschichte ziehen. Und ich auch, ehrlich gesagt.«

»Ich verstehe Ihre Einstellung, aber andererseits ist da eine tote junge Frau, und es gibt die verschiedensten Meinungen darüber, ob sie sich selbst das Leben genommen haben könnte oder nicht. In den letzten Tagen habe ich mich mit vielen ihrer Freunde und Kollegen unterhalten. Die meisten von ihnen sagen – nein.«

»Dann haben sie Renée eben nicht gut gekannt. Sie zeigte jedem eine andere Seite ihres Wesens.«

»Und wie war sie wirklich?«

»Voller Ängste. Einsam. Unfähig, Schwierigkeiten zu bewältigen. Ich glaube, sie hat einfach aufgegeben.«

Britton saß eine Weile schweigend da. »Und warum war sie so?« fragte er schließlich.

»Keine Ahnung. Vermutlich war es eine logische Folge ihres Lebenswandels.«

»Wir haben unseren Computer abgefragt und festgestellt, daß sie ein halbes dutzendmal verhaftet worden war. Hinzu kommen noch zwei Verhaftungen als Minderjährige, aber diese Akten wurden versiegelt, als sie achtzehn wurde. Die anderen Delikte waren Ruhestörung, unbefugtes Eindringen in eine Wohnanlage, Marihuana-Besitz und zweimal Alkohol am Steuer sowie ein gravierender Fall im letzten Sommer – Kokainschmuggel. Haben Sie etwas davon gewußt?«

Gail zog scharf die Luft ein. »Mein Gott, nein! Wie ging das vor sich?«

»Sie hat wohl mit den falschen Leuten eine Tour zu den Bahamas gemacht, mit einem Fischerboot. Als sie zurückkamen, wurden sie geschnappt. Viel hatten sie nicht bei sich – nur ein halbes Kilo, aber die Männer waren einschlägig vorbestraft. Sie haben sich aus dem Staub gemacht, nachdem man sie auf Kaution freigelassen hatte. Renées Fall wurde eingestellt, bevor es zu einer Anklage kam.«

»Nun, dann müßten Sie ja verstehen, was ich mit ihrem Lebenswandel meine.«

Britton nahm seine Brille ab, hielt sie ins Licht und putzte die Gläser mit einer Papierserviette. »Nein, ich glaube nicht, daß sie drogensüchtig war. Sie kam jeden Tag pünktlich zur Arbeit, und sie half einer Kollegin dabei, eine Babydusche zu entwerfen. Wie ich schon bei unserer letzten Unterhaltung erwähnt habe, gibt es einiges, was mir in diesem Fall zu schaffen macht. Keine oberflächlichen Schnitte an den Handgelenken. Die weggeworfene Rasierklinge. Und sie war im Dunkeln auf diesem Bohlenpfad unterwegs. Ohne Taschenlampe? Ohne Insektenspray?« Er setzte seine Brille wieder auf. »Da macht man sich unwillkürlich Gedanken.«

Britton öffnete den Ordner wieder. Renées chaotische Papiere waren jetzt sorgfältig geordnet und in Klarsichthüllen und Faltmappen untergebracht.

»Das ganze Zeug in der Schachtel drüben im Wohnzimmer können Sie schon haben. Ich brauche es nicht. Alte Fotos, Zeugnisse von Kursen, die sie belegt hatte, Wohnungsunterlagen. Die Sachen in diesem Ordner möchte ich hingegen noch eine Weile behalten. Von allen Papieren, die Sie eventuell als Nachlaßverwalterin benötigen, habe ich Kopien angefertigt. Sie liegen obenauf in der Schachtel.«

»Kopien? Ihnen ist wirklich keine Mühe zuviel«, sagte Gail. »Und wann bekommen wir den Rest zurück?«

»Allzulang dürfte es nicht mehr dauern.« Britton öffnete eine Faltmappe, in der etwa ein Dutzend Briefumschläge lag. Zwei rote, ein pinkfarbener, ein dunkelgrüner, ein blauer, die übrigen weiß. Britton zog aus einem davon eine Glückwunschkarte heraus und gab sie Gail.

Auf weißem Hintergrund stand eine winzige Cartoonfigur mit einer Blume in der Hand. *Nur damit du weißt ...* Sie öffnete die Karte. *... daß ich an dich denke.* Darunter war mit schwarzem Filzstift ein »D.« gekritzelt. Und als PS: *Ich hoffe, die $$$ kommen gelegen. Mach dir wegen der Rückgabe keine Gedanken.*

Gail klappte die Karte zu.

»Sie sind alle von diesem ›D.‹«, sagte Britton und zeigte ihr weitere Karten.

Meiner Lieblingselfe fröhliche Weihnachten ... Herzlichen Glückwunsch zum Geburtstag ... Wenn Du Dich einsam fühlst ... Ich hoffe, Du hast einen schönen Tag ... Karten, wie man sie in jedem Drugstore kaufen konnte. Dave hatte keinen exquisiten Geschmack. Die Banalität dieser Karten schockierte Gail fast noch mehr als die Anzahl.

Sie warf die letzte auf den Stapel. »Die beiden hatten keine Liebesaffäre, falls Sie das glauben sollten.«

»Sind Sie sicher?«

»Ja.« Als er sie weiter durch seine goldgeränderte Brille ansah, erklärte sie: »Dave hat mit mir darüber gesprochen, aber Sie werden bestimmt verstehen, daß das eine sehr persönliche Unterhaltung war.«

Britton machte eine zustimmende Geste und schob die Faltmappe mit den Karten zur Seite. »Ich möchte sie noch eine Weile behalten.«

»Tun Sie das.« Gail warf einen Blick auf die Uhr an der Mikrowelle. »Ich werde um zehn in der Firma erwartet.«

»Okay, aber lassen Sie mich kurz noch eine Frage stellen.« Britton rieb sich den Nacken. »Renée ist am frühen Sonntagmorgen gestorben, soweit wir feststellen konnten.«

Gail konnte sich eines leichten Lächelns nicht erwehren. »Ich war um acht in der Firma, und mein Mann hatte ein Tennismatch.«

Britton musterte sie schweigend, bevor er sagte: »Wissen Sie, dieses ganze Zeug, das man im Fernsehen hört – die Person ist zwischen elf und elf Uhr fünfzehn gestorben –, das ist reines Wunschdenken. Die bei Ihrer Schwester in Frage kommende Zeitspanne ist viel größer, nachdem sie über vierundzwanzig Stunden im Wasser gelegen hatte.«

Seine Augen glitten über Gails Gesicht und registrierten aufmerksam ihre plötzliche Blässe. »Aber danach wollte ich Sie im Augenblick gar nicht fragen. Ich möchte gern etwas über die Geburtstagsparty Ihrer Mutter wissen. Sie hat mir schon davon erzählt, aber ich hätte gern auch noch eine Schilderung aus anderer Sicht. Wer war alles da?«

Gail klopfte mit einem Fingernagel an den Henkel ihres Kaffeebechers. »Irenes Freunde. Der größte Teil der Familie, mit Ausnahme jener, die in anderen Städten wohnen. Nachbarn.«

»Ihre Tochter war nicht da?«

»Nein, sie hat bei einer Freundin übernachtet. Diese Party war für Kinder nicht sehr geeignet.«

»Glauben Sie, daß Sie mir eine Liste der Gäste machen könnten?«

»Jetzt gleich?«

»Nein, Sie können in Ruhe darüber nachdenken. Mrs. Connor hat mir einige Namen genannt, aber ich möchte sicher sein, daß ich alle habe.« Britton stützte sich mit einem Ellbogen auf den Tisch. »Ist Renée in Begleitung erschienen?«

»Nein, allein.«

»Wie war sie während der Party? Glücklich? Deprimiert?«

»Schwer zu sagen. Sie hat sehr viel getrunken.«

Southern Comfort, daran erinnerte Gail sich noch. Aus einem großen Glas. Sie hatte immer wieder eine Kirsche eingetunkt und Irenes achtzigjährigen Nachbarn gefragt, ob er mit der Zunge einen Knoten in den Stiel machen könne. Der Alte hatte gelacht, bis er einen hochroten Kopf hatte und röchelte.

Gail hielt es für überflüssig, Britton zu erzählen, was Renée sich mit Ben auf der Veranda geleistet hatte. Sollte Ben es ihm selbst erzählen, wenn er wollte.

»Wann ist sie gegangen?«

Gail schaute auf. »Das weiß ich nicht genau. Neun, halb zehn. Ich bin kurz nach ihr aufgebrochen.«

»Mrs. Connor sagt, Ihr Mann hätte Renée nach Hause gefahren.« Britton schien dafür eine Erklärung haben zu wollen.

»Ja«, bestätigte sie. »Renée war viel zu betrunken, um selbst zu fahren.«

»Er hat Renées Wagen gefahren?«

»Ja.« Renée hatte einen Arm um Daves Hals geschlungen und laut gelacht, während er sie zum Auto fast tragen mußte. Weiße Lichtstrahlen huschten über das Gebüsch auf Irenes Hof, und gleich darauf wurden die roten Rücklichter auf der Straße immer kleiner.

»Und wie sind Sie nach Hause gekommen?«

»Mit unserem Wagen.«

»Sind Sie bei Renée vorbeigefahren, um Ihren Mann abzuholen?«

»Nein, ich bin direkt nach Hause gefahren.«

»Warum das?«

Weil sie gestritten hatten. Weil sie Dave gesagt hatte, es sei ihr egal, wie er nach Hause kommen würde – von ihr aus per Anhalter oder zu Fuß. »Weil er gesagt hat, daß er ein Taxi nehmen würde.«

»Um wieviel Uhr ist er nach Hause gekommen?«

»Das weiß ich nicht genau.«

»Wann ungefähr? Um zehn? Um elf?«

»Wer erinnert sich schon an so etwas? Ich glaube, ich bin vorher eingeschlafen, aber ich weiß es wirklich nicht mehr.« Sie schaute wieder auf die Uhr. »Tut mir leid, aber ich muß mich jetzt wirklich fertigmachen.«

Britton stand auf. »Ich habe aber noch weitere Fragen. Wie wär's, wenn Sie am Montag ins Dezernat kämen? Ich mache mit Ihnen einen Rundgang durch das ganze Gebäude und zeige Ihnen alles.«

»Montag dürfte sehr schwierig sein.«

Er machte große erstaunte Augen. »Ich weiß, daß Sie sehr beschäftigt sind, aber wollen Sie nicht, daß wir möglichst schnell herausfinden, was Ihrer Schwester zugestoßen ist?«

»Spielen Sie keine Spiele mit mir, Sergeant. Natürlich bin ich bereit, mich mit Ihnen zu unterhalten, aber ich kann deshalb nicht meinen ganzen Terminkalender über den Haufen werfen. Wenn Sie in meinem Büro anrufen, schaue ich nach, wann ich etwas Zeit habe.«

Britton sah sie noch eine Sekunde an, dann legte er die Faltmappe in den Ordner zurück.

»Ich erwarte Kooperation von Ihnen, Ms. Connor. Dies ist alles andere als ein Spiel. Ihre Schwester wurde ermordet.«

KAPITEL 10

Gail beobachtete vom Wohnzimmerfenster aus, wie Brittons Limousine die Auffahrt verließ. Standardradkappen, Blaulicht und Antenne auf dem Dach. Sie konnte sehen, daß der Nachbar von gegenüber, der gerade seine Recycling-Container vom Bordstein in den Hof transportieren wollte, dem Wagen nachblickte. *Liebling, bei den Metzgers war die Polizei. Was könnte da los sein?*

Gail ließ den Vorhang fallen.

Bis jetzt hatte sie in Frank Britton nur ein geringfügiges Ärgernis gesehen – sozusagen eine Personifizierung von Irenes Gram. Der Polizeibeamte würde von der Bildfläche verschwinden, sobald die Papiere richtig ausgefüllt waren, hatte sie bisher geglaubt. Daß er einen Mord ernsthaft in Betracht ziehen könnte, hatte sie sich beim besten Willen nicht vorstellen können. Bis jetzt.

Renée hatte gefährliche Leute gekannt. Nicht nur dekadente, sondern wirklich gefährliche. Vielleicht war sie mit einem dieser Typen in den Naturpark gefahren, um Gott weiß was zu treiben.

Doch Britton verfolgte offenbar andere Theorien. Er hatte ihr Daves Karten gezeigt. Was er vermutete, lag auf der Hand: eine heimliche Affäre, ein plötzlicher Wutanfall. Dave war jähzornig, das wußte Britton, wenn er einige Minuten an der Haustür gelauscht hatte.

Ausgeschlossen, dachte Gail. Dave könnte niemals einen Mord begehen.

Sie ließ sich in einen Sessel fallen.

Vielleicht glaubte Britton auch, daß Dave und sie die Tat gemeinsam geplant und ausgeführt hatten und sich gegenseitig Alibis verschafften. Geld war ein starkes Motiv, zweihunderttausend Dollar, die sie zu erwähnen vergessen hatte, als Britton sie nach Renées Nachlaß fragte. Oder glaubte er vielleicht, daß Gail allein ihre Schwester umgebracht hatte? Dieser Gedanke war einfach lachhaft. So dumm konnte Britton unmöglich sein.

Vielleicht wollte er Lieutenant werden. Er schüttelte einfach am Baum und wartete ab, was herabfallen würde. *Abkömmling einer alteingesessenen Familie von irrem Drogenhändler ermordet.* Oder von frustriertem Geliebten oder von eifersüchtiger Schwester. Freie Auswahl. Ohne irgendwelche Beweise spielte Britton mit Theorien, setzte aufs Geratewohl Puzzleteile zusammen und hoffte, daß sie ein Bild ergeben würden.

Zwei und zwei sind fünf, davon ging er wohl aus. Die einfachste Antwort – daß Gail Selbstmord begangen hatte – schloß er aus wenig einleuchtenden Gründen aus.

Als der Gerichtsmediziner das Laken zurückgezogen hatte, hatte Gail den Atem angehalten. Es war Renées Gesicht, aber die Farben stimmten nicht. So grau und gummiartig war ihre Haut nie gewesen! Und einige Teile fehlten ganz! Aber Gail hatte sich den Anblick noch schlimmer vorgestellt. Sie starrte die Leiche an, bis jemand fragte, ob dies ihre Schwester sei. Sie hatte genickt, und seitdem war der aufgedunsene und angenagte Körper im Leichenschauhaus die Realität, während die Erinnerung an die lebensprühende Renée immer mehr verblaßte und nur noch flüchtig gegenwärtig war wie ein fernes Funksignal.

Gail stand auf. Im Wohnzimmer war es totenstill, und

nur ein schmaler Lichtstreifen fiel auf den elfenbeinfarbenen Teppich. Weiße Wände, blaue Sitzgarnitur, indirekte Beleuchtung. Das Werk eines Innenarchitekten, weil sie selbst keine Zeit gehabt hatte. Ihr gefiel es immer noch nicht.

Sie ging in die Küche und rief Bob Wilcox in der Kanzlei an. *Tut mir leid, ich kann heute nicht kommen. Karen ist krank. Nein, nichts Ernsthaftes, aber ich kann sie nicht allein lassen. Mach dir keine Sorgen, du wirst die Verhandlung mit Bravour hinter dich bringen.*

Nach dem Telefonat war ihr völlig klar, daß Bob wenig Verständnis für ihr Fernbleiben hatte. *Er* hätte irgend etwas arrangiert und nicht einen ganzen Arbeitstag geopfert, nur weil sein Kind erkältet war. »Zum Teufel damit!« murmelte Gail vor sich hin. Sie wunderte sich selbst, wie wenig sie sich um seine Meinung scherte.

Mit weichen Knien setzte sie sich an den Küchentisch und stützte ihren Kopf auf eine Hand.

Die Rehmaske lag immer noch auf dem Tisch. Gail betrachtete sie lange. Schmales Gesicht. Runde Augen, die ihren Blick zu erwidern schienen.

Der Himmel hatte sich gegen Mittag zugezogen, und kurz vor zwei hielt Marilyns Minibus vor der Tür. Es goß in Strömen: sintflutartige Regenfälle waren in Florida im Frühjahr keine Seltenheit. Gail verfrachtete Karen in ihr eigenes Auto und fuhr mit ihr ins Stadtzentrum.

Die Schachtel mit der Rehmaske unter einen Arm geklemmt, einen schwarzen Regenschirm in der anderen Hand, eilte sie – ihre Tochter dicht neben sich – die Treppe zum Kulturzentrum an der Plaza hinauf. Der große, mit roten Platten gepflasterte Platz wurde von der Bibliothek, der Kunstgalerie und dem Historischen Museum eingerahmt. Dahinter ragte das Gerichtsgebäude empor, die pyramidenförmige Spitze von tiefhängenden Wolken verhüllt.

Der Himmel hatte die Farbe schmutziggrauer Baumwolle, aber der Regen hatte nachgelassen. Es nieselte nur noch, und Karen hüpfte unter dem Schirm hervor, rannte über die nassen Platten, in denen sie ihr Spiegelbild sehen konnte, drehte sich im Kreis und sprang lachend in eine flache Pfütze.

»Karen!«

Gail machte den Schirm zu, und Karen zog die Museumstür auf. Das dunkel getönte Glas war angelaufen, und in der Halle war es kühl.

Karen sah Irene zuerst. Sie saß am Informationsschalter. Außer ihr war weit und breit kein Mensch zu sehen.

»Hi, Oma!«

Irene trug eine Miccosukee-Jacke wie alle ehrenamtlichen Mitarbeiter des Museums. Die Ärmel waren ihr viel zu lang, und sie hatte sie bis zu den schmalen Handgelenken aufgerollt. Sie lehnte sich über die Theke aus poliertem Holz und tätschelte Karens Kopf. »Nanu, wer ist denn das? Hallo, Häschen! Du hast ja nasse Haare. Möchtest du einen Pulli?«

»Ganz bestimmt nicht.«

»Ich wußte gar nicht, daß du wieder im Museum arbeitest«, sagte Gail.

»Und ich habe mir eingebildet, ihr hättet den weiten Weg nur auf euch genommen, um mich zu sehen«, murrte Irene.

»Natürlich freuen wir uns, dich zu sehen.« Gail küßte sie auf die Wange. »Bist du mit Renées Wohnung schon fertig?«

Irene schüttelte den Kopf. »Ich bin gar nicht dort gewesen. Ich hab's einfach nicht geschafft. Als ich heute morgen aufwachte, blieb ich einfach liegen und starrte die Decke an. Dann habe ich Dr. Price angerufen, und er sagte, ich solle irgend etwas tun, mich irgendwie beschäftigen. Deshalb bin ich hier. Meine Beine tun höllisch weh, aber wir schließen ja in einer Stunde, und bis dahin halte ich vermutlich durch.«

»Du bist aber froh, wieder hierzusein, stimmt's?«

»Na ja, irgendwie schon ... Alle sind so nett zu mir.«

Karen drehte Pirouetten, und die Gummisohlen ihrer Turnschuhe quietschten auf den Fliesen.

»Karen, hör auf!«

Das Mädchen gehorchte. »Kann ich mich im Geschenkeladen umschauen?«

»Nein, du wartest hier.« Gail wandte sich wieder ihrer Mutter zu. »Als ich angerufen habe, wurde mir gesagt, daß Edith Newell heute arbeitet.«

Irene nickte. »Sie macht oben eine Führung. Einige Kinder von St. Hugh.«

»Mom, darf ich raufgehen?«

»Nein.«

»O Gail, um Himmels willen, laß sie doch raufgehen! Du bist viel zu streng. Sie wird niemanden stören, und sie geht bestimmt nicht verloren.«

»Darf ich, Mom?«

Gail nickte. »Also gut, aber rühr nichts an.«

»Ich weiß, ich weiß.« Karen hüpfte durch die Halle und rannte die mit Teppichen belegte Treppe hinauf.

Irene blickte ihr nach. »Wollt ihr nicht alle zum Abendessen zu mir kommen? Ich hatte in letzter Zeit überhaupt keinen Appetit, aber wenn ich für jemanden kochen könnte ... Oder habt ihr schon andere Pläne?«

Gail wollte sie nicht enttäuschen. »Dave hat etwas vor, aber ich komme mit Karen rüber.«

»Du brauchst nicht zu kommen, wenn du zuviel zu tun hast. Ich weiß, wie beschäftigt du bist.«

»Irene, bitte!«

»Du hast dich nicht gerade begeistert angehört.«

»Doch, ich komme wirklich gern.« Gail lehnte ihren Schirm an den Informationsschalter und stellte die Schachtel vor Irene hin. »Sag mir, was du davon hältst.« Sie holte die Maske unter der Plastikhülle hervor. »Es ist eine Rehmaske. Ich habe sie in Renées Wohnung gefunden, als ich mit Sergeant Britton dort war.«

Irene nahm die Maske in die Hand und betrachtete sie von allen Seiten. »Komisches Ding.«

»Hat sie dir die Maske jemals gezeigt?«

»Nein, aber es ist zweifellos eine Arbeit der amerikanischen Ureinwohner, das sehe sogar ich.« Irene schaute auf. »Ist das der Grund, weshalb du Edith sehen willst?«

Edith Newell, kulturelle Museumsdirektorin, war eine Expertin für die Geschichte Floridas. Sie wußte über indianische Artefakte besser Bescheid als die meisten Indianer.

»Jimmy Panther behauptet, er hätte Renée die Maske geliehen«, sagte Gail, »aber vielleicht gehört sie dem Museum. Edith wird das wissen.«

Irene runzelte die Stirn. »Jimmy würde nichts aus dem Museum stehlen.«

»Renée hat hier volontiert, und sie waren befreundet.«

»Also wirklich, Gail! Du denkst wie immer das Schlechteste von Renée.« Irene legte die Maske in die Schachtel zurück.

»Ich versuche nur herauszufinden, woher die Maske stammt.« Sie verstummte, weil ein älteres Ehepaar die Treppe herunterkam und auf dem Weg zum Ausgang am Informationsschalter vorbeikam. »Ich denke nicht das Schlechteste von Renée. Ich weiß ja nicht einmal, wer sie wirklich war.«

Irene warf ihr einen forschenden Blick zu. Gail beugte sich über die Trennwand und stellte die Schachtel auf dem Schreibtisch ab. »Ich gehe mal rauf und suche Karen«, sagte sie.

Die Treppe war mit einem dunklen Tweedläufer bespannt, und das Messinggeländer war auf Hochglanz poliert. Auf dem ersten Absatz war ein drei Meter hohes Objektiv aus einem alten Leuchtturm ausgestellt, der einst auf einem Riff in der Nähe der Matecumbe Keys gestanden hatte. Im Museum war es so still, daß Gail sogar den Motor hören konnte, der den Sockel unter der schweren Glaslinse drehte. Um den Effekt zu erhöhen, war im Innern eine Leuchte installiert worden. Weiße Lichtstrahlen beschrieben langsam einen Kreis.

Vor Gails geistigem Auge tauchte plötzlich ein Bild auf: Renée lief diese Treppe hinauf.

Das war etwa ein Jahr her, vielleicht auch weniger. Eine

Party sollte zu Spenden für das Museum anregen – Live-Musik auf der Plaza, Hors d'œuvres und Champagner in der Halle. Die Treppe war an jenem Abend dunkel; nur das nachempfundene Leuchtturmlicht huschte über die Wände. Gail sah, wie Renée die Samtkordel entfernte, die den Weg in den ersten Stock versperrte. Renée trug eine gestreifte Miccosukee-Jacke und einen Minirock aus schwarzem Taft mit vielen Volants. Sie lief die Treppe hinauf, gefolgt von einem Mann, der sich fast den Hals verrenkte, um ihr unter den Rock zu schauen. Renée lachte ihn über die Schulter hinweg an. Die Treppe machte eine Biegung, und nur noch Renées winzige Füße in hohen Sandaletten und die hellgrauen Hosenbeine des Mannes waren von unten zu sehen.

Gail stand jetzt im ersten Stock. »Karen?« Irgendwo links waren Kinderstimmen zu hören.

Eine Rampe führte an Glaswänden vorbei, einem Diorama des Sumpfgebiets: Riedgras, ausgestopfte Vögel und Reptile. Ein Alligator mit schmalen Augenschlitzen schien Gail zu beobachten. Sie schauderte. Renée hatte vierundzwanzig Stunden im seichten Wasser der Everglades gelegen.

Um diese Zeit war das Museum fast leer. Gail konnte die Kinder immer noch hören, aber sie sah niemanden, als sie archäologische Ausgrabungen, Tequesta-Indianer, spanische Eroberer und eine Kanone passierte, die aus einem Schiffswrack stammte.

Sie hörte Getrappel und Gelächter. Wahrscheinlich hatte Karen sich den Kindern von St. Hugh angeschlossen, sozusagen als Edith Newells Assistentin.

Gail hatte ihr noch nicht erzählt, daß ihr Vater ausgezogen war.

Während sie im Regen zum Museum gefahren waren, hatte Karen über dieses und jenes geredet, und Gail hatte überlegt, ob sie Dave bitten sollte zurückzukommen. Sie könnte zu ihm gehen, seine Hände nehmen und ihm sagen ... Ja, was sollte sie ihm sagen? Daß sie ohne ihn nicht leben konnte?

Irgendwo vor ihr trampelten Kinderschuhe über eine Holzrampe, und die Stimmen wurden schwächer.

Gail ging rasch durch die Ausstellung, die das Leben der frühen Siedler illustrierte – die Fassade eines Holzhauses, Glasvitrinen mit Werkzeugen, Geschirr und Kleidern. Die Ausstellungsstücke wurden mit Scheinwerfern angestrahlt, während der Gang ziemlich dunkel war.

Dann sah sie ein Foto, eine körnige Vergrößerung in Lebensgröße: Ein Dutzend Menschen stand vor der ersten Kurzwarenhandlung in der Flagler Street, die damals noch nicht diesen Namen trug und mit Kalksteinen gepflastert war. Ein Pferdewagen wartete auf einer Seite. Die meisten Männer trugen weiße Hemden ohne Krägen, einer hatte einen Strohhut auf, andere hatten Schnurrbärte oder Vollbärte. Die Blusen der Frauen waren bis zum Kinn geknöpft. Alle standen steif da und starrten in die Kamera, und die Sonne warf harte Schatten auf ihre Gesichter.

In der ersten Reihe standen Benjamin und Addie Strickland, Gails Urgroßeltern. Ein schielender junger Mann und ein ernstes zwanzigjähriges Mädchen, das so aussah, als hätte es gerade in eine Zitrone gebissen.

Gail drehte den Kopf und warf einen Blick nach links. Ein alter Straßenbahnwagen aus Holz, dunkelrot bemalt, die Eisenräder aufgebockt, so daß sie kaum den Boden berührten. Quer über die offene Tür war eine Kette gespannt.

Sie wirbelte auf dem Absatz herum, betrachtete das Foto und lachte laut. »Ja, natürlich! Das hat sie also gemeint.«

Gail hatte Renée bei jener Benefizveranstaltung später auf der Plaza getroffen, das fiel ihr jetzt wieder ein. Der Mond schwebte über den Gebäuden. Eine Band von den Karibischen Inseln spielte. Renée hatte in jeder Hand einen Plastikbecher Champagner und bahnte sich einen Weg durch die Menge. Ihre Hüften bewegten sich im Rhythmus der Musik, und Gail dachte, sie wäre betrunken oder high.

Sind beide Becher für dich bestimmt? fragte Gail.

Nein, eins ist für ihn. Mit wehenden Haaren drehte sich Renée nach einem Mann um, der an einem kleinen Tisch saß. Dunkle Augen, kurz gestutzter Bart, offenes Hemd.

Ist er nicht umwerfend? fragte Renée.

Wenn man dichte Brustbehaarung mag. Ist das derselbe Mann, den du vor einer halben Stunde nach oben mitgenommen hast?

Vielleicht. Renées Lippen verzogen sich zu einem schelmischen Lächeln. *Ich wollte es schon immer mal direkt unter den Augen von Benjamin Strickland treiben.*

Sie ließ Gail stehen, die dem Minirock nachblickte, dessen Volants wippten, als Renée den Platz überquerte. Der Mann stand auf und rückte ihr einen Stuhl zurecht. Seinem Gesicht war deutlich anzusehen, daß er vor kurzem sexuell befriedigt worden war.

Während Gail sich jetzt an jene Szene erinnerte, runzelte sie die Stirn. Irgendwie kam er ihr bekannt vor. Das träge Lächeln, der kurze schwarze Bart, die dunklen Augen. Sie hatte ihn kürzlich wiedergesehen. Anthonys Vetter.

»Carlos«, flüsterte sie. »Carlos Pedrosa.« Er hatte ihr vor dem Bestattungsinstitut zugegrinst, seine Wagenschlüssel um den Zeigefinger geschlungen.

Und Renée hatte ihn *hierher* mitgenommen?

Magisch angezogen, ging Gail auf den Straßenbahnwagen zu, öffnete die Kette und stieg die Stufen hinauf. Die Museumslichter fielen durch die offenen Fenster ein, so daß die zwei Reihen von Holzbänken und die Kurbel, die der Fahrer bedient hatte, gut zu erkennen waren. Auf einem verbeulten Metallschild stand: *Farbige nach hinten.*

Gail ging zwischen den Bankreihen durch, und der Wagen knarrte leise. Sie ließ sich auf einen Sitz fallen. Aus etwa zehn Meter Entfernung, durch die Fenster auf der anderen Seite, schienen Benjamin Strickland und seine schmallippige Frau Addie sie zu beobachten.

Gail stellte sich vor, daß Renée hier gesessen hatte, auf diesem vordersten Sitz, der als einziger etwas mehr Platz für die Beine bot. Carlos Pedrosa war ebenfalls eingestiegen …

Irgendwo schlug eine Tür zu, und Gail fuhr zusammen. Wenn jetzt jemand hier vorbeikäme, würde sie sich einfach ducken, anstatt Erklärungen abzugeben. Im Halbdunkel würde niemand sie bemerken. Sie fühlte sich seltsam beschwingt.

Carlos hatte sich neben Renée auf den verkratzten Holzsitz gesetzt und den Arm über die Rückenlehne gelegt, malte Gail sich aus. Nein, wahrscheinlich hatte er seinen Arm gleich um Renée geschlungen. Er sah wie ein Mann aus, der sofort zur Sache kam, das hatte Gail schon damals auf der Plaza gedacht.

Vielleicht war von unten leise Musik zu ihnen gedrungen. Ferne Stimmen. Dann ein Rascheln von schwarzem Taft. Das Geräusch eines Reißverschlusses. Bewegungen auf der schmalen Bank. Jemand fiel fast hinunter. Unterdrücktes Lachen. Heiße Küsse, gespreizte Beine. Ein Stöhnen. Der alte Wagen knarrte.

Über Carlos' Schulter hinweg hatte Renée das Foto sehen können.

Gail betrachtete es durch das Fenster. Urgroßvater Strickland in der grellen Sonne, die sein Gesicht, sein Hemd und das weiße Kalksteinpflaster der Flagler Street wächsern erscheinen ließ.

Sie stand auf und griff nach der Metallstange. Der enge Wagen war viel zu dunkel, und in der Totenstille ringsum konnte sie sogar ihren eigenen Atem hören. Sie stieg aus und legte die Kette wieder vor. Sie hatte sich schon viel zu lange hier oben aufgehalten.

Gail fand Edith Newell an ihrem Schreibtisch im Basement des Museums. Offene Bücher und historische Fachzeitschriften lagen überall herum. Die Rehmaske lehnte an einem Bücherstapel auf dem Schreibtisch.

Edith Newell hatte Gail von jeher an einen Stelzvogel erinnert – spitze Ellbogen, langer dünner Hals, hohe Piepsstimme. Mittlerweile über siebzig und nie verheiratet gewesen, lebte sie in einem von Orchideensträuchern umgebenen weißen Holzhaus an der Brickell Avenue, eingerahmt von einer modernen Wohnanlage auf der einen und einem vierundzwanzigstöckigen Bankgebäude auf der anderen Seite. Zum Leidwesen der Bauunternehmer weigerte sie sich nicht nur beharrlich, ihr Haus zu verkaufen, sondern hatte auch geschworen, daß sie es der Stadt vermachen würde, mit der Auflage, daß hier ein Park entstehen solle.

Gail klopfte an die offene Tür des winzigen Büros. »Miss Newell?«

Edith legte ein rechteckiges Vergrößerungsglas beiseite und winkte Gail herein. »Hallo, meine Liebe, treten Sie näher. Ich muß schon sagen – Sie haben mir da etwas ganz Außergewöhnliches gebracht.«

Gail setzte sich. »Ich dachte, daß die Maske vielleicht dem Museum gehört.«

»O nein, ich kenne jedes Stück unserer Sammlung, und diese Maske habe ich noch nie gesehen. Ihre Mutter sagt, Sie hätten sie in der Wohnung Ihrer Schwester gefunden?«

»Ja. Sie kennen doch Jimmy Panther?«

»In der Tat.«

»Er behauptet, die Maske meiner Schwester geliehen zu haben. Angeblich hat seine Großmutter sie angefertigt.«

»Seine Großmutter?« sagte Edith gedehnt. »Das ist keine Miccosukee-Arbeit. Sie haben nie Masken gemacht.«

»Könnte es eine Arbeit der Seminolen sein?«

Edith Newells Augen, die von dicken Brillengläsern vergrößert wurden, fixierten Gail. Sie lächelte geduldig. »Nein, meine Liebe. Die Seminolen und die Miccosukee sind wie Brüder. Beide Stämme gehören dem Verband der Creek-Indianer an und sind im achtzehnten Jahrhundert aus Georgia und Alabama nach Florida eingewandert. Die meisten von ihnen haben 1837 während des Seminolenkrieges den Friedensvertrag von Fort Dade unterschrieben. Die Miccosukee weigerten sich jedoch und versteckten sich in den Everglades. Die Armee gab die Suche nach ihnen schließlich auf. Die Maske ist aber lange vor dieser Zeit angefertigt worden.«

»Oh.«

»Von welchem Stamm sie angefertigt wurde ...« Edith verschränkte ihre Finger. Sie hatte große Hände mit stark hervortretenden Gelenken – nicht umsonst hatte sie früher Spitzhacken und Buschmesser geschwungen. »Tequesta«, verkündete sie. »Wenn es keine Fälschung ist, was ich nicht glaube, ist es eine Tequesta-Maske, aber von ganz besonderer Art – einmalig.«

Sie drehte ein Buch zu Gail herum. Farbfotos von einem halben Dutzend Holzmasken waren auf einer Tafel zusammengestellt. Gail erkannte ein katzenartiges Gesicht und einen Vogel; die anderen konnte sie nicht identifizieren. Die meisten Masken wiesen tiefe Risse auf, und das morsche Holz war dunkel und bröckelte an den Rändern ab.

»Das sind prähistorische Masken von der Ausgrabungsstätte Key Marco an der Südwestküste. Alle sind aus Zypressenholz geschnitzt. Sehen Sie den Halbmond auf der Stirn der Tiere? Die großen Ohren? Wie bei der Maske, die Sie mir gebracht haben.« Edith strich zärtlich darüber. »Aber sie ist aus einem anderen Material – aus gebranntem Ton.«

Gail betrachtete die Rehmaske nun mit ganz anderen Augen. »Tequesta? Sind die nicht ausgestorben?«

»Gut. Ein bißchen wissen Sie also doch Bescheid. Die Tequesta waren nie sehr zahlreich oder vital. Mitte des achtzehnten Jahrhunderts waren sie ausgerottet.«

»Die Maske könnte demnach sehr alt sein?«

»Alt? Meine Liebe, die Masken hier im Buch sind zwei- bis dreitausend Jahre alt.« Ediths dünne Stimme wurde noch höher. »Die Tequesta lebten von der Jagd und vom Fischfang. Sie bauten *chickees* – Sie wissen schon, diese Hütten aus Palmwedeln –, aber es ist kaum etwas übriggeblieben. In diesem Klima verwittert alles so schnell. Wir haben Pfeilspitzen gefunden, die sie bei Indianern weiter im Norden eintauschten, Halsketten, Scherben von Tongefäßen, aber leider kein einziges unbeschädigtes Stück. Auch Tassen und Messer aus Seemuscheln. Aber nur wenige Masken, sehr wenige. Die allermeisten sind zu Staub zerfallen. Und jetzt bringen Sie mir *das* ...«

Lachend schlug Edith auf die Stuhllehne. »Was für ein Fund! Die Historiker werden aus dem Häuschen geraten!«

Gail starrte sie verwundert an. Sie hatte Edith noch nie so freudig erregt gesehen.

»Miss Newell«, sagte sie, »Jimmy Panther hat meiner Schwester einmal erzählt, sein Volk sei von den Spaniern ermordet worden. Könnte er damit die Tequesta gemeint haben? Wenn sie ausgerottet wurden ...«

»O ja, diese Geschichte kenne ich. Er behauptet gern, der letzte Nachkomme der Tequesta zu sein. Blödsinn!« Edith lehnte sich lächelnd zurück. »Ich werde Ihnen etwas über Jimmy Panther verraten. Sein Großvater war ein Weißer. Wußten Sie das?«

»Nein.«

»O ja. Der Mann hieß Gibb und hat während der Prohibition für Al Capone Rum aus Kuba ins Land geschmuggelt. Wenn ich Sie wäre, würde ich ihm die Maske nur aushändigen, wenn er beweisen kann, daß sie ihm wirklich gehört.«

»Wie könnte ich das? Mir gehört sie auf keinen Fall.«

»Immerhin haben Sie sie in der Wohnung Ihrer Schwester gefunden.«

»In einer alten Schachtel, die an den Souvenirladen adressiert war, wo er sein Propellerboot liegen hat. Und Renée hatte nie ein Interesse an indianischen Artefakten.«

»Nun, was würde Jimmy mit der Maske machen, wenn wir sie ihm geben?« fragte Edith mürrisch. »Wahrscheinlich verkauft er sie an einen Sammler, und wir sehen sie nie wieder.«

»Ist sie wertvoll?«

Edith überlegte kurz. »Nachdem es ein Importverbot für präkolumbianische Kunst aus Lateinamerika gibt, steigen die Preise ständig. Eine Zypressenmaske in gutem Zustand dürfte vier- bis fünftausend Dollar kosten, wenn man überhaupt eine kaufen könnte. Diese Maske hier würde leicht das Dreifache einbringen.«

»Ich hatte keine Ahnung, daß sie so wertvoll ist!«

»Geld!« knurrte Edith. »Als wäre Geld das einzige, was zählt! Ich könnte heulen. Nein, ich spreche nicht von Ihnen, meine Liebe. Ihre Familie ist hier tief verwurzelt. Aber all die Leute, die nach Miami strömen, Tausende und Abertausende. Sie haben keinen Sinn für Tradition, walzen mit ihren Bulldozern alles platt. Ihnen ist alles egal, solange sie nur in funkelnagelneuen Häusern mit Aircondition wohnen und auf funkelnagelneuen Straßen durch die Gegend rasen können, bis auch der letzte Grashalm unter Beton verschwindet, bis auch der letzte Wassertropfen aus dem Boden gesaugt ist.«

Sie legte den Kopf schief und sah Gail durch die Brille an. »Sie werden Jimmy Panther die Maske doch nicht zurückgeben, oder?«

»Er erwartet, daß ich sie ihm morgen nachmittag bringe.«

»O nein!«

»Ich könnte ihn noch eine Weile hinhalten«, sagte Gail, »aber er hat mehr Anrecht darauf als wir.«

Edith hob den Zeigefinger. »Ich weiß was – lassen Sie mich die Maske einem Freund schicken, einem Archäologen an der University of Florida. Ich verpacke sie so, daß sie bestimmt nicht beschädigt wird, machen Sie sich darüber keine Sorgen. Er kennt jeden wichtigen indianischen Artefakt, der je in diesem Staat gefunden wurde. Wenn diese Maske echt ist, wird er wissen, wem sie gehört.«

»Und wenn er sie nie gesehen hat?«

»Dann werde ich Ihre Mutter bitten, mit Jimmy zu reden. Er mag Irene. Vielleicht kann sie ihn überreden, die Maske dem Museum zu einem vernünftigen Preis zu verkaufen. Leider Gottes haben wir nicht viel Geld zur Verfügung. Lieber gibt die Gemeinde Millionen Dollar für eine Grand-Prix-Autorennstrecke aus.«

»Miss Newell, wenn ich Ihnen die Maske für eine Weile überlasse, müssen Sie mir etwas versprechen.«

Sie sah Gail mißtrauisch an. »Was denn?«

»Erzählen Sie niemandem etwas von dieser Sache. Irgendwie war Renée darin verwickelt, und ich möchte herausfinden, was dahintersteckt.«

»Versprochen.« Edith tat so, als würde sie ihre Lippen verschließen und den Schlüssel wegwerfen. »Ich werde kein Wort sagen.«

»Und nehmen Sie auch Ihrem Freund das Versprechen ab, nicht darüber zu reden.«

»Ja, meine Liebe.«

Gail drehte die Maske zu sich herum. Die Leselampe zauberte Schatten auf das halbmondförmige Basrelief und die Schlangenlinien um die Augen. Gebrannter Ton im Wert von fünfzehntausend Dollar, und um ein Haar wäre das Ding heute morgen auf ihrem Küchenboden in Scherben gegangen. Renée hatte die Maske in einer stabilen Schachtel aufbewahrt und im Kleiderschrank versteckt. Sie mußte den Wert gekannt haben.

Gail würde Jimmy Panther erklären müssen, warum sie ihm die Maske morgen nachmittag nicht zurückgeben konnte. Vielleicht sollte sie ihm ein Tauschgeschäft vorschlagen: die Maske gegen wahrheitsgemäße Informationen. Sie wollte wissen, warum er die Maske Renée überlassen hatte und wie es dazu gekommen war, daß Renée sich mit diesem Miccosukee anfreundete, dessen weißer Großvater ein Rumschmuggler gewesen war.

Irene holte eine Packung Eis aus der Tiefkühltruhe. »Nein, du wirst sehen, Dave wird zurückkommen. Er kann elf Jahre nicht einfach über Bord werfen.«

»O doch, er kann.« Gail suchte im Küchenschrank nach zwei Eisschalen – eine für Irene und eine für Karen, die zusammen mit der rot gestreiften Katze auf dem Teppich vor dem Fernseher im Wohnzimmer lag und sich eine Game-Show ansah. Applaus und Gelächter waren bis in die Küche zu hören.

»Dann laß ihn eben eine Zeitlang allein sein«, sagte Irene. »Männer lieben ihre Freiheit, besonders in diesem Alter. Aber sie kommen wieder nach Hause, wenn man es geschickt anstellt. Dave ist ein verantwortungsbewußter Mann. Rede mit ihm.«

»Ich bin mir nicht sicher, ob ich mit ihm reden will.«

»Ist es dir denn egal, was passiert? Deine Ehe zerbricht, und du läßt es seelenruhig geschehen!«

»Mutter, bitte! Laß uns nicht darüber streiten. Ich dachte nur, daß du Bescheid wissen solltest.« Die große graue Katze – Muffin – strich ihr um die Beine, und sie schob sie sanft beiseite.

»Jetzt bekommst du die Rechnung präsentiert.« Irene formte mit einer Kelle Eiskugeln aus der Packung und ließ sie in die Schalen gleiten. »Es kann einfach nicht gutgehen, wenn ein Mann das Gefühl hat, seine Frau hätte die Hosen an, ganz egal, was die Feministinnen daherreden.«

»Ich bin, was ich bin«, murmelte Gail müde.

»Was du bist«, erwiderte Irene, »ist eine Mutter, die an ihre Tochter denken muß. Du könntest gezwungen sein, sie allein aufzuziehen. Ich habe zwei Töchter allein großgezogen, und ich kann dir nur sagen – es ist kein Honiglecken.«

Die Katze sprang auf die Anrichte und schnupperte an der Eispackung. Irene schob sie mit dem Ellbogen weg. »Ungezogene Mieze! Runter mit dir.«

»Gib Karen nicht zuviel«, sagte Gail. »Es ist schon fast dunkel, und wir sollten nach Hause fahren, bevor es wieder zu regnen beginnt.«

Irene tat so, als hätte sie nichts gehört. »Ich hätte wieder heiraten können. Drei Männer haben mir Anträge gemacht.«

»Und warum hast du's nicht getan?«

Nach kurzem Schweigen antwortete Irene: »Ich habe keinen von ihnen geliebt. Eine romantische Einstellung, nicht wahr? Aber ich hatte ja keine Geldsorgen, und Ben war da, um von Zeit zu Zeit für etwas Disziplin zu sorgen, deshalb hielt ich es nicht für notwendig, einen Ersatzvater für euch Mädchen zu finden. Heute sehe ich ein, daß das ein Fehler war. Ihr hättet einen Mann im Haus gebraucht, jedenfalls Renée. Ich wußte nicht, was ich mit Renée machen sollte, deshalb habe ich sie einfach gewähren lassen. Sie war so, wie ich selbst als junges Mädchen gewesen war, und ich konnte ihr einfach nichts abschlagen. Meine Stütze warst immer du.«

»Wirklich?« Gail holte zwei Löffel aus der Schublade und streckte sie ihr entgegen.

Anstatt Gail die Löffel abzunehmen, schlug Irene sich plötzlich die Hände vors Gesicht. »Ich habe auch bei dir versagt.«

»Mutter, um Himmels willen, mit mir ist alles in Ordnung!«

»Schon gut, schon gut, ich heule ja gar nicht.« Sie fuhr sich mit der Hand über die Augen. »Ja, mit dir ist alles in bester Ordnung. Du bist stark. Du brauchst keine anderen Menschen, weder deinen Mann noch deine Mutter. Das hat mir früher Sorgen bereitet, aber wahrscheinlich ist es sogar von Vorteil, wenn man in dieser Welt überleben will.«

Sie tat etwas Eis auf einen Teller und stellte ihn auf den Boden. »Muff, Muff, brave Mieze!« Mit geschlossenen Augen schleckte Muffin das Eis, während Irene sie hinter den Ohren kraulte.

Gail beobachtete die beiden eine Weile. »Ich halte dich überhaupt nicht für schwach. Du bist nur ... gewitzt. Wie Renée. Sie hatte ein Talent dafür, alles zu bekommen, was sie wollte, ohne sich anstrengen zu müssen.«

Irene stand auf, warf Gail einen Seitenblick zu und stellte die Eispackung in die Tiefkühltruhe. »Du wirst, was Karen betrifft, Hilfe brauchen, nehme ich an.«

»Soweit habe ich noch gar nicht gedacht.«

»Das scheint mir auch so.«

»Ich weiß, wie ungern du Auto fährst. Du verläßt doch kaum das Haus.«

»Man muß Opfer bringen können.«

Gail lächelte. Endlich hatte Irene etwas Konkretes,

worüber sie sich Sorgen machen konnte. »Mutter, so heiter bist du seit Wochen nicht mehr gewesen.«

»Heiter? Wovon redest du? Ich bin entsetzt über diese Trennung.« Sie griff nach den Eisschalen. »Warte nur, bis du die Realität zu spüren bekommst. Warte, bis du jeden Abend allein im Bett liegst. Glaub mir, ich weiß, wovon ich rede.«

Irene setzte sich neben Karen auf den Boden und legte dem Mädchen und sich Papierservietten auf die Knie. Sie umarmte ihre Enkelin so innig, als wäre Karen wie durch ein Wunder nach einem Erdbeben unverletzt aus den Trümmern geborgen worden, und dann aßen beide vor dem Fernseher ihr Eis.

Gail ging unbemerkt hinaus. Das nasse Gras durchweichte ihre Segeltuchschuhe. An der Bucht blieb sie stehen. Das Wasser leckte leise an der Betonmauer; ansonsten herrschte Totenstille. Im Süden zogen Wolken über den dunklen Abendhimmel.

Es war leicht zu akzeptieren gewesen, daß Renée sich die Pulsadern aufgeschnitten hatte. Das konnte man sogar als Gerechtigkeit ansehen – vielleicht nicht gerade als göttliche Gerechtigkeit, aber doch als eine Art Ausgleich. Man konnte einfach nicht ungestraft so leben, wie Renée gelebt hatte. Selbstmord ergab einen Sinn. Mord paßte nicht in dieses Bild einer ausgleichenden Gerechtigkeit. Mord war etwas Zufälliges, wie ein Blitzschlag oder ein herabstürzender Ast.

Gail hatte Renée nie den *Tod* gewünscht – das war ein so schreckliches Extrem –, aber hin und wieder hatte sie gewünscht, daß Renée bekommen möge, was sie verdiente. Daß ihre Sportwagen rosteten, daß sie fünfzig Pfund zunahm, daß Männer sie nicht mehr begehrenswert fanden, daß sie endlich *begriff.*

Und es war Gail leichtgefallen zu glauben, daß Renée dort draußen im Naturpark, als sie zur Rasierklinge griff, endlich begriffen hatte, daß sie alles falsch gemacht hatte.

Gail balancierte mit ausgestreckten Armen auf der

Mauer und fragte sich, wie sie so verdammt selbstgerecht hatte sein können. Im Grunde hatte sie Renée nicht gekannt. Sie hatte sich ein Bild von ihrer Schwester zusammengeschustert, das ihre eigene Tugend hervorheben sollte. Sie, die nie im Leben einen falschen Schritt gemacht hatte. Erfolgreich im Beruf, glückliches Heim, liebender Ehemann. Alles Lug und Trug. Renée hatte ehrlicher gelebt – Renée mit ihren Filets für zwölf Dollar, mit ihren Liebesspielen im Museum, mit ihrem fröhlichen Lachen, mit einer Rehmaske im Schrank.

Wo war die Wahrheit? Das wußte Gail nicht; sie wußte nur, daß sie sich nie die Mühe gemacht hatte, danach zu suchen.

Ein Regentropfen fiel auf ihre Schulter, gleich darauf ein zweiter. Sie sprang von der Mauer. Die Regenwolken hingen über dem Wasser wie ein zerfetzter grauer Vorhang.

KAPITEL 11

Als Gail um 13.30 Uhr von Anthonys Sekretärin in sein Büro geführt wurde, fielen ihr sofort die schwarze Ledergarnitur, die Stuckwände und der dicke graue Teppich ins Auge. Anthony und Carlos standen vor einer Glaswand, dahinter konnte Gail üppige tropische Pflanzen erkennen. Ein kleiner Brunnen plätscherte über roh behauene Steine, die mit Farn bewachsen waren.

Anthony durchquerte das Büro. »Gail, kommen Sie herein.« Er führte sie zu einer Sitzgarnitur in Fensternähe. »Das ist mein Cousin, Carlos Pedrosa. Carlos, das ist Gail Connor.«

Gail bezweifelte, daß die Finger, die sich zur Begrüßung kurz um ihre Hand schlossen, jemals einen Hammer geschwungen hatten. Sein Hemd – der Kragen stand offen – spannte über dem Bauch ein wenig. Er trug einen gelbbraunen Anzug im modischen Knitterlook. Beim Lächeln kamen über dem kurzen schwarzen Bart blendend weiße Zähne zum Vorschein. Dieser Mann sah so aus, als könne er mühelos ganze Nächte durchfeiern. Gail verstand, warum Renée von ihm fasziniert gewesen war.

Sie setzte sich und stellte ihren Aktenkoffer neben den niedrigen Marmorblock, der als Tisch diente. Eine Faltmappe mit der Aufschrift *Pedrosa gegen Darden* lag darauf. Anthony nahm neben ihr Platz, Carlos ihm gegenüber. Sie machten ein wenig Small talk.

Am Vormittag hatte Gail Anthonys Sekretärin angerufen. *Bitte sagen Sie Mr. Quintana, daß ich ihn nicht um zwölf treffen kann. Ein dringender Fall ist mir dazwischengekommen. Tut mir schrecklich leid.* Sie hatte sich zu dem Entschluß durchgerungen, daß ein einsames Thunfischsandwich vernünftiger war als das exotische Menu im *Yuca*.

Anthony klappte die Faltmappe auf. Er hatte wieder seinen Diamantring am Finger und trug einen Anzug, der die Farbe von Zartbitterschokolade hatte. Als er Gail die Dokumente zur Durchsicht vorlegte, registrierte sie unwillkürlich, daß seine Augen dieselbe Farbe wie der Anzug hatten, bevor sie mit amtlicher Miene ihre eigenen Unterlagen aus dem Aktenkoffer holte.

»Das ist die Vergleichsvereinbarung, die dem Gericht vorgelegt werden muß. Sie haben per Fax eine Kopie erhalten, nicht wahr?« sagte Anthony.

»Ja.« Sie beugte sich vor, überflog die erste Seite und hatte an einem Absatz auf der zweiten Seite etwas auszusetzen. »Hier müßte es heißen: ›Baustofflieferanten und andere potentielle Pfandrechtsgläubiger nicht eingeschlossen‹.«

Anthony rückte näher an sie heran, um die Stelle zu finden. Sein Ärmel streifte ihren Arm. »Wo? Ach ja, ich sehe schon.« Er fügte die Wörter mit seinem goldenen Kugelschreiber ein, und sie hakte diesen Punkt in ihren Notizen ab.

Ein hoher Pfeifton lenkte vorübergehend ihre Aufmerksamkeit ab. Carlos schob sein Sakko zurück und stellte das Geräusch an seinem Handy ab. Dann starrte er wieder gelangweilt aus dem Fenster.

Gail konzentrierte sich erneut auf die Dokumente, an denen sie aber kaum etwas auszusetzen fand. Die Papiere für die Übertragung des Besitzes auf die Dardens waren von der Vista Title Company ausgefertigt worden. Gail konnte sich noch immer nicht vorstellen, daß Renée solche Arbeiten zufriedenstellend ausgeführt hatte, daß sie es ein Jahr bei der Gesellschaft ausgehalten hatte, ohne eine Kündigung zu erhalten.

»Meine Klienten möchten, daß der Fall bis Ende des Monats endgültig abgeschlossen ist«, sagte sie.

»Das können wir schon nächste Woche erledigen«, entgegnete Carlos. »Je eher, desto besser.« Gail bemerkte, daß er Amerikanisch ohne jeden Akzent sprach; wenn er nicht hier geboren war, mußte er als kleiner Junge nach Miami gekommen sein.

»Gemäß der Vereinbarung haben wir dreißig Tage Zeit«, sagte sie bedächtig.

»Tony, was ist das nun schon wieder?« Carlos wechselte plötzlich in schnelles Spanisch über, so daß Gail seine nächste Frage nicht verstehen konnte.

»Weil zuerst das Gericht zustimmen muß, und das braucht seine Zeit«, antwortete Anthony.

Gail schob die Dokumente zu ihm hinüber. »Alles andere scheint in Ordnung zu sein.«

»Gut.« Anthony drückte auf den Knopf seiner Sprechanlage und bat seine Sekretärin zu sich.

Langsam dämmerte Gail die Erkenntnis, daß der gemütliche Spaziergang vergangene Woche kein Zufall gewesen war. Fleischpasteten und Fruchtbecher und dezentes Flirten. Und als Dessert der Vergleich. Heute war er nur noch höflich und sachlich, angefangen mit dem Händedruck bei der Begrüßung. Der Fall Darden konnte zu den Akten gelegt werden, und jetzt hatte er an ihr kein Interesse mehr. Sie kam sich etwas töricht vor und war heilfroh, daß sie wenigstens das Mittagessen abgesagt hatte.

Carlos' Handy piepste wieder. »Leute, gebt doch einen Moment Ruhe«, murmelte er lachend und stellte das kleine schwarze Gerät ab, das an seinem Gürtel befestigt war.

Mit offenem Sakko lehnte er sich bequem zurück, die Arme um die Sessellehnen geschlungen, die Beine übereinandergeschlagen, mit einem Fuß wippend. Er trug hellblaue Flechtschuhe mit dünnen Sohlen; ein dunkler Fleck verunzierte den Absatz.

»Meine Klienten möchten vertragsgemäß einen Rechtstitel erhalten«, sagte Gail.

»Der ursprüngliche Vertrag ist nicht mehr maßgebend«, wandte Carlos ein.

»Nun gib ihnen doch diesen Rechtstitel«, sagte Anthony.

»Coño!« schimpfte Carlos so leise, daß Gail es kaum hören konnte. »Normalerweise schenken wir den Käufern auch eine Flasche Champagner. Was möchten Ihre Klienten – Dom Perignon?«

»Das wäre wunderbar«, lächelte Gail. »Herzlichen Dank.«

Die Sekretärin betrat den Raum, und Anthony zeigte ihr, welche Änderungen im Text notwendig waren. Nachdem sie sich wieder entfernt hatte, hüstelte Carlos und starrte Gail eine Weile schweigend an. Ihr fiel auf, daß sein Uhrarmband sehr protzig war.

»Sie sehen Renée ähnlich. Nein, wirklich. Ich meine ... Sie sind nicht ihr Ebenbild, aber man sieht, daß Sie ihre Schwester sind. Es ist die Mund- und Kinnpartie.« Er beschrieb mit dem Zeigefinger einen Kreis um sein eigenes Kinn. »Sieht sie Renée nicht ähnlich, Tony? Was meinst du?«

Anthonys Miene war unergründlich.

»Sie war ...« – Carlos hatte plötzlich etwas Salbungsvolles an sich – »... sie war etwas ganz Besonderes. Als ich hörte, was passiert ist, war ich total schockiert, müssen Sie wissen.«

Gail murmelte eine höfliche Antwort, außerstande, ihren Blick von diesem Mann zu wenden, mit dem Renée geschlafen hatte. Was mochten sie in ihrem Schlafzimmer alles getrieben haben? Pornovideos und ekstatisches Stöhnen. Oder, was bei Renée wahrscheinlicher war, ausgelassenes Gelächter.

Sie faltete ihre Notizen zusammen und legte sie in den Aktenkoffer. »Mr. Pedrosa …«

»Carlos, bitte.« Er nahm sein Mobiltelefon zur Hand, ein schmales schwarzes Ding, faltbar wie eine Brieftasche. Sie hatte noch nie ein so kleines Handy gesehen.

»Also gut – Carlos«, sagte sie lächelnd. »Themenwechsel. Richter Strickland hat mich beauftragt, Ihnen mitzuteilen, daß er bereit ist, für dreitausend Dollar pro Hektar zu verkaufen, bei acht Prozent Hypothekenzinsen auf zwanzig Jahre, erhöhbar nach fünf Jahren. Ich kann den Optionsvertrag aufsetzen, wenn Sie mit diesen Bedingungen einverstanden sind.«

»Um welches Grundstück geht es denn da?« fragte Anthony.

Carlos stand auf und machte eine abwehrende Handbewegung. »Das hat mit diesem Fall nichts zu tun. Pedrosa Development will sich das Vorkaufsrecht auf ein Stück Land sichern.« Während er eine Nummer wählte, sagte er über die Schulter hinweg: »Ich werde im Laufe der Woche Kontakt mit Ben aufnehmen.«

Gail warf Anthony einen Blick zu. Sie hatte geglaubt, daß er zumindest in groben Zügen über den geplanten Kauf im Bilde war. »Ben Strickland ist der Vetter meiner Mutter.«

»Ja.« Das schien er jedenfalls zu wissen. Vielleicht hatte Renée es ihm erzählt. Er beobachtete Carlos, der vor der Glaswand stand, eine Hand in der Hosentasche, das Handy am Ohr. *»Oye, Bernardo. Es Carlos. Que pasa?«*

Erst jetzt wurde sich Gail der gespannten Atmosphäre zwischen den beiden Männern bewußt, und plötzlich fiel ihr auch jene merkwürdige Begegnung vor dem Bestattungsinstitut wieder ein. Anthony hatte Carlos nicht die Hand gereicht. Sie hatten mindestens anderthalb Meter Abstand voneinander gehalten. Dieses seltsame Verhalten reizte ihre Neugier, und sie beschloß nachzuhaken. Beide Männer hatten Renée gekannt, und Renée hatte Carlos mit Ben bekannt gemacht.

»Pedrosa Development möchte das Vorkaufsrecht auf einhundertzwanzig Hektar Land«, informierte sie Anthony.

Als Carlos sein Telefongespräch beendet hatte, fragte Anthony: »Wozu willst du ein so riesiges Gelände kaufen?«

»Als Bauland, wozu denn sonst? Wir bauen Häuser, wie du weißt.«

Anthony ließ seinen Vetter nicht aus den Augen. »Wie hoch ist der Gesamtpreis?« fragte er kalt.

»Hängt davon ab, wieviel Hektar ich bekomme, aber mach dir darüber keine Sorgen.« Er stand immer noch vor der Glaswand, und im Schatten des einfallenden Lichts war sein Gesichtsausdruck nicht zu erkennen. »Sagen Sie Richter Strickland, ich sei einverstanden, würde ihn aber noch anrufen.«

»Rufen Sie *mich* an«, sagte Gail. »Er hat mich mit den Verhandlungen beauftragt.«

»Ausgezeichnet. Dann geben Sie mir bitte Ihre Nummer.« Er kam auf sie zu.

Während sie ihm ihre Geschäftskarte überreichte, behielt sie ihn scharf im Auge. »Sie sollten wissen, daß der Richter über eine Hypothek in dieser Höhe nicht gerade glücklich ist. Er befürchtet, daß Ihre Gesellschaft Probleme haben könnte, Bargeld für eine angemessene Anzahlung aufzubringen.«

Carlos schnipste mit den Fingern. »Dieses Thema möchte ich jetzt nicht erörtern.«

Gail warf ihm einen unschuldigen Blick zu. »Oh, tut mir leid. Ich dachte, Mr. Quintana wäre der Anwalt von Pedrosa Development.«

»Nein.« Carlos schaute zu Anthony hinüber, der ihn unter gesenkten Lidern hervor beobachtete. »Raul Ferrer ist unser Anwalt. Tony hat nur diesen einen vermaledeiten Fall übernommen, diese Dardens. Und er verteidigt mich bei Strafverfahren.« Carlos lachte. »War nur ein kleiner Scherz. Bisher hatte ich nur ein einziges.«

»Ist Ernesto mit diesem Kauf einverstanden?« fragte Anthony.

Carlos machte eine vage Handbewegung, als wüßte er nicht so recht, was er darauf antworten sollte. Schließlich ließ er einen spanischen Wortschwall vom Stapel. Er lächelte, aber es wirkte nicht sehr überzeugend.

»Englisch, bitte«, ermahnte ihn Anthony ruhig.

»Entschuldigung.« Carlos lächelte Gail an. »Manchmal denke ich nicht daran.« Er schob das Handy in das Lederetui an seinem Gürtel.

»Möchten Sie beide diese Angelegenheit vielleicht lieber unter vier Augen besprechen?« fragte Gail scheinheilig.

»Nein, das ist nicht notwendig.« Anthony schaute auf. »Setz dich, Carlos. Unser Gast bekommt ja einen denkbar schlechten Eindruck von uns.«

Carlos nahm wieder Platz, wartete aber offensichtlich ungeduldig darauf, daß die Sekretärin die korrigierten Dokumente bringen würde.

»Sie müssen wissen, Gail«, erklärte Anthony, »daß Verträge über den Erwerb von Grundbesitz nur von Ernesto Pedrosa unterschrieben werden dürfen. Er ist der leitende Direktor von Pedrosa Development.«

Carlos' Miene sprach Bände. »Tony ...« Er murmelte etwas vor sich hin, faßte sich aber rasch wieder und sagte, an Gail gewandt: »Raul Ferrer wird den Vertrag über das Vorkaufsrecht aufsetzen, und Ernesto kann ihn dann unterschreiben.«

»Ben möchte, daß ich die Papiere vorbereite«, sagte sie.

»Das ist nicht üblich.«

»Er wünscht es aber so.«

»Also gut, dann rufen Sie mich an, wenn Sie die Papiere fertig haben.« Er überreichte ihr eine Geschäftskarte. »Meine Handynummer steht auch drauf. Unter dieser Nummer können Sie mich jederzeit erreichen.«

»Es wäre besser«, mischte sich Anthony ein, »wenn Ms.

Connor die Papiere Ernesto vorlegen würde. Er könnte ja irgendwelche Fragen haben.«

»Este no tiene nada que ver contigo, Tony.« Diese Angelegenheit geht dich nichts an.

»Es mi asunto mientras que él sea mi abuelo. Yo no voy a …« Sie geht mich sehr wohl etwas an … mein Großvater … Den Rest konnte Gail nicht verstehen.

Carlos setzte zu einer hitzigen Erwiderung an, aber sie fiel ihm ins Wort. *»Por favor!«*

Beide Männer starrten sie an.

»Ich glaube, ich möchte lieber mit Ernesto Pedrosa persönlich sprechen«, sagte sie.

Nachdem Carlos sich mit dem Versprechen verabschiedet hatte, binnen vierundzwanzig Stunden das Grundstück der Dardens von allen Baumaschinen zu räumen, schloß Anthony die Tür.

»Danke, daß Sie noch geblieben sind«, sagte er.

Gail nickte stumm. Sie bezweifelte stark, daß er nur einige unwichtige Details im Fall Darden mit ihr besprechen wollte, wie er gesagt hatte. Er legte die Akte auf seinen Schreibtisch – einen seltsam geformten Schreibtisch, ein schwarzes Dreieck mit abgerundeten Enden, das auf ineinander verschlungenen Glasbögen ruhte. Er wurde von unten indirekt bestrahlt, so daß der Eindruck entstand, als schwebe die Platte mitsamt der ultramodernen roten Lampe und den ordentlich gestapelten Aktenordnern und Papieren auf die Decke zu.

Anthony folgte ihr, als sie an die Glaswand herantrat. Sie hatte gedacht, daß der Wintergarten – oder was auch immer es sein mochte – auch anderen Mietern zugänglich war, aber jetzt sah sie, daß er nur zu Anthonys Büro gehörte.

»Schicken Sie mir doch bitte mal Ihren Innenarchitekten«, sagte sie. »Wenn ich so ein Büro hätte, würde ich dort schlafen.«

Er streckte die Hand nach oben aus und drückte auf einen Hebel. Eine Glasscheibe glitt auf Schienen zurück.

Gail konnte das Plätschern des Brunnens jetzt besser hören.

»Manchmal schlafe ich hier, wenn ich einen Fall vorbereite.« Anthony deutete auf ein langes schwarzes Sofa. »Ich wohne draußen in Key Biscayne, und da spare ich mir gelegentlich den weiten Weg nach Hause.«

Gail konnte ihren Blick nur unter Aufbietung aller Willenskraft von dem Sofa lösen. »Worüber wollten Sie mit mir sprechen?«

Anthony lehnte sich an die Glaswand. »Wann haben Sie erfahren, daß mein Vetter Land von Richter Strickland kaufen will?«

»Vor ein, zwei Wochen.«

Er sah sie eindringlich an.

»Ich dachte, Sie wüßten das«, sagte sie.

»Carlos erzählt mir nicht alles.«

»Das scheint mir auch so.«

»Können Sie mir Näheres darüber erzählen?«

»Carlos wäre damit bestimmt nicht einverstanden.«

»Sie sind nicht seine Anwältin.«

»Sind Sie denn sein Anwalt?«

Anthony lächelte. »Gut gekontert.«

»Eigentlich gibt es gar nicht viel zu erzählen«, sagte Gail. »Carlos möchte von meinem Cousin – Richter Strickland – Land kaufen, westlich der Krome Avenue. Ben besitzt insgesamt etwa achthundert Hektar. Früher ist er dort auf die Jagd gegangen, aber das macht er jetzt nicht mehr. Das Gelände ist eingezäunt, und er hat Wachhunde, die frei herumlaufen und jeden Eindringling mit wahrer Wollust zerfleischen würden. Ehrlich gesagt, kann ich mir dort keine Einfamilienhäuser mit Vorgärten vorstellen, aber offenbar hat Carlos genau das im Sinn.«

Anthony schüttelte den Kopf. »Ist das nicht ein Sumpfgebiet?«

»Es ist Ben egal, ob ihr Vetter geschäftstüchtig ist oder nicht, ihm geht es nur um sein Bankkonto, und das ist der wunde Punkt, denn Carlos möchte den Preis drücken.«

»Wie lange dauern diese Verhandlungen schon?«

»Soviel ich weiß, hat Carlos einige Wochen vor Renées Tod mit Ben Kontakt aufgenommen. Sie hat diese Bekanntschaft vermittelt.« Sie warf ihm einen fragenden Blick zu. »Sind Sie gegen den Kauf?«

»Ich bin mir nicht sicher.«

Sie betrachtete ihn eine Weile. »Im Prinzip stimme ich zwar mit Carlos darin überein, daß diese Angelegenheit Sie nichts angeht, aber ich möchte nicht, daß Ben Geld verliert, falls es zu einem Kaufvertrag kommen sollte, und Sie können das leichter in Erfahrung bringen als ich.«

Anthony schien dem Plätschern des Brunnens zu lauschen.

»Könnten Sie das Angebot des Richters noch diese Woche schriftlich vorlegen?« fragte er plötzlich.

»Ich glaube schon, allerdings ohne seine Unterschrift.«

»Eine meiner Tanten gibt am Freitagabend eine Party im Haus meines Großvaters. Carlos wird dort sein und ich ebenfalls. Sie könnten den Vertrag mitbringen.«

Obwohl er sich locker gab, spürte Gail, daß ihre Antwort für ihn von großer Bedeutung war. »Es ist ein Familientreffen, Sie könnten also gern Ihren Mann mitbringen«, fügte er hinzu.

»Ich kann mir nicht vorstellen, daß Mr. Pedrosa während einer Familienfeier gestört werden möchte«, wandte Gail ein.

»Er wird heilfroh über die Ablenkung sein. Sie brauchen wirklich keine Hemmungen zu haben, ihn in seinem Haus aufzusuchen. Er hat letztes Jahr einen leichten Schlaganfall erlitten und geht nur noch selten aus. Die meisten Geschäfte wickelt er zu Hause ab.« Anthony sah sie erwartungsvoll an. »Wäre Ihnen das möglich? Er wohnt hier in Coral Gables.«

Gail begriff, worum es ihm ging. Er wollte bei der Unterzeichnung des Vertrags zugegen sein, und das ließ sich am ehesten bewerkstelligen, wenn Gail die Unterlagen während der Party anbrachte.

»Ich müßte Carlos anrufen und darüber informieren.«

Anthony nickte zustimmend.

Gail legte ihren Aktenkoffer auf den Tisch, setzte sich und verstaute die Kopie des unterschriebenen Vergleichs. »Dem Himmel sei Dank, daß der Fall Darden endlich zu den Akten gelegt werden kann«, seufzte sie. »Darf ich Sie anrufen, falls bei der Anberaumung des Abschlußtermins Probleme auftauchen sollten?«

»Selbstverständlich.« Gail wunderte sich etwas, daß er ihr Lächeln nicht erwiderte. Als sie nach ihrer Handtasche griff, sagte er plötzlich: »Warten Sie bitte. Da wäre noch etwas.«

Er nahm ihr gegenüber Platz und betrachtete sie eindringlich.

»Was?« fragte sie schließlich.

»Ein Polizeibeamter vom Morddezernat hat sich heute morgen mit mir unterhalten.«

»Tatsächlich? Das kann nur der unerschrockene Sergeant Britton gewesen sein.« Sie ließ den Schulterriemen ihrer Handtasche los. »Was wollte er von Ihnen wissen?«

»Er hat mir einige Routinefragen gestellt. Was ich über Renée weiß, wie sie war, welche Freunde oder Feinde sie hatte. Wie ich sehe, wissen Sie Bescheid.«

Gail lachte leise. »O ja, nur zu gut.«

»Darf ich fragen, welche Beweise er hat?«

»Er sagt, die Rasierklinge sei viel zu weit von ihrer Leiche entfernt aufgefunden worden. Außerdem gibt es keine oberflächlichen Schnittwunden an den Handgelenken, und er meint …« Gail stockte.

Anthony nickte. »Ich kann mir vorstellen, welche Schlußfolgerungen er daraus zieht. Was sonst noch?«

Gail entspannte sich etwas, weil ihr einfiel, daß dieser Mann in Kriminalfällen versiert war. »Nichts. Keine richtigen Beweise für einen Mord. Nur die Annahme, daß sie nicht der Typ Mensch für einen Selbstmord war.«

»Hat er auch eine Theorie, wer es getan haben könnte?«

Sie schüttelte den Kopf. »Mir hat er jedenfalls nichts gesagt.« Anthony brauchte nichts von den Karten zu wissen, die Dave an Renée geschickt hatte und die Britton so sehr interessierten. Oder von dem Treuhandvermögen. Oder von Renées Ausflug mit einem Drogenschmuggler. »Wie gut haben Sie meine Schwester gekannt?« fragte sie statt dessen.

Die dunkelbraunen Augen hielten ihrem Blick ruhig stand. Er zuckte leicht mit den Schultern. »Wir waren gute Freunde.«

»Aber Sie standen ihr nicht so nahe wie Carlos?«

Ein Lächeln huschte über sein Gesicht. »Nein, Carlos kannte sie zweifellos besser als ich. Wollen Sie wissen, ob ich einen Selbstmord für wahrscheinlich halte? Ich habe Britton gesagt, daß ich das nicht beurteilen kann.«

»Und was würden Sie *mir* sagen?«

Anthony überlegte kurz. »Ich würde Ihnen sagen, daß ich derselben Meinung wie Britton bin.« Er beobachtete ihre Reaktion. »Renée hatte … wie soll ich es ausdrücken? Sie war so neugierig auf alles. Sie redete mit wildfremden Leuten, und sie gaben ihr bereitwillig Auskunft. Sie hatte keine Hemmungen und keine Dünkel. Ich glaube, daß sie das Leben viel zu interessant fand, um es freiwillig zu beenden. Nein, ich glaube nicht an einen Selbstmord. Die nächste Frage liegt auf der Hand, aber ich habe nicht die leiseste Ahnung, wer sie umgebracht haben könnte.«

»Aber sie war so unglücklich. Sie …« Gail beugte sich vor und legte ihre Arme auf die Knie. »Es ist so verwirrend … Jeder hat seine Meinung über Renée, aber sie stimmen nicht überein. Ich glaubte, sie gut zu kennen.«

Anthonys Gesicht lag halb im Licht, halb im Schatten. Er sah Gail unverwandt an. »Ich mußte gerade an jenes Foto denken – zwei kleine Mädchen auf einer Schaukel.«

»Ja, es steht jetzt auf dem Nachttisch meiner Mutter.«

»Als ich noch in Kuba lebte, hatte ich einen besten Freund, Juanito«, erzählte Anthony. »Dann kam ich hierher, und wir haben uns über fünfundzwanzig Jahre nicht gesehen. Eines Tages ist auch er in die USA gekommen und stand plötzlich hier in meinem Büro. Ich habe ihn sofort wiedererkannt. Er hat jetzt eine Glatze und ist fett, aber ich habe ihn sofort wiedererkannt.«

Gail lächelte. »Eine hübsche Geschichte.«

Er machte eine hilflose Handbewegung. »Vielleicht paßt sie nicht ganz.«

Er begleitete sie zur Tür. »1642 Malaguena – das ist die Adresse meines Großvaters. Soll ich Ihnen sagen, wie Sie hinkommen?«

»Nicht nötig, ich kenne die Straße.« Es gab in Coral Gables Dutzende Straßen mit spanischen Namen – Alhambra, Granada, Cordova –, aber die Malaguena Avenue war schwer zu finden, und es war allgemein bekannt, daß Immobilien dort fast unerschwinglich waren. »Wissen Sie, ich fahre immer durch diese Straße, wenn ich unseren Rolls-Royce zur Wartung bringe.«

Er lachte zum erstenmal an diesem Tag, plötzlich gut gelaunt. »Sie werden feststellen, daß mein Großvater ein ganz einfacher Mann ist.«

»Ein einfacher Mann mit einer von Kugeln durchlöcherten Flagge über dem Schreibtisch. Werden wir uns in seinem Arbeitszimmer unterhalten? Ich muß doch sehen, ob Sie das erfunden haben – daß sein Schreibtisch in Richtung Havanna ausgerichtet ist.«

»Nein, es stimmt wirklich. Fragen Sie ihn selbst.«

»Vielleicht tu ich's wirklich. Ich komme so gegen halb acht, nehme ich an.« Sie streckte ihm die Hand hin.

Sein Händedruck war kräftig, aber seine weichen Finger verrieten, daß er nicht gewöhnt war, einen Hammer oder einen Tennisschläger zu schwingen. Diese gepflegten Hände eigneten sich besser dazu, eine Flasche Champagner zu entkorken.

Sie wartete darauf, daß er ihr die Tür öffnen würde. Statt dessen sagte er: »Ich bedaure sehr, daß Ihre Klienten Sie heute am Mittagessen mit mir gehindert haben. Ich hatte mich so darauf gefreut.«

»Ja, ich auch.« Gail lächelte. »Aber was soll man machen? Solche Notfälle kommen eben vor.«

Er glaubte ihr kein Wort, das konnte sie seiner Miene ansehen, während er ihr höflich die Tür aufhielt.

Charlene Marks' Kanzlei befand sich im sechsten Stockwerk der Dadeland Towers am südlichen Stadtrand. Sie wollte sich mit Gail aber lieber im O'Herlihy's Pub im Erdgeschoß des Gebäudes unterhalten. Sie fanden eine leere Nische im Hintergrund. Im O'Herlihy's konnte man für vier Dollar unter fünfzig Sorten Importbier wählen, und die Barkeeper trugen gestreifte Schürzen und wirbelten ihre Cocktailshaker so geschickt durch die Luft wie Taktstöcke. Um halb fünf nachmittags begann sich der Pub mit den ersten gutgekleideten Feierabendgästen zu füllen.

Charlene holte zwei Tylenol aus einer Pillendose. »Hör mal, so schlimm ist es nun auch wieder nicht. Du wirst darüber hinwegkommen, ich schwör's dir.«

Gail schluckte die Tabletten mit dem Rest Zinfandel. »Ich hätte nie gedacht, daß er so habgierig sein würde.«

»Daran ist nur Joe Erwin schuld, dieser gottverfluchte Halsabschneider. Er stellt immer völlig abwegige Forderungen. Aber mach dir keine Sorgen – dem werd' ich schon ordentlich auf die Finger klopfen.«

Das glaubte Gail ihr aufs Wort. Charlene war ein zäher Brocken.

Gerüchte besagten, daß sie immer eine 22er am Oberschenkel trug und einmal einen Klienten angeschossen hatte, als er sich über ihre Honorare beklagte. »Lächerlich«, sagte sie dazu, aber in einem Ton, der nicht jeden Zweifel ausräumte. Und es wurde immer wieder glaubhaft versichert, daß sie, wenn sie die Anklage vertrat, beim Schlußplädoyer stets ein tief ausgeschnittenes Kleid trug, so daß die Geschworenen ihre Halskette mit den kleinen goldenen Buchstaben G-U-I-L-T-Y – schuldig – sehen konnten. Ferner wurde gemunkelt, sie hätte ein Verhältnis mit dem derzeitigen Gouverneur gehabt.

Kurz bevor Gail gekommen war, hatte Charlene mit Daves Anwalt telefoniert. Erwin stellte Dave als armen Schlucker und Gail als reiche Erbin hin und erhob namens seines Klienten Anspruch auf das Bootsunternehmen und auf die Hälfte des Hauses. Das Sorgerecht für Karen sollten sich die Eltern teilen, wobei der Vater seine Tochter jedes zweite Wochenende, jeden zweiten Geburts- und Feiertag sowie einen Monat im Sommer bei sich haben wollte.

Gail machte sich in bezug auf Erwin keine allzu großen Sorgen. Charlene Marks wurde von manchen Männern, aus denen sie lächelnd Kleinholz gemacht hatte, Streberin, Luder oder Hexe genannt, aber keiner hatte sie je als Versagerin bezeichnet.

Jetzt machte sie sich eifrig Notizen. »Wenigstens brauchen wir keinen Antrag zu stellen, damit du deinen Mädchennamen zurückerhältst. Schlau von dir, ihn beizubehalten. Ich war viermal verheiratet, und wenn ich die Namen meiner Männer angenommen hätte, würde ich jetzt Charlene Marks Steinfeld Brown Lidsky DeMarco heißen.«

Gail lächelte pflichtschuldigst, lehnte ihren Kopf aber gleich darauf erschöpft an die Wand. Charlene warf ihr einen besorgten Blick zu und klopfte mit ihrem Kugelschreiber an Gails Weinglas. »Ich glaube, du brauchst noch eins.«

»O Gott, nein, dann wäre ich total groggy, und ich muß heute abend noch sechs Akten durchsehen.«

»Hast du's immer noch nicht kapiert? Die Partner in deiner ehrenwerten Firma beuten euch wie Sklaven aus, und die Frauen natürlich am meisten. Verdammt, warum laßt ihr euch das von diesen Scheißtypen gefallen?«

»Na ja, Charlene – einige von uns hoffen eben, eines Tages selbst Sklaven zu haben.«

»Wenn ihr nicht vorher tot umfallt.« Sie leerte ihr Glas und warf Gail einen forschenden Blick zu. »Worin besteht eigentlich das Problem zwischen Dave und dir? Das hast du mir noch nicht erzählt.«

Gail überlegte. »Es ist nichts, worauf ich den Finger legen könnte. Man lebt einfach so dahin und denkt, alles wäre in Ordnung, und plötzlich stimmt es einfach nicht mehr, und man stellt mit Schrecken fest, daß man sich nichts mehr zu sagen hat. Vielleicht hat Renées Tod Dave an seine eigene Sterblichkeit erinnert. Ich weiß es nicht.«

Charlene spießte die Olive in ihrem Cocktailglas mit dem Plastikspieß auf und führte sie zum Mund. »Ich weiß, er ist erst vor zwei Tagen ausgezogen, aber wie kommst du damit zurecht?«

»Gut. Eigentlich müßte ich mich miserabel fühlen, aber das ist nicht der Fall. Vielleicht wußte ich schon lange, daß es dazu kommen würde, und wollte es nur nicht wahrhaben.« Sie lachte. »Ich glaube, im Grunde ist nur mein Ego etwas angeknackst.«

»Mach dir nichts draus. Die Hälfte der amerikanischen Frauen würde ihre Männer rausschmeißen, wenn sie könnte. Ich weiß, wovon ich rede.«

Gail warf einen Blick auf die Uhr. »Ich muß los. Karen wird bald nach Hause kommen.«

Charlene schnappte ihr die Rechnung vor der Nase weg. »Nein, nein! Wenn du erst einmal diese sagenhafte Erbschaft angetreten hast, von der Erwin redet, kannst du mich ja zu einem Drink einladen.« Sie ließ einen Zwanzig-Dollar-Schein auf dem Tisch liegen.

Sie gingen hintereinander an der Bar vorbei, die fast ausschließlich von Männern bevölkert war. Charlene winkte einigen Bekannten lächelnd zu, ließ sich aber auf keine Unterhaltungen ein. Sie flüsterte Gail ins Ohr: »Männer sind für manches nützlich, aber nicht unbedingt für die Ehe geeignet. Willst du einen Rat von mir? Lenk dich mit einer Liebesaffäre ab. Kauf eine Packung Kondome und ein paar Flaschen Wein, und nimm dir mit ihm ein Hotelzimmer an der South Beach.«

Gail lachte.

»Das ist mein voller Ernst. Nichts bringt dich so schnell auf andere Gedanken.«

Während Gail die Post durchsah, beobachtete sie Karen, die sich einen Imbiß machte: Das Mädchen öffnete die Keksdose, legte einige Kekse auf eine Papierserviette, schloß die Dose, schenkte sich ein Glas Milch ein und wischte sogar einige verschüttete Tropfen sorgfältig auf.

Wie selbständig sie war! Gail war um fünf Uhr nachmittags so selten zu Hause, daß es ihr noch nie aufgefallen war.

Die rote Kontrolleuchte am Anrufbeantworter blinkte. Sie drückte auf einen Knopf, um die gespeicherten Anrufe abzuhören. »Hier ist Blockbuster Video. Sie haben noch zwei Kassetten, die überfällig sind ...«

Gail hing ihren Gedanken nach. Dave hatte Karen am Sonntag doch nicht zum Abendessen abgeholt mit der fadenscheinigen Entschuldigung, er müsse seine Sachen auspacken. Gail wußte natürlich, daß er sich nur vor einer Aussprache mit seiner Tochter drücken wollte.

Karen hatte die Neuigkeit erstaunlich gelassen aufgenommen. »Wollt ihr, Daddy und du, euch scheiden lassen?« Sie kannte das Wort. In ihrer Klasse gab es viele Mädchen, deren Eltern geschieden waren, wieder geheiratet hatten oder sonstige Partnerschaften eingegangen waren.

Die nächste Nachricht war von Dave. »Ruf mich im Geschäft an. Es ist wichtig.«

Gail wartete, bis Karen sich mit ihrem Imbiß im Wohnzimmer vor den Fernseher gesetzt hatte.

»Gail hier«, sagte sie, als Dave sich meldete. »Ich bin gerade nach Hause gekommen. Heute nachmittag hatte ich einen Termin bei meiner Anwältin.«

Nach längerem Schweigen murmelte Dave: »Gail, das alles tut mir leid.«

»Joe Erwin scheint da anderer Meinung zu sein.«

Sie hörte ihn seufzen. »Wir werden zu einer vernünftigen Regelung kommen. Hör zu, ich habe wegen etwas anderem angerufen. Dieser Britton hat mich am Samstag aufgesucht und heute schon wieder. Ich habe ihm schließlich gesagt, daß er sich zum Teufel scheren soll. Hör mal, hast du ihm erzählt, daß ich Renée am Abend von Irenes Geburtstagsparty nach Hause gefahren habe?«

Gail zog einen Hocker heran und setzte sich. »Das wußte er schon von Mutter. Ich habe nur gesagt, daß du sie in ihrem Wagen nach Coconut Grove gebracht hast und später mit dem Taxi heimgefahren bist.«

»Was hast du ihm gesagt, um welche Zeit ich zu Hause war?«

»Ich konnte mich nicht mehr daran erinnern.«

»Okay. Ich habe ihm gesagt, es müsse kurz nach Mitternacht gewesen sein, aber vielleicht irre ich mich auch.«

»Ich habe keine Ahnung. Ich hatte schon geschlafen, glaube ich.«

»Das war aber das zweite Mal, daß ich nach Hause kam. Ich war um halb elf schon einmal da, aber dein Auto stand nicht in der Garage, und da bin ich auch noch einmal losgezogen. Ehrlich gesagt hatte ich keine Lust, zu Hause auf dich zu warten bei der Saulaune, die du hattest.«

»Wart mal – ich komme da nicht ganz mit …«

»Ich bin zweimal nach Hause gekommen, Gail. Das erste Mal so gegen halb elf, aber du warst nicht da. Wo bist du gewesen?«

Gail stand auf und vergewisserte sich, daß Karen vor dem Fernseher saß. »In Coconut Grove. Ich bin bei Renée vorbeigefahren, um zu sehen, ob sie noch auf ist. Ich wollte mit ihr reden, hatte dann aber doch nicht den Mut dazu und fuhr nach Hause.«

»Du lieber Himmel, warum hast du mir das bisher nicht erzählt?«

»Ich habe gar nicht mehr daran gedacht. Außerdem bin ich ja nicht einmal ausgestiegen. Ich saß nur einige Minuten im Auto und starrte von der Auffahrt zu ihrer Wohnung hinüber.«

»Weißt du, welchen Eindruck das erweckt? Ich kann dir nur raten – erzähl Britton nichts davon.« Nach längerem Schweigen fügte er hinzu: »Wenn jemand fragen sollte – ich bin so gegen elf nach Hause gekommen, und wir sind dann gleich zu Bett gegangen.«

Gail hörte Karen über irgendwelche Cartoons im Fernsehen lachen.

»Gail, bist du noch dran?«

»Ja.«

»Wird schon alles schiefgehen. Hör mal, ist Karen irgendwo in der Nähe?«

Gail holte ihre Tochter ans Telefon.

Während Karen mit ihrem Vater redete – ein bißchen förmlich, jedenfalls kam es Gail so vor –, öffnete Gail den Kühlschrank und starrte blindlings hinein.

Kurz vor elf war Renée zu Hause gewesen. Ihr Auto stand auf dem Parkplatz, und in der Küche brannte Licht. Wer war bei ihr gewesen? Was hatten sie gemacht? Wenn Gail etwas länger dort geblieben wäre …

Sie drehte sich um, als Karen den Hörer einhängte.

»Na, hast du dich nett mit deinem Dad unterhalten?«

»Normal.«

»Wie wär's heute abend mit McDonald's?«

Karen zuckte die Achseln.

Gail nahm ihre Wagenschlüssel zur Hand. »Komm, wir gehen aus.« Sie küßte Karen auf die Stirn. »Du hast doch keine Hausaufgaben, oder?«

»Na ja …«, grinste Karen.

»Ich habe auch welche, aber die machen wir beide später.« Sie ließ ihren Aktenstapel auf der Anrichte liegen.

KAPITEL 12

Das Anwesen mit der Hausnummer 1642 erstreckte sich über zwei Parzellen am Ende der Malaguena Avenue, einer schmalen Straße mit tief überhängenden Bäumen und langen Auffahrten. Als Gail an Ernesto Pedrosas offenem Eisentor vorbeifuhr, sah sie ein großes zweistöckiges stuckverziertes Haus mit rotem Ziegeldach und massiver Haustür unter einer mit Wein bewachsenen Pergola.

Autos standen dichtgedrängt in der Auffahrt und auf den Gehwegen in beiden Richtungen. Gail fand erst anderthalb Blocks weiter einen freien Grasstreifen, der nicht zu einem gepflegten Garten gehörte.

An der Haustür mußte sie eine Weile warten, nachdem sie geklingelt hatte. Von irgendwoher war Salsa-Musik zu hören. Grillen zirpten in den Büschen unter den Fenstern.

Sie hörte Gelächter und spanische Gesprächsfetzen. Dann näherten sich Schritte – hohe Absätze auf Fliesen –, und die Tür wurde geöffnet.

»*Buenas*«, sagte die hübsche dunkelhaarige Frau gedehnt, während sie Gails strenges Kostüm und den Aktenkoffer etwas verblüfft musterte. Die Musik war jetzt lauter.

»*Soy Gail Connor.* Äh ... *Señor Antonio Quintana está aqui?*«

Jetzt lächelte die Frau. »*Ah, si, entre. Perdóneme, Señora Connor.*« Sie zog Gail ins Haus, schloß die Tür, sagte wieder etwas auf spanisch.

»*Usted habla inglés?*«

Die Frau lachte fröhlich. »Natürlich. Entschuldigen Sie bitte. Ich bin Anthonys Kusine Elena. Er hat mir gesagt, daß Sie kommen würden. Suchen wir ihn. *Mami, ahora vengo.*« Der spanische Satz – *Mama, ich bin gleich wieder da* – war an eine der vier älteren Frauen gerichtet, die auf dem Sofa saßen. »Kommen Sie mit. Ich habe Anthony eben noch gesehen.«

Sie führte Gail durch den großen und sehr hohen Raum, der mit schweren Möbeln eingerichtet war, auf einen breiten Korridor. Viele Leute schlenderten umher. Ein kleines Mädchen mit Schnuller im Mund starrte Gail neugierig an.

»Wohnen Sie hier?« fragte Gail, die Mühe hatte, mit Elena Schritt zu halten.

Elena warf ihr einen Seitenblick zu. »Ich? O nein, jetzt nicht mehr. Früher einmal. Ich habe vor einer Ewigkeit geheiratet.«

Die Instrumentalmusik wurde von Gesang abgelöst, und Gail begriff, daß es sich um eine Live-Band handelte. Sie kamen an einer riesigen Küche vorbei, und Gail sah große Töpfe und Frauen, die mit Geschirr klapperten. Der Geruch von Schweinefleisch und Knoblauch stieg ihr in die Nase. Endlich sah sie einen Patio, auf dem sich schätzungsweise hundert Personen drängten. Es wurde gelacht, geredet und gegessen – man füllte sich die Teller an einem langen Tisch, der sich unter den verschiedensten Speisen bog –, und es wurde auch getanzt. Der hintere Teil des Patios war in einen Tanzboden verwandelt worden.

Die Band spielte auf einer kleinen Plattform. Vier Musiker in Smokings – Keyboard, Gitarre, Kongotrommeln und ein Saxophon – begleiteten einen Sänger, dessen Hüften und Füße sich wie auf Kugellagern bewegten. Er trug einen weißen Anzug mit dicken Schulterpolstern und ein grünes Hemd. Sein schwarzes Haar war zu einem kleinen Pferdeschwanz zusammengefaßt.

»Ms. Connor?«

Gail hatte gar nicht gemerkt, daß sie stehengeblieben war. Elena deutete nach hinten. »Anthony ist irgendwo dort drüben.«

Sie bahnten sich einen Weg durch die Menge, und die Volants an Elenas gelbem Seidenkleid wippten bei jedem Schritt, den sie mit ihren hohen Stöckelschuhen machte. Fast alle Frauen trugen enge, verspielte Kleider. Elena blieb plötzlich stehen, um jemanden zu begrüßen. *»Gisela, qué tal?«* Ihre rechten Wangen berührten sich – angedeutete Küsse. Gails Blicke schweiften wieder zur Band hinüber.

Renée war in der Junior High School mit einem Hispanic befreundet gewesen. Sie hatten in Irenes Küche das Radio voll aufgedreht und *merengue* getanzt. Gail erinnerte sich sogar noch daran, daß es eine Melodie von Wilfrido Vargas gewesen war. Renée und der Junge, beide zierlich und anmutig, seine Hand auf Renées Taille, ihre Finger auf seiner Schulter. Rhythmische Bewegungen in völligem Einklang mit der Musik. Der Junge hatte es auch Gail beizubringen versucht, die fast zwanzig Zentimeter größer war als er. Sie drehte sich in die falsche Richtung und trat ihm auf den Fuß. Lachend breitete Renée die Arme aus. *Nicht denken, nur fühlen, du dumme Gans! Überlaß dich einfach der Musik.*

Auf Ernesto Pedrosas Patio zog der Sänger im weißen Anzug das Mikrophon jetzt näher an seine Lippen heran und hauchte schmachtend: *»Morena, que no me tratas asi. Ay, mami, porqué me duelas a mi?«*

Elena faßte Gail am Ellbogen. »Er muß hiersein. Ich habe ihn gerade noch gesehen. Ja, da drüben.«

Gail hatte erwartet – fast gehofft –, daß er tanzen würde, aber er stand zusammen mit anderen Männern am Rand des Patios, einen Drink in der Hand, ohne Sakko und mit offenem Hemdkragen. Er sah sie und lächelte. Sein Blick schweifte rasch über die Leute hinter ihr, dann küßte er sie leicht auf die Wange, anstatt ihre ausgestreckte Hand zu ergreifen.

Ein schwindelerregendes Glücksgefühl überkam sie, als sie begriff, daß er nach Dave Ausschau gehalten hatte und sich freute, daß sie allein gekommen war. Er nahm ihren Arm und zog sie etwas beiseite, damit sie nicht von dem jugendlichen Paar angerempelt wurde, das an ihnen vorbeitanzte.

»Das ist eine herrliche Party«, sagte sie lachend. »Was ist der Anlaß?«

Er beugte sich zu ihr herüber, damit sie ihn besser hören konnte. »Der siebzigste Geburtstag meiner Tante.«

»Feiern Sie immer so?«

»Nein, die Eltern ihres Schwiegersohns sind gerade aus Havanna gekommen, und die Party findet auch ihnen zu Ehren statt. Und zu Ehren eines der *municipios en el exilio.*«

Gail hatte von diesen Exilkubanern gehört, deren Gruppen ein Mittelding zwischen Gesellschaftsklub und Planungskomitee waren: Sie veranstalteten Picknicks, bei denen darüber debattiert wurde, wer in welcher Stadt Bürgermeister werden und welches öffentliche Bussystem eingeführt werden sollte, wenn sie alle endlich wieder in ihrer Heimat waren.

Anthony stellte sie den anderen Männern vor. Einen kannte sie vom Sehen – er war leitender Mitarbeiter der städtischen Aufsichtsbehörde. Sie hoffte, daß ihr Aktenkoffer und Anthonys Erklärung, sie sei Anwältin bei Hartwell Black & Robineau, gar nicht erst den Verdacht aufkommen lassen würden, sie könnte seine Freundin sein.

Er berührte wieder ihren Arm. »Ich würde ja vorschlagen, daß Sie erst einmal etwas essen, aber mein Großvater hat gesagt, ich solle Sie gleich zu ihm bringen. Ich glaube, er möchte bald zu Bett gehen.«

»Sind Sie ganz sicher, daß ich nicht ungelegen komme?«

»O ja, seien Sie unbesorgt. Er erwartet Sie.« Anthony spähte umher und entdeckte seine Kusine. »Elena, könntest du Carlos suchen und ihm sagen, daß Ms. Connor hier ist.«

»Natürlich.« Sie lächelte Gail zu.

Einen Arm leicht um ihre Taille gelegt, führte Anthony sie durch die Menge, und diese Berührung entlockte ihr ein ausgelassenes Lachen. »Wissen Sie – ich war noch nie auf einer kubanischen Party.«

»Nein?«

»Ich habe viel versäumt.«

»Sehen Sie?« Er hob den Zeigefinger. »Sie verbringen eben zuviel Zeit in Ihrem Büro.«

Auf dem Korridor griff er nach seinem Sakko, das über einer Stuhllehne hing. »Vielleicht können Sie nach der Besprechung noch etwas bleiben«, schlug er vor, während er seine Manschetten zurechtzog. »Vielleicht macht es Ihnen Spaß, der Band zuzuhören und ein paar Gerichte zu probieren.« Er lächelte. »Das Essen wurde zwar nicht im *Yuca* bestellt, aber ich muß zugeben, daß es sehr gut ist.«

In Ernesto Pedrosas Arbeitszimmer am anderen Ende des Hauses war die Musik nur sehr gedämpft zu hören. Gail durchquerte langsam den Raum, dessen dunkle Ecken nur von einer Stehlampe mit Seidenschirm erhellt wurden. Anthony drückte auf einen Lichtschalter, und zwei weitere Lampen gingen an, links und rechts von einem rissigen braunen Ledersofa. Es roch nach teuren Zigarren und verstaubten Büchern.

Direkt vor ihr war der Schreibtisch. Sie hatte ihn sich größer vorgestellt. Die rechte Ecke ragte weiter in den Raum hinein als die linke.

»Waren Sie nie versucht ...?« Gail tat so, als wollte sie den Schreibtisch geraderücken.

»Einmal habe ich mir diesen Spaß erlaubt, und er hat mich mit seinem Ledergürtel in der Hand durchs ganze Haus gejagt.« Anthony schaltete die Messinglampe auf dem Schreibtisch ein.

»Hat er Sie gefangen?«

»Ja, leider.«

Ihr Blick schweifte zu der Flagge – ein rotes Dreieck und ein weißer Stern auf der linken Seite, drei blaue und zwei weiße diagonale Streifen. Die rechte untere Ecke war eingerissen und schmutzig, und die Flagge wies tatsächlich mehrere Löcher auf.

Gail sah Anthony an. Er zuckte nur mit den Schultern.

An einer anderen Wand hing ein verblichenes blaues Banner mit großen gelben Ziffern: 2506. Daneben hing ein Schwarzweißfoto, auf dem dasselbe Banner hinter einer Formation von Männern in Arbeitsdienstkleidung im Wind flatterte.

»Was ist das?«

»*Brigada* 2506 im Jahre 1961 bei der Invasion in der Schweinebucht«, erklärte Anthony. »Sie treffen sich hier von Zeit zu Zeit. Viele leben allerdings nicht mehr.«

Gail ging an einem Bücherschrank vorbei, der mit Papieren und schweren Büchern vollgestopft war, und blieb vor einer beleuchteten Vitrine stehen: Ein verblichenes rotes Band war über einen offenen Gedichtband drapiert: *Versos Sencillos.* Die Seiten waren vergilbt. Neben dem Buch stand das Foto eines Mannes mit hoher Stirn und kleinem Schnurrbart. Er trug einen schwarzen Gehrock und ein Hemd mit Eckenkragen.

»José Marti«, sagte sie.

»Ausgezeichnet«, lobte Anthony.

»Sehen Sie, ich weiß etwas über die kubanische Kultur.« Sie betrachtete die Gemälde an den Wänden. Das alte Havanna. Varadero Beach. Hügel, Ochsenkarren und Palmen. »Und in diesem Haus sind Sie aufgewachsen«, murmelte sie mitfühlend.

»Ja, im Pedrosa-Museum für kubanische Geschichte.«

Er nahm ihr den Aktenkoffer ab und stellte ihn neben

einen der Stühle vor dem Schreibtisch. Als er sich wieder umdrehte, schweifte sein Blick zur Tür, und er deutete eine Verbeugung an.

»Señor, buenas noches.«

Auf einen Stock gestützt, betrat Ernesto Pedrosa das Zimmer. Er trug ein langärmeliges weißes Leinenhemd mit vier Taschen – eine kunstvoll gefältelte und gesteppte *guayabera.*

Anthony hatte seine Statur offenbar vom Großvater geerbt. Pedrosa war sogar noch etwas größer als er, ein schlanker Mann mit grauem Schnurrbart. Er musterte Gail durch die dicken Gläser seiner schwarzen Hornbrille.

»*Abuelo,* darf ich dir *la señora* Gail Connor vorstellen? Mein Großvater, Ernesto Pedrosa Masvidal.«

Sie reichte ihm die Hand. Die seine war kühl, trocken und sehr groß.

»Mucho gusto en conocerle, señor.« Gail hatte diesen Satz nachmittags von Miriam gelernt. Offenbar hatte sie ihn korrekt ausgesprochen, denn Pedrosa warf Anthony einen freudig erstaunten Blick zu.

»Que bien ella habla el español.«

Gail schüttelte den Kopf. »Nein, ich spreche es leider nicht gut genug, um eine Unterhaltung führen zu können.«

»Das macht nichts.« Der alte Mann kicherte. Seine hellblauen Augen hinter den dicken Brillengläsern waren hellwach. »Willkommen. *Bienvenida a mi casa, doctora.«*

»Doctora?«

»Diese Anrede drückt den Respekt vor Ihrem Beruf aus«, erklärte Anthony.

Pedrosa hielt immer noch ihre Hand und führte sie kurz an ihre Lippen. *»Sin amor de mujer no hay razón para vivir.«* Lächelnd humpelte er auf seinen Schreibtisch zu und umrundete die Ecke, die weiter in den Raum ragte. »Übersetz, *nieto.* Das sind Worte für einen jüngeren Mann.«

Anthony lächelte verschmitzt. »Ohne die Liebe einer Frau gibt es keinen Grund zu leben.«

»Was für ein charmanter Mann«, murmelte Gail, rief sich dann aber ins Gedächtnis, daß dieser Charmeur bewaffnete Überfälle auf Kuba organisiert hatte und einen Rundfunksender in Little Havanna bombardieren ließ.

Anthony berührte ihren Ellbogen. »Setzen Sie sich doch.«

Pedrosa hängte seinen Stock an die Schreibtischkante und ließ sich in seinem Lehnstuhl nieder. Neben der Lampe standen auf einem Tablett Kristallgläser und eine Flasche. »Anthony, *por favor.* Meine Hände sind heute abend ziemlich steif. Darf ich Ihnen ein Glas Kognak anbieten, *señora* Connor?«

»Ja, danke.«

Anthony lockerte den Korken. »Das reicht schon«, sagte sein Großvater und zog den Korken selbst vollends heraus. Es war eine schwere bauchige Flasche mit geschmackvollem Goldetikett. Gran Duque de Alba. Pedrosa füllte drei Gläser, zögerte kurz. »Wo ist Carlito?«

»Er kommt gleich.«

Pedrosa füllte ein viertes Glas.

Anthony reichte Gail ein Glas, nahm sich auch eines und nahm links von ihr Platz.

Pedrosa klopfte den Korken mit dem Handrücken in die Flasche. »Ich hoffe, Sie werden mir verzeihen, *señora*, wenn ich mich nach unserem Gespräch gleich zurückziehe. Es war ein sehr langer Tag.« Er seufzte lächelnd. »Wissen Sie, als ich ein junger Mann war, hatten wir einen Stall voller Pferde. O ja, und ich bin so oft vom Pferd gestürzt, daß ich mich manchmal wundere, überhaupt noch am Leben zu sein. Aber wenn man jung ist, denkt man nicht daran, wie leicht man sich den Hals brechen kann.«

Die Tür öffnete sich, und Pedrosa rief: »Entra!«

Carlos ging um den Schreibtisch herum. »*Abuelito, cómo estás?* Du siehst heute abend gut aus.«

Er legte einen Arm um die Schultern des alten Mannes und küßte ihn auf die Wange.

Pedrosa deutete auf das letzte Glas Kognak. Carlos nahm es und nickte Gail zu.

»Hi, freut mich, Sie wiederzusehen.« Er zog einen Stuhl näher an den Schreibtisch heran. Sie saßen dem Hausherrn jetzt zu dritt im Halbkreis gegenüber, Gail in der Mitte.

Pedrosa hob sein Glas. *»Salud, dinero y amor.«* Er lächelte Gail zu. »Gesundheit, Wohlstand und Liebe.«

Der Kognak war köstlich – süß und weich.

»Haben Sie Kinder, *señora*?« fragte Pedrosa.

»Ich habe eine neunjährige Tochter.«

»Neun? Sie sehen so jung aus.«

Gail lächelte unverbindlich. Wenn der alte Mann meinte ... »Sie sind sehr liebenswürdig, *señor* Pedrosa. Und Ihre Familie ebenfalls. Ich habe Elena kennengelernt ... Ihre Enkelin?«

»Eine von ihnen.« Er räusperte sich und nippte an seinem Kognak. »Ich habe zwei Töchter, vier Enkelinnen, elf Urenkel und Urenkelinnen und zwei Enkel, die Sie hier sehen.« Er deutete auf Carlos und Anthony. »Ich hatte auch einen Sohn. Er fiel in der Playa Giron – in der Schweinebucht.«

Carlos beugte sich zu Gail hinüber. »Das war mein Vater, Tomás Pedrosa Betancourt. Ich habe ihn nie gesehen.«

Gail dachte daran, was Anthony ihr erzählt hatte: Sein Vater lebte auf Kuba. Sie warf ihm einen Seitenblick zu. Er saß mit übereinandergeschlagenen Beinen da, sein Kognakglas auf dem Knie.

»Wir haben seinen Leichnam nie bekommen«, berichtete Carlos. »Eines Tages, *si Diós quiere,* werde ich Blumen an der Stelle niederlegen, wo er gefallen ist.«

Pedrosa hob sein Glas. *»Si Diós quiere.«* Er wandte sich Gail zu. »Mein herzliches Beileid zum Tod Ihrer Schwester, *señora*.«

»Danke«, murmelte Gail überrascht. »Haben Sie Renée gekannt?«

»Ich habe sie einmal gesehen.« Der alte Mann ließ sich nicht näher darüber aus. »Carlos hat mir erzählt, daß Richter Benjamin Strickland mit Ihnen verwandt ist.«

»Er ist ein Cousin meiner Mutter.«

Pedrosa nickte. »Ich kenne ihn nicht persönlich, aber ich habe von ihm gehört. Von Ihrer übrigen Familie natürlich auch. Die Stricklands sind eine alte Familie in Miami. Und jetzt könnten wir miteinander ins Geschäft kommen.«

Gail griff das Stichwort auf. »Das hoffe ich. Carlos möchte für Pedrosa Development das Vorkaufsrecht auf hundertzwanzig Hektar von Richter Stricklands Land im südwestlichen Dade County. Wenn Sie wollen, können wir die einzelnen Konditionen durchsprechen.«

»Nein, ich kenne sie. Aber mein anderer Enkel ist entschieden gegen diesen Kauf. Vielleicht kann er uns seine Gründe erklären.« Der alte Mann sah Anthony auffordernd an.

»Ja, ich bin entschieden dagegen«, bestätigte Anthony. »Bis jetzt hast du noch nie Land erworben, ohne klare Vorstellungen zu haben, was damit geschehen soll. In diesem Fall gibt es noch nicht einmal irgendwelche Pläne für die Parzellierung, kein Architekt wurde zu Rate gezogen …«

Carlos fiel ihm ins Wort. »Woher weißt du das?«

»Ich habe mich in deinem Büro informiert«, erwiderte Anthony ruhig. »Der Preis pro Hektar ist vernünftig, aber hundertzwanzig Hektar ergeben eine hübsche Summe. Pedrosa Development hat derzeit ohnehin mehr Land als Bargeld.« Er lächelte Carlos zu. »Das geht aus deinen eigenen Aufstellungen für das Finanzamt hervor.«

»Du weißt doch genausogut wie ich, daß die gar nichts beweisen.«

Gail sah, daß Pedrosa ihr einen forschenden Blick zuwarf. Sie nippte an ihrem Kognak. Carlos hatte soeben indirekt zugegeben, daß er das Finanzamt betrog.

»Anthony ist mein eigen Fleisch und Blut, ebenso wie du, Carlos«, sagte Pedrosa. »Ich will hören, was er zu sagen hat.« Er hob die Hand. »Und die Gesellschaft lassen wir jetzt einmal aus dem Spiel.«

»Dieser Grundbesitz ist zwar nicht direkt ein Sumpfgebiet – ich habe Erkundigungen eingezogen –, aber wir müßten ein Gutachten der Umweltschutzbehörden einholen, und möglicherweise erhalten wir überhaupt keine Baugenehmigung.«

Carlos starrte ihn an. »Wir?« Er wandte sich beschwörend an seinen Großvater. »Tony wollte nie etwas mit deinen Geschäften zu tun haben. Und jetzt redet er plötzlich von uns!«

»Warte.« Pedrosa fixierte Gail. »Was haben Sie dazu zu sagen, *señora*? Will der Richter Sumpfland verkaufen?« Er lächelte, aber Gail wußte, daß er die Sache alles andere als amüsant fand.

»Ein Teil des Landes liegt wirklich sehr tief. Man könnte es auffüllen, aber dazu bedarf es einer Genehmigung, und die werden Sie möglicherweise nicht bekommen. Wir haben Carlos darüber informiert. Heutzutage wird das nicht mehr so großzügig wie früher gehandhabt. Im Vertrag würde jedenfalls nichts davon stehen, daß es sich um Bauland handelt.«

Pedrosa nahm einen großen Schluck Kognak.

»Die Leute ziehen aber in diese Gegend«, warf Carlos hastig ein. »Und ich finde, wir sollten zugreifen, wenn wir das Land günstig bekommen. Außerdem geht es ja zunächst nicht um einen Kaufvertrag, sondern nur um eine Option. Wir verpflichten uns nicht zum Kauf, aber wir können das Land vermessen und begutachten lassen. Eine Option gibt uns die Möglichkeit zu entscheiden, ob wir kaufen wollen oder nicht.«

Gail hörte Anthony leise schnauben.

»Ja, Carlos, wir wissen alle, was eine Option ist«, sagte er. »Wir wissen aber auch, daß wilde Spekulationen töricht sind. Überleg dir, was du mit dem Land machen kannst, bevor irgendein Vertrag unterschrieben wird. Wozu etwas überstürzen?«

»Ich bin kein Spekulant«, betonte Pedrosa. Seine große Hand trommelte auf der Schreibtischplatte herum.

Carlos hatte einen hochroten Kopf. »Der Immobilienmarkt ist wieder im Kommen, und wir müssen uns darauf einstellen.« Er rückte steif bis zur Stuhlkante vor.

»*Abuelito,* ich arbeite jetzt seit acht Jahren für dich und habe mich bewährt. Ich weiß nicht, ob es dir aufgefallen ist, aber seit deinem Schlaganfall scharwenzeln viele Leute um dich herum. Entschuldige bitte, aber so sehe ich's nun mal.«

»Carlos, *después*«, sagte Anthony leise. Später.

Gail hätte sich am liebsten unauffällig entfernt. Nein, gestand sie sich ein, am allerliebsten würde sie das Gespräch der drei Männer heimlich belauschen, aber dann würden sie spanisch reden. Aus Höflichkeit war die ganze Unterhaltung bisher auf englisch geführt worden. Sie starrte verlegen auf die Flagge über dem Schreibtisch.

Pedrosa zog den Korken aus der Flasche. »*Señora?*« Als sie dankend ablehnte, schenkte er sich selbst nach. »Ich habe absolut nichts dagegen, wenn meine Familienangehörigen sich geschäftlich engagieren wollen. Platz ist für jeden.«

Gail spürte, wie angespannt Anthony war. »*Señor* Pedrosa«, sagte sie, »falls Sie sich alles noch einmal in Ruhe überlegen wollen, kann ich mit Richter Strickland sprechen.«

Er schien ihren Vorschlag zu erwägen.

Carlos stand auf, griff nach der Kognakflasche und zog den Korken heraus. »Tony ist ein guter Anwalt. Wenn er das aufgeben und statt dessen Geschäftsmann werden will – ich habe nichts dagegen. Aber ich würde ihn an deiner Stelle nicht an exponierter Stelle einsetzen. Die Leute wissen, daß ihn gewisse Bande mit Kuba verknüpfen, und das dürfte nicht allen gefallen.«

»Gewisse Bande? Mein Vater und meine Schwester sind in Kuba. Das weiß jeder. Ich habe nie ein Geheimnis daraus gemacht.«

Carlos schenkte sich Kognak ein. »Ich habe gehört, daß du letzten Monat in Kuba gewesen bist. Was hast du dort gemacht? Hat Marta dir in Havanna eine Unterredung mit dem Handelsminister vermittelt? Sie möchte doch, daß du drüben investierst, nicht wahr?«

Gail hatte Anthonys Augen noch nie so dunkel gesehen. »*No voy a discutirlo contigo.*« Darüber rede ich nicht mit dir. »*Es mi asunto …*«

Pedrosas zornige Stimme unterbrach ihn. »*Fuiste otra vez? A santo de que?*« Du bist wieder hingefahren. Wozu?

Gail beobachtete fasziniert Anthonys Gesicht.

»*Son mi familia, mi sangre!*« Meine Familie, mein Blut. »*No permito que ellos sufran …*« Ich werde nicht zulassen, daß sie Not leiden … Den Rest verstand Gail nicht.

Der alte Mann schlug mit der Faust auf den Schreibtisch, so heftig, daß die Messinglampe erzitterte. »*Malagradecido! Te salvé de eses asesinos y asi me pagas!*« Ich habe dich vor diesen Mördern gerettet, und so dankst du es mir!

Anthony saß wie versteinert da. Carlos nippte an seinem Kognak.

Dann lächelte Pedrosa Gail angespannt zu, so als wäre ihm plötzlich eingefallen, daß er mit seinen Enkeln nicht allein war. Er hatte rote Flecken auf den Wangen. »*Señora*, ich hoffe, Sie verzeihen uns. Wenn Sie den Vertrag dabeihaben …« Er deutete in Richtung Tür. »Carlos, hol Digna.« An Gail gewandt, erklärte er: »Digna ist meine Frau. Sie ist Sekretärin der Pedrosa Development Corporation.«

Gail nickte. Als sie ihren Aktenkoffer öffnete, kreuzten sich ihre Blicke kurz mit Anthonys. Dann legte sie den zweiseitigen Optionsvertrag und eine Kopie davon auf den Schreibtisch.

»*Dame la pluma.*« Pedrosa sah Anthony an und deutete auf den Füller, der außerhalb seiner Reichweite lag. »*Dámela.*«

Anthony blieb eine ganze Weile regungslos sitzen, bevor er sich vorbeugte und seinem Großvater den Füller reichte. Ohne ihn eines Blickes zu würdigen, schob Pedrosa die Papiere näher an die Lampe heran und unterschrieb auf der zweiten Seite.

Die Tür öffnete sich, und hinter Carlos betrat eine rundliche Frau in dunkelblauem Kleid das Zimmer. Sie mußte Ende Siebzig sein, bewegte sich aber so lebhaft wie ein junges Mädchen. Ihre goldenen Filigranohrringe schaukelten hin und her.

Lächelnd nickte sie Gail zu.

Anthony, der respektvoll aufgestanden war, setzte sich wieder.

Pedrosa öffnete eine Schublade und holte einen chromfarbenen Stempel hervor. *»Digna, firma el contrato y ponle el cuno.«* Sie setzte ihre Brille auf, unterschrieb und drückte mit leisem »Uff!« den Stempel quer über ihre Unterschrift.

»Gracias, mi vida«, sagte Pedrosa. Sie küßte ihn auf die Stirn und verließ das Zimmer so schnell, wie sie gekommen war. Die Tür wurde leise geschlossen.

Gail blickte zu Carlos hinüber. Er trank den letzten Tropfen Kognak und stellte sein Glas auf das Tablett.

Ernesto holte ein schweres, in Leder gebundenes Scheckbuch aus der obersten Schublade, füllte mit zittriger Hand einen Scheck aus, und Gail nahm ihn widerwillig entgegen. Zehntausend Dollar von seinem Privatkonto.

»Die Einzelheiten können Sie und der Richter mit Carlos besprechen«, sagte er.

»Ja.« Sie faltete den Scheck und legte ihn zusammen mit dem unterschriebenen Vertrag in ihren Aktenkoffer.

Pedrosa stemmte sich an den Armlehnen seines Stuhls hoch. »Sie müssen mich jetzt entschuldigen. Ich bin müde und werde zu Bett gehen.« Er griff nach seinem Stock. Carlos wollte ihm zu Hilfe eilen, aber er machte eine abwehrende Bewegung. *»Déjame. Estoy vivo.«* Ich lebe noch.

Mitten im Zimmer blieb er noch einmal stehen und verbeugte sich leicht in Gails Richtung. »Es war mir ein Vergnügen, *señora.* Mein Haus steht Ihnen jederzeit offen. Sie müssen unbedingt einmal zum Abendessen kommen. Meine Frau ist eine hervorragende Köchin.«

»Gute Nacht, *señor* Pedrosa.«

Anthony war aufgestanden, und Pedrosa starrte ihn sekundenlang an, bevor er steif zur Tür hinkte, die Carlos ihm aufhielt.

»*Buenas noches, abuelito*«, sagte Carlos. »Brauchst du Hilfe auf der Treppe?«

»Nein.«

Als der alte Mann verschwunden war, lächelte Carlos Gail zu. »Okay, sieht so aus, als wäre das Geschäft perfekt. He, Tony, sei nicht sauer.« Er streckte seine Hand aus. »Komm schon, alter Junge! Du mußt doch zwischen Geschäften und persönlichen Beziehungen unterscheiden können.«

Anthony starrte ihn wortlos an, bis Carlos achselzuckend aufgab und Gail fragte: »Haben Sie überhaupt schon etwas zu essen und zu trinken bekommen? Darf ich Ihnen etwas holen?«

Gail schüttelte den Kopf. »Danke, aber ich muß nach Hause.« Sie mußte Karen bei Irene abholen.

»Also dann.« Carlos wippte auf den Zehenspitzen. »Sie informieren mich, sobald Ben die Papiere unterschrieben hat?«

»Selbstverständlich.« Gail hängte sich ihre Handtasche über die Schulter. Anthony hielt ihr die Tür auf. »Ich gehe auch.«

»Keine Feindschaft, Tony. Ich meine das ehrlich.« Diesmal behielt er seine Hände in den Hosentaschen.

Anthony bedachte ihn mit einem eisigen Blick und verließ das Arbeitszimmer seines Großvaters, ohne sich noch einmal umzudrehen.

Sie hatten schon das Eisentor passiert, als er endlich stehenblieb. Licht von den Laternen entlang der Mauer schimmerte durch das Laubwerk.

»Wir hätten Sie nicht in unsere Familienstreitigkeiten hineinziehen dürfen«, sagte er. »Ich dachte nicht, daß es heute abend zu einem solchen Eklat kommen würde.«

»Irgendwie komme ich mir illoyal vor«, murmelte Gail.

»Wem gegenüber?«

»Ich glaube, Ihnen gegenüber. Ich stand auf der falschen Seite.«

Er schüttelte den Kopf. »Nein, Sie sind nur Richter Strickland Loyalität schuldig.«

»Wahrscheinlich hört es sich seltsam an«, sagte sie, »aber ich glaube, daß Sie und Ihr Großvater sich sehr ähnlich sind.«

Anthony betrachtete sie aufmerksam.

»Nicht in Ihrer politischen Einstellung, das ist mir klar, aber Sie haben beide dieses stolze, aristokratische Auftreten, das Carlos fehlt. Wahrscheinlich beneidet er Sie glühend darum.«

Die Musik schien jetzt aus weiter Ferne zu kommen. Ein Auto fuhr vorbei und bog in die nächste Auffahrt ein.

»Ich muß los«, sagte Gail.

»Wo steht Ihr Wagen?«

Sie deutete lachend über seine Schulter hinweg. »Etwa anderthalb Kilometer in diese Richtung.«

Endlich lächelte er. »Ich fahre Sie hin.« Sein grauer Cadillac stand an der Mauer.

Wenige Minuten später hielt er neben ihrem Auto, stellte den Motor ab und schaltete das Standlicht ein. Sie dachte, daß er aussteigen und ihr die Tür aufhalten würde – eigentlich überflüssig, aber sie mußte zugeben, daß sie höfliche Gesten dieser Art genoß. Doch er blieb sitzen und wandte sich ihr zu.

»Sie hätten bestimmt gern etwas gegessen. Darf ich Sie irgendwohin einladen? Dann können wir uns noch ein bißchen unterhalten.«

Sie zögerte etwas zu lange. »Danke, aber ich muß heute abend noch ein paar Akten durchsehen.«

»Es ist noch früh.«

»Ich bin verheiratet.« Als er schwieg, lachte sie verlegen. »Entschuldigung! Das war eine unbegründete Unterstellung meinerseits.«

Er ließ einige Sekunden verstreichen, bevor er antwortete. »Als ich Sie neulich zum Mittagessen eingeladen habe, wollte ich mir einreden, daß es mir nur um den Fall Darden ging. Aber ich glaube, es waren andere Motive mit im Spiel.«

Sie sah ihn an.

»Ich werde mich absolut korrekt verhalten«, versprach

er. Das bernsteinfarbene Licht am Armaturenbrett fiel auf sein Gesicht, aber seine Augen lagen im Schatten.

Sie lächelte. »Sehr ritterlich, *señor* Quintana.«

Er zuckte die Achseln. »Wir haben vor wenigen Tagen einen Rechtsstreit beigelegt. Eine Tasse Kaffee wäre unter Kollegen in einem solchen Fall doch nicht unüblich, oder?«

»Nein«, bestätigte sie. »Und unter Freunden noch weniger.«

Sie dachte plötzlich wieder an Renée, die in der Küche *merengue* getanzt und ihr lachend zugerufen hatte: *Nicht denken, nur fühlen.*

Gail holte ihre Wagenschlüssel aus der Tasche. »Ich werde Ihnen folgen.«

KAPITEL 13

Sie saßen im Restaurant des Hyatt Regency Hotel auf der Alabama Avenue. Es waren nicht mehr viele Gäste da. Ihr Tisch spiegelte sich in den Fenstern, die auf die Terrasse hinausgingen, wo ein Springbrunnen plätscherte und mit Lichterketten geschmückte Palmen im Wind wogten.

Der Kellner hatte ihre Teller schon längst abgeräumt. Sie hatten ohnehin nur Desserts gegessen – eine Mousse au chocolat, ein Stück Himbeertorte. Jetzt standen nur noch Weingläser auf dem Tisch, und Gail war schon beim zweiten Glas Sauternes, vielleicht auch beim dritten, sie wußte es nicht so genau. Ein hervorragender Sauternes. Anthony hatte eine ganze Flasche bestellt.

Sie stützte ihr Kinn auf die Hände und lauschte der klassischen Gitarrenmusik, die aus der Cocktailbar herüberklang.

Sie hatten sich darüber unterhalten, wo sie Jura studiert hatte. Und wo er Jura studiert hatte – er hatte ein Stipendium für Columbia erhalten. *Mein Gott, müssen Sie klug sein!* Sie hatten sich über den neuen japanischen Film unterhalten, der in Miami so erfolgreich war – *wer hat schon Zeit, ins Kino zu gehen?* Sie hatten sich über die Rivalitäten und Streitereien in einer großen Anwaltskanzlei unterhalten.

Anthony lehnte sich entspannt auf seinem Stuhl zurück und betrachtete sie über den Tisch hinweg. Sie lächelte ihm zu. Ihr war warm vom Wein, aber sie hatte keinen Schwips. Ausgeschlossen.

Sie hatten sich über Montreal unterhalten, das sie beide gut kannten. Er fuhr gern Ski, hatte es gelernt, als er oben im Norden lebte. Sie hatten sich auch über ihre Kinder unterhalten. Sein Sohn und seine Tochter lebten bei seiner Exfrau in New York, hatten aber die Weihnachtsferien bei ihm verbracht, und er hatte ihnen Disney World gezeigt.

Wenn er lächelte, bekam er Falten um die Mundwinkel. Auf Kinn und Oberlippe war dunkler Bartwuchs zu erkennen. Seine Nase war schmal und sehr gerade.

Er hatte sie nicht nach ihrem Mann gefragt. Er hatte auch nicht gefragt, ob sie wieder einmal mit ihm ausgehen wollte.

Er hatte hauptsächlich zugehört. Mehr zugehört als geredet, was bei einem Mann ungewöhnlich war.

Seine drei oberen Hemdknöpfe waren geöffnet, und sie mußte gegen die Versuchung ankämpfen, ihre Finger in die Vertiefung am Hals zu legen und dann über sein Schlüsselbein gleiten zu lassen. Sie konnte seinen Puls sehen. Langsam. Gleichmäßig.

Kein Versuch, mit den Knien unter dem Tisch einen Körperkontakt herzustellen. Er hielt Distanz. Nur seine dunklen Augen ruhten unverwandt auf ihr.

Sie blinzelte. »Entschuldigung. Was …«

»Ich habe gefragt, welche High-School Sie besucht haben.«

»Ransom-Everglades«, antwortete sie.

Er überlegte. »Das ist eine exklusive Schule, nicht wahr?«

»Und wie!« Sie kicherte. »Eine Schule für die Söhne und

Töchter der weißen republikanischen Elite von Miami. Die Mädchen gingen zum Fünf-Uhr-Tee und wurden ganz formell in die Gesellschaft eingeführt.«

»Waren Sie wirklich eine Debütantin?«

»O ja, im Riviera Country Club. Zwei Dutzend perfekte kleine Debütantinnen, jede am Arm ihres Vaters. Mein Vater war allerdings gestorben, als ich dreizehn war, aber Ben hat mich begleitet.«

»Richter Strickland?«

»Ja. Ich trug ein rosa Kleid mit vielen Rüschen, das überhaupt nicht zu mir paßte.« Sie hob ihr Weinglas. »Oder können Sie sich vorstellen, daß mir rosa Rüschen stehen?«

»Nein.«

»Es war schrecklich. Stellen Sie sich vor, Sie sind achtzehn, tragen ein enges, kratziges Kleid und weiße Handschuhe und müssen den ganzen Abend über lächeln, während Sie von Eltern angegafft werden, die sich überlegen, ob Sie eine geeignete Ehefrau für ihren pickeligen kleinen Rodney oder Jack abgeben könnten.«

Er lächelte.

»Na ja, Sie wissen schon, was ich meine.« Gail lachte. »Neulich hat jemand angerufen und gefragt, ob Karen am Kotillon teilnehmen wolle, aber ich habe entschieden nein gesagt.«

»Was ist das denn?«

»Tanzunterricht besonderer Art. Hauptsächlich lernt man, wie man sich bei gesellschaftlichen Ereignissen zu benehmen hat. ›Früh übt sich, was ein Meister werden will‹, stimmt's? Der Drill soll schon mit neun Jahren beginnen.«

»Ich versuche mir Renée als Debütantin vorzustellen.«

»Renée? Sie fand allein schon die Idee zum Totlachen, besonders nachdem sie in der neunten Klasse aus der Ransom-Everglades geflogen war. Natürlich hatte sie völlig recht, diese albernen Debütantinnenpartys nicht zu besuchen.«

Anthony griff nach der Weinflasche. »Irre ich mich,

oder spricht aus Ihren Worten eine gewisse Bewunderung?«

»Wahrscheinlich schon, aber das hätte ich damals nie zugegeben.« Sie beobachtete, wie der Wein in ihr Glas floß, helles Gold. »Zu jener Zeit wollte meine Mutter um jeden Preis die Fassade aufrechterhalten, als ob die Stricklands in Miami noch von gesellschaftlicher Bedeutung wären, aber die meisten hatten das sinkende Schiff längst verlassen.«

»Wohin sind sie gezogen?«

»Broward County oder noch weiter nördlich. Bens Söhne hat es nach New York verschlagen. Meine Kusine Nancy sagte, sie hätte es satt, ständig auf der Hut vor irgendwelchen im Gebüsch lauernden Verbrechern zu sein, und Linda sagte, sie wolle wieder in den USA leben. Ihnen allen fehlt jeder Sinn für Abenteuer.« Sie stellte ihr Glas ab. »Okay, jetzt sind Sie an der Reihe.«

»An der Reihe?«

»Darf ich Ihnen einige Fragen über Ihre Familie stellen?«

»Fragen Sie.«

»Warum ist Ihr Vater auf Kuba geblieben?«

»Ah, ich dachte mir schon, daß Sie früher oder später nach ihm fragen würden. Luis Quintana Rodriguez ist ein unverbesserlicher Revolutionär. Mittlerweile vierundsechzig Jahre alt. Bei einem Gefecht mit Exilkubanern verlor er einen Arm und sein Augenlicht.«

Gail holte tief Luft. »Und da haben Sie mich endlos über Debütantinnenpartys schwafeln lassen!«

»Es war interessant.«

»Na klar, meine exotische amerikanische Kindheit. Und Sie haben Ihren Vater erst vor kurzem besucht?«

»Vor einigen Wochen. Ich war mehrmals dort.«

»Ihr Großvater ist damit offenbar gar nicht einverstanden.«

»Das Thema kommt eigentlich selten zur Sprache. Der heutige Abend war eine Ausnahme. Und mein Vater fragt mich nicht, wie ich hier lebe. Wenn man schon sein Augenlicht verliert, will man wahrscheinlich nicht denken, daß es umsonst gewesen sein könnte.«

»Aber immerhin ließ er Sie in die Vereinigten Staaten übersiedeln.«

»Nein.«

Gail wartete. Als keine Erklärung erfolgte, fragte sie: »Sind Sie in einem Gummiboot geflüchtet?«

Anthony schüttelte den Kopf.

»Haben Sie ein Flugzeug entführt?«

Er lächelte. »Ich werde Ihnen erzählen, was passiert ist. Es ist kein Geheimnis. Meine Mutter, Caridad Pedrosa, war die jüngste Tochter eines reichen Bankiers in Havanna. Mein Vater war ein Niemand von einer Farm in der Provinz Camagüey. Seine Mutter war eine *mulata*, die von Sklaven abstammte. Sie haben sich in Havanna kennengelernt, wo er Werkstudent war. Irgendwie ist Caridad ihren Anstandsdamen entwischt. Als Ernesto dahinterkam und sie in ihrem Zimmer einsperrte, war es zu spät. Sie war schon schwanger. Ernesto mußte sie heiraten lassen, und sechs Monate später wurde meine Schwester Marta geboren.

Dann schloß sich mein Vater den Sozialisten an. Die Batista-Leute warfen ihn ins Gefängnis. Er wurde gefoltert, und wahrscheinlich hätte man ihn umgebracht, wenn er nicht der Schwiegersohn von Ernesto Pedrosa Masvidal gewesen wäre. Mich hat er zum erstenmal zu Gesicht bekommen, als ich zwei Jahre alt war. Als er aus dem Gefängnis entlassen wurde, verschaffte Ernesto ihm einen Job in der Bank, aber er haßte diese Arbeit. Eines Tages teilte er meiner Mutter mit, er gehe zurück nach Camagüey. Sie könne ihn begleiten oder aber ihr schönes Leben in Havanna weiterführen.«

»Was hat sie gemacht?«

»Sie ist natürlich mit ihm gegangen. Luis war ihr Mann, der Vater ihrer Kinder. Und er war sehr leidenschaftlich, sehr idealistisch. Ich erinnere mich noch an die stundenlange Fahrt auf einem offenen Lastwagen. Meine Mutter hatte damals drei Kinder und erwartete das vierte. Wir lebten auf der Farm meines Vaters. Kurze Zeit später schloß er sich den Rebellen in der Sierra Maestra an – im Gebirge.«

»Sie muß ihn wahnsinnig geliebt haben.«

»Ja, aber wenn man vier Kinder hat und sie mit *yuca con moja* anstatt mit Steaks ernähren muß, wenn überall Hühner und Schweine herumlaufen und ... Na ja, und wenn der Mann gelegentlich eine andere Frau vernascht, dann hält romantische Liebe und Leidenschaft nicht allzulange an.

Im Sommer nach Batistas Sturz informierte mein Großvater Caridad, daß die Familie Kuba verlassen würde. Ein Auto sollte sie und die Kinder in Abwesenheit meines Vaters abholen. Aber das Auto kam zu früh. Marta und ich waren nicht zu Hause, und meine Mutter mußte uns zurücklassen. Ich war sieben, meine Schwester zehn. Natürlich weinte ich, aber mein Vater sagte mir, die Revolution brauche Männer, keine Babys, und seitdem habe ich nie mehr geweint.

Zwei Jahre später wurde er verwundet. Ich weiß noch, wie ich ihn im Militärhospital besuchte. Sein ganzes Gesicht war verbunden. Fidel Castro hatte ihm höchstpersönlich einen Orden an die Brust geheftet, aber mein Vater konnte diesen Orden nur noch betasten, nicht sehen. Er war vierunddreißig Jahre alt.

Das Leben in Havanna war für mich damals nur noch ein Traum. In Camagüey lief ich barfuß herum, fischte mit meinem besten Freund Juanito und ging zur Schule. Eines Tages erzählte meine Tante, sie hätten für mich und Marta einen Besuch bei meiner Mutter arrangiert. Mein Vater war wieder im Krankenhaus und wußte nichts davon. Marta wollte nicht mit – sie war fünfzehn, alt genug für selbständige Entscheidungen. Ich ging an Bord einer DC-6 und war eine halbe Stunde später in Miami. Natürlich hatten sie nie die Absicht gehabt, mich zurückkehren zu lassen. Ernesto muß ein Vermögen an Bestechungsgeldern ausgegeben haben.«

Anthony lächelte ihr über den Tisch hinweg zu. »Auf diese Weise bin ich nach Amerika gekommen.«

»Sie wurden also praktisch entführt?«

»Lange Zeit habe ich es so empfunden. Ich hatte Heimweh, sprach kein Englisch und prügelte mich mit amerikanischen Jungen herum. Ich brachte meine Mutter schier zur Verzweiflung. Aber allmählich lernt man die neue Sprache, geht zu McDonald's und fährt ein neues Fahrrad – und wenn man dreizehn ist, paßt man sich sehr schnell an.«

»Werden Sie eines Tages nach Kuba zurückkehren?«

»Um dort zu leben?« Anthony drehte sein Weinglas. »Nie. Marta hat mir das Haus unseres Großvaters in Havanna gezeigt. Es ist in Wohnungen aufgeteilt und seit dreißig Jahren nicht mehr gestrichen worden. Kuba ist ein trauriges Land, das viel zu sehr in der Vergangenheit lebt. Ich habe mir mein Leben hier aufgebaut.«

Sie schwiegen eine Zeitlang. »Diese Sache mit Ihrem Vater tut mir leid«, sagte Gail schließlich.

»Sie haben Ihren Vater ganz verloren.«

Leise Gitarrenmusik erklang durch die offenen Türen. Gail schaute aus dem Fenster und sah Anthonys Spiegelbild im Dreiviertelprofil. Sie war sicher, daß sein Werdegang viel komplizierter gewesen war, als er erzählt hatte. Wie hatte er die entgegengesetzten Leidenschaften von Luis und Ernesto in sich selbst befriedet? Bei einer Flasche Wein konnte man längst nicht alles über einen Menschen erfahren, und sie bezweifelte, daß es eine zweite oder dritte Flasche geben würde. Ein neuer Fall, bei dem sie einen Vergleich ausarbeiten müßten, war nicht in Sicht.

»Jetzt habe ich eine persönliche Frage an Sie«, sagte Anthony.

Sie wandte sich ihm zu.

»Was ist zwischen Ihnen und Renée vorgefallen?« Als Gail nicht gleich antwortete, fragte er: »Ist das *zu* persönlich?«

Sie schüttelte den Kopf. »Nein, das nicht. Ich könnte es mir einfach machen und sagen, daß es Rivalität zwischen Geschwistern war. Daß wir nie miteinander ausgekommen sind. Aber Sie kennen ja jenes Foto von Renée und mir auf der Schaukel. Wissen Sie noch, wie sie darauf lacht? Sie war eines jener bezaubernden Kinder, die alles lustig finden. Auch ich fand sie bezaubernd. Ich konnte ihrem Charme einfach nicht widerstehen, und auch wenn ich manchmal gemein zu ihr war, hielt ich es nie lange durch.«

Gail legte ihre Fingerspitzen an die Wangen. Für einige Sekunden verschwamm das Restaurant vor ihren Augen, und ein Bild aus der Vergangenheit verdrängte die Realität.

»Was ist?« fragte Anthony.

Gail brachte ein mühsames Lächeln zustande. »Renée … Es ist seltsam, ich habe sie plötzlich ganz deutlich vor mir gesehen. Blitzartig. Normalerweise sehe ich nur … nur ihre Leiche, die ich identifizieren mußte … und deshalb versuche ich, überhaupt nicht an sie zu denken.«

Anthony schwieg.

Sie holte tief Luft. »Was zwischen uns vorgefallen ist … Ich habe lange darüber nachgedacht. Nach dem Tod unseres Vaters haben wir beide uns allmählich verändert. Ich zog mich in mich zurück und verbrachte die meiste Zeit in meinem Zimmer, las oder starrte einfach an die Decke. Renée wurde … zornig, könnte man vielleicht sagen. Sie log, aber so, daß es unserer Mutter nie auffiel. Und sie war … na ja, sexuell frühreif. Ihre Redensarten, ihr Benehmen. Sie schlich sich heimlich aus dem Haus, ging mit älteren Jungen aus. Man braucht kein Psychologiestudium absolviert zu haben, um das zu deuten.«

Gail legte eine kurze Pause ein. »Nun ja, meine Mutter war viel zu nachsichtig ihr gegenüber, weil sie das Kind wieder glücklich sehen wollte. Ich fand das damals wahnsinnig ungerecht. Meine guten Zensuren wurden für selbstverständlich gehalten und kaum gelobt – ich brauchte ja keine Streicheleinheiten. Und Renée bekam immer, was sie wollte. Arme kleine Gail, nicht wahr?«

»Sind Sie verbittert?«

»Nein, jetzt nicht mehr. Früher war ich es. Als sie starb, dachte ich, dies sei der Beweis dafür, daß sie unrecht und ich recht gehabt hatte. Jetzt glaube ich nicht mehr, daß es so einfach ist. Ich bin nicht verbittert, ich bin völlig verwirrt. Und ich mache mir Vorwürfe. Ich hätte unsere Beziehung verändern können.«

»Fühlen Sie sich verantwortlich für das, was passiert ist?«

»In gewisser Weise schon ... Ja, irgendwie fühle ich mich schuldig, natürlich nicht an ihrem Tod, aber ... na ja, Sie wissen schon ... dieses nutzlose ›Hätte ich nur‹.«

Sie neigte ihr Glas ein wenig und beobachtete, wie das Licht im Wein reflektiert wurde. »Wenn ich nicht so beschwipst wäre, würde ich Sie mit alldem nicht langweilen.«

»Ich hatte Sie danach gefragt.«

Gail schaute auf. »Warum? Es ist ein langweiliges Thema, verglichen mit dem, was Sie mir vorhin erzählt haben.«

Anthony legte seine Unterarme auf den Tisch und faltete die Hände. Er kam ihr plötzlich völlig fremd vor, und das hatte weder etwas mit seinem Aussehen noch mit dem leichten spanischen Akzent zu tun. Sie wußte einfach nicht, was er dachte, und ihr fielen auch keine Worte ein, mit denen sie es herausfinden könnte.

»Gail, hören Sie zu.« Er nahm ihr das Weinglas aus der Hand und schob es beiseite. Seine Stimme war sehr ruhig. »Ich habe einen Freund bei der Staatsanwaltschaft, und ich habe ihm einige Fragen über den Mord an Renée gestellt.«

Gail sah ihn erwartungsvoll an.

»Insbesondere wollte ich wissen, ob es genügend Beweise für eine Verhaftung gibt. Er sagte, die Polizei ermittle noch, aber es gebe eine Hauptverdächtige – Sie, Gail.«

Sie erfaßte erst nach einem Moment völliger Benommenheit, was er gesagt hatte. »Ich? Die Polizei verdächtigt mich? Aber warum?«

»Das weiß ich nicht. Er wollte mir keine Einzelheiten verraten.«

Der Kellner kam an ihren Tisch, ein blonder junger Mann in roter Weste. »Wünschen Sie noch etwas?«

»Nein, danke.« Anthony würdigte ihn kaum eines Blickes, und er entfernte sich wieder. »Sie brauchen natürlich nicht mit mir darüber zu sprechen. Sie könnten Ihre Gründe haben, es lieber nicht zu tun.«

Sie wollte lachen, schnappte aber nur nach Luft. »Wollen Sie damit andeuten, daß ich mir einen Anwalt nehmen sollte?«

»Sie sollten es in Betracht ziehen. Im Augenblick biete ich Ihnen nur meinen Rat als Freund an.«

»Das ist doch absurd!«

Er spreizte die Hände. »Sie sollten es aber nicht auf die leichte Schulter nehmen.«

»Vermutlich glaubt Britton, ich hätte es wegen des Geldes getan. Ich habe zweihunderttausend Dollar von Renée geerbt.« Anthonys braune Augen waren unergründlich. »Ich weiß, das ist sehr viel Geld. Es war ein Treuhandvermögen, das unser Großvater uns hinterlassen hatte. Die Sache ist ziemlich kompliziert.«

»Sie können es mir später erklären. Hat die Polizei Sie gefragt, wo Sie zur Tatzeit waren?«

»Sie glauben wirklich, daß sie ermordet wurde, nicht wahr?«

»Ja. Konnten Sie der Polizei ein Alibi nachweisen?«

»Wer könnte sie ermordet haben? Ich weiß nicht einmal, mit wem sie Umgang pflegte. Letztes Jahr ist sie zusammen mit einigen Männern verhaftet worden, die Kokain von den Bahamas ins Land schmuggeln wollten.«

»Gail!«

Sie fuhr sich mit den Fingern durch die Haare und lachte leicht hysterisch. »Also gut. Wo war ich zur Tatzeit? Meine Mutter gab eine Party, und Dave hat Renée nach Hause gefahren. Britton glaubt wahrscheinlich, ich sei eifersüchtig gewesen, weil er Karten gefunden hat, die Dave an Renée geschickt hatte. Zum Geburtstag, zum Valentinstag, manchmal auch ohne besonderen Anlaß.«

»Nicht so schnell.«

Sie schloß für einen Moment die Augen und begann dann von vorne. »Ich sollte es Ihnen wohl sagen – Dave und ich haben uns getrennt. Es hat nichts mit Renée zu tun. Oder vielleicht doch, aber nicht so, wie Britton glaubt.«

»Hatten die beiden eine Affäre?«

»Sie sind manchmal zusammen essen gegangen. Regelmäßig. Fast zwei Jahre lang. Er sagt, er hätte nie mit ihr geschlafen.«

»Glauben Sie ihm?«

Sie nickte. »Um das zu verstehen, müßten Sie Dave kennen.«

Er sah sie lange an, bevor er fragte: »Wann haben Sie von dieser ... dieser Beziehung erfahren?«

»Er hat mir kurz nach Renées Tod davon erzählt. *Nach* ihrem Tod.« Gail preßte ihre Fäuste an die Brust und wartete, bis ihr Herzklopfen etwas nachließ. »Was soll ich nur Karen sagen? Und was ist mit meinem Job?«

»Eine Ermittlung bedeutet noch lange nicht, daß Sie verhaftet werden«, sagte Anthony. »Sie brauchen Ihrer Tochter vorerst überhaupt nichts zu sagen. Gibt es in Ihrer Kanzlei Anwälte, die sich auf Strafrecht spezialisiert haben? Vielleicht sollten Sie einen von ihnen konsultieren.«

»Es gibt nur einen einzigen, und der befaßt sich mit Kavaliersdelikten. Sonst kenne ich keinen. Ich wäre Ihnen sehr dankbar für Ihre Hilfe.«

»Dann hören Sie mir gut zu. Erstens – reden Sie mit keinem Polizeibeamten, denn wenn Sie es tun, kann man Ihnen aus jedem Wort einen Strick drehen. Ich kenne Frank Britton von anderen Fällen. Er ist nicht der unbedarfte Junge vom Land, der er zu sein scheint. Haben Sie verstanden?«

Gail nickte.

»Zweitens – reden Sie mit niemandem über diesen Fall. Harmlose Worte könnten falsch ausgelegt werden, und Ihre besten Freunde könnten unter Strafandrohung gezwungen werden, gegen Sie auszusagen. Verstanden?«

»Ja.«

»Und sagen Sie Ihrem Mann und dem Rest der Familie, daß sie nicht mit der Polizei sprechen sollen, wenn kein Anwalt dabei ist.«

»Aber welches Licht wirft das auf mich?«

»Das sollte Ihnen im Augenblick egal sein. Wenn die Polizei irgend etwas von Ihnen will, sagen Sie einfach: ›Ich würde gern mit Ihnen reden, aber ein Anwalt hat mir geraten, nichts zu sagen. Ansonsten würde ich Ihnen natürlich gern helfen.‹ Und rufen Sie mich sofort an, wenn es zu so einer Situation kommt. Werden Sie das tun, Gail?«

»Ja.« Sie holte tief Luft. »Soll ich Ihren Namen erwähnen?«

Er zögerte kurz. »Wenn Sie wollen. Aber offiziell kann ich erst tätig werden, wenn ich eine Vollmacht habe.«

»O Gott, wieviel …«

»Nein.« Anthony griff nach ihrer Hand und umschloß sie mit beiden Händen. »Im Augenblick werde ich die Situation nur überwachen. Machen Sie sich keine allzu großen Sorgen.«

»Ich habe noch nie …« Sie lachte zittrig. »Ich hatte bisher nur zwei Strafzettel wegen Geschwindigkeitsüberschreitung, sonst nichts.«

Er lächelte und ließ ihre Hand los, die sich ohne seine warmen Finger plötzlich kalt anfühlte. »Ich möchte, daß Sie folgendes machen«, sagte er. »Rufen Sie mich morgen früh an, und ich werde Ihnen sagen, was Sie für mich zu Papier bringen sollen. Es wird ein langer Fragenkatalog sein – was wann passiert ist, was Britton Sie oder Dave gefragt hat, was Sie geantwortet haben und dergleichen mehr. Auf diese Weise werden wir vorbereitet sein, falls irgendeine neue Entwicklung eintritt. Aber darüber reden wir morgen. Es ist schon spät.«

Gail warf einen Blick auf ihre Uhr. »O Gott, fast elf!«

»Wo ist Ihre Tochter?«

»Bei meiner Mutter.«

»Können Sie Auto fahren?« Er griff in sein Sakko.

Sie nickte. »Verraten Sie mir eines – fragen Strafverteidiger ihre Klienten nie, ob sie schuldig sind?«

Er holte eine Geschäftskarte und einen Kugelschreiber aus seiner Brieftasche. »Nicht, wenn sie die Antwort schon wissen.« Er schrieb etwas auf die Rückseite der Karte. »Das ist meine Privatnummer. Nach acht bin ich immer zu Hause.«

Sie steckte die Karte in ihre Handtasche. »Sie haben mich nach Renée gefragt, um entscheiden zu können, ob ich es getan habe.«

»Verzeihen Sie mir. Ich bevorzuge unschuldige Klienten, wenn ich das Glück habe, welche zu finden.«

Gail stand auf, immer noch etwas außer Atem. »Sie haben mir einmal gesagt, jeder Mensch sei irgendwie schuldig.«

»Habe ich das gesagt? Und worin könnte Ihre Schuld bestehen?«

»Im juristischen Sinne bin ich völlig unschuldig.«

KAPITEL 14

Vor fünf oder sechs Jahren, als Gail das letzte Mal zu Bens Ranch gefahren war, war sie hinter einem großen Erdbeerfeld von der Krome Avenue abgebogen. Jetzt war dieses Erdbeerfeld verschwunden, und ein riesiges Maklerschild besagte:

ZU VERKAUFEN – WOHNGEGEND.

Sie fuhr etwa anderthalb Kilometer auf einem Feldweg in westliche Richtung, bis sie den Besitz erreichte. Ben hatte das Tor für sie offenstehen lassen. Ein Stacheldrahtzaun zog sich, soweit das Auge reichte, zwischen den Bäumen und einem mit Unkraut überwucherten Abflußgraben hin. Gail kurbelte das Fenster herunter und verlangsamte das Tempo wegen der vielen Schlaglöcher und herabgefallenen Äste. Endlich kam sie auf eine Lichtung, wo auf felsigem Boden ein Schuppen mit Blechdach und ein

Blockhaus standen. Ein verbeultes Fischerboot aus Aluminium lehnte an einer Wand des Schuppens. Gail hielt neben Bens weißem Lincoln an, stellte den Motor ab und stieg aus.

Dann hörte sie das Bellen. Eine schwarze Promenadenmischung schoß mit gefletschten Zähnen hinter dem Schuppen hervor. Ben folgte dichtauf.

»He, Schluß mit diesem Lärm! Ruhe!« Während Gail aus dem Wagen stieg, trottete der Hund zu Ben zurück und ließ sich den Kopf kraulen. »Platz! Braver Hund!«

»Sind seine Freunde auch irgendwo in der Nähe?« fragte Gail ängstlich.

»Nein, sie haben einen Hasen erspäht und jagen ihn durch die Wälder.« Ben lachte. »Ich passe schon auf, daß sie dich nicht fressen.« Er zog seine Arbeitshandschuhe aus und stopfte sie in die hintere Jeanstasche.

Gail nahm den weißen Briefumschlag vom Beifahrersitz und überreichte ihn Ben. »Ein Geschenk von Ernesto Pedrosa«, sagte sie. »Der Optionsvertrag, unterschrieben und mit Stempel versehen.«

»Du hast einen weiten Weg auf dich genommen, um mir das zu bringen.«

»Das macht mir nichts aus. Der Scheck liegt mit drin. Ein Scheck von einem Privatkonto, aber du dürftest damit keine Probleme haben.« Sie schloß die Wagentür und bemerkte erst jetzt den Haufen Sperrmüll neben dem Schuppen – ein kaputter Rasenmäher, altes Werkzeug, eine zerrissene Matratze, vergammelte Holzkisten.

»Du arbeitest wirklich schnell.« Sie hatte um neun bei Ben zu Hause angerufen, als er gerade losfahren wollte. »Kaum zu glauben, daß du das alles allein schaffst.«

»Heute nachmittag wird das ganze Gerümpel von einem Lastwagen abgeholt.« Ben wischte sich mit einem Taschentuch die Stirn ab. Sein Hals war schweißnaß, und sein blaues Arbeitshemd wies Schweißflecken auf. Er grinste ihr zu. »Ich komme immer noch klar, kleines Mädchen. Drüben steht meine Kühltasche. Möchtest du ein Mineralwasser?«

»Nein, danke, ich habe gerade zu Mittag gegessen.«

Sie folgte ihm über den Hof. Der Boden unter ihren Sandalen war hart – weißer Kalkstein, von einer hauchdünnen Schicht Erde bedeckt. Ben faltete den Umschlag und schob ihn in seine Hemdtasche.

»Ich dachte, du würdest Karen mitbringen«, sagte er.

»Dave will mit ihr heute nachmittag ins Kino gehen.«

Ben hob einen Ast auf und schleuderte ihn in ein Gestrüpp von brasilianischem Pfeffer. »Ich weiß wirklich nicht, wozu ich das alles behalte. Kein Mensch kommt mehr hierher. Ich sollte den gesamten Besitz verkaufen.«

Gail schirmte ihre Augen mit der Hand vor der Sonne ab. »Wo ist denn der Teil, den Carlos haben möchte? Er will Zutritt bekommen, um sich eine genaue Übersicht verschaffen zu können.«

»Dort drüben, hinter den Bäumen. Er sollte lieber ein Buschmesser und jede Menge Insektenspray mitbringen. Sag ihm, daß er mich informieren soll, wann er rausfahren will, damit ich die Hunde im Schuppen einsperren kann.«

Gail betrachtete das einstöckige Blockhaus, das in den vierziger Jahren gebaut worden war. »Die Hütte«, so hatten sie es als Kinder liebevoll genannt. Jetzt war es nur noch eine erbärmliche Bruchbude – zerbrochene Fensterscheiben und Schimmel, der sich vom Boden aus immer weiter nach oben ausbreitete. Das Dach, das sich bis über die Veranda hinzog, war mit einer dicken Schicht Kiefernnadeln bedeckt und höchstwahrscheinlich undicht.

Der Hund trottete mit heraushängender Zunge neben ihnen her. Bens Kühltasche stand unter der Veranda. »Willst du wirklich nichts trinken?«

Sie schüttelte den Kopf. Ihr Blick fiel auf die Schrotflinte, die an der Windfangtür lehnte. »Wozu brauchst du die? Schießt du jetzt auf jeden, der deinen Grund und Boden unbefugt betritt?«

»Nur auf die ohne Beine. Als ich zuletzt hier war, habe ich auf dem Hof eine Klapperschlange gesehen.« Er öffnete die Dose, trank einen großen Schluck und betrachtete Gail nachdenklich. »Irene hat mir von dir und Dave erzählt.«

Gail nickte.

»Ich finde das schrecklich, Kleines. Er ist ein guter Mann. Vielleicht macht dieses Geschäft ihn kaputt. Ich könnte mit ihm reden.« Er legte ihr eine Hand auf die Schulter.

»Nein.«

Er wandte sich ab und ging die Verandastufen hinauf. »Wie du willst, aber sag nicht, ich hätte es dir nicht angeboten.« So wettergeschützt wie möglich stand auf der Veranda ein Futternapf aus Metall. Zwei große Packungen Hunde-Trockenfutter lagen daneben. Ben stellte sein Mineralwasser auf dem Fenstersims ab und schlitzte eine Packung mit seinem Taschenmesser auf. Die schwarze Promenadenmischung näherte sich schwanzwedelnd.

Gail wußte, daß sie etwas sagen mußte. »Ich weiß deine Sorge zu schätzen. Wirklich!«

Ben schüttete das Hundefutter in den Napf. »Wie hat Karen es aufgenommen?«

»Ich bin mir nicht sicher. Sie hat nicht viel gesagt.«

»Ich finde, du solltest dir gut überlegen, was du tust. Kinder brauchen ein richtiges Zuhause.«

»Ben …« Gail wollte sich auf keine sinnlose Diskussion einlassen. »Ben, ich bin aus einem anderen Grund hergekommen. Die Polizei glaubt, ich hätte Renée umgebracht.«

Er starrte sie völlig entgeistert an, die leere Packung Hundefutter in der Hand. »Mein Gott!« murmelte er schließlich.

Gail schob ihre Hände in die Gesäßtaschen der Hose und lachte beklommen. »Kannst du dir das vorstellen? Ich nehme an, daß sie mich wegen des Geldes verdächtigen. Dave war zur Tatzeit nicht zu Hause, deshalb habe ich kein Alibi, und alle wissen, daß Renée und ich kein gutes Verhältnis zueinander hatten. Auf alptraumhafte Weise paßt alles zusammen.«

»Wie hast du davon erfahren?«

»Ich weiß es von Anthony Quintana. Er war der Gegenanwalt im Fall Darden – du weißt schon, Doug Hartwells Tochter. Ich hatte dir davon erzählt. Na ja, er hat einen Freund bei der Staatsanwaltschaft, und bei dem hat er auf den Busch geklopft.«

»Sind die denn total verrückt? Es war Selbstmord.«

»Die Polizei ist anderer Meinung.«

»Allmächtiger! Und sie verdächtigt dich? Das ist der schlimmste Fall polizeilicher Inkompetenz, von dem ich je gehört habe.« Er sprang von der Veranda herunter. »Das wird jemanden Kopf und Kragen kosten, dafür werde ich sorgen!«

»Ben, wir können nichts machen. Wenn wir herumstänkern, werden sie doch nur glauben, ich hätte etwas zu verbergen. Immerhin haben sie mich noch nicht verhaftet, und vielleicht kommt es überhaupt nicht soweit. Aber tu mir einen Gefallen, und gib der Polizei keine Auskünfte.«

»Dieser Bursche von der Kripo – wie heißt er doch gleich? Britton – er hat mir neulich ein paar Fragen gestellt und ist sogar ein zweites Mal wiedergekommen. Ich dachte, es wäre reine Routine, nachdem deine Mutter diese Ermittlungen initiiert hatte.« Ben stöhnte leise. »O Gott, Irene! Hast du es ihr schon erzählt?«

»Noch nicht«, sagte Gail, »aber ich werde sie informieren. Ich habe heute morgen mit Anthony Quintana gesprochen, und er meinte, ich solle die Familie besser schon jetzt darüber in Kenntnis setzen, damit es keine unliebsamen Überraschungen gibt.«

Ben sah sie eindringlich an. »Du bist sehr gelassen.«

»Konzentriert wäre der treffendere Ausdruck. Ich habe letzte Nacht nur zwei oder drei Stunden geschlafen, aber wahrscheinlich mobilisiert man in einer solchen Situation alle Kräfte.« Sie wippte auf den Zehenspitzen, die Hände immer noch in den Hosentaschen. »Ich möchte dich etwas fragen.«

»Nur zu.«

»Es ist … es wäre schwierig, mit Mutter darüber zu sprechen.«

Ben wartete.

Letzte Nacht waren ihre Gedanken so klar gewesen, als stünden sie in Leuchtbuchstaben an der Decke. Doch jetzt fiel es ihr schwer, sie in Worte zu fassen.

»Am meisten überrascht mich, daß Frank Britton glaubt, ich könnte es getan haben. Ich meine jetzt nicht das Motiv oder die Gelegenheit, sondern die Tatsache, daß er mich eines Mordes für fähig hält. Warum? Sieht er etwas in mir, das mir selbst überhaupt nicht bewußt ist? Bisher waren mir Selbstzweifel weitgehend fremd, aber jetzt – meine Ehe ist zerbrochen, und ich kenne meine eigene Tochter kaum.«

»Gail, Liebling …« – Ben kratzte sich die Wange –, »ich weiß, daß du in letzter Zeit Probleme hattest …«

»Darum geht es nicht.« Sie setzte sich auf die Kante der Veranda. Die Bretter waren morsch, und die Nägel standen hervor. Sie spielte an einem losen Splitter herum. »Was glaubt Britton zu wissen? Daß ich sie gehaßt habe? Das war nicht der Fall, wirklich nicht. Okay, manchmal war ich wütend auf sie, aber … Ich glaube, es war hauptsächlich meine eigene Schuld. Ich wollte nie hören, was sie mir zu sagen hatte. Es interessierte mich nicht. Daß ich es absichtlich an Verständnis fehlen ließ und dadurch alles nur noch schlimmer machte – das werfe ich mir jetzt vor.«

Ben setzte sich neben sie und rieb sich den Oberschenkel, als hätte er einen Krampf im Bein. Gail betrachtete seinen sehnigen Arm, der mit weißen Haaren dicht bewachsen war. »Was soll das?« fragte er. »Fühlst du dich dafür verantwortlich, daß sie so verkorkst war?«

»Nein, das nicht, obwohl ich wahrscheinlich dazu beigetragen habe. Das Schlimme ist – ich habe sie nicht gekannt. Wer war dieser Mensch, den ich Britton zufolge … Wer war Renée?«

Der Hund streckte sich gemütlich neben ihnen aus, und Ben kraulte ihn. »Nun, darüber würde ich mir an deiner

Stelle nicht den Kopf zerbrechen. Du hast deinen Weg gemacht, Mädchen. Renée hat's nicht geschafft.«

Gail starrte auf seine verblichene Jeans. Disteln hingen an den Schnürsenkeln seiner Boots. Sie wußte, daß er sie nie verstehen würde, daß er sie einfach nicht verstehen konnte. Zwischen ihnen gähnte ein Abgrund, der sich nicht überbrücken ließ.

»Na komm!« Ben legte einen Arm um ihre Schultern und schüttelte sie leicht. Sie versteifte sich vor lauter Unbeholfenheit und Verlegenheit. Dann vergrub sie ihr Gesicht in seiner Halsgrube und atmete tief aus. Sein Hemd roch nach Seife und Schweiß.

Sie schloß die Augen. »Als Kind war ich so eifersüchtig auf Renée. Meine hübsche Schwester, die immer bekam, was sie wollte. Was ich wollte.«

»Was wolltest du denn?« Seine Stimme vibrierte.

»Zuneigung, wie jedes Kind.« Sie lachte leise. »Jetzt hört sich das so dumm an, so kindisch. Ich wollte, daß man Notiz von mir nahm. Ich glaubte, daß alle Renée lieber hatten als mich, und wahrscheinlich stimmte das auch, aber es lag natürlich auch an mir selbst. Ich lag im Dunkeln auf meinem Bett, während ihr es euch irgendwo gemütlich gemacht habt. Ich hörte euch reden und lachen und wünschte sehnlichst, jemand würde mich holen. Dabei hätte ich nur selbst die Tür zu öffnen brauchen, stimmt's?«

Er bewegte sich, und sie glaubte, er wolle von ihr abrücken, aber das war nicht der Fall. Er war höflich, und sie war rührselig, ging ihr durch den Kopf. Dann spürte sie, daß er sie leicht auf die Haare küßte.

»Liebling, es tut mir leid, daß du das Gefühl hattest, wir – Irene und ich – hätten dich weniger lieb als Renée. Ich hatte nie die Stelle eures Vaters einnehmen wollen, aber ich hatte den Eindruck, als glaubtest du das und würdest es mir übelnehmen. Deshalb habe ich dich weitgehend dir selbst überlassen. Renée war im Gegensatz zu dir sehr umgänglich. Sie verstand es großartig, Irene um den kleinen Finger zu wickeln. Mich auch, das muß ich zugeben. Ich hätte nie gedacht, daß du dich vernachlässigt fühltest. Du tatst immer so, als brauchtest du niemanden.«

Er tätschelte ihre Wange und beugte sich lächelnd herab, um ihr in die Augen zu schauen. Wie alt er aussieht, dachte sie, wieviel Falten er hat! Und als Mädchen hatte sie ihn so attraktiv gefunden.

Sie stand abrupt auf, und seine Hand glitt von ihrer Schulter herab. Eine plötzliche Erkenntnis hatte sie mit ungeheurer Wucht getroffen: Sie wußte jetzt, warum sie ihm vor fünfzehn oder zwanzig Jahren nie gesagt hatte, wie ihr zumute war. Nicht etwa, weil sie kein Bedürfnis nach seiner Nähe gehabt hatte, sondern weil sie sich diese Nähe insgeheim viel zu sehr gewünscht hatte.

»Gail?« Sie spürte seine Hand auf ihrem Rücken.

Sie hatte ihn begehrt, ohne sich über ihre Empfindungen im klaren zu sein. Sie hatte todunglücklich im Bett gelegen und seine klangvolle Stimme und Renées Lachen gehört. Sie hatte gehört, wie Renée Klavier spielte und trällerte, und hinter ihren geschlossenen Lidern hatte sie sich blutrünstige Szenen vom Tod ihrer Schwester ausgemalt.

Als sie sich umdrehte, ruhte Bens Blick noch immer auf ihr. Wahrscheinlich suchte er nach einer Erklärung für ihr merkwürdiges Verhalten.

»Willst du dich nicht wieder hinsetzen? Ist alles okay?«

»Ja, alles in Ordnung.«

»Vielleicht solltest du einmal richtig ausschlafen«, meinte er.

»Das glaube ich auch.« Sie rollte ein Steinchen unter ihrer Sandale hin und her. »Na ja, ich muß jetzt nach Hause. Schauen, ob Karen fertig ist. Dave will sie nachher abholen und mit ihr ins Kino gehen.«

»Das sagtest du schon.« Ben ließ sie nicht aus den Augen. »Wir werden diese Sache mit der Polizei schon hinkriegen, Gail. Als erstes rufe ich Ray Hammell an. Er ist der beste Strafverteidiger in ganz Miami.«

Sie strich sich die Haare aus der Stirn. »Nein … Laß uns später darüber reden. Ich muß jetzt wirklich los.«

»Ich lasse nicht zu, daß du irgendeinen Kubaner anheuerst, dem es nur darum geht, ein fettes Honorar von dir zu kassieren.«

»Über Geld haben wir nicht einmal gesprochen!« sagte sie schärfer als beabsichtigt, mäßigte sich aber sofort. »Dies ist mein Problem, und du brauchst dich nicht darum zu kümmern.«

Ben streichelte das glänzende Fell des Hundes. »Quintana hat Renée einmal vertreten, hat er dir das erzählt?«

Gail schüttelte dumpf den Kopf.

»Na ja, wahrscheinlich hat er vergessen, das zu erwähnen. Deine Schwester ist letztes Jahr wieder einmal in Schwierigkeiten gewesen. Sie hat sich diesen Quintana als Anwalt genommen. Ich wußte nicht einmal, daß sie verhaftet worden war, bis sie mich nach der Kautionsverhandlung schluchzend anrief. ›Ben, Ben, was soll ich jetzt machen? Ich habe mein ganzes Leben verpfuscht. Du mußt ...‹«

»Das war die Sache mit dem Kokainschmuggel.«

Er war sichtlich überrascht, daß sie Bescheid wußte.

»Frank Britton hat es mir erzählt«, sagte Gail.

Ben nickte. »Diesmal saß sie wirklich schwer in der Patsche. Mindestens fünfzehn Jahre Freiheitsstrafe ohne Bewährung. Ich wollte ihr den besten Anwalt besorgen, anstatt dieses Kerls, den sie in ihrem Büro kennengelernt hatte. Ich legte Quintana nahe, den Fall abzugeben, aber er wollte nicht.«

»Neulich hast du behauptet, du hättest noch nie etwas von ihm gehört.«

»Ich hatte keine Lust, dir das alles zu erklären. Wie auch immer – die Anklage wurde fallengelassen, und er war seine Klientin los.«

Gail fixierte ihn. »Britton hat mir erzählt, daß die Anklage fallengelassen wurde, aber so etwas gibt es normalerweise nicht – jedenfalls nicht bei Rauschgiftschmuggel. Hattest du etwas damit zu tun?«

Er preßte die Lippen zusammen.

»Ben?«

»Gut, ich werde dir die Wahrheit sagen, aber ich will nicht, daß du es jemals erwähnst. Ich habe mit dem zuständigen Richter gesprochen, und er hat mit dem Staatsanwalt gesprochen. Renée hatte keine Ahnung, was an Bord war. Sie haben das sofort verstanden. Jeder versucht doch, seinem Nächsten zu helfen. Aber der Verwaltungsrichter sah das etwas anders. Bedauerlicherweise erfuhr er von dieser Sache und empfahl mir, meine Robe an den Nagel zu hängen.«

Gail war wie betäubt und konnte nicht so recht entscheiden, ob seine Handlungsweise nun edel oder verwerflich gewesen war. Er hatte Renée gerettet, aber auf Kosten seiner Karriere.

Ben setzte sich wieder. »Ich bedaure nicht, was ich getan habe, aber leider hat es nichts genützt. Kurze Zeit später fiel Renée in ihre alten schlechten Gewohnheiten zurück.« Er sah Gail an. »Ich werde dir noch etwas verraten, obwohl ich es vielleicht nicht tun sollte. Sie war schwanger, als sie sich umbrachte, und ich glaube, das war auch der wahre Grund, warum sie es getan hat.«

»Ich weiß«, sagte Gail. »Der Gerichtsmediziner hat es mir mitgeteilt.«

»Ich habe ihn angerufen, weil ich wissen wollte, ob sie zum Zeitpunkt ihres Todes völlig high war. Aber erstaunlicherweise war das nicht der Fall. Ich habe Irene nichts von der Schwangerschaft erzählt.«

»Aber ich.«

Er warf einen Zweig auf den Hof. »Das hättest du nicht tun sollen.«

»Ich glaube, daß Carlos Pedrosa der Vater war. Ich bin sicher, daß sie eine Affäre hatten.«

»Dieser Hurensohn!« Ben warf ihr einen scharfen Blick zu. »Siehst du jetzt ein, wie töricht es wäre, wenn du dir Quintana als Anwalt nimmst? Einen Blutsverwandten des Mannes, der mit deiner Schwester geschlafen hat.«

»Carlos und Anthony stehen nicht gerade auf bestem Fuß.«

»Ach was! Nehmen wir mal an, Carlos hat sie mit einem anderen Mann ertappt und umgebracht. Diese Hispanics sind heißblütig. Und nehmen wir mal an, daß Quintana das weiß. Glaubst du wirklich, daß er seinen Vetter in die Pfanne hauen wird? Einen Familienangehörigen? Sehr unwahrscheinlich, wenn er dich am Haken hat. Vielleicht benutzt er dich nur, um herauszufinden, wie die Ermittlungen stehen.«

»Das ist so weit hergeholt.«

»Okay, schauen wir mal, ob du clever bist. Bist du zu ihm gegangen, oder hat er sich an dich herangemacht?« Er konnte die Antwort an ihren Augen ablesen. »Fall abgeschlossen.«

Sie ließ sich schwer auf die Veranda fallen. »Heute ergibt nichts für mich einen Sinn.«

»Nur heute?« Lachend ließ Ben seinen Blick über den Hof zum Wald hinüberschweifen. »Mir geht es dauernd so. Die ganze Zeit. Das liegt nicht an uns, Mädchen, sondern an dieser Stadt. Weißt du, letzte Woche bin ich ein bißchen durch Florida gefahren, weil ich mir gesagt habe: Ben, vielleicht findest du irgendwo ein hübsches Plätzchen. Arcadia, Zolfo Springs. Es ist so ruhig dort oben, grün und ruhig. Man braucht die Türen nicht abzuschließen. Die Leute gehen sonntags in die Kirche. Wenn wir klug wären, würden wir alle von hier verschwinden. In Miami wimmelt es doch nur so von Perversen aller Art. Irene hat Angst, abends mit dem Auto unterwegs zu sein, und ich befürchte ständig zu erfahren, daß du vergewaltigt oder beraubt worden bist. Und jetzt hat auch noch die Polizei den Verstand verloren. Wir haben uns nicht verändert, aber alles andere ist völlig außer Kontrolle geraten. Dies ist doch nicht mehr Miami. Es wurde uns gestohlen. Zwanzig Prozent Schwarze, über fünfzig Prozent Hispanics, und es kommen immer noch mehr von ihnen. Wir sind eine Minderheit, eine Minderheit in unserem eigenen Land.«

»Ben, hör auf. Red nicht so daher.«

»Ich hab's verdammt satt, jedes Wort auf die Goldwaage zu legen. Die Leute machen sich fast in die Hose, wenn jemand die Wahrheit ausspricht. Zum Kuckuck damit!«

Er zerrte den Hund am Halsband von der Veranda. »Runter mit dir! Los, Barney, hau ab!« Dann tätschelte er Gails Arm. »Und du gehst zu deinem Wagen rüber.«

»Warum denn?«

»Tu, was ich dir sage.« Er scheuchte sie weg, holte seine Schrotflinte und sprang leichtfüßig von der Veranda auf den Boden. »Halt dir die Ohren zu.«

Gail stand hinter ihrem Wagen, als er aus der Hüfte auf die Hütte zielte und abdrückte. Die Windfangtür zerbarst.

Der nächste Schuß traf ein Fenster. Glasscherben regneten ins Haus.

Mit schreckensweit aufgerissenen Augen nahm Gail die Hände von den Ohren. Noch hallte das Echo der Schüsse wider. Hinter ihr heulte der Hund und rannte aufgeregt im Kreis herum.

Ben warf einen Blick über die Schulter. »Gail, komm her, ich überlasse dir das andere Fenster. Stell dir vor, es wäre Frank Britton. Aber paß auf, daß du nicht aus Versehen den Futternapf triffst.«

»Ben, was zum Teufel treibst du da?« schrie Gail.

Einen Moment lang stand er regungslos da, dann überquerte er den Hof und legte die Schrotflinte auf die Veranda. Mit dem Rücken zu Gail starrte er das Loch in der Windfangtür an.

Kapitel 15

Miriam betrat das Büro und wedelte mit einer Akte. »Die Zwangsvollstreckungsklage um 13.30 Uhr.«

Gail schaute vom Schreibtisch auf. »Danke. Wirf sie einfach in meinen Aktenkoffer. Das ist doch der Fall Yancey, stimmt's?« In ihrer derzeitigen Geistesverfassung überprüfte Gail alles am liebsten doppelt und dreifach.

Miriam hielt die Akte hoch. »Alle Dokumente sind drin, mit Kopien.«

»Braves Mädchen!«

Während Miriam weitere Akten auf dem Schreibtisch ablud, bemerkte Gail, daß das Geflügelsandwich, in Folie gepackt, noch immer auf ihrem Terminkalender lag. Sie hatte ein Viertel davon gegessen, und es hatte wie Pappe geschmeckt. Beim Frühstück hatte sie genausowenig Appetit gehabt. Sie beförderte das Sandwich in den Papierkorb und wandte sich wieder ihren Aufzeichnungen zu.

Es waren dreiundzwanzig Seiten, ordentlich von Hand auf gelbes Notizblockpapier geschrieben, das Werk von drei Tagen. Anthony Quintana hatte ihr am Samstag gesagt, was er wissen mußte. Sie hatte nicht einfach drauflosgeschrieben, sondern ihre Gedanken in klare Absätze gegliedert und nach Themen geordnet: Ihr Hintergrund – persönliche Daten, Ausbildung, beruflicher Werdegang usw., Dave, Karen, Familiengeschichte, Finanzen, Gespräche mit Frank Britton, der Abend von Irenes Geburtstagsparty, Details über Renée – soweit sie ihr bekannt waren.

Als sie am Schreibtisch oder am Küchentisch Seite auf Seite vollschrieb, hatte sie die Blätter nicht durchnumeriert, weil sie sich über die endgültige Anordnung der verschiedenen Fragenkomplexe noch nicht im klaren war. Ihre ursprüngliche Absicht, sich auf Fakten, Daten und Zeitangaben zu beschränken, ließ sich nicht immer durchführen. Wenn sie berichtete, daß Britton ihr Daves Karten an Renée gezeigt hatte, mußte sie auch erklären, warum Dave diese Karten geschrieben hatte, und das bedeutete, daß sie Versäumnisse in ihrer Ehe zugeben mußte. Und sie konnte den Streit zwischen Renée und ihr bei der Geburtstagsparty nicht schildern, ohne ihre eigenen Ressentiments zu offenbaren. Während der Blätterstapel wuchs, sah sie sich selbst immer klarer, sah Fehler und Charakterschwächen, derer sie sich bisher nicht bewußt gewesen war. Zähneknirschend schrieb sie immer weiter.

Sie hatte Anthony Quintana heute nachmittag um fünf treffen wollen, würde diese Verabredung aber nicht einhalten können, weil Larry Black ihr vorhin mitgeteilt hatte, sie müsse vertretungsweise eine Vernehmung in Fort Lauderdale durchführen. Vielleicht würde sie ihre Aufzeichnungen in einen Umschlag stecken und heute abend auf dem Heimweg in den Briefkasten der Kanzlei Ferrer & Quintana einwerfen. Doch zuvor wollte sie, daß Anthony ihr eine Frage beantwortete: Warum er nicht erwähnt hatte, daß er Renées Anwalt gewesen war.

»Miriam?« Gail sog die letzten Tropfen Eistee geräuschvoll mit dem Strohhalm auf. »Könntest du, wenn du hier fertig bist, versuchen, Anthony Quintana zu erreichen? Und sorg bitte dafür, daß ich während dieses Telefonats nicht gestört werde.«

»Ich bin fast fertig.« Miriam öffnete einen Ordner und heftete einen Brief ab. »Weißt du, wenn ich je die Möglichkeit habe zu studieren, würde ich gern Anwältin werden.«

»Ist das dein Ernst?« fragte Gail.

»O ja, es ist so aufregend.«

»Nun, den nötigen Verstand hättest du zweifellos, aber zeig mir mal deine Zähne.«

Miriam lachte. »Warum?«

»Sie müssen spitz zugeschliffen sein, wenn du ein Jurastudium absolvieren willst.«

Eine Kontrolleuchte blinkte an Gails Telefon auf – ein Anruf, der über die Zentrale lief. Miriam nahm den Hörer ab. »Hier ist das Büro von Ms. Connor ... Einen Augenblick bitte, ich muß fragen, ob sie zu sprechen ist.« Sie drückte auf die Wartetaste. »Es ist Jimmy Panther.«

Gail streckte die Hand nach dem Hörer aus. Sie hatte sich viel zu lange nicht bei ihm gemeldet. Miriam verließ den Raum mit drei Akten und einer besprochenen Kassette.

»Jimmy, hier ist Gail Connor. Ich weiß natürlich, daß Sie wegen der Rehmaske anrufen.«

»In der Tat. Es ist nun schon über drei Wochen her, daß

Sie sie gefunden haben. Wenn Sie zu beschäftigt sind, um sie mir zu bringen, könnte ich sie bei Ihnen abholen.«

Die Stimme war wie immer höflich, aber ein Unterton von Verärgerung war nicht zu überhören.

»Im Augenblick habe ich die Maske gar nicht. Ich habe sie vorletzten Samstag ins Historische Museum gebracht und Edith Newell gezeigt. Sie kennen Edith doch?«

»Ja.«

»Sie glaubt, daß es eine echte Tequesta-Arbeit sein könnte, und ich habe ihr erlaubt, die Maske einem Freund von ihr, einem Archäologen an der University of Florida zu schicken, damit er ein Gutachten darüber erstellt.«

»Die Maske ist nach Gainesville geschickt worden? Aber sie gehört mir, haben Sie das vergessen?«

Gail rollte einen Bleistift auf dem Schreibtisch hin und her. Unnötig, ihm alles zu erzählen.

»Lassen Sie es mich Ihnen erklären. Ich habe die Maske in Renées Wohnung gefunden, und als Nachlaßverwalterin habe ich gewisse Pflichten. Fassen Sie es bitte nicht persönlich auf, Mr. Panther, aber diese Maske könnte ein wertvolles Artefakt aus einem Museum sein. Woher soll ich wissen, wem sie gehört?«

Jimmy schwieg eine ganze Weile, aber im Hintergrund waren Stimmen zu hören. Eine Registrierkasse. Eine Tür, die geöffnet und geschlossen wurde. Offenbar rief er aus dem Souvenirladen am Tamiami Trail an.

»Falls es sich um eine echte Tequesta-Maske handeln sollte, bin ich genauso überrascht wie Sie. Meine Großmutter – sie hieß Annie Osceola – hat mir immer gesagt, sie hätte sie angefertigt. Sie bewahrte sie in einer schweren Holzkiste auf, und niemand durfte sie berühren. Sie hat immer versprochen, mir zu gegebener Zeit die Geschichte dieser Maske zu erzählen.« Nach kurzer Pause fügte er hinzu: »Kaum jemand weiß das, aber Annie Osceola stammte in direkter Linie von den Tequesta ab.«

»Tatsächlich?« sagte Gail. »Ich dachte, sie wären ausgestorben.«

»Das stimmt auch – bis auf einige wenige, die nach Kuba gegangen sind.«

»Kuba?«

Er ließ sich nicht näher darüber aus. »Wo ist die Maske jetzt? Immer noch in Gainesville?«

»Das könnte ich erfragen.«

»Wenn sie beschädigt würde, wäre ich sehr zornig. Sehr.«

Er brummelte noch ein wenig vor sich hin, war aber damit einverstanden, daß Gail ihn irgendwann in den nächsten Tagen anrufen würde. Sie legte den Hörer auf und drückte auf den Knopf der Sprechanlage.

»*Si, señora*«, scherzte Miriam.

»Tu mir einen Gefallen, Miriam. Ruf Edith Newell im Historischen Museum an, und frag sie, ob sie etwas von ihrem Freund in Gainesville gehört hat. Sie weiß dann schon, worum es sich handelt.«

Gail blätterte in ihren Aufzeichnungen, bis sie die Seite über Jimmy Panther und die Maske fand. Jetzt waren die Tequesta also nach Kuba emigriert. Na großartig! Vielleicht hatte Jimmys weißer Großvater diese Annie Osceola getroffen, als er für Al Capone Rum von Havanna in die USA schmuggelte. Faszinierend. Vielleicht war sie Tänzerin im Tropicana gewesen. Und vielleicht war Anthony Quintana sogar Jimmy Panthers Vetter zweiten oder dritten Grades. Gail notierte die neuesten Informationen.

Als das Telefon klingelte, nahm sie automatisch den Hörer ab.

»Mr. Quintana auf Leitung eins«, sagte Miriam. »Und die Dame im Museum sagt, sie hätte es heute morgen bekommen. Was auch immer es sein mag – sie hat es.«

»Danke.« Gail vergewisserte sich, daß die Tür geschlossen war, bevor sie auf die Taste drückte. »Anthony, hier ist Gail. Ich bin froh, Sie erreicht zu haben.«

»Ist etwas passiert?«

Gail merkte selbst, daß sie sich etwas atemlos anhörte. »Nein, Sergeant Britton hat mich noch nicht aus dem

Hinterhalt angesprungen. Haben Sie einen Augenblick Zeit?«

»Selbstverständlich.«

Sie knickte mit Daumen und Zeigefinger die unteren Ecken der dreiundzwanzig Seiten ihrer Aufzeichnungen ab. »Ich habe am Wochenende mit meinem Vetter Ben Strickland gesprochen, und dabei ist natürlich auch Ihr Name gefallen. Er hat mir gesagt, Sie hätten Renée letztes Jahr bei einem Fall von Rauschgiftschmuggel verteidigt.«

»Ja, das stimmt. Und Sie möchten jetzt bestimmt wissen, warum ich Ihnen nichts davon erzählt habe. Ich dachte am Freitagabend, Sie hätten ohnehin schon genug zu überdenken, aber ich hätte es bestimmt demnächst zur Sprache gebracht.« Als Gail schwieg, ergänzte er: »Ich kannte Renée von der Versicherungsgesellschaft her. Sie war nur eine Woche meine Klientin, dann wurde die Anklage fallengelassen.« Nach kurzem Schweigen fügte er hinzu: »Richter Strickland hat Ihnen doch bestimmt gesagt, daß die Staatsanwaltschaft die Anklage zurückgezogen hat.«

»Ja, das hat er mir erzählt.« Gail fragte sich, ob Anthony wußte, welche maßgebliche Rolle Ben in dieser Angelegenheit gespielt hatte, aber sie stellte eine andere Frage. »Wissen Sie, ob Renée schuldig war?« Sein Lächeln über diese naive Frage konnte sie sich lebhaft vorstellen.

»Schuldig? Sie meinen, ob sie direkt an dem Kokainschmuggel beteiligt war? Ich glaube kaum. Aber sie wußte, daß das Zeug an Bord war, das hat sie mir selbst gesagt. Das ist jedoch kein Verbrechen. Ich würde Ihnen gern nähere Auskünfte geben, aber ich muß gleich weg. Wir können uns heute nachmittag in aller Ruhe unterhalten.«

»Das geht leider nicht«, sagte Gail. »Ich muß unerwartet eine Vernehmung durchführen. Wenn Sie einen Briefkasten haben, werfe ich meine Aufzeichnungen einfach dort ein. So eilig ist es ja nicht, oder?«

Sie hörte, wie eine Tür geöffnet wurde, daß Anthonys Sekretärin eine Frage stellte, daß er antwortete, sie solle einen Moment warten. Dann sagte er ins Telefon: »Ich habe nichts Neues über den Stand der Ermittlungen gehört. Rufen Sie mich heute abend zu Hause an, okay? Wir sollten uns darüber unterhalten, was wahrscheinlich als nächstes passieren wird.«

Nachdem sie den Hörer aufgelegt hatte, ordnete Gail ihre Aufzeichnungen, den privaten Teil in umgekehrt chronologischer Reihenfolge, weil das am unpersönlichsten wirkte.

Miriam klopfte an und steckte ihren Kopf durch den Türspalt. »Gail, während du telefoniert hast, gab es zwei Anrufe. Carlos Pedrosa hat wieder nachgefragt, ob du den Optionsvertrag schon von Richter Strickland zurückbekommen hast. Ich habe ihm gesagt, nein, noch nicht.«

Gail nickte, während sie ihre Notizen mit Büroklammern zusammenheftete. »Und wer noch?«

»Frank Britton von Metro-Dade.«

Gail schaute auf.

»Er sagte, du könntest die Papiere deiner Schwester im Präsidium abholen. Ich habe mir die Adresse notiert – es ist draußen am Palmetto Expressway.«

»Hat er sonst noch etwas gesagt?«

»Nein, nur, daß du anrufen sollst, falls du irgendwelche Fragen hättest.« Miriam schloß die Tür wieder.

Gail holte tief Luft. Konnte das ein Trick sein? Wollte er sie ins Präsidium locken, um ihr dort die Handschellen anlegen zu können? Nein, das war höchst unwahrscheinlich, denn wenn er sie verhaften wollte, wußte er ja, wo sie zu finden war. Ihr kam ein anderer Gedanke: Wenn er ihr die Papiere zurückgab, bedeutete das möglicherweise, daß er die Ermittlungen eingestellt hatte. Ben benötigte die Unterlagen für die Nachlaßdokumente, aber sie sollte sie vielleicht lieber nicht selbst abholen. Doch welche Schlußfolgerungen würde Britton daraus ziehen? Andererseits hatte Anthony gesagt, sie solle sich nicht darum kümmern, was Britton denken könnte.

Sie wählte eine Telefonnummer.

Anthony hatte sein Büro schon verlassen.

Um 13.20 Uhr betrat Gail leise den Gerichtssaal in der neunten Etage des Dade County Courthouse. Die Sitzung hatte um eins begonnen. Richter Henry Cooper hatte an diesem Nachmittag eine schier unglaubliche Anzahl von Urteilen zu sprechen. Gails Fall war für halb zwei anberaumt.

Sie setzte sich auf die hinterste der sechs langen Holzbänke, die durch eine niedrige Schranke von den Plätzen des Gerichtspersonals getrennt waren. Links vom erhöhten Richterpult stand in der Ecke eine – jetzt leere – Geschworenenbank. Andere Anwälte saßen auf den Bänken vor Gail.

Henry Cooper war ein Neuling, ein Schwarzer Mitte Dreißig mit prächtigem Schnurrbart. Er trug seine Robe sogar auf den Korridoren, entweder als Kompensation für seine Jugend oder um seine Joggingschuhe darunter zu verbergen, die beim Gehen unter der Robe hervorkamen.

In den kurzen Pausen zwischen den einzelnen Fällen flüsterten die Anwälte miteinander. Gail würde sich bei der Zwangsvollstreckung nicht mit einem Gegenanwalt herumstreiten müssen, denn die Beklagten – Simon und Rita Yancey – hatten weder selbst Einspruch erhoben noch einen Rechtsbeistand damit beauftragt, und jetzt war es zu spät. Wenn keine zwingenden Gründe vorlagen, würde kein solider Anwalt einen Fall übernehmen, nachdem die Fristen für einen Einspruch bereits verstrichen waren. Das wäre etwa so, als ginge jemand zum Arzt, um Totenstarre zu kurieren. Einige skrupellose Anwälte würden natürlich auch vor solchen Fällen nicht zurückschrecken und eine reine Verzögerungstaktik betreiben, indem sie auf Konkurs plädierten oder alle möglichen letztlich sinnlosen Anträge stellten. Ihren Klienten würden solche schwarzen Schafe unter den Juristen raten: Wohnen Sie einige Monate umsonst in dem Haus, das ist billiger, als irgendwo Miete zu bezahlen.

Manchmal erschienen die Beklagten persönlich zur Verhandlung. Gail ließ ihren Blick durch den Raum schweifen, aber ein Ehepaar war nicht zu sehen. Dann erspähte sie jenseits des Mittelgangs auf der zweiten Bank einen Mann, dessen Sakko in den Schultern spannte. Er reckte ständig den Hals, so als wäre sein Hemdkragen viel zu eng. Hellbraunes Haar mit einer kahlen Stelle auf dem Hinterkopf. Gail hätte jede Wette eingehen können, daß das Simon Yancey war.

Er hatte einen großen Umschlag auf dem Schoß, der wahrscheinlich alle Dokumente enthielt: den notariell beglaubigten Kaufvertrag für das Haus, die Hypothek, Garantieurkunden für die installierten Geräte, Versicherungen, vielleicht sogar Fotos. Die Yanceys wohnten in Miami Springs, in der Nähe des Flughafens. Gail wußte nichts über die Leute, nur daß sie finanzielle Schwierigkeiten hatten. Und sie hatte die Kopie eines Briefes überflogen, dessen Original der Richter vergangene Woche erhalten hatte. Mit einzeiligem Abstand getippt, ohne korrekte Ränder, entrüsteter Ton.

»Lieber Richter Cooper, hiermit protestiere ich offiziell gegen das, was mir und meiner Familie angetan wird. Man will uns aus unserem Haus vertreiben. Wir sind mit den Zahlungen in Rückstand geraten, aber die letzten Raten haben wir pünktlich überwiesen. Dieses Geld wird aber jedesmal an uns zurücküberwiesen ...«

Der nächste Fall wurde aufgerufen. Ein Anwalt, den Gail bei einer juristischen Tagung kennengelernt hatte, schob sich an ihren Knien vorbei, und während sie die Beine anzog, lächelten sie einander höflich zu. Gail beobachtete, wie der Mann die niedrige Schwingtür aufstieß und sich dem Gericht vorstellte, und sie fragte sich unwillkürlich, ob er ihr auch zugelächelt hätte, wenn sie unter Mordanklage stünde, gegen Kaution auf freien Fuß gesetzt.

Bevor sie am Samstag Bens Ranch verlassen hatte, hatte er ihr gesagt, sie solle sich wegen der Kaution keine Sorgen machen, er würde ihr das Geld leihen, falls es soweit kommen sollte. Und dann hatte er sich für die Schüsse auf die Hütte entschuldigt, und sie hatte schwören müssen, Irene nichts davon zu erzählen.

Am Samstagabend hatte sie Irene über Frank Brittons Verdacht informiert. Ihre Mutter war in Tränen ausgebrochen, hatte auf die Polizei geschimpft und sich selbst schwere Vorwürfe gemacht, weil sie den Stein ins Rollen gebracht hatte. Aber Gails schlimmste Befürchtung war zum Glück grundlos gewesen: Irene hatte keine Sekunde an ihrer Unschuld gezweifelt, hatte sie ohne das geringste Zögern in die Arme geschlossen.

Gail sah bisher keine Veranlassung, Karen so kurz nach dem Auszug ihres Vaters auch noch mit dieser Sache zu belasten. Irene war einige Male bei ihnen gewesen, hatte auf Karen aufgepaßt, wenn Gail später nach Hause kam, und hatte das Abendessen zubereitet. Sie hatten lange Unterhaltungen geführt und sogar über Renée gesprochen. Es war nicht zu übersehen, daß sie näher zusammenrückten – ihre Mutter, ihre Tochter und sie selbst. Schrecklich war nur, daß es dazu eines solchen Anlasses bedurft hatte.

Der Mann im schlecht sitzenden Sakko drehte sich um und ließ seinen Blick durch den Gerichtssaal schweifen. Sein Augenmerk galt den Anwältinnen – es waren außer Gail nur zwei: Die eine trug gerade ihren Fall vor, die andere flüsterte im Hintergrund mit jemandem. Er entdeckte Gail und starrte sie sekundenlang mit ausdrucksloser Miene an. Große Augen, bei denen das Weiße unter der Iris hervorkam. Breites Kinn, schmallippiger Mund. Jung, wahrscheinlich noch keine dreißig. Schließlich drehte er sich wieder nach vorne. Seine Frau hatte sich wahrscheinlich nicht freinehmen können.

Mit solchen Leuten hatte Renée es bei der Vista Title Company hauptsächlich zu tun gehabt, mit kleinen Leuten, die Häuser kauften. Es war zwar unwahrscheinlich, aber nicht ausgeschlossen, daß sie auch die Unterlagen der Yanceys bearbeitet hatte. Und Renée hätte sich mit Sicherheit nicht nur für deren Finanzlage interessiert. Wenn sie jetzt neben Gail säße, würde sie vielleicht flüstern: *Simon war Gepäcktransporteur bei der PanAm, bis die pleite machte. Jetzt arbeitet er ab und zu als Air-Condition-*

Monteur. Rita führt die Cafeteria in der Springs High-School. Sie haben eine Harley und machen an den Wochenenden Ausflüge mit dem Motorradklub.

Renée würde die Beine übereinanderschlagen und mit dem Fuß wippen. Ihr Minirock würde hochrutschen, und ihre warme Schulter würde Gails Arm streifen. Und ihr Parfum – Shalimar.

Sie würde leise lachen und Gail näher an sich ziehen. *Simon trägt heute seinen Ohrring nicht – mit einem Diamanten, den Rita ihm geschenkt hat, als die beiden noch die High-School besuchten. Sie haben zwei nette Jungen. Tommy ist lernbehindert, aber ein schlaues Kerlchen, wenn man ihm richtig zuhört. Und Joey ist ein richtiger Engel – er ist mir gleich auf den Schoß geklettert.* Gail dachte daran, was Jimmy Panther ihr erzählt hatte. Renée konnte gut mit den Kindern umgehen, die ins Historische Museum kamen.

Wenn Renée an Gails Stelle gewesen wäre, eine Anwältin in strengem Schneiderkostüm, hätte sie dem Mann von Atlantic Financial Services bestimmt gesagt: *Lassen Sie den armen Kerl doch um Himmels willen seine Rückstände abstottern. Seien Sie kein Frosch.*

Renée hätte vielleicht eine kleine Kanzlei in irgendeinem leerstehenden Laden eröffnet, draußen in Homestead, in der Nähe der Tomatenfelder – ihre Spanischkenntnisse wären ihr dabei zugute gekommen. Sie hätte Pater Eamon Donnelly hin und wieder eine Flasche irischen Whisky gebracht. Sie hätte illegale Einwanderer verteidigt, wäre zu ihren Partys gegangen, hätte an Samstagabenden mit ihnen *merengue* oder *cumbia* getanzt und mit einem der Männer geschlafen – vielleicht sogar mit mehreren. Und sie hätte Männer, Frauen und Kinder in ihren roten Sportwagen geladen, das Verdeck heruntergeklappt, das Radio voll aufgedreht und eine Vergnügungsfahrt nach Key Largo unternommen.

Renée hätte Einzelheiten über das Leben wildfremder Leute gewußt; Gail kannte nicht einmal Einzelheiten über das Leben ihrer eigenen Schwester.

Pater Donnelly hatte, sein abgenutztes Buch in den

Händen, gesagt: *Ich glaube, daß uns allen in unserer letzten Stunde verziehen wird.*

Langsam kam ihr zu Bewußtsein, daß ihr Fall schon zum zweitenmal aufgerufen wurde. »Vertritt jemand Atlantic Financial Services?«

Sie stand rasch auf, griff nach ihrem Aktenkoffer, eilte durch den Mittelgang und stieß die niedrige Schwingtür auf. Simon Yancey stand schon vorne. Die Gerichtsschreiberin – eine Frau mittleren Alters, die ihren Sweater locker über die Schultern geworfen hatte – übergab dem Richter die Akte.

Gail schlug ihre eigene Akte auf dem Anwaltstisch auf. »Euer Ehren, ich bin Gail Connor von Hartwell Black & Robineau, für die Kläger. Es geht um einen Antrag auf Zwangsvollstreckung im Fall *Atlantic Financial Services gegen Yancey.*«

Der Richter blickte von der Akte auf. »Mr. Yancey?«

»Ja, Sir.« Yancey legte seinen Umschlag auf den zweiten Tisch und zog einige Papiere heraus. »Ich weiß, daß wir mit den Hypothekenzahlungen im Rückstand sind, Euer Ehren. Unsere Schulden betragen etwa dreitausend Dollar, aber wir werden sie begleichen können.«

»Lassen Sie zuerst die Anwältin der Kläger zu Wort kommen, okay? Anschließend sind Sie an der Reihe. Das ist so üblich.« Richter Cooper blätterte in der Akte.

»Okay.« Yancey hielt die Papiere in einer Hand und bewegte nervös die Finger der anderen Hand.

Gail gab die Affidavits der Gerichtsschreiberin, die diese Unterlagen dem Richter überreichte. Ein ordentlicher Stapel von Dokumenten. Gail erklärte jedes einzelne. Als sie fertig war, nickte der Richter Simon Yancey zu.

Der Mann trat einige Schritte vor. »Ich habe diese Dame drei- oder viermal angerufen, und sie hat nie zurückgerufen, sondern ihre Sekretärin mit mir reden lassen, und die hat gesagt, wenn ich nicht bezahle, wird man mich vor die Tür setzen. Ich habe ihr erklärt, daß ich die Rückstände abbezahlen werde. Mir ist letzten Sommer gekündigt worden, aber jetzt arbeite ich wieder, und meine Frau arbeitet auch.«

Yancey warf einen Blick auf seine Papiere, überreichte Gail ein Blatt und ein zweites der Gerichtsschreiberin, die es an den Richter weitergab. »Ich habe mir erlaubt«, erklärte Yancey, »einen Plan für die Tilgung der Schulden auszuarbeiten. Wenn wir jeden Monat zusätzlich 276,50 Dollar bezahlen, werden wir bis Jahresende alles abbezahlt haben, wie Sie sehen können.«

Der Richter sah Gail an. »Was können Sie für diese Leute tun?«

Gail hatte den Fall mit einem Angestellten von Atlantic besprochen, der sich per Computerbildschirm über die geleisteten beziehungsweise nicht geleisteten Zahlungen informiert und ihr sodann erklärt hatte, die Gesellschaft wolle sich nicht mehr mit den Yanceys herumärgern.

Gail mied Yanceys Blick, weil sie sich plötzlich niederträchtig vorkam. »Meine Klienten sind nicht bereit, einer Abzahlung zuzustimmen. Die Beklagten waren von Anfang an säumige Zahler, und dies ist nun schon das zweite Zwangsvollstreckungsverfahren, das gegen sie eingeleitet wurde. Es gab auch schon ein Mahnverfahren.«

»Ja, aber jetzt arbeite ich wieder. Wir können bezahlen.«

»Mr. Yancey« – Richter Cooper schien zu bedauern, was er dem Mann sagen mußte –, »nach einem Mahnverfahren hat der Kläger ein Recht auf Durchführung der Zwangsvollstreckung.«

»Aber ich habe sie doch angerufen!«

Der Richter schüttelte wortlos den Kopf.

»Ich habe eine Frau und zwei Kinder«, jammerte Yancey. »Wo sollen wir denn leben? Ist so etwas gerecht? Angeblich soll Amerika ein freies Land sein. Was ist das für eine Freiheit, wenn …«

»Haben Sie Kopien der Klage und der Vorladung erhalten, Sir?« fiel der Richter ihm ins Wort.

»Was ist das für eine Freiheit, wenn ein Mann aus seinem eigenen Haus gejagt wird?«

»Sir …« Der Richter wartete, bis Yancey still war, und

klopfte auf eine Seite der aufgeschlagenen Akte. »Sir, Sie haben eine Kopie der Klage erhalten und nicht fristgemäß darauf erwidert. Auf der Vorladung steht ausdrücklich, daß ein Urteil gegen Sie gefällt werden kann, falls Sie nicht innerhalb von zwanzig Tagen Einspruch erheben.«

Yanceys Stimme zitterte vor Wut. »Ich weiß, was diese Dame will. Sie will mir tausend Dollar Anwaltskosten aufhalsen. Wofür? Und fünfhundert Dollar Gerichtskosten. Gegen *sie* müßte ermittelt werden.«

Die Gerichtsschreiberin warf Gail einen mitfühlenden Blick zu und rollte mit den Augen. Ein Verrückter, was soll man machen?

Richter Cooper nahm seinen Füller zur Hand. »Ich kann Ihre Gefühle verstehen, Mr. Yancey, aber Tatsache ist nun einmal, daß Sie juristische Dokumente aufmerksam lesen und Fristen einhalten müssen. Tun Sie das nicht, ist es Ihr eigener Schaden. Sie haben jetzt zwanzig Tage Zeit, um die Gesamtschuld zu tilgen. Andernfalls wird das Haus öffentlich zwangsversteigert. Tut mir leid, aber so ist nun einmal die Rechtslage.« Richter Cooper suchte den Befehl zur Zwangsvollstreckung unter den diversen Dokumenten hervor.

Schwer atmend wirbelte Yancey auf dem Absatz herum und trat mit voller Wucht gegen einen Stuhl, der krachend umfiel. Yanceys Augen verengten sich zu schmalen Schlitzen, während er auf Gail zustürzte. »Luder!« Seine Stimme überschlug sich. »Nimm dich in acht, du Nutte!«

Gail stolperte rückwärts. Der Richter sprang wie von der Tarantel gestochen auf, und es hatte fast den Anschein, als wollte er über sein Pult springen. »Gerichtsdiener!« brüllte er.

Yancey raffte seine Papiere vom Tisch zusammen, stieß die Schwingtür so heftig auf, daß sie in den Angeln bebte, und stürmte den Gang entlang. Zwei Anwälte, die gerade den Gerichtssaal betraten, wichen ihm hastig aus.

Nach einigen Sekunden nahm der Richter wieder Platz und strich über seinen Schnurrbart. »Machen Sie sich keine Sorgen, Ms. Connor. Wenn man verstört ist, sagt man manches unbedachte Wort, aber die Leute beruhigen sich auch wieder.«

Gail ließ die Hand sinken, mit der sie sich unwillkürlich ans Herz gefaßt hatte. »Eine andere Arbeit wäre nicht halb so aufregend.«

Die anderen Anwälte im Saal lachten nervös.

Der Gerichtsdiener tauchte im Türrahmen auf. »Ist alles in Ordnung, Euer Ehren?« Die Gerichtsschreiberin stellte den umgestürzten Stuhl auf.

Richter Cooper nahm seinen Füller wieder zur Hand. »Sorgen Sie dafür, daß Ms. Connor das Gerichtsgebäude verlassen kann, ohne belästigt zu werden.« Er unterschrieb den Befehl zur Zwangsvollstreckung.

Gail fand Edith Newell im Lesesaal des Museums. Sie saß an einem langen Tisch, der mit vergilbten Zeitungsausschnitten übersät war, und blickte auf, als Gail hereinkam. Ihre grauen Augen wirkten durch die Brille riesig.

»Hallo, meine Liebe, Sie sehen ja völlig erschöpft aus. Setzen Sie sich doch, und schieben Sie dieses ganze Zeug etwas beiseite. Ich trage gerade Material über Dan Hardie zusammen. Das war unser Sheriff zur Zeit der Prohibition, müssen Sie wissen.« Sie lächelte. »Aber das interessiert Sie natürlich nicht. Sie sind ja aus einem ganz anderen Grund hier.«

Außer ihnen hielt sich niemand im Lesesaal auf. Die Luft war kalt und trocken, den alten Büchern und vergilbten Dokumenten zuliebe. Gail fröstelte. »Ist der Professor ganz sicher, daß die Maske echt ist?«

»Aber ja, daran besteht nicht der geringste Zweifel. Tequesta, etwa zweitausendfünfhundert Jahre alt.« Edith lachte. »Er hat mich regelrecht angefleht, ihm die Maske zu überlassen, aber als braver Junge hat er sie dann doch sofort zurückgeschickt, und sie hat keinen einzigen Kratzer abbekommen.«

»Und er hat keine Ahnung, woher sie stammen könnte?«

»Leider nein.« Edith schob ihren Pulliärmel hoch. Die

Wolle war verfilzt, das Bündchen eingerissen. »Sie haben aus Jimmy Panther nichts herausbekommen, oder?«

»Er behauptet, seine Großmutter hätte die Maske in einer Holzkiste unter ihrem Bett aufbewahrt. Ein Familienerbstück, diesen Eindruck wollte er wohl erwecken.«

Edith schnaubte. »Seit zweitausend Jahren?«

»Seine Großmutter hieß Annie Osceola«, berichtete Gail. »Sagt Ihnen dieser Name etwas?«

»Osceola ist ein gebräuchlicher Name bei den Seminolen und Miccosukee.«

»Er sagte auch, die Tequesta wären nach Kuba emigriert.«

»Das stimmt.«

»Was?«

»Einige von ihnen sind mit den Spaniern dorthin gegangen, so um das Jahr 1720 herum. Wir könnten es nachschlagen, wenn Sie wollen.«

Gail betrachtete die Bücherregale. »Ich wünschte, ich hätte heute nachmittag frei. Edith, glauben Sie, daß einer der Volontäre sich ein zusätzliches Taschengeld verdienen möchte?«

»Sie brauchen keinen von ihnen zu fragen.« Edith ordnete die Zeitungsausschnitte. »Ich tu's ganz umsonst, wenn Sie mir versprechen, dem Museum zu der Rehmaske zu verhelfen.«

»Sie gehört nicht mir, Miss Newell.«

»Vielleicht nicht, aber wenn wir beweisen können, daß sie ihm genausowenig gehört …« Sie legte die Zeitungsausschnitte in eine Schachtel und klappte sie zu. »Diese Sache stinkt doch zehn Kilometer gegen den Wind, finden Sie nicht auch? Also, was soll ich für Sie herausfinden?«

Gail drückte ihr dankbar die Hand und holte einen Notizblock aus ihrem Aktenkoffer. »Alles über Jimmy Panther. Werfen Sie einen Blick in alle Unterlagen, die irgendwie zugänglich sind. Geburtsurkunde, Schulzeugnisse, Militär, Arbeitsplätze …« Gails Bleistift flog übers Papier. »Und allgemeine Informationen über die Miccosukee und Tequesta wären ebenfalls hilfreich.« Sie blickte

Edith an. »Haben Sie Jimmy, als Renée hier arbeitete, jemals mit ihr zusammen gesehen?«

»O ja.« Edith überlegte kurz. »Sie waren befreundet.« Als sie Gails Miene sah, erklärte sie hastig: »Nein, nicht so, wie Sie glauben, meine Liebe. Ich meine Freundschaft in dem Sinn, den das Wort früher hatte, als der Sex noch nicht so im Vordergrund stand. Allerdings kann ich mir beim besten Willen nicht vorstellen, warum sie aneinander Gefallen fanden.« Sie lächelte. »Ich will damit nichts gegen Renée sagen. Sie war auf ihre Art ein charmantes Mädchen.«

Gail saß kurze Zeit schweigend da. »Wann hat Renée angefangen, hier im Museum zu arbeiten?«

»Ich glaube, sie wurde vor etwa anderthalb Jahren eingestellt, als Teilzeitkraft.« Edith senkte die Stimme, obwohl sie immer noch allein im Raum waren. »Jetzt können Sie es ja ruhig erfahren – Ihre Mutter kam heimlich für Renées Lohn auf. Offenbar konnte das Mädchen keinen Job finden. Anfangs war sie völlig unzuverlässig, und ich mußte ein ernstes Wort mit ihr reden. So geht es beim besten Willen nicht, Renée, habe ich ihr gesagt. Sie hat sich danach wirklich zusammengenommen.« Edith starrte eine Weile an die Decke. »Seit Anfang des vergangenen Jahres – Februar oder März – hat sie halbtags hier im Museum und halbtags bei irgendeiner Versicherungsgesellschaft gearbeitet.«

»Bei Vista Title Insurance«, warf Gail ein.

»Ja, und seit letzten Herbst arbeitete sie ganztags dort. Hin und wieder hat sie uns aber besucht.«

»Und wann wurde Jimmy Panther eingestellt?«

»Er war nie hier angestellt. Zunächst kam er nur her, um die Bibliothek zu benutzen. Dann fing er an, gelegentlich Vorträge zu halten, und damit hatte er großen Erfolg. Ich muß zugeben, daß wir ihm so manche Spende zu verdanken haben.«

»Die beiden haben sich also vor etwa achtzehn Monaten kennengelernt?«

»Ich würde eher sagen, vor einem Jahr, vielleicht sogar

noch später.« Edith deutete auf den Nebentisch. »Es war dort drüben. Renée und ich waren am Katalogisieren, als er hereinkam, mit seinen Ketten um den Hals und den langen schwarzen Haaren über den Schultern. Er starrte Renée an, und ihren Gesichtsausdruck hätten Sie sehen müssen. Sie flüsterte: ›O Edith, schauen Sie sich nur mal diesen Indianer an!‹ Er kam direkt auf unseren Tisch zu, und ich habe die beiden miteinander bekannt gemacht. Ich selbst kannte ihn von einem Miccosukee-Festival her.«

Durch die Glastür konnte Gail die Halle und die Treppe sehen. »Sie sagten, er sei ins Museum gekommen, um die Bibliothek zu benutzen. Wissen Sie, wofür er sich interessierte? Ich meine – wenn er nur dasitzen und lesen wollte, hätte er das doch auch drüben in der Stadtbücherei tun können.«

Edith lächelte breit. Ihre Zähne waren so perfekt, daß es sich nur um eine Prothese handeln konnte. »Sie sind wirklich clever, meine Liebe. Lassen Sie mich mal überlegen.« Sie drehte sich auf ihrem Stuhl um. »Jimmy benutzte den Katalog und holte sich dann die gewünschten Bücher aus den Regalen. Er setzte sich immer an den letzten Tisch. Mir fällt ein, daß er immer eine Mappe mit Reißverschluß bei sich hatte, mit einem Notizblock drin.«

»Hat er sich über indianische Artefakte informiert? Über die Geschichte der Tequesta?«

Edith verzog den Mund. »Das weiß ich leider nicht. Er saß mit dem Rücken zur Wand und verlor nie ein Wort über seine Lektüre. Wenn er zur Toilette ging, stellte er vorher die Bücher ins Regal zurück und nahm seine Papiere mit.« Sie berührte Gail am Handgelenk. »Manchmal saß Renée bei ihm, aber erst in letzter Zeit.«

»Was verstehen Sie darunter?«

»Ich würde sagen, in den letzten ein, zwei Monaten. Seit Anfang Januar, schätzungsweise.«

Der letzte Tisch stand direkt an der Wand, mit drei Stühlen auf jeder Seite. Gail erhob sich und betrachtete den Stuhl, auf dem Jimmy Panther vermutlich gesessen hatte. »Hat er nie etwas ausgeliehen?«

»Nein, das ist bei uns nicht erlaubt.«

»Aber drüben in der Bücherei.«

»In der Tat«, bestätigte Edith. »Und alles wird im Computer gespeichert. Eine Freundin von mir arbeitet drüben. Sollen wir sie bitten nachzusehen, welche Bücher er ausgeliehen hat?«

Gail nickte. »Sagen wir, im Laufe des vergangenen Jahres oder vielleicht noch etwas weiter zurück.«

»Vielleicht weiß jemand vom Museumspersonal, woran er gearbeitet hat.«

»Versuchen Sie aber, keine allzu direkten Fragen zu stellen.«

»Ooooh, macht das nicht einen Riesenspaß?« Edith riß das Blatt mit Gails Notizen vom Block ab, stutzte aber unvermittelt. »Wonach suchen wir eigentlich?«

Gail zuckte lächelnd die Achseln. »Das werden wir wahrscheinlich erst wissen, wenn wir es gefunden haben.«

KAPITEL 16

Es war kurz vor sechs, als Gail auf den Parkplatz des Metro-Dade-Polizeipräsidiums fuhr. Das ultramoderne Gebäude – Kurven, Glas und grelle Farben – war von weiten gepflegten Rasenflächen umgeben. Die Wagenschlüssel in der Hand, starrte Gail es durch die Windschutzscheibe an. Angst und Neugier hielten sich etwa die Waage, aber sie sagte sich, daß Britton sie bestimmt schon verhaftet hätte, wenn er glauben würde, genügend Beweismaterial gegen sie zu haben.

In der Eingangshalle erklärte sie der Aufsicht – einer Polizistin in gelbbrauner Uniform –, daß sie hier sei, um Renée Connors Papiere abzuholen. Die Frau drehte sich nach einem Kollegen um, hinter dem eine Reihe Schwarzweißfernseher flimmerte. »Britton ist beim Morddezernat, stimmt's?« fragte sie. Er nickte.

»Als ich angerufen habe«, sagte Gail, »meinte er, daß

er heute abend vielleicht lange arbeiten müßte. Wenn nicht, könnte mir aber auch jeder andere die Sachen aushändigen.«

»Okay, schauen wir mal.« Die Frau wählte eine Telefonnummer. »Nehmen Sie inzwischen Platz, wenn Sie möchten.«

Gail schlenderte statt dessen vom Empfangsschalter in die Mitte der Halle. Überall Glaswände, und von Blumenkästen im ersten Stock hingen unzählige Philodendren herab. In einer Vitrine standen Trophäen vom letzten Pig Bowl. Eine Gedenktafel ehrte Polizisten, die im Dienst ums Leben gekommen waren. Es gab T-Shirts mit der Aufschrift *Say No to Drugs* – Sag nein zu Drogen – zu kaufen. Alles in allem nichts Spektakuläres oder Einschüchterndes.

Gail massierte sich die verspannten Nackenmuskeln. Sie hatte dumpfe Kopfschmerzen, die von irgendwo hinter den Augenhöhlen ausgingen. Irene hatte versprochen, Karen vom Ballettunterricht abzuholen und das Abendessen vorzubereiten. Gail solle sich keine Sorgen machen, hatte sie gesagt. Gail wollte nach Hause fahren – vorausgesetzt, daß man sie hier nicht gleich in Ketten legte! –, sobald sie ihre Aufzeichnungen in den Briefkasten der Kanzlei Ferrer & Quintana eingeworfen hatte.

»Ms. Connor!« Britton betrat die Halle durch eine Seitentür, mit gelockerter Krawatte, seine Dienstmarke an der Hemdtasche befestigt. Er schüttelte ihr lächelnd die Hand. »Ich freue mich, Sie zu sehen.« Er klopfte auf den Empfangsschalter. »Betty, ich brauche eine Marke für den ersten Stock.«

»Wollen Sie, daß ich mit Ihnen raufgehe?« fragte Gail. Sie konnte durch die Glastür einen langen, mit Teppichen ausgelegten Korridor sehen.

»Na klar, ich mache mit Ihnen den Rundgang, der normalerweise fünfundzwanzig Cent kostet.«

»Danke, aber ich muß nach Hause. Meine Tochter wartet auf mich.«

»Dann eben ein anderes Mal. Aber kommen Sie bitte

trotzdem kurz mit rauf – die Papiere sind oben.« Er gab Gail die Plastikmarke, und sie befestigte das Ding am Jackenaufschlag. »Sie sollten mit Ihrer Tochter einmal am Tag der offenen Tür herkommen.« Sie gingen den Korridor entlang zum Aufzug. »Kinder haben viel Spaß an unserer Waffensammlung. Wir haben alles, von einem Maschinengewehr zum Einsatz gegen Panzerwagen bis hin zu einer Pistole, die wie ein Kugelschreiber aussieht. Alles hier im Dade County konfisziert.«

Während Britton die technologischen Wunder des toxikologischen Labors beschrieb, fragte Gail sich, ob Anthony von seinem Freund bei der Staatsanwaltschaft nicht falsch informiert worden war. Ein Verdächtiger bedeutete noch lange nicht, daß Anklage erhoben werden konnte. Oder vielleicht hatte Ben seit Samstag beim Staatsanwalt einen Sinneswandel bewirkt.

Britton hielt ihr eine Tür mit der Aufschrift MORDDEZERNAT auf und führte sie an grauen Trennwänden vorbei. Irgendwo dahinter erzählte jemand einen Witz und wurde mit schallendem Gelächter belohnt. Ein Mann ging vorbei. Sein schwarzes T-Shirt hatte vorne die Aufschrift *Metro-Dade-Morddezernat*. Auf dem Rücken war ein Totenschädel zu bewundern, und darunter stand: *Wenn Ihr Tag endet, beginnt der unsere.*

Britton blieb kurz an einem Schreibtisch stehen und fragte: »He, Schätzchen, wo sind die Connor-Unterlagen gelandet?«

Die junge Frau schaute kaum vom Computerbildschirm auf. »Sie müßten immer noch in Zimmer 2 sein, es sei denn, jemand hat sie woanders hingebracht.«

Als Britton die Tür schloß, waren keine Hintergrundgeräusche mehr zu hören. Gail sah sich um. Es war ein kleiner Raum, höchstens neun Quadratmeter. Weiße Wände. Hellgrauer Tisch, Kunststoffstühle auf Chrombeinen. Ein dicker Ordner lag auf dem Tisch, mit einer Kordel verschnürt. Britton knotete sie auf. »Nehmen Sie einen Moment Platz. Ich möchte mich nur vergewissern, daß alles da ist.« Er setzte sich auf einen der beiden Stühle, und nach kurzem Zögern setzte Gail sich auf den anderen.

»Was ist das – ein Verhörraum?«

»Nein, einfach ein Ort, wo man sich in aller Ruhe unterhalten kann. Ich müßte eigentlich noch eine Couch und einen Fernseher reinstellen.« Er sah flüchtig die Faltmappen im Ordner durch. »Ich habe Ihre Mutter in letzter Zeit nicht mehr gesehen. Grüßen Sie sie bitte von mir.«

Gail legte ihre Handtasche auf den Tisch und verschränkte die Arme.

»Ist alles in Ordnung?« fragte Britton. »Sie sehen etwas angespannt aus.«

»Mir geht es ausgezeichnet.«

»Ich könnte Ihnen Kaffee bringen lassen. Oder vielleicht eine Tasse Tee?«

Sie lächelte ihm zu. »Danke, nein.«

Er blätterte weiter im Ordner herum. »Wie lange sind Sie schon Anwältin?«

»Sieben Jahre.«

»Ich habe auch Jura studiert – ein ganzes Semester lang.« Er erwiderte ihr Lächeln, zog eine Faltmappe aus dem Ordner und schob diesen beiseite. »Es tut mir leid, daß Sie das alles durchmachen mußten, Ms. Connor. Ich habe mich vor kurzem mit Ihrem Mann unterhalten, an seinem Bootsanlegeplatz. Sie haben sich getrennt, wenn ich ihn richtig verstanden habe.«

Gail nickte. »Eine Trennung in gegenseitigem Einvernehmen.«

»Das ist gut.« Britton legte seine Hände auf die Faltmappe. »Ich möchte Ihnen einen Brief zeigen. Er war nicht unter den Papieren Ihrer Schwester. Wir haben ihn letzte Woche von der Barnett Bank erhalten. Aber zuvor möchte ich Ihnen erzählen, auf welche Weise Renée meiner Ansicht nach ums Leben gekommen ist.

Wir haben sie am Montag, dem 8. März, morgens gegen halb zehn im Ibis Park gefunden. Sie lag dicht neben dem Ende des Bohlenpfads im dreißig Zentimeter tiefen Wasser und muß in der Nacht von Samstag auf Sonntag gestorben sein, so gegen Mitternacht. Ihre Pulsadern waren aufgeschnitten. Sie muß verblutet sein, bevor sie ins Wasser geriet, denn wir fanden in ihrer Lunge und Nase keinerlei Hinweise auf Tod durch Ertrinken. Wir haben auch keine Würgemale am Hals festgestellt, aber leichte Spuren könnten verschwunden sein, nachdem sie ja ziemlich lange im Wasser lag. Außerdem haben die Alligatoren einigen Schaden angerichtet – die Biester haben eine Vorliebe für weiches Gewebe. Eine Untersuchung des Glaskörpers ihrer Augen hat ergeben, daß sie einen Alkoholspiegel von 1,6 Promille hatte. Alkohol im Glaskörper löst sich nach Eintritt des Todes nicht auf. Bevor sie starb, war Renée so betrunken, daß sie möglicherweise das Bewußtsein verloren hatte. Sie war ja ein zierliches Persönchen. In diesem Fall würde sie überhaupt nichts gespürt haben.

Wir haben auf dem Pfad Schleifspuren gefunden. Wie gesagt, sie war sehr klein, nur 1,56 Meter groß, und sie wog nur einhundertfünf Pfund. Es dürfte nicht weiter schwierig gewesen sein, sie bewußtlos in ihr Auto zu tragen, in den Park zu fahren und sie dort ans Wasser zu schleifen. Wir haben im Wagen keine Fingerabdrücke gefunden, weder an den Türgriffen noch am Lenkrad, weder am Schalthebel noch am Rückspiegel. Keine Fingerabdrücke, nicht einmal ihre eigenen. Jemand hat alle Flächen abgewischt, ihre Handtasche auf den Sitz gelegt und die Tür abgeschlossen, und dann ist dieser Jemand per Anhalter in die Stadt zurückgefahren.

Wir haben die Rasierklinge etwa zweieinhalb Meter entfernt im Wasser gefunden, und eine Schachtel der gleichen Rasierklingen haben wir in ihrer Küchenschublade gefunden. Zwei fehlten. Der Täter muß also in ihrer Wohnung gewesen sein, und diese Person wußte auch, daß Renée schon einmal versucht hatte, sich mit einer Rasierklinge die Pulsadern aufzuschneiden.«

Der Raum schien sich zu drehen und immer kleiner zu werden. Brittons gemütliche gedehnte Sprechweise stand in krassem Gegensatz zu seinen Ausführungen, und seine blauen Augen hatten einen Ausdruck leichten Bedauerns.

»Ms. Connor, ich weiß aus Erfahrung – und ich bin fast genauso lange beim Morddezernat, wie Sie Anwältin sind –, daß die meisten Leute nicht vorsätzlich töten. Sie geraten einfach in Wut, alle Sicherungen brennen durch, und später haben sie Angst, das zu gestehen. Dabei ist es eine menschliche Schwäche. Wir alle haben eine dunkle Seite, davon bin ich überzeugt. Sie kommt zum Vorschein, wenn man einen Menschen zu weit treibt.«

Seine Augen ruhten auf ihr – freundlich, besorgt. »Dave und Renée standen sich sehr nahe. Er gab ihr Geld. Er schickte ihr Karten. Und sie war schwanger. Es könnte sein Kind gewesen sein. Selbst wenn sie in Wirklichkeit keine Affäre hatten, sah es doch ganz danach aus, nicht wahr? Und auch Ihre Mutter hat Renée Geld gegeben. Mrs. Connor hat mir erzählt, daß Sie das nicht gern gesehen haben.«

Gail hatte Mühe aufzustehen. Ihr Körper schien plötzlich bleischwer zu sein. Ihr Absatz blieb an einem Stuhlbein hängen, und sie stolperte. »Ich möchte jetzt die Papiere meiner Schwester haben, Sergeant, und dann möchte ich gehen.«

Er blieb sitzen. »Sie sind kein schlechter Mensch, Gail. Ihnen ist einfach alles ein bißchen zuviel geworden. Finanzielle Probleme, Eheprobleme. Sie dachten an Renées Treuhandvermögen. Daves Geschäft war in Schwierigkeiten, und dieses Geld wäre eine große Hilfe.«

»Ich habe erst nach ihrem Tod erfahren, daß ich dieses Geld bekomme! Ich habe sie nicht umgebracht. Wie können Sie so etwas glauben?« Gail schnappte ihre Handtasche vom Tisch und drehte den Türknauf um. Die Tür war verschlossen. Sie wirbelte herum. »Lassen Sie mich raus!«

Britton stand auf. »Gail, ich wünschte aufrichtig, daß ich dieses Verbrechen irgend jemand anderem anlasten könnte. Wir dachten zunächst an Dave, weil er sie nach Hause gefahren hat, aber er ist anschließend in eine Bar gegangen. Wir haben dort die Rechnung gefunden – er hat mit einer Kreditkarte bezahlt. Jeder, der einen Grund gehabt haben könnte, Renée umzubringen, hat ein Alibi. Nur Sie nicht.«

»Öffnen Sie die Tür!«

Er nahm den Ordner zur Hand und ging um den Tisch herum. »Renées Nachbar hat Ihr Auto gegen 23 Uhr in der Auffahrt gesehen. Sie sind vorbeigefahren, um nachzusehen, ob Ihr Mann bei ihr war. Das kann ich gut verstehen.«

»Ich bin nicht hineingegangen!«

»Wir haben Ihre Fingerabdrücke auf der Anrichte in der Küche gefunden, an der Schublade, in der die Rasierklingen lagen.«

»Sie haben meine Fingerabdrücke doch gar nicht.«

»O doch, in Ihrem Antrag auf Zulassung als Anwältin.«

»Das ist doch alles Blödsinn! Ich bin nur ein einziges Mal in ihrer Wohnung gewesen, um ein Kleid zu holen, das habe ich Ihnen doch erzählt.«

»Ja, aber Sie haben behauptet, direkt nach oben gegangen zu sein. Und es gibt noch andere merkwürdige Dinge. Ihre Mutter wollte ursprünglich den Nachlaß verwalten, aber Sie haben sie überredet, Ihnen diese Angelegenheit zu übertragen. Und als sie wollte, daß wir Renées Tod näher untersuchen, haben Sie Ben Strickland, den ehemaligen Richter, gebeten, seinen Einfluß geltend zu machen, damit die Ermittlungen eingestellt würden.«

»Das ist eine Lüge!«

Britton legte eine bedeutungsschwere Pause ein, bevor er sagte: »Gail, glauben Sie mir, es ist besser, wenn wir diese Angelegenheit jetzt gleich in Ordnung bringen. Sie haben eine Tochter. Sie haben einen guten Job. Möchten Sie wirklich, daß wir Sie an Ihrem Arbeitsplatz verhaften, wo alle Leute es sehen können?«

Gail war so schwindelig, daß sie Mühe hatte zu sprechen. »Ich sage kein Wort mehr.«

»Warum nicht?« fragte er sanft. »Die Wahrheit hat durchaus etwas für sich. Machen Sie es sich doch nicht unnötig schwer.«

»Mein Anwalt hat mir geraten, nicht mit der Polizei zu sprechen.«

Er runzelte leicht die Stirn. »Sie haben schon einen Anwalt? Das ist aber eine Überraschung.«

»Sein Name ist Anthony Quintana.«

Britton nickte. »Ich kenne ihn. Für jemanden, der behauptet, völlig unschuldig zu sein, haben Sie sich einen hochkarätigen Rechtsbeistand besorgt.«

»Öffnen Sie sofort die Tür, oder ich verklage Sie wegen Freiheitsberaubung.«

Er betrachtete sie lange und streckte ihr dann den Ordner entgegen. »Wollen Sie den mitnehmen? Daves Karten, Renées Finanzunterlagen und einige andere Papiere behalte ich, aber Sie haben ja Kopien davon.«

Gail preßte den schweren Ordner an ihre Brust.

Britton drückte auf einen Knopf unter dem Türknauf. Dann warf er einen Blick zum Tisch hinüber. »Ach ja, das hätte ich fast vergessen. Diesen Brief sollten Sie mitnehmen.« Er nahm ihn aus der Faltmappe und hielt ihn so, daß sie ihn lesen konnte.

»Das ist eine Kopie des Schreibens, das die Barnett Bank Ihnen an Ihrem dreißigsten Geburtstag geschickt hat. Hier steht, daß Ihnen ein Scheck in Höhe von zweihunderttausend Dollar und eine Kopie der Treuhandbestimmungen übersandt werden.« Britton faltete den Brief zweimal zusammen und schob ihn in den Ordner. »Gail, Sie behaupten, nichts von dem Geld gewußt zu haben«, sagte er ruhig, »aber Sie wußten seit mehr als drei Jahren darüber Bescheid. Ich möchte allerdings lieber glauben, daß das passiert ist, weil Sie Streit mit Renée hatten und plötzlich rot sahen. Sagen Sie mir, daß es so gewesen ist.«

Britton trat dicht an sie heran und legte ihr eine Hand auf die Schulter. »Gail, sagen Sie mir, daß Sie nicht vorsätzlich getötet haben. Ich möchte Sie nicht unter Mordanklage stellen müssen. Legen Sie ein Geständnis ab. Damit helfen Sie mir und sich selbst.«

Gail zitterte wie Espenlaub. »Der Name meines Anwalts ist Anthony Quintana. Rufen Sie ihn an, wenn Sie über den Fall sprechen wollen. Und jetzt öffnen Sie die Tür.«

Einen halben Kilometer vom Polizeipräsidium entfernt erspähte sie vor einer Exxon-Tankstelle eine Telefonzelle. Die Münze fiel zweimal auf den Boden, bevor es ihr gelang, sie einzuwerfen. Sie drückte auf die Tasten. Ihre Finger waren kälter als das Metall.

»*Esta es la oficina de Ferrer y Quintana. Deje su mensaje al sonido …*« Sie hängte ein, suchte nach einer weiteren Münze, wählte die Nummer auf der Rückseite der Karte.

Es klingelte sechsmal, bevor der Hörer abgenommen wurde.

»Anthony? Hier ist Gail.« Sie wartete, bis der Diesel-Lkw, der soeben getankt hatte, davongebraust war, und räusperte sich. »Wäre es möglich, daß ich Ihnen meine Aufzeichnungen vorbeibringe, anstatt sie in der Kanzlei einzuwerfen? Ich muß so schnell wie möglich mit Ihnen sprechen.«

Er hörte sich weit entfernt an. »Gibt es ein Problem?«

Sie beobachtete den Verkehr auf der Straße. »Ja, das kann man wohl sagen.«

Kapitel 17

Anthony Quintanas Haus auf Key Biscayne gehörte zu einer U-förmigen Zeile, hinter Feigenbäumen halb verborgen. Die Auffahrt endete an einer Mole. Gail fuhr sehr langsam, weil sie Ausschau nach der richtigen Nummer hielt und zudem von der Sonne geblendet wurde. Jenseits der Bucht ragte die Skyline von Miami empor.

Sie parkte vor Anthonys Garage, stieg aus und jonglierte mit einem großen Briefumschlag und dem schweren Ordner herum, der Renées Papiere enthielt. Mittlerweile bedauerte sie, sein Angebot, sie abzuholen, abgelehnt zu haben. Zum Teufel mit dem Stoizismus! Sie hatte das Lenkrad so krampfhaft umklammert, daß ihre Hände schmerzten. Tief durchatmend, schloß sie ihren Wagen ab.

Die schwere Stahltür, die den Zugang zum Haus versperren sollte, war beschädigt. Gail sah sich unwillkürlich um, ob ihr jemand gefolgt war, bevor sie auf den Klingelknopf drückte. An den Fenstern waren die Jalousien heruntergelassen.

Anthony öffnete nach wenigen Sekunden die Tür und zog sie ins Haus. »Was haben Sie angestellt, Gail?«

Wären ihre Arme leer gewesen, wäre sie ihm vor Erleichterung vielleicht um den Hals gefallen. So lachte sie nur. »Sagen Sie bitte nicht, daß Sie mich gewarnt haben. Ich weiß, daß Sie's getan haben, und ich habe trotzdem mit ihm geredet. Sagen Sie mir lieber, daß ich keinen irreparablen Schaden angerichtet habe.«

Er führte sie durch den kleinen Flur ins Wohnzimmer.

»Britton war einfach großartig«, sagte sie. »So gut möchte ich einmal sein, wenn ich Zeugen der Gegenpartei ins Kreuzverhör nehme. Am liebsten hätte ich alles gestanden, was ich je angestellt habe, sogar den Diebstahl eines Lippenstifts im Drugstore, als ich acht Jahre alt war.« Sie gab ihm den Briefumschlag. »Das sind die Aufzeichnungen, um die Sie mich gebeten hatten.«

Er runzelte die Stirn, öffnete den Umschlag und zog die Blätter heraus. »Ach ja.«

»Und in diesem Ordner sind Renées Papiere, aber die muß ich zurückhaben.«

Gail legte den Ordner und ihre Handtasche auf einen langen Tisch hinter dem Sofa. Ein dunkelgrünes Ledersofa mit dicken Polstern. Sie sah sich um: schwere Teppiche auf den Bodenplatten, volle Bücherregale. Eine Terrasse, dahinter die Bucht, eine schillernde Wasserfläche mit Booten im Hintergrund.

Gail wandte sich Anthony zu. »Und ich dachte, Sie würden in einem Penthouse mit schwarzlackierten Möbeln und großer Bar wohnen.«

Er beobachtete sie aufmerksam. »Was haben Sie Britton erzählt?«

»Direkt – nichts.«

»Und indirekt?«

»Ich habe bestätigt, daß ich in der Nacht, als Renée starb, zu ihrem Haus gefahren bin.«

»Diós mio!« murmelte er. »Das habe nicht einmal ich gewußt. Was haben Sie dort gemacht?«

»Gar nichts. Eigentlich wollte ich mich bei ihr entschuldigen, weil ich sie auf der Party angebrüllt hatte, aber mir fehlte der Mut dazu. Ich saß eine Weile in meinem Auto und fuhr dann wieder weg.« Sie registrierte Anthonys verbissene Miene. »Da ist noch etwas anderes. Meine Fingerabdrücke.«

»Was ist damit?«

»Ich hatte Britton gesagt, daß ich nur in Renées Wohnung war, um ein Kleid zu holen, das sie im Sarg tragen sollte. Ich sagte, ich wäre nur im Schlafzimmer gewesen. Später ist mir eingefallen, daß ich auch in der Küche war. Die Polizei hat dort meine Fingerabdrücke gefunden. Renée hatte in einer Schublade Rasierklingen liegen und … o Gott, das hört sich so schrecklich an. Jetzt glaubt Britton natürlich, ich hätte gelogen.«

Anthony verschränkte die Arme auf der Brust, Gails Aufzeichnungen noch immer in der Hand. »Was haben Sie ihm sonst noch gesagt?«

»Daß ich erst nach Renées Tod erfahren habe, daß ihr Treuhandvermögen an mich fällt. Aber Britton hatte einen Brief der Bank, aus dem hervorgeht, daß mir eine Kopie der Verfügungen zugeschickt worden war.«

»Sind das die zweihunderttausend Dollar, von denen Sie mir erzählt haben?«

»Ja. Wahrscheinlich hat die Bank mir diese Kopie tatsächlich geschickt, aber ich schwöre Ihnen, daß mir der Passus über die Hinterlassenschaft im Todesfall nicht aufgefallen ist. Damals interessierte ich mich in erster Linie für den Scheck.« Gail strich sich die Locken aus der Stirn. Ihre Hände zitterten. »Was glauben Sie,

Herr Rechtsanwalt – habe ich mir in den Fuß geschossen?«

Anthony hielt den Umschlag in die Höhe. »Während ich das hier lese, werden Sie alles zu Papier bringen, was Sie von der Unterredung mit Britton noch im Gedächtnis haben.«

Sie nickte. »Ich brauche dazu von Ihnen nur ein paar Blatt Papier. Anthony, haben Sie zufällig Aspirin im Haus? Ich habe das Gefühl, als trample jemand mit Golfschuhen in meinem Kopf herum.«

»Haben Sie etwas gegessen?«

»Nein.«

»Als Sie anriefen, war ich gerade dabei, mein Abendessen zu richten. Es reicht für uns beide. Kommen Sie.« Er ging in die Küche, die durch eine breite Anrichte vom Wohn- und Eßbereich getrennt war.

Gail folgte ihm und bemerkte bei aller Verstörtheit, daß sie ihn zum erstenmal nicht im Anzug sah. Er trug ein weites pflaumenfarbenes Seidenhemd und eine helle Leinenhose, die an den Hüften eng anlag. Ein leichter Waldgeruch stieg ihr in die Nase. Vielleicht benutzte er eine parfümierte Seife. Seine Haare sahen frisch gewaschen aus, dunkler als sonst und mit Kammspuren.

Er deutete auf einen Stuhl neben der Anrichte, und sie ließ sich dankbar auf das weiche Polster fallen. Er schüttete zwei Tabletten aus einer Plastikflasche in seine Handfläche und gab sie ihr. Sein goldenes Armband schimmerte über den dunklen Haaren, aber er trug keine Ringe.

»Britton hat bei mir im Büro angerufen«, erklärte Gail, »und meiner Sekretärin gesagt, ich könne die Papiere meiner Schwester abholen. Das hörte sich so harmlos an, und ich dachte, falls er mir doch irgendwelche Fragen stellen sollte, würde ich einfach lächelnd Ihren Namen erwähnen. Kinderleicht, nicht wahr? Aber Sie wissen nicht, wie das ist. Er ist so liebenswürdig, daß man glaubt, er wäre ein guter alter Freund. Und plötzlich schnappt er zu.«

»Das hatte ich Ihnen ja gesagt.«

»Danke.« Anthony reichte ihr ein Glas Mineralwasser. »Britton hat mich nicht über meine Rechte belehrt. Was ich gesagt habe, kann also nicht gegen mich verwendet werden, oder?«

»Doch. Solange Sie nicht verhaftet sind, kann alles, was Sie sagen, gegen Sie verwendet werden.«

»Darf die Polizei mich auch belügen?«

»Hat Britton etwa eine Pfadfinderuniform getragen?«

»Verdammt!« Gail schluckte die beiden Tabletten mit reichlich Wasser. »Sie hätten sehen müssen, wie selbstgefällig er dasaß.« Gail imitierte Brittons Dialekt. »Sie haben es getan, Ms. Connor, ich weiß, daß Sie es getan haben. Die Frage ist nur – hatten Sie die Tat im voraus geplant, oder hat Renée Sie in Rage gebracht? Wenn Sie nämlich nur im Affekt gehandelt haben, können wir Ihnen vielleicht den elektrischen Stuhl ersparen ...« Sie vergrub ihr Gesicht in den Händen. »O Gott!«

Anthonys Finger schlossen sich um ihr Handgelenk. »Nur keine Bange. Sie stehen das schon durch.« Er schenkte ihr ein Glas Rotwein ein.

Sie mußte lachen. »Sehe ich so mitgenommen aus?«

Er packte einen Teller mit verschiedenen Käsesorten aus, gab ihr ein Messer und stellte ein Paket Cracker vor sie hin. Ihr fiel auf, daß er zwar geduscht, sich aber nicht rasiert hatte, denn dunkle Haarstoppeln bedeckten Kinn und Oberlippe.

»Ich werde Ihnen von einem Fall erzählen, in dem Frank Britton ermittelte«, sagte Anthony, an die Anrichte gelehnt. »Vor drei oder vier Jahren wurde ein Offizier, der auf einem Luxusliner arbeitete, zu Hause in seiner Badewanne tot aufgefunden. Vier Kugeln in der Brust. Seine Frau sagte, Einbrecher seien ins Haus eingedrungen, hätten ihren Schmuck gestohlen, sie verletzt und ihren Mann umgebracht. Sie hatte tatsächlich blaue Flecken im Gesicht. Britton schien ihr zu glauben. Eine brave Frau, zwei Kinder, Kirchgängerin. Aber dann hat Brittons Lieutenant sie ein zweites Mal verhört, und sie hat gestanden. Ihr

Mann hatte sie einmal zu oft geschlagen, und da erschoß sie ihn.«

»Das hat sie gut gemacht.« Gail legte eine Scheibe Cheddar auf einen Cracker, gab ihn Anthony und machte sich ebenfalls einen zurecht. »Und jetzt nimmt Britton mich aufs Korn.«

»Morgen früh werde ich ihn anrufen und in Erfahrung bringen, was er vorhat. Wir kommen gut miteinander aus.« Anthony kaute seinen Cracker. »Aber wir werden uns erst nach dem Abendessen weiter über Frank Britton unterhalten.«

»Er hat Ihnen heute ein Kompliment gemacht, indem er sich darüber wunderte, daß ich mir einen so hochkarätigen Anwalt leiste, wenn ich unschuldig bin.«

Anthony nahm lächelnd den Deckel eines Kupfertopfes ab. Dampf entwich, und ein köstliches Aroma erfüllte die Küche.

Gail schnupperte begierig. »Ich werde gleich ohnmächtig. Was ist das?«

»Bœuf Stroganoff.« Er rührte mit einer Gabel um. »Leider nicht mein eigenes Werk. Es stammt aus einem Delikatessengeschäft.«

»Was macht das schon? In meinem Kühlschrank findet man nur kalte Pizza und irgendwelche Reste, die meine Mutter mitbringt.«

Er deckte den Fleischtopf wieder zu, schaltete die Herdplatte aus und schüttete eine Packung Nudeln in einen Topf mit kochendem Wasser. »In fünf Minuten können wir essen. Mögen Sie Salat?«

»Ich esse alles, was Sie auf den Tisch bringen.« Gail tupfte sich mit einer Serviette die Lippen ab, den Geschmack von scharfem Käse noch auf der Zunge. »Darf ich Ihr Telefon benutzen?«

Er deutete auf das andere Ende der Anrichte. Gail blieb auf halbem Wege stehen. Neben seinen Autoschlüsseln lag ein schwarzes Lederetui. Der Reißverschluß war geöffnet, und sie hob ihn mit dem Zeigefinger etwas an, um hineinsehen zu können. Dunkelgraues

Metall, schraffierter Holzgriff. »Ihre zuverlässige Vierundvierziger?«

»Nein, eine halbautomatische Neun-Millimeter-Pistole. Ich bewahre sie im Handschuhfach auf oder lege sie in bestimmten Stadtteilen auf den Beifahrersitz.«

»Wahrscheinlich gehöre ich zu den letzten unbewaffneten Autofahrern in Miami«, sagte sie, während sie den Hörer abnahm.

Anthony legte die Pistole in eine Schublade.

Sie grinste ihn an. »Haben Sie Angst, daß ich sie benutzen könnte, wenn Sie mir verraten, wie hoch Ihr Honorar ist?«

Während sie Irene Bescheid sagte, daß sie später als beabsichtigt nach Hause kommen würde, beobachtete sie Anthony, der Teller und Servietten aus einem Schrank holte: Tongeschirr, grüne Leinenservietten. Wein. Irene beruhigte sie, das Abendessen für Karen stehe schon auf dem Herd, sie brauche sich keine Sorgen zu machen. Gail bat ihre Mutter, Karen ans Telefon zu holen, und erinnerte das Mädchen an die Hausaufgaben. *Ich hab dich lieb, meine Süße. Sei nett zu Oma.*

Als sie den Hörer auflegte, sah sie Anthonys teilnahmsvollen Blick auf sich gerichtet. Sie wußte, daß ihre Stirn sich in tiefe Falten gelegt hatte, und versuchte sich zu entspannen. »Ich weiß noch nicht, was ich meiner Tochter sagen soll«, erklärte sie.

»Am besten die Wahrheit.« Anthony machte eine Kopfbewegung in Richtung Terrasse. »Öffnen Sie die Tür. Wir essen draußen – es ist heute abend angenehm kühl.«

Mit ihrem Weinglas in der Hand befolgte Gail seine Anweisung. Eine blau gestreifte Markise überdachte die ganze Breitseite des Hauses und schirmte Anthony auch links und rechts vor neugierigen Blicken ab. Darunter war ein Ventilator angebracht. Blumenkörbe mit weißem und rosafarbenem Rührmichnichtan hingen dekorativ herunter. Auf den Bodenfliesen lagen Sisalmatten. Durch die Windfangtür gelangte man nach einigen Stufen auf einen Rasen und dann auf ein Dock. Die Sonne ging gerade unter, und oranges Licht fiel schräg in den kleinen Hafen ein.

Gail ging bis zum Geländer und beobachtete ein Segelboot jenseits der Bucht. Es hieß *Snookums*, und ein Mann mit nacktem Oberkörper warf einer Frau auf dem Dock ein Tau zu. In der sanften Brise schlug die Takelung gegen den Aluminiummast, und das hörte sich fast wie leises Glockengeläut an. Gail trank einen großen Schluck Wein, und die Eiseskälte von Brittons grauem Verhörraum machte endlich einer angenehmen Wärme Platz.

Als sie wieder ins Haus kam und unschlüssig auf der Schwelle herumstand, rief Anthony ihr zu: »Schauen Sie sich ruhig um, wenn Sie wollen. Das Schlafzimmer ist oben, mein Arbeitszimmer ein Stück den Flur entlang. Es ist kein großes Haus, aber immerhin haben auch meine Kinder hier Platz, wenn sie zu Besuch kommen.«

Die Fotos im Format 20 x 25 auf einem Bücherregal waren Gail sofort ins Auge gefallen. Ein lächelnder etwa zwölfjähriger Junge und ein Teenager in weißem schulterfreiem Kleid. Gail nahm ihr Foto in die Hand. Das Mädchen sah fast wie eine erwachsene Frau aus.

Sie hörte Anthonys Stimme aus der Küche. »Das ist ihr *quinceanera*-Porträt. Es wurde im vergangenen Dezember aufgenommen, als sie zu der Party hier war.«

Gail wußte, daß die Töchter traditioneller kubanischer Familien ihren fünfzehnten Geburtstag besonders festlich begingen, weil sie von nun an im heiratsfähigen Alter waren. Ob arm oder reich – jedes Mädchen bekam eine Party.

»Sie haben für sie eine *quince* veranstaltet?«

»Wundert Sie das?«

»Na ja … Ich dachte, Sie wären moderner.«

»*Y menos cubano.*« Und weniger kubanisch. Er lachte.

Gail zog ihre Jacke aus und legte sie über eine Sofalehne. Auf dem quadratischen Beistelltisch lagen mehrere Zeitschriften – *Time, The New Republic, Miami Mensual* – und ein Roman von Gabriel Garcia Márquez, *El Amor en Los Tempos del Cólera,* mit einem Lesezeichen in der Mitte des Buches. Daneben ein Stapel Akten. Außerdem standen mehrere dicke kleine Vögel auf dem Tisch, aus dunklem Holz geschnitzt. Sie nahm einen in die Hand, stellte ihn wieder hin. Öffnete eine Zigarrenkiste. Der Tabakgeruch vermischte sich mit dem Ledergeruch der Couch – eine ausgesprochen maskuline Mischung. Sie betrachtete eine Bauchbinde genauer.

»Ungezogener Junge! Havanna-Zigarren! Weiß das Ihr Großvater?«

Anthony lächelte durch den Dampf aus dem Nudeltopf. »Das Geschenk eines Klienten. Er hat sie auf seinem Boot ins Land geschmuggelt, von den Cayman Islands kommend.«

Sie warf einen Blick zur Bucht hinüber. »Hat er direkt hier bei Ihnen angelegt?«

»Ehrlich gesagt, ja.«

Sie schloß die Zigarrenkiste, verwirrt über die Wirkung, die dieser Raum auf sie ausübte. Jedes Möbelstück, jede Dekoration schien etwas Besonderes an sich zu haben, und am liebsten hätte sie alles berührt, in die Hand genommen, mit geschlossenen Augen daran geschnuppert.

Anthonys Schlangenledertasche lag auf einem weich gepolsterten Lehnstuhl. Sie setzte sich auf die dazu passende Ottomane und legte die Tasche auf ihren Schoß. »Wissen Sie, was für eine Schlange das war?«

»Der Klient oder die Tasche?«

Sie drehte sich nach ihm um. »Oh, so einer war das also. Ich hatte auch schon solche Klienten, die ich am liebsten in den tiefsten Dschungel zurückgeschickt hätte.«

Anthony gab Eiswürfel in zwei Gläser. »Dieser Bursche ist freiwillig dorthin zurückgekehrt.«

Jetzt fiel es Gail wieder ein. »Ach ja, der Mann, der die Kaution sausen ließ. Was hatte er eigentlich auf dem Kerbholz?«

Er füllte die Gläser mit Mineralwasser. »Sagt Ihnen der Name Nelson Restrepo etwas? Ein Freund von Manuel Noriega – und vom CIA. Würde mich wundern, wenn er heute noch am Leben wäre. Er war einer der zehn Angeklagten in dem großen Drogenprozeß vor einigen Jahren, in den auch das Medellin-Kartell verstrickt war.«

»War das damals, als die Polizei den Justizpalast weiträumig absperrte? Ich glaube sogar, ich habe Sie damals in den 18-Uhr-Nachrichten gesehen.«

»Durchaus möglich. Mein Klient hatte sich das Sakko über den Kopf gezogen. Er wurde freigesprochen. Das FBI hatte zuwenig Beweismaterial gegen ihn, und auch dieses wenige war sehr schlampig zusammengetragen.« Anthony nahm ein Tablett vom Kühlschrank. »Ich behalte diese Tasche gewissermaßen als Gedächtnisstütze – sie erinnert mich ständig daran, warum ich keine Drogenbosse mehr vertrete.«

Gail legte die Tasche auf den Stuhl zurück. »Nun, ich bin jedenfalls heilfroh, daß Sie sich jetzt auf Mord verlegt haben.«

Als das Essen fertig war, half sie ihm, alles nach draußen zu tragen. »Wie läuft die Prozedur bei Strafverteidigern eigentlich ab?« fragte sie, während sie die Sets ausrollte. »Muß ich einen Vertrag unterschreiben? Und wieviel berechnen Sie pro Stunde?«

Anthony stellte die Teller auf die Sets. »Bei Fällen dieser Art arbeite ich nicht mit Stundenhonoraren. Normalerweise wird das Honorar fest vereinbart.«

»Und was ist da in Miami so üblich?«

»Bei einem Mordprozeß – mindestens hunderttausend. Plus Auslagen und Spesen.«

»Oh!«

»Falls ich mich entschließe, Ihre Verteidigung zu übernehmen.«

»Was sollte Sie davon abhalten?« Sie lachte. »Ich stelle Ihnen einfach einen Scheck aus. Und einen zweiten für die Kaution.«

Er zog an der Ventilatorkette, und die weißen Flügel begannen sich zu drehen. »Nein, rechnen Sie nicht damit, gegen Kaution freizukommen. Bei Mord gibt es kein Recht auf Kaution. Ich – oder ein anderer Verteidiger –

müßte den Richter davon überzeugen, daß Sie freizulassen sind, und ich will Ihnen nichts vormachen – es gelingt nur sehr selten. Mir sind nur zwei Fälle bekannt.«

Er rückte ihren Stuhl zurecht, und sie setzte sich ruhig hin. Was sollte sie auch anderes tun? »Ich wäre also im Gefängnis, bis der Prozeß vorüber ist?«

»Ja.« Anthony nahm ihr gegenüber Platz, ohne sie aus den Augen zu lassen, als wolle er abwägen, wie sie das verkraftete. »Essen Sie.«

Sie nahm die Gabel zur Hand. »Wie lange wäre ich im Gefängnis? Ich meine, wenn es zu einem Prozeß kommt?«

»Zwischen sechs Monaten und einem Jahr.« Er hielt ihr den Brotkorb hin, und sie nahm sich ein Brötchen. »Ich werde Ihnen die übliche Prozedur erklären. Wenn die Polizei entscheidet, daß ausreichende Gründe für eine Verhaftung vorliegen …«

»Was passiert dann? Werde ich von uniformierten Beamten in Handschellen abgeführt?«

»Schscht, hören Sie zu. Ich bin ja gerade dabei, es Ihnen zu erklären. Britton könnte eine formelle Anklage vor dem Geschworenengericht beantragen, aber wenn er ausreichende Gründe zu haben glaubt, kann er Sie auch schon vorher verhaften lassen. Die formelle Anklage erfolgt dann später. In beiden Fällen würde ich zu ihm sagen: ›Frank, überlaß es mir, Gail Connor ins Präsidium zu bringen. Es besteht keine Fluchtgefahr. Ihre Familie lebt hier, und sie hat starke Bindungen an die hiesige Gemeinde.‹ Ich bin ziemlich sicher, daß Britton das erlauben würde.«

Gail nickte. Sie verspürte eine leichte Übelkeit, zwang sich aber zu essen. »Und dann?«

»Sie würden innerhalb von vierundzwanzig Stunden dem Haftrichter vorgeführt, und der würde mir erklären, es handle sich um eine Straftat ohne das Recht auf Kaution, und wenn ich eine Freilassung erwirken wolle, müsse ich das bei dem für diesen Fall zuständigen Richter beantragen. Das würde ich natürlich tun, aber – wie schon gesagt – es ist höchst unwahrscheinlich, daß in einem Mordfall Kaution gestellt werden kann.«

»Unwahrscheinlich, aber immerhin möglich?« Sie bemerkte, daß Anthony sein Essen noch nicht angerührt hatte.

»Sagen wir – es ist nicht völlig ausgeschlossen.«

»Und wie hoch wäre die Kaution, schätzungsweise?«

»Wahrscheinlich eine Million Dollar.«

Sie legte ihre Gabel hin und blickte zu dem Segelboot auf der anderen Seite der Bucht hinüber. Die Sonne war untergegangen, und die Farben verblaßten zu Grautönen. »Das ist eine Ironie des Schicksals. Renée ist gestorben und hat mir all das viele Geld hinterlassen, und nun muß ich dieses Geld ausgeben, um zu beweisen, daß ich sie nicht umgebracht habe.« Gail wandte ihren Blick wieder Anthony zu. »Natürlich komme ich an das Geld nicht heran, bis ich meine Unschuld bewiesen habe, so ist es doch? Und das ist alles, was ich habe. Aber meine Familie würde mir helfen. Ich glaube, Ihr Honorar könnte ich aufbringen.«

»Und die Auslagen? Sagen wir – etwa zwanzigtausend. Ich würde nämlich sofort einen Detektiv anheuern.«

Sie nickte.

»Sie sollten mit anderen Anwälten sprechen.«

»Um sozusagen nach einem Sonderangebot Ausschau zu halten?« Gail stocherte in ihrem Salat herum. »Nein. Wenn Britton Sie für hochkarätig hält, vertraue ich seinem Urteil.«

Sie spürte, daß Anthony sie ansah, und schaute auf. In der Dämmerung war die pflaumenfarbene Seide kaum noch zu erkennen.

»Sie verstehen doch, daß ich Sie wie jeden anderen Klienten behandeln muß?«

»Natürlich«, erwiderte sie leichthin. »Ich kann durchaus zwischen Freundschaft und Geschäft unterscheiden. Das muß ich in meiner Kanzlei auch so halten.«

Er nickte. »Sie erwähnten neulich, daß Ihr Mann und Sie sich getrennt haben. Ist die Scheidung schon eingereicht?«

»Nein, noch nicht. Wir wollten uns vorher über die Konditionen einig werden.« Mit dem linken Daumen berührte Gail unwillkürlich die Stelle, wo ihr Ehering gewesen war. Ihre Hand kam ihr irgendwie nackt vor. »Sollten wir die ganze Sache vorläufig auf Eis legen?«

»Es wäre am besten. Wird er Ihnen helfen, wenn ich ihn bitte, als Zeuge auszusagen?«

»Das nehme ich an.«

»Wo wohnt er jetzt?«

»Auf einem Boot, draußen an unserem Bootsanlegeplatz. Er hat bisher nicht den Wunsch geäußert zurückzukommen.«

»Sie könnten ihn darum bitten.«

Gail schüttelte den Kopf, während sie von ihrem Brötchen abbiß.

»Stolz?«

Sie griff nach dem Weinglas. »Ich glaube nicht. Aber spielt das überhaupt eine Rolle?«

»Verzeihen Sie mir die persönlichen Fragen«, sagte er. »Die Beziehung zwischen Ihnen und Ihrem Mann könnte aber durchaus von Bedeutung sein.«

»Also gut. Hmmm, warum habe ich Dave nicht gebeten zurückzukommen?«

»Vielleicht wegen seiner Freundschaft mit Renée.«

Gail schüttelte abermals den Kopf, während sie beobachtete, wie jenseits der Bucht in den Häusern die Lichter angingen. »Das macht mir jetzt nicht mehr zu schaffen.«

»Lieben Sie ihn noch?«

Sie lächelte. »Soll ich das beim Kreuzverhör bejahen?«

»Gail, Sie müssen eines tun, und zwar uneingeschränkt«, sagte Anthony mit großem Nachdruck, wobei sein spanischer Akzent etwas stärker wurde. »Wenn ich Ihnen eine Frage stelle, hier und jetzt oder wann auch immer wir über diesen Fall sprechen – müssen Sie sie beantworten.«

Sie versteifte sich. »Hören Sie, bei mir brauchen Sie nicht den lateinamerikanischen Macho zu spielen.«

Er erwiderte nichts darauf, aber sie sah, daß er die Lippen zusammenpreßte. Seinen Blick meidend, murmelte sie: »Tut mir leid, das war völlig unangebracht.«

Anthony widmete sich seinem Essen. »Die Anklagevertretung wird nach einem Motiv suchen«, erklärte er nach kurzem Schweigen. »Liebe – rasende Liebe. Eifersucht.«

»Ich habe Dave nie rasend geliebt.« Sie strich sich die Haare hinters Ohr. »Also gut, wollen Sie die Wahrheit wissen? Dave ist im Grunde ein sehr verantwortungsbewußter Mann, der genau weiß, was eigentlich richtig wäre. Wahrscheinlich habe ich ihn nicht gebeten zurückzukommen, weil ich befürchte, er könnte es wirklich tun.«

Anthony führte den Gedanken für sie zu Ende. »Und Sie glauben nicht, daß Pflichtgefühl ein ausreichender Grund ist, um eine Ehe aufrechtzuerhalten.«

»Wahrscheinlich finden Sie das herzlos von mir.«

Er trank einen Schluck Wein. »Meine Frau suchte weinend Zuflucht im Hause meines Großvaters. Luis und Angie hatte sie mitgenommen. Sie klagte meiner Familie ihr Leid: mit was für einem schrecklichen Mann sie verheiratet sei usw. Sie rechnete damit, daß dieser schreckliche Mann – ich – sie zurückholen würde, wie ich es schon mehrmals getan hatte. Diesmal sagte ich aber: ›Gut, wenn du gehen willst, dann geh.‹« Anthony lächelte gequält. »Das war natürlich eine weitere Sünde. Und dann habe ich ihre Version der Wahrheit schweigend hingenommen, weil ich viel zu stolz – viel zu töricht – war, um dem etwas entgegenzusetzen. Meine Familie – die Pedrosas – fällte ein vernichtendes Urteil über mich. Es hat lange gedauert, bis sie mich wieder so sahen, wie ich wirklich bin.«

Er drehte seinen Stuhl ein wenig zur Seite und schob seinen Teller zurück. »Ich habe Ihnen das erzählt, weil es für mich eine gute Lektion über die enorme Wichtigkeit des Images war. Falls es in Ihrem Fall zum Prozeß kommt, werden die Geschworenen vom Staatsanwalt eine Version der Wahrheit zu hören bekommen und von mir eine andere. Geschworene wollen immer, daß ein Mordprozeß Ähnlichkeit mit einer Fernsehshow hat. Sie wollen ein klar umrissenes Bild – beispielsweise die gute Frau, die einen Alptraum durchmachen muß, weil sie zu Unrecht angeklagt wird.«

Anthonys Finger spielten mit dem Messer, stellten es auf die Kante, glitten über den Griff, legten es wieder hin. »Natürlich werden wir alle sachlichen Argumente der Staatsanwaltschaft zu entkräften versuchen, aber die Geschworenen werden *Sie* beurteilen – Gail Connor, reduziert auf wenige Tage. Um Ihre Unschuld beweisen zu können, brauche ich aber nicht ein Image, sondern die Realität. Wenn wir den Gerichtssaal betreten, werde ich alles über Sie wissen.«

Gail starrte ihn lange an. Seine Gesichtszüge waren im Zwielicht kaum noch zu erkennen. Er bat sie nicht um ihre Zustimmung. Er würde sich einfach nehmen, was er brauchte. Sie preßte ihre Hände auf dem Schoß zusammen, um ihr Zittern unter Kontrolle zu bringen. Zu ihrer eigenen Überraschung hatte sie plötzlich eine starke sexuelle Erregung verspürt. Dieser Mann wollte sie auf eine Weise öffnen, die über körperliche Inbesitznahme weit hinausging. Sie überlegte bereits, was sie ihm anvertrauen würde, was sie verschweigen könnte. Schließlich war ja nicht alles relevant. Manches – Egozentrik und Eifersucht und inzestuöse jugendliche Leidenschaft – paßte überhaupt nicht zu jenem Image, das er den Geschworenen von ihr würde vermitteln wollen.

Sie befeuchtete ihre Lippen und lächelte ihm zu. »Also gut, fragen Sie.«

Er warf einen Blick auf ihren Teller. »Wenn Sie fertig sind, können wir hineingehen. Ich möchte Ihre Aufzeichnungen lesen, und anschließend werden wir uns unterhalten.«

Während er Kaffee machte, ging Gail ins Gästebad. Als sie zurückkam, waren ihre beschriebenen Blätter auf dem Küchentisch ausgebreitet, und Anthony war schon in die Lektüre vertieft. Der Kaffeeautomat war eingeschaltet.

Anthony drehte sich nach ihr um. »Sie haben eine Menge über diesen Indianer, Jimmy Panther, geschrieben.«

»Ich weiß aber nicht, was es mit dieser Sache auf sich hat.«

Anthony wendete ein Blatt. »Ich bin ganz Ihrer Meinung – diese Geschichte mit der Maske ist sehr merkwürdig. Sobald Sie wieder mit Ihrer Freundin Edith Newell gesprochen haben, würde ich gern wissen, was sie erfahren hat.«

Gail lächelte. »Ich werde Ihnen weitere Aufzeichnungen schicken.«

Sie zog ihre Pumps aus, ließ sich in die dunkelgrünen Lederpolster von Anthonys Couch sinken und winkelte die Beine an, einen Notizblock auf dem Schoß. Anthony hatte gesagt, sie solle ihre Unterredung mit Britton möglichst wortgetreu zu Papier bringen. Ferner wollte er, daß sie – sofern sie das nicht schon in ihren Aufzeichnungen getan hatte – Gründe anführte, weshalb Dave möglicherweise gelogen hatte, als er behauptete, seine Beziehung zu Renée sei ausschließlich platonischer Art gewesen.

Wenige Minuten später stellte Anthony zwei Tassen Kaffee auf den Tisch und machte es sich ihr gegenüber in einem Lehnstuhl bequem, die Füße auf der Ottomane. Als er die Stehlampe neben seinem Stuhl einschaltete, fing er Gails Blick auf.

»Haben Sie eine Frage?«

»Warum glauben Sie, daß Dave gelogen hat?« wollte sie wissen.

»Warum sollte ich glauben, daß er die Wahrheit sagt?«

Gail schüttelte lächelnd den Kopf. »Ich kenne Dave sehr gut. Schließlich waren wir fast zwölf Jahre verheiratet.«

»Sie haben nicht gewußt, daß er sich regelmäßig mit Renée getroffen und ihr Karten geschickt hat. Es ist keine Bagatelle, wenn jemand so etwas seiner Frau verschweigt – wie lange? Zwei Jahre?«

»Was wollen Sie damit sagen?«

»Ich werde Ihnen zunächst eine Theorie vortragen, die

ich durch jahrelange Erfahrung entwickelt habe. Für Mord – vorsätzlichen Mord – gibt es meistens ein ganz simples Motiv: Leidenschaft, Haß, Liebe, Habgier – das alles sind Passionen. Und wenn eine Frau das Opfer ist, vermute ich zunächst einmal, daß es auch um Sex ging. Von diesen Prämissen gehe ich aus. Wenn sich dann etwas anderes ergibt …« – Anthony zuckte die Achseln – »nun, ich bin gern bereit, mich überraschen zu lassen. Aber stellen wir uns zunächst einmal vor, daß Dave Renée leidenschaftlich begehrte und sie in einem Wutanfall umbrachte, als sie ihn abwies.«

Sie lachte. »Diesen Bären könnten Sie den Geschworenen nie aufbinden.«

Anthony blätterte in ihren Aufzeichnungen. »Sie haben geschrieben, er sei jähzornig, reagiere sich jetzt aber nur noch auf dem Tennisplatz ab. Was meinen Sie mit ›jetzt‹?« Als sie nicht antwortete, blickte er zu ihr hinüber. »Hat er Sie je geschlagen? Gail?«

»Das ist Jahre her. Ich drohte daraufhin, ihn zu verlassen, und er hat es nie wieder getan.«

Eine Zeitlang herrschte Schweigen. Dann fragte Anthony: »Wie stark hat er Sie verletzt?«

Sie schüttelte den Kopf. »Es war nicht schlimm. Und er hatte es nicht gewollt.«

»Mußten Sie einen Arzt aufsuchen?«

»Ja.«

Anthony deutete auf den Notizblock auf ihrem Schoß. »Schreiben Sie es auf. Alles. Auch den Namen des Arztes. Vielleicht werde ich mir seinen damaligen Befund ansehen.«

»Sie können sich die Mühe sparen. Dave hat ein Alibi. Britton sagt, sie hätten in der Bar die auf Kreditkarte ausgestellte Rechnung gefunden.«

»Hat Dave Ihnen gesagt, wo er gewesen ist?«

»Nein.« Dann fügte sie hinzu: »Es wundert mich, daß sie diese Rechnung gefunden haben. Normalerweise bezahlt er bar.«

»Dann hat Britton gelogen.«

»So ein Dreckskerl!«

»Wären Sie schuldig, hätten Sie aufgrund dieser Information womöglich ein Geständnis abgelegt. Vielleicht hat Britton aber jemanden – einen Barkeeper – gefunden, der glaubt, Dave an jenem Abend gesehen zu haben. Britton muß andere Verdächtige eliminieren. Wir müssen hingegen zeigen, daß die Zeiten nicht übereinstimmen, daß Dave sich ein Alibi beschafft haben und anschließend zu Renée zurückgegangen sein könnte.«

Anthony blätterte wieder in ihren Notizen. »Wenn nicht aus Leidenschaft, hätte er Renée auch des Geldes wegen umbringen können. Sie schreiben hier, Metzger Marine sei in finanziellen Schwierigkeiten. Und dieser Betrieb war alles, was er hatte.«

»Aber als ich ihm von dem Geld erzählte, war er total überrascht.«

»Vielleicht hat er Ihnen etwas vorgespielt. Wenn die Treuhandpapiere in Ihrem Haus lagen, könnte er sie gelesen haben. Nach Renées dreißigstem Geburtstag hätte im Fall ihres Todes Ihre Mutter das Geld geerbt. Bis dahin fiel es Ihnen zu und damit indirekt Dave.«

Gail starrte auf den Block und dachte daran, was Dave gesagt hatte. Er hatte einen neuen Hebeprahm kaufen und ein größeres Bootshaus bauen wollen. »Mir sind solche Überlegungen zuwider.«

»Und mir wäre es sehr zuwider, wenn Sie ins Gefängnis kämen.«

Sie schrieb alles auf, was ihr einfiel, auch die Tatsache, daß Dave seinen Entschluß, sie zu verlassen, erst gefaßt hatte, nachdem sie gesagt hatte, daß sie kein Geld mehr in das Geschäft stecken würde. Über den Rand ihrer Kaffeetasse hinweg sah sie, daß Anthony ihre Blätter auf den Knien zu einem Stapel ordnete und mit einer großen Büroklammer zusammenheftete.

Sie stellte die Tasse auf den Unterteller. »Ich habe noch eine Frage.«

Er sah sie an.

»Hatte Renée eine Affäre mit Ihrem Vetter? Als ich Sie

neulich auf der Flagler Street danach gefragt habe, gaben Sie mir eine ausweichende Antwort. Und gleich noch eine Frage: Würden Sie Carlos schützen? Ich habe Ben Strickland gesagt, Sie seien mein Anwalt, und er meinte, Sie würden mich den Wölfen zum Fraß vorwerfen, um Carlos zu retten.«

Anthony legte ihre Aufzeichnungen auf den Tisch und kreuzte die Beine an den Knöcheln. »Glauben Sie das auch?«

»Nein, ich habe Ben gesagt, daß Sie für Carlos nicht sehr viel übrig haben.«

Seine Miene verriet, daß sie recht hatte. »Ben Strickland irrt sich gewaltig, wenn er glaubt, ich würde Sie den Wölfen zum Fraß vorwerfen. Was aber Ihre erste Frage betrifft – ja, sie hatten eine Affäre.«

»Seit wann?«

»Seit etwa einem Jahr. Sie lernten sich in der Vista Title Company kennen. Wie Sie ja wissen, wickelt Pedrosa Development manche Abschlüsse über diese Gesellschaft ab.« Anthony griff nach seiner Kaffeetasse. »Ich habe Carlos die Frage, die Ihnen bestimmt auf der Seele brennt, bereits gestellt. Er sagt, er hätte die Nacht, in der Renée starb, mit einer anderen Frau verbracht. Die Polizei fand dieses Alibi offenbar zufriedenstellend.«

»Vielleicht lügt die Frau.«

»Schon möglich.«

Gail stand auf und streckte ihre Arme über den Kopf. »Ein reizender Mensch, dieser Carlos! Hat eine Affäre mit meiner Schwester und geht mit einer anderen Frau ins Bett. Wenn das stimmt.«

»Ich bezweifle, daß er Renée umgebracht hat. Das ist nicht sein Stil. Ein bißchen Gewaltanwendung, vielleicht. Aber dieser Mord wurde mit einem Ausmaß an Planung und Überlegung verübt, das ich Carlos nicht zutraue.«

»Haben Sie nicht vorhin selbst gesagt, daß es für Mord meistens ein simples Motiv gibt, nämlich irgendeine Passion?« Gail setzte sich auf die Tischkante und registrierte unwillkürlich, daß Anthonys cremefarbene Socken perfekt zu seinen Schuhen paßten. »Ihr Großvater hat erwähnt, daß er Renée einmal gesehen hat, und ich nehme an, daß sie keinen vorteilhaften Eindruck auf ihn gemacht hat. Und Carlos würde sogar Saltos rückwärts durch brennende Reifen machen, um Ernesto Pedrosa zu gefallen. Er muß doch seinen Status als wahrscheinlicher Erbe des Pedrosa-Imperiums aufrechterhalten, stimmt's? Wenn Sie aufhören würden, Ihren Vater auf Kuba zu besuchen, könnten Sie zu einem gefährlichen Konkurrenten für ihn werden. Oder wenn Sie Ernesto genauso in den Arsch kriechen würden, wie Carlos das tut.«

Anthony lächelte ein wenig, den Ellbogen auf der Stuhllehne, den Kopf auf die Finger gestützt.

»Nehmen wir einmal an, meine Damen und Herren Geschworenen, daß Renée Carlos geliebt hat und ihn heiraten wollte. Den Vater ihres Kindes ...«

»Sind Sie sicher?«

Gail spreizte die Hände. »Eine berechtigte Vermutung.«

»In Ordnung. Fahren Sie fort.«

Sie stand auf und begann auf Strümpfen im Zimmer auf und ab zu gehen. »Carlos hatte Renée monatelang hingehalten. Sie war amüsant, aber kein Mädchen, das man dem Großvater stolz präsentieren konnte. An einem Samstagabend im vergangenen März, nach einer katastrophalen Party im Haus ihrer Mutter, bringt Renées Schwager sie in betrunkenem Zustand nach Hause. Er fährt weg, und Carlos wartet oben im Bett auf sie. Oder sie ruft ihn an und sagt: ›Komm rüber.‹ Wie auch immer – es kommt zum Streit. Sie weigert sich, erneut eine Abtreibung vornehmen zu lassen. Dies ist ihre letzte Chance, ein Baby zu bekommen. Sie droht, sich an Ernesto zu wenden, an die Öffentlichkeit zu gehen, sich an einen von Carlos' Bulldozern zu ketten. Renée weiß, wie sie von Männern bekommen kann, was sie will. Es sieht schlecht für Carlos aus. Dann verliert sie das Bewußtsein. Er ist lange genug ihr Geliebter gewesen, um zu wissen, was die Narben an ihren Handgelenken zu bedeuten haben. Er trägt sie zu ihrem Auto, fährt an den Rand der Everglades, schleift sie zum Ende des Pfades. Es ist dunkel, aber der Mond scheint, und dieses Licht reicht für seinen Plan völlig aus. Er greift nach ihrem Handgelenk, setzt die Rasierklinge an ...«

Gail verstummte plötzlich und schnappte nach Luft. »Das ist der Tathergang, meine Damen und Herren. Sie haben gesehen, wie Mr. Quintana die Glaubwürdigkeit von Carlos Pedrosas Alibizeugin erschüttert hat. Sie haben gehört, wie Carlos Pedrosa im Zeugenstand zugeben mußte, daß Renée Connor verrückt nach ihm war. Daß sein Großvater ihn enterbt hätte, wenn er sie geheiratet hätte. Diese Tatsachen lassen erhebliche Zweifel daran aufkommen, daß Gail Connor, die ... die liebende Schwester des Opfers ...«

Gail schnitt eine Grimasse, um zu verbergen, daß ihre Lippen zitterten. »Na ja, nur gut, daß ich mich auf Handelsrecht spezialisiert habe.«

»Gar nicht schlecht«, widersprach Anthony. »Wenn Hartwell Black Sie vor die Tür setzt, können Sie in meiner Kanzlei anfangen.«

Sie starrte den Teppich an und trat dann durch die offene Verandatür ins Freie. Das Segelboot lag jenseits der schimmernden schwarzen Bucht ruhig vor Anker. Kleine Lampen in der niedrigen Betonmauer des Docks warfen Lichtkegel aufs Wasser. Aus einem Fischerboot irgendwo weiter oben war leise Musik zu hören.

Sie hörte Anthonys Schritte. »Gail?«

Nach einer Minute sagte sie: »Wissen Sie, wenn ich nur wüßte, wer sie war ... Ich werde unter Mordanklage stehen, und ich kann Ihnen – und mir – nicht helfen, weil ich nicht weiß, warum das passiert ist. Ist das nicht das erste, wonach die Polizei sucht? Nach der Ursache des Verbrechens, die mit der Persönlichkeit des Opfers eng zusammenhängt.«

Er trat neben sie. »Ich hätte Sie nach dem Abendessen nach Hause schicken sollen. Wir können uns ein anderes Mal weiter unterhalten. Es hat keine Eile.«

Gail preßte ihre Fingerspitzen an die Windfangtür. Sie wollte noch nicht gehen. »Neulich haben Sie mir von Ihrem Freund Juanito erzählt, wissen Sie noch? Wie Sie ihn nach all den Jahren wiedergesehen und sofort erkannt haben. Nun, ich erkenne Renée überhaupt nicht mehr. Ich weiß nichts über sie. Carlos hat sie wahrscheinlich wie eine Hure behandelt. Aber für Dave war sie das Gegenteil – fast so etwas wie eine makellose Jungfrau. Edith Newell hielt sie für unreif. Meine Mutter glaubt, Renée wäre auf zuwenig Verständnis gestoßen. Ben sagt, sie sei nicht normal gewesen, irgendwie pervers. Und Sie ...« – Gail sah Anthony an – »Sie mochten sie wegen ihrer Aufrichtigkeit. Was haben Sie damit gemeint?«

Er ließ sich einige Sekunden Zeit mit der Antwort. »Nichts Hintergründiges ... Wenn man sie gefragt hat, was sie denke, hat sie es ganz offen gesagt.«

»Ja.« Gail lächelte. »Und manchmal hat sie es einem auch gesagt, wenn man sie gar nicht gefragt hatte. Sie sprach Dinge aus, die ich kaum zu denken wagte, auch wenn sie stimmten. Als wir Kinder waren, schlug sie Rad auf der Kaimauer hinter unserem Haus, und meine Mutter ängstigte sich fast zu Tode. Sie liebte Balanceakte aller Art – fast so, als wolle sie abstürzen. Sie fiel immer von einem Extrem ins andere – in der einen Minute ein Luder, in der nächsten ein weinendes Kind, gleich darauf ein Clown, der über sich selbst lachte. Vielleicht war sie wirklich nicht ganz normal. Oder sie reagierte ganz spontan auf alles, was sie um sich herum sah. Ich weiß es nicht.«

Gail wandte sich ihm zu, ans Terrassengeländer gelehnt, die Metallstange mit beiden Händen umklammernd. »Wissen Sie, ich bin nicht etwa wegen Ihrer Andeutung rausgegangen, man könne mich bei Hartwell Black & Robineau feuern. So nervös bin ich nicht. Natürlich macht mir diese Sache wahnsinnig zu schaffen, aber ich weiß, daß ich unschuldig bin. Und ich habe eine echte Begabung für die Juristerei. Was kann mir also passieren?«

»Renée scheint nicht den ganzen Mut für sich gepachtet zu haben«, sagte Anthony. Hinter ihm fiel das Licht aus dem Wohnzimmer in einem langen Rechteck auf die Terrassenfliesen. Der Deckenventilator drehte sich langsam; die Flügel waren kaum zu sehen.

»Als ich vorhin den Tathergang geschildert habe«, murmelte Gail, »hatte ich fast das Gefühl, dabeigewesen zu sein. Ich konnte Renée sehen, nicht aber den Mann, der sich über sie beugte. Er war nur ein dunkler Schatten.«

Gail löste ihre Hände vom Geländer und drehte die Handflächen nach oben. »Sie hatte so kleine Hände. Schmal und weiß, die Hände eines kleinen Mädchens. Ich konnte ihre Gelenke mit Daumen und Zeigefinger umfassen. Als sie nach dem Selbstmordversuch im Krankenhaus lag, streckte sie mir lachend ihre verbundenen Hände entgegen. ›Schau mal, was ich gemacht habe, Schwesterherz‹, rief sie. ›Diesmal habe ich mir die Nägel wirklich zu kurz geschnitten.‹«

Gail lächelte, schwieg einen Augenblick und fuhr fort: »Renée sah völlig erschöpft aus, fast so, als wünschte sie, man hätte sie nicht ins Leben zurückgeholt, aber sie machte trotzdem Scherze darüber. Sie hatte dunkle Ringe unter den Augen, aber diese Augen waren so strahlend blau, so unglaublich blau, daß ich den Wunsch verspürte, mir blau gefärbte Kontaktlinsen zu kaufen.«

»Sie haben doch selbst blaue Augen.«

»Vielleicht verglichen mit den Ihren, aber im Grunde sind sie eher blaugrau, jedenfalls nicht so blau wie Renées Augen. Nein, nein, sie war viel attraktiver als ich, obwohl sie das immer abstritt. Sie konnte sich nie mit der kleinen Lücke zwischen ihren Vorderzähnen abfinden – ist Ihnen die jemals aufgefallen? Und dann das eine Grübchen. Sie saß oft da und drückte ihren Finger in die andere Wange, aber natürlich kam sie auf diese Weise nicht zu einem zweiten. Und die Ohrringe! Vier Löcher in jedem Ohr. Meine Mutter hat darüber geweint. Nein, ich mache keinen Spaß, sie hat sich wirklich vier Löcher in jedes Ohr gestochen.« Gail schob ihr Haar von einem Ohr zurück. »Schauen Sie – sie hat es auch bei mir gemacht.«

Anthony beugte sich etwas vor. »Vier Löcher? Wo?«

»Nein, nur zwei in jedem Ohr. Ich benötige nur eines, und das andere ist kaum noch zu sehen. Ich war damals neunzehn. Sie behauptete, es würde nicht weh tun. Sie hat geschwindelt.« Gail lachte, ließ ihr Haar wieder übers Ohr fallen und bemerkte mit einemmal, daß der Boden unter ihr zu schwanken schien. Hastig umklammerte sie das kalte Metallgeländer.

Anthony sagte etwas, stellte irgendeine Frage.

Sie hörte ihre eigene Stimme wie aus weiter Ferne. »Ich werde sie jetzt nie mehr finden können. Jemand hat sie ermordet, und nun ist es zu spät. Was auch immer sie gewesen sein mag – das hat sie nicht verdient. Das nicht! Der Täter soll in der Hölle schmoren. Es ist mir egal, warum er es getan hat. Ich wünsche ihm den Tod.« Gail atmete stoßweise und hatte das Gefühl, innerlich zu verbrennen. »Ich würde ihm liebend gern höchstpersönlich die Pulsadern aufschneiden und zuschauen, wie er verblutet. Er hat das meiner Schwester angetan.«

Das Wasser in der Bucht plätscherte leise gegen das Dock, und unter einem schwarzen Himmel huschten Lichter über die Wasseroberfläche. In den Everglades mußte es noch dunkler gewesen sein.

Alles drehte sich langsam um sie herum. Warme Seide an ihrer Wange. Der Terrassenboden stürzte auf sie zu, dann das Geländer. Wirbelnde weiße Flügel. Etwas unter ihren Schultern. Plötzliche Wärme, die ihren Kopf umgab.

Als sie die Augen aufschlug, war es um sie herum völlig dunkel. Sie drehte ihr Gesicht von Anthonys Brust weg. Er saß auf den Terrassenfliesen, ans Geländer gelehnt, und sie lag auf seinem Schoß.

»Habe ich etwas kaputtgemacht?« fragte sie, mühsam lächelnd.

»Nein, ich habe Sie aufgefangen. Sie sind ohnmächtig geworden.«

Er lockerte seinen Griff.

»Noch nicht, bitte.« Sie vergrub ihr Gesicht wieder in seinem Hemd, und er zog ein Knie an, um ihren Rücken zu stützen. Eine ganze Weile saßen sie regungslos da, und sie hörte sein Herz an ihrem Ohr schlagen – gleichmäßig, aber sehr schnell.

»Was würde Renée an meiner Stelle jetzt wohl tun?« murmelte sie in die Seide hinein.

Er hielt den Atem an. Gail ließ ihre Hand über sein Hemd gleiten, über den offenen Kragen und über sein stoppeliges Kinn, und im nächsten Moment wühlten ihre Finger in seinem dichten weichen Haar.

Die spanischen Wörter, die er flüsterte, konnte sie nicht verstehen. Dann spürte sie seinen heißen Atem an ihrer Schläfe. »Gail, ich werde dein Geliebter oder dein Verteidiger sein, aber nicht beides gleichzeitig.«

»Sehr korrekt.« Ihr Kopf sank auf seinen Arm, und sie strich mit einem Finger zärtlich über seine Lippen. »Das wollte ich schon tun, als du mir das erste Mal zugelächelt hast. Im Gerichtsgebäude, weißt du noch? Es scheint eine Ewigkeit her zu sein.«

Er schloß die Augen, sog ihren Finger in seinen Mund hinein, biß spielerisch hinein, spielte mit der Zunge daran herum.

Gail stützte sich auf einen Arm auf. Sie befreite ihren Finger aus seinem Mund und ließ ihre Hand zu den Knöpfen des Seidenhemds hinabgleiten, öffnete sie, einen nach dem anderen.

»Jesucristo!«

Sie vergrub ihr Gesicht an seiner Brust, atmete seinen Geruch ein. Seine Härchen kitzelten ihre Nase. Ihre Lippen glitten über seine Haut, während ihre Finger seinen Gürtel öffneten.

»Por Diós, que me estás haciendo?« Was machst du nur mit mir? Er vergrub seine Hände in ihren Haaren. *»No pares, mi cielo. No pares.«* Hör nicht auf.

KAPITEL 18

»Daddy!« Karen rannte auf das große Segelboot zu, das am Ende des Docks vertäut war. Ihre Turnschuhe dröhnten auf den Holzplanken. Gail folgte langsamer, um nicht mit ihren hohen Absätzen in den Rissen hängenzubleiben. Dunkelgrünes Wasser schlug gegen die Pfähle und funkelte in der Morgensonne.

Dave band die Schnüre an den Segelhüllen auf. Hissen würde er die Segel erst, wenn das Boot die windigere Gegend der oberen Biscayne Bay erreichte. Der Mast schwankte ein wenig, als ein Sportfischer mit dröhnendem Motor vorbeibrauste und das Kielwasser nach allen Seiten spritzte.

Gail trug Karens gelbe Reißverschlußtasche – Sonnencreme, Mütze, Kleider zum Wechseln. Dave hatte diesen Ausflug letzte Woche mit ihr vereinbart. Er und Wayne, sein Maschinist, mußten eine Vierzehn-Meter-Schaluppe nach Key Largo liefern; jemand vom dortigen Bootsunternehmen würde sie nach Miami zurückfahren. *Laß Karen mitkommen,* hatte Dave gesagt. *Sie kann doch einen Schultag versäumen.* Normalerweise hätte Gail einen solchen Vorschlag strikt abgelehnt, aber sie wußte, daß Karen ihren Vater vermißte.

Karen rannte aufgeregt neben dem Boot hin und her, so daß ihre zu zwei Schwänzen hochgebundenen Haare wie die langen Ohren eines jungen Hundes wippten.

Dave schwang sich auf die andere Seite des Topps. Er trug alte Tennisshorts. Seine Arme und Beine waren braungebrannt, die Härchen zu fast weißem Blond verblichen. Letzte Nacht hatte Gail wach gelegen und sich Dave am Ende jenes Bohlenpfads vorzustellen versucht, über Renées Leiche gebeugt. Es war ihr nicht gelungen, und jetzt, bei strahlendem Sonnenlicht, kam ihr diese Idee völlig abwegig vor.

Er lächelte breit. »Hallo! Ihr Mädchen seid aber früh dran.«

»Darf ich an Bord kommen, Daddy?«

»Na klar.« Er rief dem Mann, der unten auf dem Deck arbeitete, zu: »Wayne, hilf ihr mal.«

Wayne schob seinen Schraubenschlüssel in die Tasche der blauen Arbeitshose und schwang Karen so mühelos durch die Luft, als wäre sie eine Stoffpuppe. Wayne war ein Schwarzer, über sechzig, mit offenem, freundlichem Gesicht. Er hatte Gail einmal erzählt, er sei im Maschinenraum eines Frachters der Handelsmarine zur Welt gekommen und mit Dieselkraftstoff anstelle von Muttermilch genährt worden.

Karen lief nach unten, um das Boot zu erkunden. Gail bückte sich und spähte durch die Luken im Rumpf, in der Hoffnung, daß Karen ihr zuwinken würde. In letzter Zeit nahm sie ihre Tochter viel öfter als früher in den Arm und vermißte sie, sobald sie nur außer Sicht war.

Als Dave vom Mast heruntersprang, gab Gail ihm Karens Tasche. »Ich muß heute abend länger arbeiten«, sagte sie. »Kannst du Karen zu Irene bringen?«

»Klar, kein Problem.«

»Dave, ich muß kurz mit dir sprechen.«

Er stand einen Moment mit der Tasche in den Händen da, hängte sie dann über eine Spake am Steuerrad und sagte zu Wayne: »Überprüfst du schon mal die Ölpumpe?«

»Okay, laß dir ruhig Zeit.« Wayne lächelte Gail zu. »Ich freue mich, Sie wiederzusehen.«

»Ich auch.«

Sie gingen nebeneinander das Dock entlang. Um diese Zeit, kurz vor acht, waren die meisten Sportangler schon losgefahren. Einige Leute gingen in den Laden für Bootszubehör, einen Bau mit Flachdach, der mit der Werkstatt verbunden war. Es stank nach Maschinenöl und Schweißbrennern. Gail konnte das Unkraut hinter dem Gebäude und den eingesackten Stacheldrahtzaun sehen.

Dave nahm seine Schirmmütze ab, strich sich die Haare glatt, setzte die Mütze wieder auf. »Man hat mir ein Kaufangebot für das Unternehmen gemacht. Es ist kein glänzendes Angebot, aber wir könnten unsere Rechnungen und etwa die Hälfte der zweiten Hypothek bezahlen. Ich werde das Haus samt Inventar auf dich überschreiben. Und du kannst festlegen, was du an Unterhaltskosten für Karen brauchst.« Dave warf Gail einen Seitenblick zu. »Mein Anwalt sagt, ich sei verrückt, aber ich will es so.«

Ein Pelikan beobachtete sie von einem Pfahl aus, den großen Schnabel an die Brust gepreßt. Aus der Werkstatt war lautes Hämmern zu hören.

Gail starrte die verwitterten Holzplanken unter ihren Füßen an. Unerklärlicherweise hatte sie das Gefühl, auf Treibeis geraten zu sein. »Dave, es tut mir leid, daß du verkaufen mußt.«

»Das braucht dir nicht leid zu tun.«

»Wirst du auch in Zukunft hier arbeiten?«

»Ich könnte, das ist ein Teil der Abmachung, aber weißt du, was ich lieber täte? Eine Zeitlang einfach herumsegeln. Es gibt hier ein paar Boote, die die Besitzer loswerden wollen. Ich könnte billig zu einem kommen und dann vielleicht auch an einigen Tennisturnieren auf den Inseln teilnehmen.«

»Vielleicht solltest du doch lieber auf deinen Anwalt hören.«

Dave lachte. »Der nimmt mich mit seinen Honoraren wie eine Weihnachtsgans aus. Du weißt ja, wie Anwälte sind.« Der Pelikan verließ seinen Pfahl, als sie näher kamen. »Was braucht ein Mensch schon zum Glücklichsein? Nicht viel, ich meine – nicht viele Besitztümer. Materielle Güter sind eine Falle.«

Sie sahen einander an, und er mußte ihre Gedanken an ihrem Gesicht abgelesen haben. »Du brauchst mich nicht, Gail. Du hast mich nie gebraucht.« Beide wußten, daß er die Wahrheit ausgesprochen hatte.

Am Ende des Piers heulte der Motor der Schaluppe auf, stotterte, begann dann aber gleichmäßig zu summen. Sie drehten sich nach dem Boot um. Gail blinzelte in der Sonne. Wayne stand neben dem Steuerrad und winkte ihnen zu.

Dave hielt den Daumen hoch. »Hört sich gut an«, schrie er. »Laß ihn laufen.«

Als er sich wieder Gail zuwandte, sagte sie: »Ich möchte dich über den Stand der Ermittlungen in bezug auf Renées Ermordung informieren.« Anthony hatte ihr geraten, mit niemandem über den Fall zu sprechen, aber Anthony kannte Dave nicht, und sie kannte ihn.

Sie schlenderten über den Parkplatz und am Laden vorbei, aus dem hin und wieder das Klirren von Metall zu hören war.

Gail erzählte ihm von ihrer letzten Unterredung mit Frank Britton. »Er glaubt, ich hätte es getan. Er glaubt, ich hätte sie in den Naturpark gebracht und einen Selbstmord vorgetäuscht, weil ich dachte, daß sie mit dir schläft. Oder um das Geld aus dem Treuhandvermögen zu bekommen. Wahrscheinlich reicht schon eines von beidem als Tatmotiv völlig aus. Man wird mich vermutlich verhaften, und bei einer Anklage wegen Mordes wird man nicht gegen Kaution auf freien Fuß gesetzt. Ich wäre bis zu einem Jahr im Gefängnis – bis die Geschworenen ihr Urteil gefällt haben.« Sie lächelte. »Ich nehme an, daß es ›nicht schuldig‹ lauten würde. Jedenfalls müßtest du dich in der Zwischenzeit um Karen kümmern, zusammen mit Irene.«

»O Gott, ich kann es einfach nicht glauben!« Dave war stehengeblieben, und sein Gesicht war unter der Bräune aschfahl. »O Gail!«

»Wir müssen die Scheidung aufschieben. Bist du damit einverstanden?«

»Mein Gott!« Er griff unbeholfen nach ihrer Hand. »Natürlich bin ich mit allem einverstanden, was du vorschlägst, aber ich kann das immer noch nicht glauben.«

»Ich habe einen Anwalt. Er wird heute mit Britton reden und in Erfahrung bringen, wie die Dinge stehen.«

Sie wichen einem Lieferwagen aus, der im Anhänger ein Boot transportierte. »Hör mal«, sagte Dave, »ich habe der Polizei erzählt, daß ich in eine Bar gegangen bin, nachdem ich Renée nach Hause gefahren hatte. Vielleicht habe ich mich bei der Zeit geirrt. Wenn ich dir ein Alibi geben soll, brauchst du es nur zu sagen. Dann fällt Britton auf die Schnauze.«

»Ich weiß nicht so recht ... Die Geschworenen könnten die Sache durchschauen. Im Moment möchte ich nur, daß du mir einige Fragen beantwortest, okay?« Dave nickte. »Wie spät war es, als du an jenem Abend vor Renées Wohnung geparkt hattest?«

»Kurz vor zehn, da bin ich mir sicher.«

»War sie darauf bedacht, dich schnell loszuwerden, so als würde im Schlafzimmer jemand auf sie warten?«

»Nein, diesen Eindruck hatte ich nicht. Sie hat mich jedenfalls nicht vor die Tür gesetzt.«

Gail dachte darüber nach. »Wenn zu dieser Zeit niemand oben war, muß der Täter unerwartet bei ihr aufgetaucht sein. Oder sie hat ihn angerufen, nachdem du gegangen warst. Hätte sie, so betrunken, wie sie war, telefonieren können?«

»Ich glaube schon. Während der Fahrt hat sie wenig geredet, lag mit geschlossenen Augen auf dem zurückgeklappten Sitz. Aber sie hat es geschafft, ohne meine Hilfe ins Haus zu kommen.«

»Wie lange bist du bei ihr geblieben?«

»Zehn Minuten, schätzungsweise. Ich wäre länger geblieben, weil ich sicher sein wollte, daß mit ihr alles in Ordnung ist, aber sie hat mich nach Hause geschickt. ›Fahr heim, und versöhn dich mit Gail‹, hat sie gesagt. ›Die ist auf mich schon sauer genug.‹«

»Hat sie dir irgendwann einmal von jemandem erzählt, mit dem sie Probleme hatte?« Gail beobachtete, wie Karen die Leiter von unten heraufstieg, zum Bug rannte und sich mit wippenden Haarschwänzen über die Reling beugte.

»Die Schwierigkeiten, in die Renée letzten Sommer geriet ...«, murmelte Dave nachdenklich. »Vielleicht hatte sie immer noch mit jenen Leuten zu tun. Kurz vor ihrem Tod hatte ich den Eindruck, als verschweige sie mir etwas. Vielleicht ist sie von Drogenhändlern umgebracht worden.«

Gail hatte Dave von Renées Verhaftung im vergangenen Sommer erzählt, aber seit sie von Anthony erfahren hatte, daß Renée gewußt hatte, was sich an Bord des Bootes befand, hatte sie nicht mehr mit ihm gesprochen. »Hat Renée dir von dieser Rauschgiftsache erzählt?«

»Ja.«

»Und?«

Er schob seine Mütze zurecht. »Okay, ich werde dir die ganze Geschichte erzählen. Letzten Sommer bat sie mich, einem Freund von ihr zu helfen, der ein Motorboot schnellstens repariert haben wollte und bar bezahlen würde. Ich sagte, das gehe in Ordnung. Zwei Tage später legen Burschen mit einem dreizehn Meter langen Striker an. Die Motoren – zwei Detroit-Diesel – waren ziemlich im Eimer, und Wayne und ich sollten sie überholen. Na ja, wir bringen das Boot in die Werkstatt, und siehe da, im Rumpf ist eine Kippluke.«

Gail runzelte die Stirn. »Was ist das?«

»Ein Schmugglertrick. So was sehen wir immer mal wieder bei den Booten, die wir reinbekommen. Man bewahrt Rauschgift darin auf, und wenn die Polizei an Bord kommt, braucht man nur auf einen Hebel zu drücken, und schon öffnet sich die Luke, und das Zeug landet im Meer. Man verliert ein paar Kilo Kokain oder sonstwas, rettet aber seine Haut.«

»Du wußtest, daß es Drogenschmuggler waren, und hast die Arbeit trotzdem übernommen?«

»Wirklich sicher war ich nicht. Jedenfalls …« Er zuckte hilflos die Achseln.

»Wie hießen sie?«

»Ich habe nur einen Namen gehört. José. José Garcia.«

»Das ist so aufschlußreich wie John Doe.«

»Ich habe nicht verlangt, daß sie sich ausweisen, Gail.«

»Wie sahen sie denn aus?«

»Wie Spanier. José war Mitte Dreißig, muskulös. Hatte einen Schnurrbart. Der andere Kerl war mager und etwas jünger. Sie ignorierten meine Frage, wo sie herstammten. José wollte die Arbeit innerhalb von zwei Tagen erledigt haben. Ich sagte, ausgeschlossen, nicht bei zwölf Zylindern, es sei denn, Sie zahlen zweitausend pro Zylinder. Er gab mir fünftausend als Anzahlung und sagte, den Rest bekäme ich später. Ich hätte ihm gesagt, er könne mich mal, wenn Renée mir nicht versichert hätte, die beiden wären okay. Na ja, Wayne und ich haben geschuftet wie die Irren, aber wir haben's geschafft und wirklich gute Arbeit geleistet.«

»War Renée dabei, als sie das Boot abgeholt haben?«

»Nein. Wir waren für die Woche darauf zum Mittagessen verabredet, aber sie kam nicht. Hinterher habe ich erfahren, daß sie zu der Zeit in Untersuchungshaft saß. Eines Abends, als wir schon geschlossen hatten, kreuzte José mit seinem Freund hier auf. Man hatte sie gegen Kaution auf freien Fuß gesetzt. Sie hatten den größten Teil der Drogen durch die Geheimluke verschwinden lassen, aber die Polizei hatte in einem ihrer Segeltuchsäcke Kokain gefunden. Sie waren wütend, weil sie glaubten, jemand hätte sie verpfiffen, und sie hatten mich im Verdacht, weil ich mein Geld nicht bekommen hatte. Sie preßten mich an die Wand in meinem Büro, und ich dachte schon, mein letztes Stündchen hätte geschlagen. Zum Glück hörte Wayne, was vorging, und er kam mir mit der Knarre zu Hilfe, die wir hinter der Kasse stehen haben. Verdammt, ich hatte keine Ahnung, wer sie verpfiffen hatte! Vielleicht niemand. Vielleicht war's reiner Zufall: Die Marine Patrol fährt vorbei, die Burschen machen ein auffälliges Ausweichmanöver, und schon ist's passiert. José, sein Kumpel und Renée wurden so gegen zwei Uhr nachmittags geschnappt, als sie den Bill Baggs State Park umrundeten.

Renée rief mich dann an und entschuldigte sich dafür, daß ich mit ihren Freunden Ärger gehabt hatte. Sie war mit ihnen gefahren, weil sie dachte, das wäre eine aufregende Sache. Du lieber Himmel! Aufregend! Sie gab zu, daß es eine Riesendummheit gewesen war, und sie sagte, sie habe es selbst satt, immer irgendwelche Dummheiten zu machen. Sie versprach, mir die Schulden ihrer Freunde zu bezahlen, aber ich sagte, sie solle die Sache vergessen, es sei meine eigene Schuld gewesen. Die Anklage gegen Renée wurde fallengelassen, und insofern ging alles noch glimpflich aus. Wie ich gehört habe, sind José und sein Kumpel verduftet.«

»Hat Renée dir erzählt, warum die Anklage gegen sie fallengelassen wurde?«

»Nein.«

»Ben hat mit den richtigen Leuten gesprochen.«

»Tatsächlich? Na ja, es zahlt sich eben aus, Richter zu sein.«

»Wer war der Freund, für den sie das gemacht hat? Einer der beiden Männer?«

»Sie hat mir nichts gesagt, aber ich vermute, daß es Carlos Pedrosa war.«

»Was?«

»Sie ging mit ihm, wenn man es vornehm umschreiben will.«

Gail nickte. »Ja, das weiß ich, aber das bedeutet noch lange nicht, daß er sie in Drogenschmuggel hineingezogen hat.«

Die Motoren der Schaluppe verstummten. Wayne tauchte an Deck auf und machte mit den Fingern ein Okay-Zeichen.

»Ich komme sofort«, rief Dave, bevor er fortfuhr: »Carlos Pedrosa ist nicht gerade ein Heiliger. Renée und er haben zusammen Kokain konsumiert, bis sie davon loskam. Außerdem hatte ich den Eindruck, daß er dringend Geld benötigte, und da wäre ein großer Deal natürlich nicht schlecht gewesen. Ich wüßte wirklich gern, wo er in der Nacht war, als sie starb.«

»Bei einer anderen Frau, wie ich gehört habe«, sagte Gail. »Immerhin ist er nicht ganz gefühllos. Er hat Renée die letzte Ehre erwiesen. Du wolltest gerade Karen abholen und bist auf dem Parkplatz fast mit seinem silbergrauen Mercedes zusammengestoßen.«

»Ach ja, ich kann mich vage daran erinnern. Jammerschade, daß ich ihn verfehlt habe.«

»Und ich finde es jammerschade, daß du mir erst jetzt erzählt hast, was letzten Sommer passiert ist.«

»Wie hätte ich es dir denn erzählen sollen?« Er griff wieder nach ihrer Hand. »Hör mal, was ich vorhin über das Alibi gesagt habe, war wirklich ernst gemeint.«

»Danke.«

»Möchtest du, daß ich wieder einziehe? Ich tu's, wenn es hilft.«

»Danke, aber das ist nicht nötig.« Sie lachte. »Es sei denn, ich sitze monatelang im Gefängnis. Dann muß jemand den Garten gießen.«

Er nahm sie in die Arme, und sie schloß die Augen und umarmte ihn ebenfalls, spürte seinen vertrauten Körper und atmete seinen vertrauten Geruch ein.

Dann küßte sie ihn flüchtig auf den Mund und löste sich von ihm. »Macht euch heute einen schönen Tag. Und sorg dafür, daß Karen ihre Schwimmweste trägt.«

Als sie vom Parkplatz auf die Straße einbog, sah sie im Rückspiegel, daß Dave immer noch dastand und ihr nachblickte.

Es war fast halb zehn, als sie Carlos Pedrosa endlich fand. Sein Mercedes stand vor einem Rohbau am Ende einer kahlen neuen Straße, die zu einer Wohnanlage namens Versailles gehörte. Carlos wollte auf diese Weise wohl internationales Flair erzeugen, vermutete Gail.

Sie hatte sich bei dem Mädchen am Empfang der Pedrosa Development Company als Maklerin ausgegeben. Die Gesellschaft hatte eine geräumige Zimmerflucht am West Kendall Drive inne, deren Wände mit Künstlerzeichnungen von Häusern der Pedrosa-Wohnanlagen geschmückt waren.

Versailles machte keinen vorteilhaften Eindruck. Dürre Bäume. Betonfundamente, an denen offenbar nicht weitergearbeitet wurde. Drei Modellhäuser waren fertiggestellt und in Pastellfarben gestrichen. Davor wehten Fahnen, und es waren Informationstafeln in englischer und spanischer Sprache aufgestellt. Kaufinteressenten waren weit und breit nicht zu sehen. Jenseits des Bauzauns wuchs Riedgras, und auf der anderen Straßenseite war ein Baugrundstück zu verkaufen. Als Gail ausstieg, hörte sie lautes Hämmern. Drei Männer verlegten Schindeln, unterbrachen aber ihre Arbeit, als sie Gail sahen, und starrten sie neugierig an.

Gail überquerte vorsichtig den steinigen Hof. Zwei Bretter führten als Rampe zur Tür. Im Innern roch es nach Farbe und Staub. Carlos stand hinten auf der Veranda, eine Rolle Blaupausen in der Hand. Der Mann, mit dem er redete – ein Handwerker mit muskulösen Armen, eine Werkzeugtasche am Gürtel –, sah Gail zuerst. Dann drehte Carlos sich um. Er trug eine dunkle Sonnenbrille, und sein Hemdkragen stand offen.

»Gail Connor, so eine Überraschung! Sie haben den weiten Weg nicht gescheut?«

»Wie gehen die Geschäfte?«

»Großartig. Alles geht ganz großartig.« Er lächelte, und die weißen Zähne blitzten über dem kurzen schwarzen Bart. »Sie bringen mir den vom Richter unterschriebenen Optionsvertrag, habe ich recht?«

»Nein, ich wollte mit Ihnen über etwas anderes reden.«

»Kein Vertrag? Mann o Mann, ich habe schon ein halbes dutzendmal in Ihrem Büro angerufen.«

»Ich habe Ben in den letzten Tagen nicht gesehen.«

»*Momento,* okay?« sagte Carlos zu dem Zimmermann und trat über eine am Boden liegende Wandsäule aus Aluminium hinweg. »Sehen Sie, Gail, die Sache ist die – ich muß mir überlegen, was ich mit dem Grundstück anfangen kann. Und dazu muß ich es besichtigen und begutachten lassen. Das kann ich aber erst, wenn ich den unterschriebenen Optionsvertrag in Händen habe. Könnten Sie ihm das bitte klarmachen?«

Sie standen im Schatten am Rand der Veranda. »Ich bin aus einem ganz anderen Grund hergekommen. Ohne Umschweife gesagt – die Polizei glaubt, daß meine Schwester ermordet wurde.«

»Das überrascht mich nicht. Die Polizei hat mir alle

möglichen Fragen gestellt.« Carlos sah sie durch seine Sonnenbrille an. »Eine ganz schreckliche Sache, die da passiert ist.«

»Die Polizei hat bei ihren Ermittlungen nicht viel Glück, und deshalb versuche ich, auf eigene Faust etwas herauszufinden. Ich kannte Renées Freunde nicht. Wir standen uns in den letzten Jahren nicht sehr nahe. Hat sie das je erwähnt?«

»Könnte sein.«

»Ich habe gehört, daß Sie in der Nacht, als Renée starb, bei einer anderen Frau waren.«

Nach kurzem Zögern gab er zu: »Ja, aber ich werde mich nicht näher dazu äußern, weil ich nicht will, daß die junge Dame belästigt wird.«

»Selbstverständlich.« Gail wünschte, sie wäre so geschickt wie Frank Britton. Prozesse waren viel einfacher: Im Gerichtssaal wußte sie die Antworten auf ihre Fragen meistens schon. »Mir ist zu Ohren gekommen, daß meine Schwester in Kokainschmuggel verwickelt gewesen sein könnte. Die Polizei macht Andeutungen, will mir aber nichts Genaues verraten.«

Carlos sperrte den Mund auf. »Renée?«

»Wußten Sie nicht, daß man sie verhaftet hatte?«

Er schlug sich mit den Blaupausen ans Bein. »Wow! Vielleicht hat jemand von diesen Leuten ...« Carlos verstummte, als eine Sperrholzplatte sehr geräuschvoll auf zwei Sägeböcken landete.

Der Zimmermann holte einen Zollstock aus seiner Werkzeugtasche, klappte ihn auseinander und markierte eine Linie. Carlos wandte sich wieder Gail zu. »Wann war das?«

»Letzten Sommer, aber die Anklage wurde fallengelassen. Hat sie Ihnen nie etwas davon erzählt?«

»Nein, aber wenn die Anklage fallengelassen wurde, kann sie nur am Rande in diese Geschichte verwickelt gewesen sein. Sie sollten sich darüber nicht den Kopf zerbrechen, Gail.«

»Wußten Sie nicht, daß Renée Drogen nahm?«

»Na ja, vielleicht hat sie hin und wieder gekokst.«

»Mit Ihnen?«

Gail konnte ihr Spiegelbild in Carlos' Sonnenbrille sehen, zwei winzige dunkle Gesichter. »Gelegentlich. Was ist denn schon dabei?«

»Wann haben Sie Renée kennengelernt?«

»Das weiß ich nicht mehr so genau. Wann hat sie bei der Vista angefangen? Kurz danach muß es gewesen sein.«

Das Kreischen einer Motorsäge unterbrach die Stille. Carlos drehte sich wieder nach dem Zimmermann um, der die Sperrholzplatte um einige Zentimeter kürzte. Gail wünschte, sie könnte Carlos die Säge an die Kehle halten, den Finger am Schalter.

Als der Lärm aufhörte, fragte sie: »War es Ihr Kind, das sie erwartet hat?«

Die Sonnenbrille schwenkte in ihre Richtung. »Renée war schwanger?«

»Hören Sie auf, so zu tun, als wüßten Sie von nichts!« sagte sie scharf, hörte aber selbst, kaum daß sie diese Worte ausgesprochen hatte, wie verzweifelt sie sich anhörten.

Er musterte sie aufmerksam. In der grellen Sonne konnte sie hinter den grauen Gläsern verschwommen seine dunklen Augen unter dicken, geraden Brauen erkennen. Die Ähnlichkeit mit Anthony war unübersehbar, aber dieses Gesicht war sinnlicher. Die Lippen waren voller und von kräftigerem Rot. Hatte Renée dieses Gesicht über sich gesehen, wenn sie auf ihrem Bett lag, mit jener schwarzen Seidenkordel gefesselt, die die Polizei in ihrem Nachttisch gefunden hatte?

Schließlich sagte er: »Und tun *Sie* nicht so, als hätten Sie nicht allein deshalb den weiten Weg hierher auf sich genommen, um herauszufinden, ob ich sie ermordet habe. Die Antwort lautet: nein. Renée und ich hatten eine ganz besondere Beziehung, und ihr Tod hat mich zutiefst erschüttert. Wenn Sie herausfinden, wer ihr das angetan hat, werde ich mich liebend gern seiner annehmen.« Carlos hielt die Blaupausen hoch. »Wenn das alles war – ich habe jede Menge Arbeit.«

Gail fand ein Münztelefon in einem Denny's Restaurant an der Straße.

»Hartwell Black & Robineau.«

»Gwen, hier ist Gail Connor. Verbinde mich bitte mit Miriam.«

Sie legte den Hörer auf ihre Schulter, weil sie die Musik nicht hören wollte. Carlos Pedrosa war nicht so dumm gewesen, wie sie geglaubt hatte. Dafür war er bedrohlicher gewesen. Ja, und auch das würde Renée gefallen haben. Sexualität und Gefahr. Das Leben als Balanceakt. Ein Ausflug mit Drogenschmugglern, weil sie dachte, das könnte aufregend sein.

Sex mit Carlos, eine platonische Romanze mit Dave. Fragmente eines Lebens.

»Gail!« Miriam hörte sich aufgeregt an. »Wo hast du gesteckt? Ich wußte nicht, wo ich dich erreichen könnte. Ich habe schon bei dir zu Hause angerufen.«

»Was ist passiert?« Gail preßte den Hörer ans Ohr.

»Du hast die große Besprechung mit Jack Warner, Larry Black und allen anderen Mitarbeitern deiner Abteilung verpaßt. Ich habe ihnen gesagt, dir sei eine sehr dringende Privatangelegenheit dazwischengekommen, aber ich glaube nicht, daß sie es mir abgenommen haben.«

Gail schloß die Augen. »O nein! Verfluchte Scheiße!«

»Ist bei dir alles in Ordnung?«

»Miriam, soll ich dir die Wahrheit sagen? Ich habe diese Besprechung total vergessen.« Sie strich mit der Hand über die Wand. »Verdammt! Hör mal, sag Larry ...« Sie lachte. »Sag ihm, ich hätte sie vergessen.«

»Ist das dein Ernst?«

»Weine dicke Krokodilstränen. Sag ihm, ich sei untröstlich und würde ihn heute nachmittag händeringend und auf Knien um Gnade anflehen.«

»Ich werde es lieber etwas anders formulieren, okay?«

Gail lehnte sich an die Ecke der Nische und beobachtete eine Kellnerin, die an der Theke Kaffee ausschenkte. »Gibt es sonst etwas Wichtiges?«

»Carlos Pedrosa hat wieder wegen des Vertrags angerufen.«

»Ich weiß, ich habe gerade mit ihm gesprochen.«

»Und Jimmy Panther hat wegen der Maske angerufen. Du sollst ihn so schnell wie möglich unter folgender Nummer anrufen.«

Gail notierte sich die Nummer auf ihrem Block.

»Ist das die Indianermaske, die du ins Museum gebracht hast?« fragte Miriam.

»Ja, ich erklär's dir irgendwann in den nächsten Tagen, sobald ich selbst durchblicke.«

»Und Anthony Quintana hat zweimal angerufen. Er sagte, es sei wichtig. Die Nummer ist …«

»Danke, die habe ich.« Wahrscheinlich wollte er ihr berichten, was sein Anruf bei Frank Britton ergeben hatte.

»Wann kommst du ins Büro?«

»Was steht heute auf meinem Terminkalender?« Nachdem Miriam alles aufgezählt hatte, sagte Gail: »Gott sei Dank, nichts Unaufschiebbares. Verleg alle Termine auf heute nachmittag ab zwei. Bis dahin müßte ich auf jeden Fall dasein.«

Gail warf eine weitere Münze ein und rief in Anthonys Kanzlei an. Die Nummer wußte sie auswendig. Seine Sekretärin sagte, er habe gerade einen Klienten, aber sie solle am Apparat bleiben.

»Nein, stören Sie ihn nicht. Ich rufe in einer halben Stunde wieder an.« Sie warf einen Blick auf die Uhr. »Jedenfalls vor elf.« Sie hängte ein und starrte den Münzfernsprecher an. Doch statt des Apparats sah sie Anthonys Gesicht … über ihr auf dem Wohnzimmerteppich. Sie hatten es nicht bis ins Schlafzimmer geschafft, und jetzt hatte sie Druckstellen am Po. Seine Bartstoppeln hatten leichte Spuren auf ihrem Gesicht und in empfindlicheren Zonen hinterlassen. Er hatte Dinge gesagt, die sie wahrscheinlich in keinem Spanisch-Wörterbuch finden würde.

»Miss, wollen Sie noch telefonieren?«

Gail zuckte zusammen. Eine ältere Frau stand wartend hinter ihr. »Entschuldigung. Nein, ich bin fertig.«

Sie trank eine Tasse Kaffee und wünschte gleich darauf, sie hätte einen entcoffeinierten bestellt. Dann warf sie wieder einen Blick auf ihre Uhr und fragte sich, was Britton Anthony wohl gesagt haben mochte. Ihr Puls raste.

Als sie wieder in der Telefonzelle stand, schlug sie das Telefonbuch auf und suchte nach der Vista Title Company. Sie wollte nicht hören, was Frank Britton gesagt hatte. Noch nicht.

Dolores Perrera wohnte mit ihrem Mann Julio und ihrer Mutter in einem Mietshaus hinter dem Westland Shopping Center in Hialeah. Sie würde immer noch bei Vista arbeiten, erklärte sie Gail, wenn sie nicht einen so schwachen Uterus hätte, daß der Arzt befürchtete, sie könnte zum drittenmal eine Fehlgeburt erleiden. Es war Lolys Mutter gewesen, die Gail die Tür geöffnet hatte; Loly war auf dem Sofa liegengeblieben, ihr Bauch eine sanfte Wölbung unter dem langen weißen T-Shirt. Dazu trug sie eine enge schwarze Strickhose und rote Pumps mit niedrigen Absätzen.

Es fiel Gail erst nach einigen Minuten ein, wo sie diese Frau schon einmal gesehen hatte – bei Renées Begräbnis. Damals hatte sie Loly unbarmherzig als schwangere Stripteasetänzerin bezeichnet, die mit ihrem Zuhälter aufkreuzte. Dieser angebliche Zuhälter war Lolys Mann Julio, der gerade damit beschäftigt war, unten auf dem Parkplatz die Wasserpumpe an seiner TransAm auszutauschen.

Loly setzte sich mühsam auf, als ihre Mutter zwei *tacitas de café* anbrachte. Gail hatte gesagt, sie wolle keinen Kaffee, aber die Mutter hatte ihre höfliche Ablehnung lächelnd ignoriert. Auf dem silberfarbenen Tablett standen kleine Porzellantassen und ein Teller mit *pastelos*. Sie zog sich gleich wieder in die Küche zurück, die Gail durch eine offene Tür sehen konnte. Eine makellos saubere Küche, wie die ganze übrige Wohnung.

»Meine Mutter, die große Gastgeberin«, grinste Loly. »Sie brauchen ihn nicht zu trinken.« Sie biß in einen Keks. »Ich werde mein Baby Renée nennen, wenn es ein Mädchen wird. Was halten Sie davon?«

Gail lächelte. »Das hätte ihr bestimmt gefallen.« Loly war die Frau, deren Babydusche Renée in der Woche vor ihrem Tod entworfen hatte.

Loly lehnte sich gegen ein großes Sofakissen. »Wie schon am Telefon gesagt – ich werde Ihnen alles erzählen, was ich über Renée weiß.«

»Vielleicht haben Sie es schon gehört – die Polizei glaubt, daß sie ermordet wurde.«

Loly nickte. »Bevor ich aufhören mußte zu arbeiten, war die Polizei aufgekreuzt und hat alle möglichen Fragen gestellt, und da habe ich mir schon gedacht, daß etwas an der Sache faul ist. Ich rufe oft bei Vista an – meine Freundinnen und so –, und wir haben uns darüber unterhalten.«

»Sagen Sie mir bitte – welche Beziehung bestand zwischen Renée und Carlos Pedrosa?«

»Er war ihr Geliebter, so nennt man das ja wohl. Er hat sie ausgeführt und ihr alle möglichen Sachen gekauft. Sie hat erzählt, sie wären zusammen eine Woche auf Jamaika gewesen. Aber sie waren nicht verlobt oder so was.« Loly warf einen Blick in die Küche. Ihre Mutter spülte Geschirr. »Wollen Sie damit andeuten, daß Carlos sie umgebracht hat?«

»Das weiß ich nicht, aber es kann kein Fremder gewesen sein«, sagte Gail. »Ein Fremder hätte sich nicht die Mühe gemacht, einen Selbstmord vorzutäuschen. Carlos war zur Tatzeit angeblich bei einer anderen Frau, aber daran habe ich meine Zweifel.« Gail hob die Tasse am winzigen Henkel hoch und trank einen kleinen Schluck Kaffee. Ein sehr starkes Gebräu, schwarz und wahnsinnig süß.

»O Go-o-o-o-tt!« Loly dehnte das Wort übermäßig und

kaute nachdenklich an ihrem Zeigefinger. Als sie Gails fragenden Blick bemerkte, erklärte sie: »Betty Diaz! Ich habe gehört, daß sie im Büro herumerzählt, Carlos und sie würden jetzt miteinander gehen. Ich habe gesagt: Was? Betty Diaz?«

»Es stimmt also.«

»Nein, Sie haben mich falsch verstanden. Dieses Mädchen ist so ...« Sie machte kreisende Handbewegungen, suchte nach dem richtigen Wort. »Nicht häßlich, aber ... ich meine, Carlos und Betty Diaz? Teresa – das ist die Empfangsdame bei Vista –, sie hat mir erzählt, wie Betty damit angegeben hat, daß sie von der Polizei befragt wurde. Sie kommt sich dadurch unheimlich wichtig vor.«

»Glauben Sie, daß sie für Carlos lügen würde?«

Loly zuckte die Achseln. »Durchaus möglich, wenn sie glaubt, daß er sie wirklich gern hat, und sie ist dumm genug, um das zu glauben.«

Gail stellte das Täßchen vorsichtig ab. »Wie gut kennen Sie ihn?«

»Carlos? Er kam nicht oft zu uns ins Büro, und wenn, haben wir nur ›Hi‹ zueinander gesagt, mehr nicht. Ich kenne ihn hauptsächlich von Renées Schilderungen.« Loly schob das Kissen in ihrem Rücken zurecht. »Okay, Sie interessieren sich für Carlos? Ich habe bisher niemandem etwas davon erzählt, aber jetzt ist es mir egal. Er hat bei seiner Gesellschaft Geld unterschlagen, und Renée wußte davon.«

»Bei Pedrosa Development?« Gail starrte Loly fassungslos an.

»Ich bin dahintergekommen, weil ich einige Schecks für Vista ausstellen mußte, und das Geld war nicht in der Akte der Baufirma. Wir legen für jeden Vertragsabschluß eine Akte an ...« Als Gail nickte, fuhr Loly fort: »Renée sagte, ich solle mir nicht den Kopf darüber zerbrechen, sondern das Geld einfach aus irgendeiner anderen Akte nehmen. Verstehen Sie? Carlos kam mit den Zahlungen einfach nicht nach. Die Häuser verkauften sich nicht schnell genug, um die Fehlbeträge zu decken. Aber Renée hatte damit nichts zu tun. Es war Carlos. Und George Sanchez, der Wirtschaftsprüfer der Vista Title Company. Die beiden Herren arbeiteten Hand in Hand.«

»George Sanchez, der Anwalt, der bei Ferrer & Quintana beschäftigt ist?«

»Ja. Renée ist ihnen irgendwie auf die Schliche gekommen – sie war sehr gewitzt –, aber sie wollte Carlos nicht in Schwierigkeiten bringen. Sie hat mir gesagt, er versuche alles zurückzuzahlen.«

Bevor sein Großvater davon Wind bekommen würde, dachte Gail. Oder bevor Anthony dahinterkommen würde. Beides hätte für Carlos fatale Folgen. Jetzt war ihr auch klar, warum Carlos im Fall Darden zuerst eine Verzögerungstaktik angewandt und schließlich dem Vergleich zugestimmt hatte: Er hätte gar nicht das Geld gehabt, um den Dardens ihre Anzahlung zurückzuerstatten. Er mußte unbedingt erreichen, daß sie das Haus behielten. Einen Moment lang fragte sich Gail, ob Anthony das gewußt hatte, aber sie verwarf diesen Gedanken sofort wieder. Nein, wenn er Bescheid gewußt hätte, wäre Carlos jetzt bestimmt nicht mehr Manager der Pedrosa Development, dafür hätte Anthony gesorgt. Die Vista Title Company gehörte der Kanzlei Ferrer & Quintana. Carlos und George Sanchez hatten nicht nur Ernesto Pedrosa bestohlen, sondern auch die Abrechnungen der Versicherungsgesellschaft manipuliert.

»Renée stellte für Carlos möglicherweise eine Bedrohung dar«, sagte Gail.

»Ich glaube nicht, daß sie ihn je verraten hätte«, wandte Loly ein. »Einen Freund haut man nicht in die Pfanne, war ihre Devise.«

»Dann müßte er ihr aber sehr vertraut haben.« Der zweite Schluck Kaffee schmeckte nicht mehr so gräßlich, und die halbe Tasse hatte sie schon geschafft. »Hat Renée Ihnen gesagt, daß sie schwanger war?«

»Ja. Sie wollte nicht verraten, wer der Vater war, aber es

kann nur Carlos gewesen sein, denn sie ist mit keinen anderen Männern ins Bett gegangen – zu der Zeit jedenfalls nicht mehr.«

»Wissen Sie, ob sie Carlos bedrängt hat, sie zu heiraten?«

»Nicht daß ich wüßte. Ich glaube, sie hat eine Ehe überhaupt nicht in Betracht gezogen, weil ...« Loly starrte eine Weile auf den Boden, sah dann aber wieder Gail an. »Renée wußte, daß eine Ehe bei ihr nie gutgehen würde. Verstehen Sie?«

Gail schüttelte den Kopf.

»Na ja, sie war wirklich nett und amüsant, aber ... Wie soll ich sagen? ... Sie war irgendwie ... kaputt. Ich wußte, daß sie einmal versucht hatte, Selbstmord zu begehen, weil ich die Narben gesehen und sie gefragt hatte. Sie hat mir alles mögliche erzählt. Daß sie drogensüchtig war und zeitweise weniger als neunzig Pfund gewogen hat. Und daß sie sich mit Männern einließ, die ... na ja, die sie verprügelten und all so was, Sie wissen schon. Und sie lachte darüber, so als wäre das ein Riesenspaß. Ich hielt es für alles andere als lustig.«

Loly beugte sich vor und legte ihre Hand auf Gails Arm. »Nein, regen Sie sich nicht auf. Wissen Sie, ich habe ein ernstes Wort mit ihr geredet. *Chica,* habe ich gesagt, so kannst du einfach nicht weitermachen. Ich dachte dann, sie hätte sich gefangen. Es ging ihr wirklich besser. Als ich hörte, sie hätte Selbstmord begangen, sagte ich: *Was*? Es ergab für mich einfach keinen Sinn. Sie wollte das Baby, das hat sie mir mehrmals gesagt. Sie wollte es. Vielleicht ist sie sogar absichtlich schwanger geworden, wer weiß? Jeder Mensch braucht jemanden.«

»Sie meinen – weil sie Carlos nicht haben konnte?«

»Nein, sie wollte Carlos gar nicht.« Loly balancierte ihre Tasse samt Untertasse auf dem Bauch. »Ich habe sie gefragt. ›Renée‹, habe ich gesagt, ›ich glaube, du liebst diesen Kerl wirklich.‹ Und sie hat geantwortet: ›Nein, man will immer nur das, was man nicht haben kann.‹« Die Tasse bewegte sich im Rhythmus von Lolys Atemzügen auf und ab. »Ich glaube, sie *war* verliebt, aber nicht in Carlos. Sie hat mir nie gesagt, in wen, aber ich vermute, daß es Carlos' Vetter war. Vielleicht kennen Sie ihn, er ist auch Anwalt. Anthony Quintana. Er hat eine eigene Kanzlei.«

Gail stellte die kleine Tasse ab, um Lolys Blick besser meiden zu können. »Ja, ich kenne ihn.«

»Ich habe gehört, daß sie einmal eine Affäre hatten. Er ist ja auch wirklich ein toll aussehender Mann. Wenn er zu uns ins Büro kam, was allerdings nicht oft der Fall war, hat Renée immer ganz komisch dreingeschaut, und einmal hat sie auf dem Klo geweint, als er wieder weg war. Sie hat mir gesagt, ich solle mich um meine eigenen Angelegenheiten kümmern, aber ich bin überzeugt, daß dieser Kerl ihr nicht aus dem Kopf ging. Und er hatte keinen Blick mehr für sie übrig.«

In der Küche wurde eine Schranktür geschlossen. Durch das Fenster konnte Gail den Verkehrslärm auf dem Expressway hören. Sie atmete tief durch und griff nach ihrer Handtasche. »Ich muß jetzt gehen.«

»Bleiben Sie doch zum Mittagessen. Gar kein Problem.« Als Gail sagte, sie müsse in einer halben Stunde unbedingt in der Innenstadt sein, begleitete Loly sie zur Tür und küßte sie zum Abschied auf die Wange.

»Besuchen Sie mich doch in drei Monaten wieder – dann ist das Baby da.« Sie betrachtete Gails Gesicht. »Wissen Sie was? Als meine Mutter Sie hereingeführt hat, dachte ich im ersten Moment, Sie wären Renée. Verrückt, nicht wahr?«

Der Schlüssel zu Renées Wohnung in Coconut Grove befand sich noch an Gails Schlüsselbund. Sie hatte sie in der vergangenen Woche einem Makler gezeigt. Frauen von Irenes Kirchengemeinde hatten schon alles bis auf die Möbel ausgeräumt, und die sollten am nächsten Tag abgeholt und in ein Obdachlosenasyl gebracht werden. Die Einbauschränke waren leer, nur einige Kleiderbügel hingen noch drin. Gail selbst hatte vor zwei Wochen alle anstößigen Sachen in einem großen weißen Müllsack gesammelt – Videokassetten, Pornohefte, schmutzige Unterwäsche, das ganze Zeug aus dem Nachttisch. Den Sack hatte sie in den Müllcontainer am Ende des Parkplatzes geworfen.

Jetzt setzte sie sich auf die Bettkante in Renées Schlafzimmer. Obwohl sie ihre Jacke ausgezogen hatte, war ihr Rücken schweißnaß. Sie hatte das Fenster geöffnet, aber das nutzte nichts. Der Strom war abgestellt.

Ohne die Bettwäsche und die vielen Kissen, ohne den Druck von Georgia O'Keeffe, ohne die auf dem Boden verstreute Wäsche und ohne die Nippsachen auf dem Toilettentisch war es ein Zimmer wie jedes andere. Gail schloß die Augen. Es duftete immer noch ganz schwach nach Shalimar. Oder bildete sie sich das nur ein?

Sie fragte sich, ob in diesem Zimmer jemals das Klatschen von Schlägen zu hören gewesen war, ob Renée jene Männer, die sie verletzt hatten, hierher mitgebracht hatte. Wohl kaum. Jene Männer gehörten wahrscheinlich in ihre dunklen Jahre, als sie den Selbstmordversuch unternommen hatte, als sie fast nie nüchtern und gesittet gewesen war, als sie schließlich in der psychiatrischen Klinik gelandet war.

Daß Renée von Schmerzen und vom Tod fasziniert gewesen war, erschreckte Gail am meisten deshalb, weil ein kleiner dunkler Teil ihrer selbst dafür Verständnis hatte. Sie selbst hatte sich mit Arbeit betäubt, Renée hingegen mit Drogen und Alkohol. Dave hatte es nicht verstanden, Gail wirklich zu erreichen, und er hatte schon lange den Versuch aufgegeben. Vor fünf Jahren hatte sie, entnervt von tagelangen Streitereien, nach ihm geschlagen, und er hatte zurückgeschlagen und ihr die Nase gebrochen. Blut im ganzen Schlafzimmer ... Dann war Dave schluchzend auf die Knie gefallen.

Aber als sie damals seine Faust wie in Zeitlupe auf sich zukommen sah, hatte sie für den Bruchteil einer Sekunde eine ungeheure Leichtigkeit verspürt, ein Loslassen. Endlich kein Kampf mehr, keine mühsam aufrechterhaltene Fassade von Stärke. Nichts mehr.

Gail betrachtete die Matratze und ließ ihre Hand über die Kante gleiten. Der Stoff war glatt und glänzte.

Vielleicht – nein, höchstwahrscheinlich – hatte Anthony mit Renée in diesem Bett gelegen. Gail bereute die letzte Nacht trotzdem nicht, sie bedauerte nur, daß er es ihr nicht erzählt hatte. Sie lächelte. Ein solcher Verstoß gegen die Etikette war bei diesem Mann ungewöhnlich.

Wen hatte er letzte Nacht geküßt? Jener leidenschaftliche, berauschende Kuß, der dazu führte, daß sie wie von Sinnen auf den Teppich sanken, daß sie es nicht einmal bis zum Sofa schafften ... Wem hatte dieser Kuß gegolten, ihr oder Renée?

In dem Moment, als er sie in Besitz nahm, hatten ihre Finger seine Schultern losgelassen, so als würde sie sich von einer Felsklippe fallen lassen. In jenem Moment hätte er alles mit ihr machen können. Alles. *No pares.* Hör nicht auf.

In jenem Moment hatte sie nicht gewußt, wer sie war, und sie hätte ihm nicht einmal ihren Namen sagen können, wenn er sie danach gefragt hätte.

Sie öffnete die Augen. Im Zimmer war es unerträglich heiß und still, und ihr Kleid war schweißnaß. Sie stand auf, schloß das Fenster und nahm ihre Jacke und ihre Handtasche vom Bett.

Sie rief Anthony von einer Telefonzelle vor der Post an der Grand Avenue an. »Ich bin's«, sagte sie. »Was hast du von Britton erfahren?«

»Wo bist du, Gail?«

»Coconut Grove.«

»Gut. Das ist wenigstens in der Nähe. Ich möchte, daß du sofort in meine Kanzlei kommst. Geht das?«

Gail versteifte sich unwillkürlich. »Warum?«

»Frank Britton will, daß ich dich zu ihm ins Präsidium bringe.«

Kapitel 19

Anthony erwartete sie schon, als sie in die Kanzlei kam. Er schloß seine Bürotür und sagte der Sekretärin, daß er auf gar keinen Fall gestört werden wolle.

Gail blieb neben seinem Schreibtisch stehen und lachte kläglich. »Ich hatte schon befürchtet, daß draußen ein SWAT-Kommando auf mich warten würde.«

Er lächelte freundlich und deutete auf einen Stuhl. »Setz dich. Ich habe eine gute Nachricht. Der Staatsanwalt hat dem Antrag auf Kaution stattgegeben.«

Mit weichen Knien sank Gail auf den Stuhl. »Das hast du geschafft? O Anthony, wie?«

»Es war nicht einfach. Hör mir zu. Wir haben nicht viel Zeit. Ich habe Frank Britton versprochen, dich um zwei ins Präsidium zu bringen, und jetzt ist es kurz vor zwei. Ich dachte, du würdest viel früher anrufen.«

Sie hätte liebend gern einen Körperkontakt zu ihm hergestellt, aber sein formelles Benehmen zwang sie, ihre Hände auf dem Schoß zu falten.

Er nahm neben ihr Platz und zupfte seine graue Anzughose am Knie zurecht. Er trug eine schwarz-silberne Krawatte und ein blütenweißes Hemd. »Ich habe Britton heute morgen um halb acht angerufen. Er sagte, er hätte mich ebenfalls anrufen wollen, da du meinen Namen erwähnt hättest. Er hat mir erlaubt, dich in sein Büro zu bringen. Dort wirst du verhaftet werden, und sobald der damit verbundene Papierkram erledigt ist, wird man dich ins Gefängnis bringen. Dort sind dann weitere Papiere auszufüllen, der Bürge übergibt die Kautionsgarantie, und danach wirst du – wenn alles gutgeht – entlassen.«

Gail nickte, am ganzen Leibe zitternd.

»Nachdem ich mit Britton gesprochen hatte, rief ich bei dir zu Hause an, aber es war niemand da.«

»Ich habe Karen heute morgen zum Bootsanlegeplatz gebracht. Sie macht mit Dave einen Tagesausflug nach Key Largo, und er bringt sie anschließend zu meiner Mutter.«

»Gut. Ich habe deinen Cousin Ben Strickland angerufen und ihm dargelegt, auf welche Weise ich eine Freilassung gegen Kaution durchsetzen wollte. Er versicherte mir, daß er und deine Mutter die Kaution aufbringen könnten, wie hoch sie auch sein sollte. Dann überlegten wir gemeinsam, welche Personen sich beim Staatsanwalt für dich verwenden könnten. Es mußten Leute sein, die dich gut kennen, die aber nicht mit dem Staatsanwalt befreundet sind. Wenn der *Miami Herald* nämlich unterstellen könnte, du hättest aufgrund von Beziehungen eine bevorzugte Behandlung erfahren, wäre auch die letzte Chance auf Freilassung vertan.

Richter Strickland und ich erstellten eine Liste. Jack Warner und Larry Black von deiner Kanzlei, die Präsidentin der Florida Association of Women Lawyers, der Priester deiner Kirchengemeinde und noch einige andere. Keine Politiker. Bis zwölf hatten sich alle positiv über dich geäußert und versichert, daß nicht die geringste Fluchtgefahr besteht, daß du hier sehr starke Bindungen hast, daß du noch nie irgendein Verbrechen begangen hast ...«

Gail hörte zu, während Anthony in aller Kürze seine Gespräche mit der Staatsanwaltschaft wiedergab, die schließlich einer Kaution von 1,25 Millionen Dollar zugestimmt hatte. Danach hatte Ben mit der zuständigen Gesellschaft die genauen Konditionen vereinbart.

»Mein Gott, 1,25 Millionen!«

Anthony schien immer noch kaum glauben zu können, daß er Erfolg gehabt hatte. »Das hätte ich nie zu hoffen gewagt, Gail. Wie gesagt – es kommt höchst selten vor.«

»Ich habe mir einen guten Anwalt ausgesucht.«

Er umfaßte ihre eiskalten Hände.

»Ich werde dich ins Präsidium begleiten und bei den Prozeduren dort anwesend sein, aber danach bekommst du einen anderen Anwalt. Nein, hör bitte zu. Ben Strickland hat Ray Hammell empfohlen, und ich stimme ihm zu. Hammell ist ein ausgezeichneter Anwalt. Einer seiner Mitarbeiter wird dich im Gefängnis abholen. Verstehst du?«

Sie wollte Einwände erheben, verzichtete aber darauf und nickte, den Blick auf seine weißen Manschetten und auf seine Finger gerichtet, die immer noch ihre Hände festhielten. Diesmal trug er einen Platinring.

»Ich kann dich nicht vertreten«, sagte er.

»Wegen dem, was gestern abend passiert ist?«

»Ja.«

Sie lächelte verzerrt. »Du hättest das nicht geschehen lassen dürfen.«

»Ich weiß, aber wenn ich selbst in Schwierigkeiten wäre, würde ich Ray Hammell vertrauen. Und ich kann ihm auch dich guten Gewissens anvertrauen.«

»Das habe ich nicht gemeint.« Gail zwang sich, ihm in die Augen zu schauen. »Du hättest mich über Renée aufklären sollen.«

»Renée?«

»Du warst ihr Geliebter.« Als er schwieg, hakte sie nach: »Es stimmt doch, oder?«

Er nickte. »Woher weißt du das?«

»Das spielt doch keine Rolle.«

»Die Sache liegt über ein Jahr zurück.«

»Bitte keine Erklärungen.«

»Gail ...« Seine Blicke folgten ihr, als sie energisch aufstand.

»Es ist fünf vor zwei«, sagte sie. »Wir wollen doch nicht, daß Frank Britton eine Fahndung nach mir auslöst.«

Die nächsten Stunden verschwammen ineinander. Frank Britton nahm sie in der Halle des Polizeipräsidiums in Empfang. Anthony und er tauschten einen Händedruck und einige Höflichkeitsfloskeln. Dann führte Britton sie auf demselben Weg wie am Vortag in den ersten Stock, bot Gail in seinem Büro einen Stuhl an und ließ ihr eine Tasse Kaffee bringen. Anthony überreichte ihm ein von Rechtsanwalt Raymond F. Hammell unterschriebenes Dokument des Inhalts, daß Gail keine Aussagen machen würde. Britton hatte einen Durchsuchungsbefehl und bat um ihre Haus- und Autoschlüssel. Er versprach, sie bald zurückzugeben. Papiere wurden ausgefüllt, Kopien ausgehändigt. Dann sagte Britton, es sei an der Zeit, daß man Gail fotografiere und ihre Fingerabdrücke nehme. Eine uniformierte Polizistin begleitete sie ins Erdgeschoß, und über die Schulter warf sie einen letzten Blick auf Anthony, der am anderen Ende der Halle stand.

Sie wurde in einem weiß-grünen Gefangenentransporter ins Dade County Jail gebracht, mit Handschellen gefesselt. Eine schweigsame Polizistin saß neben ihr auf dem Rücksitz. Die Plexiglasscheibe hinter den Vordersitzen war abgeschabt, und an den Türen waren die Griffe abmontiert. Es roch muffig, wie schmutzige Unterwäsche. Stadtauswärts setzte der Feierabendverkehr ein.

In den Gefängnisgängen hallten ihre Schritte laut wider, und grelle Leuchtstoffröhren blendeten sie. Eine schwarze Wärterin in grauer Uniform führte sie am Ellbogen in einen kleinen Raum, nahm ihr die Handschellen ab und wies ihr einen Plastikstuhl zu. Andere Frauen, die meisten ärmlich gekleidet, starrten sie feindselig an. Nach fast zwei Stunden Wartezeit holte die Wärterin sie wieder ab, legte ihr aber keine Handschellen mehr an. Gail wurde in die Halle geführt, wo ein junger Mann in dunkelblauem Anzug wartete. Er überreichte ihr ihre Handtasche, stellte sich als Mitarbeiter von Ray Hammell vor und sagte, er würde sie nach Hause bringen.

In Irenes Haus lag Karen in Renées früherem Zimmer unter der Decke, eine Katze quer auf ihrer Brust, die beiden anderen neben ihren Beinen zusammengerollt. Gail kraulte die orangefarbene Katze hinter den Ohren, die daraufhin schnurrte.

»Also, was sagst du, wenn die Kinder in der Schule dich hänseln?«

Karen seufzte. Sie sah müde aus.

»Ich werde sagen ... Die Polizei hat einen großen Fehler gemacht, meine Mom hat nichts Böses getan und wird das auch beweisen.«

»Sehr gut.«

»Und wenn sie dann nicht den Mund halten, knuffe ich sie.«

»Nicht so gut.«

Beide lächelten. Dann fragte Karen: »Muß ich morgen in die Schule gehen?«

Gail zupfte den Spitzenbesatz von Karens Pyjamaoberteil zurecht. »Nein, wenn du nicht willst, brauchst du nicht zu gehen. Das kannst du morgen früh noch entscheiden.«

»Bleiben wir jetzt bei Oma?«

»Eine Weile. Ist dir das recht?«

Karen zog die schlafende Katze bis zu ihrem Kinn hoch und streichelte ihren Rücken. »Ich wünschte, wir wären bei uns zu Hause, und Daddy auch.«

»O Liebling, es tut mir leid, daß alles im Augenblick so schwierig ist.«

Gail wußte nicht, was sie ihrer Tochter sonst sagen könnte. Sie küßte Karen, nahm sie in die Arme, spürte die Wärme des kleinen Körpers und atmete den Geruch von Seife und frisch gewaschener Baumwolle ein. Nach längerer Zeit löste sie sich von ihr und schaltete die Lampe auf dem Nachttisch aus. Schwaches Licht fiel vom Korridor ein.

»Mommy?«

»Was ist, Baby?«

»Hast du Angst?«

»Jetzt nicht mehr so sehr. Alles wird wieder in Ordnung kommen.«

»Wenn du willst, kannst du hier bei mir schlafen, damit du keine Alpträume hast.«

Gail hüllte sie fester in die Bettdecke. »Vielleicht tu ich das wirklich. Danke.«

Sie hörte Bens Stimme von der Schwelle. »Na, geht ihr Mädchen schon schlafen?« Er betrat leise das Zimmer. »Gute Nacht, Kleines.«

Karen streckte ihm die Arme entgegen. »Gute Nacht, Ben.«

Er bückte sich und küßte sie. »Laß dich nicht von den Bettflöhen beißen.«

»Dein Bart kratzt.«

Er kniff sie zärtlich in die Wange. »Du bist meine kleine Blume, nicht wahr?«

Gail roch seine Whiskyfahne. »Ben, bitte, es ist fast halb elf.«

Sie ließ die Tür einen Spalt offen, damit die Katzen eine Pfote durchschieben und hinausgelangen konnten. Sie gingen nebeneinander den Korridor entlang, Gail in Morgenrock und Pyjama.

Er legte einen Arm um sie, zog sie näher an sich heran. »Mein Gott, als ich dich dort mit Karen gesehen habe – es war fast so, als wäre Renée wieder lebendig geworden! Himmel, was ist uns allen nur widerfahren?«

Sie befreite sich von seinem Arm. Als er sie befremdet ansah, murmelte sie: »Tut mir leid. Ich bin müde.«

»Wirst du den Rest der Woche arbeiten?«

»Natürlich. Für unbezahlten Urlaub ist jetzt wirklich nicht die richtige Zeit.« Dave hatte ihr Kleidung und Schminkzeug gebracht, und er würde auch die nächsten Tage im Haus verbringen, für den Fall, daß sie etwas benötigen sollte.

»Okay, dann hole ich dich am Freitag im Büro ab und begleite dich zu Ray Hammell.« Sie hatte einen Termin um vier Uhr nachmittags.

»Das brauchst du wirklich nicht. Wahrscheinlich müßtest du draußen warten.«

»Keine Diskussionen! Du gehst nicht allein hin.« Ben nahm sein Glas vom Serviertablett auf dem Wohnzimmertisch.

Irene saß immer noch mit angewinkelten Beinen in der Sofaecke, hatte ihre Lesebrille auf der Nase, ein offenes Adreßbuch auf dem Schoß und den Telefonhörer am Ohr. Sie rief sämtliche Familienmitglieder an, diejenigen in Florida ebenso wie die in anderen Staaten. Zuvor hatte sie Karens Lehrerin angerufen, um sie auf die 23-Uhr-Nachrichten vorzubereiten.

Gail folgte Ben in die Küche, wo er sein Glas in die Spüle stellte. Sie goß sich ein Glas Milch ein.

»Wenn Ray Hammell dich von Anfang an vertreten hätte, wäre es vielleicht überhaupt nicht zu einer Verhaftung gekommen. Wir hätten ihn sofort einschalten müssen, als Britton auf diese Schnapsidee gekommen ist. Hammell riecht jeden möglichen Fall zehn Kilometer gegen den Wind, noch bevor er bei der Staatsanwaltschaft landet, und das wissen die Bullen. Dieser kubanische Anwalt hat gewartet, bis Britton nahe daran war, dich in aller Öffentlichkeit zu verhaften, bevor er etwas unternommen hat.«

»Er hat mich freibekommen, Ben.«

»Blödsinn, *ich* habe dich freibekommen! Er hat angerufen und gefragt, was er tun solle. Ich war es, der dich rausgeholt hat. Will er jetzt die Lorbeeren ernten? Und wer bezahlt die 1,25 Millionen Kaution?«

Gail stellte ihre Milch in die Mikrowelle und schaltete das Gerät ein. Sie haßte es, wenn Ben zu faseln begann, aber sie wiederholte noch einmal, was sie an diesem Abend schon oft gesagt hatte. »Ich weiß zu schätzen, was du für mich tust, Ben. Du weißt, daß ich dir alles zurückzahlen werde.«

»Darum geht es überhaupt nicht. Wie viele Mordverdächtige hat dieser Kubaner denn überhaupt schon verteidigt? Er ist ein Anwalt für Drogenbosse, weißt du das nicht? Er hat einige der größten Kokainschmuggler in Südflorida rausgehauen. Was glaubst du denn, woher er sein ganzes Geld hat? Die stecken doch alle unter einer Decke. Es würde mich gar nicht wundern, wenn er über Renées Dummheit informiert gewesen wäre, noch bevor sie sie überhaupt gemacht hatte, so schnell war er nach ihrer Verhaftung zur Stelle.«

Sie starrte die rückwärts laufenden Zahlen an der Mikrowelle an. »Er hatte mit dem, was Renée passiert ist, nichts zu tun. Das war Carlos.«

»Was soll das heißen?« Ben ging zu dem Schrank, in dem Irene seinen Wild Turkey aufbewahrte.

»Ich glaube, daß Carlos etwas mit dem Drogenschmuggel zu tun hatte, bei dem Renée geschnappt wurde. Ich kann es nicht beweisen, aber ich bin mir fast sicher.«

Gail berichtete, was Dave ihr erzählt hatte – von dem Boot und dem mißglückten Drogenschmuggel. Und daß Carlos Renée mit Kokain versorgt hatte.

»Er brauchte Geld, weil er in Ernesto Pedrosas Baufirma Unterschlagungen begangen hatte. Und er hat bei Abschlüssen in der Vista Title Company Schecks manipuliert. Renée hatte das herausgefunden. Vielleicht haben sie diesen Drogenschmuggel von den Bahamas gemeinsam geplant, das weiß ich natürlich nicht, aber wenn der Coup geklappt hätte, wäre Carlos aus dem Schneider gewesen. Nachdem die Sache schiefging, war es Renée, die in der Patsche saß.«

Ben schenkte sich großzügig Bourbon ein. »Dieser Kerl ist eine verdammte Bedrohung. Und er hat geglaubt, mein Land kaufen zu können! Ich bin froh, daß ich Quintana gesagt habe, sein Vetter solle das Geschäft vergessen.«

»Wann?«

»Heute, bei einem unserer zahlreichen Telefonate. Ich habe den Scheck zerrissen und per Post zurückgeschickt.« Ben trank einen großen Schluck. »Nach allem, was du mir erzählt hast, bin ich der Meinung, daß Ray Hammell einen Detektiv auf Carlos Pedrosa ansetzen sollte.«

»Der Meinung bin ich auch.«

Irene kam in die Küche. »So, ich habe jeden angerufen, der mir eingefallen ist«, berichtete sie. »Und morgen bestelle ich unsere Zeitung für die nächsten zwei Wochen ab. So lange wirst du doch bestimmt hiersein? Und Dave wird sich darum kümmern, daß euer Rasen gegossen wird.« Sie warf ihren Notizblock auf den Tisch. »Möchte jemand eine Tasse Tee?«

»Ich gehe bald zu Bett«, sagte Gail, »und Ben wollte sich gerade verabschieden.«

»Sie schmeißt mich raus, Irene! Das ist ihre vornehme Art, mir klarzumachen, daß ich zuviel getrunken habe.«

Irene tätschelte ihm die Wange. »Du solltest wirklich nach Hause fahren. Ich kümmere mich hier um alles.«

Er nahm ihre Hand. »Irene, komm mit nach Arcadia. Du auch, Gail, sobald dieser verfluchte Prozeß vorbei ist. Ich kaufe da oben ein Grundstück, habe ich euch das schon erzählt? Wir werden uns ein schönes Haus bauen. Was haltet ihr davon?«

»Ben, halt die Klappe!«

»Ich kann Miami einfach nicht mehr ertragen. Was ist Renée hier zugestoßen, und was widerfährt jetzt Gail?« Er gab Irene sein Glas. »Tu mir etwas Eis rein, okay?«

Sie goß seinen Bourbon in den Ablauf und stellte ihm statt dessen eine Tasse Kaffee auf den Tisch. »Trink lieber das hier.« Ben setzte sich und zündete sich mit seinem altmodischen Feuerzeug eine Zigarette an. Leise stöhnend stützte er seine Stirn auf die Hand.

»Gail, geh zu Bett. Du siehst völlig erschöpft aus.«

Gail hielt ihr Milchglas hoch. »Ich hatte auf einmal ein bißchen Hunger.«

»Dann mache ich dir ein Käseomelett. Setz dich hin, es ist gleich fertig.« Irene ging zum Kühlschrank. »Übrigens hat Jimmy Panther mich gestern angerufen und gebeten, ich solle mit dir über jene Maske sprechen. Ich sagte, ich würde ihn heute anrufen. Hoffentlich verzeiht er mir, daß ich es nicht tue, aber heute abend halte ich mir keinen Hörer mehr ans Ohr.«

»Jimmy Panther hat dich angerufen?«

»Ich glaube, er ist in mich verliebt.« Sie lachte.

Gail beobachtete, wie geschickt Irene Eier aufschlug, mit präzisen Bewegungen einer Hand. Die Schalenhälften schob sie ineinander und warf sie in den Mülleimer. Gail verspürte das Bedürfnis, sich endlich gehenzulassen, an der Schulter ihrer Mutter zu weinen, diese kleinen Hände auf ihren Haaren zu spüren.

»Ich möchte vorher wissen, was Edith zu sagen hat. Jimmy und Renée haben zusammen an irgend etwas gearbeitet. Ich weiß nicht, woran, aber Edith hilft mir, es herauszufinden.«

»Renée hat mir nie etwas darüber erzählt.«

»Es ist eine viel zu seltsame Sache, als daß man sie einfach ignorieren könnte. Er hat schließlich Renées Leiche gefunden. Woher wußte er, wo sie lag?«

Irene drehte sich nach ihr um. »Gail, das kann doch nicht dein Ernst sein!«

»In meiner Situation nehme ich alles ernst.«

Ben mischte sich ins Gespräch. »Ich vermute, daß er noch ein paar solcher Masken fabrizieren und dann versuchen wollte, sie als präkolumbianische Stücke zu verkaufen.«

Irene warf ihm über die Schulter hinweg einen strafenden Blick zu. »So etwas würde Jimmy nie tun. Es würde gar nicht zu ihm passen. Jimmy Panther ist nicht auf materiellen Gewinn aus. Er sagt, daß die Indianer so leben, wie alle Menschen leben sollten.« Der Schneebesen schlug klirrend gegen die Schüssel. »Er ist ein echter Schamane, davon bin ich überzeugt. Man muß ihn nur reden hören – es ist eine religiöse Offenbarung.«

Ben hielt seine Zigarette in Richtung Aschenbecher, aber die Asche landete auf dem Tisch. »Jimmy Panther alias James Gibb wurde einmal wegen Autodiebstahls verhaftet. Erzählt er das den Museumsbesuchern, wenn er sie um Spenden angeht?«

»Jeder Mensch macht Fehler.« Die Eiermasse landete zischend in der Pfanne.

»Irene, du bist eine törichte, leichtgläubige Frau.«

»Das ist nicht sehr nett von dir, Ben.«

Er hielt seine Tasse hoch. »Wie wär's mit noch einem Schluck Kaffee?«

Sie schlug mit dem Wender auf den Herd. »Du kommst hierher und erwartest, daß ich dich bediene. Du siehst doch, daß ich mit Gails Omelett beschäftigt bin. Ich glaube, du solltest jetzt ein Taxi rufen und dich nach Hause fahren lassen.«

Ben starrte sie kurze Zeit an. Dann stemmte er sich hoch. »Irene, meine Liebe, du hast recht. Ich muß nach Hause. Aber die sechs Kilometer kann ich gut selbst fahren.« Er drückte seine Zigarette aus. »Gute Nacht, meine Damen.«

Gail verspürte eine Anwandlung von Mitleid mit ihm und bereute ihre Schroffheit von vorhin. Sie lächelte ihm zu, als er an ihr vorbeiging. »Gute Nacht, Ben. Danke für alles.«

Er blieb stehen, schlang beide Arme um ihren Hals und zog sie vom Stuhl hoch. Ihre Brüste wurden schmerzhaft fest an seinen Brustkorb gepreßt. Sie versteifte sich, wehrte die Umarmung aber nicht ab.

Er küßte sie leicht auf die Lippen. »Mach dir keine Sorgen, Liebling. Alles wird wieder gut.«

Gail holte sich aus Irenes Schrank ein zusätzliches Kissen. Ihre Mutter telefonierte schon wieder. Vetter Marian, der in Charleston wohnte, rief an, weil er die Neuigkeit soeben von Boyce in Atlanta gehört hatte, der seinerseits von Patsy in Tampa informiert worden war.

Den Finger bereits am Lichtschalter, blieb Gail stehen und betrachtete den Klapprahmen auf Irenes Nachttisch. Sie nahm ihn zur Hand und schaute sich die beiden Mädchen auf der Schaukel an. Auf dem anderen Foto stand Renée am Heck eines Bootes, irgendeine karibische Hafenstadt im Hintergrund. Wie hübsch sie war! Kein Wunder, daß sie Anthony gefallen hatte.

Renée trug weiße Shorts und ein tief ausgeschnittenes pinkfarbenes Top. Der Wind hob die Krempe ihres Strohhuts an. Sie lächelte strahlend in die Kamera. Ihr Haar war dunkelblond. Irgendwann mußte sie aufgehört haben, es platinblond zu bleichen, und Gail hatte das überhaupt nicht bemerkt. Die Fingernägel der kleinen Hand, die den Hut festhielt, waren kurz geschnitten und nicht lackiert.

»Schau dich doch an«, sagte Gail leise. »Deshalb konnte ich dich nicht verstehen. Das konnte offenbar niemand. Jeder sieht dich anders, und die Eindrücke sind äußerst widersprüchlich. Du warst im Begriff, dich zu verändern, du selbst zu werden. Was für ein Mensch wäre dabei zum Vorschein gekommen?« Gail strich mit dem Daumen über das kleine Gesicht auf dem Foto. »Ich glaube, ich hätte dich gemocht, Schwesterherz.«

Sie wollte das Foto gerade zurückstellen, hielt es aber abrupt näher ans Licht, während das Kissen ihrer Hand entglitt und zu Boden fiel. Eine schmale Goldkette funkelte an Renées Hals, und der Anhänger hing zwischen ihren Brüsten – ein mit winzigen Diamanten verziertes goldenes Herz. Irenes Geschenk zu Renées zwölftem Geburtstag.

Gail zog die oberste Schublade von Irenes Schmuckkassette auf, dann die zweite. In der dritten fand sie eine kleine Plastiktasche mit Reißverschluß. *Connor, Renée* stand auf dem Aufkleber aus der Gerichtsmedizin. Darin befanden sich die Ohrringe, die Renée bei ihrem Tod getragen hatte – Goldschlingen, vier Paar in verschiedenen Größen. Ein Perlenring für den kleinen Finger der linken Hand. Klimperarmreifen. Aber kein Anhänger.

Gail setzte sich auf das Bett ihrer Mutter und rief bei sich zu Hause an. Dave nahm den Hörer nach dem sechsten Klingeln ab.

»Ich dachte schon, du wärest wieder in deiner Kajüte«, sagte sie.

»Eigentlich wollte ich gar nicht drangehen. Gerade habe ich die Nachrichten in Kanal 7 gesehen.« Er atmete laut aus. »Mein Gott, ist bei euch alles in Ordnung?«

»Mehr oder weniger. Mom kümmert sich um alles. Sie ist einfach großartig.« Gails Augen brannten. »Karen weiß noch nicht genau, ob sie morgen in die Schule gehen will.«

»Laß sie bei Irene bleiben. Ein paar Tage kann sie in der Schule ohne weiteres fehlen, und du solltest dir für den Rest der Woche Urlaub nehmen.«

Den Hörer ans Ohr gepreßt, ließ Gail ihren Oberkörper langsam aufs Bett sinken und starrte an die Decke.

»Was ist los, Gail?«

Ihre Kehle war wie zugeschnürt, ihre Stimme belegt. »Ich bin einfach müde, glaube ich.«

Er lachte verständnisvoll. »Es war ja auch ein beschissener Tag für dich.«

»O Dave!« Sie schloß die Augen. »Was ist nur aus unserer Ehe geworden? Ich dachte, alles wäre in Ordnung. Nicht perfekt, gewiß, aber doch irgendwie ausgewogen, und ich habe mir eingebildet, ein solches Gleichgewicht wäre auch nicht zu verachten.«

»Gail ...«

»Du hättest es mir sagen müssen. Ich habe es nie kommen sehen.«

»Ich auch nicht, glaube ich.«

Sie wischte sich die Tränen von den Schläfen. »Du hast einmal gesagt, ich hätte dich nie an mich herangelassen, ich wäre immer kalt gewesen. Hast du das wirklich geglaubt?«

»Ich weiß nicht. Wahrscheinlich war ich sauer auf dich, als ich das gesagt habe.«

Sie lachte. »In der größten Wut sagt man meist die Wahrheit. Ist dir das noch nie aufgefallen? Ich bin im Augenblick zwar überhaupt nicht wütend, aber ich möchte dir trotzdem die Wahrheit sagen. In letzter Zeit ist mir manches bewußt geworden, und jetzt habe ich das Gefühl, als würde ich über einem dunklen Abgrund hängen, der aber nicht unter mir ist, sondern in mir.«

»Gail, Liebling, du solltest schlafen gehen.«

»Ja, ich rede wieder viel zuviel.«

»So habe ich es nicht gemeint.«

»Du bist ein sehr netter Mann, Dave. Das hat Irene gesagt, und ich stimme ihr zu.« Gail setzte sich wieder auf und zog ein Kleenex aus der Schachtel auf dem Nachttisch. »Es tut mir wirklich leid, daß ich dich nicht glücklich gemacht habe.«

Nach langem Schweigen sagte er: »Möchtest du nach Hause kommen?«

»Möchtest du es denn? Nein, es ist schon spät.« Sie schneuzte sich. »Ich habe dich aus einem ganz bestimmten Grund angerufen. Ich wollte dich etwas fragen.«

»Okay.«

Gail nahm den Doppelrahmen wieder zur Hand. »Hat

Renée am Abend von Irenes Party ihren Anhänger getragen?«

»Was?«

»Du weißt schon – das Diamantherz, das sie immer trug. Hatte sie es umhängen?«

»Warum?«

»Dave, bitte.«

»Ja.«

»Bist du ganz sicher?«

»Die Kette verfing sich in meinem Uhrarmband, als ich ihr beim Aussteigen half. Ja, sie trug den Anhänger. Aber warum willst du das wissen?«

»Bei der Autopsie war er nicht mehr da.«

»Ich habe ihn nicht an mich genommen.«

»Dave, das weiß ich doch!«

Sekunden später begriff er. »O Gott, jemand hat immer noch ihren Anhänger! Der Mörder hat ihren Anhänger!«

»Ich habe noch eine Frage. Erinnerst du dich an den Namen des Bootes?«

»Welches Boot meinst du?«

»Das Boot, das du für diesen angeblichen José Garcia repariert hast.«

»Na, hör mal, das war letzten Sommer.«

»Hast du denn keine schriftlichen Unterlagen? Zulassungsnummer? Irgend etwas?«

»Vielleicht. Ich müßte nachschauen. Was willst du denn damit?«

»Das weiß ich selbst noch nicht.« Gail stand auf und schob das Kleenex in ihre Tasche. »Aber ich werde nicht untätig herumsitzen und abwarten, was mir als nächstes widerfährt.«

Sie betrachtete wieder das Foto mit den beiden Mädchen auf der Schaukel. Renée lachte. Gail brachte stehend die Schaukel in Schwung.

»Gail, wir werden dich für eine Weile aus der Schußlinie nehmen. Glaub mir, das ist so am vernünftigsten.«

Jack Warner, Leiter der Abteilung für Handelsrecht, war ein Mann Ende Fünfzig, der sein Alter durch ein betont gepflegtes Äußeres zu kaschieren versuchte. Als er Gail zu sich gebeten hatte, hatte sie schon geahnt, daß er ihr etwas in dieser Art eröffnen würde.

Der *Miami Herald* hatte in der Donnerstagausgabe ein Archivfoto von ihr veröffentlicht, das bei einer Benefizveranstaltung vor fünf Jahren aufgenommen worden war. Perfekte Frisur, funkelnde Ohrringe, der Direktor des Florida Philharmonic im Smoking neben ihr. *Anwältin aus der Hautevolee unter Mordanklage, gegen Kaution auf freien Fuß gesetzt.* Sie hatte über »Hautevolee« gelacht, dann aber nervös gewartet, ob die Staatsanwaltschaft aufgrund dieses Berichts ihre Freilassung rückgängig machen würde. Bisher war das zum Glück nicht passiert.

Die Kanzlei hatte eine Presseerklärung abgegeben. *Bedauerlicher Vorfall. Überzeugt von Ms. Connors Unschuld. Eine hervorragende Anwältin.* Eventuelle Fragen seien an Ray Hammell zu richten.

Gail hob die Hände, ließ sie dann wieder auf den Schoß sinken. »Jack, ich bin dankbar, daß ihr mich nicht einfach vor die Tür setzt.«

Er schüttelte lächelnd den Kopf. »Das würden wir nie tun. Aber du verstehst das Problem. Die Klienten könnten nervös reagieren. Wenn ihre Anwältin eines schweren Verbrechens beschuldigt wird, würden sie verunsichert Nägel kauen. Und du könntest bestimmt nicht so gute Arbeit wie sonst leisten.«

Im Gegensatz zu Larry Black, der neben ihr auf dem zweiten Stuhl vor Warners Schreibtisch saß, konnte der Chef brutal direkt sein, aber das störte sie nicht. In den vergangenen zwei Tagen hatten die anderen Anwälte sie so behandelt, als wäre bei ihr eine tödliche Krankheit diagnostiziert worden. Die meisten hatten in ihrem Büro vorbeigeschaut und gesagt, wie schrecklich das sei, aber niemand war lange geblieben. Und niemand – nicht einmal Jack Warner – hatte gefragt, ob sie schuldig sei. Jedenfalls nicht in ihrer Hörweite.

Warner deutete auf Larry Black. »Larry und du, ihr könnt gemeinsam überlegen, wer welche Fälle übernehmen soll, bis der Sturm sich gelegt hat. Schafft ihr das bis Montag, Larry?«

Er nickte, aber Gail kannte ihn gut genug, um zu wissen, daß seine gefaßte Miene nur gespielt war, daß diese Sache ihm im Grunde total zuwider war. Als er sie ansah, stand ihm seine Verlegenheit deutlich ins Gesicht geschrieben. »Wir werden bei den schriftlichen Arbeiten trotzdem deine Hilfe benötigen. Schriftsätze müssen ausgearbeitet werden, Anträge, Kurzdarstellungen. Und die restliche Zeit« – er brachte ein gequältes Lächeln zustande – »... Na ja, wir finden in den anderen Abteilungen für dich mehr als genug zu tun, selbstverständlich ohne Gehaltskürzung.«

»Das weiß ich sehr zu schätzen, Larry.«

Ihre Karriere bei Hartwell Black & Robineau war beendet. Den Traum vom Aufstieg zur Partnerin konnte sie getrost begraben. Es machte ihr weniger aus, als sie für möglich gehalten hätte. Andere Dinge belasteten sie jetzt viel mehr.

Jack Warner stand auf. »Gail, falls du etwas brauchen solltest, kannst du jederzeit zu mir kommen, auch außerhalb der Arbeitszeit. Wir werden dich nach besten Kräften unterstützen.«

Er legte ihr eine Hand auf die Schulter, während er sie zur Tür begleitete.

Bob Wilcox übernahm ihre Vormittagstermine, und Gail diktierte Memos zu ihren Fällen – zwei sehr wichtige Prozesse, vierzehn mittlere Verfahren und siebenunddreißig weitere Rechtsfälle in verschiedenen Stadien. Um halb eins hatte sie das meiste erledigt – überall in ihrem Büro lagen Stapel von Aktenordnern, jeweils mit einer besprochenen Kassette obenauf. Miriam holte Sandwiches vom Delikatessengeschäft um die Ecke. Sie versicherte Gail, sie könne abends so lange wie nötig bleiben, dann brach sie in Tränen aus.

Nach dem Imbiß arbeitete Gail weiter. Am Schreibtisch stehend, blätterte sie in einer Akte, den Kassettenrecorder in der anderen Hand.

»Im Fall *Merkin gegen Bayside* sind die Antworten auf die schriftlichen Beweisfragen am 11. Mai fällig, aber ich habe dem Klienten gesagt, sie seien schon am 4. Mai fällig. Man muß ihn drängen, sonst vergißt er, überhaupt zu antworten.«

Sie diktierte flüssig, und als sie zwischendurch einen Schluck Kaffee trank, fiel ihr auf, daß ihr Herz bereits seit Tagen so gleichmäßig wie ein Metronom schlug – seit dem Moment, als sie begriffen hatte, in welchen Schwierigkeiten sie steckte. Der Mut während der Schlacht, vermutete sie.

Eine halbe Stunde später klappte sie die letzte Akte zu und legte den Ordner auf vier andere. Sie kreiste ihre Schultern, legte den Kassettenrecorder beiseite und griff zum Telefonhörer.

Sie wählte die Nummer von Anthonys Kanzlei, ohne zu wissen, ob er da war. Als er sich meldete, litt sie schlagartig unter Atemnot, selbst bestürzt über ihre heftige Reaktion auf seine Stimme.

»Gail«, sagte er behutsam, »wie geht es dir?«

Sie schloß die Augen und lehnte sich an eine Ecke ihres Schreibtisches. »Ich rufe an, um mich bei dir zu bedanken. Entschuldige bitte, daß ich es erst nach zwei Tagen tue.«

»Das kann ich gut verstehen. Wo bist du, in deinem Büro?«

»O ja. Allerdings haben die hohen Herren entschieden, mich für eine Weile aus dem Publikumsverkehr zu ziehen, damit ich keine lukrativen Klienten verprelle.«

»Das ist schlimm. Ich glaube, ich bekäme Entzugserscheinungen, wenn ich nicht in den Gerichtssaal dürfte.«

»Es ist hoffentlich nur vorübergehend.« Sie setzte sich und schlug die Beine übereinander. »Ich habe Ray Hammells Mitarbeiter – mir fällt sein Name nicht ein – gesagt, daß Renées Papiere noch bei dir sind.«

»Soll ich sie dir bringen? Oder, noch besser, hol sie bei mir ab. Vielleicht am Wochenende. Ich würde gern mit dir reden.«

Sie atmete tief durch, überwältigt von Gefühlen, die unvermittelt aus ihrem Unterbewußtsein aufstiegen, das ihr in den vergangenen Nächten lebhafte Träume beschert hatte – sie war mehrmals mit rasendem Herzklopfen aufgewacht, in höchster sinnlicher Erregung.

Bemüht, ihr Zittern unter Kontrolle zu bringen, sagte sie: »Es wäre wohl angebrachter, wenn du sie in Hammells Kanzlei bringst.«

Sein Schweigen dauerte nur Sekunden. »Wenn dir das lieber ist – gern. Am Montag hat er sie.«

»Anthony, ich muß dir etwas Wichtiges sagen. Vorgestern habe ich mit einer Arbeitskollegin von Renée gesprochen. Dolores Perrera, kennst du sie? Sie wird Loly genannt und erwartet ein Baby.«

»Ja, ich erinnere mich an sie.«

»Sie hat mir etwas erzählt, das Renée über Carlos herausgefunden hatte. Ob es stimmt oder nicht, kann ich nicht beurteilen. Carlos soll bei Pedrosa Development Geld veruntreut haben, und George Sanchez hat ihm geholfen, die Fehlbeträge mit Geldern der Vista Title zu decken. Weißt du etwas darüber?«

Langes Schweigen, dann ein knappes »Nein«.

»Wie gesagt, es ist nur eine Behauptung, aber ich muß Ray Hammell darüber informieren. Tut mir leid. Carlos gehört immerhin zu deiner Familie.«

»Natürlich mußt du Hammell informieren. Weißt du irgendwelche Einzelheiten? Wie Carlos das gemacht hat? Wieviel er unterschlagen hat?«

»Nein«, antwortete Gail. »Loly hat gesagt, daß Renée

an den Betrügereien nicht beteiligt war, außer als Mitwisserin.«

»Vielleicht sollte ich selbst mit ihr sprechen. Oder mit George Sanchez.« Seine Stimme war ruhig, aber mit einem gefährlichen Unterton.

»Sei freundlich. Denk daran, daß du es nur aus dritter Hand weißt.«

Nach einigen Sekunden fragte Anthony: »Hat Loly Perrera dich auch über Renée und mich aufgeklärt?«

»Ja, aber ich habe sie nicht etwa danach gefragt. Es kam bei unserer Unterhaltung zufällig zur Sprache.«

»Und aufgrund dieser Unterhaltung findest du es jetzt angebrachter, daß ich Renées Papiere direkt in Hammells Kanzlei bringe.«

»Anthony ...« Sie lachte leise. »Laß uns bitte nicht darüber diskutieren.«

Am anderen Ende der Leitung trat wieder eine längere Stille ein. Endlich sagte er: »Du hast recht. Jetzt ist nicht die richtige Zeit für Diskussionen.«

Nachdem Gail den Hörer aufgelegt hatte, saß sie minutenlang regungslos da. Eine Affäre mit Anthony? O ja, wenn sie vergessen könnte, daß er mit Renée geschlafen und ihr dann den Laufpaß gegeben hatte. Anthony hatte Schluß gemacht, dessen war Gail sich sicher. Renée hatte ihn geliebt, auch nachdem die Affäre beendet war. Gail überdachte das: Renée hatte geliebt! Und dafür liebte sie ihre Schwester. Sie hätte ihr so gern einen Arm um die Schultern gelegt, auf Anthony geschimpft und tröstend gesagt, was andere Schwestern sagten: *Vergiß diesen Kerl. Er ist nicht der einzige Mann auf Erden. Sei froh, daß du ihn los bist. Hör auf zu weinen, hörst du?*

Im ersten Stock des Historischen Museums war eine Ausstellung über die Tequesta zu bewundern. Steife dunkelhäutige Figuren mit widerspenstigen schwarzen Haaren. Der Mann saß an einem orangefarbenen Plastikfeuer und schnitzte etwas. Die barbusige Frau hielt ein Essenstablett in den Händen. Das Kind beobachtete seinen Vater. Hinter ihnen hatte das Museumspersonal eine *chickee* aufgebaut, einen Einbaum aufgehängt und eine Wand mit einer Riedgraslandschaft bemalt.

Gail lehnte sich ans Geländer, während Edith Newell Bericht erstattete und dabei gelegentlich einen Blick auf ihren kleinen Spiralblock warf.

»Er ist vierundvierzig Jahre alt und lebt in einem Wohnwagen westlich von Miami, nicht in der Reservation. Soviel ich weiß, hat er nie in der Reservation gelebt.«

»Hat er seinen Namen offiziell in Panther geändert?«

»Nein, das ist der Name seiner Mutter. Ich erinnere mich dunkel, daß er mir erzählt hat, seine Mutter hätte der Panther-Sippe angehört. Beide Elternteile sind gestorben. Jimmy hat unter dem Namen Gibb die öffentliche Schule besucht, nicht die Reservationsschule. Er hat die High-School abgebrochen und eine Abendschule besucht. Er behauptet, ein College absolviert zu haben, aber falls das stimmen sollte, war es jedenfalls nicht in Florida. Von 1968 bis 1971 hat er als James Gibb in der US-Armee gedient und wurde in Ehren entlassen. Keine Eheschließung oder Scheidung im Dade County.«

Edith wartete, bis einige französisch sprechende Museumsbesucher einen Blick auf die Tequesta-Ausstellung geworfen hatten und langsam weitergingen. Ediths Wangen waren vor Aufregung gerötet, und sie brachte ihren Bericht im Flüsterton vor, wie ein Spion in einem zweitklassigen Film. »Jimmy ist zu drei Vierteln ein Miccosukee, aber er ist in der Stadt aufgewachsen. Jetzt sucht er nach seinen Wurzeln, könnte man sagen.«

»Ich habe gehört, daß er einmal wegen Autodiebstahls vor Gericht stand.«

Edith blätterte in ihrem Block und warf mit schiefem Kopf einen Blick auf die Notizen. »Darauf wollte ich gerade zu sprechen kommen. Ja, erstinstanzliches Gericht, im Februar 1968. Allerdings scheint er nicht verurteilt worden zu sein. Aber er hatte ein ganz schönes Vorstrafenregister, so nennt man das doch, oder?« Sie zeigte Gail die Liste. Erregung öffentlichen Ärgernisses in betrunkenem Zustand; unbefugtes Betreten fremden Grundbesitzes – gleich viermal; Trunkenheit am Steuer; Widerstand gegen die Festnahme.

»Jimmy war ein schlimmer Junge«, kommentierte Edith.

»Hat er auch in letzter Zeit etwas ausgefressen?«

»Nein, das war alles in den sechziger Jahren.«

»Wie haben Sie das alles herausgefunden?« staunte Gail.

»Das war nicht schwierig. Mein Neffe ist Lieutenant beim Miami Police Department.« Edith hakte sich bei Gail ein. »Meine Liebe, Sie wissen ja, daß ich für Sie durchs Feuer gehen würde. Notfalls hätte ich den Urkundsbeamten höchstpersönlich gebeten, einen Blick in die Akten zu werfen – seine Frau ist meine Bridgepartnerin. Aber verraten Sie mir eines – wie hängt das alles mit Ihrem Fall zusammen?«

»Das weiß ich selbst noch nicht, Edith. Sind Sie nie – etwa bei einer archäologischen Ausgrabung – auf etwas gestoßen, das dort nichts verloren hatte? Und hat Ihnen diese Sache nicht auch keine Ruhe gelassen, bis Sie wußten, warum es dort war?«

»O ja, beispielsweise habe ich einmal in einem Tequesta-Grabhügel eine goldene Taschenuhr gefunden. Leider bin ich nie dahintergekommen, wie sie dorthin gelangt ist.« Edith schlug ihren Notizblock wieder auf. »Fahren wir fort.« Sie sah sich um, als bestünde Gefahr, belauscht zu werden, und senkte ihre Piepsstimme wieder zu einem geheimnisvollen Flüstern.

»Zu den Büchern, die er in den letzten anderthalb Jahren in der Stadtbücherei ausgeliehen hat. Jede Menge Abenteuerromane – Männer lieben so was. Ein chinesisches Kochbuch, verschiedene Bücher über Religion und Mythologie, drei über Schatzsucher, zwei über Archäologie in Nord- und Südamerika, drei über die Geschichte Floridas« – sie schlug die nächste Seite auf – »acht über die amerikanischen Ureinwohner, sechs davon über die Indianer Floridas. Außerdem zwei Bücher über die Geschichte Kubas und vier über spanische Forschungsreisende.« Edith schaute lächelnd von ihren Notizen auf. »Das war eine kurze Übersicht. In meinem Büro liegt für Sie ein Computer-Printout mit den einzelnen Titeln.«

»Sie sind einfach unglaublich«, sagte Gail. »Haben Sie zufällig auch herausbekommen, wofür er sich im Lesesaal interessierte?«

»Ja. Obwohl er immer sehr geheimnisvoll tat, läßt sich mit großer Wahrscheinlichkeit sagen, daß sein Hauptinteresse den Tequesta galt. Einer unserer Mitarbeiter hat gesehen, daß er sich Lichtbilder von Artefakten angeschaut hat. Ein anderer erinnert sich daran, daß Jimmy frühe spanische Karten von Südflorida studierte. Ich habe mit unserem Archäologen gesprochen ...«

»Hat das Dade County einen Archäologen?«

»O ja, meine Liebe. Ein sehr netter junger Mann. Er hat mir erzählt, daß Jimmy sich als Freiwilliger an Ausgrabungen beteiligt hat. Das habe ich nicht gewußt, weil ich selbst schon seit Jahren nicht mehr mit von der Partie sein kann. Meine Hüfttransplantation, wissen Sie. Die Ausgrabungen wurden bei der Ferguson Mill am Miami River und an verschiedenen Grabhügeln im westlichen Broward County durchgeführt. Grabhügel sind im allgemeinen die ergiebigsten Fundstätten für wertvolle Artefakte.«

Edith trat dicht an Gail heran. »Sie erraten, was ich glaube, nicht wahr?«

»Daß er die Maske von einer Ausgrabungsstätte gestohlen hat.«

»Genau.« Sie zog Gail zu einer Glasvitrine neben der Tequesta-Ausstellung und deutete auf drei Masken – geschnitzte Tierköpfe, das Holz fast schwarz. »Die Tequesta und andere präkolumbianische Stämme haben solche Masken bei ihren Jagdzeremonien benutzt, und sie wurden oft mit ihren Besitzern begraben. Ein Gräberfeld kann Dutzende von Skeletten enthalten, sogar Hunderte, wenn es immer weiter ausgedehnt wurde. Es dauert Monate, sie auszugraben. Monatelange mühsame Arbeit, denn wenn man nicht mit äußerster Vorsicht arbeitet, zerstört man mehr, als man findet.«

Edith deutete auf die Vitrine. »Diese Masken hier sind sehr alt, aber lange nicht so wertvoll wie jene, die Sie mir gebracht haben. Sie dürfen sie Jimmy Panther nicht zurückgeben. Wenn sie präkolumbianisch ist und ausgegraben wurde, gehört sie dem Staat Florida.«

Gail ließ ihren Blick über die Wände schweifen, an denen Fotos von Archäologen in Lebensgröße hingen, die Erde aushoben und durchsiebten. Die Ausgrabungsstätte, an der sie gearbeitet hatten, war mittlerweile unter einem vierundfünfzigstöckigen Bankgebäude in der Innenstadt verschwunden. Im Hintergrund der Fotos war die Skyline von Miami zu sehen. Edith Newell, wesentlich jünger als jetzt, trug eine ausgebeulte Hose, hatte einen Strohhut auf und schwang eine Spitzhacke.

Jimmy Panther hatte Renée auf einem Parkplatz in der Innenstadt erzählt, daß er seine Vorfahren weinen höre. Die Tequesta, die von den Spaniern ermordet worden waren.

»Glauben Sie, daß an Jimmys Behauptung, er stamme von den Tequesta ab, etwas dran sein könnte?« fragte Gail.

Edith schnaubte. »Und ich stamme von den Babyloniern ab.«

»Soviel ich sehen kann, steht nichts, was Sie mir erzählt haben, in irgendeinem Zusammenhang mit Renée.« Gail lief auf und ab, die Hände in die Hüften gestemmt. »Als ich zuletzt hier war, haben Sie mir erzählt, wie Renée und Jimmy sich kennengelernt haben. Sie sagten, er sei in den Lesesaal gekommen und habe Renée angestarrt.«

»Ja.«

»Hatten Sie den Eindruck, daß es keine zufällige Begegnung war – daß er gewußt haben könnte, wer sie war und wo er sie finden würde?«

»Hmmm, schon möglich. Was hätte das zu bedeuten?«

»Ich wünschte, ich wüßte es. Hat sie ihn je zu den Ausgrabungen begleitet?«

»Ich habe Bob – den Archäologen – gefragt, aber er hat sie dort nie gesehen, und er kannte Renée.«

Gail starrte die Tequesta-Indianerin an, so als könne die Frau ihr auf dem Holztablett irgendeine Antwort präsentieren.

»Einmal war ein Mann hier, zusammen mit Jimmy Panther.« Edith trat neben Gail und legte ihre großen eckigen Hände auf die Absperrung um die Ausstellung. »Aber Jimmy redet mit allen möglichen Leuten, und wahrscheinlich ist es ganz unwichtig.«

»Hier oben?« fragte Gail.

»Nein, meine Liebe, unten im Lesesaal. Das ist noch gar nicht lange her. Ich kannte den Mann nicht, obwohl ich sonst fast jeden kenne, der ins Museum kommt.« Sie starrte an die Decke, während sie sich zu erinnern versuchte.

»Müßte er sich ins Gästebuch eingetragen haben?«

»Nicht, wenn er mit einem Mitglied des Historischen Vereins gekommen war, und Jimmy ist Mitglied.«

»Wie sah der Mann aus?«

»Wie ein Spanier. Na ja, ich will nicht verallgemeinern – er hätte auch ein Araber oder ein Italiener sein können.«

»In Miami?«

»Also gut, ein Hispanic.« Sie nagte an der Unterlippe. Vom Lippenstift war nur noch ein schmaler Streifen übrig.

»Groß? Klein? Wie alt? Glatze? Brille?«

»Seien Sie still, ich versuche mich gerade an ihn zu erinnern. Wie groß er war, kann ich nicht sagen, weil er am Tisch saß. Ein attraktiver Mann, ziemlich jung. Dunkle Haare und dunkle Augen. Das weiß ich noch, weil er mich ansah. Und er hatte einen Bart, glaube ich. Oder einen Schnurrbart.«

Gail packte sie am Arm. »Edith, denken Sie nach. Hatte er einen Bart?«

Sie schloß kurz die Augen. »Ja, einen Bart.« Und dann fügte sie hinzu: »Renée saß bei den beiden Männern. Das muß etwa ein, zwei Monate vor ihrem Tod gewesen sein.«

Das erste Gespräch mit Ray Hammell hätte eine Stunde dauern sollen, eingeschoben zwischen einem anderen Klienten und einer Verhandlung im Bundesgericht. Nach anderthalb Stunden schickte Hammell einen seiner Mitarbeiter ins Gericht.

Gail wurde von Ben begleitet, der Hammell persönlich kannte und überdies einen Scheck über neunzigtausend Dollar dabei hatte – eine Anzahlung von fünfundsiebzigtausend auf das Honorar und von fünfzehntausend für die Auslagen.

Gail hatte ihn nicht dabeihaben wollen, und sie vermutete, daß er das wußte, aber sie hatte keine Einwände erhoben. Er hatte sich den Platz an ihrer Seite auf Hammells Sofa redlich verdient.

Gail hatte Hammell vor einem Jahr im Fernsehen gesehen, als er einen Polizisten erfolgreich verteidigt hatte, der einen Teenager ins Koma geprügelt haben sollte. Man hätte Hammell mit seinem blauen Anzug und dem runden Gesicht ohne weiteres auch für einen Geistlichen halten können, denn er trug eine Miene höflicher Indignation zur Schau: Um Gottes willen, wie konnte mein Klient nur eines solchen Verbrechens angeklagt werden?

Er hatte Gail die Anklageschrift gezeigt, die an diesem Morgen von der Anklagejury bestätigt worden war, und bei der Lektüre war ihr so schwindelig, daß die Buchstaben auf dem Papier zu tanzen schienen.

Staat Florida gegen Gail Ann Connor … Daß Gail Ann Connor vorsätzlich den Tod eines Menschen herbeigeführt hat, indem sie ihrer Schwester Renée Michelle Connor die Pulsadern mit einer Rasierklinge oder einem anderen scharfen Gegenstand aufschnitt, mit der Folge, daß das Opfer verblutete … Übertretung der Paragraphen 782.04(01) und 775.087 des Strafgesetzbuchs von Florida …

Hammell hatte mit dem zuständigen Staatsanwalt gesprochen. »Die Todesstrafe soll nicht beantragt werden.«

Ein kalter Schauder überlief Gail. Daran hatte sie überhaupt noch nicht gedacht. Sie hatte sich gar nicht vorstellen können, daß … Sie räusperte sich. »Wissen Sie, welches Strafmaß die Staatsanwaltschaft beantragen will?«

»Schlimmstes Szenario: Die Geschworenen befinden auf ›schuldig‹, und wir verlieren alle Berufungsverfahren. Dann müßten Sie mit einer Haftstrafe von fünfundzwanzig Jahren rechnen, Strafaussetzung auf Bewährung nach zehn Jahren. Wie gesagt – schlimmstenfalls.«

Gail gab ihm die Anklageschrift zurück. Nein, sie wollte keine Kopie davon.

Hammell erklärte ihr die Prozedur: Innerhalb von einundzwanzig Tagen nach ihrer Verhaftung würde sie dem Gericht vorgeführt werden. Er würde dabei auf ›nicht schuldig‹ plädieren. Man würde alle möglichen Anträge verlesen, zwangsweise Mitteilung von Tatsachen beantragen, Beweismaterial vorlegen, Aussagen zu Protokoll nehmen. Der Staatsanwalt würde eine Einrede anbieten, und je nach Stand der Dinge würde Hammell diese Möglichkeit in Betracht ziehen oder auch nicht. Der Prozeß würde dann höchstwahrscheinlich gegen Ende des Jahres stattfinden.

Wie der Prozeß ausgehen würde … Hammell hatte leicht gelächelt. Er gab nie Garantien ab, und er stellte auch keine Prognosen. Er mußte abwarten, wie dieser Fall sich entwickeln würde.

Jetzt stand er an einem Fenster, das auf die Brickell Avenue hinausging, und sein graues Haar lag im Halbschatten. Eine junge Schwarze namens Alisha – seine Assistentin – saß seitlich an seinem Schreibtisch und machte sich Notizen.

Gail berichtete, was sie über Carlos Pedrosa wußte. Seine Affäre mit Renée. Daves Verdacht, daß Carlos hinter dem schiefgegangenen Drogenschmuggel bei dem Ausflug auf die Bahamas stecken könnte. Als sie Hammell von dem Boot berichtete, das Dave repariert hatte, hörte sie Ben »O Gott!« murmeln.

»Es heißt La Sirena – das spanische Wort für Meerjungfrau«, erklärte Gail, während sie ein Blatt Papier entfaltete. »Das ist eine Skizze des Bootes mit der Zulassungsnummer. Vielleicht läßt sich irgendeine Verbindung zu Carlos herstellen.«

Alisha sagte, sie würde das überprüfen.

Gail erzählte Ray Hammell, was sie von Loly Perrera erfahren hatte.

»Wir werden einen Detektiv auf Betty Diaz ansetzen, bevor wir Kontakt mit ihr aufnehmen«, sagte Hammell. »Schauen wir mal, was sich da tut. Wenn Carlos sie seitdem irgendwie verärgert oder ihr den Laufpaß gegeben hat, können wir das vielleicht verwenden.«

Alisha notierte es.

»Irgendwann werde ich mich mit George Sanchez unterhalten müssen«, fuhr Hammell fort. »Wenn er Pedrosas Komplize bei den Unterschlagungen war, müssen wir mehr darüber wissen. Ich möchte vor allem herausfinden, wieviel Renée gewußt hat. Vielleicht kann George uns darüber Auskunft geben.«

»Ich habe Anthony Quintana heute über die Vorgänge bei Pedrosa Development informiert. War das falsch?«

»Nun ja ...« Hammell setzte sich auf die Armlehne eines Sessels gegenüber dem Sofa und wippte mit dem Fuß. »Sie sollten mit niemandem über den Fall sprechen, das ist die allgemeine Regel, verstehen Sie? Aber wegen Anthony würde ich mir an Ihrer Stelle keine Sorgen machen. Ich habe mich mit Anthony bereits ausführlich über Ihren Fall unterhalten. Ich würde allerdings gern mit ihm sprechen, bevor er George Sanchez ins Gebet nimmt. Er kann uns bestimmt sagen, wie wir aus George am ehesten etwas herausbekommen.« Er warf einen Blick über die Schulter. »Alisha, ruf bitte in Mr. Quintanas Kanzlei an, am besten gleich.«

Sie nickte und nahm den Hörer ab.

»Sie wissen, daß Anthony und Carlos Vettern sind?« vergewisserte Gail sich.

»O ja.« Hammells Nicken verriet, daß er viel mehr als nur das wußte. Anthony mußte ihm alles erzählt haben.

Ben beugte sich stirnrunzelnd vor, seine Ellbogen auf die Knie gestützt. »Wie wäre es mit einem Antrag auf Einstellung des Verfahrens? Vielleicht braucht es gar nicht zu einem Prozeß zu kommen.«

Hammell dachte über den Vorschlag nach. »Hmmm ... Nein, ich bezweifle, daß der Richter einem solchen Antrag stattgeben würde, solange wir keine wirklich triftigen Gründe anführen können. Ich glaube, wir müssen mit einem Prozeß rechnen. Aber was ich heute gehört habe, ist durchaus ermutigend. Es gibt genügend Ansatzpunkte, um die Anklage ins Wanken zu bringen.«

Ben gab noch nicht auf. »Carlos Pedrosa hatte einen Grund, Renée zu ermorden. Wahrscheinlich hat er die Polizei in bezug auf sein Alibi belogen. Ich bin der Ansicht, daß das ausreichen müßte, um begründeten Zweifel an Gails Schuld zu erwecken.«

»Sofern wir Beweismaterial gegen ihn vorlegen können, und wenn er keine einleuchtenden Erklärungen geben kann.«

»Wir brauchen ja nicht zu beweisen, daß er schuldig ist«, beharrte Ben. »Wir müssen nur begründeten Zweifel an Gails Schuld vorbringen können.«

»Das hört sich einfach an«, sagte Hammell, »aber mit Beschuldigungen gegen einen potentiell unschuldigen Mann muß man sehr vorsichtig sein, speziell wenn es um Mord geht.«

»Mr. Hammell?« Alisha legte den Hörer auf. »Mr. Quintana ist bei Gericht. Ich habe eine Nachricht hinterlassen, daß er Sie anrufen soll, bevor er irgend etwas unternimmt.«

»Danke.« Hammell beugte sich vor und klopfte Gail aufs Knie. »Wie geht's uns, junge Dame?«

Sie lächelte.

»Sind Sie in der Verfassung, am Dienstag weitere zwei oder drei Stunden mit mir zu reden?«

»Ich werde vielleicht das ganze Wochenende verschlafen, aber danach stehe ich Ihnen jederzeit zur Verfügung.«

»Gut. Ruhen Sie sich aus, das ist sehr vernünftig.« Er stand auf. »Ich möchte mehr über diese Tequesta-Maske wissen. Bringen Sie sie am Dienstag mit. Vielleicht ergibt sich da ein zweiter Ansatzpunkt.« Er wandte sich seinem Schreibtisch zu. »Alisha, veranlasse bitte, daß Carlos Pedrosa diskret fotografiert wird. Diese Fotos sollen dann der Dame im Museum vorgelegt werden, dieser – wie heißt sie doch noch? – dieser Edith Newell.«

Ben erhob sich vom Sofa. »Ray, ich möchte dir für alles danken. Ich habe dir einen Scheck mitgebracht – mußte dazu meine letzten Groschen zusammenkratzen. Brauchst du ihn wirklich?«

»Ich befürchte, ja. Alisha hat den Vertrag in ihrem Büro, du kannst gern einen Blick darauf werfen.« Ray Hammell streckte seine Hand aus. »Gail, machen Sie sich keine allzu großen Sorgen, das ist der beste Rat, den ich Ihnen geben kann. Anfangs ist es immer sehr verwirrend, aber wir werden Klarheit schaffen.«

Eine Viertelstunde später stiegen Gail und Ben in den gläsernen Aufzug. Miami lag einundzwanzig Stockwerke unter ihnen, und Gail verfolgte, wie die Stadt allmählich näher rückte. Sie hatte wieder Kopfschmerzen.

Ben stützte sich mit beiden Händen auf das Chromgeländer. »Du willst nicht, daß ich dich auch am Dienstag begleite, habe ich recht?«

»Ja.«

»Gail ...« Er lachte lautlos, den Blick starr auf die Bäume gerichtet, die allmählich näher kamen. »Ich bedaure in keiner Weise, dir meine Zeit oder mein Geld zur Verfügung zu stellen. Das gilt auch für Irene. Was mich aber stört, ist die Tatsache, daß du zu glauben scheinst, einen Anspruch darauf zu haben.«

»O Ben ...« Sie stieß geräuschvoll den Atem aus. »Verschone mich im Augenblick bitte mit Predigten, okay?«

»Du hast mich neulich gefragt, was mit dir nicht stimmt, und ich glaube, jetzt weiß ich es. Du willst immer nur nehmen. Du bist anmaßend. Du willst, daß alle anderen Menschen dir beistehen, wenn du sie brauchst, aber du selbst bist nicht bereit, etwas zu geben. Du hast Renée dieses Verhalten vorgeworfen – völlig zu Recht. Aber du bist nicht viel besser. Und wenn es zwischen dir und Dave auch so gewesen ist, kann ich ihm wirklich keinen Vorwurf daraus machen, daß er die Schnauze voll hatte.«

Der Aufzug hielt mit einem sanften Ruck im Erdgeschoß, und die Türen öffneten sich. Ben trat auf den Gehweg hinaus und schaute sich mit grimmiger Miene nach ihr um. »Kommst du?«

Gail stieß sich vom Chromgeländer ab. Sie traute ihrer eigenen Stimme kaum. »Ich gehe zu Fuß ins Büro zurück. Ich brauche etwas Bewegung und frische Luft.« Nach einigen Schritten drehte sie sich noch einmal um. »Vielleicht bin ich Renée tatsächlich in vieler Hinsicht ähnlich, ich kann es nicht genau sagen. Aber sie war mutiger als ich. Sie versuchte, die Dinge so zu sehen, wie sie wirklich waren, sogar sich selbst.«

KAPITEL 21

Am nächsten Mittwoch ließ Gail einen Stapel Akten auf ihrem Schreibtisch liegen und fuhr mit der Tequesta-Maske im Kofferraum zu Everglades Adventures and Gifts. Als sie von der Krome Avenue in westliche Richtung abbog, wurde die Straße schmaler. Auf der rechten Seite wurde sie von einem Kanal und Riedgrasprärie gesäumt, auf der linken von einem Waldstreifen. Gail fuhr auf den Parkplatz und stellte ihren Wagen an einer Mauer ab, auf der in abblätternder Farbe ein Indianer zu bewundern war, der in einem Kanu auf einen Alligator mit offenem Maul zufuhr. Besuchen Sie unseren Zoo mit seltenen Tieren und Reptilien. Alligator-Shows. Luftbootfahrten $ 8,00.

Gail ließ die Maske im Kofferraum. Ray Hammell hatte damit nichts anzufangen gewußt, und sie wäre wohl wieder bei Edith Newell gelandet, wenn Gail nicht eine andere Idee gehabt hätte.

Im Souvenirladen machte sie einen Bogen um eine Touristengruppe, die in den T-Shirts herumwühlte, und umrundete einen Ansichtskartenständer. Sie ging achtlos an einem Tisch mit handgemachten Puppen vorbei, machte aber plötzlich kehrt. Die kleinen Puppen trugen Patchwork-Röcke, und auf die braunen Köpfe aus Palmblättern waren lächelnde Gesichter gestickt. Gail nahm eine in die Hand. Karen machte sich nicht viel aus Puppen, aber sie hätte Spaß daran, ein Geschenk auszupacken, wenn sie nach Hause kam. Sie hatte jetzt Osterferien, und Dave war mit ihr zu seinen Eltern nach Delray Beach gefahren. Die Schule begann erst am nächsten Montag wieder, und Gail vermißte ihre Tochter sehr.

Von Zeit zu Zeit überfiel sie der Gedanke an eine dauerhafte Trennung von Karen, und dann fröstelte sie, so als stünde sie in einem kalten grauen Regen. Sie hatte Ray Hammell nicht gefragt, was passieren könnte, weil sie Angst vor der Antwort hatte. In ihrer Vorstellung sah sie sich mit Karen auf dem Schoß in einem häßlichen Raum sitzen, umgeben von einem Dutzend anderer Mütter. Plastikstühle und fleckiger Teppichboden. Oder, noch viel schlimmer – sie konnte Karen nur durch eine Glasscheibe oder Gitterstäbe sehen.

Gail trug eine Puppe mit türkisfarbenem Rock zur Kasse.

Eine etwa sechzigjährige Frau, deren Haut an ungebügelte Baumwolle erinnerte, war damit beschäftigt, Ohrringe aus Glasperlen mit Preisschildern zu versehen, unterbrach ihre Arbeit aber sofort. »Das macht zehn sechzig, Steuer inklusive«, sagte sie.

»Ich suche Jimmy Panther.« Gail gab ihr einen Zehn-Dollar-Schein und sechzig Cent in Münzen.

»Sind Sie die Dame, die vorhin angerufen hat? Er müßte draußen fast fertig sein. Gehen Sie einfach durch. Sie brauchen nichts zu bezahlen.«

Gail verstaute die Puppe in ihrer Handtasche und drückte eine Tür mit der Aufschrift *EVERGLADES-ZOO $ 4,00* auf.

Auf einer Fläche von etwa zehn Ar spendeten große

Palmhütten den Käfigen mit Schlangen und Vögeln, Waschbären und Wildschweinen Schatten. Es gab sogar zwei Braunbären und mehrere lohfarbene Panther, die in der Sonne schliefen. Auf einem Schild wurde versichert, daß die Raubkatzen sich hier von Unfällen erholten oder aber so alt waren, daß sie nicht mehr in der Wildnis leben konnten. Gail war nicht davon überzeugt, daß das der Wahrheit entsprach.

Ein gutes Dutzend Touristen stand weiter hinten vor einem niedrigen Maschendrahtzaun und beobachtete fasziniert die Vorführung.

Jimmy Panther, in blauer Hose und verblichenem rotem T-Shirt, saß rittlings auf einem über drei Meter langen Alligator. Zwei weitere Alligatoren lagen regungslos im Schatten einer *chickee*, ein vierter schwamm in dem flachen Wassergraben herum, der Touristen und Alligatoren voneinander trennte. Gail lehnte sich uninteressiert an eine Palmettopalme. Sie kannte solche Shows.

Jimmy drückte dem Reptil mit beiden Händen das Maul zu und zog den Kopf nach hinten. Die Schuppen am Hals waren hell und glänzend. Die mit großen Krallen versehenen Füße wühlten im Sand. Jimmys Armmuskeln traten hervor.

»Was Sie jetzt sehen werden, nennen wir ›Bulldogging‹. Sie haben einen Alligator gefangen und wollen ihn fesseln. Doch dafür brauchen Sie beide Hände. Deshalb müssen Sie ihm das Maul folgendermaßen zuhalten.« Jimmy schob die Schnauze des Reptils unter sein Kinn und preßte sie gegen seine Brust. Dann breitete er die Arme aus. Die Zuschauer murmelten beifällig und machten Fotos.

Jimmy packte mit einer Hand die lose Haut unter dem Kiefer des Alligators, legte die andere Hand um dessen Nüstern, verlagerte sein Gewicht und zog das große Maul auseinander. Spitze Zähne. Wieder drückten alle auf die Auslöser ihrer Kameras. Jimmy ließ los, und das Maul schnappte zu.

Blitzschnell stand Jimmy auf und trat etwas zurück.

Der Alligator kroch zum Graben und glitt ins Wasser, die Augen dicht über der Oberfläche, der Schwanz von einer Seite zur anderen schlagend.

»So, jetzt wissen Sie, was Sie tun müssen, wenn Sie in Ihrem Hinterhof einen Alligator finden.« Die Touristen lachten erwartungsgemäß und traten vom Zaun zurück. Jimmy klopfte sich den Sand von den Knien. »Danke, daß Sie hergekommen sind. Vergessen Sie nicht, im Laden Karten für eine Fahrt mit dem Luftboot zu kaufen. Billy Osceola wird Sie durch die Everglades führen.«

Er bemerkte Gail und nickte ihr zu. Seine langen Haare fielen ihm offen über die Schultern. Geschmeidig wie eine Raubkatze ging er am Zaun entlang auf sie zu. »Sie haben den größten Teil der Vorführung verpaßt.«

»Auf diese Weise verdienen Sie also Ihren Lebensunterhalt.«

Mit einem Eimer in der Hand kam er auf ihre Seite des Zauns. »Auf diese und andere.« Er holte Scheine und Münzen aus einer Konservenbüchse mit der Aufschrift TRINKGELDER, die an einem Pfosten befestigt war.

Gail ging neben ihm her, als er den Hof überquerte. Sie wußte nicht so recht, wie sie das Gespräch eröffnen sollte. In ihrem Büro, hinter ihrem Schreibtisch, wäre das einfacher gewesen. »Ich habe mein ganzes Leben in Miami verbracht«, sagte sie endlich, »und scheine die Miccosukee übersehen zu haben.«

Er warf ihr einen Seitenblick zu. »Wir können tagtäglich im Indian Village besichtigt werden – es sind nur etwa zwanzig Kilometer bis zur Reservation.«

Er drehte einen Wasserhahn an der Mauer des Souvenirladens auf und hielt den Eimer darunter. Das Wasser färbte sich rosa, und etwas, das wie ein Stück Hühnerhaut aussah, schwamm darin herum. Jimmy drehte den Hahn zu und schüttete das Wasser auf den Kies neben dem Gebäude. Ein asiatisches Ehepaar mit einem kleinen Kind stand in der Nähe und beobachtete den Bären, der in seinem Käfig hin und her ging.

Jimmy stellte den Eimer zum Abtropfen hin, trocknete

sich die Hände an einem Handtuch ab und warf seine langen Haare nach hinten. »Wo ist die Rehmaske?«

»In meinem Wagen.«

Seine Miene bewies, daß er das erwartet hatte. »Worüber wollen Sie mit mir reden?«

»Könnten wir irgendwo anders hingehen?«

Er hängte das Handtuch an einen Nagel und führte sie zu einer Tür im Zaun. Sie kamen hinter dem Laden heraus. Der leicht abschüssige weiße Boden führte zu einer Plattform; hinter dem Holzgeländer begann ein Sumpfgelände. Gail vermutete, daß die Propellerboote hier vorbeikamen. Sie konnte sehen, wo die Wasserhyazinthen zusammengedrückt waren. Die Fahrrinne verschwand bald im Riedgras. Eine verbeulte Pepsidose trieb zwischen den Schwimmpflanzen. Mit wildem Wein umrankte Bäume ragten himmelwärts.

Jimmy drehte einen Gartenstuhl aus Aluminium in ihre Richtung. »Setzen Sie sich.«

Es gab nur diesen einen Stuhl. »Nein, danke.« Gail hörte das Zirpen der Insekten im Riedgras. Sie hatte halb damit gerechnet, daß Jimmy Panther sich weigern würde, mit ihr zu reden, daß er die Polizei rufen oder sein Messer zücken würde, um die Herausgabe seiner Maske zu erzwingen.

Doch er schaute sie nur aus leicht verengten schwarzen Augen an. »Was wollen Sie wissen?« Er stellte sich neben sie ans Geländer.

»Ich möchte etwas über Renée erfahren.«

»Sie sind doch ihre Schwester.«

»Wir haben uns in den letzten Jahren selten gesehen. Ich nehme an, daß sie Ihnen das erzählt hat.« Sein Gesichtsausdruck veränderte sich nicht. »Sie haben bestimmt gehört, daß ich unter Mordanklage stehe.«

»Haben Sie es getan?«

»Nein.« Sie stieß laut den Atem aus. »Hören Sie, ich brauche Ihre Hilfe. Ich hatte gehofft, daß Sie mit mir reden würden. Wenn mein Anwalt wüßte, daß ich hier bin, würde er mich wahrscheinlich nicht mehr vertreten wollen.«

Gail blickte auf das schillernde Wasser. Lichtreflexe tanzten in den Bäumen. »Die Rolle der Angeklagten ist für mich völlig neu. Bisher habe ich stets andere Menschen verteidigt – zwar nicht bei Strafprozessen, aber in Fällen, wo die Gefahr bestand, daß die Leute ihr gesamtes Hab und Gut verlieren würden. Ich habe oft gesehen, wie verstört sie waren, wie sie – zur Passivität verurteilt – nur hoffen und beten konnten, daß ich nichts verpatzen würde. Und ich habe immer gedacht, daß es mir unerträglich wäre, in eine solche Situation zu geraten, in der ich jede Entscheidung über mein Schicksal anderen überlassen müßte. Dazu bin ich auch jetzt nicht bereit, und deshalb bin ich hier. Und ich verwende sogar etwas, das Ihnen gehört, als Köder, nur um etwas über meine Schwester zu erfahren.«

»Die Polizei hat mich schon befragt«, sagte Jimmy. »Die Bullen wollten wissen, ob ich jemanden in der Nähe gesehen hätte, als ich ihre Leiche fand. Ob ich wüßte, wer einen Grund gehabt haben könnte, Renée zu ermorden. Sie wollten auch wissen, wann ich sie zuletzt gesehen habe und wo ich in jener Nacht war. Ich war zu Hause. Ich habe einen Wohnwagen, nicht weit von hier entfernt.«

Hinter dem Gebäude wurde ein Motor angelassen, und gleich darauf tauchte das Luftboot, das einen ohrenbetäubenden Lärm verursachte, in der Fahrrinne auf. Ein Mann mit blauen Ohrenschützern saß auf dem Hochsitz, drei Touristen hielten sich unten im Bug krampfhaft an den Sitzen fest. Der Propeller drehte sich in seinem Schutzgitter immer schneller. Gail hielt sich die Ohren zu und spürte, wie der Wind an ihrem Rock zerrte. Umgeben von einem dichten Wasserschleier verschwand das Boot im Riedgras. Der Lärm verebbte allmählich.

Jimmy Panther wartete immer noch. Gail fuhr fort: »Hatte Renée, als Sie sie fanden, ihren goldenen Anhänger um? Sie trug ihn immer – ein mit kleinen Diamanten geschmücktes Herz.«

»Das weiß ich nicht. So nahe bin ich nicht an die Leiche

herangekommen. Sobald ich gesehen habe, daß es Renée war, bin ich schleunigst hierher zurückgefahren und habe die Polizei angerufen. Warum fragen Sie mich nach dem Anhänger?«

»Wir können ihn nicht finden.«

Seine Brauen hoben sich ein wenig.

»Sie könnten mir auch erzählen, wer Sie sind.« Gail bückte sich und stellte ihre Handtasche auf den Boden. Ihre Muskeln waren völlig verspannt, stellte sie dabei fest. »Erklären Sie mir, wie Sie von den Tequesta abstammen können, die seit mehr als zweihundert Jahren ausgestorben sind.«

»Möchten Sie eine Geschichtslektion?« Er betrachtete sie eine Weile. »Okay. Gegen 1700, als die Yamassee von Norden her eindrangen, töteten sie viele Tequesta und verkauften andere als Sklaven an die Briten. Um 1750 waren die Tequesta fast ausgestorben, aber einige wenige hatten Ehen mit den Yamassee geschlossen, und sie gaben das Wissen um ihre Herkunft an ihre Nachkommen weiter. Meine Großmutter erzählte mir Geschichten, die sie von ihrer Großmutter gehört hatte und so weiter und so fort. Die Yamassee wurden später ein Teil der Seminolen, und die Miccosukee gehören demselben Volk an. Natürlich ist das Blut sehr verdünnt, vielleicht sind nur noch wenige Tropfen übrig, aber in Legenden lebt die Erinnerung fort. War es das, was Sie wissen wollten?«

»Und was ist mit Ihrem Großvater? Edith sagt, er sei ein Weißer gewesen.«

»Hiram Gibb. Er stammte aus Massachusetts, trieb mit einem Segelboot Handel zwischen Miami und Key West und heiratete eine Seminolenfrau, Millie Cypress.«

»Ich habe gehört, daß er für Al Capone Rum geschmuggelt hat.«

Jimmy Panther lächelte zum erstenmal. »Später verdiente er seinen Lebensunterhalt wirklich auf diese Weise. Er kannte das Hinterland, wußte genau, wie man ein Boot durch die Mangrovensümpfe steuert. Was hat Edith Newell Ihnen sonst noch alles über mich erzählt?«

»Daß Sie, als Sie jünger waren, mehrmals mit dem Gesetz in Konflikt kamen, unter anderem wegen Autodiebstahls.«

»Das ist lange her. Wollen Sie Näheres darüber wissen?«

»O ja.«

Er lächelte wieder. »Ich hatte schlechten Umgang. Reiche weiße Jungs in der Miami-High-School. Mein Vater hatte eine Tankstelle, und wir wohnten in der Stadt. Mit der Indianerschule wollte ich nichts zu tun haben. Ich liebte heißen Rock und blonde Mädchen und superschnelle Wagen – GTOs, 427 Ford Fairlanes, Roadrunners. Die reichen Jungs rasten mit Vorliebe nachts die Krome Avenue entlang. Sie eignete sich hervorragend – ein schnurgerader Highway, keine Bullen und damals kaum Verkehr. Manchmal veranstalteten sie Rennen mit frisierten Wagen. Natürlich herrschte großer Bedarf an Ersatzteilen. Die Jungs meldeten ihre eigenen Autos als gestohlen, montierten die benötigten Teile ab, versenkten den Wagen in irgendeinem Kanal und kassierten Geld von der Versicherung. Ich half ihnen, das will ich gar nicht leugnen. Ich war ein paar Jahre älter, verstand etwas von Autos und konnte sie auch frisieren. Dann ist der Versicherungsgesellschaft plötzlich aufgefallen, daß all diese Burschen miteinander befreundet waren. Wissen Sie, wer auch zu dieser Clique gehörte? Paul Robineau! Ja, der aus Ihrer Kanzlei.

Wie ich später gehört habe, ist der Ermittlungsbeamte zu Pauls Vater gegangen, und der ist für die Schäden, die der Versicherung entstanden waren, aufgekommen, um seinem Sohn Ärger zu ersparen. Die Familien der anderen Burschen haben es genauso gemacht, aber man brauchte irgendeinen Sündenbock, und ich wurde vor die Wahl gestellt – Gefängnis oder Militärdienst. Paul ging in jenem Herbst nach Harvard, ich nach Vietnam – gerade rechtzeitig zur Tet-Offensive.«

Jimmy drehte sich um, als ein lautes Platschen zu hören war. Ein blauer Fischreiher war mit angelegten

Flügeln ins Wasser getaucht und hatte Kreiswellen erzeugt, die sich langsam in die Hyazinthen und ins Riedgras ausbreiteten und Sonnentupfer in die Bäume zauberten.

»Ich wurde zum Scharfschützen ausgebildet.« Jimmy blickte immer noch auf den Sumpf hinaus. »Marines. Der Vietcong-Jagdklub, sozusagen. Wenn wir loszogen, hieß es: ›Wir gehen ins Indianerland‹. Ich machte eine Weile mit. Viel zu lange. Dann fing ich an zu trinken, war absichtlich ständig besoffen, um nicht auf die falschen Leute schießen zu müssen. Man versetzte mich zu einer Nachschubbasis und später auf einen Militärstützpunkt in Texas, wo es weit und breit nichts als Sand und Felsen gab. Nach meiner Entlassung habe ich in mindestens zehn Staaten gelebt und alles mögliche gemacht. In Las Vegas habe ich in einem Zirkus gearbeitet, in Wildlederkleidung und mit prächtigem Kopfschmuck bei einer Indianernummer. Na ja, und da beschloß ich dann, daß ich genausogut nach Hause zurückkehren könnte.«

Er schnippte ein Blatt vom Geländer. »Ich werde wohl noch eine ganze Weile diesen Blick hier genießen – es sei denn, daß die Großstadt auch noch das restliche Wasser aus dem Boden saugt. Früher haben wir von der Jagd und vom Fischfang gelebt. Wild gibt es kaum noch, und die Fische sind mit Quecksilber verseucht. Deshalb steuern wir jetzt Propellerboote und stellen Souvenirs für die Touristen her. Ehrlich gesagt – so schlecht ist das gar nicht. Aber in letzter Zeit entwickeln die Weißen Schuldgefühle uns gegenüber. Ich wurde eingeladen, bei einem Christopher Columbus Seminar zu sprechen. Der *Herald* hat ein paarmal Fotos von mir veröffentlicht. Alte Damen erzählen mir, daß sie ihr Geld testamentarisch den Miccosukee vermachen werden. Und ein Mann etwa in Ihrem Alter hat mir neulich gesagt, er würde sich schämen, als Weißer geboren worden zu sein.« Jimmy Panther lachte. »Mir kann das alles nur sehr recht sein – hoffen wir, daß es so weitergeht.«

Gail betrachtete sein von schwarzem Haar umrahmtes

Profil – gebogene Nase, rundes Kinn. Sie hatte noch nie einen Indianer aus solcher Nähe gesehen. Wenn er sich häufiger als einmal pro Woche rasieren mußte, so nur wegen seines weißen Großvaters. Kein Wunder, daß Renée von ihm fasziniert gewesen war.

»Wie kam die Freundschaft mit meiner Schwester zustande?«

Er drehte den Kopf in ihre Richtung, und nun konnte sie im Sonnenlicht die Silberfäden erkennen, die das blauschwarze Haar durchzogen. »Ich habe sie im Museum kennengelernt.«

»Wußten Sie, daß sie dort arbeitete, bevor Sie sie zum erstenmal gesehen haben?«

»Vielleicht hat Irene es erwähnt. Ja, ich glaube, sie hat mir erzählt, daß ihre Tochter als Volontärin im Museum arbeitet.«

Er lügt so gut, dachte Gail. »Erzählen Sie mir von ihr. Wie war sie damals?«

»Eine schwere Frage. Wie können wir wissen, was im Kopf eines anderen Menschen vorgeht?« Er stützte sich mit den Ellbogen auf das Geländer und betrachtete die purpurfarbenen Hyazinthen im Sumpf. »Wir kamen gleich beim ersten Gespräch auf Legenden, Mythen und Religionen zu sprechen. Darüber weiß ich gut Bescheid, weil ich das studiert habe.«

»Auf dem College?«

»Ja, drüben im Westen. Aber ich habe auch viel auf eigene Faust studiert. Renée und ich führten sehr intensive Gespräche. Sie redete gern über den Geist, über die Möglichkeit, den Geist von der Welt zu trennen, das Gute vom Bösen zu scheiden. Ich habe ihr gesagt, das sei unmöglich. Sie sind untrennbar, wie Licht und Schatten. Man muß beides akzeptieren.«

»Sie wurde vergangenen Sommer wegen Kokainschmuggels verhaftet. Hat sie Ihnen das erzählt?«

»Ja, und ich sagte ihr, daß sie Risiken eingehe, weil sie im Grunde Angst vor dem Tod habe. Sie wollte sehen, ob sie ihn berühren und doch überleben konnte.«

»Hat sie Ihnen auch erzählt, mit wem sie sich da eingelassen hatte?« Er antwortete nicht, und Gail war sich plötzlich nicht mehr sicher, ob sie die Frage wirklich gestellt oder nur gedacht hatte. »Hat sie gesagt, wessen Boot es war?« fügte sie deshalb hinzu.

»Es gehörte einem Freund von ihr, wem, das hat sie mir nicht verraten. Sie sagte aber, er habe nicht gewußt, daß sie mitgefahren ist, und er sei wahnsinnig wütend gewesen, als er es erfahren hat.«

»Könnte es Carlos Pedrosa gehört haben?«

Er schwieg wieder, so als überlege er, wieviel er ihr anvertrauen solle.

»Sie wissen doch, daß er Renées Geliebter war«, sagte sie.

Jimmy nickte.

»Und daß er sie mit Kokain versorgt hat, bis sie davon losgekommen ist.« Er widersprach nicht. »Was hat Renée Ihnen über Carlos erzählt?«

»Nicht viel. Ein kubanischer Bauunternehmer.« Jimmy ging in den Schatten, setzte sich auf den Gartenstuhl und streckte seine langen Beine aus. Er trug blaue Segeltuchschuhe, an denen noch Sand vom Alligatorengraben haftete. »Sie erwartete ein Kind von ihm.«

»Das ist mir auch schon zu Ohren gekommen.« Gail beobachtete den Fischreiher, der im seichten Wasser herumstelzte. »Wollte sie ihn heiraten?«

»Nein. In den letzten Wochen vor ihrem Tod haben sie sich nicht mehr so oft gesehen. Es war Renées Entschluß.«

»Und wie hat Carlos das aufgenommen?«

»Nicht besonders gut, nach allem, was sie mir erzählt hat. Er wollte sie zu einer Abtreibung überreden, damit sie dann weitermachen könnten wie bisher. Sie war unschlüssig, was sie tun sollte. Ich sagte ihr, sie solle das Kind behalten. Ich sagte ihr, das sei ihre große Chance; zusammen mit ihrer Tochter könne sie ein neues Leben beginnen.«

»Warum reden Sie von einer Tochter?«

Er zuckte mit einer Schulter. »Weil es ein Mädchen war.«

»Was wissen Sie sonst noch über Carlos Pedrosa?« fragte sie.

»Wahrscheinlich weniger als Sie.«

»Glauben Sie, daß er zu einem Mord fähig wäre?«

Jimmy Panther klopfte mit den Fingern an sein Kinn. »Wenn er keinen anderen Ausweg wüßte, vielleicht.«

Gail versuchte es auf gut Glück. »Edith hat Sie mit Renée und Carlos im Lesesaal des Historischen Museums gesehen, etwa sechs Wochen vor Renées Tod.«

»Schon wieder Edith Newell!« knurrte Jimmy.

»Was haben Sie dort gemacht?«

Seine Miene war unergründlich. »Er interessierte sich für die Geschichte Floridas, und Renée brachte ihn mit, damit er sich mit mir unterhalten konnte.«

»Worüber?«

»Über verschiedene Themen, aber hauptsächlich über die spanische Periode.«

Gail fiel auf, daß seine Antworten kürzer wurden. »Sie selbst haben sehr viel Zeit im Lesesaal verbracht. Womit haben Sie sich beschäftigt?«

»Geschichte. Indianer. Ich plane hier draußen ein Kulturmuseum. Es lohnt sich, etwas über seine eigene Kultur zu wissen.«

»Über welche? Die der Miccosukee oder der Tequesta?«

Er faltete seine Hände auf dem Schoß. »Sieht so aus, als wären wir jetzt wieder bei der Maske.«

»Warum hatte Renée sie in ihrem Schrank?«

»Das habe ich Ihnen doch schon gesagt. Sie wollte sie in den Läden in Coconut Grove herumzeigen.«

Gail lachte, und eine Sekunde lang stand ihm seine Überraschung ins Gesicht geschrieben. »Nun kommen Sie schon! Sie wußten genau, wie wertvoll die Maske ist, und ich wundere mich, daß Sie sie aus der Hand gegeben haben. Sie behaupteten, Ihre Großmutter hätte sie gemacht. Das ist nicht wahr. Und es ist auch nicht wahr, daß Ihre Großmutter die Maske unter ihrem Bett stehen hatte.

Ich glaube, Sie haben sie in einem Grabhügel gefunden, vielleicht bei den Ausgrabungen mit dem hiesigen unerfahrenen Archäologen.«

Jimmys Gesicht war völlig unergründlich.

»Es ist nicht leicht, ausgegrabene präkolumbianische Artefakte zu verkaufen«, fuhr Gail fort. »Es ist in höchstem Maße illegal. Sie gehören dem Staat. Deshalb brauchten Sie jemanden mit Beziehungen, jemanden, dem Sie vertrauen konnten. Jemanden wie Renée. Das Mädchen aus gutem Hause. Renée kannte alle möglichen Leute, einschließlich Carlos Pedrosa. Sie haben ihr die Maske geliehen, um sie Carlos zu zeigen. Habe ich recht?«

Jimmy gab keine Antwort. Die Luft war schwül. Kein Windhauch drang durch die Bäume. Hoch oben brauste ein Jet vorbei.

»Aber Carlos wäre an einem einzelnen Artefakt nicht interessiert gewesen. Wie viele Masken sind noch dort? Oder Töpfe oder was auch immer. Es müssen so viele sein, daß er glaubte, die Sache könne sich lohnen. Doch noch bevor ein Käufer gefunden war, stritten sich Carlos und Renée. Sie wollte mit ihm Schluß machen, und sie wußte Dinge, die ihn ruinieren konnten. Er brachte sie um – und die Maske lag noch immer in ihrem Schrank.«

Gail hob die Hände, ließ sie wieder fallen. »Vielleicht hat er sie ermordet. Vielleicht stritten sie sich nicht zuletzt wegen der Tequesta-Maske. Ich glaube, daß Carlos genügend Mordmotive hatte, aber ich kann nichts davon beweisen.«

»Gut für Sie, wenn er es getan hat.«

»Ja, gut für mich«, bestätigte Gail.

»Sie haben interessante Theorien entwickelt«, sagte Jimmy.

Sie stieß sich vom Geländer ab und schaute auf ihn hinab. »Jimmy, ich habe wirklich nicht die Absicht, Ihnen die Archäologen auf den Hals zu hetzen. Ich werde Edith Newell schwören lassen, daß diese Maske nie existiert hat. Sie können sie haben, und niemand wird etwas davon erfahren. Wissen Sie, mein Anwalt wird demnächst

Kontakt mit Ihnen aufnehmen, aber ich möchte es lieber selbst von Ihnen hören. Ich will, daß Sie mir etwas über Carlos Pedrosa erzählen.«

Nach einigen Sekunden fragte er: »Was meinten Sie damit, daß Renée Dinge wußte, die Carlos ruinieren konnten?«

»Er hat Geld seines Großvaters veruntreut. Renée hat ihm geholfen, das geheimzuhalten.«

»Ja, sie sagte, er habe Probleme und sie wolle ihm helfen.« Jimmy Panther blickte zu Gail auf, in der Sonne blinzelnd. »Sie hat sich von allen möglichen Leuten ausnutzen lassen, auch von Carlos. Kurz vor ihrem Tod fing sie jedoch an nachzudenken. Sie war zornig. Man konnte es ihr ansehen, und wenn man neben ihr stand, konnte man geradezu spüren, wie ihr die Rage aus allen Poren drang. Sie hatte eine Mordswut auf jemanden, das steht fest. Ich ahnte, daß irgend etwas passieren würde, aber ich wußte natürlich nicht, was.«

Gail trat etwas beiseite, als er aufstand. Er war nicht groß, aber sehr muskulös. Das verblichene T-Shirt lag eng an seinem breiten Brustkorb an.

»Okay, Carlos wollte einen Käufer finden«, gab er zu. »Ich habe die Maske wirklich von meiner Familie geerbt. Wo meine Vorfahren sie gefunden haben, weiß ich nicht. Ich glaube kaum, daß sie etwas mit Renées Tod zu tun hat. Carlos und sie haben nie darüber gestritten.«

»Was machen Sie mit der Maske, wenn ich sie Ihnen zurückgebe? Wollen Sie immer noch, daß Carlos sie für Sie verkauft?«

»Nein, die Sache ist vom Tisch. Ich hätte mich nie mit ihm einlassen sollen. Es gab Disharmonien mit Carlos Pedrosa. Vielleicht war das einer der Gründe für Renées Tod, das kann man nie wissen. Es bereitet mir jedenfalls Unbehagen.«

»Würden Sie eventuell in Betracht ziehen, die Maske dem Museum zu überlassen?«

Jimmy schüttelte lächelnd den Kopf. »Sagen Sie Edith Newell, daß die Maske uns gehört. Den Menschen hier draußen, deren Vorfahren diese Maske einst gemacht haben. Wir werden sie nicht wieder hergeben.«

Gail öffnete die Schachtel auf einem rissigen Picknicktisch am Rand des Parkplatzes. Sie entfernte die Plastikhülle und die Baumwolle, die Edith als zusätzlichen Schutz hineingelegt hatte. Vorsichtig holte sie die Maske heraus und blies etwas Staub ab. Stellenweise schimmerte die dunkelrote Oberfläche noch immer – Reste einer prächtigen Bemalung.

Jimmy berührte den Halbmond auf der Stirn des Rehs. »Das bedeutet, daß es ein friedliches Tier ist«, erklärte er. »Die Raubtiere, beispielsweise Luchse oder Panther, haben Blitze über den Augen.« Er machte eine Zickzackbewegung mit dem Finger.

Gail betrachtete das Rehgesicht ein letztes Mal – große abstehende Ohren, sanfte Augen –, legte es in die Schachtel zurück und übergab diese Jimmy Panther.

KAPITEL 22

Miriam legte Gail einige Zettel auf den Schreibtisch und ging leise wieder hinaus. Gail las die hingekritzelten Notizen über eingegangene Anrufe.

Edith Newell vom Museum hat weitere Informationen. – Soll Mitgliedschaft für nächstjähriges Filmfestival schon jetzt verlängert werden? – Anthony Quintana bittet um Rückruf.

Gail konzentrierte sich wieder auf ihr Buch, Band 403 des *Southern Reporter.* Sie sollte einen Schriftsatz für ein Berufungsverfahren aufsetzen. Eine Versicherungsgesellschaft mäkelte an einem Drei-Millionen-Dollar-Urteil herum, und die subsidiäre Gesellschaft verlangte einen Anteil. Gail wünschte, sie könne den ganzen Kram aus dem Fenster werfen und zuschauen, wie die Blätter durch die Luft wirbelten und auf die Straße flatterten. Nur daß ihr Fenster sich überhaupt nicht öffnen ließ.

Sie warf ihren Kugelschreiber auf einen Stapel Notizen und starrte Miriams Zettel an.

Anthony Quintana bittet um Rückruf.

Er hatte bereits gestern zweimal angerufen, und sie hatte ihn nicht zurückgerufen. Die Erinnerung an ihn und Renée war noch zu frisch. Er hatte sie belogen. Besser gesagt, er hatte es ihr verschwiegen. Eine Unterlassungssünde. Sie drehte den Zettel um. Was auch immer er wollte – es konnte warten. Trotzdem hatte sie Herzklopfen, so als wäre sie eine Treppe hochgerannt.

Sie warf einen Blick auf ihre Uhr. Halb zwölf. Ray Hammell müßte eigentlich schon vom Gericht zurück sein.

Er war noch nicht da, und sein Partner hatte gerade einen Klienten. Sie ließ sich mit Hammells Assistentin verbinden.

Als Alisha sich meldete, sagte Gail: »Ich wollte schon gestern nachmittag anrufen, war dann aber viel zu beschäftigt. Sie können sich die Mühe sparen, Edith Newell Fotos von Carlos Pedrosa zu zeigen. Er war der Mann im Museum. Das hat Jimmy Panther mir gesagt.«

»Haben Sie etwa auf eigene Faust mit ihm gesprochen?«

»Sagen Sie Ray, ich konnte einfach nicht anders. Jimmy hat außerdem bestätigt, daß Carlos der Vater von Renées Baby war. Er drängte sie zu einer Abtreibung, und offenbar hatten sie deswegen Streit.«

»Ooooh, das wird Ray gefallen.«

»Das dachte ich mir. Jimmy wird sich mit Ray unterhalten. Aber ich glaube nicht, daß die Tequesta-Maske etwas mit Renées Tod zu tun hatte. Was ist mit Betty Diaz? Gibt's etwas Neues über sie?«

»Wir haben sie das ganze Wochenende beschatten lassen, aber von Carlos war weit und breit nichts zu sehen. Zwischen den beiden läuft nichts, soweit sich bisher sagen läßt. Ich glaube, Ray wird noch ein, zwei Wochen abwarten und sie dann unter Strafandrohung vorladen.«

»Vielleicht ist sie eine gute Lügnerin.«

Alisha lachte. »Sie wissen nicht, wie das ist, wenn Ray

jemanden ausquetscht. Erinnern Sie mich daran, daß ich Ihnen hinterher das Verhörprotokoll zeige.«

»Und was ist mit dem Boot – *La Sirena?* Ich möchte weitere gute Neuigkeiten hören. Sagen Sie mir, daß es Carlos gehört hat.«

»Nein, da muß ich Sie leider enttäuschen. Vor einer Stunde habe ich einen Anruf in dieser Angelegenheit bekommen. Warten Sie, ich muß meine Notizen raussuchen.« Gail hörte, wie der Hörer geräuschvoll auf den Schreibtisch gelegt wurde. Gleich darauf raschelte Papier, und Alisha war wieder am Apparat: »Da haben wir's ... Das Boot wurde beschlagnahmt und fiel an den Staat. Der Eigentümer war ein gewisser Nelson Restrepo, ein Kolumbianer mit einem Büro in Panama, der Geschäfte in Südflorida abwickelte – wenn man in diesem Fall von Geschäften sprechen kann. Er wäre verhaftet worden, aber er hatte das Land schon verlassen. Nach einer Anklage wegen Bankbetrugs hat er die Kaution sausen lassen und ist verduftet.«

Gail lehnte sich im Stuhl zurück. »O Gott, o Gott!«

»Warum ›o Gott, o Gott‹?«

»Ist das derselbe Nelson Restrepo, der vor einigen Jahren in Miami wegen Kokainschmuggels vor Gericht stand? Es ist kein sehr häufiger Name.«

»Das weiß ich nicht«, gab Alisha nach kurzem Schweigen zu. »Ich bin noch nicht lange in Miami. Warum?«

»Sie sollten Ray Hammell sagen, daß Restrepo ein Klient von Anthony Quintana war.«

»Tatsächlich?«

»Allmählich wird die Sache kompliziert. Sagen Sie Ray ...« Sie lachte gequält auf.

»Was soll ich ihm sagen?«

»Ach, ich weiß nicht, was ich davon halten soll.«

»Sie stehen unter Mordverdacht und brauchen sich nicht auch noch den Kopf zu zerbrechen. Überlassen Sie das Ray.«

»Das Boot wurde damals südlich des Bill Baggs State Park gestoppt. Der befindet sich auf Key Biscayne. Anthony wohnt dort, und hinter seinem Haus gibt es ein Dock.«

»Uh-huh.«

»Und sie – Anthony und meine Schwester – hatten letztes Jahr eine Affäre. Hat er das Ray erzählt?«

»Nein. Jedenfalls hat Ray mir nichts davon gesagt. Die beiden haben mehrmals ausführlich über Ihren Fall gesprochen, aber ich glaube nicht, daß diese Sache dabei aufs Tapet kam.«

Gail strich sich mit einem Finger nachdenklich über die Braue. Ob Anthony Ray Hammell erzählt hatte, warum er den Fall an ihn abgetreten hatte? *Ray, no puedo. Ich kann das nicht machen, Mann, weil deine Klientin ihre Hand an meinen Reißverschluß und ihr Gesicht sonstwo hatte.*

»Gail, sind Sie noch dran?«

»Ja. Ich werde morgen mit ihm über alles sprechen. Um vier haben wir einen Termin.«

Gail warf den Zettel mit Miriams Notiz, daß Anthony um Rückruf bittet, in den Papierkorb. Die Erfahrung hatte sie gelehrt, nicht an Zufälle zu glauben. Sie wußte nicht, wie alles miteinander zusammenhing, aber irgend etwas war nicht ganz koscher. Dieser Halunke hatte sie nicht nur in bezug auf Renée belogen.

Sie betrachtete den Zettel mit der Anfrage des Filmfestivals. Sinnlos, Karten für eine Woche ausländischer Filme zu kaufen. Die Gefängnisleitung würde ihr zu diesem Zweck bestimmt keinen Urlaub geben. Sie zerknüllte den Zettel.

Und Edith Newell hatte also neue Informationen. Gail holte ihre Handtasche aus der Schreibtischschublade. Sie könnte eigentlich einen Spaziergang zum Museum machen und sich auf der Plaza ein Sandwich kaufen. Außerdem hatte auch sie eine Neuigkeit für Edith. Die Tequesta-Maske war für das Museum verloren.

Edith Newell schob ihre Brille hoch und rieb sich den Nasenrücken. Mit einem schweren Seufzer ließ sie die Hand sinken, und die Brille glitt wieder an den richtigen Platz.

»Wahrscheinlich mußten Sie das tun. Entschuldigen Sie bitte, daß ich Sie angeschnauzt habe, meine Liebe. Weiß Gott, in Ihrer Situation hätte ich vermutlich ebenso gehandelt.« Sie stieß sich vom Schreibtisch ab, und die Räder ihres Drehstuhls quietschten. »Egal – ich habe versprochen, Ihnen zu helfen, und das werde ich auch tun. Kommen Sie mit.« Sie schaute auf ihre Uhr – eine Timex-Herrenuhr mit dehnbarem Goldband. »Ich habe noch ein paar Minuten Zeit, bevor ich in die Verwaltung rüber muß.«

Sie gingen durch die Korridore im Basement und stiegen die Treppe zum Erdgeschoß hinauf. Obwohl Edith seit ihrer Hüftoperation hinkte, lehnte sie Gails Vorschlag, den Lift zu nehmen, entrüstet ab.

Unterwegs erklärte sie Gail die frühere umständliche Prozedur bei Fotokopien. Bis zum 1. Januar, als ein neuer Manager ein Münzkopiergerät im Lesesaal aufstellen ließ, mußte jeder, der Fotokopien haben wollte, ein Formular ausfüllen und einem Mitarbeiter geben.

»Die Leute mußten warten, bis der Mitarbeiter die Kopien unten im Büro anfertigte«, sagte Edith. »Eine Seite für einen Vierteldollar.«

Gail hielt ihr die Tür zum Lesesaal auf. Zahlreiche High-School-Studenten saßen an den langen Tischen, offene Schachteln mit alten Fotos vor sich. Der Lärmpegel sank, als sie Edith sahen.

Sie flüsterte Gail ins Ohr: »Ich habe im Büro unseres Buchhalters eine ganze Schublade voller Quittungen gefunden. Seit der Eröffnung des Museums war keine einzige weggeworfen worden, können Sie sich das vorstellen? Na ja, dafür ist es eben ein Museum. Jedenfalls steht der Name der Person, die Fotokopien haben wollte, immer auf der Quittung, manchmal auch, was kopiert worden war.«

Sie gingen an den Bücherregalen und Aktenschränken vorbei in den hinteren Teil des Lesesaals, wo zwei Mikrofichegeräte von grauen Plastikhüllen vor Staub geschützt wurden.

»Sie haben Jimmy Panthers Namen gefunden, stimmt's?« sagte Gail.

»In der Tat. Zum erstenmal wollte er vor zweieinhalb Jahren etwas kopiert haben.« Sie führte Gail zu einem Metallschrank mit breiten, flachen Schubladen. »Ich habe nachgesehen, wovon er Kopien wollte. Auf manchen Quittungen war das leider nicht vermerkt, aber einiges habe ich doch gefunden. Es sind Kopien, die er innerhalb des letzten Jahres anfertigen ließ. Ich habe die Originale hier gesammelt.«

Sie schob Gail beiseite und öffnete die oberste Schublade, die außer Karten vier Klarsichthüllen enthielt. Edith legte diese Hüllen auf den Schrank. Gail sah zwei vergilbte Broschüren, ein großformatiges Heft und ein einzelnes Blatt Papier mit zerknitterten Ecken. Alle Hüllen waren mit Nummern versehen: Archivsignaturen.

»Das hier« – Edith zog die beiden Broschüren etwas näher heran – »sind Anfragen an den US-Kongreß aus den Jahren 1833 und 1836, in denen zusätzliche Mittel für eine Vermessung des großen Sumpfgebiets angefordert werden. Das war noch, bevor es den Namen Everglades erhielt. In beiden Anfragen wird erwähnt, daß man auch nach dem spanischen Gold suchen wolle, das im Jahre 1732 von den Tequesta-Indianern gestohlen worden war, von einem Schiff namens *Santo Espiritu.*«

Edith hielt das einzelne Blatt hoch. »Das stammt aus dem Bericht eines Feldmessers. Josiah Tinsley beschreibt im Jahre 1872 alte Indianersiedlungen auf den Hartholz-Bauminseln im Osten der Everglades.« Sie legte das Blatt hin und nahm das Heft zur Hand, dessen blauer Einband vergilbt war. »Und dies ist ein Bericht über die geologische Vermessung desselben Gebiets, durchgeführt von einem Pionierkorps der US-Armee im Jahre 1878. Wasserstände, Bodenerhebungen und dergleichen. Das war, bevor all die vielen Entwässerungskanäle angelegt wurden. Jetzt ist der größte Teil davon trockenes Land.«

Edith rollte die Schublade ein Stück heraus, schloß sie,

öffnete die nächste. »Dieser Schrank ist von oben bis unten voll mit Karten: Straßenkarten, Vermessungskarten, Armeekarten …« Sie schmetterte die unterste Schublade zu und richtete sich mühsam auf. »Alle sind jedem Besucher zugänglich. Und mehrere Leute haben gesehen, daß Jimmy Panther in diesen Schubladen gestöbert hat.«

»Ein in den Everglades vergrabener spanischer Schatz?« Gail warf Edith einen Seitenblick zu. »Und Jimmy hat versucht, ihn zu finden.«

»Wer weiß, worauf er wirklich aus war?« Edith gab Gail die vier Plastikhüllen. »Hier, machen Sie sich unten Kopien davon, wenn Sie wollen. Sagen Sie Rosa, ich hätte gesagt, daß Sie nichts zu bezahlen brauchen. Ich würde sie selbst machen, aber ich habe keine Zeit mehr.«

Sie durchquerten den Lesesaal, und in der Nähe der Studenten senkte Edith ihre Stimme wieder zu einem verschwörerischen Flüstern. »Neulich haben Sie mich gefragt, ob die Tequesta wirklich nach Kuba emigriert sind. Ich habe gestern nachgesehen. Die spanische Regierung in Havanna hat ein Schiff geschickt, das die Tequesta vor dem Angriff eines anderen Indianerstammes im Jahre 1711 retten sollte. Zweihundertsiebzig Tequesta segelten nach Kuba, die meisten starben dort, einige kehrten nach Florida zurück. Dann wurden sie wieder angegriffen, und 1732 schickten die Spanier zwei weitere Schiffe. Eines davon war die *Santo Espiritu*.«

Gail stieß die Glastür auf. Lautes Lachen erfüllte die Halle. Schulkinder stellten sich in Zweierreihen auf der Treppe auf.

Edith ging auf den Haupteingang zu. »Die Legende besagt – ich hatte seit Jahren nicht mehr daran gedacht, bis ich jene Papiere sah –, daß die Tequesta an Bord gingen, um Nahrungsmittel zu holen. Dann sprachen Seeleute und Indianer gleichermaßen dem Rum zu, und am nächsten Morgen waren die Indianer verschwunden – und mit ihnen die Geldtruhe des Kapitäns. Münzen, Barren – wer weiß, was alles drin war?« Sie lachte schnaubend. »Die spanischen Kronjuwelen, vermute ich.«

Vor der Tür blieb sie stehen und blinzelte in der grellen Sonne auf der Plaza. Gail spürte die Hitze, die von den roten Bodenplatten ausstrahlte. An den Tischen saßen viele Leute unter Sonnenschirmen, aßen und plauderten. Der Wind zerrte an den Fahnen vor der Bücherei.

Edith klemmte runde Sonnengläser über ihre Brille und setzte sie dann wieder auf. »Offenbar war der Verlust nicht groß, denn nach einer flüchtigen Suche segelten die Spanier nach Havanna zurück. Aber Geschichten über vergrabene Schätze sind so faszinierend, nicht wahr? Das Gold – angenommen, die Tequesta hatten es wirklich gestohlen – tauchte nie auf, und deshalb wird vermutet, daß sie es vergraben hatten. Wir bekommen oft Berichte über die Zerstörung indianischer Grabhügel. Es gibt immer wieder Vollidioten, die glauben, darin etwas anderes als alte Knochen und Scherben zu finden.«

»Vielleicht hat auch Jimmy Panther das geglaubt.«

Edith machte einige Schritte rückwärts. »Nein, meine Liebe, glauben Sie das nur nicht. Er ist kein Vollidiot. Das einzige, was er gefunden hat, war die Tequesta-Maske, und ich würde die Hälfte meiner restlichen Zähne dafür geben, zu wissen, woher sie stammt.«

Gail hielt die Plastikhüllen mit den Papieren hoch. »Aber wozu dann das alles? Und die Abenteuerbücher über Schatzsucher, die er in der Bücherei ausgeliehen hat.«

Die einzige Antwort war ein Winken zum Abschied. Dann eilte Edith über die Plaza, eine schlaksige Frau mit wuscheligen grauen Haaren in klobigen Sandalen und Khaki-Herrenhose.

Gail stieß sich in Irenes Swimmingpool vom Rand ab und tauchte mit ausgebreiteten Armen unter. Dunkles stilles Wasser. Sie ließ sich mit geschlossenen Augen langsam an die Oberfläche treiben, genoß die kühle Luft auf der Haut und drehte sich auf den Rücken. Nachdem sie den Tagesstreß mit zwanzig Runden Schwimmen abreagiert hatte, war sie außer Atem und gönnte sich nun die wohlverdiente Erholung. Der Himmel über ihr war tiefblau, verfärbte sich im Westen aber schon zu zartem Purpur. Grillen zirpten im Hibiskus.

Sie hörte, daß Irene einen Stuhl näher an den Pool zog. Ihre Mutter trug karierte Shorts und ein ärmelloses Oberteil, ihr weiches rotes Haar war zerzaust.

»Komm doch rein«, rief Gail.

»Mit meinen geschwollenen Knien?« Irene setzte sich, und die graue Katze rollte sich sofort neben ihren Knien zusammen.

»Mutter, du bist töricht. Vor ein paar Jahren haben Renée, du und ich nackt in diesem Pool herumgeplanscht.«

Irene lachte. »Ja, ich glaube, wir waren alle beschwipst. Weißt du noch, wie wir gekichert haben? Ich habe euch betrachtet und war stolz auf meine beiden schönen Töchter. Zwei schlanke, geschmeidige Nixen.«

Gail kreuzte die Arme auf dem Poolrand. Mit den Zehen konnte sie gerade den Boden berühren. »Bevor das alles passiert ist, habe ich nie an die schönen Zeiten gedacht, die wir zusammen hatten.«

»Ja, es gab auch schöne Zeiten.« Irene lächelte traurig, zog an ihrer Zigarette und stieß blauen Dunst aus. »Ich habe eben mit meinem lieben Cousin telefoniert. Der Verräter lädt sein Angelzeug und zwei seiner alten Kumpels in den Winnebago und fährt am Samstag in aller Herrgottsfrühe nach Arcadia. Sie sagen der Zivilisation für ganze zehn Tage Lebewohl.«

»Dann sind wir am Karsamstag zum Abendessen nur zu zweit. Dave kommt mit Karen erst am Sonntagabend zurück.«

»Ich habe keine Lust, groß zu kochen«, sagte Irene. »Sollen wir nicht essen gehen, in irgendein schickes Restaurant?«

»Okay, aber nur, wenn du mich bezahlen läßt.« Gail watete zu den halbkreisförmigen Stufen in der Ecke.

Irene stand auf und holte ihr ein Handtuch. »Ben sagt, er wolle nächste Woche zwei Hektar Land und ein Haus finden. Es ist ihm wirklich ernst damit. Ich habe ihm gesagt, ich würde ihn besuchen, aber nicht für immer mitkommen. Du brauchst mich hier für Karen, und außerdem würde ich es kaum übers Herz bringen, Miami zu verlassen.«

Wasser lief an Gails Körper hinab. Sie griff nach dem Handtuch und trocknete Gesicht und Arme ab.

»Anthony Quintana hat angerufen, nachdem ich mit Ben telefoniert hatte«, berichtete Irene.

Gail bückte sich, um ihre Beine zu frottieren. »Was wollte er denn?«

»Nur daß du ihn anrufen solltest, seine Privatnummer hättest du ja.«

Gail zuckte die Achseln.

»Was ist? Er scheint doch ein netter Mann zu sein.«

»Auch Frank Britton schien ein netter Mann zu sein.« Sie hüllte sich in das Handtuch und ging ins Haus.

Erst als sie angekleidet am Schreibtisch im Freizeitraum saß, einen Stapel Bücher, Kopien und Notizen vor sich, faßte sie den Entschluß, sich anzuhören, was Anthony zu sagen hatte.

Sie wählte seine Nummer, und er meldete sich nach dem zweiten Klingeln.

»Gail hier.«

»Ah, ich dachte fast schon, du wolltest mich meiden.«

Nach kurzem Zögern fragte sie: »Worüber wolltest du mit mir reden?«

Ein Glas klirrte in seiner Küche, und Wasser lief kurze Zeit. »Ich hätte dich normalerweise nicht zu Hause angerufen«, sagte Anthony, »aber heute am Spätnachmittag hat Ray Hammell mich nach einem bestimmten Boot gefragt, das Nelson Restrepo gehörte. Er hat mir nicht gesagt, woher er wußte, daß Restrepo früher mein Klient war, aber ich nehme an, daß du es ihm erzählt hast. Ja?«

»Ja«, bestätigte Gail. »Du hättest es ihm selbst sagen sollen.«

»Was hast du dir zusammengereimt? Hältst du mich

jetzt nicht nur für den Verführer deiner Schwester, sondern auch für einen Drogenhändler?«

Gail starrte die offenen Schreibtischfächer an, in denen eine uralte Fernsehzeitung von 1989, rostige Büroklammern, alte Briefe, Karten und Fotos mit Eselsohren lagen. »Ray wird mir bestimmt berichten, was aus dem Boot geworden ist. Ich habe morgen einen Termin bei ihm.«

»Nein, ich werde es dir selbst erzählen. Du kannst in zwanzig Minuten bei mir sein.«

Sie lachte überrascht. »Ich komme nicht zu dir. Ray Hammell würde mir mit einem Lineal kräftig auf die Finger hauen, wenn er es herausfände, und er hätte völlig recht.«

»Dann schlag du irgendeinen Treffpunkt vor«, sagte er.

»Ich habe keine Zeit – ich muß bis Montag einen Schriftsatz für ein Berufungsverfahren vorbereiten und bin sowieso schon im Rückstand.«

Er atmete tief aus. »Gail, jetzt hör mir mal gut zu. Ich möchte mit dir nicht über Nelson Restrepo sprechen, obwohl du über ihn die Wahrheit wissen solltest. Es geht um Renée. Ich werde dir erzählen, wie alles gewesen ist – und das wirst du von Ray Hammell bestimmt nicht erfahren.«

Sie hatten vereinbart, sich unter den Fahnen in Bayside zu treffen, einige Kilometer von Irenes Haus entfernt. Als Gail um die Ecke des Parkhauses bog, sah sie Anthony sofort. Er schlenderte auf die grünen Metallbänke am Rand des Gehwegs zu und machte dann gemächlich wieder kehrt, ohne sich um die Passanten zu kümmern. Keine Krawatte. Zurückgeschobenes Sakko, Hände in den Hosentaschen, schmale Hüften.

Gail beobachtete ihn, während sie auf ihn zuging. Die Biegung seines Halses, als er zum schwarzen Himmel emporblickte. Seine Bewegungen. Er schaute zur Straße hinüber, betrachtete das fischgrätenartige Pflaster, bückte sich ein wenig, um tropische Fische in einem Schaufenster zu bewundern, und machte dann wieder ein paar Schritte in Richtung Straße. Als er Gail endlich sah, blieb er stehen und wartete auf sie.

»Möchtest du etwas trinken?« fragte er und deutete auf das argentinische Restaurant. »Das *Tapas* ist nicht überfüllt.«

»Nein, danke«, sagte sie. »Gehen wir lieber spazieren.«

Am Donnerstagabend kurz nach halb neun waren noch zahlreiche Leute unterwegs. Die Läden und Straßenverkäufer machten gute Geschäfte. Passagiere der Kreuzfahrtschiffe. Kinder, die Osterferien hatten.

Gail trug eine bequeme Hose und einen leichten Pulli. Sie hatte die Ärmel hochgeschoben, und der dünne Schulterriemen ihrer Handtasche kreuzte ihre Brüste, damit man ihr die Tasche nicht so leicht entreißen konnte. Sie schlenderten durch eine von Läden gesäumte Passage zu einem Platz mit Brunnen, Tischen und Stühlen. Der Daiquiri-Stand war mit Schachteln voller Obst dekoriert. Eine Menschenmenge scharte sich um einen Bauchredner, der mit ausgestopften Papageien anstelle von Puppen hantierte.

»Es ist lächerlich, daß wir uns hier treffen«, sagte Anthony.

»Es ist angebracht«, erwiderte sie.

»Du meinst – sicher?«

Sie warf ihm einen unverbindlichen Blick zu und wich einer Frau mit Kinderwagen aus. »Soll ich Ray Hammell erzählen, daß wir uns getroffen haben?«

»Das mußt du selbst entscheiden. Wenn er mault, kannst du ihm sagen, es sei nicht deine Idee gewesen.«

Sie gingen auf die Bucht zu. Ein Gondoliere in gestreiftem Hemd stakte ein schwarzes Ehepaar mittleren Alters an den Docks vorbei. Vielleicht irgendein Jahrestag. Die Frau hatte eine Ansteckblume am Jackenaufschlag.

»Anthony?« Als er sie ansah, fragte sie: »Hast du Ray von dir und Renée erzählt?«

»Natürlich. Ich habe ihm gesagt, daß ich deinen Fall deswegen abgeben wolle. Nicht ganz der Wahrheit entsprechend, aber er war mit dieser Erklärung zufrieden.«

Sie blickte ihm in die Augen und fragte sich, ob er log. Aber welchen Unterschied machte das schon? Sie gingen die Stufen zur Promenade hinauf. Zu ihrer Linken war die Bucht. Aus Lautsprechern ertönte Jazz.

»Ich hatte vorgeschlagen, daß du zu mir kommen solltest, weil wir dort ungestört gewesen wären – ganz ohne irgendwelche Hintergedanken.«

»Wirklich?«

Er zuckte die Achseln.

»Sieh mal«, sagte sie, »ich glaube, wir sollten etwas klarstellen. Wir haben neulich leider ein bißchen die Kontrolle verloren.«

»Die Kontrolle verloren?«

Sie verlangsamte ihre Schritte, weil eine Gruppe Teenager vor ihnen stehengeblieben war. »Ich mache dir keine Vorwürfe.« Die Mädchen verschwanden in einem Geschäft für Badeanzüge. »Aber es war gefährlich und töricht, für uns beide. Ich möchte, daß du weißt, wie ich darüber denke.«

Anthony nickte widerwillig.

Im brasilianischen Open-Air-Nachtklub spielte eine Combo Samba-Musik. Kellner eilten mit Tabletts umher – exotische Drinks in Ananas- und Kokosnußschalen oder in großen bunten Gläsern.

Sie wandte sich Anthony zu. »Erzähl mir von Nelson Restrepo.«

»Nicht hier.«

Sie gingen den abschüssigen Gehweg entlang. Die Musik wurde leiser. Vor ihnen war das schwarze Wasser der Biscayne Bay, die Lichter des Hafens und dahinter die dunklen Umrisse der Inseln.

Anthony wandte sich nach rechts, in den Park. Straßenlaternen säumten die Kaimauer. Der Seewind war für April empfindlich kalt. Gail konnte hören, wie das Wasser gegen die großen Felsbrocken brandete, die als Wellenbrecher dienten. Hier waren weniger Leute unterwegs. Anthony hielt sich zwischen ihr und den Bäumen, und sie fragte sich, ob er wohl seine Pistole bei sich trug.

Fröstelnd zog sie die Pulliärmel herunter und kreuzte die Arme.

»*La Sirena* gehörte Nelson Restrepo. Nach dem Freispruch im Drogenschmuggelprozeß sind wir zum Angeln in die Keys gefahren, um zu feiern, und später haben wir noch eine zweite Fahrt zusammen unternommen, nach Bimini. Etwa ein Jahr später wurde Nelson wegen versuchten Bankbetrugs verhaftet. Er leistete die Kaution und verduftete nach Panama. Von dort rief er mich an und sagte, er würde mir einen Scheck schicken – mein Anwaltshonorar –, aber dieses Versprechen hat er nie eingelöst. In der Zwischenzeit könne ich sein Boot benutzen, sooft ich wolle. Mein Partner Raul und ich haben ein paar Touren damit gemacht. Dann lernte ich Renée kennen, und wir fuhren mit einem anderen Paar nach Nassau.«

»Das Boot war mit einer Geheimluke ausgestattet.«

»Ja, Nelson hatte es gebraucht gekauft, ohne etwas von dieser Geheimluke zu wissen, aber er fand sie ganz spaßig. Eine köstliche Ironie des Schicksals, meinte er.« Anthony sah Gail an. »Das ist das Boot auf dem Foto, das ich deiner Mutter gegeben habe.«

Renée im tief ausgeschnittenen Top, ohne BH, mit Strohhut auf dem Kopf. »Hast du das Bild gemacht?«

»Ja. Es war das letzte Mal, daß ich das Boot gesehen habe. Renée wußte übrigens über die Geheimluke Bescheid – ich hatte sie ihr gezeigt. Als sie dann verhaftet wurde, hat sie mir verheimlicht, daß es an Bord der *Sirena* war. Ich kann nur vermuten, daß Carlos nach einem solchen Boot Ausschau gehalten hatte, für sich selbst oder für irgendwelche Freunde, und daß Renée ihm von der *Sirena* erzählt hat. Wie er es aber erworben hat, wer sonst in diese Geschichte verwickelt war, werden wir wohl nie erfahren, es sei denn, daß Carlos es uns erzählt. Ich habe Ray das alles heute nachmittag erklärt.«

Er breitete die Hände aus. »Was möchtest du sonst noch wissen?«

»Wann hast du erfahren, daß die *Sirena* beschlagnahmt wurde?«

»Erst heute nachmittag. Ray hat es mir gesagt.«

»Hat Nelson Restrepo nie angerufen, um sich nach seinem Boot zu erkundigen?«

»Nein, aber es war schließlich nie in meiner Obhut. Außerdem ist Nelson, wie ich dir neulich bereits gesagt habe, vielleicht gar nicht mehr am Leben. Er hatte viele Feinde.« Nach kurzem Schweigen fügte er hinzu: »Ich sage dir die Wahrheit. Ich möchte, daß du mir glaubst.«

»Wird Ray Carlos verhören?«

»Ja, aber ich bezweifle, daß Carlos die Wahrheit sagen wird.«

Vor Gails geistigem Auge tauchte Carlos' dunkle Sonnenbrille auf, der Bart, die weißen Zähne. Der Wind zerrte an Anthonys Sakko. Er beobachtete sie immer noch.

»Was hält Ray Hammell von Carlos?« fragte sie.

»Er glaubt, daß Carlos einen besseren Tatverdächtigen abgibt als du.«

»Glaubst du, daß er meine Schwester ermordet hat?«

Anthony ließ sich etwas Zeit mit der Antwort. »Ich weiß es nicht. Die Geschworenen bei deinem Prozeß könnten es durchaus für möglich halten, besonders, wenn sein Alibi sich als falsch erweisen sollte.«

»Hast du mit ihm gesprochen?«

»Ich konnte ihn nicht erreichen.«

»Weiß er, daß du ihn verdächtigst, Unterschlagungen begangen zu haben?«

»Nein, Ray Hammell hat mir geraten, jede Konfrontation zu vermeiden. Aber ich habe Raul informiert, und wir sehen die Bücher durch und überprüfen die Abschlüsse, die George Sanchez getätigt hat.«

Gail bezweifelte, daß Sanchez seinen Job noch lange behalten würde. Und Carlos ebensowenig. Aber die Exkommunikation durch seinen Großvater würde möglicherweise nicht einmal seine größte Sorge sein, falls es zu einer Mordanklage kommen sollte. Um so besser für Anthony.

Sie trat dicht an die Kaimauer heran. Der Wind wehte ihre Haare zurück. Daß Anthony dicht hinter ihr stand, war ein prickelndes Gefühl, aber was wußte sie schon über ihn? Sein Vater war ein blinder Ex-Revolutionär, sein reicher Großvater war früher ein Terrorist gewesen, und Anthony versuchte, beides irgendwie unter einen Hut zu bringen. Sie war jetzt allein mit diesem Mann, der mit ihrer Schwester geschlafen hatte. Der möglicherweise mehr als nur das getan hatte.

Am Himmel rasten die Wolken in westliche Richtung, hellgraue Schatten, von den Lichtern der Stadt erhellt.

»Was war mit Renée?« fragte sie, ohne ihn anzusehen.

»Renée ... Ja.« Er trat neben sie, aber sein Gesicht blieb im Schatten. »Ich möchte dir erzählen, wie wir uns kennengelernt haben ... und warum diese Beziehung schiefgehen mußte.«

»Ich dachte, du könntest mir etwas über *sie* erzählen. Das wäre mir wichtiger als alles andere.«

Anthony stand regungslos da, die Augen im Wind halb geschlossen. Sein leichter spanischer Akzent verstärkte Gails Gefühl, daß er für sie im Grunde ein Fremder war.

»Wir haben uns in einer Bar in Coconut Grove kennengelernt. Typisch, nicht wahr? Ich war allein, sie fing eine Unterhaltung an und ... Na ja, alles weitere ergab sich von selbst. Die Einzelheiten spielen keine Rolle. Nach meiner Scheidung war es für mich ganz normal geworden, auf diese Weise Frauen kennenzulernen. Wahrscheinlich habe ich versucht, mich für vierzehn Jahre eheliche Treue zu entschädigen, die nie gewürdigt wurde. Renée schien genau das zu sein, was ich damals wollte. Jünger als ich, attraktiv, ohne Hemmungen. Sie brachte mich zum Lachen, und auch das brauchte ich. Wir gingen mehrere Wochen miteinander, bis ich erkannte, was ich eigentlich von Anfang an hätte sehen müssen. Sie konnte keine sexuelle Befriedigung finden. Ihr machte das nichts aus – jedenfalls behauptete sie das.«

Er räusperte sich. »Mich beunruhigte es, aber vielleicht hätte ich mich damit abgefunden, wenn nicht andere Probleme aufgetaucht wären. Ein Teil von ihr war völlig verschlossen. Einmal wollte ich in sie dringen, und da wurde sie ganz hysterisch. Ich habe ihr danach nie wieder Fragen gestellt. Sie hat sich oft wie ein Kind verhalten. Ich meine jetzt nicht, daß sie kindlich gewesen wäre, sondern daß sie sich wirklich so benahm, als wäre sie noch ein Kind. Sie nannte mich Daddy, wenn wir uns liebten. Sie redete wie ein kleines Mädchen. Wenn ich ihr sagte, sie solle damit aufhören, tat sie es nicht, bis ich wütend wurde. Einmal warf sie ein Glas nach mir, in meinem eigenen Haus, und als ich ihr sagte, sie solle verschwinden, weinte sie und bat mich, sie zu bestrafen.«

Als Gail sich abwandte, packte er sie am Arm. »Du glaubst doch nicht, daß ich so etwas tun könnte? Aber ich konnte die Affäre auch nicht so ohne weiteres beenden. Ich wußte, daß sie schon einmal einen Selbstmordversuch unternommen hatte. Wir machten ein paar Wochen so weiter, aber die Sache wurde mir allmählich zuviel – ich konnte nicht mehr schlafen, machte Fehler bei der Arbeit. Dann sagte sie, daß sie mich liebe, daß sie tun würde, was immer ich wollte. Aber ich wußte, daß es vorbei war. Ich zerbrach mir tagelang den Kopf darüber, wie ich es ihr beibringen sollte, weil ich befürchtete, daß sie durchdrehen könnte, aber schließlich habe ich es ihr dann doch gesagt. Sie lachte und meinte, es sei eine schöne Zeit gewesen. Ich muß zugeben, daß ich sehr erleichtert war. Sie hatte im Historischen Museum nur eine Halbtagsstelle, und ich besorgte ihr die Arbeit bei Vista Title. Dort hat sie dann Carlos kennengelernt, und mich hat sie bald vergessen.«

»Tatsächlich?« Gail biß die Zähne zusammen, damit sie nicht klapperten, und sie verschränkte die Arme über der Brust. Ihr war kalt, aber daran war nicht der Wind schuld.

Anthony suchte ihren Blick. »Es ging ihr besser. Sie war glücklicher, kam mit sich selbst besser zurecht. Auch das solltest du wissen. Wir haben uns einige Male unterhalten, und ich hatte wirklich diesen Eindruck.«

Gail brachte die Worte kaum über die Lippen.»Warum hast du mir das alles erzählt?«

Er ließ sich Zeit mit der Antwort. »Weil du dir ein völlig falsches Bild von mir machst. Ich hätte dir nie etwas davon gesagt, wenn du nicht von meiner Beziehung zu Renée erfahren hättest. Nie. Ich wußte, daß sie uns entzweien würde. Du denkst zuviel an sie. Als du letzte Woche bei mir warst, hast du sie mir beschrieben. Und auf der Terrasse, kurz bevor du ohnmächtig wurdest, hast du gesagt, du hättest sie gesehen.«

»Habe ich das wirklich gesagt?«

»Ja, und du hast ihren Namen gerufen.«

Gail stellte sich mit dem Rücken gegen den Wind und hielt ihr Haar mit einer Hand fest. Anthony war ihr jetzt so nahe, daß sie seine Körperwärme zu spüren glaubte. »Als du wieder zu dir kamst«, sagte er, »als ich dich in den Armen hielt, waren deine Gedanken noch immer bei Renée. Du hast getan, was sie deiner Ansicht nach getan hätte. Du hast sogar etwas in dieser Art geäußert. Aber es war nicht Renée, mit der ich geschlafen habe. Glaubst du wirklich, ich würde dich liebkosen und dabei an Renée denken? O Gail, du bist nicht wie sie. Glaub mir, ich würde es wissen.«

Sie lachte. »O Gott, hör auf! Was hast du dir vorgestellt? Zwei ungebundene Erwachsene. Ich komme zu dir gerannt, damit du mich vor Frank Britton rettest. Mein Held! Du bist groß, stark, ein Macho. Plus ein paar Stunden intensiver Unterhaltung. *Salsa!*«

Er beugte sich vor. »Glaubst du wirklich, daß es nur eine Augenblickslaune war? Ich habe dich seit jenem Spaziergang auf der Flagler Street begehrt, als du mir sinngemäß sagtest, ich solle mit jenem Brief von Nancy Darden an Carlos zur Hölle fahren.«

Sie blickte auf die Bucht hinaus. »Anthony, du bist ein gefährlicher Mann. Ich brauche das nicht, wirklich nicht.«

»Wie hast du mich neulich genannt? Lateinamerikanischer Macho?«

Sie wußte, daß er ihr Lächeln sehen konnte. »Mehr oder weniger.« Ihr war jetzt heiß, und sie sagte sich vergeblich, wie töricht das war.

»Auch für dich war es keine bloße Augenblickslaune«, sagte er, »oder täusche ich mich da?«

»Ich kenne dich nicht«, murmelte sie, »und ich weiß nicht, was ich von dir will.«

»Nein?«

»Nein.«

»Dann sollten wir es herausfinden.«

»Meinst du?«

»Ja, unbedingt.«

»Sag mir eines – redest du im Bett immer spanisch?«

Sein Lächeln breitete sich von den Mundwinkeln zu den Augen aus, und sie glaubte, in ihnen zu versinken. »Komm mit mir nach Hause, dann zeige ich es dir.«

Sie nickte. Ihr Verlangen nach ihm war so stark, daß es ihr den Atem raubte. Er küßte sie, und sie schob ihre Arme unter sein Sakko. Ein warmer, kräftiger Körper. Und er roch so gut. Was auch immer er getan haben mochte, es war ihr egal.

Seine Zunge schob sich zwischen ihre Zähne, drang tiefer vor. Sie preßte sich an ihn und fühlte seine Erregung, und plötzlich wünschte sie, sie hätte einen Rock an, und niemand wäre in der Nähe. Er stöhnte, als sie ihn berührte.

Die Finger in ihrem Haar vergraben, hob er ihren Kopf an. Seine Lippen berührten ihr Ohr, und während sie sich sehnsüchtig an ihn schmiegte, erklärte er ihr in einwandfreiem Englisch, was er mit ihr machen würde.

Es mußte kurz vor Sonnenaufgang sein. Schwaches graues Licht fiel durch die Vorhänge. Gail war vom Klingeln des Telefons aufgewacht.

Anthony redete leise, um sie nicht zu wecken. Sie schloß die Augen wieder und wühlte sich tiefer unter die Decke, an seine nackte Hüfte geschmiegt.

Allmählich fiel ihr jedoch auf, daß seine Stimme einen eigenartigen Klang bekam, und sie schob blinzelnd die Decke weg.

»Wen haben Sie sonst noch angerufen? ... Nein, das mache ich, sobald ...« Er fuhr sich mit den Fingern durch die Haare. »Okay. Danke.« Er legte den Hörer auf, streckte sich aber nicht wieder neben ihr aus.

Sie setzte sich auf und berührte seinen Rücken. »Anthony?«

Er drehte sich nach ihr um. »Carlos ist tot.«

KAPITEL 23

Der Regen war leichtem Nebel gewichen, als Anthonys Cadillac auf die Loop Road einbog, die vom Tamiami Trail zunächst in südliche Richtung führte, dann aber einen U-Bogen beschrieb und wieder nach Norden verlief.

Gail saß auf dem Beifahrersitz. Es war kurz nach acht Uhr morgens. Sie hatte Anthony gesagt, wenn er sie nicht mitnähme, würde sie ihm in ihrem eigenen Auto folgen.

Er stellte die Scheibenwischer auf Intervall-Betrieb um. Während der Fahrt hatte er kaum gesprochen. Seine Hände umklammerten das Lenkrad, und er saß leicht vornübergebeugt da. Trotz der schlechten Sicht fuhr er sehr schnell; Bäume und Büsche flogen vorbei, und die Räder holperten über die vielen Schlaglöcher hinweg. Er hatte ihr erzählt, was er wußte. Gestern am Spätnachmittag hatte ein Fischer das Heck eines Wagens bemerkt, der sich in einem pflanzenreichen Teich etwa anderthalb Meter unter Wasser befand. Sobald er den Tamiami Trail erreichte, hielt der Fischer einen Streifenwagen an, aber es regnete stark, und die Dämmerung brach herein. Deshalb war erst im Morgengrauen ein Abschleppwagen gerufen worden. Der diensthabende Polizeibeamte kannte Ernesto Pedrosa, wollte den alten Mann aber nicht aufregen und rief deshalb Anthony an.

Polizeifahrzeuge mit eingeschaltetem Blaulicht versperrten in der Nähe des Unglücksorts die linke Seite der schmalen Straße – mehrere Streifenwagen, zwei Transporter, ein Funkwagen der Florida Highway Patrol.

Ein gelbes Band war von Baum zu Baum gespannt. *Polizeiabsperrung. Betreten verboten.* Einige Zuschauer hatten sich versammelt, wahrscheinlich Fischer, die ihre rostigen Limousinen oder Lieferwagen ein Stück weiter am Straßenrand geparkt hatten. Eine Ambulanz wartete, jedoch ohne Blaulicht. Kein Grund zur Eile.

Die hintere Stoßstange des silberfarbenen Mercedes war bereits vom Haken des Abschleppwagens gelöst worden. Der Kofferraum war geöffnet. Polizisten spähten hinein.

Anthony fuhr langsam weiter, bis er einen Parkplatz fand. Er stellte den Motor ab. »Warte im Wagen.«

»Warum?«

»Dann bleib wenigstens im Hintergrund. Ich will nicht, daß jemand fragt, was Gail Connor hier zu suchen hat.«

Sie stiegen aus. Der Nebel ging in Nieselregen über. Gail blieb vor der Absperrung stehen, während Anthony unter dem Band durchschlüpfte und mit einem Polizisten redete, der herbeigeeilt war, um nach dem Rechten zu sehen. Sie begaben sich zu dem Mercedes und traten hinter den offenen Deckel des Kofferraums. Gail betrachtete die Scheinwerfer. Einer der kleinen goldenen Scheibenwischer war verbogen, das Glas zerbrochen. Erde und Blätter klebten an der massiven Chromstoßstange. Die Fenster waren mit Sand beschmiert.

Sie blickte zur Straße hinüber. Eine dunkelblaue Limousine hatte soeben angehalten. Frank Britton stieg aus und schloß die Tür. Gail duckte sich rasch hinter einen dicken Mann in Stiefeln und Overall.

Zwei Männer rollten eine Bahre zum Mercedes. Die Polizisten traten zurück. Anthony kam mit grimmiger Miene auf Gail zu, und sie schlüpfte unter der Absperrung durch, ging ihm ein Stück entgegen und legte eine Hand auf seinen Arm. Sie standen neben einem Streifenwagen, durch dessen halb geöffnetes Fenster der Polizeifunk zu hören war.

Regentropfen glänzten silbrig in Anthonys Haar. »Es ist

Carlos«, sagte er. »Er wurde erschossen. Zwei Kugeln. Eine in den Nacken, die andere in die Schläfe. Seine Hände waren gefesselt.«

»Mein Gott«, flüsterte Gail. »Bist du okay?«

Anthony nickte, war aber sehr bleich. Er hatte sich nicht rasiert und sah müde aus.

Sie warteten. Die Bahre wurde zur Hecktür des Krankenwagens gerollt. Ein schwarzer Leichensack wurde eingeladen, die Tür zugeschlagen. Mit Blaulicht, aber ohne Sirene fuhr die Ambulanz mit Carlos' Leichnam los. Gail war sich über ihre Gefühle nicht im klaren.

Frank Britton beendete sein Gespräch mit einem Staatspolizisten in gelbem Regenmantel. Er hob die Hand, drehte sich um und kam auf Gail und Anthony zu.

»Frank«, sagte Anthony nur.

»Verdammt schlimme Sache, alter Junge. Tut mir wahnsinnig leid für dich.« Britton wandte seinen Blick Gail zu, sichtlich bemüht, die Situation zu begreifen. »Ms. Connor, es ist eine ziemliche Überraschung, Sie hier draußen zu sehen. Kannten Sie Mr. Pedrosa?«

»Frank, sie redet nicht mit der Polizei«, stellte Anthony unmißverständlich klar.

Wassertropfen liefen über Brittons Brillengläser. Er trug eine braune Windjacke, darunter Hemd und Krawatte. »Gibt es etwas, worüber ich Bescheid wissen sollte?« fragte er.

»Sergeant, ich habe Ihnen nichts zu sagen.«

Er sah sie eindringlich an, bevor er Anthony fixierte. »Weißt du, ob Carlos eine Pistole bei sich trug?«

»Ich glaube, eine 38er. War sie im Auto?«

Britton schüttelte den Kopf.

»Wo sind die Wagenschlüssel?«

»Die haben wir noch nicht gefunden. Mal abwarten, was die Taucher im Wasser entdecken. Was hältst du von der Sache? Irgendeine Vermutung?«

»Nichts Konkretes«, sagte Anthony. »Carlos hatte finanzielle Probleme. Schulden. Sieht so aus, als wäre hier ein Profikiller am Werk gewesen.«

»Sieht so aus«, bestätigte Britton.

»Wie lange war er im Wasser?« fragte Anthony.

»Anderthalb Tage. Vielleicht auch zwei.«

Gail warf einen Blick zu dem halben Dutzend Neugieriger hinüber, und Britton las offenbar ihre Gedanken. »Auf dieser Straße ist nach Einbruch der Dunkelheit nicht viel los«, erklärte er. »Und wenn jemand zufällig vorbeifährt und ein Auto wie dieses ohne Licht dastehen sieht, wird er ganz bestimmt nicht anhalten, um zu fragen, ob er irgendwie helfen kann.«

»Ist es hier passiert?« fragte Gail.

»Das wissen wir noch nicht.« Britton wandte sich an Anthony. »Können wir uns ein paar Minuten unterhalten?«

»Ms. Connor und ich müssen nach Miami zurück.«

»Ich muß aber irgendwann mit dir sprechen«, sagte Britton, »nach Möglichkeit noch heute.«

Anthony nickte formell. »Ich werde bei meiner Familie sein. Du kannst mich in Ernesto Pedrosas Haus in Coral Gables erreichen.«

Er ging mit Gail zum Cadillac, hielt ihr die Tür auf und stieg dann selbst ein. Sekundenlang saß er mit geschlossenen Augen da. Es war sehr still im Wagen, nur der Regen trommelte aufs Dach.

»Wie wird dein Großvater das verkraften?« fragte Gail.

»Nicht gut.« Anthony drehte den Zündschlüssel. »Ich wünschte, daß nicht ausgerechnet ich ihm diese Nachricht überbringen müßte.«

»Kann ich irgend etwas tun?«

Er lächelte ihr zu. »Nein.«

Anthony schaltete die Scheinwerfer und die Scheibenwischer ein, wendete und fuhr los.

»Ich würde ihm an deiner Stelle nicht sagen, daß Carlos sein Geld gestohlen hat. Das wäre jetzt sinnlos, oder?«

Er stimmte ihr zu. »Aber Ray Hammell wird diese Information für deinen Fall verwenden müssen.«

Gail saß eine Weile schweigend da, weil jede Beileidsbekundung hohl geklungen hätte. Dann fiel ihr sein

Autotelefon ins Auge. »Es ist fast neun«, sagte sie. »Ich sollte in der Kanzlei Bescheid sagen, daß ich zu spät komme.«

Eine Hand am Lenkrad, stellte er mit der anderen für sie die Verbindung her, und sie sagte Gwen, sie müsse eine wichtige Privatangelegenheit erledigen. Dann bat sie Anthony, Irenes Nummer zu wählen. »Ich muß sie beruhigen, daß du mich nicht gekidnappt hast.«

»*Noch* nicht.«

Auf dem Tamiami Trail konnte Anthony schneller fahren. Er legte den Hörer auf, als Gail ihm diesen zurückgab.

»Wie wird sich Carlos' Tod auf meinen Prozeß auswirken?« erkundigte sie sich.

Anthony überlegte kurz. »Das dürfte sehr stark von Rays Geschick abhängen. Carlos kann jetzt keine Anschuldigungen mehr entkräften. Andererseits könnten die Geschworenen es für allzu bequem halten, einem Toten die Schuld in die Schuhe schieben zu wollen. Und sie werden bestimmt Fragen nach dem Zusammenhang stellen. Warum ist Carlos ausgerechnet jetzt ermordet worden? Du hast doch Britton gehört – ihm geht diese Frage bereits im Kopf herum.«

»Soll ich jetzt auch noch Carlos auf dem Gewissen haben?«

»Nein, du nicht. Er glaubt, daß ich es getan haben könnte. Wenn ich heute mit ihm rede, wird er bestimmt auf den Busch klopfen.«

»Ist das dein Ernst?« Sie lachte auf. »Nun, Mr. Quintana, wo waren Sie in der fraglichen Nacht?«

Anthony lächelte ihr zu. »Wenn es vergangene Nacht war, weißt du, wo ich gewesen bin.«

Gail blickte auf die Straße hinaus. Die Scheibenwischer bewegten sich leise auf dem Glas. Sie konnte nur mit größter Mühe die Frage unterdrücken, die ihr auf den Nägeln brannte: *Hast du's getan? Oder hast du jemanden angeheuert? Du würdest entsprechende Leute kennen. Hast du Carlos ermordet?*

Sie verschränkte die Arme und preßte die Knöchel der linken Hand an ihre Lippen. Wie zum Teufel war sie nur auf diese absurde Idee gekommen? Wahrscheinlich Schlafmangel. Oder allgemeiner Verfolgungswahn. Trotzdem hätte sie gern aus seinem Munde ein überzeugendes »Nein« gehört.

Anthony griff nach ihrer Hand, küßte ihre Finger, legte ihre Hand auf seinen Schoß und umschloß sie mit der seinen. Gail lächelte ihm zu, starrte dann aber wieder auf die Straße.

Kapitel 24

Gail stand im Unterrock und in ihrem blauen Kostümrock vor dem Badezimmerspiegel und schminkte sich. Irene kam herein. Gail vermutete, daß ihre Mutter noch einmal die Neuigkeiten über Carlos hören wollte.

»Noch einen Kaffee?« fragte Irene.

»Nein, danke, ich bin ohnehin schon spät dran.« Gail wühlte in ihrer Schminktasche herum, die sie immer noch nicht ausgepackt hatte, obwohl sie nun schon eine Woche bei Irene wohnte. Sie fand den richtigen Lidschatten und trat etwas dichter an den Spiegel heran.

Irene stellte ihren Kaffeebecher auf den Toilettentisch. »Übrigens hat Jimmy Panther gestern abend angerufen. Ich habe ganz vergessen, es dir zu erzählen, wegen dieser schrecklichen Geschichte mit Carlos Pedrosa. Jimmy sagt, Edith Newell bekniе ihn, die Maske dem Museum zu spenden, und er ziehe es in Erwägung, aber er könne sie nicht einfach verschenken.«

Ihren Mascarastift in der Hand, drehte Gail sich kurz nach Irene um, bevor sie sich wieder ihren Wimpern widmete. »Und warum hat er dich angerufen?«

»Er kennt mich gut und vertraut meinem Urteil«, sagte Irene.

»Hat er vielleicht angeregt, daß du die Maske kaufen

solltest?« Gail tuschte das zweite Auge. »Du weißt schon – daß du ihm fünf- oder zehntausend Dollar dafür geben, die Maske dem Museum schenken und die Steuerermäßigung geltend machen sollst.«

Irene machte ein verdrossenes Gesicht. »Ja, davon war die Rede, aber es war *meine* Idee.«

»Tatsächlich?« Gail warf die Wimperntusche in die Tasche.

»Du kannst manchmal so mißtrauisch sein«, klagte Irene.

Im Vorbeigehen küßte Gail ihre Mutter auf die Wange. »Und du bist eine nette Dame. Tu, was du willst, Mutter, das ist meine ehrliche Meinung. Nur solltest du vorher einige Gutachten über den Wert einholen.«

Irene folgte ihr vom Bad ins Gästezimmer. Die Schlafcouch war nicht ausgezogen, die Kissen waren unberührt. Irene hatte kein Wort über Gails Abwesenheit in der vergangenen Nacht verloren. Sie war wohl viel zu bestürzt über Carlos' Ermordung gewesen, um über die Unmoral ihrer Tochter zu lamentieren.

»Ich glaube, ich kann ihn dazu überreden, die Maske dem Museum zu spenden.«

»Na großartig! Ich hätte Jimmy eine solche Anwandlung von Großmut zwar nicht zugetraut, aber ich lasse mich gern überraschen.« Gail zog ihre schwarzen Pumps unter der Nähmaschine hervor.

»Mit Großmut hat das nichts zu tun«, fuhr Irene fort. »Er sucht ein Stück Land, das als Zufluchtsort für emotional gestörte Jungen geeignet wäre. Eine Art Lager, wo sie leben könnten, wie die Indianer vor dem Siegeszug der Weißen gelebt haben. Jimmy sagt, er suche einen Platz, der noch nicht von der modernen Zivilisation verseucht ist.«

»Nimmt er Insektensprays davon aus?« Gail schlüpfte in ihre Schuhe.

Irene warf ihr einen tadelnden Blick zu. »Aus irgendwelchen Gründen können sie dieses Lager nicht auf Stammesland bauen. Blödsinniger Bürokratismus, sagt

Jimmy – na, du weißt ja selbst, wie das ist. Jedenfalls würde er viel Geld sparen, wenn er irgendein Grundstück billig pachten könnte, und dann könnte er es sich auch leisten, die Tequesta-Maske dem Museum zu spenden.«

Gail nahm eine elfenbeinfarbene Leinenbluse vom Kleiderbügel und hängte ihn wieder in den Schrank.

»Wir haben uns darüber unterhalten, wie das Grundstück beschaffen sein müßte, und da ist mir Bens Besitz eingefallen. Jimmy war sich aber nicht ganz sicher, ob der Platz geeignet wäre.«

»Ben? Du glaubst doch selbst nicht, daß Ben seinen Grund und Boden an Indianer verpachten würde.«

»Vielleicht doch. Man müßte es ihm nur schmackhaft machen«, meinte Irene optimistisch.

»Na gut, dann soll Jimmy eben mit Ben reden.«

»Das habe ich ihm auch vorgeschlagen.« Irene trank einen Schluck Kaffee. »Aber Ben wird erst in zehn Tagen von seiner Angeltour zurückkommen, und da habe ich gesagt, daß ich ihn vor seiner Abreise vielleicht selbst anrufen würde.«

»Glücklicher Ben – zehn Tage Urlaub mit seinen besten Kumpels.« Gail steckte die Bluse unter den Rockbund. Vor dem Toilettentisch legte sie ihre Ohrringe an und betrachtete ihr Spiegelbild. Korrektes Kostüm, konservativer Schmuck. Ihr Haar fiel nicht so weich und locker wie sonst, aber sie hatte keine Zeit gehabt, es zu waschen. Make-up kaschierte die Ringe unter ihren Augen.

»Vielleicht hat Ben gar nicht so unrecht, wenn er Miami verlassen will«, sinnierte sie. »Eine Anwaltskanzlei irgendwo auf dem Land, mit einem Fischteich vor der Haustür. Ein gemütlicher Spaziergang durch die Stadtmitte. Mittagessen im Drugstore. Schlafen bei offenem Fenster.«

»Tu mir einen Gefallen, Gail«, sagte Irene. »Ruf Ben an, und frag ihn, was er von Jimmys Idee hält. Ich habe Jimmy versprochen, ihm Bescheid zu sagen.«

Gail hängte ihre Schultertasche um und hastete in den

Freizeitraum, wo sie am Vorabend ihre Akten auf dem Schreibtisch ausgebreitet hatte. »Ich kann nicht, ich habe heute wahnsinnig viel zu tun.«

»Es dauert nur fünf Minuten«, wandte Irene ein. »Du kennst dich doch mit Pacht und solchen Dingen bestens aus.«

Gail schob die losen Papiere auf dem Schreibtisch zusammen. »Ich möchte Ben eigentlich nicht anrufen. Als wir uns zuletzt gesehen haben, in Ray Hammells Kanzlei, sind wir uns beim Abschied in die Haare geraten. Ich nehme an, daß er immer noch sauer auf mich ist.«

»Worüber habt ihr gestritten?«

Gail verstaute ihre Unterlagen im Aktenkoffer. »Ach, es lohnt sich nicht, darüber zu reden. Das Übliche. Er ist eben allwissend, und das muß er einem immer wieder unter die Nase reiben.«

»Er hat sehr viel für dich getan.«

»Mutter, ich bin für Bens Hilfe wahnsinnig dankbar, genauso wie für deine.« Gewiß, sie mußte Ben dankbar sein, aber genau das bereitete ihr Unbehagen. Sie hatte das Bedürfnis, für eine Weile auf Distanz zu ihm zu gehen. Vielleicht war diese Reaktion irrational, aber sie konnte nichts daran ändern.

Auf Irenes Auffahrt knirschten die Autoreifen auf den Eicheln, und gleich darauf wirbelten sie auf der Seagrape Lane welke Blätter auf. Gail hatte einmal einer Freundin aus Boston, die zu Besuch bei ihr war, erklärt, daß die Bäume in Südflorida ihre Blätter im Frühjahr verloren. *Verkehrte Welt*, hatte ihre Freundin gesagt.

Gail bog ganz automatisch nach links auf den Biscayne Boulevard ein, fast so, als wäre sie ein Roboter.

Sie hatte vorhin wieder das Foto von sich und Renée betrachtet, und plötzlich war ihr alles eingefallen: Es war gar nicht ihr Vater gewesen, der die Aufnahme gemacht hatte. Er hatte auf der Veranda Hamburger gegrillt, während sich überall im Garten Kinder und Erwachsene tummelten. Ben war der Fotograph gewesen, allgegenwärtig mit seiner Kamera. Er hatte gesagt, Renée solle sich auf die Schaukel setzen. *Lächle, Kleines, lächle.* Klick. Gail wußte jetzt, warum sie auf die Schaukel gesprungen war. Nicht etwa, um sich zusammen mit Renée des Lebens zu freuen, sondern aus rasender Eifersucht. Sie hatte die Schaukel in Schwung versetzt, höher und höher, weil sie Renée Angst einjagen wollte und insgeheim hoffte, ihre Schwester würde hinunterfallen.

Renée hatte das offenbar nicht bemerkt. Oder sie hatte es genauso vergessen wie Gail. Sie hatte das Foto in einem Goldrahmen auf ihrem Schreibtisch stehen. *Ich und meine Schwester, glückliche Zeiten.*

Die Idee war erschreckend – Gails Emotionen waren schon damals, in der Kindheit, in wildem Aufruhr gewesen, und Ben war der Magnet gewesen, der das Kraftfeld zwischen ihr und Renée neu ordnete. Aber Renée war gestorben, bevor Gail ihr das alles erklären und sie um Verzeihung bitten konnte. Und wieviel von dieser rasenden Eifersucht war noch immer lebendig und vergiftete ihre Beziehung zu Anthony, der mit ihnen beiden geschlafen hatte?

Sie legte die Strecke zum Parkhaus in einer knappen Viertelstunde zurück. Es war kurz vor elf, und nur noch auf dem Dach, im fünften Stock, gab es freie Parkplätze. In der Stadtmitte hatte es nachts nicht geregnet, aber der Himmel war grau verhangen, die Luft heiß und schwül. Ihr Rücken war schweißnaß, als sie die klimatisierte Halle des Hartwell Building betrat.

In ihrem Büro klingelte das Telefon. Gail legte ihren Aktenkoffer auf den Schreibtisch und nahm den Hörer ab. Es war Ben.

Er hatte soeben erfahren, was Carlos passiert war. Seine Sekretärin hatte in der Cafeteria Radio gehört. Angesehener kubanischer Bauunternehmer erschossen im Kofferraum seines Wagens aufgefunden. Mord erweckt den Anschein einer Hinrichtung. Keine Verdächtigen.

»Ich weiß nicht, was ich davon halten soll«, sagte Gail.

»Der Mistkerl hat endlich bekommen, was er verdient

hat, das ist *meine* Meinung«, verkündete Ben. »Nein, es wäre besser gewesen, wenn man ihm den Prozeß wegen Renées Ermordung gemacht hätte. Das wäre viel besser gewesen. Hast du Ray Hammell schon angerufen?«

»Ich werde ihn gleich anrufen, aber wahrscheinlich weiß er es schon. Heute nachmittag habe ich einen Termin bei ihm, und da werden wir bestimmt auch über diese Sache reden.«

»O Gott, hoffentlich hat das keine negativen Auswirkungen auf deinen Fall«, sagte Ben. »Vielleicht sollte ich ihn selbst anrufen.«

Gail hörte die Frage deutlich heraus: Wollte sie, daß er anrief? »Nein, Ben, das ist wirklich nicht nötig, aber danke für das Angebot. Ehrlich.«

»Okay.«

»Viel Spaß beim Angeln.«

»Vielleicht sollte ich besser hierbleiben.«

»Nein, fahr ruhig«, sagte sie. »Ruf mich am Wochenende an, dann erzähle ich dir, was Ray von der neuen Entwicklung hält.«

Erst als sie den Hörer aufgelegt hatte, fiel ihr ein, daß sie vergessen hatte, ihm Jimmy Panthers Anliegen vorzutragen. Sie überlegte, ob sie ihn zurückrufen sollte. »Ach was, zum Teufel damit!« murmelte sie dann und wählte statt dessen die Nummer von Hammells Kanzlei.

Alisha meldete sich. »Wir haben es gehört! Ich wollte Sie auch gerade anrufen.« Ihre Stimme war vor unterdrückter Aufregung atemlos. »Ray mußte ins Gericht, sonst hätte er selbst mit Ihnen gesprochen. Er will von der Polizei Einzelheiten in Erfahrung bringen.«

Gail beschloß, vorläufig nichts davon zu verraten, daß sie mit Anthony Quintana zum Tatort gefahren war und gesehen hatte, wie Carlos' Leichnam abtransportiert wurde. Dazu müßte sie mehr erklären, als ihr am Telefon lieb war. Sie bestätigte ihren Termin und legte auf.

Miriam brachte ihr ein Sandwich, und sie arbeiteten, ohne eine Mittagspause zu machen.

Kurz nach eins rief Anthony an.

»Ich wollte deine Stimme hören«, sagte er.

»Wo bist du?«

»Im Haus meines Großvaters. Es ist *un manicomio,* ein Irrenhaus. Mittlerweile sind mindestens fünfzig Leute hier.«

»Wie hat er es aufgenommen?«

»Nicht gut. Der Arzt hat ihm eine Beruhigungsspritze gegeben, um einem weiteren Schlaganfall vorzubeugen. Ich hatte den Arzt vorsichtshalber angerufen, noch bevor ich meinem Großvater die Nachricht möglichst schonend beibrachte.« Gail hörte im Hintergrund kein Stimmengewirr und vermutete deshalb, daß Anthony aus Ernestos Arbeitszimmer anrief, an dem Schreibtisch sitzend, der in Richtung Havanna ausgerichtet war.

»Und wie geht es dir?« fragte sie.

»Frank Britton war gerade hier«, berichtete er. »Er ist nicht lange geblieben, aber er will, daß ich am Montag ins Präsidium komme.«

Gail zwang sich, die Frage zu stellen. »Glaubt er, du hättest etwas mit Carlos' Tod zu tun?«

»Er hat mich gefragt, wo ich in den letzten zwei Tagen war. Er sagte, er habe gehört, daß Carlos und ich nicht gerade die besten Beziehungen hatten. Er hat mich nach dem Vermögen meines Großvaters gefragt, und er wollte sogar wissen, ob es stimme, daß Renée mich wegen Carlos verlassen habe. Wie ist er nur auf diese Idee gekommen?«

»Wahrscheinlich durch die intensive Beschäftigung mit meinem Fall«, sagte sie. »Er hat mit allen möglichen Leuten gesprochen.«

»Es ist ein eigenartiges Gefühl. Ich bin noch nie in einer solchen Situation gewesen. Frank hat sich entschuldigt, daß er mir Fragen stellen muß.«

»Vielleicht solltest du den Rat beherzigen, den mir einmal ein hervorragender Strafverteidiger gegeben hat: ›Reden Sie nicht mit der Polizei, denn man kann Ihnen aus jedem Wort einen Strick drehen.‹«

Er lachte leise. »Aber ich habe nichts zu verbergen.«

Dann ein tiefer Seufzer. »Gail, ich wünschte, ich könnte von hier verschwinden und mit dir an meiner Seite einschlafen. Letzte Nacht sind wir nicht viel zum Schlafen gekommen.«

Gail schloß die Augen, von einem geradezu schmerzhaften Verlangen überwältigt – dem Verlangen nach einem Mann, der womöglich seinen Vetter gefesselt und erschossen hatte.

»Ich bin auch müde«, sagte sie. »Ich versuche zu arbeiten, aber es kommt nicht viel dabei heraus.«

»Siehst du Ray Hammell heute nachmittag?«

»Um vier.«

»Vielleicht rufe ich ihn vorher an und erkläre ihm alles.«

»Hast du denn irgendwelche Erklärungen?« fragte Gail. »Diese ganze Geschichte ist so kompliziert, und dabei hast du mir einmal gesagt, Mord habe meistens eine simple Ursache, nämlich Leidenschaft.«

»Natürlich ist das nicht immer der Fall«, schränkte Anthony seine Behauptung ein, »aber doch sehr oft. Die Lösung ist manchmal schwer zu finden, aber wenn man erst einmal darauf gekommen ist, sagt man: ›Aber natürlich, ich hätte es wissen müssen!‹«

Gail drehte ihren Stuhl herum und starrte aus dem Fenster. Der Himmel war noch immer wolkenverhangen. »Und wenn nun doch die einfachste Lösung die richtige wäre? Wenn Renée Selbstmord begangen hat und Carlos von einem seiner zweifelhaften Freunde liquidiert wurde? Von so etwas liest man im *Herald* doch dauernd. Und wir machen uns verrückt, indem wir nach Motiven suchen, die es in Wirklichkeit gar nicht gibt.«

»Ach, Gail!« Anthony hörte sich erschöpft an.

»Tut mir leid«, sagte sie. »Du hast mich angerufen, um etwas Tröstendes zu hören, und ich habe dir kein bißchen geholfen.«

»Ich brauche keinen Trost. Ich brauche zwei oder drei Drinks und ein Kissen. Und *dich*.«

Anthonys Kissen ... Er hatte es ihr letzte Nacht unter

die Hüften gelegt, als sie sich ihm wollüstig entgegenstreckte. Sie blinzelte, um diese Vision zu vertreiben.

»Leider muß ich die nächsten zwei oder drei Nächte hier verbringen, bis zur Beerdigung«, sagte Anthony. »Hast du jemals ein kubanisches Begräbnis miterlebt? Wir halten die ganze Nacht vor der Seelenmesse Totenwache und trinken jede Menge Kaffee, um nicht einzuschlafen. Ich rufe dich an, wenn alles überstanden ist.«

»Okay.«

Er schickte einen Kuß durch die Leitung. *»Cuidate, mi amor.«* Paß auf dich auf, Liebste.

»Du auch.« Gail schloß die Augen und wartete, bis der Hörer aufgelegt wurde.

Sie dachte an einen tropfnassen silberfarbenen Mercedes mit offenem Kofferraum, an eine Bahre und einen schwarzen Leichensack.

Anthony mußte einfach unschuldig sein. Eine eigenartige Korrelation kam ihr in den Sinn: Seine Unschuld war mit Carlos' Unschuld verknüpft. Wenn er imstande gewesen war, Carlos gerecht zu beurteilen, war es völlig ausgeschlossen, daß er einen brutalen Mord begangen hatte. Anthony hatte nie gesagt, daß Carlos Renée umgebracht hatte. Er hatte nur gesagt, es sei eine plausible Theorie, die für ihren Freispruch nützlich sein könnte. Und vergangene Woche hatte er bei sich zu Hause gesagt, Carlos sei vielleicht zu leichter Gewalttätigkeit, nicht aber zu einem Mord fähig.

Gail hatte in Carlos den Schuldigen sehen wollen, aber jetzt war er tot, und sein schreckliches Ende ließ ihn plötzlich hilflos erscheinen. Den Tod hatte sie ihm wirklich nicht gewünscht.

Aber wenn Carlos Renée nicht ermordet hatte – wer dann? Es mußte jemand gewesen sein, der sie sehr gut kannte, der wußte, daß sie schon einmal versucht hatte, sich die Pulsadern aufzuschneiden.

Kredithaie könnten Carlos ermordet haben. Oder ein Konkurrent. Drogenhändler. Vielleicht ein eifersüchtiger

Mann, dem Carlos die Freundin ausgespannt hatte. Alles war möglich.

Frank Britton hatte sie forschend betrachtet, als sie neben Anthony im Nieselregen stand, hinter der Absperrung, und sie hatte ihm angesehen, daß er krampfhaft überlegte, welcher Zusammenhang zwischen den beiden Mordfällen bestehen könnte.

Gail hatte das Gefühl, als wäre ihr Gehirn ein Computerbildschirm, über den alle möglichen Daten flimmerten. Verschiedene Kombinationen. Völlig aus der Luft gegriffene Theorien, einzelne Puzzleteile, die kein Bild ergaben.

Sie fuhr erschrocken zusammen und drehte ihren Stuhl, als etwas geräuschvoll auf ihrem Schreibtisch landete.

Miriam hatte einen Karton mit Vernehmungsprotokollen und eine Faltmappe voller Fotokopien abgestellt, mit hängender Zunge und keuchend, so als wäre sie ein erschöpfter Hund.

Gail rang sich ein Lächeln ab.

Auf der Schachtel lag ein handgeschriebener Brief, den Miriam ihr überreichte. »Der ist vor zwei Tagen eingegangen, von Harold Irving – du weißt schon, das ist der Klient, für den du letztes Jahr soviel rausgeholt hast.«

Gail warf einen flüchtigen Blick darauf. »Gib ihn Bob Wilcox.«

»Das habe ich gemacht.« Miriam begann die Protokolle auszupacken. »Vorhin hat Mr. Irving angerufen. Er wollte dich sprechen, und er hat mir erklärt, er wolle nicht, daß irgendein anderer Anwalt seine Fälle abwickle. Selbst wenn du angeklagt wärest, den Präsidenten erschossen zu haben, wäre ihm das egal, weil er es niemals glauben würde.«

»Ein bemerkenswerter Mann.« Gail erinnerte sich noch gut an ihn. Glatze, karierte Hose, Gehstock, Turnschuhe, eine grimmige Miene, so als hätte jemand soeben seinen hellblauen 1973er Chrysler Imperial gestohlen.

»Er sagte, wenn du nicht mit seinem Fall betraut würdest, würde er sich an eine andere Kanzlei wenden, und Hartwell Black könnte ihn mal ...«

»Miriam!«

»Das hat er wörtlich gesagt, ich schwör's dir.«

Gail versuchte die katastrophale Schrift zu entziffern. Harold wollte, daß sie für ihn einen Optionsvertrag aufsetzte.

»Warum eröffnest du nicht eine eigene Kanzlei?« sagte Miriam unvermittelt.

Gail schaute nicht einmal auf. »Was?«

»Das ist mein völliger Ernst. Ich käme mit, und du brauchtest mir anfangs nicht einmal viel zu bezahlen. Ich gehe jede Wette ein, daß du eine Menge Klienten hättest.«

Gail hörte nur mit halbem Ohr zu, immer noch mit Irvings Brief beschäftigt. Er wollte eine Option auf ein Apartment in Miami Beach. Er war sich noch nicht sicher, ob ihm das Haus gefiel – zuviel Schwule überall –, aber wenn er das Vorkaufsrecht hätte, müßte er keine überstürzte Entscheidung treffen.

»Ich weiß natürlich, daß du deinen Job hier nicht einfach hinschmeißen kannst«, sagte Miriam, »aber vielleicht nach dem Prozeß.«

Gail blickte langsam auf. »Eine Option ...«

»Was?«

»Pssst, sei einen Moment still.« Gail stand auf und ging zum Fenster. »Eine Option ... Carlos wollte eine Option.«

»Was ...?« Miriam verschluckte den Rest, trat aber ebenfalls ans Fenster und beobachtete Gail aufmerksam.

»Carlos wollte eine Option auf Bens Grundbesitz.« Gail starrte weiter aus dem Fenster. »Ben hat seine Meinung geändert, und das Geschäft ist geplatzt. Und jetzt will Jimmy Panther diesen Grund und Boden pachten, behauptet er jedenfalls.« Gail wandte sich Miriam zu, die sie besorgt ansah.

»Bist du okay?« fragte sie.

»Ich weiß nicht. Ja, doch.« Gail holte tief Luft. »Mein Gott, das ist absurd, aber ich glaube wirklich, es ist etwas dran.«

Miriam machte große Augen. »Was hast du?«

Gail griff nach ihren Händen. »Mach dir keine Sorgen. Mir geht es gut, wirklich. Ruf bitte in Hammells Kanzlei an, und sag meinen Termin ab. Sag, mir sei eine wichtige Privatangelegenheit dazwischengekommen. Und dann verbinde mich mit Edith Newell im Historischen Museum.«

Gail selbst wählte die Nummer von Bens Kanzlei. Sie hatte das Gefühl, endlich der Wahrheit nahezukommen.

KAPITEL 25

Ben wartete auf den Verandastufen des Blockhauses, als Gail den Motor abstellte. Seine drei Hunde rannten knurrend und bellend umher. Er drückte seine Zigarette mit dem Absatz aus und befahl ihnen, Ruhe zu geben. Seine Miene besagte, daß er eigentlich Besseres zu tun hatte als um drei Uhr nachmittags bei über dreißig Grad und verhangenem Himmel in den Wäldern herumzuwandern.

»Hallo, Ben!« Gail behielt die Hunde vorsichtshalber im Auge, als sie ausstieg. Einer schnupperte an ihren Blue Jeans.

»Laß das, Barney!« rief Ben. Der schwarze Hund trottete ins spärliche Gras neben der Hütte und streckte sich mit hängender rosa Zunge im Schatten aus. Die beiden anderen liefen zu den Wassernäpfen.

»Okay, erzähl mir von diesem Indianer-Grabhügel«, knurrte Ben.

Gail breitete eine Luftaufnahme auf der Veranda aus, zwei zusammengeklebte Fotokopien im DIN-A-4-Format. Als Gail ins Museum gehastet war, hatte Edith die Kopien bereits fertig gehabt.

»Ich kann überhaupt nichts erkennen.« Ben beugte sich tiefer über das Luftbild. »Was soll das sein – die Krome Avenue?« Er zog die Linie mit seinem Zeigefinger nach.

»Ja. Die gelben Linien markieren das Gebiet, das Carlos haben wollte, und die eingezeichneten Kreise – das sind die Stellen, wo wir Ediths Ansicht nach zuerst suchen sollen.«

Sie erklärte, was Edith ihr gesagt hatte: Sie sollte nach einer Baumgruppe Ausschau halten, die auf leicht erhöhtem Gelände stand. Edith hatte die Karte der geologischen Vermessung von 1878 zu Rate gezogen, und sie hatte unbedingt mitkommen wollen, aber Gail hatte sie mit dem Argument davon abgehalten, in den wenigen Stunden bis Einbruch der Dunkelheit könne man sowieso nicht mehr viel machen.

Ben drehte das Bild anders herum. »Dieser dunkle Streifen hier dürfte der Sumpf entlang der alten Weide sein. Wir können mit dem Auto hinfahren.« Er faltete die Karte zusammen und gab sie Gail zurück.

»Gibt es einen Weg dorthin?« fragte sie.

»Mehr oder weniger.« Er lächelte endlich. »Wir nehmen deinen Wagen.« Er ging zu seinem Lincoln und holte eine Feldflasche, seine Schrotflinte und eine Schachtel Patronen aus dem Kofferraum.

Gail grinste. »Ausgezeichnet, dein Schlangenvertilgungsmittel!« Sie verstaute das Zeug in ihrem Kofferraum.

Die Hunde folgten dem Auto ein Stück weit und bellten die Reifen an.

Gail lenkte ihr Auto vorsichtig an Schlaglöchern und Steinbrocken vorbei. »Danke, Ben.«

»Wofür?«

»Daß du gleich hergekommen bist. Morgen früh fährst du weg, und ich bin viel zu zappelig, um bis zu deiner Rückkehr warten zu können.«

»Erklärst du mir jetzt vielleicht, was das alles soll?« Er sah sie erwartungsvoll an. Am Telefon hatte sie sich ziemlich vage ausgedrückt, irgend etwas von einem indianischen Grabhügel auf seinem Land, von der Tequesta-Maske und von einer Zusammenarbeit zwischen Carlos Pedrosa und Jimmy Panther gefaselt.

»Also gut, aber das meiste ist vorläufig reine Theorie«, sagte Gail. »Jimmy Panther und Renée lernen sich im Museum kennen. Nicht zufällig. Jimmy weiß genau, wer sie ist, und er weiß, daß sie mit dir verwandt ist. Er will unbedingt Zutritt zu deinem Grund und Boden bekommen, weil hier etwas vergraben ist. Jedenfalls glaube ich das.«

Der Feldweg wurde schmaler und wand sich zwischen Bäumen und Pfefferbüschen mit glänzenden roten Früchten dahin.

»Jimmy hat die Tequesta-Maske. Er weiß entweder, daß seine Familie sie vor vielen Jahren hier gefunden hat, oder aber er ist unbefugt auf der Suche nach Artefakten eingedrungen. Wo eine Maske war, müßten weitere zu finden sein, glaubt er, und diese eine Maske ist zehn- bis fünfzehntausend Dollar wert. Aber Jimmy konnte sich hier nie in Ruhe umsehen, weil du zu oft herkamst. Außerdem waren die Hunde ein Problem. Man braucht Monate, um einen Grabhügel richtig zu erforschen. Das wußte Jimmy, weil er an anderen Ausgrabungen teilgenommen hatte.«

Der Wagen geriet in eine tiefe Furche. Unkraut schabte am Unterboden entlang. Die Reifen griffen auf dem nassen Boden erst beim dritten oder vierten Versuch.

»Dann entwickelt sich zwischen Renée und Carlos Pedrosa eine Affäre«, fuhr Gail fort. »Pedrosa ist Bauunternehmer. Renée macht ihn mit dir bekannt. Carlos möchte eine Option auf diesen Grund. Kein Zufall, sondern Jimmys Idee, glaube ich. Edith hat die drei zusammen im Museum gesehen – Renée, Jimmy und Carlos.« Gail warf Ben einen flüchtigen Blick zu. »Soweit alles klar?«

»Weiter.«

Gail wich einer zerbrochenen Wasserflasche aus. »Wie bringt Jimmy Carlos dazu, zehntausend Dollar vom Geld seines Großvaters zu riskieren? Er zeigt ihm die Tequesta-Maske, aber das hätte nicht genügt. Deshalb erzählt er ihm eine Geschichte – eine wahre Geschichte. Im Jahre 1732 legte ein von Havanna kommendes Schiff an der Mündung des Miami River an, um die Tequesta nach Kuba zu bringen, weil sie hier von einem anderen Indianerstamm angegriffen wurden. Aber die Tequesta stahlen das Gold an Bord und versteckten es wahrscheinlich in den Everglades. Edith Newell hat mir staatliche Dokumente von 1835 gezeigt, in denen das erwähnt wird, und auf den Karten ist genau dieser Teil des Landes abgebildet. Ich kann mir vorstellen, was Jimmy Carlos weisgemacht hat. Der letzte Nachkomme der Tequesta. Ein vergrabener Schatz. Der Zusammenhang mit Kuba.«

Ben lachte. »War Carlos denn schwachsinnig?«

»Du darfst nicht vergessen, daß er in Geldnöten war – er mußte unbedingt die veruntreuten Beträge herbeischaffen. Außerdem hat Jimmy Panther etwas sehr Überzeugendes an sich, das mußt du zugeben.«

»Ich habe dir doch gesagt, daß er ein Schwindler ist.«

»Ja«, gab Gail zu. »Carlos geht das Risiko jedenfalls ein. Selbst wenn sie dort kein Gold finden – Artefakte aus einem Indianergrab sind auch nicht zu verachten. Masken, Töpfe oder was auch immer lassen sich auf dem Schwarzmarkt teuer verkaufen. Er glaubt, für zehntausend Dollar ein mehr als lohnendes Geschäft machen zu können. Aber während Carlos noch nach dem Goldschatz gebuddelt hätte, hätte Jimmy die meisten Fundstücke schon beiseite geschafft, nehme ich an.«

Ben deutete nach vorne. »Fahr auf die Bäume da zu.«

»Dann geht die Sache schief«, sagte Gail. »Du willst Carlos plötzlich kein Vorkaufsrecht mehr einräumen. Jetzt hat Jimmy für Carlos keine Verwendung mehr. Im Gegenteil – er ist nur noch eine Belastung. Und es kommt noch etwas anderes hinzu. Als ich mit Jimmy gesprochen habe, deutete ich an, daß Carlos Renée ermordet haben könnte. Renée und Jimmy standen sich sehr nahe, da bin ich mir ganz sicher. Er war ihr ... ihr geistlicher Vater, könnte man sagen. Heute morgen wurde Carlos im Kofferraum seines Mercedes tot aufgefunden.

Das Auto war in einem Teich unweit der Loop Road versenkt worden.«

Ben sah sie mit schiefgelegtem Kopf an.

»Ich glaube, daß Jimmy Panther Carlos mit dessen eigener Pistole erschossen hat. Er muß ihn unter irgendeinem Vorwand dort getroffen haben, und dann hat er Rache für Renées Ermordung genommen.«

Nach einigen Sekunden sagte Ben: »Durchaus möglich. Aber könntest du mir verraten, warum wir dann hier in den Wäldern herumfahren, anstatt zur Polizei zu gehen?«

»Weil ich keine Beweise habe. Noch nicht.« Das war nicht der einzige Grund. Sie wollte auch ganz sicher sein, daß Anthony nichts mit Carlos' Tod zu tun hatte, aber das brauchte sie Ben nicht auf die Nase zu binden. Sie hielt ihren Blick auf den schmalen, holprigen Weg gerichtet.

»Heute morgen hat Mutter mir erzählt, daß Jimmy sie wieder angerufen hat«, berichtete sie. »Er möchte, daß sie dich überredet, ihm Land zu verpachten.«

»Was? Wozu denn das?«

»Angeblich will er ein Lager für emotional gestörte Jugendliche einrichten. Sie sollen vom modernen Großstadtbetrieb wegkommen und in der frischen Luft spielen.«

»Allmächtiger!« Ben schüttelte den Kopf. »Und das hat Irene ihm abgenommen?«

»Sobald man die Zusammenhänge erkennt, begreift man natürlich, worum es ihm in Wirklichkeit geht. Er will auf deinem Land in aller Ruhe nach Artefakten suchen können. Wenn wir beide hier einen Grabhügel entdecken, kann ich eine einleuchtende Verbindung zwischen ihm und Carlos herstellen.«

»Und auch zwischen Carlos und Renée.«

»Ja.«

Der Weg endete, und Gail hielt an. Sie stiegen aus. Das Land war flach und mit Gestrüpp überwuchert, nach links hin offen, rechts von dichtem Wald begrenzt. In den

Pfützen vom Regen der vergangenen Nacht spiegelten sich Wolken und Baumwipfel. Eine Schar weißer Reiher flog über sie hinweg, die langen Hälse eingezogen.

Gail öffnete den Kofferraum und holte zwei Schaufeln und eine ausrangierte Schultasche von Karen hervor, in der sie ein Insektenspray, zwei zusammengefaltete Regenponchos, einen kleinen Spaten und ihre Gartenhandschuhe, Zeitungspapier und eine Plastiktüte für eventuelle Funde sowie eine Zwei-Liter-Flasche Evian verstaut hatte.

Ben hängte sich die Feldflasche und seine Schrotflinte um und drehte sich langsam im Kreis. »Wir nehmen das hier als Ausgangspunkt und stoßen in verschiedene Richtungen vor, jeweils hundert oder hundertfünfzig Meter. Ich hoffe, du weißt, wonach du suchst.«

»Das hoffe ich auch.« Gail faltete das Luftbild dreimal zusammen und schob es in die Gesäßtasche ihrer Jeans. »Einverstanden. Wir sind nicht allzuweit von der Krome Avenue entfernt. Ich kann den Verkehr hören.«

»Das wird der reinste Sonntagsspaziergang!« knurrte Ben und schob einen Finger unter den Schulterriemen seiner Schrotflinte.

Sie gingen in nördliche Richtung. Jeder trug einen Spaten. Insekten summten in der heißen Luft. Es war völlig windstill.

»Wenn wir schon Spekulationen anstellen«, sagte Ben, »könnten wir auch einmal unterstellen, daß Carlos Renée nicht umgebracht hat.«

Gail sprang über eine Pfütze mit grünlichem Wasser, und die Tasche schlug gegen ihren Rücken. »Und wer soll es dann getan haben?«

»Panther.«

»Warum sollte er? Sie waren Freunde.«

»Vielleicht hatte Renée herausgefunden, daß der angebliche Goldschatz ein ausgemachter Schwindel war, und drohte, Carlos aufzuklären. Oder vielleicht hatten Renée und Carlos beschlossen, Jimmy auszubooten. Er könnte einen Selbstmord vorgetäuscht haben, weil er befürchtete, daß Carlos ihn andernfalls des Mordes verdächtigen könnte.« Ben ließ seinen Blick aufmerksam über die Bäume schweifen. »Vielleicht ist Renée nach Irenes Geburtstagsparty noch zu ihm gefahren. Durchaus möglich, wenn sie wirklich befreundet waren und Carlos ursprünglich gemeinsam übers Ohr hauen wollten. Hat Panther ein Alibi für jene Nacht?«

Gail hatte unwillkürlich ihre Schritte verlangsamt, und Ben drehte sich nach ihr um. »Nun?«

»Nein. Ich habe ihn danach gefragt.«

»Wenn sie befreundet waren, wußte er natürlich, daß sie diesen Naturpark liebte. Und daß sie schon einmal einen Selbstmordversuch unternommen hatte. Er war es doch, der die Polizei verständigt hat, nicht wahr? Ein geschickter Schachzug – er hatte sogar Zeugen bei sich, als er ihre Leiche fand.« Ben zuckte die Achseln. »Es ist eine Theorie. Du solltest sie Ray Hammell vortragen. Vielleicht kann er sie beim Prozeß gebrauchen.«

»Ich weiß nicht«, sagte Gail. »Wenn wir die Geschworenen mit zuviel verschiedenen Theorien verwirren, könnten sie zuletzt doch mit dem Finger auf mich deuten.«

»Na ja, laß Ray darüber entscheiden. Schließlich bezahle ich ihm all das viele Geld nicht für nichts und wieder nichts.«

Darauf gab es nichts zu erwidern. Gail stapfte hinter ihm her, und das Unkraut schlug gegen ihre Hosenbeine.

Zwei Stunden später lehnte sich Ben an eine Palmettopalme, auf die Schaufel gestützt, das Hemd schweißgetränkt. Er atmete tief durch und trank einen großen Schluck aus der Feldflasche. Gail ließ ihre Schaufel fallen und zog die Gartenhandschuhe aus: Baumwolle mit gelben Gänseblümchen. Sie waren jetzt schmutzig. Mit steifen Fingern schraubte sie ihre Wasserflasche auf und trank gierig.

Ben lachte. »Kleines Mädchen, dein Gesicht ist genauso schmutzig wie meines sich anfühlt.«

Gail wischte sich die Wangen am T-Shirt ab.

Sie hatten innerhalb des auf der Karte markierten Gebiets an elf verschiedenen Stellen gegraben. Der Kreis um ihren Ausgangspunkt war fast vollendet, aber bisher hatten sie außer Glasscherben, Dosen, Tierknochen, Patronen und verfaultem Holz nichts gefunden.

Ben ließ sich ächzend auf einen Baumstumpf fallen, zog eine Zigarette aus der Packung in seiner Hemdtasche und streifte seine Handschuhe ab.

»Wie spät ist es?« fragte Gail.

Er schaute auf seine Uhr. »Zwanzig nach sechs.«

»Wie lange ist es noch hell – eine Stunde?«

»Weniger.« Er wölbte eine Hand um die Zigarette, um sie anzuzünden.

Aus südlicher Richtung waren wieder Schüsse zu hören. Irgendwo war ein Schießstand, wo man sein Können an Flaschen und Dosen unter Beweis stellen konnte. Gail dachte an das letzte Familienpicknick auf der Ranch. Damals hatten Schüsse aus Maschinengewehren ihnen als Tafelmusik gedient. Brave Bürger, die sich schützen wollten, oder Kubaner mittleren Alters, die von einer Rückkehr in die Heimat träumten.

»Allmählich tut es mir leid, daß ich dich hergeschleppt habe«, sagte Gail.

Ben stieß eine Rauchwolke aus. Sein weißes Haar war feucht und klebte an der Stirn.

»Alles schien so gut zusammenzupassen«, fuhr Gail bedauernd fort.

Seine Zigarette zwischen den Lippen, zog Ben die Handschuhe wieder an. »Okay, sehen wir zu, daß wir hier fertig werden. Dann graben wir noch an der Stelle am Sumpfrand, und dann ist Schluß.«

Gail hob ihre Schaufel auf und ging zu einer etwa zehn Meter entfernten Bodenerhöhung. Ein fünfzig Zentimeter tiefes Loch genügte. Edith hatte ihr erklärt, wonach sie Ausschau halten sollte.

Um nicht wieder ein ungemütliches Schweigen aufkommen zu lassen, sprach sie ihre Gedanken laut aus. »Carlos Pedrosa und Jimmy Panther waren eigentlich die unwahrscheinlichsten Partner, die man sich überhaupt vorstellen kann. Ohne Renée wären sie niemals zusammengekommen. Sie war sozusagen der gemeinsame Nenner.« Gail warf eine Schaufel voll Erde beiseite und rupfte eine Wurzel aus. »Ich bin zu der Erkenntnis gekommen, daß Renée zutiefst gespalten war. Ihre unterschiedlichen Bedürfnisse konnten nur von verschiedenen Menschen befriedigt werden.«

Ben zog etwas Längliches aus dem Loch, das er gegraben hatte, warf einen Blick darauf und schleuderte es ins Gebüsch. Eine braune Flasche, die an einem Stein zerschellte.

»Jimmy Panther war ihr geistlicher Führer. Carlos war für Sex zuständig. Dave steuerte eine unschuldige Romanze bei. Valentinskarten und Blumen.«

»Ist eure Ehe daran zerbrochen, daß Renée ihm den Kopf verdreht hat?«

»Nein, Renée war nicht schuld daran. Es war nur noch die Macht der Gewohnheit, die unsere Ehe zusammenhielt. Aber wie ich auch schon Ray Hammell erklärt habe – es war eine rein platonische Beziehung.«

Gail kniete sich hin, um einen Blick in das soeben gegrabene Loch zu werfen. Nichts außer Wurzeln und Steinen. Stöhnend stand sie auf, klopfte den ärgsten Schmutz von ihren Jeans und sah sich um, wo sie ihren Spaten als nächstes ansetzen sollte.

Ben schob eine dünne Schicht trockener Palmwedel zur Seite. »Und was war ich? Ihr Hampelmann?«

»Nein, ihr Beschützer«, sagte Gail. »Ohne dich wäre sie wahrscheinlich im Gefängnis gelandet.«

»War ein großer Fehler von mir, den Kopf für sie hinzuhalten.« Ben kippte stöhnend eine Schaufel voll Steine aus. »Ich hätte sie zwingen sollen zuzugeben, daß Carlos sie zu der Sache überredet hatte. Dann hätte man eine Art Kronzeugenregelung vereinbaren können.«

»Ich glaube nicht, daß Carlos etwas von Renées Ausflug gewußt hat.«

»Natürlich hat er davon gewußt! Er hat diesen Schmuggel selbst eingefädelt.«

»Es war nicht sein Boot«, wandte Gail ein. »Hammells Kanzlei hat herausgefunden, daß es Nelson Restrepo gehört hatte, einem Klienten von Anthony Quintana.«

»Dann war also Quintana in diesen Drogenschmuggel verwickelt?«

»Nein. Er hat mir erklärt, wie sich alles zugetragen hat.« Gleich darauf hätte Gail sich ohrfeigen mögen, weil sie schon zuviel gesagt hatte. »Renée wußte, wie sie auf das Boot kommen konnte, weil sie und Anthony einmal eine gemeinsame Fahrt unternommen hatten.«

»Renée und Quintana?« Ben blickte im ersten Moment verdutzt drein, dann lachte er schallend, während er die Schaufel in die Erde stieß. »Allmächtiger! Sie hat es also mit beiden getrieben. Wie schön!«

»Nicht, Ben! Ihre Affäre mit Anthony war schon zu Ende, als sie sich mit Carlos einließ.«

»Und woher weißt du soviel darüber?«

Gail suchte nach einer unverfänglichen Antwort.

Ben kam ihr zuvor. »Nein, du brauchst mir nichts zu sagen. Du und Quintana.« Er lächelte höhnisch.

Sie bemerkte, wie sie errötete, und sie wußte, daß er das sehen konnte.

»Und dabei bist du noch mit Dave verheiratet!«

»Hör auf, Ben. Ich habe nicht die Absicht, mit dir darüber zu diskutieren.«

Er grub eine Wurzel aus. »Und wenn Quintana diesen Drogenschmuggel geplant hat? Er lieh sich das Boot von seinem Klienten aus, von diesem Restrepo. Vielleicht brauchte er ein weißes junges Mädchen, damit der Ausflug harmlos aussah. So ähnlich wie der Trick mit Kokain in einer Babywindel. Doch dann ging die Sache leider schief.«

Gail stützte sich schwer auf ihre Schaufel. »Nein, dieser Drogenschmuggel war Carlos' Idee.«

»Bist du dir da ganz sicher?«

»Ja.«

»Dann nehmen wir einmal an, daß Renée diesen Quintana nicht aufgeben wollte. Er sieht gut aus, hat viel Geld, ist charmant. Aber sie wird für ihn zur Belastung, weil sie viel zu labil ist und möglicherweise ausplaudern könnte, daß er nebenbei Drogenhandel betreibt. Er täuscht ihren Selbstmord vor, und als dann der Verdacht aufkommt, daß Carlos sie ermordet haben könnte, bringt er auch ihn um, damit er es nicht abstreiten kann.«

Gail schüttelte den Kopf. »Renée hat Anthony keine Schwierigkeiten gemacht, nachdem die Affäre zu Ende war. Sie hat ihn immer noch geliebt, aber sie hat sich mit der Trennung abgefunden.«

»Wer hat dir das gesagt – dein Geliebter?« Ben sah sie stirnrunzelnd an. »Liebling, ich hab's dir von Anfang an gesagt, gleich damals, als er dir juristische Ratschläge gab. Laß dich nicht mit ihm ein, habe ich dir gesagt, weißt du noch?«

»Das geht dich nichts an, Ben.«

Er machte sich wieder an die Arbeit. »Du mußt es ja wissen! Was findet ihr Mädchen nur an diesen Kubanern? Ich hätte nie geglaubt, daß du dich wie deine Schwester vom ... na, du weißt schon ...« – er deutete auf ihren Unterleib – »... leiten läßt.«

Sie starrte ihn sprachlos an.

Er ließ abrupt die Schaufel fallen und schleuderte die Handschuhe auf den Boden. »O Gott, Gail, ich bin müde. Läßt du das als Entschuldigung gelten? Vielleicht waren wir zu lange in der Hitze. Ich wollte dich nicht mit Renée vergleichen.«

»Sie war auch keine Nutte.«

Er rang sich ein Lächeln ab, tiefe Falten in den Wangen. »Was hältst du davon, wenn wir noch ein paar Löcher graben und dann Schluß machen? Ich führe dich und Irene zum Abendessen aus.«

»Nein, ich höre jetzt gleich auf«, sagte sie. »Das hat ja doch keinen Sinn.«

Er klappte sein Feuerzeug mehrmals auf und zu, bevor er sich wieder eine Zigarette anzündete. »Du läßt mich hier den ganzen Nachmittag schwitzen und sagst dann einfach, das hätte keinen Sinn.«

Zwei Schüsse durchbrachen die Abendstille und hallten zwischen den Bäumen wider.

»Das war ziemlich nahe«, sagte Ben.

Gail zuckte die Achseln. »Wahrscheinlich benutzt jemand auf der Krome Avenue ein Verkehrsschild als Zielscheibe.«

»Falsche Richtung.«

»Komm, fahren wir zurück.«

Er lauschte noch einige Sekunden und hob dann seine Handschuhe und die Schaufel wieder auf. »Noch nicht. Du hast mich hierhergeschleppt, und jetzt führen wir die Sache auch zu Ende. Noch einmal tu ich mir das nämlich nicht an. Wir graben noch an der einen Stelle, und dann hören wir auf.«

Sie stieß laut den Atem aus. »Na gut.«

Sie legten etwa fünfzig Meter durch das Unterholz zurück. Das Licht wurde bereits schwächer, und Gail schlug nach den Moskitos, die sie umschwirrten. Ben ging vor ihr her – ein großer, kräftiger Mann, die Schrotflinte über der Schulter, so daß der Lauf über seinen Kopf hinausragte. Sein kariertes Hemd klebte ihm am Rücken, der Nacken war faltig, und er roch nach Zigarettenrauch und Schweiß.

Lachend drehte er sich nach ihr um. »Kommst du noch mit, kleines Mädchen?«

So war es immer gewesen: Gail wurde eigensinnig, er hänselte sie und trieb sie bis zur Weißglut. Renée hatte genau gewußt, wie sie mit ihm umgehen mußte, um zu bekommen, was sie wollte. Sie hatte das kleine Mädchen gespielt, Daumen gelutscht und ihn kichernd von der Seite angesehen. Und wenn er wütend wurde, begannen ihre Lippen zu zittern, und Tränen traten in ihre strahlend blauen Augen und rollten über ihre Wangen. Gail hatte diesen Trick nie beherrscht, und sie war wahnsinnig neidisch auf Renée gewesen, die damit stets Erfolg hatte.

Sie machten an einer Stelle halt, wo der Boden wieder anstieg. Gail stellte ihre Tasche ab und zog die Handschuhe an.

Ben warf seine Zigarette weg und schob mit dem Fuß eine dicke Schicht Laub beiseite. »Wenn wir etwas finden, kaufe ich mir ein paar hundert Hektar Wald irgendwo weiter nördlich.«

Er hatte jetzt wieder gute Laune und fuhr lachend fort: »Wetten, daß Irene versuchen würde, mich zu überreden, alles dem Museum zu spenden?«

Gail stieß einen Ast mit dem Fuß zur Seite und begann zu graben. »Ich bezweifle, daß du vom Erlös einiger Töpfe und Tonmasken viel Land kaufen könntest, selbst wenn hier welche vergraben sein sollten.«

»Verdammt, ich rede nicht von solchem Kleinzeug, sondern von einer großen Holztruhe, von einem richtigen spanischen Schatz. Goldbarren, Perlenketten, Smaragde und Diamanten.«

»Richtig.« Gail stieß die Schaufel in die Erde.

»Da ist der Schatz ja schon!« Lachend hielt Ben einen fleckig grauen Kieferknochen hoch. »Elsie die Kuh!« Er schleuderte den Knochen in die Büsche, machte ein paar Schritte und setzte wieder den Spaten an. »Mein Großvater – dein Urgroßvater – hat mir erzählt, daß er den Indianern Geld gegeben hat, damit sie herkamen und den Boden salzten.«

»Den Boden salzten?« Gail wischte sich mit einem Ärmel den Schweiß von der Stirn.

»Das muß so um die Jahrhundertwende gewesen sein. Sie vergruben Pfeilspitzen und Glasperlen, nur einige Zentimeter tief. Lauter billiges Zeug. Und dann brachte Opa Touristen in einer Kutsche her und verkaufte Karten für die Schatzsuche. Er hatte einen Diener, halb Chinese, halb Neger, und der mußte sich als Miccosukee verkleiden, mit Patchworkjacke und Federkopfschmuck.«

»Derselbe aufrechte Benjamin Strickland, dessen lebensgroßes Foto im Historischen Museum hängt?«

»Derselbe.«

Und derselbe Mann hatte zugesehen, wie Renée und Carlos sich im Straßenbahnwagen vergnügten. Renée hatte gesagt, sie hätte es schon immer mal direkt unter den Augen von Benjamin Strickland treiben wollen. Nur glaubte Gail inzwischen nicht mehr, daß Renée den Mann auf dem Foto gemeint hatte. Ihre Aggression hatte Ben gegolten, dem Mann aus Fleisch und Blut.

»Schon komisch, daß hier womöglich echte Artefakte vergraben sind, und ich habe nie etwas davon gewußt«, sagte Ben. »Deine Schwester hat es nicht für nötig gehalten, mich darüber zu informieren. Ich hätte ihr das Zeug geschenkt, wenn wir etwas gefunden hätten, aber sie hat lieber hinter meinem Rücken gemauschelt.«

»Ich glaube, sie versuchte unabhängig zu werden.«

»Ein hübsches Wort für verschlagen«, erwiderte Ben. »Sie wollte ihre eigene Familie bestehlen. Carlos Pedrosa und sie haben gut zusammengepaßt. Ein feines Pärchen!« Er sah Gail an. »Was ist los?« Als sie keine Antwort gab, lehnte er seine Schaufel an einen Baumstamm. »Allmächtiger!« Er seufzte schwer, brachte dann aber ein verzerrtes Lächeln zustande. »Hast du noch Wasser in deiner Flasche? Meine Feldflasche ist leer.«

Sie bückte sich und holte die Flasche heraus. Als sie sich wieder aufrichtete, legte Ben ihr eine Hand auf die Schulter. Sie trat unwillkürlich einen Schritt zurück.

Er nahm seine Mütze ab. »Wir sind nie miteinander ausgekommen, du und ich. Ich habe es immer versucht. Ich versuche es auch jetzt noch.«

»Es ist nicht deine Schuld«, murmelte sie. Die Hitze verursachte ihr dumpfe Kopfschmerzen.

Er trank das restliche Wasser aus, und sie legte die leere Flasche in ihre Tasche.

»Du bist wegen meiner Bemerkungen über Renée sauer auf mich, stimmt's? Wahrscheinlich hätte ich den Glanz des Heiligenscheins, mit dem du deine Schwester neuerdings versiehst, nicht trüben sollen.« Er nahm seine Schaufel zur Hand. »Das Mädchen war krank, aber du willst das nicht einsehen. Glaub mir, Renée hatte wirklich große Probleme.«

»Wovon redest du?«

»Du weißt genau, wovon ich rede.«

»Du meinst, weil sie dich am Abend von Irenes Party angefaßt hat?« Gail machte einen Schritt auf ihn zu. »Ist es das?« Ben stieß die Schaufel in die Erde. »Sie war betrunken. Oder vielleicht wollte sie sich nur einen Scherz erlauben, und du hast es falsch aufgefaßt.«

»Ein Scherz?« Er funkelte sie zornig an. »Du warst schließlich nicht dabei. Erzähl mir also bitte nicht, was es gewesen ist.«

»Du hast erzählt, du hättest sie auf die Veranda gezerrt und angebrüllt und ...«

»Ich habe sie nicht angebrüllt.«

»Na gut, dann hast du ihr eben Vorhaltungen gemacht, oder wie immer man es auch nennen will. Aber sie war fast dreißig. Vielleicht hatte sie es satt, wie ein Kind behandelt zu werden, und das habt ihr getan, du und Mutter.«

Bens Schaufel schabte an Steinen entlang. »Führen wir das hier noch zu Ende oder nicht?«

»Ich weiß noch, wie Renée Daddys neues Radio kaputtmachte. Er wollte ihr eine Tracht Prügel verabreichen, aber du hast ihn daran gehindert. Sie hat sich weinend an dich geklammert, und du hast Daddy gesagt, er solle sie nicht bestrafen, du würdest ihm ein neues Radio kaufen. Verstehst du? Sie hat von klein auf gelernt, daß du sie immer in Schutz nehmen würdest. *Meine kleine Blume.* Ich habe gehört, wie du gesagt hast: *Mach dir keine Sorgen, Ben wird auf seine kleine Blume immer gut aufpassen.*«

Ben schlug nach einem Moskito auf seiner Wange. »Sie ist tot, und du redest dauernd über sie. Du redest und redest. Du bist immer noch so eifersüchtig auf sie, daß du alles verzerrt siehst.«

»Nein.« Gail hatte einen trockenen Mund. »Nein, das ist es nicht ... Etwas anderes, etwas ...«

Er warf ihr einen forschenden Blick zu, zog die Handschuhe aus und stopfte sie in seine Gesäßtasche. »Das war's. Wir sind hier fertig. Nimm deine Sachen, und komm.«

Gail rührte sich nicht von der Stelle. »Neulich abends, als du hereinkamst, um Karen in Renées früherem Zimmer gute Nacht zu sagen … Du hast sie geküßt und ›meine kleine Blume‹ zu ihr gesagt … So hast du Renée immer genannt.«

Das Stück Himmel über den Bäumen begann sich plötzlich zu drehen, und sie schloß rasch die Augen. »Es war nicht richtig. Ich wollte nicht, daß du Karen berührst.«

Sie atmete durch die Nase ein, ließ sich auf den Boden fallen und beugte sich über ein Knie, um nicht ohnmächtig zu werden. Bens Schnürstiefel kamen näher, und er fragte, was in aller Welt los sei, aber seine Worte schienen aus weiter Ferne zu kommen.

Gail schluckte. Ihre Kehle war wie zugeschnürt. »Einmal bin ich nachts aufgewacht«, stammelte sie. »Es war … nach Daddys Tod. Ich bin aufgewacht und wollte zu Renée. Mutter war nicht da … ich weiß nicht, wo sie war. Ich wollte in Renées Zimmer gehen, aber ich konnte nicht … Ich habe deine Stimme gehört. Ich habe gehört, wie du gesagt hast … wie du gesagt hast: *Du duftest so süß wie eine Blume, und du bist so hübsch.*«

»Das ist nie geschehen. Du weißt nicht mehr, was du redest.«

Sie lachte, aber es hörte sich eher wie ein Stöhnen an. »O doch, ich weiß es genau. Im Unterbewußtsein muß ich es immer gewußt haben, und ich habe sie dafür gehaßt.«

»Du hast eine schmutzige Phantasie. So etwas würde ich niemals tun. Nie. Du bist genauso pervers wie deine verfluchte Schwester.«

»Renée! O Gott!« Sie schaukelte vor und zurück. »Vielleicht bin ich wirklich wie du. Vielleicht. Du könntest es mir sagen.« Sie sah Renées Gesicht mit einemmal ganz deutlich vor sich. Die unglaublich blauen Augen. Den kleinen Mund, zu einem schelmischen Lächeln verzogen. Das Grübchen. Die perfekte Haut. Gail öffnete ihre Augen, richtete sie auf ein Schneckenhaus, auf ein welkes Blatt. Die Dämmerung brach herein, die Farben verblaßten.

»Total verrückt«, murmelte Ben und stieß sie leicht mit dem Stiefel am Oberschenkel an. »Steh auf, wir gehen.«

Dann hörte sie die Hunde bellen und knurren. Ein Schuß krachte, ein scharfer Knall. Winseln. Zwei weitere Schüsse, dicht hintereinander. Noch mehr Gewinsel. Noch ein Schuß. Dann tiefe Stille.

»Jemand muß meine Hunde erschossen haben!« rief Ben. »Jemand ist hier draußen.«

Gail kniete sich hin. Ihr war immer noch schwindelig. Ben lauschte, den Kopf zur Seite gelegt. Eine Amsel flog laut schimpfend von einer Kiefer auf.

Ben packte Gail am Arm, zog sie hinter ein dichtes Gebüsch und holte in geduckter Haltung seine Schrotflinte. Neben Gail kauernd, legte er eine Patrone ein. »Wem hast du erzählt, daß wir hiersein würden? Was wollen sie von uns?« flüsterte er.

»Ich weiß nicht.« Ihr Atem stockte. »Doch, ich habe es Edith erzählt.« Fast hätte sie gelacht. »Aber ich glaube kaum, daß Edith hier mit einer Knarre herumläuft.«

»Sei still!«

Hoch oben am Himmel brummte ein Jet. Vögel zwitscherten in der Dämmerung. Dann hörte Gail das Rascheln von Palmwedeln und Schritte – vorsichtige, langsame Schritte.

»Ich habe es Mutter erzählt«, flüsterte sie mit rasendem Herzklopfen. »Ich habe ihr erzählt, daß ich mit dir hierherkomme. Und Jimmy Panther wollte Mutter am Nachmittag anrufen.«

»Panther!« Ben holte zwei weitere Patronen aus der Jeanstasche und steckte sie in die Hemdtasche. Mit einer Geste bedeutete er ihr, sich flach auf den Boden zu legen.

Gail kroch bäuchlings auf die andere Seite des Gebüschs und spähte durch das dichte Laubwerk.

Ein Mann. Dunkles Haar, weißes Hemd, Pistole in der Hand.

»Anthony?« Sie rappelte sich hoch.

»Gail! Wo bist du?«

»Lassen Sie die Pistole fallen!« brüllte Ben.

Anthony drehte sich um. Ben feuerte. Anthony wurde gegen den Stamm einer Kiefer geschleudert. Er hielt sich einen Moment lang daran fest, sank dann aber zu Boden.

Vom Krachen der Schrotflinte leicht benommen, schrie Gail auf und wollte durchs Gebüsch zu Anthony rennen, doch Ben packte sie am T-Shirt.

»Bleib hier, Gail! Er hat eine Pistole.«

»Warum? Warum hast du auf ihn geschossen?«

»Hör zu! Ich mußte es tun.« Ben ließ die Schrotflinte fallen und hielt Gail an beiden Armen fest. »Er hätte uns umgebracht. Er hatte eine Pistole.«

»Nein!« Ein roter Blutfleck breitete sich auf Anthonys weißem Hemd aus.

Ben schüttelte sie. »Er hat Carlos ermordet, und wir wären die nächsten Opfer gewesen. Gail, Liebling, mir blieb keine andere Wahl.«

»Laß mich los!« Gail stieß ihn von sich und stolperte einige Schritte vorwärts.

Ben packte sie wieder, warf sie zu Boden, kniete sich rittlings auf ihre Hüften und drückte ihre Schultern mit eisernem Griff hinunter. Sie schlug mit beiden Armen nach ihm. »Gail, hör mir zu. Hör mir gut zu. Er hat auch Renée ermordet. Sie wollte ihn haben, und deshalb mußte er sie loswerden. Wir werden sagen … Verdammt, halt endlich still! … Wir werden sagen, daß Quintana beide Morde gestanden hat. Dann wird die Anklage gegen dich fallengelassen.«

»Laß mich los! Ben …«

»Wir sind doch eine Familie, Gail. Wir müssen zusammenhalten. Wir werden alle nach Arcadia gehen. Alles wird wieder gut, das schwöre ich dir.«

Sie hatte ihm das Hemd aufgerissen, und dann sah sie es tief an seiner Brust hängen: ein goldenes Herz, von kleinen Diamanten umrahmt.

»Woher … Woher hast du das?« flüsterte sie.

Er schaute herab.

Schreiend versuchte Gail sich zur Seite zu rollen.

Bens Gewicht verhinderte das, und nun packte er sie bei den Handgelenken. »Nicht, Gail. Du weißt ja gar nicht, wie es sich abgespielt hat. Sie hat mir den Anhänger gegeben. Draußen auf der Veranda. Sie hat ihn mir vor die Füße geworfen. *Nimm ihn zurück,* hat sie geschrien.«

»Lügner! Sie trug den Anhänger noch, als Dave sie nach Hause fuhr!« Gail schluchzte. »Mein Gott! Mutter hat ihr dieses Herz nicht geschenkt. Du warst es! Sie wünschte es sich, aber es war zu teuer. Du hast Mutter das Geld gegeben. Renée hat es mir am Abend ihres zwölften Geburtstags erzählt. Sie wußte, daß es von dir stammte, aber sie wollte Mutter die Freude nicht verderben. ›Sag Mama nicht, daß ich es weiß‹, beschwor sie mich.«

»Du weißt nicht, wie es war … Du hast ja keine Ahnung, Gail. Sie war immer hinter mir her.«

»Sie war ein Kind!« Gail schmetterte ihre Faust in sein Gesicht. »Du elender Mistkerl! Du hast sie ermordet! Du hast meine Schwester ermordet! Wie konntest du nur?«

Er preßte ihre Handgelenke neben ihrem Kopf auf die Erde. Sein Mund war blutig. »Hör zu, du weißt nicht, wie es war. Bitte hör mir zu. Sie wußte genau, was sie tat. Sie wollte von mir alle möglichen Geschenke haben. Ich war weder ihr Vater noch ihr Onkel. Und sie hatte nichts dagegen. Sie wollte es sogar selbst. Und ich habe sie beschützt. Ich habe mich stets um sie gekümmert, und sie hat mich ausgenutzt. Jahrelang. Hörst du – jahrelang!«

»In Ordnung.« Gail entspannte sich und atmete tief durch. Ihre Brust schmerzte. »Ja, ich weiß, wie sie war.«

Ben weinte jetzt. »Sie hat mich plötzlich ausgeschlossen. Ich hatte sie vor dem Gefängnis gerettet, und sie hat mich ausgeschlossen. An jenem Abend hat sie mir auf der Terrasse gesagt, sie würde allen Leuten erzählen, was ich getan hatte, wenn ich sie noch einmal anrührte. Sie würde mich ruinieren, hat sie gesagt. Als ob es meine Schuld gewesen wäre! Sie hat mich verführt. Gail, bitte glaub mir, sie war schlecht. Verkommen.«

»Ja, ich weiß.« Gail beobachtete ihn scharf. »Wir sind eine Familie. Ich kann dich nicht verraten. Das würde ich niemals tun.«

Er verlagerte sein Gewicht auf die Fersen und ließ ihre Handgelenke los. Seine Wangen waren naß. »Liebling, wir stehen das gemeinsam durch, glaub mir.«

»Ja.« Sie zog ihre Beine unter ihm hervor. »Und auch Carlos hat den Tod verdient.«

Ben nickte und wischte sich mit dem Handrücken die Tränen aus den Augen. »Ich mußte ihn töten. Er sagte, ich solle mir die Sache mit der Option noch einmal gründlich überlegen. Wenn ich den Vertrag nicht unterschreiben würde, könnte er so manches erzählen. Renée hätte ihm anvertraut, was sich jahrelang zwischen uns abgespielt hatte. Und dann sagte er, ich hätte Renée ermordet. Er wußte nicht, daß ich es tun mußte, daß mir gar keine andere Wahl blieb.«

Zitternd stand Gail auf. Ben blickte hoch, und sein Gesichtsausdruck veränderte sich langsam.

Er wollte sie wieder packen.

Sie taumelte auf seine Schrotflinte zu, packte sie am Lauf und holte weit aus. Sie hörte das dumpfe Geräusch, als Holz gegen Knochen prallte, und sie spürte die Wucht ihres Schlages bis in die Schultern hinauf. Er sank langsam in sich zusammen.

Gail warf die Schrotflinte weg und rannte zu Anthony. Im Dämmerlicht sah der Fleck auf seinem Hemd schwarz aus. Er stöhnte, als sie ihn berührte.

»Anthony, steh auf!« Sie nahm sein Gesicht in beide Hände, sah, daß es blutig war. Er schlug die Augen auf. »Steh auf, Anthony, bitte!«

»Wo ist er?«

»Dort drüben. Ich habe ihn k.o. geschlagen.«

»Töte ihn.«

»Was?«

Anthony schnitt eine Grimasse. »Nimm meine Pistole, und erschieß ihn. Tu's!«

Gail blickte zu Ben hinüber. »Ich ... Alles ist in Ordnung, er bewegt sich nicht. Komm, es wird schon dunkel. Schauen wir, daß wir von hier wegkommen.« Sie legte seinen Arm um ihren Hals, packte ihn am Handgelenk und zog ihn hoch.

»*Ay, coño carajo!*« Seine Beine knickten zusammen.

»Verdammt, steh auf!«

Sein Gesicht war schweißüberströmt. Sein rechter Arm hing schlaff herab. Blut tropfte von den Fingern. Er stützte sich schwer auf sie. »*Bueno!*«

Sie machten sich langsam auf den Weg, zwischen den Bäumen hindurch. Er konnte die Füße kaum heben. Sie spürte sein Blut auf ihrem T-Shirt. Warm, klebrig. Ihr Rücken zitterte von der Anstrengung, ihn aufrechtzuhalten.

»Wie bist du darauf gekommen?«

»Carlos konnte Renée nicht ermordet haben. Dazu kannte ich ihn zu gut.« Anthony atmete flach und stoßweise. »Du hattest recht – Dave hatte es auch nicht getan ... Panther hatte kein Motiv. Es mußte aber jemand sein, der mit ihr ... auf sehr vertrautem Fuße stand. Ich habe den Richter ... ich habe ihn schon vor Tagen verdächtigt, weil ich ... weil ich Renée gut gekannt habe. Weil ich wußte, wie sie war.«

»Du hast mir nichts davon gesagt.«

»Ich war mir ja nicht sicher, bis ... ja, bis auch Carlos tot war. Da dachte ich, er könnte ... er könnte beide auf dem Gewissen haben. Und als ich gehört habe, daß du ... allein mit ihm hier bist ...«

»Wer hat dir das gesagt?«

»Edith Newell. Ich habe deine Sekretärin angerufen, weil ... Du hattest deinen Termin bei Ray Hammell abgesagt, und er wußte nicht, warum.« Anthony stolperte, und sie hielt ihn fest.

»Warum hast du nicht die Polizei gerufen?«

»Ich hatte ... keinerlei Beweise. Aber du warst hier, und ...« Anthony brach in die Knie.

»Steh auf!«

Gail konnte jetzt ihr Auto auf der Lichtung stehen sehen. Und Anthonys Cadillac. Zwei Hunde lagen regungslos daneben. Anthony mußte sie erschossen haben. Den dritten etwas früher, näher bei der Hütte.

»Si me muero antes de ...«

»Hör auf, solchen Blödsinn zu reden! Du wirst nicht sterben.«

»Gail ... *preciosa. Tu sabes que te amo.*«

»Ja, ja, ich liebe dich auch, aber steh jetzt bitte auf. Das Auto ist gleich dort drüben, ich versprech's dir.«

Während sie taumelnd die letzten Schritte zurücklegten, redete er spanisch mit ihr. Sie lehnte ihn an ihr Auto, hielt ihn mit einer Schulter fest und griff in ihre Jeanstasche. Nichts.

»O Gott, meine Autoschlüssel sind in der Schultasche!«

Gail ließ ihre Hand über Anthonys Oberschenkel gleiten und ertastete seinen Schlüsselbund. Grenzenlos erleichtert zog sie ihn heraus.

»Wir nehmen deinen Wagen«, sagte sie und legte seinen Arm wieder über ihre Schulter. »Ist auch besser so, dann kommt wenigstens kein Blut auf meine Sitze. Du machst eine furchtbare Sauerei.«

»Tengo sueno.«

»Vergiß es. Hier wirst du nicht schlafen. Komm, beweg dich.«

Sie schleppte ihn die drei Meter zur Beifahrertür seines Cadillacs. Als sie ihn losließ, um die Tür aufzuschließen, fiel er wie ein Stein zu Boden. Sie riß die Tür auf und schaltete die Innenbeleuchtung ein. Dann klappte sie den weichen grauen Ledersitz möglichst weit zurück.

»Steh auf!« Sie zog an seinen Armen. Er stöhnte. »Ich weiß, Liebling, ich will dir nicht weh tun. Steig ein, bitte.«

Sie hörte Bens Stimme. »Gail!« Er schluchzte. »Gail, nicht!«

Sie erstarrte für den Bruchteil einer Sekunde, schob Anthony dann aber auf den Sitz und hob seine Beine hinein.

»Gail!«

Sie schlug die Tür zu, rannte ums Auto herum. Sie konnte Ben jetzt sehen – einen Schatten in der Dunkelheit. Er war nur noch wenige Meter entfernt.

Sie riß die Fahrertür auf. Bens Gesicht war blutig, und Renées Anhänger schimmerte in seinen grauen Brusthaaren. Er griff nach ihr.

»Gail, Liebling, tu das nicht!«

Schreiend stieß sie ihn mit aller Kraft von sich. Er taumelte rückwärts. Sie sprang ins Auto, schlug die Tür zu und verriegelte sie von innen.

»Niemand wird dir glauben! Du hast keine Beweise!« Bens Hände hinterließen blutige Streifen auf der Fensterscheibe.

Sie fummelte am Schlüsselbund herum, konnte den Zündschlüssel nicht gleich finden. Ihre Finger waren rot und klebrig von Anthonys Blut. Endlich drehte sich der Zündschlüssel im Schloß.

»Ich habe nichts getan!« Ben hämmerte ans Fenster. »Kein Mensch wird dir glauben!«

Gail ließ den Motor an und brauste davon.

KAPITEL 26

Gail blieb auf der Schwelle von Anthonys Zimmer stehen. Eine der beiden Frauen am Fußende seines Bettes erkannte sie sofort wieder: seine Kusine Elena.

»Kommen Sie herein, er ist wach.«

Das Kopfteil des Bettes war hochgestellt, und er lächelte ihr zu. Sie stellte fest, daß er viel besser als am Vortag aussah. Er wurde nicht mehr künstlich beatmet, und er hing auch nicht mehr am Tropf. Seine rechte Schulter, der rechte Arm und der Brustkorb waren dick verbunden, und er hatte ein Pflaster auf der Wange. Sie bückte sich und küßte ihn leicht auf die andere Wange.

»Du riechst fabelhaft«, sagte sie.

»Elena hat mich gerade rasiert«, erklärte er. »Elenita, ich glaube, du hast mich am Kinn geschnitten!«

Sie schnitt ihm eine Grimasse und machte Gail mit der anderen Frau – ihrer Mutter – und mit dem älteren Ehepaar bekannt, das in Lehnstühlen am Fenster saß – auch irgendwelche Familienangehörige.

Gail legte ihre Handtasche auf den Nachttisch. Das Krankenzimmer sah eher wie ein gepflegtes Schlafzimmer aus, von dem verstellbaren Bett und den verschiedenen Apparaturen an der Wand dahinter einmal abgesehen. Überall standen Blumen herum.

»Elenita, mi amor, danos unos minutos solos.«

Das ältere Paar verließ sofort den Raum; Elena und ihre Mutter folgten.

»Du hättest sie nicht zu vertreiben brauchen«, sagte Gail.

»Mach dir darüber keine Gedanken. Sie sind sowieso schon den ganzen Tag hier.«

»Als ich gestern hier war, hast du geschlafen.«

»Ich habe dich vermißt«, sagte er.

Gail küßte ihn auf den Mund.

Er seufzte. »Ja, so ist es besser.« Er griff nach ihrer Hand. »Wie kommt es, daß du mitten am Nachmittag hier bist?«

»Karen hat heute abend eine Schulaufführung, und da möchte ich dabeisein. Am Wochenende ziehen wir wieder in unser Haus. Wir wollen versuchen, wieder ein normales Leben zu führen.«

Anthony warf ihr einen forschenden Blick zu. »Wie normal?« wollte er wissen.

Sie lächelte. »Dave wohnt auf dem Boot, wenn du das gemeint hast.«

Er führte ihre Hand an seine Lippen. »Hast du Karen erzählt, was Ben getan hat?«

»Ich habe ihr soviel erzählt, wie sie in ihrem Alter begreifen kann. Sie hat gefragt, wo er jetzt ist, und ich mußte ihr sagen, daß wir das nicht wissen.«

»Hoffentlich fährst du nach Einbruch der Dunkelheit nicht allein in der Gegend herum.«

»Ich habe keine Angst.«

»Aber ich habe Angst um dich.«

Gail schob eine Zeitschrift zur Seite und setzte sich auf die Bettkante. »Ich habe mir gerade ein leerstehendes Büro angesehen«, berichtete sie. »Am Sunset Drive, nicht allzuweit von meinem Haus entfernt. Verführerisch.«

»Oh? Du hast dich also entschlossen?«

Sie schüttelte den Kopf. »Noch nicht. Es ist eine viel zu wichtige Entscheidung, als daß ich etwas überstürzen möchte. Ich sehe mich vorläufig nur ein bißchen um.«

»George Sanchez' Büro steht leer«, sagte Anthony.

Sie lachte. »Nein, mit dir in der Nähe würde ich nicht zum Arbeiten kommen.«

Jemand klopfte an die offene Tür. »Hallo, alter Junge!« Es war Frank Britton. Er nickte Gail höflich zu. »Ms. Connor.« Sie hatte ihn seit Freitag dreimal gesehen, zweimal in Ray Hammells Gegenwart.

Er deutete auf Anthonys Verbände. »Sieht so aus, als würdest du's schaffen, *amigo.*«

»Scheint so.«

»Ms. Connor, für Sie habe ich eine gute Nachricht. Die Staatsanwaltschaft erwägt, die Anklage gegen Sie fallenzulassen. Ray Hammell hat den Staatsanwälten berichtet, was wir in Richter Stricklands Haus gefunden haben, aber das wissen Sie vermutlich bereits.«

»Ja, er hat es mir gesagt.«

Ben war offenbar nach Hause gefahren, um seine Wunden zu verbinden und verschiedene Sachen mitzunehmen, die er dringend benötigte. Auf den Teppichen und auf der Treppe waren Blutflecke, die Küchenschränke standen weit auf, Kleidungsstücke waren überall verstreut. In seinem kleinen Arbeitszimmer neben dem Schlafzimmer waren die Schreibtischschubladen herausgezogen und auf den Boden geworfen worden. Der Inhalt fehlte. Ben hatte aber einen Ordner im Regal vergessen. Darin befanden sich alte Kontoauszüge und sonstige Bankunterlagen, darunter viele Schecks für Renée – Tausende von Dollar. Außerdem hatte er die Fotos in seinem

Wandschrank vergessen. Unter einem Stapel deprimierender Zeitschriften war eine Schachtel mit mindestens hundert Polaroidaufnahmen versteckt. Auf einigen Fotos waren Ben und Renée zusammen zu sehen – mit Selbstauslöser aufgenommen, wie an der Schnur zwischen Bens Fingern zu sehen war. Meistens hatte er Renée allein fotografiert, in verschiedenem Alter, hauptsächlich aber sehr jung.

Ray Hammell hatte sich nicht näher dazu geäußert, um was für Fotos es sich handelte, aber seine Zurückhaltung war beredter als Worte, und Gail hatte nicht darum gebeten, die Fotos sehen zu dürfen.

»Ray rechnet damit, in ein, zwei Wochen etwas zu hören«, sagte sie zu Frank Britton.

»Wir hoffen, daß wir Ben Strickland finden und zum Reden bringen. Wenn nicht, kann Anthony zu Protokoll geben, was Strickland Ihnen gebeichtet hat. Das wäre äußerst hilfreich.«

»Aber Anthony war doch bewußtlos«, wandte Gail ein. »Wie soll er etwas von dem Gespräch zwischen Ben und mir …«

Anthonys Blick ließ sie mitten im Satz verstummen. »Ja, ich bin sicher, daß mir alles wieder einfallen wird«, sagte er.

Britton zog einen Stuhl ans Bett heran und setzte sich. »Ich habe mit dem Indianer gesprochen, mit diesem Jimmy Panther, und er hat bestätigt, daß Carlos, Renée und er in dem Grabhügel auf Stricklands Land nach Artefakten suchen wollten. Er sagt, Sie hätten diesen Grabhügel nur nicht gefunden.«

»Was ist mit Ben Strickland?« fragte Anthony. »Ich nehme doch an, daß du einen Haftbefehl hast.«

Britton faltete seine Hände auf dem Bauch. »Wegen versuchten Mordes? Nein.«

»Nein?« Anthony lachte, zuckte dabei aber vor Schmerz zusammen. »Man hat sechsundzwanzig Schrotkugeln aus meinem Körper entfernt, und trotzdem gibt es keinen Haftbefehl?«

Britton grinste. »Okay, dann versetz dich mal für einen Moment in deine übliche Rolle als Strafverteidiger. Ben Strickland hört, wie seine Hunde erschossen werden, und dann hört er Schritte, die sich im Wald nähern. Es ist schon fast dunkel, und der Eindringling hat eine Pistole. Strickland ruft, er solle die Waffe fallen lassen, der Kerl zielt, und Strickland schießt. Wie würdest du das nennen?«

»Frank, es ist nicht deine Aufgabe, für den Angeklagten zu sprechen«, sagte Anthony. »Das ist meine Sache, aber *diesen* Angeklagten würde ich nicht verteidigen.«

»Wir haben einen Haftbefehl gegen ihn wegen zweifachen Mordes. An Renée Connor und Carlos Pedrosa.« Britton zuckte mit den Schultern. »Wir werden unser Möglichstes tun.«

»Er hat doch zugegeben, daß er sie ermordet hat, Sergeant! Sowohl Renée als auch Carlos. Was gibt es da noch für Probleme?«

»Ohne andere Beweise?« Britton sah Anthony an. »Erklär's ihr.«

Anthony schloß die Augen. »Frank ...«

»Na los, klär sie auf.«

Die dunkelbraunen Augen öffneten sich wieder und fixierten Gail. »Wenn der Staatsanwaltschaft nur die Aussage jener Person vorliegt, die desselben Verbrechens angeklagt ist ...«

»Aber das ist doch absurd!« fiel Gail ihm ins Wort. »Und was ist mit den Fotos und mit all dem Geld, das er ihr zukommen ließ?«

»Diese Dinge reichen aus, um einen begründeten Zweifel an deiner Schuld zu erwecken«, erklärte Anthony geduldig, »und zweifellos wird Ray Hammell damit argumentieren. Aber würde ein Geschworenengericht Ben Strickland aufgrund dieser Indizien verurteilen? Niemals. Jeder frischgebackene Anwalt würde mühelos einen Freispruch erzielen. Ein Pädophiler braucht noch lange kein Mörder zu sein. Solange wir ihn weder mit Renées noch mit Carlos' Tod direkt in Verbindung bringen können ... Und das ist leider noch immer der Stand der Dinge, stimmt's, Frank?«

Britton zuckte wieder die Achseln. »Wir tun, was wir können. In seinem Haus und in seinem Büro haben wir jeden Zentimeter durchsucht und uns jeden Zettel angesehen. Bisher vergeblich. Vielleicht würden wir in seinem Winnebago etwas finden – wenn wir diesen Winnebago erst mal gefunden hätten.«

»Er ist mit dem Winnebago unterwegs, irgendwo in den Wäldern, nehme ich an«, sagte Gail.

»In drei Staaten wird nach ihm gefahndet. Ewig kann er sich nicht verstecken.«

Gail starrte aus dem Fenster. Die Bucht schillerte in der Sonne. Segelboote glitten mit geblähten Segeln über das Wasser. »Er könnte ungeschoren davonkommen. Darauf läuft es doch hinaus.«

»Nein, sobald wir ihn finden, verhaften wir ihn, und er wird unter Anklage gestellt. Ob er verurteilt wird, hängt natürlich von den Geschworenen ab.«

»Er könnte behaupten, daß Carlos Renée umgebracht hat«, sagte Gail. »Wir haben ihm sogar direkt in die Hände gearbeitet.« Ray Hammell hatte ihr gestern mitgeteilt, daß Betty Diaz zugegeben hatte, Carlos für die Nacht, als Renée ermordet wurde, ein falsches Alibi gegeben zu haben.

Sie beobachtete, wie eine Schaluppe ihr Dreieckssegel hißte, und das sah aus der Ferne fast so aus, als hätte sich eine leuchtend gelbe Blüte entfaltet. »Ich hoffe, Sie finden Ben«, sagte sie grimmig. »Ich hoffe, daß er sich der Verhaftung widersetzt und Sie ihn erschießen müssen.«

Beide Männer starrten sie an.

»Sergeant«, fuhr sie ruhiger fort, »bitte erzählen Sie meiner Mutter nicht, was vor Jahren passiert ist – was er meiner Schwester damals angetan hat.« Britton nickte. »Ich habe ihr gesagt, Renée hätte als Erwachsene eine Affäre mit Ben gehabt, und er sei eifersüchtig auf Carlos gewesen. Es war für sie schon schwer genug, das zu verkraften. Wenn sie auch noch das andere erführe – es würde sie umbringen.«

Gail warf einen Blick zur Tür. Elena hatte leise angeklopft, und hinter ihr waren mehrere Personen zu sehen.

Britton stand auf. »Aha, Familienbesuch! Da gehe ich lieber. Paß auf dich auf.«

»Danke, Frank.«

Ernesto Pedrosa betrat das Zimmer, seine Frau Digna neben ihm. Andere folgten, und alle redeten so schnell Spanisch, daß Gail kein Wort verstehen konnte.

Auf seinen Stock gestützt, hinkte der alte Mann auf das Bett zu, bückte sich, küßte Anthony auf beide Wangen und umarmte ihn kräftig. Gail sah, daß Anthony vor Schmerz nach Luft schnappte.

Digna Pedrosa zog ihren Mann zurück. *»Cuidado! Lo dueles.«*

Gail nahm ihre Handtasche vom Nachttisch, winkte Anthony zu und formte mit den Lippen ein lautloses »Bis bald«.

»Gail, geh nicht weg.«

Sein Großvater drehte sich um und verbeugte sich leicht. *»Buenas tardes, doctora.«*

Sie trat näher heran. *»Señor Pedrosa, cómo está?«*

»Anthony hat mir gesagt, daß Sie ihm das Leben gerettet haben.« Er umfaßte ihre Hand mit beiden Händen und sah sie durch die dicken Brillengläser freundlich an. »Ich werde für immer in Ihrer Schuld stehen.«

Eine etwa sechzigjährige Frau drängte sich nach vorne, hielt Anthony eine Schüssel unter die Nase und nahm den Deckel ab. *»Mira, Antonio, lo que te traigo. Masitas de puerco, moros, plátonos maduros ...«*

Er seufzte. *»Gracias, tia. No puedo. Ordenes de medico.«*

So ein Lügner, dachte Gail amüsiert. Angeblich hatte ihm der Arzt kubanische Speisen verboten.

Die Frau – seine Tante – wandte sich Gail zu. *»Tiene hambre, señora? Parece que te falta comer.«*

Anthony übersetzte. »Sie sagt, du sollst essen, weil du viel zu dünn bist.«

»Findest du das auch?«

»Frag mich später noch einmal.«

Jemand entkorkte eine Flasche.

Die Krankenschwester warf einen Blick ins Zimmer und wollte protestieren, schloß dann aber kopfschüttelnd die Tür.

Gail hatte auf einmal ein Glas in der Hand, und der alte Mann füllte es.

EPILOG

Irene hatte Jimmy Panther gesagt, daß er Gail auf dem Friedhof Bayview Memorial Gardens finden würde, und so war es auch. Aber sie war nicht allein, das sah er, als er seinen Transporter hinter ihrem Wagen parkte.

Ein kleines Mädchen und ein Mann waren bei ihr. Jimmy beobachtete sie einige Minuten, die gekreuzten Arme auf das Lenkrad gelegt. Dann stieg er aus.

Er mochte Friedhöfe nicht. Zu viele Tote an einem Ort. Wenn er starb, wollte er in den Everglades begraben werden. Seine Großeltern ruhten dort. Sein Vater ebenfalls. Das war viel besser. Sein Leichnam sollte, anstatt in einer Holzkiste zu liegen, sofort in der Erde versinken.

Jetzt konnte er den Grabstein sehen, mit Blumen geschmückt. *Renée Michelle Connor, geliebte Tochter und Schwester.*

Das Mädchen sah ihn zuerst und starrte ihn neugierig an, wie es die meisten Kinder taten. Jimmy lächelte der Kleinen zu, und sie erwiderte sein Lächeln und sagte etwas zu Gail Connor, die sich daraufhin umdrehte. Ebenso der Mann, der einen gepflegten Anzug trug und den rechten Arm in einer Schlinge hatte. Ein spanisch aussehender Bursche, vielleicht ein Kubaner.

Jimmy forderte Gail Connor mit einer Geste auf, zu ihm herüberzukommen. Der Mann sagte etwas zu ihr, und sie berührte seine Hand. Wahrscheinlich beruhigte sie ihn, daß alles in Ordnung sei und daß er warten solle.

Sie überquerte den Rasen. Eine hübsche Frau. Die Brise spielte mit ihrem Haar. Sie strich es zurück, blieb dicht vor ihm stehen und sah ihn abwartend an. Ein wenig erinnerte sie ihn an Renée.

»Ihre Mutter hat mir gesagt, daß Sie hier seien.« Jimmy warf einen Blick zu dem Mann hinüber, der ihn nicht aus den Augen ließ. »Ich habe ihr gerade die Tequesta-Maske gebracht.«

Sie war sichtlich erstaunt. »Tatsächlich?«

»Ja, ich habe sie in Renées Namen dem Museum gespendet.«

Gail Connor lächelte jetzt. »Danke, das war sehr nett von Ihnen.« Die Frage, die sie ihm stellte, hatte er erwartet. »Woher stammt die Maske denn nun eigentlich? Bitte sagen Sie mir die Wahrheit.«

»Meine Großmutter hat sie mir geschenkt.« Er zuckte die Achseln. »Das *ist* die Wahrheit. Einer unserer Leute hat sie vor vielen Jahren gefunden. Ich brauchte eine ganze Weile, um herauszufinden, daß er sie auf dem Grund und Boden Ihres Vetters ausgegraben hatte, und ich vermutete, daß es dort noch andere Artefakte gab.«

»Ich verstehe. Und Sie haben Renée gebeten, Ihnen zu helfen.« Als er nickte, fügte sie hinzu: »Und Carlos.«

»Er hat behauptet, er wolle Renée einen Gefallen erweisen, aber das habe ich ihm natürlich nicht abgenommen.«

»Hat er Ihnen die Geschichte von dem Goldschatz abgenommen?«

Es lag Jimmy schon auf der Zunge zu fragen: *Welcher Goldschatz?* Dann ließ er es aber sein, denn sie war eine intelligente Frau, und eine direkte Lüge würde ihr bestimmt auffallen. Deshalb zuckte er nur wieder mit den Schultern. »Ich habe nie gesagt, daß der Schatz dort vergraben sein muß. Das hat Carlos sich eingeredet, und ich habe ihn in dem Glauben gelassen. Dafür habe ich ihm klipp und klar gesagt, daß er nichts von dem, was wir eventuell im Grabhügel finden würden, verkaufen dürfe. Sie verstehen – das sind geheiligte Gegenstände, die nicht der persönlichen Bereicherung dienen dürfen.«

Vielleicht drückte ihre Miene eine gewisse Skepsis aus, aber von ihm aus konnte sie glauben, was sie wollte.

»Ihre Mutter hat mir erzählt, daß Ben Stricklands Söhne in New York den Besitz erben«, sagte er.

»Ja, so hat er es testamentarisch verfügt.«

»Ich habe sie gefragt, ob die Söhne vielleicht damit einverstanden wären, daß dort archäologische Ausgrabungen durchgeführt werden. Ich meine, das ist doch besser, als wenn Bulldozer alles plattwalzen, nur damit noch mehr Häuser gebaut werden können.« Nach kurzem Schweigen fügte er hinzu: »Irene meinte, ich solle unbedingt dabeisein, um sicherzustellen, daß die Gegenstände mit Respekt behandelt werden.«

Gail Connor lächelte wieder. »Selbstverständlich.«

Jimmy beobachtete ein Eichhörnchen, das an einer Eiche hochkletterte und sich auf einen Ast hinauswagte.

»Ich habe gehört, daß man Ben Strickland gefunden hat.« Er wartete gespannt auf ihre Reaktion.

Sie nickte mit ausdrucksloser Miene. Der Tod des Richters schien ihr nicht nahezugehen.

»Wo war das?« fragte er, obwohl er es genau wußte.

»Auf einem Campingplatz, etwa fünfzehn Kilometer von Arcadia entfernt, in den Wäldern. Er war schon seit einigen Wochen tot, als man ihn gefunden hat. Wahrscheinlich hat er begriffen, daß er sich nicht ewig verstecken konnte. Er hat einen Brief geschrieben, so eine Art schriftliches Geständnis, und dann Selbstmord begangen.«

»Auf welche Weise?«

»Mit einem Messer.« Sie preßte die Lippen zusammen, bevor sie hinzufügte: »Er hat sich die Pulsadern aufgeschnitten. Durchaus passend, finden Sie nicht auch?«

Jimmy nickte. »Ja.« Er warf wieder einen Blick zu dem Mann hinüber, der ihn scharf beobachtete, so als würde er sofort angerannt kommen, wenn Jimmy auch nur eine falsche Bewegung machte. Vielleicht würde der Kerl sogar seine Pistole ziehen. Kubaner trugen Pistolen mit sich herum. Verrückte Typen!

Er sah Gail Connor an. »Ich habe etwas für Sie.« Er griff in seine Hemdtasche. »Aber stellen Sie mir keine Fragen.« Er nahm ihre Hand, bog die Finger auseinander und legte den Gegenstand auf ihre Handfläche.

Plötzlich leichenblaß, starrte sie abwechselnd ihn und ihre Hand an. »Oh ...«

Die Goldkette schlang sich um ihre Finger. Die Diamanten an dem herzförmigen Anhänger funkelten in der Sonne.

Gail Connor stieß geräuschvoll den Atem aus. »Wo haben Sie das her?«

Doch Jimmy hatte schon den Rückzug angetreten.

Durch das Seitenfenster seines Transporters beobachtete er, wie der Mann und Gail Connor sich unterhielten. Das Mädchen stellte sich auf die Zehenspitzen, um sehen zu können, was seine Mutter in der Hand hatte. Der Mann machte einige Schritte auf den Transporter zu, aber Jimmy gab Gas und fuhr davon.

Im Rückspiegel sah er, daß Gail Connor den Anhänger ihrer Tochter zeigte.